달빛조각사

달빛 조각사 11

발행일 2023년 11월 1일 | **발행인** 김명국 | **발행처** 주식회사 인타임 | **출판 등록** 107-88-06434 (2013년 11월 11일) | **주소** 서울시 구로구 디지털로31길 38-21 이앤씨벤처드림타워 3차 405호 | **전화** 070-7732-2790 | **팩스** 02-855-4572 | **이메일** in-time@nate.com | **ISBN** 979-11-03-33164-1 (04810) 979-11-03-32686-9 (세트) |

달빛조각사 11

남희성 게임 판타지 소설

The Legendary Moonlight Sculptor

INTIME

contents

로자임 왕국의 늙은 시녀 ········· 7
이베인 왕비의 일기장 ········· 39
엠비뉴 교단의 습격 ········· 59
세라보그 성 탈출 작전 ········· 80
왕성의 지하도 ········· 100
세라보그 성의 피난민 ········· 128
위드의 선택 ········· 148
대홍수와 스핑크스 ········· 168
루의 교단 ········· 192
태초의 조각술 ········· 222
네 종족의 역사 ········· 243
라체부르그의 위치 ········· 265
최초의 도시 발견 ········· 280

오크 종족의 영광 ······ 301
오크들의 역사 ······ 322
흙으로 빚어내는 조각품 ······ 347
도자기의 장인 ······ 366
오크들의 퀘스트 ······ 399
새알 조각품 ······ 425
도예가의 탄생 ······ 452
헤스티아의 대장간 ······ 474
일국의 왕 ······ 499
드워프의 상납품 ······ 531
조각 생명체 종족과의 만남 ······ 557
멜버른 광산 ······ 585
바드레이와 친위대 ······ 607
움바 벨카인 ······ 630

로자임 왕국의 늙은 시녀

화령이 접속하고, 다크 게이머들이 합류했다.

위드는 조각 생명체들도 모아서 사냥을 다시 진행했다.

"여기는 자하브 님이 있었을 때에나 들어가던 던전인데요."

다크 게이머들은 가이트너 던전의 입구에서 발걸음을 주저했다.

자하브 1명의 전투력이 워낙에 뛰어났다. 검술로 상대의 공격을 막아 내고 막강한 공격력을 발휘하던 그가 없어졌으니 전체적인 전력이 크게 떨어졌다.

"들어가도 괜찮습니다."

위드와 서윤이 먼저 던전으로 들어가니, 화령도 따라서 들어갔다.

"위드 님이라면 무슨 생각이 있을 거예요."

다크 게이머들은 잠시 의견을 교환했다.

"던전에 들어가도 괜찮을까? 지금까지 봐 온 성격으로는 허무맹랑한 일을 저지를 사람 같지는 않은데."

"내 생각도 그래. 전쟁의 신 위드가 던전 사냥에서 허망하게 죽진 않겠지."

"자하브가 없더라도 전멸할 정도로 위험하진 않을 테니 같이 가 볼까?"

다크 게이머들은 육체가 곧 밑천이었기 때문에 몸 생각은 끔찍하게 했다.

"여기서 따로 떨어져 나가서 도시로 돌아가는 것도 허무하지. 이렇게 충실하게 사냥에 빠진 적도 없으니."

"난 가겠네."

볼크와 데어린이 먼저 던전으로 들어가고, 다른 다크 게이머들도 따라서 들어갔다.

펙코일이라는 던전의 비행 몬스터들과의 전투에서 위드는 검술 스킬을 사용했다.

"광휘의 검술!"

위드의 몸에서 뿜어져 나오는 빛의 검술!

황홀할 정도로 아름다운 빛의 새들이 펙코일들을 향해 날아들었다.

서윤도 검술의 비기를 쓰면서 빛의 검의 공격이 이뤄졌다.

"어디서 이런 스킬을… 들어 본 적도 없는 공격 기술인데."

다크 게이머들의 눈이 휘둥그레진 것은 두말할 필요도 없는 일. 웬만한 전투는 다 경험해 봤지만 처음 접하는 기술이었다.

"광휘의 검술!"

위드가 스킬을 사용할 때마다, 다크 게이머들은 전투를 하는 중에도 유심히 살폈다.

'크흠, 강하군.'

'빛이 가닥가닥 쪼개져서 몬스터들을 도륙하다니. 정말 꽤나 멋진걸.'

어려우리라 생각했던 펙코일들 사냥이 가능했다. 그 이유는 위드와 서윤이 시전하는 검술 때문이었다.

마나뿐만 아니라 체력까지도 극도로 소모하는 검술의 비기였지만, 이곳의 몬스터는 월등히 강했기 때문에 쓰지 않을 수가 없었다.

몬스터들과 싸워서 이기기만 한다면 전리품도 두둑하게 챙기고, 경험치도 많이 얻을 수 있다.

죽느냐 사느냐가 문제일 정도로 힘겨운 사냥이었지만, 던전 안은 신비로운 빛으로 가득해 아름답기까지 했다.

위드와 서윤은 광휘의 검술로 몬스터들의 생명력을 쭉 깎아 놓고, 나머지는 근접전으로 해결했다.

현실 시간으로 새벽 4시!

위드는 다른 때보다 일찍 접속했다.

시장을 갈 필요도 없었고, 아침은 간단히 볶음밥으로 할 작정이었기에 새벽부터 〈로열 로드〉에 들어왔다.

그래도 조각 생명체들만 데리고 사냥을 하기에는 부담스러워서 조각품이나 만들며 쉬려고 했다.

"주인 왔나."

늘어져라 자고 있던 누렁이가 하품을 했다.

반 호크, 토리도와는 달리 조각 생명체들은 적당히 잠을 자줘야 되었다.

"그래. 많이 먹어라."

위드는 여물을 삶아서 주고 자리에 앉았다.

조각술 마스터에 가까워지면서 무엇을 만들어야 할지에 대해 고민이 깊어지고 있었다.

'조각품도 한 방인데… 있는 돈 없는 돈 끌어모아서 제대로 비싸고 화려한 걸 만들어 볼까?'

영주의 권한으로 모라타와 바르고 성채의 세금을 인출, 귀금속으로 되어 있는 거대한 조각품을 만들 수가 있다.

물론 돈만 많이 들인다고 해서 좋은 작품이 나오리라는 보장은 없지만, 그래도 재료가 훌륭하다면 아무래도 유리한 것이 사실.

위드가 조각 재료들을 주섬주섬 풀어 놓고 있는데 화령이 접속했다.

그녀는 둘만 같이 있는 시간을 위해서 새벽 일찍 접속해서 기다릴 셈이었다. 그런데 마침 위드가 있는 것이다.

화령은 보조개가 보일 정도로 살포시 웃었다.

'역시 인연이란 어쩔 수가 없다니까.'

아우우우!

멀리서 늑대의 울음소리도 들렸다.

"아, 오늘따라 왜 이렇게 무섭죠?"

화령은 위드의 앞에 바짝 다가앉았다.

늑대라면 이제 5,000마리라도 한꺼번에 사냥할 수 있는 그녀가 약한 척을 했다.

그가 만드는 조각품을 자연스럽게 내려다볼 수 있는 위치!

위드의 시선이 그녀의 몸매를 재빨리 훑으며 지나갔다.

화령은 숱한 남자들의 시선을 받아 봤기에 그 눈빛을 놓치지 않았다.

'위드 님도 역시 남자였어.'

위드의 눈동자가 커진 것까지 확인하고 나니 괜히 기분이 좋았다.

'오늘 또 다른 드레스를 입었구나.'

보석 드레스는 가격이 무려 7만 골드짜리!

구두와 목걸이, 팔찌까지 맞춤이었다.

'정말 비싼 옷들이 많군.'

위드는 화령이 착용하고 있는 아이템들을 보면서 더없이 부러웠다.

'내 몸매에 완전히 반한 거야.'

화령은 기쁘면서도 약간 허전함을 느꼈다.

'오늘은 화장도 별로 신경을 안 썼는데… 드레스도 밤에는 좀 더 파이고 은근한 걸 입어 줄 걸 그랬나? 아냐, 위드 님은 청순한 느낌을 좋아할 것 같아.'

댄서로서, 옵션이 많이 붙은 드레스보다는 느낌이 좋으면 되었다. 초보 시절 입었던 드레스까지 여전히 다 가지고 있어서, 화령의 배낭은 옷 가방과 액세서리 가방으로 나뉘었다.

"저기, 새로 산 옷으로 바꿔 입고 올 테니 좀 봐 주실래요?"

위드로서는 거절할 이유가 조금도 없었다.

화령이 자기 옷을 입겠다는데 왜 반대한단 말인가.

"예."

화령은 30분쯤 지나서 완벽한 청순 글래머의 느낌으로 돌아왔다.

긴 머리에 흰 원피스로 수수한 멋을 낸 것이다.

"제 모습 어때요?"

"자연스럽게 눈길을 끈다고나 할까, 예쁘네요."

화령은 잠시 후에 다른 의상으로 또 바꿔 입었다.

발랄한 여성 여행자의 복장!

"이 옷은요?"

"편해 보이는데 예쁜데요."

화령은 계속 드레스를 바꿔 입으면서 위드에게 보여 줬다.

"가방이 참 멋진데요. 좋은 가죽을 사용한 것 같아요."

위드는 그녀의 모습을 조각품으로 남기기도 했다.

그녀에게는 정말 기쁜, 둘만의 시간이었다.

다정한 시간을 보내다가 화령이 말했다.

"산 좋아하세요?"

"산요? 뭐, 싫어하지는 않죠."

산동네에서 살았던 시간이 어디 하루 이틀도 아니고, 싫어할 것도 좋아할 것도 없는 형편이었다.

"제 생일이 봄인데, 날씨도 좋아지면 가까운 곳으로 같이 등산이나 하러 갈래요?"

화령의 용감한 데이트 신청이었다.

현실에서 만난다면 알아보는 사람들 때문에 스캔들을 피하기가 굉장히 어렵다. 하지만 위드와 현실에서도 같이 있어 보고 싶었다.

특히 그녀가 편하고 자유로움을 느끼는 산에 같이 갈 수 있다면 얼마나 좋을까.

'생일이라면, 뭐.'

화령은 동료들 중에서도 위드를 많이 생각해 주고 도움이 되려고 했다.

"예. 뭐, 파전에 막걸리 정도 싸서 한번 놀러 가죠."

서윤과 다크 게이머, 조각 생명체 들과의 사냥이 효율적이기는 하였지만, 미지의 지역에서는 밤마다 거대한 울음소리가 들렸다.

그럴 때면 새들이 숲에서 한꺼번에 날아오르고, 그라페스에 사는 이종족들이 영역을 옮겼다.

"주인, 여기는 위험해 보인다."

빙룡도 무언가 이상한 낌새를 눈치챘다.

'그라페스의 보스급 몬스터가 있을지도 모르겠군.'

지골라스에서 온갖 생고생을 다 하고, 최종적으로는 어부지리로 혼돈의 대전사 쿠비챠를 사냥했다. 이번에도 그런 꼴을 당하지 말란 법이 없었기에 위드는 레벨을 406까지 올리고 나서 그라페스 지역을 떠나기로 했다.

꾸준히 계속 사냥을 할 수 없는 점은 유감이었지만, 금역에 가서 무사히 자하브를 만나고 살아 나온 것만으로도 대성공이었다.

"일단 모라타에 물건부터 가져다 놔야겠군."

위드는 와이번들을 시켜서 그가 만든 조각상을 영주성으로 옮기기로 했다.

"와일아."

깨액. 꺄아악.

"맛있는 거 먹으러 다른 장소로 새지 말고, 곧장 영주성으로 가야 된다."

"캬캬캬캬앗. 주인의 말이니 물고기도 안 먹고 바로 가겠다."

"나중에 이빨 사이에 가시 박혀 있으면 죽는다."

"모라타로 바로 가겠다."

와이번들을 이동시키고, 빙룡과 불사조도 함께 붙여 놓았다. 그 정도라면 모라타까지 가는 길에 별일은 생기지 않으리라.

검술의 비기가 담겨 있는 조각상들이기 때문에 귀중하게 다루어야 하는 건 당연했다.

다크 게이머들과 화령과도 나중에 모라타에서 다시 만나기로 했다.

"그럼 나중에 봐요. 돌아오시면 연락 주세요!"

"예. 화령 님도 조심해서 가세요."

그들도 짐을 싣지 않은 와이번에 타고 모라타로 이동하기로 했다.

화령은 다른 동료들도 있는 모라타로 돌아가는 게 당연했지만, 다크 게이머들도 원래 활동하던 왕국인 브렌트를 버리기로 한 건 상당히 의외였다.

'저 검술 스킬, 아주 대단해 보이는군.'

'정말 굉장한데. 몬스터와 싸울 때는 크게 도움이 되겠고, 처음 보는 사람들은 당황해서 제대로 상대하지도 못하겠어.'

위드와 서윤이 사냥 중에 광휘의 검술을 쓸 때마다 다크 게이머들은 눈독을 들였다.

그들이 아는 검사들의 스킬 중에서는 일찍이 전혀 알려진 바 없는 기술!

'자하브가 검술 마스터라고 했으니 그에게서 배워서 익혔던 거 같군.'

'검술의 비기일 가능성이 크다.'

다크 게이머들은 친절해졌다.

"붕대가 떨어졌군."

"위드 님, 여기 이 붕대를 쓰십시오."

"아직 한 번도 안 쓴 붕대 묶음 세트인데, 이거 드릴게요."

"화살도 없는데."

"제 살통 받으세요. 마법이 걸린 살통이라서 500개까지도 보관할 수 있는 건데요, 부담 갖지 마시고 쓰세요. 안 돌려주셔도 됩니다."

위드가 필요하다고 하면 바로 가져다 바쳤다. 혹시라도 검술의 비기를 알려 줄지도 모른다는 희망 때문이었다.

위드는 당연히, 자하브의 검술의 비기를 독점하고 싶은 욕심을 가지고 있었다.

그가 직접 만든 조각상은 검술의 비기를 터득할 수 있는 보물. 오직 검치 들에게만 알려 줄 생각이었다. 다른 누가 어떤 부탁을 하더라도 검술의 비기를 알려 줄 수는 없다.

하지만 자하브가 세상에 나선 이상 광휘의 검술을 익힌 다른 사람들이 나타날 가능성도 컸다. 그때가 되면 다크 게이머들과도 적당한 거래를 할 수 있으리라.

서윤의 경우에는 로자임 왕국에서 할 일이 있다면서 위드와 같이 가기로 했다.

와삼이가 무거운 엉덩이를 들고 날기 위하여 뒤뚱뒤뚱 걸어가려 할 때였다.

"와삼아."

까룩?

"넌 나랑 같이 가자."

까까까꾹!

와삼이는 울면서 엎드렸다.

그렇게 위드는 서윤, 와삼이와 같이 로자임 왕국을 향하여 비행했다.

"와삼아, 옷이라도 한 벌 만들어 줄까?"

와이번의 셋째, 와삼이는 주둥이를 찢어져라 벌리며 머리를 끄덕였다.

'과연! 주인이 나를 많이 고생시키기는 했어도 가장 아껴 주는군.'

"두꺼운 옷으로 만들어 줄게. 날씨도 추우니까."

"주인, 옷을 만들어 준다는 말만으로도 고맙다."

"오래 타다 보니까 춥고 등이 너무 딱딱하더라고. 푹신한 이불이라도 깔려 있어야지. 아, 베개도 만들어 놔야겠군."

"……."

공간만 넉넉하다면 나무 의자와 책상까지 메고 다니라고 하지 않을까 염려될 정도!

위드는 로자임 왕국으로 가는 비행길에서도 달빛 조각품을 만들었다.

서윤은 바람에 머리카락을 날리면서 그 광경을 지켜보았다.

남자가 일에 몰두하는 모습은 매력적일 때가 있다.

하지만 서윤은 아무것도 하지 않고 멍하니 있어도 여신처럼 아름다웠다.

흩날리는 머릿결, 높은 하늘에 떠 있는 달과 별들을 배경으로 그녀가 앉아 있다.

위드가 달빛 조각술을 쓸 때마다 필요하지 않은 조명효과까지 났으니 그 미모야말로 최고의 보물이라고 해도 과언이 아닐 지경!

"조각술은 알면 알수록 무궁무진한 가능성을 가지고 있는 것 같아."

위드는 조각칼을 움직였다.

자하브가 만들어 놓은 참신한 조각품들을 보면서 많이 감동했다.

"조각품도 비싸게 팔릴 수 있는 세상이 곧 오겠지."

조각사로서 더할 나위 없이 진심으로 바라는 미래였다.

조각품으로만 먹고살 수 있다면, 원하는 길에 꿈과 희망을 걸면서 살아갈 수 있다면 정말 행복할 것이다.

로자임 왕국!

위드가 과거에 시작했을 때와 비교해 보면 많이 변화해져 있었다.

고급스러운 상점들이 세워지고, 초보자들의 여행복이 대세를 이루었던 유저들의 옷차림도 많이 고급스러워졌다.

"로자임 왕국도 많이 커졌군."

위드와 서윤은 와이번을 타고 멀리 떨어진 뒷산에서 내려서 왕국의 수도인 세라보그 성을 향해서 걸었다.

지나다니는 상인들, 모험가들 중에는 어쩌면 위드와 안면이 있던 사람들도 있으리라.

"정말 고향에 왔어."

당시에 팔아 치운 엄청난 양의 조각품들, 덩달아 그에게 바가지를 당한 무수한 희생자들.

피라미드를 짓는다며 무거운 돌덩어리들을 나르며 고생한 유저들!

지금 돌이켜 보면 좋은 추억이었고, 반가운 사람들이었다.

위드는 서윤과 함께 발걸음을 재촉했다.

"도시에 가서 할 일이 제법 많겠어."

그라페스에서 전리품을 챙겨서 배낭 4개가 꽉꽉 찼다. 꼭 필요하지 않은 물건들을 처분하고, 늙은 시녀도 만나 봐야 했다.

"드디어 노래를 불러 주게 되는군."

서윤은 다소 걱정스러운 얼굴이었다.

그도 그럴 수밖에 없는 이유가, 위드가 연습을 하는 노래를 들어 봤기 때문이다.

자하브의 감미로운 미성과는 수천 광년 거리가 있을 듯한 완전한 생목!

아침에 우는 닭이 주눅이 들 정도로 쏟아 내는 괴성.

'괜찮을까… 별일이 없으면 좋을 텐데.'

서윤은 걱정을 하면서 따라갔다.

위드가 세라보그 성의 성문을 막 통과하여 광장으로 가려고 할 때였다.

로자임 왕국의 성문을 지키는 기사와 경비병들이 나타나서 그를 포위했다.

그러자 주변의 유저들이 손가락질을 하며 떠들썩해졌다.

"어라, 저 사람 왜 저래?"

"무슨 죄라도 저지르고 도시로 들어오려는 거 아니야?"

"잘됐다. 구경거리 생겼네. 경비병들한테 맞아 죽을 거야."

"차림새를 보니 완전 초보는 아닌 것 같은데 경비병 정도는 없앨 수 있지 않을까?"

"그러면 뭐 해. 로자임 왕국과는 완전히 적대적이 되어 버릴 뿐만 아니라 군대가 출동해서 쓸어버릴걸."

위드는 너무나도 억울했다.

'내가 무슨 죄를 지었다고…….'

최근에 나쁜 짓을 약간 미세하게 저지른 것밖에 떠오르지 않았다.

'언데드로 활동을 조금 했고, 해적들과 잠깐 어울렸으며, 불사의 군단에 속해서 폴론의 헤르메스 길드와 싸운 것밖에 없는데…….'

평판을 떨어뜨리는 행동이기는 했다.

그래도 다 먹고살려다 보면 그 정도는 저지르면서 사는 게 아니던가!

기사와 병사들은 무기를 뽑아서 위드를 향해 휘두르는 게 아니라, 가슴에 손을 올리며 정중하게 인사를 했다.

"여행자님의 방문을 환영합니다."

보기 좋은 구경거리를 기대하던 유저들은 병사들의 행동에 당황했다.

"커헉."

"여기서 2년 넘게 장사를 하면서 병사들이 저러는 건 처음 보는데. 기사까지 고개를 숙였어!"

"저 사람 누구야?"

"중앙 대륙의 랭커가 여기에 놀러 온 건가? 하지만 병사들이 이렇게 반응할 정도의 명성이라면 도대체……."

성문을 오가던 유저들의 뜨거운 시선이 위드와 서윤에게로 향했다.

위드는 무시하고 안으로 들어가려고 했는데, 그때 기사가 말했다.

"국왕 폐하께서 여행자님이 오시면 인사라도 하고 싶다며 왕성으로 모셔 오라고 하셨습니다."

명성과 업적의 효과!

베르사 대륙의 어느 왕국의 국왕이라도 만날 수 있기는 했지만, 로자임 왕국은 위드의 출신 국가이기도 하였으니 대우가 더욱 남달랐다.

위드가 만약에 세라보그 성에 계속 남아서 활동을 하였다면 로자임 왕국에 어마어마한 발전이 있었을지도 모를 일.

"대륙의 평화를 지키기 위하여 지금은 해야 할 일이 있습니다. 로자임 왕국을 통치하시는 위대한 국왕 폐하를 만나는 일은 저에게도 무척이나 영광스러운 자리이지만, 바쁜 일이 있어서 나중에 뵈었으면 합니다."

늙은 시녀를 만나는 일은 오래 끌어왔던 만큼 빨리 해결하고 싶었다.

로자임 왕국의 국왕은 언제라도 만날 수 있었다.

"정 그러시다면 어쩔 수 없지요. 국왕 폐하께서도 기다리고 계실 테니 꼭 알현을 해 주시기 바랍니다."

"그렇게 하겠습니다."

위드는 서윤과 함께 유저들의 시선을 잔뜩 받으면서 세라보그 성으로 들어갔다.

"좋은 물건 사고팝니다. 상점 구매 대행, 판매 대행도 해 드립니다.”

“필요한 장비 주문 제작 해 드려요.”

“사냥 가시기 전에 필수품들을 확인해 보세요. 여기서 싸게 싸게 팝니다.”

위드는 광장으로 가서 무거운 배낭부터 처리하기로 했다.

유별나게 비만인 체형의 남자가 짐마차를 세워 놓고 기다리고 있었다.

“혹시 위드 님이십니까?”

“맞습니다.”

마판으로부터 연락을 받고 기다리던 상인이었다.

로자임 왕국에서 신흥 거부로 떠오르고 있는 거래 전문 상인 ‘돈내놔’였다.

“물건은 가져오셨습니까.”

“먼저 돈부터.”

“여기. 그리고 괜한 노파심에서 하는 말이지만 물건은 틀림 없겠지요?”

“직접 확인해 보시죠.”

위드와 돈내놔가 하는 말은 사정을 전혀 모르는 사람이 들으면 흡사 불법적인 거래라도 하는 것 같았다.

“확실하군요. 수량도 틀림이 없고. 잘 받았습니다.”

“좋은 거래였습니다. 기회가 되면 다음에 또…….”

“물건 생기면 언제든 세라보그 성의 돈내놔를 찾아 주시면 됩니다.”

케이블에서 하는 범죄 영화가 끼친 악영향이었다.

거래는 짧을수록 좋았기 때문에 위드는 돈주머니를 받아 들고 미련 없이 돌아섰다.

별것 아닌 것 같은 가죽 주머니였지만 안에 들어 있는 자금은 자그마치 16만 8,000골드!

그라페스에서 사냥한 아이템이었기 때문에 가격이 상당히 많이 나왔다.

서윤도 덕분에 그녀가 가지고 있던 잡템들을 좋은 값에 처분할 수 있었다.

잡템은 모으는 것뿐만 아니라 제값을 받고 파는 것도 중요하단 사실을 실천에 옮기는 위드였다.

"이제 가자."

늙은 시녀의 집은 주택가에 있었다.

대체로 고만고만하게 비슷한 집이었지만 위드는 금세 그녀의 집을 찾아냈다.

"우유 배달 4년, 신문 배달 7년을 그냥 한 게 아니지!"

늙은 시녀는 예전에 봤을 때보다 훨씬 늙어 있었다.

"모험가님이 드디어 돌아왔군요."

"네. 찬 바람과 새벽이슬을 맞으면서 대륙을 떠돌아 예전의 약속을 지키기 위하여 이곳에 왔습니다."

"자하브 님은 만나 보셨나요?"

"정정하셨습니다. 멋진 조각품들도 많이 만드셨고요."

"아쉽지만 저는 조각품에 대해서는 많이 알지 못해요. 왕비님이 사랑하셨던 자하브 님이 기억에 남아 있을 뿐이죠. 그때의 노래를 듣고 싶어요."
위드는 자하브의 노래에 맞춰 연주하기 위해 하프를 꺼냈다.
"그러면 시작하겠습니다."
꽥… 빽… 꽉… 쾌애애액…….
잠시 후 위드의 노래가 끝나자, 늙은 시녀는 고개를 갸웃거렸다.
"이상하군요."
"예?"
"그때 들었던 노래는 이렇게 시끄럽지 않았던 것 같은데. 하지만 아주 다른 노래 같지도 않고……."
음치가 만들어 낸 한계!
차라리 지골라스에 다시 다녀오는 일이 위드에게는 더 쉬웠을지도 모른다.
"하지만 과거의 추억을 돌이키면서 다시 행복할 수 있었어요. 아시나요? 나이를 먹을수록 예전의 행복했던 추억들이 보석처럼 남는 법이랍니다."
"저도 그렇게 생각합니다."
"자하브 님과 왕비님은 정말 잘 어울렸는데. 그 두 분이 조각품을 만들면서 여행을 하는 모습을 꼭 보고 싶었는데……."
늙은 시녀는 눈물을 뚝뚝 흘렸다.
나이 든 할머니의 눈물에는 괜히 약해지는 위드였다.
위드는 품에서 작은 나무토막을 3개 꺼냈다.
사각사각.
자하브의 젊은 모습을 하나, 왕비의 모습을 하나 그리고 과거에 보았던 영상을 바탕으로 왕비와 함께 있는 시녀의 모습까지 조각했다.

만든 조각품의 이름을 정해 주십시오.

"시녀… 아니, 할머니의 추억."

〈할머니의 추억〉이 맞습니까?

"그래."

〈할머니의 추억〉을 완성하였습니다.

지고의 경지에 다가가고 있는 조각사 위드가 만든 작품! 매우 빠른 시간에 조각되었다.

예술적 가치: 289

조각술 스킬의 숙련도가 향상되었습니다.

"여기 선물입니다."

"이런 훌륭한 조각품을 나에게 주다니! 조각품에 대해서는 잘 모르지만 대단한 실력인 것 같군요."

위드는 늙은 시녀와의 친밀도가 부쩍 늘었을 것이란 생각이 들었다.

무엇을 바라고 한 행동은 아니었지만, 기왕이면 밥이나 한 끼 얻어먹었으면 했다.

와이번도 레벨이 오르면서 이동속도가 많이 빨라졌다. 그렇기에 위드나 서윤이나 그라페스 지역에서 단숨에 날아오면서 거의 아무것도 먹지 못했던 것이다.

서윤은 위드와 늙은 시녀를 따뜻한 눈으로 쳐다보고 있었다.

"고맙군요. 내가 죽기 전에 이토록 큰 선물을 주어서. 당신의 노래는 아주 잘 들었습니다."

띠링!

자하브의 유지를 이어라 퀘스트 완료

자하브의 노래는 시녀 알자스의 기억을 일깨웠다. 그녀는 예전에 미처 들려주지 못한 이야기를 할 것이다.

보상: 그녀의 선물과 다음 퀘스트의 정보.

명성이 569 올랐습니다.

경험치를 조금 습득하였습니다.

'퀘스트가 여기서 끝이 아니었다니…….'

수련소의 교관에게서 시작되어 달빛 조각사로 전직하는 기회를 주었던 의뢰.

특별히 아주 큰 퀘스트 보상을 기대하지는 않았다. 이제 위드의 레벨도 높아서 경험치도 3.7%를 얻었을 뿐이다.

그런데 자하브와 왕비의 이야기까지 이어졌던 퀘스트는 아직도 끝난 게 아니었다.

"노래를 들려주는 사람에게 주려고 간직해 놓았던 물건이 있어요."

늙은 시녀는 자리에서 일어나더니 서랍에서 작은 상자를 꺼내 왔다.

“이걸 열어 보세요. 왕비님이 저에게 남겨 주셨던 보석인데 그대에게 주고 싶답니다.”

위드가 상자를 개봉해 보니 찬란하게 반짝이는 다이아몬드가 3개 있었다.

‘최소한 7만 골드는 될 것 같은데.’

보는 순간 견적을 뽑아 버리는 위드였다.

“그때의 이야기 중에 왕비님에 대해서 생각나는 이야기가 있습니다. 자하브 님이 떠나고 나서 왕비님은 큰 상심에 빠지게 되었답니다. 하지만 일국의 왕비로서 겉으로는 슬퍼하는 모습을 보이지 않으면서 잘 해내셨지요. 하지만 그때의 일이 발생한 지 불과 1년 반 만에 알 수 없는 병에 걸려 돌아가시고 말았어요. 그때에 왕비님이 쓰신 일기장이 어딘가 있는 걸로 아는데…….”

어릴 때부터 사랑했던 남자를 떠나보내고 나서 왕비로서 살아가야 했던 한 여인!

로자임 왕국의 왕비로서 기품 있고 현숙했지만, 젊은 나이에 병에 걸려 운명을 달리하고 말았다.

“왕비님의 일기장에는 자하브 님에 대해 여러 가지 하지 못한 이야기들이 남아 있을 거예요. 그때의 일은 파비안느라는 다른 시녀를 찾아서 물어보세요. 아직까지 살아 있는지는 모르겠네요. 참고가 될진 몰라도, 그녀는 멜란포디움 팔루도숨이란 꽃을 참 좋아했답니다.”

띠링!

어딘가에 있는 수상한 일기장

이베인 왕비가 작성했으리라 짐작되는 일기장에는 왕국의 비밀이 기록되어 있다고 한다. 일기장을 찾기 위해서는 왕성에서 근무했던 파비안느라는 시녀를 만나야 한다.

난이도: D

제한: '자하브의 유지를 이어라' 퀘스트를 먼저 완료해야 한다. 퀘스트의 보상을 받기 위해서는 늙은 시녀가 사망하기 전까지 완수해야 한다. 취소가 불가능하다.

다시 연계 퀘스트!

수련소 교관의 퀘스트가 벌써 몇 단계인지 계산하기도 어려웠다.

위드는 왕비의 죽음에 뭔가 있을 것 같다는 수상한 냄새를 물씬 맡았다.

"일단… 알겠습니다."

퀘스트를 수락하였습니다.

퀘스트의 보상을 떠나서 여기까지 오니 과연 결말이 어떻게 날지 궁금하기도 했다.

헤르메스 길드와 칼라모르 왕국의 대격돌!

사람들은 침도 삼키지 못하고 방송을 지켜보았다.

전투의 소란스러움을 뚫고 칼라모르 왕국의 기사단이 속력을 높였다. 헤르메스 길드의 본진을 관통하며 기세를 올렸다.

뿔피리 소리와 말발굽 소리 그리고 쓰러지는 사람들의 비명으로 전장이 가득 찼다.

방송국들은 세세한 화면들을 담고 싶었지만, 전투의 웅장함 때문에 하늘에서 내려 보는 시점으로 시청자들에게 중계했다.

진형마다 수만 명이 싸우고 있을 뿐만 아니라, 칼라모르 왕국의 배후에서는 10만이 넘는 농민병까지 조직되어 도시에서 달려오고 있었다.

—칼라모르 기사단! 과연 대단합니다. 정말 무섭습니다. 콜드림이 이끄는 기사단이 마법을 부수며 진격하고 있습니다.

칼라모르 왕국 기사단은 마법 저항력을 높인 물품들로 중무장하고 있었다. 어지간한 마법들은 그들에게 아무런 피해도 주지 못하고 소멸해 버렸다.

하지만 헤르메스 길드의 고위 마법사들이 사용하는 마법은 기사단의 진형에 그대로 작렬!

이에 기사단은 능숙하게 말을 다루어 바람처럼 달리며 흩어지고 방향을 바꾸면서 헤르메스 길드를 몰아쳤다.

멋있다는 말로는 표현이 안 될 정도로, 구경하는 것만으로도 심장이 쿵쾅쿵쾅 뛰게 만드는 광경이었다.

"아, 진짜 죽인다."

"이렇게 헤르메스 길드가 콱 망해 버렸으면 좋겠다."

텔레비전 앞에 앉은 시청자들, 〈로열 로드〉의 선술집에 삼삼오오 모여서 보는 유저들은 이렇게 전쟁이 끝나기를 바랐다.

중앙 대륙의 명문 길드를 상징하며, 일반 유저들이 설 자리를 몰아내는 헤르메스 길드의 세력이 꺾이기를 바라는 건 모두가 한마음이었다.

이윽고 칼라모르 왕국의 본진과 헤르메스 길드의 본진도 맞붙으면서 전선이 거대하게 형성되었다.

전투에서 이기는 쪽은 최소한 10개 이상의 성과 도시 들을 점령하게 된다. 더 멀리 본다면, 전투에서 패배하게 되면 각 왕국의 존립마저 위태로워질 수 있다.

넓은 평원에서 두 왕국이 맞붙는 박력 넘치는 전투에 몰입하여 시청자들은 시간이 가는 것조차 잊어버릴 정도였다.

완전한 전면전!

조금 시간이 지나면서부터 칼라모르 왕국의 군대가 규모가 갈수록 줄어들며 궁지로 몰리는 것이 보였다.

헤르메스 길드에는 고레벨 유저들이 다수 포함되어 있었으며, 일반 병사들의 훈련 상태와 장비, 상대적인 레벨도 높았다.

각 지휘관들은 궁수, 마법사, 검사, 창병, 방패병, 기병을 효율적으로 운용했다.

기병과 기사단에만 전력의 비중이 높은 칼라모르 왕국은 약점을 드러내며 전체적인 전투에서 밀렸다.

—전진하라.

—서쪽을 장악하고, 중앙을 공략한다.

오랫동안 전쟁을 준비해 온 헤르메스 길드가 이겨 나가는 모습이었다.

보병들이 칼라모르 왕국의 양 날개를 꺾어 버리고 본진을 포위했다. 장궁병들도 명예로운 칼라모르 왕국의 기사들을 1명씩 저격했다.

콜드림은 기사단을 이끌고 동분서주하면서 공적을 올리고 있었다.

헤르메스 길드에서는 치밀하게 그의 주변 기사들을 낙오시키고, 사망하게 만들었다.

—우리의 몫은 저기에 있다.

그동안 전투를 지켜보기만 하던 바드레이와 흑기사 친위대가 출격하였다.

헤르메스 길드의 병사들 사이에서 외롭게 날뛰고 있는 콜드림이 목표.

콜드림을 포위한 후에 죽이는 것으로 헤르메스 길드의 승리를 모두에게 알릴 작정인 듯했다.

위드와 서윤은 늙은 시녀의 집을 나와서 로자임 왕국의 거리를 걸었다.

"에휴, 이놈의 세상……."

"아, 짜증 나. 이놈의 하늘은 왜 이리 맑은 거야. 콱 비나 쏟아져 버리지."

"기분도 울적한데 술이나 한잔 마시러 갑시다."

"그러게요. 술이나 마십시다."

세라보그 성에 있는 유저들은 기분이 매우 좋지 않았다. 헤르메스 길드가 칼라모르 왕국의 수비군을 격파해 버렸기 때문이다.

방송을 본 유저들로 인하여 로자임 왕국뿐만이 아니라 베르사 대륙 전역에 있는 술집의 매출이 급상승했다.

위드에게도 헤르메스 길드의 소식은 매우 중요했다.

"결국 이기고 말았군."

헤르메스 길드가 폭삭 망해 버렸으면 더할 나위 없는 선물이 되었겠지만 기대도 하지 않았다.

처음부터 왠지 헤르메스 길드가 이길 것 같았다.

"세상은 원래 나쁜 놈들이 더 떵떵거리고 잘 사는 법이니까."

명문 길드란 다 똑같다.

헤르메스 길드가 무너지고 나면 다른 놈들이 그 자리를 차지할 테고, 그들이라고 하여 위드를 편안히 놔두진 않으리라.

도덕책과 정반대로 살아야지 출세도 하고 돈도 버는 세상이었다.

그런 생각도 잠시, 위드는 파비안느를 찾기 위한 고민에 빠졌다.

로자임 왕국의 세라보그 성은 모라타만큼이나 익숙한 장소였다. 궁핍한 초보 시절, 구석구석을 뛰어다니며 조각품 구매자를 찾아내던 시기!

"골목길까지도 익숙하기는 하지."

마차가 다니는 큰길에는 상인들의 노점까지 즐비하게 있어서, 사람들이 몰릴 때는 시간을 단축하기 위하여 골목길로 다녔기에 손바닥처럼 훤히 알았다.

지금은 그때 이후로 시간이 많이 지나서 없던 건물들도 생기고 했지만, 주택가에는 그다지 변화가 없으리라.

"멜란포디움 팔루도숨이라……."

약초에 대한 지식이 많이 쌓여 있기에 위드도 잘 아는 꽃이었다.

"그냥 노란 꽃인데."

적당히 예쁘고, 중간 정도의 크기에 꽃잎이 갈라진 꽃!

"예전에 이쪽 골목에 그런 노란 꽃이 많이 피어 있었던 것 같긴 해."

위드는 기억을 더듬으면서 서윤과 함께 세라보그 성의 뒷골목을 걸었다.

성에 유저들이 많다고 해도 상점이 없는 골목길로 다니는 사람은 별로 없었다. 길가에 흐드러지게 피어 있는 수많은 꽃들로 꿀벌과 나비 들이 날아다녔다.

세라보그 성에서 가장 경치가 좋은 골목길을 위드는 서윤과 걸었다.

"좀 멀지?"

"아니에요."

"조금만 더 가면 될 거야. 언제 시간이 되면 근처에 벌통이라도 찾아볼 텐데. 몸보신에는 벌꿀만 한 게 없다니까."

"……."

위드는 골목길에서 멜란포디움 팔루도숨을 찾아냈다. 그리고 노란 꽃이 피어 있는 3개의 집들을 차례대로 방문했다.

첫 번째 집은 꽃을 좋아하는 정원사의 집이었다.

"대단한 손재주를 가지고 있군! 꽃꽂이를 배우러 왔다면 기초부터 차근히 가르쳐 줌세."

과거의 위드였다면 꽃은 쓸모가 없다고 여겼으니 이런 제안은 다 듣기도 전에 돌아서 버리고 말았으리라.

하지만 조각술이나 여러 스킬들을 익히면서, 베르사 대륙에 쓸모없는 건 없다고 느끼게 되었다. 그래서 정원사의 말을 따라서 시든 꽃잎을 떼어 내고 죽은 가지를 치는 방법을 배웠다.

띠링!

꽃꽂이 스킬을 습득하였습니다.

꽃꽂이
화초나 나무를 기르고 감상하기 위한 스킬! 꽃과 나무를 올바르게 성장시키면 스킬의 레벨과 땅과 식물과의 친화력이 오른다. 만개한 꽃은 화병에 담아 꾸미게 된다.

꽃꽂이 스킬을 배움으로 인하여 자연과의 친화력이 3 증가합니다.

대재앙의 자연 조각술을 더 크게 발휘하기 위하여 필수적인 친화력.

위드가 배우니 서윤도 따라서 꽃꽂이를 배웠다.

위드의 스킬 레벨은 초급 1.

"모라타의 영주성에 나중에 꽃을 많이 심어야겠군."

위드가 만든 명작의 효과로, 모라타에서는 야생화 축제가 열린 적이 있다.

물론 꽃이란 있는 그대로 보는 것도 좋지만, 내버려 두면 잡초나 덩굴나무가 자라서 엉망이 되어 버리기도 한다.

사람의 손길이 가해지면 식물들이 제자리를 잡으면서 더욱 아름다워질 수가 있다.

위드의 손재주 스킬이나 예술 스탯은 경이로운 수준이었고, 조각술을 통해서 갈고닦은 감각으로 씨앗부터 가꾼다면 멋진 모습의 꽃과 나무를 키워 낼 수 있으리라.

"나에게 꽃꽂이를 배운 기념으로 선물을 주지."

정원사 젠킨스로부터 흰사랑초를 선물받았습니다.

정원사는 위드와 서윤에게 하얀 꽃잎들이 붙어 있는 꽃을 건네주었다.

"첫 번째 꽃꽂이인가."

위드에게 화병을 만들거나 화분을 제작하는 정도는 식은 죽 먹기였다.

"하지만 모험 중에 꽃을 가꾸기도 어려우니, 잠깐만 그대로 있어 봐."

위드는 흰 꽃을 서윤의 머리카락 사이에 꽂았다. 딱히 큰 이유는 없었지만 괜히 해 보고 싶었던 것이다.

서윤은 위드가 흰 꽃을 꽂은 부위를 손으로 살며시 만져 보더니, 창피한 듯 살짝 어색하게 미소를 지었다.

띠링!

꽃꽂이 스킬의 레벨이 초급 2레벨로 상승하였습니다.
꽃과 나무 들이 더욱 싱싱해집니다. 자라나는 속도가 빨라집니다.

자연과의 친화력이 2 증가합니다.

명성이 25 늘었습니다.

정원사가 준 꽃은 정말 잘 키운 상등급 품종이었다. 게다가 위드의 예술 스탯과 손재주가 어느 정도 개입하면서 단숨에 스킬의 레벨이 증가했다.

꽃과 서윤이 더없이 잘 어울리는 것도 숙련도를 듬뿍 받은 이유였다.

흰 꽃까지 머리에 꽂고 있으니 서윤은 정말 예쁘고 사랑스러운 느낌을 풍기고 있었던 것이다.

서윤도 위드의 귀 옆에 마찬가지로 꽃을 꽂아 주었다.

그녀에게도 메시지 창이 떴다.

꽃꽂이 스킬의 숙련도가 약간 증가하였습니다.

위드의 머리카락에 꽂힌 흰 꽃은 눈에 띌 정도로 빠르게 시들었다.

마치 보이지 않는 어떤 것이 자양분을 쭉쭉 뽑아 가는 것처럼 느껴질 정도!

"꽃이 안 좋았던 것 같군."

위드는 그렇게 생각했다. 설혹 사실이 아니더라도 그렇게 믿고 싶은 심정이었다.

파비안느를 찾기 위하여 두 번째 집도 두들겨 봤지만, 그곳에서는 어린아이들이 부모가 돌아오기만을 기다리고 있었다.

"시장에 꽃을 팔기 위해서 나갔어요. 우리 엄마는 세라보그 성 근처에 예쁜 꽃들이 피어 있는 장소를 아주 잘 알지요."

"나쁜 고블린들이 자주 나타나서 요즘 꽃을 따 오는 일이 어려워요. 그들을 해치워 버리면 좋을 텐데……. 저희에게는 중요한 일이지만 모험가님이 하시기에는 너무 쉬운 일 같아요. 고블린을 해치우고 오셔도 마땅히 드릴 만한 물건이 없으니 다른 분에게 부탁해야겠죠."

위드가 쌓은 명성이 너무 거대해서 어린아이들이 의뢰를 맡기기 어려워하는 모습이었다.

서윤도 명성과 레벨이 높아서 일부러 의뢰를 수행하겠다고 나서지 않는 이상 의뢰를 받을 필요는 없었다.

그리고 세 번째의 집!

얼굴에 주름이 깊이 팬 할머니가 창가에서 노란 꽃을 보고 있었다.

"혹시 파비안느 님이십니까?"

"젊은 청년이 날 찾아오다니, 무슨 일 때문이지요?"

"이베인 왕비님에 대해 듣고 싶어서 왔습니다."

"길거리에서 할 이야기는 아니랍니다. 안으로 들어오세요."

문이 열리자 위드와 서윤은 그녀의 집으로 들어갔다.

"일단 이거라도 들면서 뭐든 물어보세요. 젊을 때는 끼니를 걸러서는 안 된답니다."

파비안느가 내준 음식은 찐 감자!

세라보그 성에서 의뢰를 받아 수행하다 보니 이래저래 먹을 복은 있었다.

사실 세라보그 성에서 가장 발전한 상업 분야의 하나가 바로 음식업이었다. 오래된 전통은 없지만 레스토랑, 고깃집, 해산물 뷔페 등이 유명한 편이었다.

요리사들의 과감한 메뉴 개발로 인해 몬스터 요리 전문점까지 차려질 정도였다.

"쩝쩝, 기가 막힌 맛입니다."

"맛있게 먹어 주는 모습이 좋군요. 감자는 충분히 있으니 많이 드세요."

"싸 갈 수도 있으면 좋을 텐데… 너무 무리겠죠?"

"아주 유명한 모험가라고 들은 것 같은데… 한 바구니 정도는 챙겨 드릴 수도 있답니다."

이런 대화를 나누는 중에도 위드의 앞니는 감자 껍질을 귀신처럼 빨리 벗겨 내고 있었다.

이베인 왕비의 일기장

"이베인 왕비님이 일기를 쓰셨다는 말을 들었습니다."

"어디서 그 이야기를… 왕비님께서 일기를 쓰셨다는 사실을 아는 사람은 몇 명 되지 않는데……. 아, 알자스 언니가 말해 주었나요?"

"그렇습니다."

"언니가 보낸 사람이군요. 그러고 보니 알자스 언니와 연락이 끊어진 지도 참 오래되었어요. 왕비님이 일기장에 무슨 이야기를 적었는지는 저도 잘 알지 못해요."

"그러면 그 일기장이 어디에 있을지도 모르시나요?"

"기억을 더듬어 봐야겠어요."

파비안느는 예전 일을 회상하듯이 잠시 눈을 감았다.

방 안에는 위드가 쩝쩝대며 감자를 먹는 소리만이 한가득 울려 퍼졌다.

다섯 알 정도의 감자를 먹고 났을 즈음에야 파비안느는 다시 눈을 떴다.

"오래전 일이라서 자신할 수는 없지만 왕비님이 머무르던 별의 궁전에는 일기장이 없을 거예요. 왕비님이 돌아가시기 1달쯤 전에 고향에 다녀오신다며 외출을 하셨거든요. 그 이후로 일기장을 본 적이 없어요. 아마도 어딘가에 숨겨 두지 않았을까요?"

이베인 왕비의 일기장에 대한 정보를 습득하였습니다.

위드는 일기장이 있을 법한 장소를 추측했다. 고향에서 자하브와 함께 놀았던 장소에 일기장을 숨겨 놓았으리라.

"그럼 편안히 계시기를."

위드는 찐 감자를 정말로 한 바구니 가득 받아 나와서 세라보그 성의 뒷산을 넘었다.

이베인 왕비가 살았던 마을로 가서 자하브와 조각품을 만들던 큰 나무 아래에 도착했다.

"아마 이곳이겠지."

모험가라면 감지 스킬을 통해서, 퀘스트와 관련이 있는 장소에서는 저릿저릿한 느낌이 온다고 한다. 위드에게는 그런 스킬이 없었으니 직접 땅을 파 보는 수밖에 없었다.

"시작해 볼까?"

삽을 꺼내서 그냥 땅을 팠다.

채광 스킬의 효과로 인하여 삽질을 할 때마다 빠르게 파헤쳐지는 땅!

1미터 정도를 깊이 파고 들어가니 나무 상자가 발견되었다.

이베인 왕비의 상자를 발굴하였습니다.

명성이 265 증가합니다.

발굴품 이베인 왕비의 상자가 모험 경력에 추가됩니다.
발굴가 길드로 가서 보고하면 약간의 보상을 받을 수 있습니다.

위드는 나무 상자를 열었다.

안에는 녹슨 열쇠 2개와 작은 손거울 그리고 책 한 권이 들어 있었다.

별의 궁전 열쇠를 획득하였습니다.

비밀의 방 열쇠를 획득하였습니다.

진실을 보여 주는 손거울을 획득하였습니다.

이베인 왕비의 눈물에 젖은 일기장을 획득하였습니다.

위드는 열쇠부터 확인해 봤다.

"감정!"

별의 궁전 열쇠

이베인 왕비의 궁전에 들어갈 수 있는 열쇠.
내구력: 2/4
옵션: 용기 +1

현재는 닫혀 있는 이베인 왕비의 궁전의 열쇠였다. 소문으로는 폐쇄된 이후 몬스터들이 살고 있다고 했다.

"별의 궁전이 열렸다는 말을 아직 들어 본 적이 없으니 아마도 궁전을 열 수 있는 최초의 열쇠가 되겠군. 그러면 다음 물품으로… 감정!"

위드는 이번에는 비밀의 방 열쇠를 손바닥에 올려놓았다.

비밀의 방 열쇠

어딘가에 있는 비밀의 방을 열 수 있는 열쇠이다. 별다른 점은 알려지지 않았다. 손상이 심해서 여러 번 사용하기 힘들 것 같다.

내구력: 1/4

옵션: 4회 사용 시에 파괴된다.

"감정!"

진실을 보여 주는 손거울

고귀한 보석 손거울. 특수한 재질로, 신성력이 흐르고 있다. 환영과 거짓을 파헤쳐 가며 진실로 향하는 길을 안내해 준다. 특정한 장소에서 사용될 수 있을 것 같다.

내구력: 14/25

제한: 살인자나 악인은 사용할 수 없다. 댄서와 바드, 사제가 착용하면 아이템의 효과가 2배가 된다. 지식, 지혜 +7. 매력 +23. 마나 최대치 11% 증가. 신앙심 38 증가. 특정한 장소에서 길을 안내해 준다.

"어째 조금 심상치 않기는 한데……."

위드는 퀘스트 아이템의 냄새를 물씬 맡았다. 그리고 마지막 남은 일기장을 열어서 읽었다.

매일 꾸준히 작성한 일기는 아니었다.

1달이나 2달 건너, 필요할 때마다 적은 일기 같았다.

눈물 자국 때문에 약간씩 보이지 않는 부분이 있었지만 읽는 데 지장은 없었다.

1월 16일

왕비보다는 자유롭게 살고 싶다.

자하브와 함께…

어릴 때처럼… 행복ㅇㅇ 시ㅇㅇ로…….

3월 19일

자하브가 다시 나를 만나러 올까?

그가 조각품을 만드는 광경을 지켜보던 순ㅇ들이 가장 행복했다.

어리고 순수했던 아이로 다시 돌아갈 수만 있다면 좋으련만.

4월 7일

자하브를 보고 싶다.

내 마음은 쭉 그를 따라다닐 것이다.

ㅇㅇㅇ만 아니었다면 자하브와 행ㅇㅇ게 ㅇㅇ…….

6월 6일

로자임 왕국을 지키기 위하여 믿을 만한 사람을 모으고

있다.

우리는 죽음을 각오했다.

왕비인 나도 그들과 운명을 함께할 것이다.

9월 1일

엠비뉴 교단.

너무 서둘렀던 것 같다.

그들이 나에 대해 알아차렸다.

9월 11일

엠비뉴 교단에서 정보를 제공하는 첩자 '이올린'이 쪽지를 보내왔다.

나를 죽이기 위해 암살자가 보내졌단다.

마지막으로 자하브를 보고 싶다.

9월 14일

일기장을 그와의 행복한 기억이 남은 곳에 묻는다.

이베인 왕비의 죽음에 대한 정보를 습득하였습니다.

다시 등장한 엠비뉴 교단의 이름!

위드는 일기장의 내용을 되새기면서 가만히 있었다. 하지만 두뇌 회전은 누렁이의 여물값을 사기 치던 때보다도 빨라졌다. 눈치까지 모두 동원했다.

'이베인 왕비와 자하브라. 이 연계 퀘스트는 엠비뉴 교단과 이어져 있을 것 같군.'

위드는 자하브를 먼저 만나고 왔다. 그때 얻었던 우호도가 이럴 때 쓰라고 있었던 게 아닐까.

'자하브와 함께 이베인 왕비의 죽음에 대한 책임을 묻기 위하여 엠비뉴 교단과 싸우는 것이다!'

북부에서도 과정이나 내용은 다르지만 엠비뉴 교단과 싸운 적이 있다.

왕비의 죽음에 대해 모두 잊어버리고 있을 무렵, 그녀를 사랑했던 한 남자, 그것도 조각사가 엠비뉴 교단에 복수하는 시나리오!

'그걸 나는 고기 뷔페에 가서 배고프다며 고기가 익기도 전에 김밥만 다섯 줄을 먹는 성급한 행동을 해 버린 건 아닐까.'

뒤늦게 후회가 밀려왔다.

'퀘스트가 그를 만나는 것으로 끝나는 게 아니라는 사실도 짐작했어야 하는데!'

이런저런 생각들은 많았지만 지금 와서 후회란 크게 의미가 없었다.

위드는 아이템을 수습해서 늙은 시녀 알자스에게 돌아갔다.

"왕비님의 일기장! 다시 찾게 될 줄은 몰랐어요. 파비안느를 만났나요?"

"예. 만났습니다. 상업 지구 뒤쪽의 골목길에서 살고 있었습니다."

"그랬군요. 가까운 곳에 살고 있었는데도 왕성에서 나가고 난 이후로 연락을 하지 않아서 몰랐어요. 이유는, 왜인지 모르지만 왕비님을 모셨던 시녀들이 하나둘 목숨을 잃었거든요."

띠링!

어딘가에 있는 수상한 일기장 퀘스트 완료
이베인 왕비의 일기장은 자하브와 행복을 키웠던 땅에 묻혀 있었다.

명성이 17 올랐습니다.

경험치를 아주 조금 습득하였습니다.

위드의 레벨이 높다 보니 쉬운 난이도의 퀘스트로 얻는 경험치는 미미한 정도였다.

시녀는 일기장을 열어서 읽어 보았다.

"세상에 이런 일이……! 왕비님의 죽음에는 이런 비밀이 있었군요. 하지만 이제 너무 늦어 버린 것 같아요."

"네?"

"3달 전에만 오셨어도 좋았을 텐데… 왕실 기사인 이올린 님은 몬스터들의 습격으로 사망하셨답니다."

"……."

"왕비님이 너무 안타까워요. 하지만 이 일기장을 제외하면 왕비님의 억울한 죽음에 대한 증거가 전혀 없으니……. 관련된 사람도 지금은 남지 않았네요. 변변치 않게 왕비님을 모셨던

저와 조각사님만이 있을 뿐이니 그들에게 어떻게 복수를 해야 할지도 모르겠어요."

띠링!

퀘스트 '일기장의 전달'이 발생하지 않습니다.

연계 퀘스트의 중단!

위드에게는 커다란 허전함이 몰려왔다.

'내가 너무 늦게 왔구나.'

이미 로자임 왕국에 엠비뉴 교단이 많이 퍼져 있고, 또한 관련된 사건들도 발생하고 있었다. 늦게 도착한 탓에 의뢰가 중간에 사라져 버리고 만 것이다.

"그래도 모험가님이 없었다면 저처럼 늙은 것은 여생에 궁금증만 품고 있었을 것이에요. 왕비님과 자하브 님은 사랑하는 사이였지만 함께하지 못했고, 결국 이렇게 왕비님의 복수도 못하게 되겠군요."

"……."

"차라리 잘되었는지도 몰라요. 왕비님도 자하브 님이 복수하기를 바라진 않으셨을 거예요. 그동안 저의 무리한 부탁을 들어주기 위해서 고생하셨습니다."

명성이 13 증가합니다.

위드는 힘없이 늙은 시녀의 집에서 물러 나왔다.

이번에는 삶은 감자도 챙기지 못했다.

거리에서 서윤이 물었다.

"이제 모라타로 돌아갈 거예요?"

"아니야. 열쇠도 얻었고 여기까지 왔으니 별의 궁전은 가 봐야지."

위드는 왕성으로 가서 열쇠로 이베인 왕비의 별의 궁전을 열었다.

이제는 로자임 왕국의 왕성에도 중간 귀족이나 사무관을 만나기 위해 유저들이 제법 들어왔다. 하지만 이미 폐쇄된 별의 궁전 근처로 오는 사람은 없었다.

던전, 별의 궁전의 최초 탐험자가 되었습니다.

혜택: 명성 1,700 증가. 일주일간 경험치, 아이템 드랍률 2배. 첫 번째 사냥에서 해당 몬스터에게 나올 수 있는 것 중에서 가장 좋은 물건 아이템이 떨어진다.

별의 궁전에 들어옴으로 인해 용기가 3 증가합니다.

"실컷 사냥이나 해 보자."

별의 궁전에는 오래된 예술품들이 보물처럼 숨겨져 있었고, 금붙이들이 숨겨진 방도 있었다.

던전으로는 럭셔리 그 자체!

보통 하급 몬스터들이 나오는 던전을 털어 봐야 청동 정도밖에는 얻지 못했지만, 이곳에는 보물들이 꽤 많았다.

이베인 왕비가 죽은 이후로 버려지고 알 수 없는 저주에 의해 던전이 되어 버렸다는 장소!

별의 궁전에는 원통하게 죽은 시녀, 기사, 병사의 원혼들이 가득했다.

이유는 알 수 없지만, 어디서 온 것인지 모를 흉측하게 생긴 바글이라는 몬스터도 많았다.

"상당히 위험한 던전이군."

위드와 서윤의 수준에 원혼들은 그럭저럭 상대하기가 쉬웠다. 하지만 바글이란 몬스터는 던전에서 엄청난 속도로 돌격해 와서 전투에 돌입하는데, 레벨도 400대 중반 이상일 뿐만 아니라 위험하다.

그래도 몬스터들이 한꺼번에 몰려나오지 않아서 그라페스의 던전과 비교한다면 사냥하기가 훨씬 편했다.

"콜 데스 나이트 반 호크, 콜 뱀파이어 로드 토리도!"

위드는 토리도와 반 호크를 불러내서 서윤과 다 같이 전투를 했다.

서윤이 없을 때에는 데스 나이트와 반 호크와 함께 광휘의 검술을 쓰면서 조심스럽게 던전의 외곽에서 사냥했다.

"키에에에엑!"

광휘의 검술은 저주 계열의 몬스터들에게는 극성을 가졌다. 스킬 숙련도가 꽤 잘 오르는 편이었지만 아직 빛의 새에서 다른 무언가가 나오지는 않았다.

하지만 강한 물리력을 가진 바글들은 상대하기가 어려웠다.

스킬을 쓰더라도 방패 치기로 밀고 들어오며 뭉툭한 대검을 휘두르는 바글!

위드는 광휘의 검술의 위력이 약해지는 낮에는 세라보그 성의 광장에서 조각품을 만들었다.

"이렇게 있으니 옛날 생각이 나는군."

추억에 빠져서 잠시 사슴과 여우, 토끼의 조각품을 만들어 보았다.

사실 위드가 가장 많이 만든 형태였지만, 조각술의 기본기를 닦게 해 주었다고 해도 과언이 아닌 대상들이었다.

"쯧쯧, 조각품은 그렇게 만드는 게 아닙니다."

위드가 조각품을 깎고 있는데, 비슷한 또래로 보이는 한 유저가 다가와서 말했다.

"예?"

"저도 조각사인데 제가 좀 가르쳐 드릴까요?"

그 유저의 직업도 조각사!

위드가 있는 자리는 광장의 분수대로 가려면 반드시 지나쳐야 하는 좋은 위치라서, 대장장이나 재봉사는 물론이고 특히 조각사들이 많이 앉아서 영업을 했다.

다른 직업의 유저들은 관심이 별로 없겠지만, 로자임 왕국의 세라보그 성은 조각사들에게는 성지와 같은 장소!

이곳에서 조각품을 만들어서 파는 건 조각사들의 성장법으로 게시판에 올라와서 많은 추천을 받을 정도였다.

"제가 조각술 스킬은 초급 4레벨이지만 사슴이나 여우, 토끼, 늑대는 주 전공이라고 할 수 있습니다. 만 개도 넘게 만들었죠."

"같은 대상을 왜 그렇게 많이 만드셨는데요?"

"로자임 왕국의 조각사들만 아는 비밀 정보인데요, 로자임 왕국이 낳은 불세출의 영웅, 전쟁의 신이며 대조각사인 위드 님이 그러셨거든요."

위드의 눈빛에 치량함이 잔뜩 담겼다. 그리고 비로소 주변을 돌아보며 다른 조각사들을 살피니 모두 여우 등을 조각하고 있었다.

그를 따라서 똑같이 성장하려는 안타까운 희생양들이 가득했다.

사실 그래도 세라보그 성에서 기념품처럼 팔리고 있으니 조각사들의 주머니 사정은 많이 나아지기는 했다.

화가들은 여전히 물감값을 대기 위하여 조각사들보다 더욱 많이 허덕여야 했다.

"일반인들은 모르겠지만 조각술은 상상도 할 수 없을 정도로 어려운 길입니다."

위드는 고개를 끄덕였다. 사슴, 여우만 계속 만들고 있는다면 정말 밑도 끝도 없는 제자리걸음일 것이다.

"대부분 며칠 하지 못하고 포기해 버리긴 해도, 위드 님처럼 되려면 꼭 거쳐 가야 할 과정이지요."

"그래서… 도시에서 기초적인 조각품들을 만들다가, 그 후에는요?"

"나중에 조각사 1,000명이 모여서 피라미드와 스핑크스를 만들 계획도 세우고 있답니다."

위드가 잘못 선보인 노가다의 길을 후배들이 고스란히… 아니, 더 넓혀 가면서 걷고 있었다.

박진석은 정득수 회장을 만났다.

"서윤 씨가 저를 거들떠도 안 보는 것 같습니다. 너무 무관심해서 뭐라고 말을 걸 수도 없고. 무슨 좋은 방법이 없을까요?"

학교에서 집에 돌아오면 외출도 하지 않고, 다짜고짜 데이트를 신청해서는 서윤이 받아 줄 리 만무했다.

서서히 다가가는 방식을 취해야 하는데 서윤에게는 빈틈이 없었다. 오히려 박진석만 더욱 안달이 났다.

"그러면 〈로열 로드〉를 해 보는 게 어떻겠는가?"

"〈로열 로드〉요?"

"내 딸이 〈로열 로드〉를 많이 하니 그 안에서 만나는 쪽이 편할 것 같은데. 혹시 해 본 적이 없는가?"

"저도 이미 하고 있습니다. 요즘에는 〈로열 로드〉를 하지 않는 사람이 없으니까요."

박진석은 아주 좋은 방법이라고 생각했다.

그는 〈로열 로드〉에서 사냥꾼의 직업을 가졌다.

무거운 갑옷은 입지 못해도 여러 가지 무기를 골고루 다룰 수 있으며 궁술, 함정 설치 및 해제, 힘과 체력도 비교적 좋은 다용도 직업!

"내 딸과 같이 사냥이라도 다니면 되겠군."

"정말, 그러면 쉽게 친해질 수 있겠습니다."

〈로열 로드〉야말로 커플을 많이 만들고, 또 많이 헤어지게 하는 게임.

박진석의 경우에는 서윤과 말을 트는 정도만 되어도 당장은 더 바랄 게 없을 것 같았다.

"그런데 내 딸아이와 자주 같이 다니는 사람이 있는데……."

"남자가 있다는 말씀 들었습니다. 하지만 서로 깊은 사이는 아닌 줄로 아는데요. 서윤 씨처럼 아름다운 사람에게 남자가 쫓아다니는 정도야 당연히 이해합니다."

"그 남자와 같이 〈로열 로드〉를 자주 한다고 하니까 내가 하는 말이네."

"누군지 아십니까?"

"캐릭터 이름이 위드라더군."

"위드요? 정말 흔한 이름이로군요."

박진석은, 〈로열 로드〉에 널리고 널린 이름이 위드였으니 그것만으로는 별다른 도움이 되지 못한다고 생각했다.

사실 박진석도 전쟁의 신 위드의 열렬한 팬이었다. 그의 캐릭터 이름을 따라 했다는 것만으로도 경쟁자로서는 조금은 실망이었다.

"〈로열 로드〉에서는 전쟁의 신이라고 불린다던가."

"예엣?"

"무슨 몬스터도 때려잡고 하면서 꽤 유명한 모양이더군."

정득수 회장은 대수롭지 않게 여기고 단순하게 말했지만, 박진석은 위드의 모험을 모두 좋아하고 기억할 정도의 열혈 팬이었다.

〈로열 로드〉를 중계하는 방송국에서도 하루에 수십 번 이상 나오는 이름이 위드, 오크 카리취, 불사의 군단, 모라타 등이 아니던가.

박진석은 서윤이 학교에서 돌아올 때에 맞춰 대문 앞에서 기다리고 있었다.

서윤이 멀리서부터 걸어와서 대문을 열고 들어가려고 할 때, 그가 말을 걸었다.

"저기, 부탁이 있습니다."

"……."

서윤은 무시하고 대문 안으로 들어가지도 않았지만, 그에게 돌아서지도 않았다. 이미 그녀에게 접근하려는 의도를 알고 있었기 때문이다.

"저기, 위드 님과 같이 〈로열 로드〉에서 사냥을 하신다는 이야기를 들었습니다. 위드 님을 한 번만 만나 볼 수 있을까요?"

경쟁은 경쟁이고, 박진석은 〈로열 로드〉에서 팬으로서 위드를 꼭 한번 만나 보고 싶었다. 하지만 서윤은 안 된다는 뜻으로 고개를 저었다.

어쩌면 그가 불편해할 수도 있고, 그녀 때문에 정체가 탄로나게 할 수는 더더욱 없었다.

"정말 어떤 사람인지, 만나 보고 잠깐 대화라도 나누고 싶어서 그럽니다."

"……."

"제 캐릭터의 레벨로는 당연히 지겠지만 위드 님에게 결투를 신청해서 한 수 가르침을 얻어 보고 싶기도 하고요."

박진석은 서윤과 진지하게 사귀고 싶기도 했고, 이런 식으로 인연의 끈을 만들어 놓으면 시작이 어렵지 그 이후로는 어떻게든 더 친해질 수 있는 계기도 되지 않을까 생각했다.

복합적인 계산까지 깔려 있는 제안이었다.

결투라는 말을 듣고 나서 서윤은 조그마하게 말했다.

"로자임 왕국……."

"로자임 왕국으로 가면 됩니까?"

서윤의 예쁜 목소리를 들은 박진석은 뛸 듯이 기뻤다.

"세라보그 성의 뒷산으로 오세요."

"제가 지금 친구들과 브렌트 왕국에 있습니다. 멀지도 않군요. 최대한 빨리 가겠습니다."

"로빈아, 정말이야?"

"그렇다니까. 이제 전쟁의 신 위드를 만나러 가는 거야."

사냥꾼 로빈.

그는 친구들까지 잔뜩 끌고서 세라보그 성의 뒷산으로 뛰어갔다.

전쟁의 신 위드를 만난다는 설렘!

직접 만나기가 명문 길드의 수장보다도 어려운 인물이었다.

모라타에도 가 보고 싶었던 로빈과 그의 친구들이라서, 이렇게 직접 만날 수 있다는 이야기에 던전 사냥도 중단하고 곧바로 왔다.

그들이 도착했을 때에는 위드는 없고, 서윤만이 완전무장한 채로 서 있었다.

로빈이 친근하게 미소를 지으며 다가갔다.

"위드 님은 아직 안 오신 모양이죠?"

약속 시간을 정확히 정한 것도 아니니 늦는 것쯤이야 기꺼이 기다려 줄 수 있는 마음. 위드가 올 때까지 서윤과 대화라도 할 수 있다면 더욱 기쁘지 않겠는가.

하지만 서윤은, 사실 위드에게 누군가 찾아온다는 말도 하지도 않았다.

누가 자기를 뒷산으로 불러낼 때는 반드시 그 이유에 대해서 곰곰이 생각해 봐야 하는 법!

스르르릉.

광전사 서윤의 검이 뽑혔다.

위드는 사냥을 위해 별의 궁전 입구에서 서윤을 기다렸다.

"오늘은 조금 늦는군."

약속 시간을 대부분 정확하게 지키는 그녀였기에 많이 늦지는 않을 거라고 여기고 느긋하게 조각품을 만들었다.

야심한 밤에 던전의 입구에서 조각품을 만들지만 위드는 크게 두려움을 느끼지 못했다.

유령이 나타나더라도 단숨에 사냥해 버리면 되는 게 아닌가!

사박사박.

드디어 서윤이 걸어오는 발소리를 듣고서 위드는 고개를 들었다.

"조금 늦었……."

그리고 서윤을 보며 간이 철렁 내려앉을 정도로 놀랐다.

서윤의 이름이 붉은색으로 표시되어 있었다. 살인자라는 뜻이다.

"어디 가서 사람 죽였어?"

끄덕끄덕.

"몇 명이나?"

"8명요."

서윤은 로빈과 그의 친구들을 단칼에 죽여 버리고 왔다.

"휴우, 많이도 죽였구나. 어떻게, 싸움이라도 났던 거야?"

"생각이 조금 달라서요."

"대화로 풀 수 없는 문제였니?"

"아……."

서윤은 무언가를 깨달았다는 듯이 나직하게 탄성을 질렀다.

"시도도 안 해 봤구나?"

"……."

말을 하게 되고 나서도 여전히 남아 있는 약간의 부작용!

서윤은 위드가 아닌 다른 사람과 의견 대립이 생기면 설득하는 대신에 그냥 전에 하던 대로 했다. 검치가 있었다면 훌륭하다고 칭찬할 만한 자세이기도 했다.

"살인자 상태를 벗어나려면 퀘스트나 기부, 혹은 나쁜 성향을 가진 몬스터들을 많이 사냥해야 하는데. 8명이나 죽였으면… 쉽지 않겠군."

살인자 상태에서는 다른 유저들에 의하여 공격을 받는다.

죽음으로 받는 페널티도 훨씬 심각해지니 조심하는 수밖에 없었다.

"아무튼 사냥이나 하면서 살인자 상태를 벗어날 방법을 생각해 보자."

별의 궁전에는 다른 유저들이 찾아오지 않았으니, 들어가서 바로 사냥하려고 했다.

그런데 그 무렵, 로자임 왕국에서 엄청난 일이 벌어지고 있었다.

엠비뉴 교단의 습격

"왕을 처형하자."

"귀족들을 모조리 죽여."

"엠비뉴 신의 뜻이다. 엠비뉴 교단을 따르지 않는 모든 이교도들을 살육하라!"

"이교도를 죽이자!"

세라보그 성 주변으로 40만이 넘는 군대가 나타났다.

반란군의 등장!

인근 마을에 사는 주민도 있었으며, 왕국의 군대가 통째로 엠비뉴를 따르겠다며 전향하기도 하였다.

로자임 왕국의 깃발을 달고 세라보그 성 근처까지 와서, 파괴신 엠비뉴의 기치 아래 일어선 것이다.

세라보그 성 그리고 로자임 왕국 전역에서 활동하는 유저들에게 메시지 창이 떴다.

띠링!

엠비뉴 교단이 로자임 왕국의 수도인 세라보그 성을 공격합니다.
세라보그 성에서 공성전이 발생하였습니다. 마법 방해로 인하여 텔레포트 게이트와 장거리 텔레포트를 이용할 수 없습니다.

"갑자기 뭐야."

"아닌 밤중에 이게 무슨 난리야."

광장에서 장사를 하거나 사냥에 같이 갈 동료를 구하던 유저들이 일어나서 성벽으로 달려갔다.

세라보그 성의 성벽 너머로, 끝이 보이지 않을 정도로 몰려온 엠비뉴 교단의 군대가 보였다.

"지금 여기서 전쟁이 벌어지는 거야?"

"이렇게 있어도 안전한 거야? 세라보그 성의 방어 상태는 어떻지?"

유저들은 세라보그 성을 보면서 불안을 감추지 못하였다.

로자임 왕국의 수도였지만 갑작스러운 공성전에 대비되어 있지는 않았다. 성문도, 엠비뉴 교단이 나타나고 나서야 다급하게 닫히고 있었다.

왕국군이 서둘러서 배치되고 있지만, 갑옷의 끈도 제대로 묶지 않고 나오는 모습이었다.

"아, 진짜. 나는 세라보그 성에 집을 마련해 놨는데."

"난 상점에서 장사도 하고 있단 말입니다!"

"로자임 왕국이 저들을 막을 수 있을까요?"

"엠비뉴 교단을 막아 낸 왕국은 아직 없어요."

"세라보그 성이 점령당하면 우리는 어떻게 되는 거죠?"

유저들은 공황에 빠져들었다.

몬스터의 습격이라면 왕국군이 출동하는 정도만으로도 가볍게 퇴치된다. 세라보그 성까지 몬스터들이 떼를 지어 오는 일 자체가 지극히 드물기도 했다.

하지만 엠비뉴 교단이라면 이야기가 다를 수밖에 없다.

그들은 주술사, 사제, 소환술사, 흑마법사, 악신의 성기사 들을 보유하고 있다. 명령을 따르는 몬스터들과 광신도들은 성벽 너머에 잔뜩 몰려와서 끝이 안 보일 정도였다.

엠비뉴 광신도!

그들은 로자임 왕국의 일반 주민들로 이루어졌다.

엠비뉴 신을 믿으며 괴력을 발휘하는데, 레벨은 최소 200대 이상!

죽음을 전혀 두려워하지 않고, 싸워서 승리하고 신앙심을 키울수록 레벨이 더 빨리 올라간다고 한다.

공성전에서 큰 활약을 할 수 있는 거대 마물들도 달빛에 언뜻 모습을 드러냈다.

거기에 엠비뉴 교단 12지파의 교주 중 아홉 번째인 벨로니도 있었다.

텔레비전에서만 봤던 그 엠비뉴 교단의 군대가 몰려온 것이었다.

"엠비뉴 교단은 같은 종교를 믿는 신도 외에는 모두 적으로 간주한다던데……."

"로자임 왕국과 싸우는 게 아니라 우리도 공격하는 거예요?"

"초보자라고 해도 봐주지 않습니다. 저들은 무조건 파괴를 일삼는 무리거든요."

성벽에 있는 사람들 사이에 진한 공포감이 퍼져 나갔다.

광장과 거리에서는, 갑작스러운 공성전의 발생으로 인해서 놀란 사람들이 이리저리 뛰어다녔다.

로자임 왕국의 왕성에서도 전투준비를 갖추고 기사들과 병사들이 성벽으로 이동하고 있었다.

"투항하고 엠비뉴 교단으로 개종하면 살려 주지 않을까요?"

"그러면 저들 무리에 끼어서 안전할 수 있겠죠. 하지만 그건 최악의 선택입니다."

실제로 중앙 대륙 엠비뉴 교단의 점령지에서는 그런 선택을 한 유저들도 꽤 됐다.

"초반에는 엠비뉴 교단의 마법이나 주술도 공짜로 배울 수 있고, 아이템도 지급되죠. 하지만 그렇게 되면 다른 왕국에서 활동도 못 하고 악명이나 나쁜 스탯들도 생기고, 결국 엠비뉴 교단을 빠져나오지 못하고 그들의 하수인이 되어 버린다고 합니다."

죽거나 따르거나 둘 중 하나!

"그러면 우리는 이제 어떻게 해야 되나요?"

"잠깐 지켜봐야죠. 로자임 왕국의 군대가 엠비뉴 교단을 막아 낼 수도 있으니까요."

"세라보그 성이다. 특종이야!"

"그곳에 파견된 우리 쪽 사람은?"

"렌달리나라는 여성 유저입니다."

"취재원과 연결해!"

각 방송국에서도 비상이 걸렸다.

엠비뉴 교단의 로자임 왕국 수도 습격이다.

흔히 볼 수 없는 이벤트일 뿐만 아니라, 최근에 들불 번지듯이 퍼져 나가는 엠비뉴 교단이었기에 방송 관계자들도 우려 섞인 관심으로 지켜보고 있던 사안이었다.

"방송 준비되는 대로 바로 생중계 시작하고! 현재 생중계하는 방송국이 있어?"

"CTS에서 20초 전에 시작했습니다."

"지난번에도 4분 늦어서 국장님에게 깨진 걸 생각하면……. 일단 준비되는 대로 바로 틀어! 영상부터 보여 주면서 나머지를 걱정하자고. 편성국 쪽에 연락하고, 다른 팀에서도 지원 가능한 인력들 다 부르도록 하고. 진행자들은 왜 이렇게 늦게 오는 거야!"

여러 방송국들이 한꺼번에 북새통을 이루었다.

중요한 프로그램을 방송하던 중이었다면 갑자기 돌릴 수 없겠지만, 엠비뉴 교단에서 로자임 왕국의 수도를 침공하는 대형 사건이었으므로 대부분 생중계를 개시했다.

KMC미디어도 직원들이 분주하게 뛰어다니는 건 마찬가지였지만 여유가 있었다. 〈로열 로드〉를 전문적으로 방송하며 시청자들의 주목을 받은 많은 사건들을 처리한 경험이 있는 덕분이었다.

"준비 완료되었습니다."

"특파원들 제 위치 확실히 잡고, 영상 담당 쪽은 화면전환 잘 따라오도록 합니다. 리허설이 없이 바로 생생하게 나간다는 점 명심하고, 집중해서 바로 갑니다."

KMC미디어도 생중계를 개시했다.

방송이 나가자마자 시청자들이 모여들면서 각종 게시판들에 로자임 왕국이 화제로 떠올랐다.

"현재 세라보그 성에서 활동하고 있는 우리 쪽과 계약된 유저들은 몇 명이나 있어?"

"젠킨스, 로드를 포함해서 스물 정도요."

KMC미디어는 정보활동도 계속했다. 전속 계약을 맺고 활동하는 모험가나 전사, 마법사 들에 대한 정보를 수집하는 일은 꼭 필요했다.

더구나 지금은 엠비뉴 교단이 침공하는 극단적인 상황이 아니던가.

"근데……."

방송국 PD 1명이 강 부장의 앞에서 잠시 머뭇거렸다.

"무슨 일인데 생방송 중에 뜸을 들여?"

"신혜민 씨가 진행자석으로 뛰어 들어가면서 애기한 게 있어서요."

"뭔데?"

"전쟁의 신 위드도 지금 세라보그 성에 있다는데요."

"그게 정말이야?"

KMC미디어의 직원들은 전쟁의 신 위드가 세라보그 성에 있어서 멋진 사건이 터지기를 기대하기보다는 불안해서 마음을 놓지 못하는 입장이었다.

위드가 무언가 큰 것을 해 주기에는, 얼핏 봐도 엠비뉴 교단의 군대가 너무나도 막강했다.

위드도 거의 실시간으로 엠비뉴 교단의 침공 사실을 전해 들었다.

— 위드 님, 세라보그 성에서 전쟁입니다!

마판이 비명을 지르듯이 귓속말을 보내왔고, 다른 동료들도 거의 연달아서 귓속말을 했다.

— 어디 계세요, 위드 님?

— 페일입니다. 무사하시고 별일 없으시죠? 지금 그곳으로…….

— 소식 들으셨어요? 엠비뉴 교단이…….

— 엠비뉴 교단이 세라보그 성을 공격한다는데 위드 님은 괜찮으신 거예요?

이 정도는 약과였다.

위드가 친구 등록을 하고 귓속말을 허용한 상대가 그리 많지는 않았기 때문이다.

사비나: 이번엔 세라보그 성이네.
에드윈: 엠비뉴 교단이 너무 무섭게 커 가네요.
핀: 세라보그 성에서 막기는 어려울 것 같아요.

황야의여행자 길드의 채팅에서도 정보를 전달받았다.

그리고…….

— 막내야, 괜찮냐.

— 방금 내가 무슨 이야기를 들었는데…….

— 사제야, 네가 간 곳이 지금 위험하다고 사람들이…….

— 지금 뭐 하고 있는 거냐. 설마 진짜 세라보그 성에 있냐?

검치 들이 줄지어서 귓속말을 보냈다.

위드는 크게 한숨을 쉬었다.

"재수가 없는 놈은 뒤로 넘어져도 병원비가 나간다더니."

세라보그 성에 돌아온 건 상당히 오랜만이었다. 그런데 하필이면 이때 엠비뉴 교단이 침략할 건 뭐란 말인가.

"지금은 지켜보는 수밖에……. 그보다도 지금밖에 할 수 없는 일이 있었지. 이런 기회를 놓친다면 두고두고 후회할 거야."

위드는 서둘러 광장으로 뛰어갔다.

서윤은 살인자 상태이기 때문에 광장에서도 다른 유저들로부터 공격받을 수 있었지만, 같이 따라왔다.

엠비뉴 교단이 성벽 너머에 진을 치고 있는 마당에, 서윤이 뛰어다니는 정도는 소란 축에도 못 들었다. 그래도 병사들 근처에는 다가가지 않도록 조심했다.

"물건부터 구입해야겠어."

위드는 노점상에 있는 물품들을 흥정하며 구매했다.

"엠비뉴 교단이 밖에 있는데, 잘못하면 교역품을 다 잃어버릴 수도 있지 않습니까. 이번 기회에 싸게 파시죠."

원가 이하의 대량 구매!

밑천은 잡템을 팔아 챙긴, 16만 골드가 넘는 자금이었다.

위드가 하는 행동을 보며, 상인들로 들끓던 광장은 금세 땡처리 시장으로 변했다.

"무기 싸게 팝니다."

"방어구 하나 걸쳐 보세요. 엠비뉴 교단의 공격으로부터 자신의 몸을 안전하게 지켜 줄 방어구!"

"여기 잡화가 있습니다. 날이면 날마다 오는 기회가 아니에요. 한 푼도 안 남기고 팝니다."

상인들은 엠비뉴 교단에 약탈당할 바에야 한 푼이라도 더 건지겠다는 마음이었다. 유저들도 싼값에 몰려들어서 필요한 물품들을 장만했다.

백화점 할인 판매라고 해도 이 정도로 성황을 이루지는 못하리라.

광장은 물건을 사고파는 사람들로 열기가 넘쳤다.

"어, 살인자네?"

"지금 저런 사람과 싸울 시간이 어디 있어. 빨리 필요한 물건이나 구하자."

설혹 죽어서 아이템을 떨어뜨리더라도 워낙 저렴한 가격에 판매되고 있으니 유저들은 기회를 놓치지 않으려 했다.

상인들도 약탈당하거나 잃어버리기 쉬운 교역품보다는, 죽어도 비교적 덜 잃어버리는 돈으로 바꾸길 원했다.

위드는 식료품 상점들도 싹 쓸었다.

"몽땅 주세요!"

세라보그 성을 둘러싼 거대한 전투가 코앞인데 식료품 상점까지 들르는 위드의 행동이 서윤조차도 살짝 이해가 안 갔다.

이어진 위드의 다음 행동은 성벽으로 가서 사자후를 터트리는 것이었다.

"여기 땅콩, 오징어, 음료수 있습니다. 시원한 음료수! 전투를 구경하면서 까먹을 수 있는 따끈따끈한 감자와 고구마가 왔어요!"

밖에는 엠비뉴 교단이 가득 몰려와 있지만 그 긴장감에 휩쓸려 놓쳐 버리기에는 너무 아까운, 떼돈을 벌 기회!

"땅콩 두 봉지 주세요."

"세라보그 성이 보통 큰 곳이 아닌데 두 봉지로 될까요?"

"그럼 네 봉지 주세요."

위드는 물품을 내주면서 돈을 받았다.

식료품 가게의 견과류나 간식거리를 싹쓸이해서 바로 몇 배나 되는 이득을 얻었다.

"천생 나는 상인 체질이기는 한데."

목돈을 만지면서 돈을 버는 기쁨은 상인이 최고였다.

장사하면서 손님에게 바가지를 씌우는 이 마력과도 같은 재미란!

우물우물.

"언제쯤 공격을 하려는 거야."

"엠비뉴 교단도 참 굉장하기는 하다. 어떻게 저렇게 많은 병력을 모아 온 거야?"

"진짜 멋진 전투가 벌어질 것 같네."

세라보그 성의 유저들은 성벽이나 상점의 지붕에 앉아 간식거리를 먹으면서 전투가 벌어지기를 기다렸다.

유저들 중에는 구경을 택한 쪽도 있었고, 로자임 왕국에 속해서 같이 싸우는 사람들도 부지기수였다.

세라보그 성의 철통같은 수비

엠비뉴 교단에 맞서 싸우자. 로자임 왕국을 위하여 나선다면 명예와 영광이 함께할 것이다.

보상: 전투의 공적에 따라서 보상이 이루어진다. 왕국 병사의 직업을 얻을 수 있다.

제한: 로자임 왕국이 사라지면 보상이 불가능해진다.

엠비뉴 교단은 무차별 약탈, 살육, 방화를 저지르기 때문에 지키기 위한 전투에 참여한 유저들은 굉장히 많았다.

위드에게도 퀘스트가 발생했다.

"이건 거부해야겠군."

그가 동참하기로만 한다면 너무도 대단한 명성 덕분에 로자임 왕국군의 사기가 치솟을 정도였다. 성문 경비대장이나 수비군의 중요한 간부 정도라도 손쉽게 맡을 수가 있다.

백부장이나 천부장으로 병사들을 지휘하면서 엠비뉴 교단과 전투를 벌이며 펼칠 수 있을 대활약!

위드가 보기에는 세라보그 성을 지키는 병사들은 많아야 2만 정도였다.

반면 엠비뉴 교단의 군대는 40만이 넘는 광신도와 몬스터 병사 들로 구성되었다. 게다가 엠비뉴의 사제, 저주술사, 흑마법사, 성기사 들은 악신의 힘에 따라서 몬스터들을 부릴 수 있다.

"버티기가 상당히 어렵겠군."

성벽에 의존해서 전공은 상당히 세울 수 있겠지만 결국은 장렬하게 전사!

위드가 조각 변신술로 리치가 되어 바르칸의 아이템들을 사용한다면 큰 전력이 되겠지만, 부작용 때문에 함부로 나서기가 어려운 처지였다.

그리고 엠비뉴 교단도 통곡의 강에서의 사건으로 벼르고 있을 터!

"죽고 나서 영웅이 되느니, 등 따뜻하고 배부르게 사는 편이 낫지."

로자임 왕국을 지키는 퀘스트를 받아들인 후에는 상황이 불리하다고 해서 도주하면 벗어나기 어려운 불명예를 얻게 된다.

위드나 서윤, 그리고 전투에 참여하지 않기로 한 많은 유저들은 일단 지켜보자는 입장이었다.

위드의 얼굴에는 수심이 가득했다.

"로자임 왕국이 이겨야 될 텐데……."

얼굴이 심각해지다가도 금세 밝아지기를 반복!

"어쨌든 돈은 벌었으니까."

호주머니의 사정을 떠올리면 기뻤지만 낙관적이지는 않은 상황이었다.

세라보그 성에 갇혀 있는 유저들이나, 로자임 왕국과 관련이 있는 유저들은 지금 모두 초조했다.

"불이다!"

그때, 멀리 보이는 산의 정상 부근이 환하게 타오르기 시작했다.

세라보그 성의 위기를 로자임 왕국 전체에 알리면서 구원병을 청하는 봉화였다.

피라미드와 스핑크스 너머까지 밀집한 엠비뉴 교단의 군대가 공성 병기를 이끌고 점점 성으로 다가왔다.

거칠고 커다란 고함을 지르며, 몬스터로 조직된 병사들이 무기들을 부딪쳐서 소리를 냈다.

"완전 대박이다."

"공포 영화를 보는 것보다도 더 긴장되네."

로자임 왕국에서는 말을 탄 기사들이 성벽 위를 위험하게 달리면서 병사들과 검을 부딪치며 격려했다.

"국왕 폐하를 위하여!"

"자리를 지켜라. 하루만 버텨 내면 된다. 왕국의 각 지역에서 구원군이 올 것이다."

가슴이 뜨거워지는 장관이라고 할 수 있는 광경이었지만, 그만큼 두렵기도 했다.

"온다."

"이제 시작이다."

유저들은 침을 꿀꺽 삼켰다.

마침내 엠비뉴 교단의 공성 병기들이 성벽을 향하여 거대한 돌과 쇠뇌를 발사했다. 마물과 광신도, 엠비뉴 병사 들도 세라보그 성을 향하여 돌격했다.

세라보그 성과 엠비뉴 교단의 전투가 시작되었다.

"쏴라!"

"적들을 향하여 전부 쏴라. 모두 죽여라!"

로자임 왕국의 궁수와 석궁 부대가 화살을 쏘며 활약했다. 하지만 엠비뉴 교단의 마법사들이 발휘하는 마법들이 성벽을 강타하기도 했다.

"집중 공격!"

로자임 왕국군은 몬스터 병사와 인간 병사 들보다는, 거대한 뿔을 달고 돌진하는 마물들을 더 큰 위협으로 여기고 불화살과 은화살을 집중시켰다.

그오오오오!

마물들이 육중한 몸으로 성큼성큼 걸어올 때마다 세라보그 성의 성벽에서 궁수들이 쏘아 대는 화살들이 불과 마법을 달고 와서 박혔다.

심하게 공격을 당한 거대 마물들은 앞발을 높이 들며 균형을 잃고 옆으로 쓰러졌다.

20미터가 넘는 마물들이 쓰러지면서 엠비뉴 교단의 병사들을 깔아뭉개는 등 소란이 벌어졌다.

"엠비뉴 신을 위하여 희생하는 영광을!"

"적들을 죽이고, 스스로 죽자."

광신도와 몬스터 병사 들이 성벽으로 새까맣게 몰려들었다.

"버텨라!"

"싸울 수 있다."

엠비뉴의 광신도와 몬스터 들이 사다리를 설치하거나 나무 덩굴을 걸쳐서 성벽을 타고 올라왔다.

세라보그 성의 병사들이 있는 성벽으로는 냉기의 바람, 흙의 소용돌이 등의 마법 공격도 날아왔다.

로자임 왕국의 왕실 마법사들도 참전했다.

"끝없는 불의 강!"

마법사들의 손이 가리키는 방향으로 땅이 갈라지더니 불길이 확 솟구쳤다.

그때 하늘에서는 괴성이 들리며 엠비뉴 교단의 와이번 라이더들도 출현했다.

와삼이 들처럼 위드가 조각한 생명체가 아닌, 진짜 빠르고 교활하며 잔인하기 짝이 없는 와이번.

구름 아래로 내려오며 와이번 라이더들이 창을 던지고 검을 휘두르면서 마법사들과 병사들을 공격했다.

〈로열 로드〉가 아니라면, 꿈에서나 벌어질 법한 전투가 진행되었다.

세라보그 성의 유저들은 거대한 전투를 가까운 곳에서 볼 수 있다고 좋아하는 기분도 조금 있었지만, 지금은 그 장엄함에 저절로 몸에 힘이 들어갔다.

엠비뉴 교단의 마물들의 공세는 갈수록 거세졌다.

3미터가 넘는 뿔을 좌우로 흔들며 달려온 거대 마물들이 성벽과 성문에 충돌했다.

어떤 몬스터 병사들은 거미처럼 벽을 타고 올라왔다.

엠비뉴 교단의 광신도들이 검과 창 같은 무기 외에도 곡괭이와 식칼을 쥐고 해일처럼 밀려왔다.

흑마법사들에 의하여 하늘에서는 불덩어리들이 쏟아지면서 성벽 위를 아비규환으로 만들었다.

전투를 구경하고 있던 위드가 슬그머니 뒤로 물러났다.

"성벽이 오래 버티지는 못할 것 같군."

세라보그 성은 로자임 왕국의 수도인 만큼 규모가 매우 큰 곳이었다.

기사들과 병사들이 항전하고 있었지만, 밀려드는 엠비뉴 교단이 너무나 무시무시했다. 군데군데 화광이 치솟고 있었으며, 성벽이 굉음을 내면서 무너지기도 했다.

이곳에서 전투를 벌이는 엠비뉴 교단이 로자임 왕국의 모든 군대와 싸워서 이길 정도는 아니다.

로자임 왕국에서는 브렌트 왕국의 국경이나 영토 내에서 몬스터들이 많이 출몰하는 지역에 요새와 주둔지를 지어 놓고 군대를 배치해 놓았다.

하지만 세라보그 성의 수비병, 왕성의 기사들만으로는 엠비뉴 교단의 기습을 막지 못하는 모습이었다.

"이대로 세라보그 성과 왕성이 몰락하게 된다면……."

로자임 왕국의 전체 치안도 무너지게 된다.

엠비뉴 교단이 곳곳에서 창궐하게 되면서 왕국은 멸망의 길로 접어들게 될 가능성이 컸다.

중앙 대륙의 몇몇 지역처럼 로자임 왕국 전체가 몬스터로 들끓는 사냥터가 되며, 엠비뉴 교단을 물리치라는 퀘스트가 마구 발생하게 될 것이다.

의적이나 왕자의 보호, 저항군의 집결 등 〈로열 로드〉에서 유명한 난이도 높은 의뢰들이 생기는데, 성공해서 엠비뉴 교단을 물리친 왕국은 없다.

그보다는 유저들이 떠나 버림으로써 몰락하게 되는 게 대부분이었다.

"이렇게 되면… 일단 늦기 전에 빠져나가야 하는데."

위드는 눈동자를 굴렸다.

성의 외부에는 엠비뉴 교단의 군대가 있으며 하늘에도 와이번 라이더들이 수백 기나 활약했다. 살기 위해서는 성을 빠져나가야 했지만, 혈로를 뚫을 수밖에 없다.

위드가 보니 벌써 몇몇 길드나 친목이 있는 사람들끼리는 뭉쳐서 기회를 봐서 밖으로 뛰쳐나갈 태도였다.

"함께 나가실 분 구합니다. 전사들을 우대합니다."

"말을 탈 줄 아는 분으로. 말을 타고 남쪽 성문을 통해서 피할 계획입니다. 동행하실 분 찾습니다. 레벨 300대 이상 우대!"

"상인을 보호해 주실 분 있나요? 무사히 내보내 주시면 보호비로 2,000골드를 드릴게요. 마차도 다 포기합니다. 몸만이라도 살려 주실 분!"

광장이나 거리나, 피난을 생각하는 유저들로 인해 엉망진창이었다.

NPC로 이루어진 일반 주민들 또한 살기 위하여 도주를 계획하였다.

엠비뉴 교단은 무차별 학살을 하기 때문에 주민들이 죽고 나면 로자임 왕국은 돌이킬 수 없는 피해를 입게 되는 셈이다. 수많은 퀘스트들이 사라지며, 기술들이 실전되고, 생산품이 감소하는 등의 막대한 경제적인 손실을 입는 것이다.

엠비뉴 교단의 출현은 가히 진짜 재앙이라고 해도 과언이 아닌 수준이었다.

"이렇게 된 이상 우리도 피해야겠다."

"그래요."

위드는 서윤과 같이 가능한 한 큰 세력의 틈에 끼기로 했다.

"저기, 전사 두 사람을……."

"여긴 사람 꽉 찼어요."

"두 사람 자리가 있을까요?"

"저희는 모르는 사람은 안 받아요."

여기서도 텃세가 심했다.

고레벨 유저들이 뭉친 집단일수록 그들끼리만 먹고살려고 했다. 원하면 돈을 내고 들어가야 했고, 또 친한 사이가 아니라면 막상 위급한 순간이 되었을 때 버려두고 갈지도 모를 일.

"자기 몫은 할 줄 아는 전사 2명입니다."

"어, 아까 땅콩을 바가지 씌워서 팔던 상인이다."

"……."

이러나저러나 위드와 서윤이 들어갈 세력을 구하기는 힘들었다.

서윤은 살인자 상태이기도 하였기에 더욱 바늘구멍 통과하기였다.

위드도 토둠에서 사냥을 한 대가로 살인자 상태가 되었던 적이 있지만, 심한 경우에는 병사들의 공격도 받을 수 있어서 마음껏 돌아다니기가 어려웠다.

각 세력과 길드의 수장들이 회동을 가졌다.

"얼마 후면 성벽이 파괴될 테고 성문도 뚫리겠지요. 로자임 왕국군이 싸우고 있을 때 한꺼번에 몰려 나갑시다."

"서로 다른 방향으로……. 우린 동쪽으로 갑니다."

"그러면 우리는 서쪽으로 가지요."

"우린 남쪽으로. 세라보그 성을 점령하기 바쁠 테니 포위망만 돌파하면 더는 쫓아오지 않겠지요."

각 세력끼리는 도주할 시간과 방향까지 맞췄다. 하지만 위드와 서윤을 포함하여 8할이 넘는 인원은 눈치만 살폈다.

"어느 쪽을 따라갈까?"

"난 동쪽으로 갈래. 저쪽에 칼레스 님이 있으니까 생존 확률이 제일 높을 거야."

"나는 남문으로. 몬스터들이 덜 모여 있는 것 같으니까."

초보자들은 이래저래 버림받은 대상이었지만, 어쩔 수 없이 도피 행렬에 끼기로 했다.

각 세력을 따라서 세라보그 성을 나가게 되면 어떤 보호도 받지 못한다. 오히려 몬스터들의 먹이로 던져지게 될 가능성이 크지만, 초보자들이 선택할 방법이란 많지 않았다.

"에휴, 우린 따라갈 능력도 없으니 할 수 없네."

"레벨 100도 안 되는 우리는 엠비뉴 교단이 들어오면 싸우다가 죽기나 하자."

초보자들은 자포자기해서 광장에 주저앉았다.

각 세력은 사람들을 몰고 각자 도주하기 유리한 방향으로 흩어졌다.

위드는 깊은 고민에 잠겼다.

'안 돼. 이러면 안 되는데…….'

그가 정체를 밝힌다면 어떤 세력에서도 받아 주지 않을 리가 없다.

뒤에서 비겁하다고 욕이야 조금 먹겠지만, 그 정도쯤이야 살다 보면 감수하고 넘어가야 할 부분이다.

약자들을 구하기 위한 희생!

어떤 재난 영화를 보더라도 몇몇 영웅들로 인해 다수가 살아남는 감동적인 스토리가 꼭 있다. 하지만 위드는 영웅이 되기보다는 마지막에 살아남는 대다수 중의 1명이 되고 싶었다.

헌신과 희생 같은 감정들이야말로 먹고사는 데 커다란 지장을 주지 않던가 말이다.

"한순간의 유혹에 빠져들면 안 돼. 절대 안 되지."

위드의 눈앞에 주저앉아 있는 많은 사람들이 보였다.

로자임 왕국의 수도인 만큼 초보자의 비율이 높았다. 젊은이들도 있지만 집안의 가장인 어른들도 많았고, 심지어는 노인들도 계시다.

'내가 외면한다면 저들은 대부분 다 죽겠지.'

위드는 눈을 질끈 감았다.

'비겁한 선택을 하자. 어차피 내가 힘들 때도 도움의 손길을 내밀어 준 사람은 별로 없었어.'

세라보그 성 탈출 작전

"그래, 인생 여러 번 사는 건 아니잖아. 치사하고 야비하다고 비난을 받더라도, 그까짓 것 아무것도 아니니까!"

위드는 결론을 내렸다.

서윤과 단둘이 빠져나가는 쪽을 택했다.

그때, 세라보그 성에서 꽃 가게를 하는 셀리나라는 주민이 그에게로 다가왔다.

"저기요, 저희를 좀 구해 주세요. 꼭 부탁드립니다."

"저한테는 그런 능력이……."

"꽃과 나무 들이 말해 주었어요. 당신은 우리를 구해 줄 수 있다고요."

띠링!

주민들의 대피

셀리나는 식물들로부터 당신이 그동안 많은 업적을 쌓아 왔다는 사실을 들었다. 어려운 일이지만 엠비뉴 교단에 맞서 주민들을 지켜 줄 사람은 당신밖에 없을 것 같다. 세라보그 성에서 가장 많은 모험을 한 사람만이 이런 위급 상황에서 주민들을 구해 줄 수 있을 것이다.

난이도: A

보상: 셀리나의 꽃팔찌.

제한: 주민들이 사망할 때마다 명성 감소. 퀘스트를 거부할 경우 극히 나쁜 악평이 퍼지고 로자임 왕국에서 향후 퀘스트 수행 불가능해진다. 퀘스트를 받아들이는 것만으로도 평판이 좋아진다.

시도 때도 없이 받는 퀘스트.

사람들만이 아니라 꽃과 나무 들까지 전해 줄 정도의 명성과 퀘스트의 업적!

"크흠, 어려운 일 같기는 한데……."

위드는 슬쩍 셀리나가 착용하고 있는 꽃팔찌를 곁눈질로 보았다.

셀리나의 꽃팔찌는 말 그대로 꽃을 엮어서 만든 팔찌였다.

어린아이들이 장난처럼 만든 꽃 같았지만, 위드가 자세히 보니 보통 아이템이 아니었다.

하이엘프들의 숲에만 있다는 고귀한 꽃들.

특수한 힘을 가지고 있다는 식물들이 뽑혀서도 시들거나 죽지 않고 셀리나의 팔에서 살아 있었다.

'저런 종류의 아이템에 대한 이야기를 들은 적 있어. 하이엘프가 차고 있었다고…….'

하이엘프의 마을에 방문한 모험가가 상점에서 구경했다는 팔찌!

가격이 어마어마했지만 정령과 자연의 힘이 푸짐하게 깃들여 있다고 한다.

이미 착용하고 있는 바하란의 팔찌에 이어 셀리나의 꽃팔찌까지 착용한다면, 팔찌 계열에는 더 이상 바랄 게 없었다.

위드는 말을 이었다.

"그렇지 않아도 주민들을 구하기 위해서 부족한 힘이나마 최선을 다할 생각이었습니다. 제가 가지고 있는 능력으로 될지 모르겠습니다. 아무튼 최선을 다하겠습니다."

퀘스트를 수락하였습니다.

로자임 왕국 주민들의 당신에 대한 평판이 '구원자'로 바뀌었습니다.

덜컥 퀘스트는 받았지만, 엠비뉴 교단의 침공에 맞서서 위드가 데리고 나갈 수 있는 주민은 몇 명 되지도 않았다.

성문을 넘어서 안전한 장소까지, 과연 몇 사람이나 구할 수 있겠는가.

위드가 있는 세라보그 성의 광장에는 몇만에 달하는 초보 유저들이 의욕을 잃고 앉아 있었다.

레벨이 얼마 안 되면, 이런 큰 전투에서는 무력감을 느끼며 아무것도 못 한다고 생각하기 쉽다. 사슴 1마리가 그냥 저 멀리 보이는 사과나무를 향해 뛰어가더라도, 괜히 겁에 질려서 수풀 사이로 몸을 내던지는 게 초보자들이었으니까!

그리고 가족 중에 초보자가 있어서 아직 떠나지 않은 유저도 몇 명 있었고, 피난을 위한 준비가 미처 되지 못했거나 동료들을 만나지 못하고 헤매는 사람도 보였다.

주민들만이 아니라 유저들도 막막한 건 마찬가지였다.

약 200명이 넘는 고레벨 유저들이 양심의 가책 때문에 도망치지 않고 싸우기로 결정하고 남아 있었다.

성벽에서 들리는 전투의 소란스러움을 감안한다면 시간이 얼마 없다.

위드는 스킬을 취소했다.

"조각 변신술 해제."

조각 변신술로 바꾼 외모가 원래대로 다시 돌아왔다. 하지만 일반적인 모습으로 이들을 안전하게 이끌기는 무리다.

"빨리 만들어야겠군."

위드는 조각칼을 꺼내서 근처의 장식용 동상으로 다가갔다.

원래는 커다란 장식용 드래곤의 동상이었다.

사각사각!

위드의 조각칼이 움직일 때마다 돌이 깎여 나가고 드러나는 모습은 어린아이는 물론, 성인 남녀까지도 울려 버린다는 그 존재였다.

각 방송국에서는 세라보그 성의 성벽과 엠비뉴 교단의 공격을 위주로 중계를 하고 있었다.

―놀랍습니다. 이대로라면 엠비뉴 교단이 세라보그 성을 함락시키기란 시간문제일 것 같습니다.

—로자임 왕국에서도 엠비뉴 교단의 세력이 이렇게 퍼져 나간다면 앞으로 큰 우환거리가 아닐 수 없겠는데요.

—특히 중앙 대륙에서는 엠비뉴 교단의 피해를 거의 받지 않은 하벤 왕국으로 유저들이 많이 몰리고 있습니다.

—파이어 스톤 레인 마법이 다시 발휘되었습니다! 성벽과 근처의 주택들에 화염이 퍼져 불타고 있습니다.

진행자들은 엠비뉴 교단의 확장에 대한 우려와 현재 사용되는 마법 그리고 엠비뉴 쪽의 몬스터들의 종족과 레벨, 공격 방식 등을 설명해 주고 있었다.

그러다 NKS라는 방송국에서는 광장에서 포기와 비탄에 빠져 있는 유저들을 보여 주기 위해서 영상을 이동시켰다.

—세라보그 성이 무너지게 되면 죽음을 당하기 때문에 도주 계획을 세워야 하는데요, 초보자들에게는 너무나도 가혹한 일이 아닐 수 없습니다.

—여기 이렇게 희망도 없이 광장에 모여 있는 사람들의 경우에는 대부분이 다 목숨을 잃게 될 수밖에 없습니다.

진행자들이 말을 하면서 살펴보니, 불과 몇 분 전까지만 하더라도 맥없이 늘어져 있던 그 사람들이 아니었다.

몇만 명이 한 곳을 쳐다보면서 일어나 있었던 것이다.

—저게 뭐지요?

—무언가를 만드는 것 같습니다. 조각술을 펼치고 있네요.

한 남자가 조각을 하고 있었다.

장식용 드래곤의 형상이 점차 무언가로 바뀌고 있다.

조각칼을 놀리는 솜씨는, 일찍이 본 적이 없을 정도로 정교하고 과감했다.

"조각사다!"

"설마… 아니겠지?"

"그가 맞을 리가 없어. 그래도 이곳은 그의 고향이니까."

유저들이 기대하고 있는 사람은 전쟁의 신 위드였다.

위드가 조각품을 만드니 주변에서 하나둘 관심을 갖더니 나중에는 피난 가는 것도 잊고 모두 구경했다.

사각사각.

위드가 만들고 있는 조각품은 아름다움과는 거리가 멀었다.

사람들은 위드가 멋진 조각품만을 만들지는 않는다고 알고 있었기 때문에, 오히려 설마 하면서 기대를 품었다.

"보통으로는 어려워. 전투로 확실히 부각시켜야 한다. 집요하고 끈질겨야지. 이런 큰 전투에서는 마지막까지 살아남을 수 있는 체력과 생명력이 필요해."

고르고 고른 조각품의 대상은 트롤이었다.

그것도 아이스 트롤.

오크보다도 2배쯤은 몸집이 크고, 그에 비해서 팔이 아주 길었으며 날렵한 근육이 붙어 있다. 하지만 배는 아주 볼록하게 튀어나와 있었다.

"힘은 배에서 나오는 거니까!"

하체도 두껍고 북극곰처럼 탄탄했다.

조각품으로 특정 종족을 표현할 때에는 외모나 몸매를 조금 더 부각시킬 수 있다. 수컷 오크 워리어들마저도 질리게 만들었던 위드의 조각술 실력이 트롤을 통해서 다시금 발휘되었다.

"안 돼. 얼굴이 너무 순하디순한 염소 같은데. 이러면 싸우면서 아무도 겁을 먹지 않잖아."

위드는 아이스 트롤의 얼굴이 썩 마음에 들지 않았다.

눈두덩은 움푹 파여 있었으며 상대적으로 광대뼈는 튀어나왔다. 커다란 머리에, 이빨은 악어를 연상시킬 정도였다. 얼굴 면적이 넓다 보니 칼자국도 이마와 턱에 기본으로 6개씩 새겨졌다.

오크 카리취가 전국의 불량배 중에서 최고로 꼽힐 정도로 무서운 외모였다면, 이건 그 흉악한 오크 카리취의 도시락을 뺏어 먹을 정도의 외모!

"우에에엥!"

"어흐흐흐흑."

모여 있던 세라보그 성 주민들 중에서 어린아이들과 여성들이 조각품을 보고 울음을 터트렸다.

조각술이 발전하면서, 트롤은 정말 살아 있는 것처럼 생동감이 넘쳤다.

"빠르게 만드느라 더 제대로 하지 못한 게 너무나도 아쉽군."

마음 같았으면 이마도 울퉁불퉁하게 하고 턱은 툭 튀어나와서 두 갈래로 갈라지게, 또 귀도 정상적으로 만들지 않았을 것이다.

"혓바닥은 끝에서 세 가닥으로 갈라져서 날름날름하고 있으면 더 좋지."

이미 아이스 트롤 종족 전체를 통틀어서 가장 험악한 인상이었지만, 그 이상의 더 높은 경지를 노리는 위드였다.

만든 조각품의 이름을 정해 주십시오.

"싸움에 굶주린 아이스 트롤."

어쩌면 미치도록 싸워야 될지 모르기에 그러한 이름을 선택했다.

〈싸움에 굶주린 아이스 트롤〉이 맞습니까?

"그래. 어디 죽을 때까지 싸워 보자."

〈싸움에 굶주린 아이스 트롤〉을 완성하였습니다!

다른 조각사가 만든 작품을 부수고 재해석한 작품. 드래곤이 아이스 트롤이 되었다. 원래 작품도 썩 나쁘지 않았는데, 대가의 경지에 오른 조각사가 손을 보았다. 하지만 원래대로 놔두는 편이 나았을 것 같다.

예술적 가치: 3

옵션: 〈싸움에 굶주린 아이스 트롤〉을 바라본 이들은 생명력과 마나 회복 속도가 하루 동안 8% 증가한다. 부상을 입었을 때 치료 속도가 7% 상승한다. 지력, 지혜 25 하락. 매력이 사라진다. 힘 41 증가. 민첩 5 증가.

조각술 스킬의 숙련도가 향상되었습니다.

괴물 몬스터의 조각으로 명성이 16 올랐습니다.

원래 만들어져 있던 조각품을 무례하게 부수었기 때문에 명성이 143 감소합니다.

기품과 예술 스탯이 1씩 줄어듭니다.

남들이 뭐라 하든 위드는 괜찮았다.

"예술은 자기만족이 중요한 거지."

그렇게 완성된 조각품을 세라보그 성의 광장에 있는 사람들과, 방송국의 중계를 통해 많은 사람들이 지켜보고 있었다.

성벽 부근에서는 소란스러움이 이루 말할 수 없을 정도이고, 각 세력은 탈출을 위한 준비를 하고 있다.

그렇게 정신없는 와중에 위드는 넓은 재봉용 원단으로 몸을 가리고 스킬을 시전했다.

"조각 변신술!"

조각 변신술을 사용합니다.
조각술에 대한 무한한 애정은 그 조각품과 조각사를 서로 닮게 만든다!

위드의 몸이 점점 커지고 배는 볼록하게 튀어나왔다.

피부는 완전한 흰색이었는데, 고결하거나 깔끔한 느낌보다는 험악한 인상 때문에 더 무서운 노릇!

몸의 형태가 바뀌면서 크기가 맞지 않아, 착용하고 있는 장비들의 상당수를 쓸 수 없게 되었습니다. 강철로 된 중갑옷을 입을 수 있습니다. 종족이나 형태에 따라 필요한 장비를 새로 구하십시오.

조각 변신술의 영향으로 힘과 생명력이 크게 늘어납니다. 생명력의 회복 속도가 종족의 특성에 따라서 증가합니다.
지식과 지혜가 의미가 없는 수준으로 감소합니다. 전투와 관련된 스킬도 실패할 확률이 매우 높아집니다. 지식, 지혜, 예술, 신앙, 매력, 기품이 모두 크게 하락합니다.
조각 변신술이 풀릴 때까지 유효합니다.
자연과의 친화력이 적용되어 아이스 트롤이 뿜어내는 냉기의 속성이 강화됩니다. +239%.

위드는 달라진 몸 상태가 마음에 들었다.

"이 넘쳐 나는 힘으로 싸우는 것만 남았군. 스탯 창!"

캐릭터 이름: 위드

성향: 몬스터	레벨: 406	종족: 아이스 트롤
생명력: 376,271	마나: 1,650	힘: 1,428
민첩: 1,395	체력: 1,684	지혜: 15
지력: 11	투지: 719	지구력: 662
인내력: 959	예술: 70	카리스마: 462
통솔력: 751	행운: 3	신앙: 5
매력: 8	맷집: 881	기품: 6
정신력: 152	용기: 170	

아이스 트롤의 종족 특성이 발휘되고 있습니다. 생명력과 체력이 빠르게 회복되고, 몸에서 냉기를 뿜어냅니다. 그에 따라서 원래 익히고 있던 다른 스킬들의 숙련도는 최대 초급 8레벨로 조정됩니다.

너무나도 극단적인 몸 상태!

스탯이야 레벨이 오를 때마다 일정 부분 증가하고, 여러 가지 업적들로 더 늘릴 수 있다. 위드는 전투와 조각술, 퀘스트로 스탯을 대단히 많이 올려놓은 편이었는데, 그게 다 힘과 민첩, 체력, 맷집, 인내력으로 바뀌었다.

"괜찮군."

위드의 목소리도 바뀌어서, 낮게 깔리면서도 쩌렁쩌렁하게 울렸다.
재단용 천을 걷고 나니 사람들은 아이스 트롤의 조각품이 둘로 늘어난 줄 알고 깜짝 놀랐다.
하지만 새로 생긴 아이스 트롤은 정말 몸이 눈처럼 하얀색이었으며 움직이기까지 했다.
조각 변신술에 대한 비밀이 다소 밝혀지는 부분이었지만, 어차피 스킬을 배우지 못하는 이상 남들이 쓰지는 못한다.
위드는 사자후도 이제 마나가 아깝고 실패할까 봐 사용하지 못하고, 대신 크게 고함을 질렀다.
"내가 위드다!"
"우와아아아아아아아!"

수르카는 세라보그 성의 소식을 듣고 다른 동료들과 안절부절못하며 걱정하고 있었다.
"위드 님이 잘못되면 어떻게 하죠? 가뜩이나 안 그래도 위드 님에게는 적도 많은데요."
〈로열 로드〉에서는 잘나가는 사람의 등 뒤에서 칼을 꽂고 던전에서 기습을 가하는 정도는 흔히 벌어지는 일이었다.
헤르메스 길드가 공개적으로 노리는 지금, 엠비뉴 교단에서 포위한 성 안에 갇혀 있다니!
이보다 더 끔찍한 상황이 또 있을까 싶었다.
페일이 그녀를 다독거렸다.

"위드 님이라면 어디서든 무사히 빠져나오실 분이니까 너무 걱정하지 마. 일부러 죽이려고 해도 죽을 분이 아니야."

"하긴 그렇죠. 잡초가 뽑는다고 사라지는 것도 아니고, 바퀴벌레가 약을 뿌린다고 죽지도 않고요."

"그럼, 그렇지."

위드라면 충분히 무사할 수 있으리라.

지옥의 불구덩이에서도 온천 개발로 한밑천 잡아 올 사람!

모라타의 선술집에서 동료들과 함께 그에 대한 방송을 지켜보고 있었다. 엠비뉴 교단의 공세가 대단하였지만, 어떤 수단을 쓰든 위드라면 잘 빠져나올 수 있을 거라고 믿었다.

하지만 누군가가 조각품을 만들고 있는 장면을 봤을 때부터 사람들의 안색이 변했다.

"설마 위드 님이……."

"아니겠죠?"

초보자들이 모여 있는 장소에서 조각품을 만들고 있는 사람이라니!

"보통 때의 위드 님이라면 상상할 수 없는 일인데!"

초보자들에게는 바가지도 씌우기 어렵다면서 자주 푸념하던 위드였다. 그 기억을 선명하게 가지고 있건만, 정말 위드가 초보자들을 위하여 남은 걸까?

화면에서 위드가 아이스 트롤이 되어서 외쳤다.

—내가 위드다!

그 순간 세라보그 성의 광장에 모여 있던 초보자와 유저 들이 환호를 하는 모습이 방송에 나왔다.

"꺄아아아악!"
"위드 님이다. 위드 님이 로자임 왕국에 가 있다!"
"전쟁의 신 위드 님이 지금 방송에 출현했어."
모라타의 거리도 난리였다.
"위드 님이 언제 세라보그 성에 가셨던 거지?"
"과연! 약자들을 놔두고 도망치실 리가 없지. 이미 알고 있었다니까."
"어쩌면 엠비뉴 교단이 침공할 걸 알고 미리 가서 계셨던 건 아닐까? 사람들을 구하기 위해서 말이야."
"그래, 그럴 수도 있겠다."
"정말 괜히 위드 님이 아니라니까."
위드에 대해 다시금 콩깍지가 씌게 된 모라타의 유저들!
페일과 제피, 마판조차도 마음이 흔들렸다.
'정말 그런 걸까?'
'위드 님이 알고 보면 굉장히 마음도 여리고 착한 사람이었는데 내가 몰랐던 건가?'
'나보다도 돈을 더 많이 밝히는 줄 알았는데. 그런 겉모습은 위장일 뿐이고 사람들을 아끼고 지켜 주려는 의도를 가졌을지도…….'
자주 만나서 이제 위드에 대해서는 알 만큼 알고 더 속을 것도 없다고 여겼던 측근들조차도 흔들릴 정도였으니 모라타의 유저들은 말할 필요도 없다.
모라타의 모든 발전은 위드로부터 시작된 거나 마찬가지였고, 유저들을 위한 무수히 많은 정책들이 진행됐다. 아무리 그의 직업이 조각사라고 해도, 문화 예술 분야에 누가 그처럼 거액을 투자할 수 있겠는가!

'통 큰 위드 님이니까 하실 수 있는 일이지.'

'자기 재물을 아끼지 않고 기부해서 모라타를 기초부터 발전시켰어. 다른 영주들은 세금이나 챙기기 바쁜데 말이야.'

모라타의 각종 결과물을 보면 위드에 대해 감탄하지 않을 수가 없다.

"세상에 어떻게 이런 의로운 분이……."

"베르사 대륙이 아직 어둠에 잠기지 않은 이유가 바로 위드 님 같은 분이 있기 때문이야."

"풀죽! 풀죽!"

위드는 광장의 사람들 중에서 레벨 300이 넘는 유저들을 불러 모았다. 현재의 전력으로 엠비뉴 교단과 싸우는 건 확실한 자살 방법이었기에 빠져나갈 곳을 찾아야 했다.

"남쪽으로 가는 건 어떻겠습니까. 그쪽으로 많이 몰렸으니 같이 포위망을 돌파하면 될 것 같은데요."

"서쪽은 엠비뉴 교단의 무리가 조금 적습니다. 마물들만 피하면 달아날 수 있을 것 같아요."

차마 떠나지 못했던 고레벨 유저들이지만, 살 수 있다는 희망이 보이자 자신들의 의견을 열심히 말했다.

위드는 회의적이었다.

"남쪽이든 서쪽이든 위험합니다. 다른 세력들의 입장에서는 숫자만 많고 거추장스러운 우리를 끼워 줄 리가 없습니다."

"그들이 먼저 열어 놓은 길을 따라가면요?"

"그들을 쫓아가던 몬스터들에게 우리가 대신 표적이 되겠죠. 우리는 사람이 많으니 이동속도도 느리고, 몬스터들로부터 모두를 지키기도 힘이 듭니다."

유저들은 많았지만 정작 사람들을 보호하면서 몬스터들과 잘 싸울 수 있을 정도의 실력자는 적었다. 마물들이 뛰어 들어와서 휘젓고 다닌다면 어마어마한 피해가 생길 것이다.

많은 사람의 목숨이 걸린 일이라서 누구도 쉽게 결정하지 못하고 위드의 의견을 따르려고 했다.

설혹 이곳에 있는 모두가 살지 못하고 죽더라도, 위드가 그들을 살리려고 노력했다는 것만으로도 마음의 위로를 얻었다.

그때 서윤이 위드에게 귓속말을 보냈다.

—성 밖으로 나갈 수 있는 비밀 통로가 있어요.
—비밀 통로?
—왕궁에서 이용하는 비밀 통로예요. 저도 가 본 적은 없지만, 얼마 전에 어떤 기사에게서 이걸 얻었어요.

서윤은 그에게 한 장의 지도를 건네주었다.

로자임 왕성의 비밀 대피로 지도를 습득하였습니다.

위드가 서둘러서 살펴보니 로자임 왕국에 비상사태가 발생했을 때 왕족들이 대피하는 통로가 나와 있었다.

—이 지도는 어떻게 얻었어?
—살인자 상태가 되고 나서 별의 궁전으로 가는데 왕실 기사들이 덤벼들기에 죽여 버렸어요. 그때…….
—…….

보통 왕실 기사가 덤벼든다고 때려죽이는 경우란 지극히 드물지 않던가. 그것도 지도를 얻을 수 있을 정도로 여러 명을 한꺼번에!

과정이야 어찌 되었건 지금은 꼭 필요한 지도이기는 했다.

'왕성에서 세라보그 성을 나갈 수 있는 통로로군. 탈출구는 여섯 군데나 되고.'

왕이나 왕족들의 대피 통로이니만큼 출구가 여러 개인 것 같았다.

'문제는 세라보그 성에서 그다지 먼 곳까지 이어진 건 아니라는 점인데…….'

탈출구를 빠져나가더라도 엠비뉴의 군대에 의해서 발견될 수 있는 거리였다. 하지만 당장 급한 건 갇혀 있는 성에서 빠져나가는 일.

위드는 절망에 빠져 있는 유저들에게 희망부터 주기로 했다.

"로자임 왕성에 있는 비밀 통로를 통해 세라보그 성을 빠져나가겠습니다."

희박한 생존 가능성이라고 해도 뭔가 있어 보이는 말을 하면 사람들이 따르리라고 믿었다.

몇몇 유저들을 통해 군중에게 그 사실이 전달되었다.

"위드 님이 우리를 몽땅 살려 주신대!"

"그게 무슨 말이야?"

"왕성의 비밀 통로를 통해서 빠져나간다네!"

"처음부터 믿고 있었다니까. 위드 님이니까 우릴 살려 주실 줄 알았어."

"아, 위드 님이 오셨는데 대체 뭘 걱정하고 있어. 괜히 위드 님이야? 전쟁의 신이잖아!"

위드를 철석같이 믿는 군중.

보통 수만 명의 목숨이 걸린 중차대한 일인 경우에는 의견 대립이나 논쟁이 벌어지기도 하지만, 모두가 위드를 따르기로 했다.

세라보그 성의 주민들은 셀리나의 퀘스트를 통해 이미 행동을 같이하기로 했고.

"그럼 갑시다."

위드가 서윤과 다른 강한 유저들과 함께 앞장서서 왕성으로 달렸다.

"우와, 출발이다."

"가자!"

광장에 몰려 있던 유저들이 다 같이 왕성으로 내달렸다.

민란이 벌어졌다고 여겨도 과언이 아닐 상황이었다.

"형, 지금 어디로 가는 거야?"

"위드 님이 살려 주신대. 우리는 따라가기만 하면 돼."

광장의 유저들이 일제히 달려갔으며, 세라보그 성의 주민들까지 따라왔다.

왕성의 입구에는 늘 경비병들이 서 있었지만, 지금은 엠비뉴 교단과의 전투에 동원되었다. 왕실 기사들도 보이지 않았는데, 국왕이나 왕족들을 안전한 장소로 빼돌리기 위해서 사라졌으리라.

"역시 먼저 도망쳤군!"

위드는 지도를 펴 놓고 바로 이동했다.

최근 별의 궁전에서 사냥하며 왕성에 자주 왔기에 방향을 잡기는 어렵지 않았다.

"입구도 여러 장소가 있는데, 가까운 장소로는……."

왕자, 공주가 머무르는 궁전마다 비밀 통로로 들어가는 입구가 있었다.

"셋째 왕자의 궁전으로 가서 들어갑시다."

"알겠습니다. 저희가 먼저 가서 확인해 보겠습니다."

위드가 결정을 내리니 함께 남은 고레벨 유저들과, 큰 세력에 속하지 못한 중소 길드의 유저들이 정찰을 자청했다.

그들에 의해 궁전에는 사람이 없으며, 값나가는 보물도 전혀 남아 있지 않다는 보고가 들어왔다.

"갑시다!"

왕성이 있는 지역에서 셋째 왕자의 궁전은 다소 작은 편이었다. 하지만 잘 가꿔진 정원과 예술품들이 몇 개는 되었다.

위드가 유저들을 끌고 가는 그 와중에도 확인해 본 바로는 비싼 예술품들은 모두 떼어 가 버렸다.

"이곳으로 들어가면 됩니다."

왕자의 침실의 벽장에 비밀 통로가 있었다.

탐험가의 직업을 가진 유저가 통로의 위치를 살펴보고 먼저

와서 문을 열어 둔 것이다.

"어서 들어갑시다."

던전, 왕성의 지하도에 들어왔습니다.
혜택: 명성 315 증가. 일주일간 경험치, 아이템 드랍률 2배. 첫 번째 사냥에서 해당 몬스터에게 나올 수 있는 것 중에서 가장 좋은 물건 아이템이 떨어진다.

"어라, 던전이네. 잠시만요. 제가 확인해 보겠습니다."

모험가 나달이 나서서 살펴봤다.

"던전 감정!"

던전: 왕성의 지하도

로자임 왕국의 왕족들이 유사시에 사용하기 위하여 만들어 놓은 지하 통로. 오랫동안 위험한 사건이 벌어지지 않아서 왕족들이 불륜을 저지르는 용도로 사용되었다. 넓은 지하도에는 언제부터인가 몬스터들이 들어와서 살게 되었으며, 통로에 쌓여 있는 비상식량들을 먹으면서 상당히 많이 번식해 있다.
난이도: 매우 높다.
던전의 규모: 거대하다.

특정 지역에 대한 역사서를 읽어 보았거나 대화를 통해 얻은 정보가 일정 수준에 도달하면 사용할 수 있는 던전 감정 스킬!

모험가라서 여러 가지를 알아보기에 훨씬 편했다.

"이런, 몬스터들이 있다고 하는데요. 난이도를 감안하면 레벨 300 중반의 몬스터들 같습니다."

모험가는 걱정하며 말했다.

그렇지 않아도 위드에게 경고를 해 주는 무리가 있었다.

던전에 들어오고 나서 나타난, 반딧불처럼 빛나는 페어리들이었다.

"여왕님이 보내서 왔어요."

"여긴 위험해요. 이쪽은 위험해요."

"그래도 위드 님이라면 충분히 헤쳐 나가실 수 있을 것 같아요. 꺄악, 너무 멋진 아이스 트롤이다. 사랑스러워."

"이 길로 가면 될 거 같은데… 이쪽 방향이 아닌가아?"

페어리들이 날아다니면서 위드에게 말을 걸고 있었다.

페어리들은 선한 사람만 볼 수 있으며, 원하면 정령술사들에게서도 모습을 감출 수 있다.

위드의 성향이 자주 오락가락하였지만 지금은 좋은 쪽에 속해 있고, 페어리 여왕의 의뢰도 받아 놓은 상태라서 도와준다며 나타난 것이었다.

왕성의 지하도

아이스 트롤이 된 위드는 던전 안으로 성큼성큼 들어갔다.

"몬스터는 몽땅 때려잡으면 됩니다."

던전에 몬스터가 없으면 허전하다.

아이스 트롤로 변신한 이유도, 복잡하게 머리 굴릴 시간에 두들겨 패서 때려잡으려는 생각 때문이었다.

엠비뉴 교단이 세라보그 성을 침략했으니 최대한 많은 피난민들을 데리고 안전하게 도망쳐야 하는 퀘스트!

속도가 성공과 실패를 가른다고 해도 지나친 말이 아니다.

반딧불처럼 빛나는 페어리들이 위드를 따라오며 재잘재잘 수다를 떨었다.

"멋있다. 멋있다."

"이상형이야. 시집가고 싶어."

위드는 혹시나 몰라서 재봉 스킬로 미리 만들어 둔 커다란 가죽 갑옷을 지금 꺼내 착용하고 있었다.

레벨 제한이나 힘 스탯만 놓고 보자면 철 갑옷이나 미스릴 갑옷을 입기에도 충분했다. 하지만 만들어 놓고 보관만 해 두기에는 무게도 많이 나가고 재료가 아까워서 만들어 놓지 않은 탓이었다.

옆으로 떡 벌어진 어깨의 위드가 먼저 던전으로 걸어가니, 그 뒤를 따라가는 다른 유저들은 하나같이 든든함을 느꼈다.

'전쟁의 신 위드 님의 뒤를 따라갈 수 있다니, 어떤 모습으로 싸울지 기대가 되네.'

'구경 실컷 해 놔야지.'

유저들 중에서도 스스로 어느 정도 능력이 되는 사람들은 위드의 바로 뒤에 섰다.

행렬의 끝 쪽에는 세라보그 성의 피난민들과 초보자들이 계속 모여들고 있었다.

위드는 던전을 찬찬히 살필 겨를도 없이 계속 앞으로 걸어나갔다.

스르륵.

그때 무언가 아주 작은 소리가 들렸다.

"나타났다. 나타났다!"

"조심해요. 물리면 많이 아파요."

"어제 토끼를 잡아먹은 뱀이 숨어 있어요."

주변에서 반짝거리며 날아다니던 페어리들이 시끄럽게 경고했다.

취릭!

위드를 향하여 색깔이 알록달록한 뱀이 튀어 올랐다.

벽의 틈새에 살며 지나가는 동물들을 잡아먹는 엘릭사!

"엇, 위드 님! 조심하셔야 됩니다."

"위드 님!"

유저들이 고함을 질렀다.

엘릭사는 레벨 300대의 뱀류 몬스터로, 레벨이 높은 데다 미끄러지면서 기어 다니는 속도가 가공할 정도로 빨랐다.

엘릭사의 취향에 아이스 트롤은 전혀 먹음직한 먹이가 아니었지만, 차가운 기운을 내뿜는 게 거슬렸는지 선제공격을 가해왔다.

무섭게 생긴 엘릭사의 기습을 보며 위드는 무덤덤하게 한마디를 내던졌다.

"맛있게 생겼군."

그리고, 아이스 트롤의 몸에 비하면 짧은 막대기 정도밖에 되지 않는 검이 휘둘렸다.

까앙!

> 엘릭사가 커다란 충격을 받아 혼돈 상태에 빠집니다.
> 아이스 트롤의 냉기로 인하여 엘릭사의 속도가 14% 느려집니다.

엘릭사는 검에 적중당하고 벽에 부딪쳐 튕겨 나왔다.

불쌍하게 잠시 마비 상태에 빠지고 만 엘릭사!

아이스 트롤은 다른 종족에 비하여 남달리 높은 힘과 민첩성에 의해 마법이나 다른 스킬보다는 기본 동작의 전투력이 극대화되었기에 위드가 무심히 내지른 검에 속수무책으로 당해 버리고 만 것이다.

위드는 땅에 떨어진 엘릭사를 향해 계속 검을 휘둘렀다.

"살점은 구워 먹고 가죽도 벗겨야지. 머리는 챙겨 두었다가 술을 만들까?"

엘릭사를 공포에 잠기게 하는 말들!

엘릭사는 레벨이 300대 초반이거나 간신히 중반을 넘는 뱀이라서, 위드의 집중적인 연타에 금세 사망했다.

데몬 소드의 내구력이 저하되었습니다.

"갑시다."

위드는 바로 전리품을 챙긴 다음에 앞으로 나아갔다.

입구 부근부터 엘릭사들이 몇 마리씩 기어 다녔다.

엘릭사는 빠르게 미끄러지다가 위드를 향해 화살처럼 뛰어올랐다. 아차 하는 순간 이빨에 물리면 독이 퍼져서 레벨이 높더라도 금세 위험한 상황에 놓이게 된다.

위드는 그런 엘릭사를 허공에서 검으로 쳐 낸 후 가차 없이 칼질했다.

"술을 잔뜩 담글 수 있겠구나. 많이 많이 와라!"

싸움을 위하여 탄생한 아이스 트롤이었다.

팔다리가 길면서 상하체 근육의 균형이 확실히 잡혀 있고, 발바닥도 유난히 넓고 크게 만들어 놨다.

뱀들은 근처에 오기만 해도 위드가 뿜어내는 냉기에 의해서 속도가 점점 느려졌다.

"몬스터예요."

"꺄아악! 무서워!"

"이겨야 돼요. 이곳을 통과하지 않으면 안 돼요."

페어리들의 소란을 들으며 위드는 엘릭사를 여유롭게 물리쳤다.

던전으로 조금 더 깊이 들어가자 등장하기 시작한, 레벨이 300 중반에 가까운 리글러, 보이춰, 굴독!

던전에 사는 대표적인 위험한 몬스터들이었다.

레벨대를 떠나서 공격력이 높기 때문에 까다로웠지만, 위드는 개의치 않았다.

"전부 덤벼라."

위드는 아이스 트롤의 특성을 만끽했다.

인간이었을 때에야 정교한 검술과 스킬 들을 조합해 가며 사냥을 했다. 그러나 지금은 스킬을 쓸 마나도 없고, 넘쳐흐르는 건 오직 힘뿐!

마음껏 때리고 깨부수면서, 적의 공격은 열심히 피하지도 않았다.

"저 트롤을 죽여라."

"다 같이 공격하자!"

보이춰의 채찍에 적중당하였습니다.
아이스 트롤의 맷집에 의해 방어력이 26% 추가됩니다.

리글러가 던진 단검이 다리를 스치고 지나갔습니다.
체력과 생명력이 감소합니다.

위드도 생명력이 쭉쭉 줄어들었다.

그래도 37만에 달하는 무지막지할 정도로 많은 생명력 때문에 위험한 수준은 아니었다.

게다가, 아이스 트롤의 특성상 생명력이 정말 빠르게 회복되었다. 붕대를 감고 휴식을 취할 때보다도 빠른 수준이었다.

피하지도 않고 몬스터를 두들겨 패기만 하니 박력이 넘쳤다.

“캬아오오!”

위드가 포효를 질렀다.

아이스 트롤이 뿜어내는 냉기에 의하여 몬스터들은 걸어오다가 점점 느려지고 마침내 결빙되었다.

“아, 진짜 잘 싸운다.”

“완전 거칠어. 뭐 저렇게 계속 나가면서 싸우기만 해?”

보통 유저들이 보기에는 기가 막힐 정도로 훌륭한 전투 능력이었다.

한 대를 때리면 너그럽게 맞아 주고 더 세게 일곱 대를 때리며 사냥을 했다.

검을 휘둘러서 패고, 무식한 큰 주먹을 휘둘렀으며, 앞발로 걷어차기까지 하는 난폭한 아이스 트롤!

아이스 트롤의 육체는 무거웠지만 힘과 민첩성이 워낙 높다 보니 위드는 원하는 대로, 깃털처럼 가볍게 움직였다.

“패! 죽어! 패! 아이템 내놔! 패! 아직 덜 맞았냐!”

마치 무법자처럼 활약했다.

던전에 출현하는 몬스터마다 무자비하게 패 가며 검을 휘두르면서 앞으로 달렸다.

얼떨결에 튀어나와 버리고 만 본래의 성격!

던전 돌파가 순식간에 이루어졌다.

"왼쪽 녀석이 살아 있어요."

"더 때려 주세요, 위드 님."

"아아, 정말 이상형이야."

신난 페어리들의 수다를 귓등으로 흘리면서 위드는 몬스터들로 들끓는 던전을 뚫고 나갔다.

레벨이 400을 넘어섰고 아이스 트롤로 변신까지 했으니 던전에서 감히 그를 막아설 몬스터는 존재하지 않았다.

레벨 300대의, 제법 난이도가 높은 던전에서 호쾌하게 힘자랑을 했다.

그것도 어중간하게 보여 주는 게 아니라, 압도적인 무력의 발산.

"아이스 트롤이다!"

"이곳에는 어떻게……."

"협공을 취하자."

몬스터들이 다 같이 달려왔다.

위드에게는 어디까지나 맛난 간식거리에 불과할 뿐!

퍼버버버벅!

몬스터들이 순식간에 회색빛으로 변하여 사망했다.

다른 사람이 조각 변신술을 썼다면 이렇게까지 싸우지는 못했을 것이다. 평소의 전투 방식이 몸에 익숙해져서 남아 있기 때문이다. 몬스터의 공격에 본능적으로 피하거나 수비를 하고, 힘을 아끼면서 적당히 패려고 들 것이다.

위드의 최대 장점은, 어떤 몸이든 금방 적응할 수 있다는 점이었다.

몬스터들이 때리거나 말거나 파죽지세로 던전을 돌파했다.

보통 때의 위드의 던전 사냥보다도 훨씬 속도가 빨라서, 피난민들은 헐레벌떡 그 뒤를 따라가야 되었다.

"위드 님이랑 가니까 정말 든든하다."

"다른 사람들보다도 엄청 많이 잘 싸우네. 열 사람 몫을 넘게 하는 것 같은데?"

"열 사람이 뭐야. 스무 명도 더 되겠다."

위드를 따라 선두에 섰던 유저들은 레벨도 더 낮았고 훨씬 신중하게 싸웠다. 서윤은 사람들도 많이 있고, 또 굳이 그녀가 나서지 않아도 될 것 같아서 제대로 실력을 발휘하지 않았다.

그렇기 때문에 위드의 활약만 유난히 돋보였다.

아이스 트롤만 보면, 세라보그 성의 위기 따위는 머릿속에 떠오르지도 않을 정도로 박력으로 가득했다.

던전에서 벌어지는 장면은 KMC미디어를 비롯한 각 방송국에서 중계되었다.

—저런 식으로 전투를! 격식도 없는 마구잡이 싸움입니다. 초보 유저 여러분은 절대 참고하시면 안 되겠습니다. 저런 식의 돌파는 죽음으로의 지름길이죠.

—갑자기 늘어난 힘을 주체하지 못하고 막 싸우고 있네요. 솔직히 위드의 전투라고 하기에는 실망스럽습니다.

방송국의 진행자들은 너도나도 쓴소리를 뱉어 냈다.

하지만 KMC미디어는 적극적으로 위드의 편이 되어서 분석

했다.

—힘과 맷집을 최대한 활용하며 싸우고 있는 위드! 과연 배포가 두둑하네요.

—예, 지금까지 많은 사람들의 전투 영상을 봐 왔습니다만, 언제 이렇게 던전을 빨리 통과하는 사람이 있었습니까?

아이스 트롤의 넘치는 힘과 맷집을 아끼는 거야말로 무식한 일. 맞아 줄 건 맞아 주고, 더 많이 때리면서 위드는 싸웠다.

그 시원함이야말로 엠비뉴 교단의 군대에 대한 두려움이나 일상생활에서 받은 스트레스를 날려 버리기에 충분했다.

—그리고 시청자 여러분께 기쁜 소식을 알려 드리겠습니다.

—어떤 좋은 소식이죠?

—놀라지 마십시오. 전쟁의 신 위드! 그들의 최측근이며 같이 사냥을 많이 했던 동료들과 전화가 연결되어 있습니다. 방송에도 나온 적이 있는, 토둠에서도 함께한 동료들입니다. 네 분을 모셨는데요, 우선 인사라도 한마디씩 해 주시죠.

—정말 방송에 나가는 거예요? 와, 신난다!

—에헴! 반갑습니다.

—안녕하세요.

—크흠, 북부로 오시면 언제든 찾아 주세요. 돈만 주시면 뭐든 구해 드립니다.

첫 번째와 세 번째는 여자의 목소리, 나머지는 남자들이었다. 특히 세 번째의 목소리는 노래와 음악 방송을 통해서도 많이 들어 본, 친숙하고 매력적인 음성이었다.

—전쟁의 신 위드가 지금 대단한 활약을 펼쳐 보이고 있는데요, 그 장면

을 실시간으로 전해 드리다 보니 인터뷰가 간단히 진행될 수밖에 없는 점을 먼저 양해 부탁드립니다.

—그럼요! 얼마든지 괜찮아요.

—이해합니다.

—방송이야 자주 해서 잘 아니까, 긴장하지 말고 편하게 하세요.

—출연료는 그대로 지급되는 거죠?

—전쟁의 신 위드와 많은 시간을 같이하셨을 텐데요, 던전 사냥에서 위드는 어떤 모습인가요?

—딱 지금요. 몬스터가 불쌍해요.

—먼저 화살 쏘기가 참 쉽지 않죠.

—항상 부지런해요.

—전 뒤에서 잡템 계산만 해서 잘…….

—위드와 사냥을 자주 하신다니 부러워하는 시청자들이 많습니다. 던전 사냥을 할 때는 어떤 기분이 드나요? 막 성장하는 기분이나, 긴장감이 있겠죠?

—위드 님이 워낙 잘 싸워서, 옆에서 따라가기가 쉽진 않아요. 완전히 질릴 정도로 맥이 빠져요. 그만큼 정신없고 빠르고… 그래도 주먹질하는 손맛 때문에 즐거워요.

—사냥을 마치고 나면 일도 사랑도 잘 해낼 거 같은 자신감이 붙지요.

— 싸우는 위드 님의 옆모습이 멋있어요.

—전 그냥 돈 계산만…….

—모라타의 영주로서도 위드는 새롭게 대중의 환호를 받고 있는데요, 위드가 영주로서의 막중한 책무를 이렇게 잘 해낼 거라고 처음부터 알고 계셨습니까?

—정말 저도 신기한 부분이에요. 주민들부터 다 굶겨 죽일 줄 알았는데.

—위드 님의 성격이, 보기보다 정말 착하고 순수하신 분이라서 잘하실 거라 생각은 했습니다.

—못하는 게 뭐가 있겠어요?

—그게 다 나중에 세금… 아닙니다, 모라타로 많이 오셔서 마판 상점 이용해 주세요.

—위드의 활약이 계속 이어지고 있어서 인터뷰는 다음에 기회가 되면 다시 하도록 해야겠습니다. 세라보그 성에서 사람들을 구하기 위해서 애쓰는 위드에게 응원 한마디씩 하신다면요?"

—주먹에 정을 남기지 마세요.

—무사히 살아 돌아오시리라 믿습니다.

—오실 때 구두 한 켤레만……. 재봉사 비토르도 꼭 구해 주세요. 그가 만든 배낭이 요즘 인기래요.

—좋은 물품과 친절로 모시겠습니다. 마판 상회 체인점 모집 중!

주민들과 초보자들은 위드가 던전에서 열어 놓은 길로 계속 밀려들었다.

아이스 트롤이라고 해도 전투를 하다 보면 체력과 생명력이 제법 떨어졌지만, 유저들 중에는 사제도 많았다. 치료와 체력 회복 등의 마법이 계속 걸렸기 때문에 위드는 몬스터 사냥에만 집중할 수 있었다.

"진짜 위드 님 덕분에 살 것 같다."

"우릴 위해 저렇게까지 해 주실 줄은 정말 몰랐는데 말이야."

"위드 님이 로자임 왕국 출신이라는 게 정말 자랑스러워."

듬직하기 짝이 없는 아이스 트롤!

유저들이 위드에 대해 품은 존경심은, 물만 줘도 자라는 콩나물처럼 무럭무럭 자라나고 있었다.

하지만 위드의 생각은 전혀 달랐으니…….

'이제야 적당히 할 만하군. 조금이라도 생명이 위험해지면 혼자서라도 살아야지. 굳이 지나치게 무리해 가면서 남들까지 다 살려 주려고 애쓸 필요는 없으니까.'

언제라도 다른 유저들을 버리고, 어쩔 수 없는 듯한 상황에서는 자연스럽게 빠져나갈 수 있도록 마음의 준비를 다 해 놓은 위드였다.

유병준 박사는 의자에 앉아서 텔레비전을 시청했다.

—엠비뉴 교단의 병사들이 벌써 세라보그 성의 성벽에 많이 올라왔습니다. 이대로면, 성벽을 빼앗기는 건 시간문제인 것 같습니다.

—동쪽 성문이 드디어 파괴되었습니다. 엠비뉴의 군대가 성내로 진입합니다.

—상점과 가게 들이 불타고 있습니다. 엠비뉴 교단의 군대는 세라보그 성을 완전히 태워 버릴 작정인 것 같습니다.

각 방송국의 진행자들은 호들갑을 떨며 말하고 있었다.

엠비뉴 교단에 의해 점령당하면 원래 있던 성은 보통 초토화되어 버리곤 했다. 유저들은 깡그리 전멸, 성벽은 흔적만 남아 쓸쓸하게 잡초만 무성한 지역이 되어 버리는 것이다.

세라보그 성의 운명도 그다지 다를 것 같지는 않았다.

"엠비뉴 교단이 정말 빠르게 퍼져 나가는군."

유병준은 〈로열 로드〉를 지켜보는 것만으로도 상당히 흥미로웠다.

인간들의 욕심과 성장, 번영 그리고 몬스터와, 음지에서 퍼져 나간 엠비뉴 교단의 득세!

〈로열 로드〉는 몬스터나 악신의 추종자들에게도 당연하게 자유도를 높게 부여해 놓았다.

몬스터들도 번식이나 생존경쟁을 통해 계속 강해질 수 있다. 정해진 영역에서만 사는 게 아니라, 던전에 있는 몬스터들이 먹이를 구하러 밖으로 나올 수도 있었다.

어느 한 종류의 보스급 몬스터가 무리를 끌고 더 나은 장소를 찾아 이동하기도 한다.

인간들의 마을과 성을 점령할 수도 있고, 기술과 지식을 축적하는 것도 가능했다.

유병준 박사는 자신에게 주어진 권한을 통해서 모든 장면을 원하는 대로 찾아볼 수 있었다.

—오주완 씨, 이런 속도라면 엠비뉴 교단이 과연 어디까지 퍼져 나가게 될까요?

—지금 엠비뉴 교단 때문에 중앙 대륙에서는 엄청난 혼란이 벌어지고 있는데요, 유니콘 사에서는 아직까지 그 어떤 입장 발표도 없었습니다.

유니콘 사의 직원들조차 현재의 엠비뉴 교단에 대해 깊은 우려를 갖고 있는 게 사실.

도시를 완전히 없애 버리고 왕국을 멸망시킨다는 건 너무나 지나친 사건이 아닐까 하며 걱정했다.

그러나 최초에 각 왕국들과 도시들의 형태가 갖춰져 있긴 했지만, 나머지는 유저들이 스스로 역사를 만들어 나가야 했다.

인간들이 숲을 개간하고 강가에 집을 지어 도시를 만들 수 있지만, 방비가 취약하다면 몬스터에 의해서 쓸려 버릴 수도 있다.

유병준은 텔레비전을 보며 중얼거렸다.

"엠비뉴 교단에 의해 이대로 대륙이 멸망할 가능성이 더 커졌군."

과정에 따라 불가능한 일도 아니었다.

베르사 대륙을 위협하는 수많은 몬스터와 암흑의 세력들이 실패만 하게 정해져 있지는 않다. 오히려 영악하게 도처에 숨어서 음모를 진행하고 있다.

유저들의 성장이 느려지거나 그들끼리 반목한다면 베르사 대륙은 영구히 악에 의해서 장악당하게 되리라.

유저들은 그 후에도 계속 접속이 가능하겠지만, 그들의 하수인으로 살거나 혹은 그들이 없는 땅에서 마을을 만들면서 다시 밝은 미래를 위해 싸워야 할 것이다.

〈로열 로드〉가 단순한 게임이라면 유저들의 인기를 끌기 위해 엠비뉴 교단을 막아야겠지만, 이미 유니콘 사는 세상의 돈을 쓸어 모으고 있다고 해도 지나치지 않을 정도였다.

유저들은 스스로 결정한 운명에 따라 베르사 대륙에서 살아가게 될 것이다.

"바드레이도 패왕의 후계자로서 성장을 하고 있으니 영토와 세력을 키워 가다가 엠비뉴 교단과 싸우게 되겠지. 그보다도……."

얼마 전부터 유병준은 어떤 이름 하나가 자꾸 거슬렸다.

위드!

전쟁의 신이니 하는 거창한 수식어는, 평소에 그가 지켜보기에 과장된 면이 정말 많았다. 하지만 그가 막 〈로열 로드〉를 시작했을 때부터의 영상을 되돌려서 구경해 봤더니 기가 막힌 장면들의 연속이었다.

"보통 인간이란 어렵거나, 자기 능력으로 안 될 것 같으면 현실과 타협을 하고 좀 시간을 두고 미뤄 두거나 아니면 포기하는 게 일반적인 반응 아닌가?"

그런데 위드는 생고생을 하면서 극적인 상황을 만들어 내며 어려움을 돌파해 버린다. 조각술의 비기도 하나둘 어떻게 모아가더니 이젠 자하브까지 만났다.

광활한 베르사 대륙에서도 고생스러운 장소들만 용케 잘만 찾아다니면서 모험을 했다.

"그리고 모라타라……."

위드는 도시까지 소유했다.

갑자기 어느 날 하늘에서 뚝 떨어진 게 아니라, 직접 얻어서 발전시킨 땅이다. 바드레이처럼 휘하에 길드를 거느리고 있지도 않았지만, 위드는 대륙적인 인기를 끌었다.

유병준 박사는 이제 위드에 대해서 적지 않은 경계심이 들고 있었다.

"아주 똑똑해. 이번에도 세라보그 성의 유저들을 무사히 탈출시킨다면 특별한 사건이 되겠지."

세라보그 성을 포위하고 있는 엠비뉴 교단의 군대는 보통이 아니다. 초보자들과 피난민들을 이끌고 도망친다는 건 거의 불가능에 가까운 어려운 일이었다.

그러나 실패하더라도, 올바른 행동으로 사람들의 마음을 얻을 수는 있을 것이다.

"엠비뉴 교단의 군대가 막고 있을 텐데… 혼자서 도망치는 거라면 몰라도 과연 어디까지 갈 수 있을지 모르겠군."

정득수 회장은 주말에 집에서 책을 읽고 있었다.

"오늘은 종일 비가 내리는군."

창밖에는 아침부터 폭우가 쏟아지고 있었다.

"이런 날씨에는 〈로열 로드〉에나 들어가 보는 것도 괜찮을 것 같은데."

박진석과 이야기를 나눈 이후로 한동안 잊고 지냈던 〈로열 로드〉에 대한 관심이 커졌다.

가끔 휴가를 보낼 때, 〈로열 로드〉는 마음 편하게 푹 쉴 수 있는 유용한 도구였다.

"떠오른 김에 접속이나 해 봐야겠어."

정득수 회장은 캡슐이 있는 방으로 들어갔다.

정득수 회장이 접속한 캐릭터는 바트.

그는 기초적인 장비만 착용하고 있었다. 등산에 취미가 있어서, 앞서는 레인저들이 있는 산의 계곡에 올라가서 접속을 종료한 상태였다.

"와, 물이 정말 맑다."

"마셔 봐. 시원해."

계곡은 놀러 온 커플들의 천국!

베르사 대륙에서 이름난 계곡이었기 때문에 커플들이 더욱 많았다.

'다른 곳으로 가 봐야겠군.'

바트는 씩씩하게 걸어서 산을 내려갔다.

'〈로열 로드〉에 접속하면 육체가 젊어진 것 같아서 참 좋아.'

하지만 얼마 내려가지도 않아 불행하게도 붉은 눈의 귀여운 토끼를 만나고 말았다.

'이크, 토끼다.'

바트는 얌전히 쪼그려 앉아서 토끼가 지나가기를 기다렸다.

그는 레벨이 3밖에 안 되는 초보자였기에 토끼조차도 상당히 무서웠다. 전투를 경험해 본 적도 없고, 그나마 레벨을 3까지 올린 것도 간단한 대화로 끝나는 퀘스트를 몇 가지 했기 때문이다.

'일단 마을로 돌아가야겠어.'

바트는 마음 놓고 멀리 돌아다닐 수 있는 레벨이 아니었다.

계곡이 있는 산마저도 대도시의 바로 뒤에 있어서 위험한 몬스터들은 나오지 않고 사람들이 많아서 안전하게 올 수 있었던 정도다.

라살 왕국의 도시로 가니 유저들이 북적대며 장사를 하고, 같이 길을 떠날 사람들을 구하는 중이었다.

"푸른 약초 캐러 같이 가실 분! 레벨 25만 넘으면 됩니다. 1시간 정도 고생하면 짭짤하게 돈 벌 수 있어요!"

"이 근처에 생긴 고블린 요새에서 같이 사냥하실 파티원 찾습니다!"

초보자들을 구하기 위해서 외치는 소리들이었지만, 바트에게는 그마저도 까마득히 높은 레벨이었다.

'정말 다들 〈로열 로드〉를 좋아하는군.'

바트는 도시 내를 돌아다니면서 사람들의 밝고 즐거워하는 표정들을 보았다.

하늘은 더없이 맑았고 주변의 건물들도 모두 실제와 차이가 없었으며 걸어 다니는 느낌이 난다.

새로운 세상에서 설레는 걸음을 떼어 놓는 듯한 기분!

바트는 지붕에 앉아 있는 새들을 보며 고개를 끄덕였다.

"인기를 끄는 데는 이유가 있겠지."

기업가로서 그는 〈로열 로드〉의 기술력이나 상업성에만 주목했다.

유니콘 사는 엄청난 속도로 규모를 키워 가고 있었으며, 현재는 그가 경영하는 회사를 다 합쳐도 매출액이나 순이익에서 비교가 안 되었다. 익숙하게 알려진 세계적인 그룹들조차도, 유니콘 사의 영업이익과는 숫자의 단위부터 다를 정도다.

"시대가 바뀌기는 했어. 앞으로를 위해서라도 〈로열 로드〉를 조금 더 해 보는 게 좋을 것 같은데."

단순한 유흥거리로만 여겼는데 사람들이 이렇게까지 열광한다면 제대로 경험해 보고 싶어졌다.

다행스럽게도 돈은 좀 넉넉한 편이었다. 휴가를 즐길 때 회사의 비서를 통해 많은 돈을 받아 놓았던 것이다.

"전투를 위해서 장비부터 맞추고……."

바트도 최소한의 상식은 있었기 때문에 레벨 제한이 없는 초보자용 장비들을 구입했다. 직업은 아직 구하지 않았기 때문에 기초적인 의류와 가벼운 장검이었다.

주로 상점표 무기들을 구입하는데 사람들이 흥분해서 이야기하는 소리가 들렸다.

"세라보그 성에 엠비뉴 교단이 쳐들어와서 지금 공격을 하고 있다는 소식 들었어?"

"지금 싸우는 거야?"

"공성전 벌어지고 있대. 마물들이 엄청나!"

"아, 보로그 던전 사냥 가려고 했는데……."

"사냥이 문제야? 선술집 가서 봐야지."

"그건 그래. 이걸 놓치면 후회할 것 같아."

"빨리 가자. 선술집도 늦으면 자리가 없을 거니까."

바트에게는 알아들을 수 없는 내용의 말이었다. 하지만 선술집에 가면 무언가를 볼 수 있는 모양이었다.

그 때문인지, 거리에서 갑자기 사람이 사라진 느낌이었고, 북적거리던 상점도 휑해진 듯했다.

"나도 선술집에 가 봐야겠군."

바트는 선술집으로 들어가서 통닭 1마리와 맥주를 시켰다. 그리고 대형 수정에 비치는 영상을 보니 아까 어떤 유저의 말처럼 세라보그 성에서 공성전이 벌어지고 있었다.

유저들은 술과 음식을 즐기면서 대형 수정에 시선을 집중시켰다.

"캬하, 술맛 좋다. 전쟁의 신 위드가 다르긴 달라."

"엠비뉴 교단이 침공하는데 혼자서 저렇게 나설 수 있는 사람이 어디 있겠어?"

"랭커? 레벨만 높다고 다인 줄 아나, 위드 발끝만큼도 못 따라가잖아."

"지금 사냥 속도를 봐. 우리가 그냥 걸어가는 것보다도 더 빠르다. 몬스터가 나오는데도 걷는 속도가 줄어들지도 않네."

"위드한테는 엠비뉴 교단도 밥… 아니, 죽이지!"

유저들이 떠드는 소리를 들으면서 바트는 대형 수정의 영상을 보았다.

방송국에서 중계하는 영상을 대형 수정으로 그대로 가져올 수 있다. 현실과는 시간 차이가 다소 있지만, 중간에 광고나 다른 채널의 프로그램을 보는 방식으로 해결할 수 있는 문제!

주로 세라보그 성을 함락시키려는 엠비뉴 교단을 보여 주었지만, 던전을 돌파하고 있는 위드와 유저들로도 화면이 자주 바뀌었다.

'전쟁의 신 위드…라고?'

바트에게는 정말 친숙한 이름이었다.

그의 딸인 서윤과 친하게 지내고 자주 만나는 남자의 캐릭터가 아니던가!

"위드는 내가 아는 사람인데…."

그가 중얼거리는 말에, 사람들이 돌아봤다.

"아저씨, 저 사람 전쟁의 신 위드예요. 정말 아는 사람이 맞아요?"

"아는 사람 맞다니까."

"이름만 같은 사람도 많은데요."

"저 위드가 맞아."

"아, 네."

바트의 나이가 있다 보니 더 이상 뭐라고 따지고 들지는 않았지만, 누구도 그의 말을 믿지 않는 분위기였다.

초보자 중에서도 고작 상점표 옷을 입고 있는 유저가 전쟁의 신 위드와 친분이 있다는 게 어디 말이나 되는가.

'아저씨가 허풍이 너무 심하시군.'

'믿을 만한 말씀을 하셔야지.'

졸지에 위드를 안다면서 거짓말로 잘난 척하는 사람이 되어버린 바트였다.

"크하아아아!"

위드가 지하 공간이 쩌렁쩌렁 울릴 정도의 괴성을 내질렀다.

몬스터를 끌어들이는 효과도 있지만, 뒤에서 따라오는 유저들에게는 적지 않게 안심이 되었다.

"빨리 가."

"뒤쪽, 늦추지 마세요. 우리가 늦게 가면 계속 쭉 밀립니다."

주민들과 초보자들이 비밀 통로로 꼬리에 꼬리를 물고 계속 따라왔다.

원래는 대형 길드들을 따라서 같이 가기로 했던 중소 길드들도 위드를 믿고 함께했다.

10만이 훨씬 넘는 사람들을 피난시켜야 한다.

사람이 한꺼번에 몰려, 아직 지하도로 들어오지도 못한 사람이 더욱 많을 정도였다.

꽃팔찌에 혹해 덜컥 받아들이긴 했지만, 사실 셀리나의 퀘스트는 굉장히 어려운 의뢰였다. 사전에 많은 준비를 할 수 있었던 것도 아닌 데다, 그때그때 상황에 따라 어떤 판단을 내리느냐에 따라 주민들이 대량으로 죽어 나갈 수도 있다.

"우리도 같이 싸웁시다."

"다 죽여. 없애 버리자!"

유저들 중에서도 나름 레벨이 되는 사람들이 주민들을 헤치고 앞으로 나오면서 사냥의 속도는 더 빨라졌다.

"앞으로!"

위험을 무릅쓴, 시간과의 싸움이었다.

하지만 유저들은 두려움보다는 재미를 느꼈다.

위드를 따라가니 절로 흥이 날 정도였다.

아이스 트롤 위드는 건장한 체격과 큰 키로 인해서 한참 뒤에서도 잘 보였다.

위드가 힘껏 휘두르는 검! 근육이 잔뜩 팽창한 기다란 팔 때문에 마치 창을 휘두르는 것 같은 궤적을 그리면서 몬스터들을 단번에 베어 버린다.

"쾌헤헤헤헷!"

괜찮은 아이템을 날름 집어삼켰을 때에는 시원한 웃음도 흘렸다.

아이스 트롤이 저돌적으로 싸우는 광경을 보다 보면 몸이 저릿저릿 울릴 정도로 흥분되었다.

위드는 어느새 세라보그 성을 탈출하기 위해서 싸우는 게 아니라 사람들에게 묻고 있는 듯했다.

도대체 왜 피곤하게, 스트레스를 간직한 채 힘겹게 살아가야 되는가! 세상에는 이렇게 신나는, 몸이 벌벌 떨릴 정도로 즐거운 일이 가득한데!

몸으로 싸우고 부딪치고 짜릿하게 살 수 있다는 것도 크나큰 축복.

"오른쪽으로 돌아야 돼요."

"거긴 맑은 물이 흘러요. 목마르면 드시고 가세요, 위드 님."

"몬스터 3마리 접근 중! 혼내 주세요."

"앞으로 조금 달려가면 함정이 있어요. 그냥 뚫고 나가 주실 거죠? 함정을 돌파하는 모습에 반할 것 같아!"

페어리들이 날아다니면서 길을 안내해 주었다.

유저들 중에서도 궁수들은 거의 선두까지 따라 나와서 몬스터들이 접근하면 위드가 가까이 붙기 전에 먼저 화살을 날렸다. 위급한 상황에서 손발을 맞춰 본 적도 없는데 유저들이 스스로 나서서 할 수 있는 일을 했다.

그 덕분에 던전의 몬스터가 많아졌음에도 발걸음이 늦춰지지 않고 계속 이동할 수 있었다.

"사람들에게 회복."

위드의 말이 떨어지자마자 사제들이 앞으로 나와서 전투를 담당하는 전사들에게 치료를 집중했다.

"수리."

무기들은 즉시 뒤로 넘겨지고, 대장장이들이 즉석에서 수리를 시작했다.

위드가 있으면 어디서든 조직의 효율성이 자연스럽게 극대화되었다.

왕성의 지하도에는 왕족들이 놔둔 보물 상자와 잃어버린 물건들이 가끔씩 떨어져 있었다. 위드는 몬스터와 싸우면서 보물 상자를 4개나 열어 봤다.

아무것도 없습니다.

아무것도 없습니다.

금화 3개를 얻었습니다.

왕가의 보검을 발견하였습니다.

다른 사람보다 먼저, 앞서서 움직였기에 금과 은, 보석으로 치장된 화려한 검을 얻었다.

"감정!"

왕가의 보검

한때 로자임 왕성의 벽에 걸려 있던 검이다. 오래전에 잃어버리고 난 이후에 긴 세월 사람들의 기억에서조차 사라졌다.

내구력: 45/45

공격력: 24~39

제한: 명성 3,500 이상. 레벨 240 이상.

옵션: 매력 4% 증가. 카리스마 +35. 기품 +40. 예술 +15. 검을 장비한 채로 상점에서 물품을 구입할 시에는 5%의 금액을 더 내야 한다.

전투용이라기보다는 멋을 위해 가지고 다닐 만한 검이었다. 보석들이 박혀 있어서, 상점에 내다 팔거나 귀족들에게 팔아치운다면 상당히 비싼 가격을 받을 수 있을 거라고 짐작됐다.

"부수입으로는 나쁘지 않군."

왕성의 지하도에 있는 통로는 이리저리 교차하며 넓게 퍼져 있었다.

추격자들을 물리치기 위한 함정들도 도처에 설치되어 있었는데, 위드는 몸으로 돌파했다. 일회성으로 터지는 게 아니라 함정의 효과가 계속 유지되는 것들은 모험가와 발굴가 들이 희생을 무릅쓰고 나서서 최단시간에 해제했다.

"이쪽으로 가세요. 여기가 빨라요."

"다른 방향은 막혀 있어요."

"왕이 탈출하고 있어요. 그쪽으로 가면 안 돼요. 지상에서 나쁜 군대가 몰려들고 있어요."

왕성의 지하도에 탈출구는 여러 곳에 뚫려 있었다. 위드는 페어리들의 안내로 막혀 있는 길을 돌아서 동쪽으로 움직였다.

몬스터들을 물리치면서 전진하여, 드디어 지상으로 나가는 비밀 통로 앞에서 멈췄다.

"이제 이곳에서 잠시 쉬며 나갈 준비를 합시다."

위드는 아이스 트롤로 몸이 바뀌어 체력과 생명력이 빠르게 회복되었지만, 다른 유저들은 지쳐서 숨을 헉헉대고 있었다.

여기까지 따라오는 것만도 유저들에게는 상당히 힘들었다.

이제 지상으로 올라가면 어떤 일이 벌어지게 될지 모른다. 특히 같이 싸운 전사들은 몸 상태가 정상이 아니었다.

숨이라도 조금 돌리며 다들 마음의 각오를 다졌다.

'여기서 위드 님과 싸우다가 죽으면 난 영웅이 된다.'

'회사 가서 자랑해야지. 최 과장님, 이 부장님, 심 전무님 그리고 백 대리한테도 자랑해야지. 세라보그 성에서 싸우다가 죽다! 캬하하! 모두 나를 부러워하겠지.'

'지, 지금 내가 방송에 나오고 있을까? 오늘은 세수도 안 했는데. 만날 사냥하고 레벨만 올린다고 헤어진 여자 친구도 날 보고 있으려나.'

'완전 떨린다. 재미있어서 미쳐 버리겠네.'

유저들은 초보자들을 살리기도 하면서 위드의 옆에서 자기 몫을 한다는 점 때문에 정신없이 흥분이 됐다. 심장이 쿵쾅거리면서 뛰었고, 입안은 바싹바싹 말랐다.

그냥 특정 세력에 속해서 세라보그 성을 탈출했다면 이런 재미를 누리지는 못했으리라.

방송이나, 최후까지 세라보그 성을 지키기 위하여 성벽에 남은 유저들을 통해서 정보가 계속 전달되었다.

성에 불이 붙었습니다.

서쪽 문 파괴.

남쪽 성벽이 무너지고 수비병들이 뒤로 물러나고 있습니다.

대형 길드들과 높은 레벨 유저들로 구성된 세력들도 각 방향으로 탈출을 개시했다고 한다.

성벽과 성문도 모두 파괴되었고, 엠비뉴 교단의 군대를 넘어서 이 자리를 벗어나야만 생존할 수 있는 처지였다. 그렇기 때문에 정해진 방향으로 뭉쳐서 필사적으로 뚫으려고 했다.

'저들이 어느 정도는 엠비뉴의 군대를 유인해 주겠지.'

위드는 충분히 뜸을 들이면서 기다리다가 말했다.

"이제 밖으로 나가면 우린 엠비뉴의 군대를 만나게 될 것입니다."

꿀꺽.

유저들은 마른침을 삼키면서 이어질 위드의 말을 기다렸다. 이제 정말 큰 전투, 살아남기 위한 투쟁을 앞두고 위드의 연설을 듣게 되는 것이다.

초보자들은 자기보다 약한 몬스터를 사냥할 때도 손발이 꼬이거나 당황하는 경우가 잦았다. 그런데 무지막지하게 강한 엠비뉴의 군대가 세라보그 성을 침공하고 있고, 그들은 살기 위해서 빠져나가는 중이다.

어떤 말로 이들에게 용기를 불어넣을 수 있을 것인가!

"몬스터한테 맞아 죽고, 아이템 잃어버리고, 스킬 숙련도 떨어지고, 레벨 낮아지고! 살다 보면 자주 일어나는 일입니다."

위드도 지금까지 꽤 많은 죽음을 경험했다.

"특히 초보 때는 자주 죽죠. 그러다 보면 어느새 친구나 동료들이 나보다 더 앞장서 간다고 느낄 때가 있습니다. 초보 시절이야말로 간격이 확 벌어질 수 있는 시기니까요. 남이 잘되는 걸 보면 속은 쓰리고 기분도 좋지 않죠. 그러다 보면 친구들도 사라져요."

"……."

"마음만 조급해져서 위험한 사냥터만 무리해서 찾아다니다가 또 죽고, 돈도 아이템도 잃어버리고 가난해지고 모험은 원하는 대로 안 되고 퀘스트는 갈수록 꼬이기만 할 수도 있고요."

"……."

"그래도 긍정적인 마음으로 나가 보죠."

"……."

토씨 하나 빠뜨리지 않고 이리저리 전달된 말들에, 수만의 주민들과 유저들은 그저 침묵할 수밖에 없었다.

세라보그 성의 피난민

유저들의 눈빛이 비장해졌다.

'정말 죽으면 안 되겠어.'

'무조건 위드 님을 따라가야겠다.'

'집중하자. 여기서 반드시 살아 나가야 돼. 이렇게 죽을 수는 없어. 평생 초보자를 벗어나지 못해. 여자 친구도 못 사귀고!'

위드가 벽에 걸려 있는 나무 막대를 아래로 내렸다.

그그그긍!

출구의 돌문이 올라가고, 밖으로 향하는 길이 열렸다.

"지금입니다. 나갑시다."

잠시의 휴식으로 체력도 어느 정도 회복되어 있었다.

위드에게는 문이 좁아서, 몸을 비틀면서 밖으로 나가야 했다. 뒤를 이어 유저들이 출구 쪽에 서 있던 순서대로 지상으로 튀어나왔다.

"인간들을 남김없이 죽여라."

"엠비뉴 신을 믿지 않는 자들은 모두 죽어 마땅하다."

"세라보그 성을 정화하라!"

지상으로 나오자마자 광신도와 엠비뉴의 암흑 사제 들이 외치는 소리가 들렸다.

탈출로의 출구는 억새풀이 우거진 지역이었지만, 세라보그 성에서 2킬로 정도밖에 떨어져 있지 않았다.

말을 타고 달려오면 순식간에 도착할 수 있을 정도의 거리.

위드가 성이 있는 방향을 쳐다보니 엠비뉴 교단의 병사들이 새까맣게 몰려 있었다. 성안으로 대형 마물들이 진입하고 있었고, 건물들은 화염을 뿜어내며 활활 타올랐다.

로자임 왕국의 병사들은 본성으로 후퇴해서 최후까지 싸우는 모습이었다.

그 틈을 타서 각 세력에 속해 있는 유저들이 도망치고 있는 게 보였다.

아수라장!

진짜 전쟁터가 이곳이었다.

"어서 나와요. 지금이 기회입니다."

출입구를 통해서 유저들이 계속 밖으로 나왔다. 가까운 곳에 있는 다른 한 곳의 출입구에서도 유저들이 나오기 시작했다.

위드를 따르는 초보자와 주민 들이 수만 명 이상이었으니 그들이 모두 대피하려면 시간이 많이 걸릴 수밖에 없다.

먼저 나오는 유저들은 그나마 레벨이 높은 편에 속해서 싸울 수 있는 사람들이었다.

200명이 넘는 전사들이 모두 나오고, 마침내 초보자들이 밖으로 뛰쳐나왔다.

최대한 은밀하게 움직였지만, 사람이 워낙 많았기에 공중에서 돌아다니는 와이번 나이트 부대에 발각당하고 말았다.

"인간들이다!"

"죽여! 엠비뉴 신을 위한 제물로 쓰자!"

유저들이 놀라서 소리를 질렀다.

"엠비뉴 교단의 와이번 나이트들이다!"

"들켰어요!"

궁수와 레인저 그리고 활을 가지고 있는 누구나 와이번 나이트들을 향하여 화살을 쏘았다.

초보자들의 화살과, 레벨이 높은 궁수들의 화살이 마구 뒤섞여 날아갔다.

"인간들을 제물로!"

"엠비뉴 신을 찬양하라!"

와이번들은 현란한 움직임으로 화살을 피하며 지상으로 낮게 날아왔다.

마법은 준비 시간도 길었고, 기동력이 좋은 와이번들을 적중시키기가 어려웠다.

"이블 스피어!"

와이번 나이트들이 창을 사용하는 스킬까지 쓰면서 다가오는 위기의 순간!

위드가 맹렬하게 마주 달려가다가 공중으로 뛰었다.

'가능할까? 지금은 힘과 민첩이 많이 늘어서 가능할지도 모르겠어.'

콰광!

땅을 부술 듯이 박차고 거짓말처럼 뛰어오른 커다란 아이스 트롤!

위드가 허공에서 검을 휘둘렀다.

와이번은 낮게 날아오던 도중에 정면에서 뛰어 오른 아이스 트롤을 보고 급히 피하려고 했지만, 검의 범위에 들고 말았다.

"크아악!"

와이번 나이트가 큰 공격을 당했습니다. 전투 불능에 빠집니다.

아이스 트롤의 넘치는 힘!

와이번을 노렸던 게 아니라 등에 타고 있는 와이번 나이트를 공격한 것이다.

와이번 나이트는 위드의 공격에 얻어맞고 나서 땅으로 추락했다.

위드는 바로 와이번의 고삐를 낚아채 위로 올라탔다. 아이스 트롤의 육중한 몸임에도 불구하고 연결 동작처럼 준비된 날렵한 움직임이었다.

캐애액.

건장한 와이번이 휘청거리면서 추락하려고 했다.

아이스 트롤의 몸무게 공격!

와이번은 배가 땅에 닿을 정도로 지면과 가까워졌다가 죽을 힘을 다해 다시 날아올랐다.

위드가 땅을 보니, 레벨이 높은 유저들이 군데군데 서서 저항하고 있었지만 와이번 나이트들이 초보자와 주민 들을 학살하고 있었다.

왕성의 뒤쪽 거리에 사는 주민 다리움이 죽었습니다. 명성이 2 감소합니다.

대장장이 보르테가 사망했습니다. 명성이 6 감소합니다.

유저들이 죽는 거야 아무래도 상관없었지만, 주민들의 죽음은 하나하나 위드에게 직접적인 피해를 입혔다.

피난민들을 통솔하는 퀘스트는 특성상 엄청난 명성을 얻을 수 있고, 반면 잃어버릴 수도 있다.

셀리나의 퀘스트를 받아들였을 때만 하더라도 퀘스트의 규모가 이 정도로 크리라고는 짐작이 잘 안 되었다. 하지만 세라보그 성의 버려진 주민들이 위드를 의지하게 되면서 엄청난 퀘스트로 거대해져 버렸다.

그나마 다행히 서윤이 드디어 그녀의 진짜 능력을 발휘하면서 와이번 나이트를 회색으로 만들고 있었다.

"가자, 다른 놈들을 사냥하러!"

위드는 와이번의 고삐를 왼손으로 힘껏 움켜쥐었다.

와이번을 길들이기 위해서는 힘과 투지가 남다르게 높아야 한다. 그런 점에서 위드는 합격이었다.

와이번을 다루는 방법도, 와삼이를 통해서 많이 겪어 봤다.

하지만 몬스터를 조련하기 위해서는 친밀도를 쌓으면서 서로를 조금씩 알아 가고 이해하는 과정이 필요한데 그런 게 전혀 없었다.

그래도 위드를 태운 와이번은 명령대로 다른 와이번 나이트들에게 날아갔다.

"더 빨리!"

파닥파닥파닥!

와이번은 정말 최고의 속력으로 날았다.

위드의 말에 복종하는 게 아니라 다른 와이번 나이트들에게 이 아이스 트롤 좀 해치워 달라고 바치러 가는 것이었다.

아이스 트롤에게서 뿜어지는 냉기는 날갯짓마저 느리게 해서, 땅바닥으로 곤두박질칠까 두렵게 만들었다.

무거운 데다 차갑기까지 하다니, 진정 최악이었다.

"잘했다."

와이번의 필사적인 수고가 헛되게, 위드는 와이번 나이트들과 몇 번씩의 검격을 교환하고 나서 승리를 거뒀다.

전광석화처럼 공격이 오가는 공중전이야말로 익숙했다.

와이번은 다시 다른 동족들에게 구해 달라고 날아갔지만, 그럴 때마다 위드는 승리했다.

캐에에에엑!

위드가 타고 있던 와이번은 추락하지 않기 위해서 날갯짓을 하느라 금세 지쳤고, 냉기에 의해 몸통부터 얼음 조각으로 덮였다.

위드는 와이번이 완전히 얼어붙자 공중에서 다른 와이번을 낚아채서 바꾸어 탔다.

육중한 거구가 하늘에서 뛰어다니니, 기가 막힐 정도의 묘기가 되었다. 지상에서 보는 유저들조차도 가슴을 졸일 정도로 아찔했다.

"콜 데스 나이트 반 호크! 콜 뱀파이어 로드 토리도!"

반 호크와 토리도의 소환!

"주인, 싸움을 하고 싶다."

"이곳에는 피 냄새가 아주 많이 난다. 상쾌한 피바람이야말로 최고급 향수보다도 훨씬 좋은 것이지."

꽤애애애액!

위드를 태우고 있던 와이번은 늘어난 무게에 더욱 고통스러워했다.

위드는 간단한 명령을 내렸다.

"알아서 싸워라."

유로키나 산맥에서 싸우던 때에야 일일이 간섭하며 지시를 내렸지만 이제는 둘도 온갖 전투를 다 경험해 봤다.

너무 무거워서 와이번이 추락사하기 전에, 반 호크와 토리도가 빠져나갔다.

반 호크는 유령마를 소환하여 타고 날아다니면서 전투를 했고, 토리도의 경우에는 망토를 펼치고 어둠에 동화되었다.

와이번 나이트의 등 뒤에서 나타나 목덜미에 송곳니를 쑤욱!

토리도를 따르는 진혈의 뱀파이어족도 박쥐 떼로 소환되어 와이번 나이트들을 습격했다.

와이번들은 박쥐를 무서워하지는 않았지만, 온몸에 달라붙어서 피를 빨아 마시니 원활히 움직이기가 어려웠다.

"아이스 트롤이 있다. 본진으로 돌아가자!"

"더 많은 군대를 몰고 돌아오자."

결국 와이번 나이트들은 퇴각했다.

반 호크와 토리도는 그들을 쫓아가며 상당한 소득을 거두고 돌아왔다.

위드는 힘이 빠진 와이번과 함께 땅에 추락했다.

콰아앙!

덩치도 큰 아이스 트롤과 와이번이라 땅이 움푹 파였다.

와이번은 전투 시에 입은 부상과 충격이 누적되어 회색빛으로 변해 버렸다.

위드의 생명력도 상당히 떨어졌지만, 사제들이 치료의 손길을 해 주어 금세 회복됐다. 치료 마법만 할 수 있는 자라면 초보 사제라도 너나없이 달려와 위드에게 치료의 손길을 퍼부었던 것이다.

두 곳의 탈출구를 통해 유저들이 계속 나와서 억새풀을 헤치며 세라보그 성과 반대편으로 도주하고 있었다. 벌써 몇천 명이 넘는 인원이 빠져나갔을 정도다.

와이번 나이트들은 퇴각했다지만, 어느새 엠비뉴를 따르는 광신도의 무리가 새로 다가오고 있었다.

"토리도, 반 호크. 너희는 충분히 싸웠나?"

"피 냄새가 좋다. 아직 갈증을 해소하지 못했다."

"계속 싸우고 싶다."

위드는 데몬 소드를 해제하고 와이번 나이트로부터 빼앗은 긴 창을 들었다.

팔이 길고 몸집이 커지다 보니 검보다는 창을 휘두를 때 체중이 더 많이 실려 막강한 위력을 발휘할 수 있었다.

검치 들처럼 무기술 스킬을 가진 게 아니라서, 창술을 발휘할 때는 스킬 레벨에 따른 공격 대미지가 낮았다. 그래도 창이 검보다는 중병기로서 기본 공격력이 강하고 힘이 받쳐 주었으니, 레벨 200대 초중반 정도의 광신도 병사를 상대할 때는 훨씬 나을 것이라 생각됐다.

위드는 창을 들고 앞으로 걸어 나갔다.

엠비뉴 광신도의 무리가 대략 500명 정도!

긴 곡괭이나 조악한 활, 칼, 도끼 등으로 무장하였고, 갑옷도 없이 빈약한 차림이었다.

"반 호크, 토리도. 앞장서라."

"원하던 바다."

"흠뻑 취하고 싶은 새벽이군."

반 호크는 유령마를 몰고 광신도들 사이로 돌격했다.

푸히히히히힝!

유령마와 데스 나이트가 내달리며 광신도들을 베어 넘겼다.

토리도는 진혈의 뱀파이어와 같이 광신도들의 등에 달라붙어 목덜미를 물었다.

진혈의 뱀파이어는 인간의 피를 마셔야 빨리 성장한다. 위드를 따라다니면서 그럴 일이 드물었는데, 이번이야말로 다시 찾아오기 어려운 기회였다.

"광신도가 500명 정도라면 쉽지."

반 호크와 토리도만 하더라도 지치지 않는 언데드의 특성상, 시간이 오래 걸리더라도 이길 수 있다.

하지만 지금은 그 시간이 너무나도 다급한 순간!

엠비뉴의 더 강한 군대가 몰려오기 전에 광신도들을 제압하고 피난민들이 많이 빠져나갈 수 있도록 해야 된다.

"최대한 안 쓰려고 했는데… 조각 파괴술! 이 모든 것이 힘이 되어라!"

위드는 배낭에 넣고 다니던 걸작 조각품 〈몽둥이를 들고 있는 악덕 상인〉을 부쉈다.

조각 파괴술을 사용하였습니다.
걸작 조각상이 파괴된 고통! 슬픔! 예술 스탯이 5 영구적으로 사라집니다.
명성이 100 줄어듭니다. 예술 스탯이 1 대 4의 비율로 하루 동안 힘으로 전환됩니다. 조각 변신술로 인해 완전히 적응되지 않은 몸으로 힘의 전환이 되는 것이기 때문에 30%의 페널티가 부여됩니다.
예술 스탯이 너무 높습니다. 원래 가지고 있던 힘 스탯이 낮기 때문에 한꺼번에 전환이 이루어지지는 않습니다.
힘 870이 고급 스킬 7레벨의 '통렬한 일격'으로 바뀝니다. 힘을 잔뜩 실은 공격이 정확히 적중하면 적들을 멀리까지 날려 버릴 것입니다. 마비와 혼돈 상태에 빠지게 만드는 비율을 늘립니다.
힘 950이 고급 스킬 6레벨의 '꿰뚫는 창'으로 바뀝니다. 강력한 공격력으로 상대방의 갑옷과 방패를 통째로 부숴 버릴 것입니다.
힘 1,430이 고급 스킬 9레벨의 '순간의 괴력'으로 바뀝니다. 짧은 시간 동안 낼 수 있는 최대 힘의 3배까지 쓸 수 있습니다. 막대한 체력이 필요합니다.
힘 690이 아이스 트롤의 종족 특성을 높입니다. 냉기의 전달 범위가 15미터로 넓어집니다.

조각술의 숙련도가 증가했습니다.

아이스 트롤에, 조각 파괴술로 힘까지 크게 늘렸으니 그야말로 믿을 건 힘밖에 없었다.

있는 대로 힘을 쓰면서 제대로 날뛰어 볼 수 있는 상황!

"어디 한번 놀아 볼까."

위드는 창을 붕붕 돌렸다.

몸의 비율상 창이 작게 느껴졌고 솜털처럼 가볍기까지 해서, 뭐든지 생각한 대로 할 수 있을 것 같았다.

"이야합!"

위드가 창을 휘두르면서 광신도 사이로 뛰어들었다.

퍼퍼퍼펑!

창을 한차례 휘두를 때마다 수십 미터씩 나가떨어지는 적들!

광신도들이 가지고 있는 온갖 무기들도 아이스 트롤의 큰 몸을 향해 날아들었다. 온통 적이라서, 방어하려면 곤혹스러울 수 있는 상황이었다.

하지만 아이스 트롤이 된 이상 수비는 모른다. 오로지 공격뿐이었다.

위드는 창을 휘두르며 적들을 쓸어버렸다. 창의 반경에 든 광신도들이 마구 회색빛으로 변했다.

무식함과 과감함 그리고 투지가 넘치는 전투 방식!

위드의 레벨과 힘은, 약한 광신도들로서는 상대할 수가 없을 정도였다.

제대로 강자의 횡포라고 부를 수 있는 상황!

레벨이 낮은 초보자들로서는 눈을 반짝이면서 볼 수밖에 없었다.

'아, 나도 저렇게 되고 싶다.'

'아이스 트롤! 너무 멋지다.'

'레벨이 어느 정도나 되면 저렇게 싸울 수 있을까?'

위드를 보고 있으면 속이 다 시원해서, 피난 가는 것도 잠시 잊어버리고 언덕에서 땅콩을 먹으면서 구경하는 이들마저 생겨날 정도였다.

서윤도 점차 광전사로서의 무시무시한 기질을 발휘하기 시작했다. 그녀의 주변에서는 광신도들이 마나에 의한 폭발에 휘말려서 쓰러졌다.

"가자!"

"어서어서 레벨을 올려서 맛있는 것도 먹고, 남자 친구도 구할 거야!"

대탈출!

위드와 서윤 그리고 다른 유저들이 엠비뉴의 광신도들을 막아 주는 동안 멀리까지 달아나야 한다. 왕성의 지하도에서부터 꾸역꾸역 밀려 나오는 유저와 주민 들은 언덕을 넘어서 계속 도주했다.

> 세라보그 성을 빠져나온 주민으로부터 감사의 인사를 들었습니다. 명성이 34 증가합니다.

> 은혜를 입은 주민들 사이에서 평판이 좋아집니다.

> 로자임 왕국 주민들과의 친밀도가 향상됩니다.

위드의 메시지 창에 계속 글귀가 떴다.

몰려 있는 피난민들이 워낙 많기에, 아직은 겨우 몇천 명 정도가 지하도를 나와 언덕을 넘어가는 수준이었다. 남은 자들이 모두 안전한 지역까지 도망치려면 상당히 긴 시간을 벌어 주어야 했다.

'얼마나 오래 버텨 줄지 모르겠군.'

세라보그 성을 쳐다보니 불길로 완전히 뒤덮여서 활활 타오르고 있었다.

엠비뉴의 군대는 왕과 기사들을 뒤쫓고, 또한 도망치는 사람들을 추격하게 될 것이다.

위드가 이끌고 있는 피난민들에게 엠비뉴의 대규모 군대가 따라붙는 것도 시간문제였다.

"누나!"

혼란 때문에 어느 초보 유저가 손을 놓치고 발이 돌부리에 걸려 때굴때굴 굴렀다. 그 자리에는 부상이 심한 광신도가 곡괭이를 들고 서 있었다.

"엠비뉴를 따르지 않는 자들에게는 죽음이 마땅하다!"

초보에게 광신도라면 감당할 수 없는 수준으로, 보스급 몬스터가 따로 없었다.

"차드야!"

뒤돌아본 그의 누나가 비명을 지르는 순간, 막 곡괭이를 내려찍으려던 광신도가 회색빛으로 변해 사라졌다. 그리고 광신도가 있던 자리에는 창을 든 아이스 트롤이 있었다.

앞에서 싸우던 위드가, 차드라는 소년이 위험에 처한 걸 보고 엄청나게 빠른 속도로 달려온 것이다.

"어서 가세요."

위드는 직접 차드의 손을 잡고 일으켜 줬다.

허겁지겁 도망치던 유저들도 이 장면을 보았다.

"고맙습니다."

"아닙니다. 당연한 일을 했는데요."

아이스 트롤의 흉악한 얼굴에는 위선이나 가식이 하나도 없었다.

'후, 큰일 날 뻔했네!'

어떠한 잡템도 놓치지 않는 위드!

차드라는 초보 유저가 넘어진 장소 주변에 사파이어가 떨어져 있는 걸 빨리 발견해서 정말이지 다행이라고 생각했다.

피난민들의 도주는 위드의 마음에 들 정도로 빠르지 못했다.

초보자들은 세라보그 성에서 멀리 떨어져서 전투 지역을 이탈하면 로그아웃을 할 수 있었다.

하지만 세라보그 성의 주민들 중에는 노인과 어린아이가 매우 많았다. 체력만이 아니라 사기도 낮아서, 행군이 느린 편이었다.

서윤과 반 호크, 토리도, 다른 유저들과 같이 광신도들을 물리쳤지만 위드의 표정은 그다지 밝지 못했다.

"세라보그 성의 최후가 가까워졌군."

세라보그 성은 이제 아주 멀리서도 불길과 연기를 볼 수 있을 정도로 활활 타오르고 있었다.

방어 병력은 거의 전멸하기 일보 직전이었고, 성의 일부는 굉음을 내며 무너져 갔다.

그리고 위드와 피난민들이 있는 언덕으로는 엠비뉴 교단의 다른 군대가 다가왔다.

"이번엔 칼라크롭스다."

매머드처럼 생긴 거대 코뿔소!

높이가 6미터에, 레벨은 360대나 되었다.

칼라크롭스의 등에는 엠비뉴의 병사들이 망루 같은 것을 설치해 놓고 타고 있었다.

와이번 나이트들의 보고를 받고, 피난민들을 공격하기 위해서 온 칼라크롭스 군단이었다.

"엠비뉴를 믿지 않고 도망치는 자들을 죽여라!"

칼라크롭스에 타고 있는 엠비뉴의 궁수들이 활을 들었다.

위드는 시선을 집중시키기 위하여 앞으로 나섰다.

"나를 넘지 않으면 단 1명도 이곳을 통과하지 못한다!"

넘치는 힘과 맷집이 있었기에 부려 본 호기였다.

푸슈슈슝!

이에 응답하듯이, 전방의 하늘이 온통 새까매 보일 정도로 무수하게 날아온 화살이 위드에게로 쏟아졌다.

위드는 양손으로 창을 최대한 빠르게 회전시켰다.

영화에서나 보던 것처럼, 창에 부딪친 화살들이 튕겨졌다.

차라라라랑!

하지만 그 사이를 통과한 화살들은 아이스 트롤의 거대한 몸에 사정없이 박혔다.

화살 공격을 당했습니다.

생명력이 275 감소합니다.

화살 공격을 당했습니다.
갑옷의 영향으로 피해를 줄입니다. 생명력이 89 감소합니다.

화살 공격을 당했습니다.
생명력이 327 감소합니다.

화살 공격을 당했습니다.
생명력이…….

위드의 몸은 고슴도치를 방불케 할 정도!

대량의 화살을 몸으로 받아 내 맷집이 2 증가합니다.

적들의 시선을 잡아 두는 데에는 성공했다.

아이스 트롤의 생명력이 높았기 때문에 살았지 자칫 아주 위험할 수 있었다.

검을 휘둘러서 화살을 자르거나 벽을 만들어서 차단하는 스킬도 존재하기는 했다. 하지만 위드는 그런 스킬을 배운 적이 없었기에 다만 아쉬울 뿐이었다.

사실 스킬이 있다고 하더라도 지금은 마나가 너무 없어서 사용하지도 못했으리라.

"쳐라!"

칼라크롭스 전단이 땅을 쿵쿵거리면서 질주해 왔다.

유저들과 주민들은 기가 질렸다.

"아, 진짜 저런 놈들이랑 싸워야 되는 거야?"

"진짜 무섭다."

전쟁터가 아니고서야 저런 공격을 받을 일은 드문 법.

일반적인 몬스터들만 사냥해 본 유저들은 당황할 수밖에 없었다.

"치료의 손길!"

사제들이 긴급히 위드를 치료해 줬다.

위드는 반 호크, 토리도, 서윤과 같이 언덕에 나란히 섰다.

"정말 전투가 즐거운 날이군. 이런 날은 신나게 싸워야지."

그러면서 슬그머니 한 걸음 뒤로 물러섰다.

"내가 살아서 칼라모르 제국군에 있을 때는 매일 이렇게 싸웠다."

반 호크도 한 걸음 뒤로.

서윤은 혼자서 나서며 시선을 끌고 싶지는 않아서 그냥 뒤로 물러났다.

"캬르르르."

토리도는 돌진하는 적들을 향해 송곳니를 보이며 위협하고 있다가 나중에야 다른 이들이 모조리 물러선 것을 알아차렸다.

하지만 그마저 물러서기에는, 뱀파이어 로드로서의 체면이 말이 아니었다. 진혈의 뱀파이어들이 박쥐 떼로 공중에서 날아다니고 있었기에 더더욱 안 될 일.

"피! 피가 그립다."

토리도는 앞으로 뛰쳐나가더니 망토를 펼치며 높이 뛰어올라 칼라크롭스 위로 올라섰다.

"뱀파이어다!"

"뱀파이어도 엠비뉴를 위한 제물로 바치자. 모든 것을 바쳐도 아깝지 않은 그분을 위해, 이 대륙을 파괴하자!"

엠비뉴의 궁수들이 토리도를 향해 화살을 쏘고, 주술사들은 저주와 속박의 주문을 외웠다.

"블레이드 토네이도!"

토리도도 스킬을 사용했다.

피의 칼날에 의해 주변이 황폐화하며 공격 범위 안에 있던 칼라크롭스들은 큰 피해를 입었다.

그사이 위드는 생명력이 다소 회복되었고, 아이스 트롤이라서 체력도 왕성했다.

"반 호크, 가자."

위드가 창을 들고 앞으로 달렸다.

칼라크롭스들이 그를 밟으려고 하고, 엠비뉴 병사들은 마법과 화살로 공격했다.

위드는 큰 덩치 탓에 공격들을 완전히 피하지는 못했다. 스치기만 해도 생명력이 많이 떨어졌다.

하지만 무지막지한 힘으로 칼라크롭스의 앞발을 후려쳐서 쓰러뜨렸다.

콰아아아앙!

굉음을 내면서 육중하게 쓰러지는 칼라크롭스들!

서윤도 광전사의 스킬들을 본격적으로 발휘하면서 싸우기 시작했다.

그녀는 한번 진지하게 싸우기 시작하면 직업 특성상 멈추기가 어렵다.

지금까지는 몸풀기 정도에 불과하였지만, 이제야말로 광전사의 능력을 발동했다. 칼라크롭스와 엠비뉴 병사들을 통째로 회색빛으로 만들어 버리는 엄청난 위력을 과시하며 전장을 누비고 다녔다.

반 호크는 유령마를 타고 다니며 기동력 있게 병사들 위주로 제압하고, 토리도는 진혈의 뱀파이어족과 함께 칼라크롭스 위로 날아다녔다.

아직 아침이 오지 않은 시간, 인간들을 상대하는 뱀파이어의 위력은 가히 어마어마할 정도였다.

토리도의 매혹의 힘에 휘말린 칼라크롭스들이 자기들끼리 싸웠다. 엠비뉴의 궁수들도 서로를 공격했다.

"엠비뉴를 거짓으로 따르는 놈부터 죽여라."

"뱀파이어야말로 엠비뉴께서 우리를 바른길로 이끌어 주기 위하여 보낸 이들이다!"

로그아웃하지 않은 유저들도 화살과 마법 공격으로 지원하고, 전사들은 위험을 무릅써 가며 같이 싸웠다. 칼라크롭스의 발에 밟히고 궁수들의 화살에 맞아 희생이 속출하였지만, 그들은 끝까지 물러서지 않았다.

"엄마, 나 방송 나왔어!"

"위드랑 같이 싸우다가 죽는다고 친구들한테 알려야지."

"아, 아이템… 먹을 수 있었는데!"

마법이 작렬하고, 화살이 비처럼 떨어졌다.

위드는 궁수들을 해치우지 않고 칼라크롭스만 노렸다.

쿵! 쿵! 쿵!

칼라크롭스가 달려오며 앞발로 위드를 밟으려고 했다.

> 순간의 괴력을 사용합니다. 힘이 증가합니다.

"으아아아압!"

위드는 그 발을 잡아서 옆으로 넘겨 버렸다.

육중한 칼라크롭스들이 쓰러질 때마다 엠비뉴의 궁수와 주술사 들은 덤으로 우수수 죽어 나갔다.

전쟁이나 공성전에서 칼라크롭스들은 병사들을 상대로 대단한 활약을 했다. 군대의 사기를 낮춰 버리는 효과를 갖고 있었기 때문에 전투력 외의 면에서도 쓸모가 많았다.

유저들 중에서도 투지가 낮은데 무리해서 나선 사람들은 칼라크롭스의 질주가 시작되면 몸이 얼어붙어서 피하지도 못하고 사망!

하지만 위드와 서윤, 반 호크, 토리도는 본 드래곤과도 싸워봤다. 칼라크롭스 정도에 주눅이 들 정도로 투지가 낮지도 않았다.

위드의 선택

왕성의 지하도에서 빠져나오던 유저들 중에는 할마와 마르고, 그랜, 레위스도 있었다.

바르크 산맥을 넘어갈 때에 위드와 마판을 함정에 빠뜨리려다가 역으로 죽은 뒤치기 4인조!

로자임 왕국으로 넘어가서 활약하면서는 용감하게 검치 들을 털기도 했던 그들이다.

이카 길드에 속해서 나쁜 짓들을 창의적으로 저지르면서 살던 그들!

길드 마스터 다리우스가 지휘하는 이카 길드는 그들의 적성에 딱 맞았다.

"이런 길드가 다 있네. 명분 따위 신경 안 쓰니까 길드전도 마구 벌이고."

이카 길드는, 좋은 사냥터가 있다는 소문이 들려오면 길드원들을 소집해서 강제로 빼앗았다.

다른 사람들이 발견해 낸 던전을 장악한 채 사람들에게 이용 요금으로 높은 세율을 물리는 건 다반사였고, 어렵게 획득한 아이템을 강제로 빼앗기도 했다.

"완전 우리가 원하던 길드야."

그들은 이카 길드의 잘나가는 행동대장으로 승진했다.

하지만 이카 길드의 전력은 시간이 지나도 그리 크게 늘어나지 못했다.

길드의 규모에 비하여 중앙 대륙의 명문 길드를 넘볼 정도로 악행을 저지르다 보니 사람들이 기피하게 된 것이다.

나쁜 짓도 힘이 없으면 적당히 해야 하는데 도에 지나칠 정도라서, 이카 길드원이라면 어디서든 손가락질부터 하고 봤다. 그러다 보니 자연스럽게 길드에 가입하는 사람도 없어졌고, 강대한 세력도 이루지 못하고 금방 와해되고 말았다.

길드 마스터 다리우스는 특히 싫어하는 사람들이 많아서, 로자임 왕국에서 버티지 못하고 중앙 대륙으로 건너갔다고 한다.

뒤치기 4인조도 중앙 대륙으로 가고 싶었지만, 그곳에는 또 원한을 맺은 사람들이 많아서 브렌트 왕국으로 떠났다.

"넓은 베르사 대륙에서 나쁜 짓은 어디서든 할 수 있다!"

브렌트 왕국에서도 악명을 떨치다가 곤란해져서, 이제 잠잠해졌을 로자임 왕국으로 되돌아온 뒤치기 4인조.

그들은 세라보그 성에서 왕국의 분위기를 살피면서 상인들이 많이 오가는 길목을 털 궁리를 하고 있었다. 그러던 와중에 엠비뉴 교단이 침공해 온 것이다.

"우리는 어쩌지?"

"어디든 끼어서 같이 도망치자. 그러면 살 수 있을 거야."

세라보그 성을 탈출하는 세력들에 속하고 싶었지만 뒤치기 4인조를 기억하고 있어서 끼워 주지 않았다.

"세상 진짜 야박하네."

"잘 먹고 잘 살아라!"

뒤치기 4인조는 성이 엠비뉴 교단에 점령당하면 죽을 수밖에 없는 처지였다.

그러던 차에 전쟁의 신 위드가 나타나서 세라보그 성의 피난민들을 데리고 탈출한다고 했다. 중소 길드들까지 위드를 따라간다 하고, 세라보그 성의 유저들 사이에는 기쁨과 안도가 스쳐 지나갔다.

단 한 사람이 나선 것만으로도 분위기가 이렇게 크게 달라질 수 있다니.

"야, 우리 진짜 망했다."

"전쟁의 신 위드잖아!"

할마, 레위스, 그랜, 마르고는 위드의 등장에도 기뻐하지 못했다.

예전에는 몰랐다. 하지만 로자임 왕국에서 지내면서 조각사 위드가 상당히 대단한 인물이란 걸 알게 되었다.

"조각사라고 무시했는데, 우리가 당할 만한 사람한테 당한 거 같아."

"괜찮네. 뭐, 즐거운 추억이었으니까."

뒤치기 4인조는 그렇게 그 일을 넘겼었다.

하지만 그 이후로 위드가 벌이는 여러 가지 대형 퀘스트들!

명예의 전당에도, 게시판을 봐도, 게임 방송을 봐도 어디서나 위드의 이야기가 나왔다.

4인조도 위드처럼 모험을 하고 싶었다.

"진짜 부럽다."

"혼자서 못하는 게 없잖아. 전쟁의 신 위드라면 클라우드 길드도 껌뻑 죽을 텐데……."

"위드가 지나가면 웬만큼 큰 길드 마스터라고 해도 감히 뭐라고 못 할걸. 던전에 들어가더라도 감히 통행료나 받을 수 있을까?"

"위드한테 무슨 통행료를 받아. 사람이 이 정도쯤 되면 다들 알아서 슬슬 기어야지."

뒤치기 4인조는 전쟁의 신 위드를 치켜세워 주며 그의 모험을 좋아했다.

하지만 이제 조각사 위드가 전쟁의 신 위드와 동일인이라는 사실이 알려지고 난 후였다.

"설마 아직까지도 우리를 기억하진 못하겠지?"

"몰래 빠져나가자. 사람들 사이에 묻히면 괜찮을 거야."

뒤치기 4인조는 주민들 사이에 끼어서 왕성의 지하도를 빠져나왔다.

밖으로 나오자마자 엄청난 소란과 함께 칼라크롭스와 싸우고 있는 아이스 트롤이 보였다. 데스 나이트와 뱀파이어 로드를 지휘하며 전투를 벌이는 위드의 모습은 너무나도 멋졌다.

"전쟁의 신 위드 만세!"

"우리를 구해 줘서 고맙습니다."

위드는 칼라크롭스들 사이로 무섭게 뛰어들었다.

겁을 제대로 상실한 모습!

"꺄아악!"

"위드 님, 안 돼요!"

유저들이 걱정으로 소리를 질렀다.

덩치가 큰 칼라크롭스들이 쿵쾅거리면서 달려 다니는데, 보기만 해도 아찔했다. 뿔에 치이거나 넓적한 다리에 밟힌다고 생각하는 것만으로도 너무 무섭고 끔찍했다.

이리저리 치여서 금방이라도 목숨을 잃을 것 같았지만, 위드는 칼라크롭스 군단의 틈바구니에서도 멀쩡했다.

"비켜라!"

"아이스 트롤이 저쪽으로 갔다!"

엠비뉴의 궁수와 주술사 들은 난감하기 짝이 없었다. 칼라크롭스들이 방해물이 되어서 위드를 정확히 노리기가 어려웠던 것이다.

"이런 방법이 있었군!"

잔머리로 지금까지 세상을 따뜻하게 살아온 사람이 위드였다. 검치 들도 인정하는 부분이, 위드는 그 어떤 전장에서도 금방 적응하면서 뛰어난 전투 방법을 개발하여 기상천외하게 싸운다는 점이었다.

"나 잡아 봐라!"

위드는 그 큰 덩치를 하고서도 영악하게 칼라크롭스들 사이를 헤치고 다녔다.

칼라크롭스들이 질주해 와서 뿔로 들이받으려고 할 때에는 이미 다른 동족의 배 아래로 빠져나가 버리고 난 후였다.

쿠에에에!

칼라크롭스들은 한데 뭉쳐서 오히려 서로에게 심하게 방해만 되느라 제대로 전투를 치르지도 못했다. 게다가 위드가 지나다닐 때마다 차가운 기운이 점차 퍼져서 다리부터 얼어붙어 움직이는 게 점점 더 힘들어졌다.

그렇다고 위드가 피해 다니기만 한 것은 아니었다. 이런 때야말로 제대로 사냥하고 경험치를 올릴 좋은 기회!

'몬스터는 널려 있고, 힘과 체력도 충분하군. 뒤에서 날 치료해 줄 사제도 많이 있고.'

파티 사냥은 아니지만, 위드가 위기에 빠지면 100명이 넘는 사제들이 치료의 손길을 집중시켜 줄 수 있다.

"어디 놀아 보자!"

위드의 손에서 창이 부러질 듯이 꿈틀거렸다.

아이스 트롤과 조각 파괴술의 영향으로, 강철 창은 막강한 힘으로 휘둘리며 조금씩 휘어져 갔다.

> 치명적인 일격이 터졌습니다!

통렬한 일격! 칼라크롭스를 쓰러뜨립니다.

치명적인 일격이 터졌습니다!
꿰뚫는 창! 칼라크롭스의 방어력을 무시하고 다리를 관통합니다.

"이야하압!"

위드는 아이스 트롤의 힘을 사용하며 커다란 칼라크롭스들 사이에서 실컷 싸웠다.

치명적인 일격이 터졌습니다!
순간의 괴력이 발동되었습니다. 통렬한 일격! 칼라크롭스를 전투 불능으로 만듭니다.

칼라크롭스들이 위드에게 무참히 당하는 것을 보며, 보스급이 달려왔다.

덩치도 9미터 정도로 훨씬 크고, 뿔과 눈빛에는 위엄이 흘러넘쳤다.

레벨이 420에 달하는 칼라크롭스의 대장 수컷!

땅이 울리는 진동이 몸으로 느껴질 정도였다.

"그래 봐야 덩치가 클 뿐이지. 몸이 큰 만큼 움직임은 더 둔할 거야."

위드도 아이스 트롤이니 다소 염치는 없는 말이었지만, 어쨌거나 보스급 몬스터와의 승부였다.

오래 끌면 끌수록 유리할 게 없는 전투에서는 위험하더라도 빨리 승부를 내야 한다.

언덕 위에서 기다리면서 칼라크롭스의 대장 수컷의 질주가 느려지기를 기다렸다.

'가장 위험한 한 번만 피하면 된다.'

대장 수컷이 가까워졌을 때, 다른 칼라크롭스들 사이에 뛰어들었다.

대장 수컷은 차마 동족들을 짓밟지 못하고 급히 멈추며 상체를 높이 들었다.

위드가 기다려 온 기회!

치명적인 일격이 터졌습니다!
순간의 괴력이 발동되었습니다. 뚫는 창! 라크롭스 대장 수컷에게 부상을 입힙니다.

역시 보스급 몬스터라서 한 방으로는 어림도 없다.

위드는 대장 수컷을 따라 돌면서 연속으로 공격했다.

푸욱!

퍼퍼퍼퍼퍽!

치명적인 일격이 터졌습니다!
29%의 피해를 추가합니다.

치명적인 일격이 터졌습니다!
58%의 피해를 추가합니다.

치명적인 일격이 터졌습니다!
93%의 피해를 추가합니다.

치명적인 일격이 터졌습니다!
127%의 피해를 추가합니다.

연속 치명타 공격!

와이번 나이트의 강철 창이 내구력이 다하여 산산조각 났습니다.

잘 버텨 주던 창이 부러지고 깨져서 더 이상 무기로 사용하지 못할 정도가 되었다.

위드는 그 파편을 재빨리 수거해서 배낭에 넣고, 다른 창을 2개 더 꺼냈다.

와이번 나이트들과 싸우면서 획득한 창이 한 자루 있었다. 그리고 다른 한 자루는, 과거 드워프의 도시 토르의 환송식에서 장인 엑버린에게 선물받은 불렌서의 창!

"어디 신나게 맞아 봐라!"

역시 보스급의 방어력은 막강해서, 몇 번 휘두르지도 않았는데 와이번 나이트의 창은 금방 끝이 뭉개져서 공격력이 떨어져 버렸다.

위드는 도약해서 칼라크롭스 대장 수컷의 몸에 불렌서의 창을 꽂았다.

그리고 난 후 곧바로 창을 밟고 뛰어올라 대장 수컷의 몸에 탔다.

"마지막이다!"

쓰러지지 않고 버티던 대장 수컷!

생명력과 방어력, 체력과 속도마저 보통 빠른 것이 아니었지만 등에서 공격하는 위드에 의해 최후를 맞이했다.

레벨이 올랐습니다.

엠비뉴 교단의 칼라크롭스의 대장 수컷이 안식에 들어갔습니다.

훌륭한 업적으로 인하여 명성이 285 올랐습니다.

카리스마가 1 상승하였습니다.

힘이 2 상승하였습니다.

신앙이 2 상승하였습니다.

위드의 메시지 창이 차례로 떠올랐다.

전리품도 있었다.

칼라크롭스의 거대한 뿔을 획득하였습니다.

엠비뉴의 증표를 획득하였습니다.

뿔은 활로 만들 수도 있고, 조각품으로 만들기에도 좋았다.

꾸우우우!

대장 수컷이 사망하자 칼라크롭스 군단이 퇴각하기 시작했다. 엠비뉴의 궁수와 주술사 들은 계속 싸우도록 지시를 내렸지만, 뒤도 돌아보지 않고 미친 듯이 도주했다.

"겨우 한고비 넘겼군."

위드가 뒤를 돌아보니 피난민들은 사분의 일 정도밖에는 빠져나가지 못했다.

언덕을 넘어 이동하는 속도가 상당히 느렸다.

"저들이 로자임 왕국군이 지키는 다른 성으로 가려면 하루나 이틀은 걸릴 텐데."

게다가 세라보그 성이 천천히 무너지고 있었다. 엠비뉴의 군대가 대대적으로 따라붙는다면 피난민들을 데리고 대피하는 일에는 지대한 어려움이 따르리라.

셀리나의 퀘스트가 몇 명의 난민을 살려야 성공인지는 모르겠지만, 추격자들에 의해 쫓기면서 일부만을 살려 가는 건 위드의 성격에 안 맞았다.

빚쟁이, 사채업자에게 시달려 본 경험으로 충분한 것!

위드의 주변으로 반 호크, 토리도, 서윤 그리고 유저들이 모여들었다. 세라보그 성의 주민들 중에서도 예전에 병사나 사냥꾼이었던 자들이 왔다.

"위드 님, 명예로운 위드 님에게 저희의 운명을 맡깁니다. 우리는 죽음을 각오하였으니, 가족들만이라도 안전한 곳으로 빠져나갈 수 있도록 해 주십시오."

"기사 오드가, 검을 놓은 지는 오래되었으나 모라타의 백작 위드 님에게 새로 충성을 바칩니다. 위드 님과 같이 엠비뉴 교단과 싸우겠습니다."

사냥꾼 젠킨스와 430명이 전투에 참여합니다. 이들을 이끌고 엠비뉴 교단과의 싸움을 할 수 있습니다.

퇴직 기사 오드가 외에 늙은 기사 7인, 젊을 때 병사였던 894인이 전투에 참여합니다. 높은 충성도를 가진 병사들을 통솔할 수 있습니다.

안 그래도 별로 좋은 인상이 아니던 위드의 표정이 더욱 나빠졌다.

사냥꾼들은 아무 방어구도 없이 고작 사냥용 활이나 하나씩 들고 있을뿐더러, 그마저도 없는 자들이 더 많다! 늙은 기사와 병사 들도, 방패와 갑옷은 당연히 없고 검도 없이 농기구나 주방용 식칼을 들고 있는 게 아닌가.

"그러면 그렇지 내 팔자에 무슨……."

"예?"

"아니다."

세라보그 성의 정예 병력도 휘하로 거두는 일을 마다할 판에 이런 오합지졸이라니.

'엠비뉴와의 싸움에 큰 도움은 안 되겠군.'

위드는 상황을 냉정히 분석해 봤다.

"이런 식으로라면 많은 사람들이 살진 못할 거야. 체력이 떨어지는 노인과 어린아이가 먼저 목숨을 잃겠지."

위드나 서윤이 지켜 주는 데에도 한계는 있었다. 엠비뉴의 기병이나 마물 들이 대살육을 벌이게 될 것이다.

"그럴 바에는 차라리 엠비뉴 교단의 시선을 다른 곳으로 돌릴 만한 획기적인 뭔가가 필요해."

왕과 왕족들은 지하도를 통해서 지상으로 빠져나갔다. 기사와 마법사 들의 호위까지 받는 그들은 엠비뉴 교단의 추격을 뿌리치고 벌써 멀리까지 떨어져 있었다.

엠비뉴 교단의 선택은 아마도 이 피난민을 향하게 될 가능성이 굉장히 크다.

그들이 피난민들을 공격하는 걸 포기하게 만들 수 있는 방법이라면…….

"대단한 미끼가 필요하겠지. 엠비뉴 교단이 모든 일에 우선해서 쫓아올 만한 미끼. 그러면서도 상당한 전투력을 갖추고 있어야 돼. 안 그러면 오랫동안 시간을 벌지 못하고 금세 죽어버릴 테니까. 흠, 그렇게 쓸 만한 미끼는 별로 없을 텐데."

위드는 자신과 엠비뉴 교단과의 악연을 돌이켜 봤다.

북부에서 엠비뉴 교단의 음모를 분쇄했을 뿐만 아니라, 11지파의 수장이던 페이로드까지 없앴다.

엠비뉴 교단은 위드를 향해 저주의 칼날을 가는 입장이었다.

"만약 내가 엠비뉴의 군대 앞에서 그들을 유인한다면 놈들은 이게 웬 떡이냐 하겠지."

엠비뉴 교단은 분명히 피난민을 쫓지 않고 위드를 향해 올 것이다.

세라보그 성을 초토화한 그 군대가, 광신도와 마물 들, 엠비뉴의 암흑 사제와 저주술사 등으로 편성된 강대한 군대가 위드를 쫓아오게 되리라.

"어떻게 그런 생각을……."

"과연 위드 님이야."

"위드 님이 스스로 미끼가 되어서 우리를 살려 준대."

"우와아아아!"

그저 무심결에 혼자 중얼거린 것뿐이건만, 위드의 말은 유저들의 입을 통해 퍼져서 피난민 전체의 사기를 끌어 올렸다.

세라보그 성의 피난민들이 희망을 품습니다. 사기가 88%까지 오릅니다.

피난민들은 힘을 얻어서 더 빨리 언덕을 넘으며 도망쳤다.

"어서 가요, 할아버지."

"그래. 위드 님이 살려 주시는 이 목숨, 소중히 써야지. 빨리 가자꾸나!"

졸지에 위드가 엠비뉴 교단을 유인하는 미끼가 되는 것으로 확정!

만약에 거부한다면 사기가 더 떨어지게 될 테고, 도주는 더 많이 어려워지게 될 것이다.

위드는 자신을 쳐다보는 초롱초롱한 눈길들을 느꼈다.

어린 유저들, 초보자들은 어차피 죽더라도 잃을 게 많진 않다. 그러다 보니 위드가 팔았던 땅콩과 오징어를 먹으면서 싸움 구경을 하려는 듯이 떠나지 않고 버티고 있었다.

"진짜 재밌겠다."

"위드 님이 얼마나 잘 싸울지 궁금하긴 했어."

"그러게. 광신도나 칼라크롭스 같은 건 위드 님에게는 잠깐 몸 푸는 정도잖아."

마구 확대된 뜬소문들이 만들어 내는 부작용!

하지만 유저들이 그만큼 기대하고 있는 것도 사실이었다.

'퀘스트를 성공시키려면 미끼가 필요하긴 하겠어.'

위드가 생각하기에도 자신보다 훌륭한 미끼는 없었다.

웬만해서는 안 죽을 정도의 무력도 있고, 전장에서 이리저리 뒹굴 눈치도 있다.

단, 자기를 희생하는 살신성인의 자세 따위는 지금까지 인생에서 추구해 온 방향과 완전히 반대였다.

'안 돼. 이런 식으로 흔들려서는 절대 부자가 될 수 없어. 성공해서 정치라도 하려면 이런 마음부터 버려야 돼!'

위드는 불타고 있는 세라보그 성을 쳐다봤다.

"저 차가운 눈으로 엠비뉴의 군대를 노려보고 있어. 정말 싸울 생각인가 봐!"

고개를 다른 쪽으로 돌리고 머리를 좌우로 흔들었다.

"목을 풀고 있네. 이제 싸우러 가는 건가?"

위드는 들고 있던 불렌서의 창을 만지작거렸다. 칼라크롭스 대장 수컷과 싸우면서 내구도가 많이 떨어져 있었다.

"창을 수리하고 가려나 봐!"

이제는 어쩔 수가 없었다.

사람들의 시선 따위야 무시하고 살 수도 있다.

물론 실망하고 욕할지도 모른다.

'욕먹으면 오래 산다는 말도 있는데, 욕이야 좀 먹으면 어때.'

무시하면 그뿐!

하지만 피난민들을 살려서 퀘스트에 성공하려면 위드가 나서는 게 필요했다.

어차피 엠비뉴의 군대가 피난민들을 쫓아오게 될 것이고, 위드와도 치열한 전투가 벌어지게 되어 있었다. 위드의 정체가 발각되는 순간 엠비뉴의 주력은 그를 집중적으로 노리게 될 테니 결과적으로 보면 별로 달라질 것도 없다.

"저희가 먼저 죽겠습니다."

"더 늙기 전에 명예로운 전투를 할 수 있어서 영광입니다."

사냥꾼과 기사 들이 말했다.

위드는 고개를 저었다.

"나와 같이 싸우지 않아도 된다. 안전한 곳으로 도망쳐라."

"그럴 수는 없습니다. 저희가 약하다고 내치시는 게 아니라면 명예로운 죽음을 택하게 해 주십시오!"

"너희가 지켜야 할 것은 가족이다. 가족들에게 돌아가서 그들의 웃음을 보며 살아라."

> 사냥꾼과 병사 들의 지휘를 포기하겠습니까?

"전투는 나 혼자서 하는 것으로 충분하다."

> 사냥꾼과 병사 들이 다시 피난민으로 합류합니다.

> 명예 스탯이 생성됩니다.
> 명예 스탯은 귀족으로서 의로운 일을 실천하였을 때 오릅니다. 주민들의 충성도, 외교에 큰 영향을 주며, 자유 기사들을 포섭하는 데 도움이 됩니다.

> 명예 스탯이 2 증가합니다.

위드는 혼자 싸우기로 결정했다.

하지만 언덕을 내려오는 그의 곁에는 서윤과 반 호크, 토리도가 함께했다.

"왕국민들을 보살피는 건 기사로서의 당연한 의무다."

"피 맛을 실컷 볼 수 있겠군."

"……."

엠비뉴 교단의 군대는 세라보그 성을 약탈하며 불을 질렀다.

"모두 빼앗아라. 엠비뉴 신을 위하여 바쳐질 보석들이다."

"엠비뉴 신을 따르지 않는 로자임 왕국은 멸망하고 말리라."

엠비뉴의 암흑 사제들은 성이 다 타 버리기 전에 마물들을 데리고 돌아다니며 재물을 챙겼다. 유서 깊은 로자임 왕국의 왕성이 마물들에 의하여 사라지고 있었다.

이 작업이 끝나면 엠비뉴의 군대는 사방으로 흩어져서 도망친 세력들과 피난민들을 쫓게 되리라.

그때 들리는 커다란 목소리!

"나 위드가 왔다. 엠비뉴 교단이여, 얼마든지 덤벼라!"

왕의 집무실을 약탈하던 아홉 번째 교주 벨로니는 창밖을 내다보았다.

불길에 뒤덮인 성의 상층부에서 밖을 내려다보는 벨로니!

무너진 성벽 너머에 위드와 서윤, 반 호크, 토리도가 있었다.

위드는 용감무쌍하게도 세라보그 성의 경계 부근까지 돌아왔던 것!

그래 봐야 크게 멀지 않은 거리이기는 해도, 엠비뉴 군대들이 몰려 있는 한복판에 나타난 것이다.

"위드라면 우리 엠비뉴 교단에서 최우선으로 죽여야 할 대상! 엠비뉴의 종들이여, 저 인간을 죽여라!"

모라타의 예술가들은 눈을 반짝이면서 수정 구슬에서 시선을 떼지 못했다.

"아, 정말 대박이다."

"지켜보는 것만으로도 손에 땀이 다 나네."

"난 술 마시는 것도 잊고 있었어."

위드가 피난민들을 이끌고 도망칠 때부터 재미가 있었다.

항상 그렇듯이 위드의 모험은 사람들을 빨려들게 만든다. 그렇기에, 위드 자신이 조각사였지만 예술가들에게는 매우 훌륭한 대상이 되었다.

'조각품으로 만들면…….'

'그림으로 그리면 죽여줄 텐데. 지금 이 구도가 정말 최고야.'

조각사와 화가 들에게는 영감의 원천이 되었다.

벌써 모라타 조각사 조합에서는 위드의 대형 동상을 세우자는 논의가 본격적으로 벌어지고 있던 참이다. 만들어 놓기만 하면 인기는 따 놓은 거나 다름없고, 도시의 새로운 명물로 자리 잡을 수도 있지 않겠는가.

단 한 번의 전투에서도, 화가들이 그릴 만한 명장면들이 수도 없이 쏟아져 나왔다.

"던전에서 전투를 하는 장면이 멋졌던 거 같아."

"피난민들에게 연설하는 아이스 트롤도 나쁘지 않았잖아."

"얼어붙은 와이번을 타고 공중에서 뛰어다니던 건 어떻고?"

"그야 당연히 최고지. 하지만 이제부터 더 대단한 장면들이 나올걸."

"캬하! 엠비뉴 군대에 저들끼리 선전포고라니. 내가 저 자리에만 있었더라도……."

화가들은 그려야 될 장면들을 재빨리 구상해 보았다. 위드에 대한 그림들이 무수히 많이 나올 것이기에 단체 전시회를 개최하는 일도 벌써 고려하고 있었다.

그러면서도 조금 아쉬워했다.

자신이 위드의 자리에 있다면 얼마나 가슴이 뛰고 흥분될까!

예술가들 외에 다른 직업의 유저들도 수정 구슬에 시선을 고정하고 있었다.

바드와 댄서 들!

"잘 지켜보세요. 다음에 할 공연입니다."

"제목은 뭘로 지을까요?"

"위드가 엠비뉴 교단에 맞서다?"

"아니에요. 대륙의 성자 위드가 낫지 않겠어요?"

모라타의 바드와 댄서 들은 위드의 모험을 대규모 합동 공연으로 하려고 준비하고 있었다.

위드를 주제로 잡으면 소재가 끊이지 않아서 좋았다. 어디로 가든 흥미진진한 사고가 벌어졌으니까.

모라타의 주민들도 수정 구슬을 보았다.

"영주님이 다르긴 달라."

"무사히 돌아오셔야 될 텐데. 엠비뉴 교단에 죽으시면 안 되는데."

모라타 주민들의 사기가 오릅니다.

모라타 주민들의 영주에 대한 충성심이 최고의 상태가 되었습니다.

대홍수와 스핑크스

위드는 사자후를 터트리고 서 있었다.

땅에 꽂혀 있는 창을 오른손으로 잡고, 가슴까지 내밀었다.

위엄으로 가득 찬, 당당하기 짝이 없는 모습!

"위드를 죽여라!"

"저놈부터 죽여야 한다. 벨로니 교주님의 명령이 떨어졌다."

불타는 세라보그 성에서 마물들이 튀어나와서 위드를 향하여 달려왔다. 성을 포위하고 있던 대규모의 엠비뉴 군대도 자리를 이탈해서 이동했다.

그들의 목표는 전부 위드를 죽이는 것이었다.

엠비뉴 교단의 시선을 끌기 위해서 사자후를 터트린 효과는 너무나도 충분했다.

"으음."

위드도 이 정도의 여파가 있을 거라고는 생각지 못했다.

"내 인기가 대단하군."

지금에서야 인기를 실감!

"……."

서윤은 물끄러미 위드를 쳐다보았다.

대체 무슨 계획과 자신감이 있기에 엠비뉴 교단을 이런 식으로 도발할까에 대한 인간적인 의문을 삿지 않을 수 없었기 때문이다.

"원 없이 싸울 수 있겠군."

"피의 축제를 열어 봐야겠다."

반 호크와 토리도가 전투태세를 갖췄다.

그리고 위드는 미련 없이 뒤돌아섰다.

"달려!"

위드의 선택은 도주였다.

당연하게도 엠비뉴 교단의 군대와 최후까지 싸우다가 죽음을 맞이하는 계획일 리가 없었다.

그런 무모한 계획이란, 위드에게 있어서는 꼬박꼬박 적금을 부어서 복권이나 딱지치기에 쏟아붓는 것과 마찬가지.

서윤은 작게 한숨을 내쉬고 위드를 따라갔다.

그녀가 보기에도 엠비뉴 교단의 시선을 끌었으면 다음 선택은 당연히 도망치는 게 옳았다. 하지만 그럴 거라면 구태여 사자후를 터트리고 창을 땅에 꽂는 행동을 할 필요는 없지 않았을까!

하지만 위드의 생각에는 차이가 있었다.

'그래도 몇 초는 멋있었을 거야.'

남자로서, 누구나 괜히 잡아 보고 싶어 한다는 폼이었다.

엠비뉴의 군대가 총동원되어 쫓아오고 있으니 이제부턴 신나게 도망치는 일만 남았다.

암흑 성기사들이, 위드의 도주를 막으려고 말을 타고 달려오고 있었다.

"어디 실컷 달려 볼까? 반 호크, 길을 열어라."

"알겠다, 주인."

유령마를 탄 채 마주 달려 나가며 반 호크는 검을 뽑아 세차게 휘둘렀다.

푸히히힝!

암흑 성기사들이 말과 함께 쓰러졌다.

위드가 그렇게 괴롭히고 경험치만 축내며 쓸모없다고 괄시했던 반 호크다.

하지만 사냥터를 같이 다니며 성장시킨 보람이 있어, 어둠의 기사로서 멋진 활약을 보였다.

위드가 있는 장소라면 사람들이 반사적으로 그와 같이 다니는 데스 나이트를 떠올릴 정도로 인기도 끌었다.

"가자. 계속 돌파하자!"

엠비뉴의 군대가 집단별로 이동하면서 포위망을 구성하고 있었다.

언덕에서 보고 있는 초보자들은 광신도의 부대와 마물들의 부대가 제법 일사불란하게 움직이면서 거리를 좁혀 위드를 포위해 오는 것을 확인할 수가 있었다.

"아… 혼자 싸운다고 하니 저런 식으로 되는구나."

"정말 살 떨리겠다. 수만 이상의 병력이 자기만 죽이러 온다고 생각해 봐."

"우왓! 정말 최고의 기분이겠다."

마물들이 모이는 걸 보면 웅장한 느낌까지 받았다.

"그대로 멈추면 안 돼!"

위드는 불렌서의 창을 맹렬하게 휘둘렀다.

통렬한 일격! 적을 멀리 날려 버립니다.

통렬한 일격! 암흑 성기사가 마비 상태에 빠집니다.

아이스 트롤의 힘으로 암흑 성기사와 마물 들로 구성된 방어선을 날렸다.

그 정도로는 죽지 않는 적들이 대부분이었지만, 따라가서 죽일 시간 여유가 없었다.

"사냥감을 남기면 안 되는데… 안타깝군."

몬스터들이 쌓여 있는데도 해치우지 못하고 도망쳐야 하니 너무나 괴로웠다.

하지만 주변의 전황은 그야말로 숨 가쁘게 돌아가고 있었다. 공성전에 투입되었던 최정예 마물 군단이 뒤쫓아 오고 있었으며, 주변에는 광신도와 암흑 성기사, 저주술사가 널려 있다.

"엠비뉴의 뜻을 따르지 않는 자는 겁쟁이다!"

두려움을 자극하는 저주로 인해 투지가 56 감소하였습니다.

"어리석음에 빠져 있는 자는 깊은 고통에 잠겨 영원히 회개하지 못하리라."

고통의 자극으로 인해 상처를 입었을 때 생명력이 17% 더 감소합니다.

저주술사들이 퍼붓는 여러 저주의 효과들이 위드와 서윤, 반호크, 토리도에게 집중되었다.

위드의 몸 근처에는 작은 해골이 빙글빙글 돌아다녔으며, 뒤에서는 불타는 거대한 손이 다가오기도 했다. 주변에는 새벽의 강가처럼 안개가 자욱하게 깔려서 시야를 좁혔다.

엠비뉴의 저주술사는 과연 상대하기 어렵다는 소문 그대로였다. 순식간에 최소한 일곱 가지 이상씩의 저주가 넷에게 걸려든 것이다.

"역시 여럿이서 남 욕할 때가 좋다니까."

특히 뒤에서 몰래 이야기할 때의 재미란, 3~4시간이 훌쩍 지나가 버릴 정도!

위드와 서윤은 전투에 나서기 전에 사제들로부터 가능한 한 많은 종류의 축복을 받았다.

하지만 저주로 인하여 축복의 효과가 빨리 떨어지고 전투력이 감소하는 등 여러 불편함이 생겼다.

"계속 달려서 암흑 성기사부터 넘어서야 해."

저주는 다시 축복을 받거나 축복받은 성물을 가지고 있으면 빨리 해소된다. 흑마법에 대한 저항력, 정신력 스탯에 따라서 시간이 지나면 자연히 사라지기도 했다.

집요하게 덤벼드는 암흑 성기사들을 해치우는 게 우선 과제였다.

"어둠의 기사 반 호크가 승부를 청한다."

"엠비뉴를 따르는 자랑스러운 종, 델리크다. 승부를 받아 주겠다."

반 호크는 암흑 성기사의 고위층을 연달아 격파!

역시 지금까지 데스 나이트를 성장시켜 놓은 보람이 있었다.

위드와 서윤, 토리도도 다가오는 내로 암흑 성기사들을 해치웠다.

서윤은 완전히 광전사로서의 눈을 뜬 상태로, 그녀의 공격력은 평소보다 늘어나기 시작하였으며 체력도 거의 떨어지지 않았다.

서윤이 먼저 위드에게 다가오는 몬스터들을 처리해 버릴 정도였다.

암흑 성기사들을 돌파하였지만 앞에는 광신도 부대가 무기를 쥐고 도열해 있었다.

조금 전에도 상대했듯이 광신도들은 별로 위협이 되지 않았다. 하지만 암흑 성기사들 때문에 지체되는 동안 세라보그 성을 초토화했던 엠비뉴의 주력군이 가까워졌다.

광신도들에 의해 조금이라도 더 발목이 잡힐 테고 사방에서는 엠비뉴의 군대가 조여들고 있으니 완전히 포위되기라도 하면 그것이야말로 큰일!

"이런 게 카드 6개를 한도까지 돌려 막기 할 때의 기분인 것 같군."

숨이 탁탁 막히고, 앞으로 가야 할 길이 안 보이는 상태!

위드는 반 호크와 토리도에게 시선을 주었다.

그간 험한 지역들을 많이 돌아다녀 본 경험 덕분인지 잘 싸웠다. 둘 다 언데드 계열인 만큼 저주나 독에도 내성이 굉장히 뛰어났다.

다만 암흑 성기사들과 싸우고 난 후라서 반 호크의 부상이 심한 편이었지만, 아직까지는 버틸 만한 정도였다.

서윤은 제대로 힘을 발휘하면서, 몇 안 남은 암흑 성기사와 마물이 가까이 오기도 전에 처리했다. 광전사의 능력에 의해서 강한 적들을 해치울수록 잠재된 공격 본성이 깨어났다.

위드는 아이스 트롤의 종족 특성에 따라서 냉기를 발산하며 다가오는 적들을 느리게 만들고 얼렸다.

적이 냉기에 대한 낮은 저항력으로, 다가오던 도중에 결빙되었습니다.

위드가 창을 휘두르면 얼음이 된 광신도들은 몇 배나 되는 타격을 입으면서 한꺼번에 회색빛으로 변했다.

저주도 시간이 지나면서 저절로 약화되었으니 지금까지의 상황이 그리 나쁘다고 할 수는 없었다.

하지만 앞으로가 정말 큰 문제였다.

'최선을 다해서 도망치더라도 추격을 따돌릴 수 있을지 장담하지 못해. 하지만 또 너무 일찍 빠져나가 버리면 독이 오른 엠비뉴의 군대가 피난민들을 노리게 되겠지.'

시간을 벌어야 했고, 엠비뉴 군대의 시선도 계속 끌어 줘야 한다. 그러면서도 살아야 했으니 정말 까다롭기 짝이 없었다.

"평일에도 늦잠을 자고, 짜장면은 간짜장에 곱빼기로 시켜서 남기고, 주말에는 텔레비전이나 보면서 빈둥거리고 싶은데 이 놈의 팔자는……."

"오오오!"

"캬하하하하하."

"이런 게 위드라니까. 위드만 할 수 있는 모험이라고!"

바트가 있는 선술집은 사람들로 왁자지껄 시끄러웠다.

술집은 손님으로 가득 찼지만 다들 정작 맥주와 안주는 뒷전이고 대형 수정 구슬을 통해 위드의 모험을 지켜보느라 바빴다.

바트도 물론 보고 있었다.

'이런 게 뭐가 재미있나. 몬스터들에게 겁먹어서 던전을 나와 단체로 도망치기나 하는구만.'

그러다 조금 시간이 지나자…….

'신나긴 신나네. 묘하게 눈길을 끌긴 해. 피난민들이 죽어 버릴 것 같은 아슬아슬함도 있고.'

잠시 후, 위드가 1명의 동료와 부하 둘을 데리고 미끼가 되는 역할을 자처해서 맡았다.

'오, 저런 결정을…….'

선술집도 어느새 쥐 죽은 듯 조용해졌다.

대형 수정 구슬을 보느라 정신이 팔려 맥주가 떨어져도 주문하지 않을 정도였다.

위드와 서윤, 부하들이 도망치면서 만들어 내는 긴장감, 엠비뉴의 군대가 위협적으로 몰려드는 걸 보면 다른 생각이 떠오르지 않았다.

바트는 전투 시스템에 대한 지식과 경험이 없었기에 위드가 얼마나 잘 싸우는지를 몰랐다. 늑대, 여우, 토끼를 빼면 몬스터가 얼마나 강한지에 대한 감이 없었다.

전장을 헤치고 다니는 위드를 사람들이 대단하다고, 정말 움직임이 흉내 내지도 못할 정도로 뛰어나다고 하면 그러려니 하는 정도였다.

하지만 위드가 계속 무언가를 벌일 듯한 느낌은 확연히 받았다. 직접 만나 본 시간이 길진 않았어도 아무 대책 없이 엠비뉴 군대의 앞에 뛰어들 정도로 무모한 성격은 아니었다.

"근데 저 옆에 있는 가면을 쓰고 있는 여자애는… 왠지 익숙한 느낌이 드는데, 설마 내 딸은 아니겠지?"

"토리도, 왼쪽으로 방향을 잡아라."

"알겠다, 주인!"

토리도는 진혈의 뱀파이어들을 불러들였다.

뱀파이어들은 광신도를 습격하면서 레벨을 올렸다. 어떤 의미에서는 상당히 순수한 피를 가지고 있는 광신도들이었기에 진혈의 뱀파이어가 상대하기에는 최적의 부대였다.

광신도와 뱀파이어의 대결이 사방에서 벌어졌다.

엠비뉴의 사제들이 많았지만 그들은 뱀파이어들을 상대하려고 하지 않고 위드만 쫓아왔다.

다른 일에 우선하여 반드시 죽여야 하는 목표가 위드였다.

토리도가 방향을 튼 왼쪽으로는 강이 흐르고 있었다.

예전에 만들어 놓은 피라미드와 사자 괴물상이 우뚝 서 있는 장소였다.

"엠비뉴를 모독한 자는 도망치지 못한다!"

와이번 나이트들도 지상까지 내려와 창을 찌르면서 공격을 해 왔다.

그리고 멀리에서부터 화살과 마법이 계속 날아오고 있다.

엠비뉴의 군대가 점점 다가오고 있었으며, 피라미드와 사자 괴물상 너머에서도 광신도와 마물 들로 이루어진 병력이 다가오고 있었다.

이제는 마음껏 활개치고 다니지 못할 정도로 포위되어 완전히 고립되어 가는 상황!

전 방향에서 엠비뉴의 군대가 옥죄어 왔다.

마물들의 이동속도가 빨라, 마물과 광신도를 해치우다 보니 미처 포위망을 벗어나지 못하였던 것이다.

'이번에도 지켜 주지 못하겠구나.'

서윤은 최후까지 싸우기 위한 각오를 다졌다.

어떤 일이 있더라도 그녀는 마지막까지 위드를 위해 싸우다가 먼저 죽을 작정이었다.

"여기 있지 말고 올라가자."

위드는 피라미드의 외벽을 타고 위로 올라갔다.

네모난 돌을 쌓아서 만든 피라미드였기 때문에 위로 올라가는 건 어렵지 않았다. 다만 지형상 크게 유리한 점도 없이 오갈 데가 없는 막다른 곳으로 간다는 게 조금 의문!

"아!"

서윤은 묘한 깨달음의 탄성과 함께 뒤를 따랐다.

"여기는 적들의 마법이나 화살에 취약하다."

"도주를 포기하고 최후까지 싸우겠다면 나쁘지 않다, 주인."

토리도와 반 호크도 피라미드의 돌을 밟고 올라왔다.

엠비뉴의 광신도와 병사, 마물 들도 계속 따라왔다.

한 층씩 오르면서, 와이번 나이트들과의 싸움도 계속해서 벌어졌다.

와이번 나이트 자체는 위드는 물론이고, 서윤이 광전사의 능력을 발휘하는 이상 큰 장애물이 되지 못했다. 그래서인지 이제는 삼분의 일도 남지 않았지만 끈질기게 공격해 왔다.

위드가 피라미드의 정상에 있는 돌에 올라섰다.

예전에 큰 애착을 갖고 직접 만들었던 왕의 무덤!

지금은 선정을 펼치는 모라타의 영주이지만, 깊이 잠재된 악덕 기업주로서의 본능을 유감없이 발휘했던 대공사의 결과물이었다!

서윤과 반 호크, 토리도도 바로 밑에 있는 돌까지 도착했다.

"장관이군."

산 정상에 오른 것처럼 주위를 둘러보니 온통 엠비뉴의 군대가 몰려들어 있었다.

새까맣게 몰려 있는 마물들과 암흑 성기사, 저주술사, 사제, 광신도의 무리!

교주 벨로니도 불타는 세라보그 성을 뒤로하고 친위 부대를 이끈 채 이쪽으로 오고 있었다.

"이 정도 했으면 목표로 잡았던 시간에서 절반 이상은 끌어준 셈인가."

피난민들에게 별문제가 없는 이상 삼분의 이 정도는 안전하게 빠져나갈 수 있는 시간이었다.

그 후로도 노약자들이 장거리 행군을 해야 하니 이동 능력은 갈수록 떨어지게 되리라. 그러자면 더욱 여기서 엠비뉴의 군대를 붙잡아 놓을 필요가 있다.

"조각 변신술 해제."

위드는 아이스 트롤로 바뀌었던 몸을 버리고 원래의 상태로 돌아왔다. 임시로 착용했던 가죽 갑옷들을 벗어 버리고, 창도 다시 배낭에 넣었다.

한창 실컷 싸워야 될 때에 육체적으로 유리한 아이스 트롤의 몸을 버리다니!

방송을 보고 있는 모든 유저들이 그 까닭을 궁금해했다.

혹시나 급하게 피라미드를 올라간 게 도망치다 벌인 실수이고, 삶을 포기한 것은 아닌지에 대한 의문이 깊어 갈 무렵.

"산동네에 살 때에도 장점은 하나 있었지. 비가 많이 와도 침수될 염려는 없었다는 것!"

위드는 배낭에서 조각품을 꺼냈다.

걸작, 〈폭우와 범람하는 강〉.

돌로 정교하게 만들어진 조각품.

자연 조각술을 사용하여 빗물과 강물을 만들어 완성한 걸작이었다.

"대재앙의 자연 조각술!"

대재앙의 자연 조각술 스킬을 사용하였습니다.
예술 스탯 20이 영구적으로 사라집니다. 생명력과 마나 2만씩이 소모됩니다. 모든 스탯이 사흘간 일시적으로 15% 감소합니다. 자연과의 친화력이 떨어집니다.
대재앙의 자연 조각술은 하루에 한 번밖에 사용하지 못합니다.
위험한 재앙을 불러오게 되면, 그 피해에 따라서 명성이나 악명이 오를 수 있습니다. 재앙을 겪는 와중에 죽을 수도 있으니 주의하십시오.

최근에 부지런히 올려 둔 자연과의 친화력 1,005로 대재앙의 자연 조각술을 사용하였다.

"일단 대피는 확실히 했으니까."

그간 이 스킬을 두 번 사용해 보고 확실히 몸으로 깨달은 바가 있다.

대재앙의 자연 조각술을 잘못 쓰면 본인이 죽기에 딱 좋다는 사실!

피라미드 꼭대기까지 힘들게 기어올랐으니 조금도 걱정하지 않고 마음껏 스킬을 사용했다.

하늘에 먹구름이 몰려들더니 비가 억수처럼 쏟아졌다. 마치 하늘에 커다란 구멍이 뚫린 것처럼 내리는 폭우였다.

위드와 서윤, 반 호크, 토리도와 엠비뉴의 군대를 흠뻑 적시는 빗물.

"슬슬 시작하는구나."

비는 계속 내렸다.

대재앙의 자연 조각술이 발동될 때까지, 악천후 속에서 피라미드를 기어오르는 광신도와 마물 들과 싸워야 했다.

"엠비뉴 신께서 제물을 기다리고 계신다."

"올라가라. 엠비뉴를 향한 용기를 보여라!"

광신도와 마물 들이 몰려들 뿐만 아니라, 저주술사와 마법사, 엠비뉴의 사제 들이 마법 공격을 했다.

위드는 헬리움으로 조각했던 횃불을 꺼냈다.

원거리 공격을 막는 마나 배리어, 흑마법과 저주 마법에 대한 강한 내성을 걸어 주고 마나 회복 능력까지 올려 준다.

"광휘의 검술!"

위드의 검에서 빛의 새들이 생성되어, 마물들을 정화시키고 마법 공격에 부딪쳐 폭발했다.

서윤은 광전사답게 마물들을 위주로 상대해 가며 싸웠다.

빛과 마법이 작렬하면서 피라미드의 정상 부근은 화려하기 이를 데 없었다.

버티는 입장에서는 생지옥과도 같은 상황이지만!

불과 3~4분이 지났을 무렵, 반 호크가 주저앉았다.

"주인, 나는 여기까지인 것 같다. 끝까지 같이 싸우지 못해서 미안하다."

생명력이 한계에 달한 반 호크의 역소환!

위드가 조금의 여유라도 있었다면 붕대를 감아 주고 후방으로 돌렸겠지만 그럴 틈은 없었다.

엠비뉴 마법사들의 공격이 무시무시했기에 피하거나 광휘의 검술로 막아 내면서 간신히 버티고 있었다.

> 마법 공격, 누른의 창에 적중당하였습니다.
> 생명력이 869 감소합니다.

위드의 생명력이 34,000 이하로 떨어졌고, 서윤은 광전사의 지구력으로 버티고 있었다.

그녀도 위드에게로 달려가는 마물들을 막아 주고 저주와 마법의 표적이 되면서 상당히 많은 부상을 입었다. 몸을 사리지 않고 싸우면서 위드보다도 더 많은 공격을 허용했다.

말 그대로 퍼붓는 비 덕분에 마법과 화살의 위력이 약화되어 버티는 데 도움이 되긴 했지만 그 효과가 큰 건 아니었다.

"이대로라면 모두 죽겠는데……."

위드의 얼굴을 타고 빗물이 주르륵 흘러내렸다.

교주 벨로니와 그의 친위대가 피라미드를 공격할 수 있는 범위까지 다가오고 있었다.

피라미드 아래쪽에서는, 위로 올라오려는 마물과 광신도 들이 아우성치고 빗물에 미끄러져 떨어진 동료에게 깔려 연속적으로 피해를 입는 아비규환!

그때, 이제나저제나 기다리고 있던 대재앙이 드디어 시작되었다.

피라미드와 사자 괴물상이 만들어진 장소는 로자임 왕국의 아루드 강가 근처였다. 빗물로 어느새 물이 많이 불어나 있다고 생각했는데 드디어 강물이 넘치기 시작한 것이다.

"케에엑!"

"물이다. 물이 밀려온다."

범람한 물은 빠르게 퍼져 갔다.

광신도와 마물, 사제 들의 발목을 적시면서 번져 나가더니 수위가 급속도로 차올랐다.

아루드 강의 상류에서는 해일처럼 어마어마한 물이 밀려왔고, 산과 언덕, 평원에서도 저지대인 피라미드 주변으로 물이 차올랐다.

대재앙의 자연 조각술. 대홍수!

집채만 한 파도가 밀려와 엠비뉴의 군대를 덮쳤다.

꾸위이익!

거친 물의 힘에 칼라크롭스조차도 쓰러졌다.

결집해 있던 엠비뉴의 군대는 이리저리 흩어지며 저마다 살 길을 찾아보려고 했지만 사방이 온통 물바다였다.

무릎을 넘어선 물이 금방 머리 위까지 차올랐다.

건물이 무너지고, 공성 병기, 바위, 나무 가릴 것 없이 부서져서 떠다녔다.

엠비뉴만을 외치던 광신도와 마물 들이 물에 잠겨 수장되고 휩쓸렸다.

위드는 보기만 해도 입가에 흐뭇한 미소가 지어졌다.

"역시 가장 마음에 드는 조각술이야."

하지만 홍수가 끝나고 나면 엠비뉴의 군대의 피해가 얼마나 될지는 미지수였다.

비교적 약한 광신도들이야 절망적인 피해를 입었을 수도 있다. 홍수의 급류에 휩쓸리거나 했다면 그대로 단체로 사망했을지도 모르는 일.

하지만 강한 마물들이나 암흑 성기사, 암흑 사제를 비롯한 이들은 생명력이나 저항력이 높아서 홍수가 지나가고 나도 죽지 않을 가능성이 컸다.

엠비뉴의 군대가 엉망진창으로 홍수에 휩쓸리며 피해를 보고 있는 지금이 기회!

위드는 사자 괴물상을 향해 스킬을 시전했다.

"조각품에 생명 부여!"

조각품에 생명을 부여하였습니다.
조각품의 능력은 현재 설정된 예술 스탯 2,281에 따라 469로 변환됩니다.
뛰어난 명작 조각품의 효과로 인해서 10%의 레벨이 추가됩니다.
생명체에 네 가지의 속성이 부여됩니다. 조각품의 모양과 수준에 따라 부여되는 속성의 수준과 능력치가 다릅니다. 돌의 속성(100%), 불의 속성(80%), 예술의 속성(100%), 영광의 속성(100%).
* 돌의 속성은 생명체에 특별한 방어력을 부여합니다.
* 불의 힘을 이용해 적을 태울 수 있습니다. 모든 저주 마법에 대해 면역을 갖습니다. 흑마법에 대해 강한 저항력이 생깁니다.
* 예술의 속성으로 인하여 조각품과 미술품을 좋아하고, 작품들의 효과를 150%로 이끌어 낼 수 있습니다. 자신뿐만 아니라 동료들 전체에 해당합니다.
* 영광의 속성은 생명체에 기품과 카리스마를 부여합니다. 대규모 군대와 같이 싸울 때에 그들의 충성심과 사기를 끌어 올리고 기사들의 통솔력이 주는 효과를 늘릴 수 있습니다.
마나가 5,000 사용되었습니다.
스킬의 효율이 증가해서 생명을 부여할 때 소모되는 레벨과 스탯의 양이 20% 감소합니다. 예술 스탯이 6 영구적으로 줄어듭니다. 줄어든 스탯은 조각품이나 다른 예술과 관련된 활동을 통해 보충할 수 있습니다.
레벨이 2 하락합니다. 레벨 하락에 따라서 보유하고 있는 스탯이 10 줄어듭니다. 줄어든 스탯은 레벨을 올리게 되면 다시 부여할 수 있습니다.
생명이 부여된 조각품을 소중히 다루어 주십시오. 목숨을 잃으면 다시 생명을 부여해야 합니다. 완전히 파괴되었을 경우에는 되살릴 수 없습니다.

위드의 레벨이 다시 405가 되었고, 예술 스탯의 소모가 있었다. 하지만 로자임 왕국의 괴물 사자상이 살아나게 되었다.

크허허헝!

포효하면서 깨어난 대형 괴물 사자상!

꼬로로록!

앞발을 내딛다가 미끄러져서 자신의 몸의 절반까지 차오른 물에 빠져서 허우적거렸다.

첫인상치고는 상당히 모자라 보였지만, 위드가 만들었던 조각 생명체들이 한두 번 보여 준 모습도 아니었다.

"내 이름이 무엇인가."

생명이 부여된 사자 괴물이 위드에게 머리를 바싹 들이밀면서 물었다.

사자 괴물상의 높이는 피라미드와 대충 비슷했다. 현왕 시오데른과 흡사한 얼굴에, 몸은 완전한 사자였다.

"네 이름은 스핑크스다."

"스핑크스가 내 이름이라면 상관없다. 어차피 명예에 대해서 잘 모르는 주인이 부른다고 해도 충실하게 따를 생각 따위는 없으니까."

스핑크스는 성향상 자의식과 독립심이 강해서 위드를 주인으로 많이 존중해 주는 편이 아니었다.

위드도 굳이 걸고넘어질 생각은 없었다.

"이 문제는 한가할 때 먼지 나도록 이야기를 나누어 보고, 일단은 싸움부터 하자."

"원하던 바다."

스핑크스가 포효하면서 물로 뛰어들었다.

급류에 휩쓸려 가는 암흑 성기사들을 입으로 물고 앞발로 때렸다.

"저 사자 괴물을 해치워라!"

"이 모든 일의 원흉인 위드가 저기에 있다. 위드를 제물로 바쳐야 한다!"

헤엄을 치는 마물들의 등에는 엠비뉴의 사제들이 타고 있었다. 하지만 급류에 휩쓸리거나 소용돌이에 휘말려서 사라지기도 했다.

강에서 범람해 흐르는 물은 원하지 않는 방향으로 향했기에 엠비뉴의 사제들은 원하는 대로 싸우지 못하는 모습이었다.

건축물과도 같이 무거운 스핑크스는 강물에서 첨벙거리면서 엠비뉴의 군대를 사냥했다.

"스물, 스물하나, 스물둘."

위드는 하이엘프 예리카의 활로 무장한 채로 물에 떠 있는 마물들을 위주로 화살을 쏘았다. 서윤과 토리도 역시 피라미드를 붙잡고 올라오는 마물들을 척살했다.

대홍수가 엠비뉴 교단을 쓸어버리고 있었다.

콰르르릉!

벼락이 떨어지면서 피라미드에 서 있는 위드의 모습을 잠깐씩 비춰 줬다.

비바람을 맞으며 활시위를 겨누는 모습!

어둠과 빛이 적당하게 뒤섞여 상당히 멋진 자세였다.

위드는 실컷 화살을 쏘며 대상을 바꿔서 엠비뉴의 사제들 위주로 사냥을 했다. 잘 죽지 않는 마물보다는 경험치를 많이 주는 사제를 노리는 편이 훨씬 이득이었다.

하지만 좋은 시간은 빨리 지나갔다.

대재앙의 자연 조각술의 효과가 서서히 사라지면서 비가 그쳐 가고 있었다. 하지만 피라미드 주변으로는 물이 더욱 많이 불어나서, 급류가 더 거세졌다.

"이 정도라면 충분히 할 만큼은 한 거 같군."

만족스러울 만큼 엠비뉴 교단의 사제를 많이 사냥한 건 아니지만 슬슬 떠나야 할 시기라고 생각했다.

물의 수위가 낮아지고 나면 이리저리 쓸려 다니던 엠비뉴의 군대가 전열을 정비하게 된다.

물론 세라보그 성에서의 전투와 홍수로 지쳐서 군대의 전력이 많이 줄어들어 있겠지만, 더 이상 머무르다가 본격적인 전투가 벌어지게 되면 위험하다.

서윤도 마물들을 도맡아서 사냥하면서 꽤나 힘들어하고 있었다.

"대충 피난민들이 빠져나갈 수 있는 시간은 벌었군."

엠비뉴의 군대가 다시 추격해 오기까지는 상당한 시간을 필요로 하리라.

상당히 많은 광신도와 마물이 아루드 강의 하류로 떠내려갔기 때문에 엠비뉴의 군대가 얼마 죽지 않았더라도 그 여파는 굉장했다.

왕국 간의 전쟁 등에 대재앙의 자연 조각술을 사용한다면 정말 끔찍한 피해를 줄 수 있을 것이다.

적군과 아군을 가리지 않는다는 점이 작은 부작용일 뿐!

"스핑크스, 이제 가자."

"난 계속 싸우고 싶다."

"놈들이 몸을 추스르는 대로 쫓아올 거야. 지금 빠져나가야 덜 위험해."

교주 벨로니와 친위대, 그리고 물에 이리저리 쓸려 다니는 대형 마물들은 대재앙이 끝나기만 하면 원래의 전투력을 발휘하게 되리라.

그들이 추격해 오는 것까지 감안한다면 서둘러 빠져나가는 게 현명했다.

"이곳을 떠나고 싶지 않다."

"왜?"

"여기에는 내가 지켜야 할 것이 있다. 현왕 시오데른의 무덤을 끝까지 지킬 것이다."

"……."

스핑크스는 자유롭게 떠나는 대신 피라미드를 선택했다.

조각품에 생명 부여의 부작용!

조각품이었을 때 피라미드를 지키는 역할을 부여받아, 왕의 위엄을 상징하던 사자였다. 생명이 부여된 이후로도 그 역할을 잊지 않고 엠비뉴의 군대와 끝까지 싸우려 하는 것이다.

"그러다가는 죽을 수도 있어. 기껏 얻게 된 생명인데 아깝지 않아?"

"지켜야 할 것을 지키는 것도 의미가 있을 것이다."

"나와 같이 가면 매일 고기반찬도 해 주고 1년에 이틀씩 휴가도 줄게."

물론 정말 지켜질지는 전혀 장담하지 못할 약속!

"내 뜻은 이미 정해졌다. 가라. 이곳은 내가 맡겠다."

스핑크스의 충직함을 보면서 위드의 눈가가 아릿하게 흐려졌다.

'비가 아직 몇 방울씩 떨어져서 다행이군. 내 눈물을 감출 수 있으니.'

스핑크스의 말에 감동받아서…는 당연히 아니었다.

아까운 예술 스탯과 레벨!

소중한 경험치를 투자해서 생명을 부여해 준 스핑크스가 고집불통으로 이곳에서 싸우다가 죽겠다고 하다니.

"너무 급하게 생명을 부여했어. 시간이 충분히 있을 때 생명을 부여한 다음에 몸으로 교육시켜 놨어야 하는데."

이미 때늦은 후회였다.

스핑크스를 설득하며 더 이상 머무르다가는 위드와 서윤도 위태로울 수가 있었다.

"와삼아!"

위드는 사자후를 터트렸다. 그러자 잠시 후에 하늘 저 멀리에서부터 와이번이 날아왔다.

새벽잠도 제대로 못 자고 눈곱도 떼지 않은 채 날아오는 와삼이.

와이번 나이트들이 견제했지만 와삼이는 유유히 방향을 바꾸어 가며 피라미드에 도착했다.

위드와 서윤이 와이번의 등에 탔을 때에는 홍수의 물살이 많이 약해져 있었다.

물에 잠겨 있던 엠비뉴의 군대가 다시 땅을 밟게 되었다.

물을 많이 먹고 쓰러져 있던 마물과 광신도 들로 지상은 온통 난리였다.

엠비뉴의 마법사와 사제 들이 공격하려고 했지만 스핑크스가 그들을 몸으로 막아 주었다.

"어서 가라!"

위드와 서윤은 와삼이의 등에 타고, 토리도는 직접 날아서 전장을 벗어났다.

멀리서 보니 스핑크스가 용맹하게 싸우고 있었지만, 결국은 엠비뉴의 군대에 포위되어서 어려운 전투를 해야 될 것이다.

'살아남기는 힘들겠군.'

날지 못하는 스핑크스를 이끌고 도망치기란 처음부터 상당히 힘든 일이었을지도 모른다.

스핑크스 덕분에 위드는 편하게 빠져나갈 수 있었다.

"와삼아, 바로 피난민들이 있는 방향으로 가지 말고 다른 쪽으로 멀리 돌아가자."

"알겠다, 주인."

위드는 혹시나 모를 추격을 방지하기 위해 와이번으로 한 바퀴를 돌고 피난민들을 향해서 갔다.

언덕과 야산을 넘어서 끝없이 이어지는 것 같은 피난민들의 행렬!

위드와 와삼이를 보면서 유저들과 주민들이 힘차게 손을 흔들었다.

'엠비뉴의 군대가 아직 많이 쫓아온 건 아닌 거 같군.'

돌아다니던 몬스터들이 일부 습격했지만 그쯤은 유저들과 병사들로도 막을 수 있었다.

위드가 떠나고 난 후 이미 로그아웃한 유저도 많았지만, 상당수가 세라보그 성이 아닌 다른 곳으로 가서 접속을 종료하려고 걷고 있었다.

위드는 와이번에 탄 채로 피난민들을 계속 따라갔다.

"여기 붕대 있어. 팔 좀 내밀어 봐."

광전사의 후유증 때문에 전투가 끝난 후에도 계속 괴로워하는 서윤에게 붕대를 감아 주기도 했다.

아침이 된 이후에도 한참을 뒤따라가니 피난민의 선두가 로자임 왕국의 군대를 만났다. 세라보그 성에서 피운 봉화를 보고 로자임 왕국의 군대가 진군해 왔던 것이다.

'이제 마음을 좀 놔도 되겠군.'

위드는 약간의 피로를 느끼며 로그아웃했다.

루의 교단

베르사 대륙에 다시 한 번 커다란 충격이 몰아쳤다.

세라보그 성의 초토화!

주민들과 유저들이 절반 이상 죽음을 당한 사건이었다.

유저들은 물론 페널티를 입고 되살아나지만, 성의 함락과 함께 주민들은 완전히 사라지게 되었다.

- 세라보그 공성전
- 위드와 그를 따르는 주민들의 대탈출
- 왕실 기사들의 전투 영상
- 세라보그 성의 대화재
- 홍수를 부르는 조각술, 그 정체는?

전쟁과 관련된 여러 동영상이 그날 크게 인기를 끌었다.

엠비뉴 교단은 세라보그 성을 완전히 태워 버리고 나서 왕국군과 싸우지 않고 흩어졌다. 때를 맞춰 로자임 왕국의 각 지역에서는 엠비뉴를 믿는 반란군들이 일어났다.

"로자임 왕국도 불안하군."

이현은 해물칼국수를 먹으면서 텔레비전을 시청했다.

—이곳은 세라보그 성이 있던 자리입니다. 건물들은 모두 불에 타 버리고 지금은 돌의 흔적만 남아 있습니다.

—오주완 씨, 정말 그 번성하던 로자임 왕국의 수도라고는 믿을 수가 없네요.

—저도 처음에 보고는 깜짝 놀랐습니다. 아링 씨는 로자임 왕국에 가 보신 적이 있나요?

—아직 없어요. 하지만 꼭 가 보고 싶었던 곳인데, 이제는 예전의 모습을 보기는 어려워졌네요.

하늘 끝까지 치솟을 듯 타오르던 불길이 결국은 저런 결과를 빚어냈다.

홍수를 일으키면서 비가 내렸지만 거친 화마는 이미 대부분의 건물들을 태워 버린 후였다. 무너지고 탄 건물들, 세라보그 성은 폐허의 잔재만이 남았다.

KMC미디어의 전속 진행자인 신혜민은 지금 휴가를 받고 쉬는 중이라서 최근 떠오르는 진행자계의 샛별 아링이 그 자리를 대신했다.

—일주일 만에 접속한 유저들은 광장에서 주위를 둘러보며 망연자실한 표정입니다.

세라보그 성에서 전투가 벌어지기 전에 접속을 종료했던 유저들은 엠비뉴 교단이 빠져나가고 나서야 다시 접속했다.

—여기 한 상인분을 인터뷰해 보겠습니다. 지금 심정이 어떠십니까?

—모르겠어요. 그냥 막막하네요.

—엠비뉴 교단으로 인해 피해가 무척 큰데요, 앞으로 어떻게 하실 계획입니까?

—다른 곳으로 가서 계속 장사해야죠. 뭐, 약탈 한두 번 당해 본 것도 아니고.

상인은 마차를 끌고 떠나갔다.

그 후에도 세라보그 성의 유저들 여러 명을 만나면서 인터뷰해 봤지만 대부분 다른 성이나 혹은 다른 왕국으로 떠나겠다는 말을 했다.

—오주완 씨, 그래도 세라보그 성에서 희망의 등불을 봤다는 분들이 많아요.

—예. 생중계로 보신 분들도 많을 겁니다.

—맞아요. 제가 제일 만나 보고 싶고, 사귀고 싶어 하는 그분! 그분이 있어서 많은 분들을 구할 수 있었다고요?

—전쟁의 신 위드가 우연치 않게 세라보그 성에 있었습니다. 붉은 갈대의 숲으로 떠난 줄 알았는데 오래 안 나타나기에 무슨 다른 볼일이 있지 않을까 싶었는데, 세라보그 성에서 대활약을 펼쳤죠.

—이번 일로 전쟁의 신 위드를 칭송하는 사람들이 정말 많다고 들었는데요.

—매번 그랬지만 다른 랭커들과는 차별화된 행보를 보이는 위드에 대해 시청자들의 관심이 높다고 봐야겠죠. 위드는 그만의 독특한 매력을 많이 가지고 있으니까요.

—꺄악! 그럼요. 특히 취익, 취익 할 때의 매력적인 콧소리에 저는 푹 빠져들었는걸요.

—위드는 세라보그 성에서의 피난 행렬을 진두지휘하고, 사실상 동료 1

명만 데리고 엠비뉴 교단을 가로막은 것이나 다름이 없습니다. 로자임 왕국에서는 위드에 대한 칭송이 자자합니다. 덕분에 살아남은 유저들 중에는, 이번 기회에 모라타로 옮기겠다고 떠나는 분들도 많이 있고요.

방송에서 자기 칭찬이 쏟아져 나오자 이현은 괜히 낯간지러운 느낌도 났다.

"초등학교 시절에 받아쓰기를 65점 맞고 선생님한테 그래도 노력하면 글씨체는 고칠 수 있을 거라며 칭찬받은 이후로 오랜만에 들어 보는군."

유아링의 공개 고백도 받았다.

그녀는 아이돌 출신의 가수이면서도 진행자로 활약하고 있었다. 〈로열 로드〉에서 어여쁜 사제로 인기몰이를 하고 있는 그녀가 좋아한다고, 연락을 달라고 했다.

물론 이현은 정말 순진하게 연락할 생각은 없었다.

현실과 상상에는 큰 차이가 있는 법이고, 방송용이 아니라 그녀가 정말 관심이 있었다면 방송국 내에 있는 연락처를 이용해서 먼저 전화를 했을 테니까.

"그나저나 이렇게 되면 빨리 로자임 왕국을 떠나야겠군. 헤르메스 길드에서 쫓아올 수도 있으니 말이야."

방송국에서 전해 주는 소식들을 들어 보니, 국왕은 왕실 기사들과 함께 무사히 빠져나갔다고 한다. 바로 군대를 모아서 엠비뉴 교단에 반격하기 시작했고, 지방 귀족들에게는 엠비뉴에 대한 토벌령을 내렸다.

왕국이 내전에 휩싸이면서 유저들은 대부분 국왕의 편을 택했다. 왕국을 구하는 이벤트에서 공적치를 많이 쌓을 수 있기 때문이었다.

“교주 벨로니와 대판 싸우게 되겠군. 아직 벨로니의 능력을 보진 못했지만 만만한 적이 아닐 거야.”

이현이 해물칼국수를 거의 다 먹어 갈 때였다.

—그러면 중앙 대륙의 상황을 계속 이야기해 드리겠습니다. 오주완 씨, 하벤 왕국, 헤르메스 길드가 이번에도 크게 이겼다고요?

—네, 그렇습니다. 로자임 왕국에서의 엠비뉴 교단의 등장만 아니었으면 첫 번째로 알려 드렸어야 할 소식인데요, 베르사 대륙 최강의 헤르메스 길드! 그들이 칼라모르 왕국의 군대를 다시 한 번 격파했습니다.

—칼라모르 왕국의 총사령관 콜드림은 어떻게 되었나요?

—기사 중의 기사, 콜드림의 참전이 오늘도 있었습니다. 지난번 전투에서 패배하면서 간신히 빠져나왔는데…….

지난번 전투에서 콜드림은 기사들과 사투를 벌인 끝에 하벤 왕국의 포위망을 돌파하여 퇴각할 수 있었다. 헤르메스 길드의 유저들이 그의 발길을 막기 위하여 애썼지만 겨우 살아서 돌아갔다.

하지만 칼라모르 왕국은 예정된 패배를 피하지 못했고, 거듭된 패전으로 인해서 군대의 규모조차도 의미 없을 정도로 줄어 버렸다.

—아쉽게도 콜드림의 모습을 다시 볼 수는 없게 될 것 같습니다. 콜드림과 일대일 기사의 결투를 해서 바드레이가 이겨 버렸기 때문이죠.

하벤 왕국과 칼라모르 왕국의 전투는 하루에도 몇 번씩 계속되었다. 칼라모르 왕국과 콜드림은 영토를 점령하면서 쳐들어오는 하벤 왕국에 맞서지 않을 수가 없는 입장이었다.

콜드림은 부족한 전력으로도 왕과 국가를 위해서 싸우러 나왔고, 그때마다 간신히 살아 돌아갔다.

이번의 전투에서는 콜드림이 많이 지쳐 있었고, 부상도 심하게 당했다. 그런 상태에서 바드레이의 결투 신청을 받아들였고, 결국 전사하고 만 것이다.

―그럼 바드레이와 콜드림의 전투 영상을 시청자 여러분께 보여 드리겠습니다.

이현이 유심히 살펴보니 콜드림은 눈에 잘 띄지 않는 부분에 심각한 수준의 부상을 많이 달고 있었다. 그뿐 아니라 저주 마법에 주술까지 걸려 있었던 반면, 바드레이는 축복에 등 따뜻한 곳에서 잘 자고 일어난 것처럼 생생하다.

"밥도 북엇국에 잘 먹었을 거야."

그렇게 불공평한 상황에서 벌어진 결투이니 바드레이는 당연히 승리를 거두었다.

물론 그럼에도 바드레이라서 이길 수 있던 면이 없지는 않았다. 콜드림은 모든 게 열악한 상황에서도 대단한 무력을 발휘하며 전투를 펼쳤던 것이다.

승패가 완전히 갈린 순간, 바드레이는 콜드림의 목에 검을 겨누고 한 번의 자비를 베풀려고 했다.

"하벤 왕국으로 와라. 나에게 충성을 바치겠다면 살려 주마."

바드레이는 콜드림 같은 부하를 거두고 싶어 했다.

하지만 콜드림은 거절했다.

"기사를 모욕하지 말고 죽여라. 죽음으로부터 돌아왔으니 죽음은 두렵지 않다. 다만 내 능력이 일천하여 칼라모르 왕국을 지키지 못한 게 아쉬울 뿐."

콜드림은 그렇게 생명을 잃었다.

방송의 진행자들도 상당히 안타까워했다.

—정말 아쉬운 죽음이네요. 콜드림을 좋아하는 기사 팬분들도 많았는데요.

—예. 아무튼 그동안 하벤 왕국도 콜드림으로 인하여 피해가 적지 않았습니다. 그런 점을 감안한다면 다시 살려 주기란 힘들었을 겁니다.

—콜드림만 참전하면 병사들과 기사들의 사기가 최고로 오를뿐더러 칼라모르 왕국군이 능력을 최고로 발휘하며 악착같이 싸웠으니까요.

—앞으로 콜드림의 모습을 전장에서 다시 볼 수는 없게 되었고, 하벤 왕국은 더 많은 지역을 훨씬 순조롭게 점령할 수 있을 듯합니다.

한국 대학교의 봄에 그냥 지나가면 섭섭한 행사, MT!

이현이 작년 봄에는 가장 유명 인사였다면서 선후배 할 것 없이 모두 같이 가기를 원했다.

이번에 가기로 한 장소는 작년의 인기를 능가하는 곳으로 섭외를 했다고 한다.

"선배, 같이 가 줘요, 네?"

"우리 조는 여자들이 많아서, 언니들이 선배가 없으면 안 된다고 했단 말이에요."

조들 사이에서 이현을 데려가기 위한 쟁탈전까지 벌어졌다. 그를 데리고 가면 먹는 일, 자는 일이 다 해결되고 체육대회에서도 매우 유리하니 당연하다.

이현은 귀찮을 뿐이었다.

MT 장소가 비밀이라지만, 섬이나 산이나 결국 마찬가지다.

건축자재 적당히 가져가서 금방 천장 만들고 자리 깔고 누우면 끝.

어느 장소나 동물보다 무서운 게 사람이 아니던가.

"정말 힘들게 MT를 하고 싶으면 차라리 고층 빌딩에서 벽돌 나르기를 하거나 한 3박 4일로 인형 눈을 붙이면 될 텐데!"

이현은 조금 고생은 하지만 결국은 놀고먹는 MT를 매년 가는 건 낭비라고 생각하고 안 가기로 결정했다.

신입생 환영회도 당연히 불참!

"로또를 맞은 것도 아닌데, 앞으로 비싼 등록금 내고 학교 다니게 될 것을 왜 환영하지?"

체육대회에도 나서지 않기로 했다.

"요즘에 심장이 좀 안 좋아서. 무리해서 뛰거나 하면 현기증이 심해서요."

그러면서 검도를 할 때에는 온몸이 땀에 흠뻑 젖을 정도로 열심이었다.

이현은 강의실에서도 누가 일부러 찾지 않으면 왔는지도 모를 정도로 존재감이 없었다. 학생들이 항상 그를 쉽게 발견하게 되는 건, 서윤이 언제나 붙어 다녔기 때문이다.

후배들 사이에서 그 점은 상당한 의문이었다.

"대체 어디가 매력일까. 난 정말 모르겠어."

"우리가 남자 보는 눈이 없는가 봐."

여학생들은 그렇게 낙담하고만 있을 뿐!

이현은 이번에는 전공 외에 교양과목도 많이 신청했다. 대학이라고 해서 전공 분야에만 파고들 필요는 없다.

커피 만들기, 국제정치, 영화 감상, 지구의 나이.

연관이 잘 안 되는 과목들이었지만, 배우고 나면 무언가 뿌듯한 기분은 느낄 수 있었다.

"출석 체크를 잘 안 하는군. 나중에 몇 번 빠져도 되겠어. 그리고 학점도 잘 준다고 했으니까."

이현은 학과목들을 보며 연구를 많이 했다. 대학교 수업에 어려워서 배울 수 없는 과목은 없는 것 같았다.

"학교를 의미 없이 다닐 게 아니라, 나중에는 교직 이수를 해놓는 것도 괜찮을 거 같군."

미래에 학생들을 가르치면 학부모들과는 자연스럽게 뇌물이 오갈 것이다.

"선물은 정이니까. 정."

이현은 학생들에게 수업 틈틈이 인생에 대해 이야기해 주는 선생님이 되고 싶은 마음도 조금 있었다.

위드가 다시 접속을 한 장소는 하이랜드 요새였다.

세라보그 성을 빠져나온 유저들, 주민들과 같이 도착한 안전한 지역.

"어서 오세요."

"위드 님이 오셨다!"

위드 덕분에 살아난 유저들은 반가워했다. 괜히 한번 만나 보고 싶어서 하이랜드 요새에 머무르고 있는 유저들도 상당히 많았다.

위드는 로자임 왕국에서는 최고로 손꼽히는 인기인!

보통 평범한 인간은 다른 사람들이 자신을 보기 위해 모여들면 불편해하거나 어색해하기도 한다. 위드는 전혀 그러지 않고 덤덤하게 손을 흔들어 주었다.

"제가 왔습니다. 모두 편히 쉬셨습니까?"

"네에!"

훗날 언제 대규모 퀘스트에 동원하거나 조각품을 비싸게 팔아먹거나 사기를 치거나 할지 모르니 인기 관리를 해야 했다.

사이비 교주의 훌륭한 자질!

정치에 입문하더라도 제대로 한탕 해 먹을 위드였다.

베르사 대륙에서도 모라타와 바르고 성채가 날로 커지고 있으니 때가 무르익고 있을 뿐.

위드는 우선 꽃집의 주인 셀리나를 만나서 퀘스트 결과를 보고했다.

"최선을 다하였지만 모든 사람을 구하지는 못했습니다."

세라보그 성 주민들의 피해가 컸다.

모든 주민들이 위드를 따라온 것도 아니었다.

일부 주민들은 왕국군을 믿고 고향에 그냥 남기를 택하기도 했고, 또 따라오다가 엠비뉴 교단의 병사들에게도 조금은 희생당하였다.

몇 명은 포로로 잡혀서 개종하기도 하였다고 한다.

위드를 따라 하이랜드 요새까지 온 세라보그 성의 주민은 98,000여 명이었다.

"많은 죽음이 있었습니다. 그들의 죽음에 대해서 진심으로 무거운 책임감을 느낍니다."

"아니에요. 무리한 부탁이었는데도 들어주셔서 감사합니다. 위드 님의 용기로 살아난 사람들도 모두 감사할 거예요."

"그렇다면 다행입니다."

"위드 님께서는 세라보그 성의 피난민들을 이끌며 믿기지 않는 용기와 결단력, 희생정신 그리고 의지를 보여 주셨습니다. 그 덕분에 정말 많은 사람들이 살아났다고 생각해요."

띠링!

주민들의 대피 퀘스트 완료

세라보그 성에서 엠비뉴 교단에 의해 포위되어 있던 주민들을 안전한 장소로 이끌었다. 그들은 평생 고마움을 잊지 않을 것이다.

퀘스트의 완료와 의뢰에서 보여 준 행동을 통해 명성이 10,236 올랐습니다.

용기가 9 증가합니다.

명예가 21 증가합니다.

카리스마가 8 증가합니다.

레벨이 올랐습니다.

레벨이 올랐습니다.

구출한 주민들과의 친밀도가 최상이 되었습니다.

셀리나는 그녀가 차고 있던 꽃팔찌를 풀어서 위드에게 건네었다.

"조심스럽게 다루어 주세요. 식물의 힘이 항상 모험가님과 함께하기를!"

셀리나의 꽃팔찌를 획득하였습니다.

"감정!"

드디어 보게 된 아이템이라서 위드는 바로 감정부터 했다.

셀리나의 꽃팔찌

하이엘프로부터 선물받은 꽃팔찌. 로지움과 엑시리움이 살아 있다. 적당한 물과 양지바른 장소를 좋아한다. 상처를 입어도 저절로 회복되며, 착용한 사람의 힘과 생명력을 북돋아 준다. 두 식물 중에 하나라도 시들어서 죽으면 나머지 한 쪽도 죽게 된다.

내구력: 18/20

방어력: 19

제한: 레벨 450 이상.

옵션: 정령의 힘이 깃들어 있다. 마나 +2,500. 정령술의 스킬 +1. 마법 스킬

+1. 궁술 스킬 +2. 내구력 회복이 하루에 3씩 저절로 이루어진다. 대장장이 스킬의 영향을 받지 않는다. 식물들과의 관계가 좋다면 숲이나 들에서 도움을 받을 수도 있다. 자연과의 친화력 +7%. 성장 아이템. 식물이 자람에 따라서 효과가 상승한다. 엘프와 요정족에게는 아이템의 효과가 3배로 부여된다.

"대박이구나."

위드는 어깨춤을 덩실덩실 추고 싶어질 정도로 좋았다.

정령술사에게 팔아먹어도 되고, 마법사나 궁수에게 판다면 가진 건 다 내놓으라고 할 만큼의 가격을 받을 수도 있는 물건이었다.

자연과의 친화력을 올려 주는 아이템은 특히 구하기가 어려웠다.

"대재앙의 자연 조각술의 위력도 훨씬 더 커지겠군!"

지나치게 스킬을 사용하다가는 자기 자신부터 죽을지도 모르는 위험이 있었지만, 그런 건 일단 강해지고 나서 생각할 일!

"물 많이 먹이고 햇빛 비춰 줄 테니 쑥쑥 자라라."

왼쪽 팔에는 이미 보석으로 세공된 바하란의 팔찌를 착용하고 있었다. 니플하임 제국의 보물로, 마법적인 능력을 강화시켜 주는 팔찌.

이제 오른손에 꽃팔찌까지 착용하고 하이랜드 요새의 성문 밖으로 나왔다.

헤르메스 길드의 사주를 받은 현상금 사냥꾼들이 언제 들이닥칠지 모르기 때문에 빨리 다시 피해야 했다.

"저 사람이 위드야?"

"착용하고 있는 장비 좀 봐. 완전 대단하다. 느낌이 달라. 우리가 갖지 못할 그런 유니크급 장비들 같아."

"게시판에서도 본 적이 없는 장비들이네. 전쟁의 신이니까 장비야 당연히 좋겠지."

유저들이 구경을 하면서 그를 따라왔다.

주민들이 일제히 위드의 공적을 치하했기 때문에 로자임 왕국뿐만 아니라 동부 전체에서 칭송의 소리가 자자했다.

성문으로 들어오는 유저들이 이야기했다.

"저 남자가 진짜 위드가 맞아? 어쩌면 좋아. 너무 멋있게 생기셨다. 거봐, 오빠. 여기까지 온 보람이 있잖아."

"다은아, 그냥 평범한데 뭘 그렇게……."

"오빠, 가만있어 봐. 완전 멋있잖아! 무슨 소리야!"

"……."

남자와 여자 들이 도처에서 싸우기도 했다.

〈로열 로드〉에서는 장비가 날개라는 말이 괜히 있는 게 아니었다.

위드는 탈로크의 믿음 갑옷에 데몬 소드, 직접 만든 수제 헬멧과 부츠를 착용하고, 망토까지 멋지게 둘렀다. 트레세크의 뿔피리까지 끈에 묶어서 가볍게 걸치고 있었기 때문에, 그냥 가만히 서 있어도 너무나 멋있을 수밖에 없었다.

'역시 나 정도 외모면 세상 살기가 아주 편하지는 않다니까.'

보통 마을에서는 무기와 갑옷을 착용하지 않았지만, 알아보는 사람이 많은 김에 아예 대놓고 입은 것이다.

"와삼아!"

위드가 부르자 저 멀리에서부터 석양을 배경으로 날개를 펼친 채 날아오는 와이번, 와삼이!

"우와, 진짜 와이번이 온다."

"위드가 타고 활약하던 바로 그 와이번이야!"

유저들의 탄성이 더욱 커지고, 와삼이는 의기양양해져서 땅에 내려앉았다.

위드는 와이번에 올라서 이제 떠날 채비를 했다.

"와삼아, 모라타까지 가자."

끼에에엑!

와삼이는 힘차게 장거리 이동을 시작하려 했다.

이제 익숙해지기도 한 일이라서 그리 꺼려지지도 않았다.

주인과 함께 바람을 가르고 고속으로 비행하며 멋진 풍경들을 보면 되는 게 아니던가. 모라타에 도착하면 다른 와이번 형제들과 회포도 풀 수 있으리라.

"참, 서윤이는 내일 올 거야."

꾸엑?

"내일 여기 와서 다시 데려와."

끄윽끄윽끄윽.

와삼이는 눈물을 흘리며 하이랜드 요새의 성문 앞에서 날아올랐다.

붉은 갈대의 숲에서는 위드를 죽이러 모인 현상금 사냥꾼들이 그들끼리 사냥을 했다.

"젠장, 위드는 언제 오는 거야."

"기다리고 있었는데 로자임 왕국에 있었다니, 완전히 허탕만 친 셈이 되어 버렸잖아."

여기저기에서 모여든 현상금 사냥꾼들은 직업이 대부분 전사나 마법사 부류였다. 사제가 없어 붉은 갈대의 숲에서는 고생하지 않을 수가 없었다.

헤르메스 길드의 암살자들도 몬스터들과 툭탁거리면서 시간을 보냈다.

길드에서 추가로 보내온 지원군조차도 붉은 갈대의 숲에 있는 몬스터 떼에 의해 고생!

"조금만 참읍시다. 이제 로자임 왕국에도 다녀왔으니 곧 이곳으로 옵니다."

"위드가 올 곳은 여기밖에 없죠. 여기서 기다리고 있다가 잡으면 됩니다."

헤르메스 길드에서는, 위드가 언제 올지는 모르지만 포위망을 구축하기 위해 지점별로 흩어져 매복했다.

완벽한 덫을 펼쳐 놓고 위드를 죽이기 위하여 기다렸다.

붉은 갈대의 숲은 지금도 계속해서 모여드는 용병과 현상금 사냥꾼, 살인자 들로 인해 북적였다.

바르고 성채의 명물로 자리 잡은 몬스터들의 질주!

"온다."

"궁병들 전진 배치!"

저 멀리서부터 굶주린 몬스터 떼가 먼지구름을 일으키면서 달려왔다.

바르고 성채의 병사들도 훈련과 실전을 경험하며 많은 발전이 있었다.

1,500명의 궁병들이 성벽에 배치되어 몬스터들을 향해 화살을 쏘았다.

푸슈슈슈슈슉!

몬스터들을 향해 날아간 화살들이 약간의 피해를 입혔다. 하지만 몬스터들의 레벨에 비하여 바르고 성채의 병사들이 허약해서, 큰 피해는 줄 수 없었다.

위드가 이곳에 있었더라면 소모되는 화살값에 피눈물을 흘릴 상황이었다.

"공성전을 준비하라."

바르고 성채의 기사들은 궁병들로 하여금 계속 화살을 쏘게 하고, 검사들을 성벽 위로 배치시켰다.

검사들이 성벽을 타고 오르는 각양각색의 몬스터들과 싸우는 사이, 혹여 성벽이 부서지기라도 하면 언제라도 투입될 수 있도록 한쪽에서는 기병들이 대기하였다.

유저들도 바르고 성채의 군대와 같이 싸웠다.

마법사들은 몬스터들의 먼지구름이 보일 때부터 공격 마법을 작렬시킬 준비를 하고 있었다.

안전한 장소에서 충분한 시간을 들여서 완성하는 마법이라 성공 확률이 높고, 위력이 강하다.

마법사들의 마법 공격력이 극대화되는 넓은 전장.

'이럴 때 경험치와 스킬 숙련도를 듬뿍 올려 줘야지, 언제 또 하겠어?'

매일 바르고 성채로 몰려오는 몬스터에 대해서는 이미 소문이 파다하게 퍼져서, 마법사들이 이곳으로 계속해서 모여들고 있었다.

몬스터들을 집단 학살할 뿐만 아니라 바르고 성채에서 명성과 공적치도 쌓을 수 있다.

캬아오오!

몬스터 떼가 성벽으로 접근하기 전에, 유별나게 속도가 빠른 몇 마리가 먼저 왔다.

하지만 그 몬스터들은 갑자기 성벽을 향해 으르렁거리며 접근하지 못했다.

그들에게는 천적과도 같은 바바리안들이 창을 들고 서 있는 모습이 성벽에 그려져 있었다. 그 실감 나는 그림 때문에, 몬스터들은 성벽을 보면서 심하게 경계를 했다.

그런 장면은 다른 장소에서도 심심찮게 볼 수 있었다.

황무지의 한복판에 세워진 벽에, 몬스터들이 가장 좋아하는 김이 모락모락 나는 바비큐 그림이 그려져 있었다. 몬스터들은 그림이 그려진 벽을 중심으로 몰려들었다.

이것들은 모두 페트가 그린 그림이었다.

바르고 성채에서 페트는 이미 몬스터들을 착각에 빠뜨릴 정도의 명화를 그리는 화가로서 이름을 날렸다.

"공격하자!"

마법사들의 마법이 멍하니 서 있는 몬스터들을 휩쓸고, 화살이 계속 쏘아졌다.

성벽을 방패막이로 삼아 분투한 병사들과 유저들의 승리!

몬스터들이 많이 몰려와서 아차 하면 위험에 빠지기도 하였지만, 병사들과 유저들이 서로를 지켜 주었다.

경험치도 많이 얻고 흔치 않은 경험을 얻을 수가 있어서, 바르고 성채로 온 유저들은 반드시라고 해도 좋을 정도로 공성전에 참여했다.

"오늘도 내 그림 덕분에 쉽게 이겼어."

바르고 성채에서 페트는 공적치를 정말 많이 쌓았다.

그가 이루어 낸 것은 그것뿐만이 아니었다.

시골뱀, 켈베로스, 지렁이 등을 비롯한, 지골라스에서 생명을 부여받아 바르고 성채로 온 조각 생명체들!

위드가 바르고 성채를 지키라는 명령을 내려서, 그들은 멀리 떨어진 장소에서 몬스터의 소굴을 하나씩 토벌하는 중이었다.

데스 웜이 활약하고, 기사는 검을 휘두르면서 몬스터들을 물리쳤다.

페트는 이 어마어마한 조각 생명체 군단과도 친분을 쌓았다.

어느 날 성벽에 작품을 그리고 있는데 땅에 구멍이 뚫리더니 데스 웜, 위드는 지렁이라고 이름을 붙인 생명체가 나타나서 구경하고 돌아갔다. 그날 이후 조각 생명체들이 하나둘 찾아와서 인사했다.

"참 착하구나. 내가 그림을 그려 줄게."

지금까지 그렸던 작품도 보여 주고 그림을 그려 주기도 하면서 페트는 그들과의 친밀도를 높였다.

예술을 기반으로 탄생한 조각 생명체들이라서 다들 아주 좋아했다.

"정말 훌륭한 솜씨다."

"우리 주인보다 훨씬 낫다."

"맞아. 주인은 우리에게 이상한 이름이나 붙이고 구박이나 했지. 이 화가는 마음에 든다."

47마리나 되는 조각 생명체들과 우정을 다졌다.

페트는 가끔 음식을 사서 먹이기도 했다.

"많이들 먹어. 부족하면 더 가져올게."

"우걱우걱. 정말 맛있다. 꿀맛이다."

"내일은 고기를 조금 더 다오. 포도 주스도 마시고 싶다."

"난 뼈다귀를 깨물고 싶은데."

페트는 그런 부탁을 얼마든지 들어주었다.

'이대로라면 이놈들은 위드가 아닌 나를 더 따르게 될 거야.'

위드는 모라타로 가면서 킹 히드라와 블랙 이무기가 사냥하는 장소를 불시에 방문했다.

"이놈들!"

킹 히드라는 9개의 머리가 번갈아서 쇄도하며 숲에서 사냥하고 있었다.

"주인이다."

"오랜만이다."

9개나 되는 머리를 꼿꼿하게 세우고 킹 히드라가 다가왔다. 위드를 한입에 꿀꺽 집어삼킬 듯한 주둥이들이 바로 앞에서 멈췄다.

"비켜. 내가 먼저 왔어."

"네 번째 머리, 넌 어제 더 많이 먹었잖아."

"나야! 주인은 나를 가장 좋아해."

킹 히드라는 흉포한 몬스터라서 사납고 어지간히 말을 안 듣는 편이었다. 그렇기 때문에 위드도 다루기가 쉽지 않았다.

거대한 몸체에, 때려도 웬만해선 아파하지도 않을 정도였고, 머리 하나를 기껏 설득해 놓는다고 쳐도 금방 다른 머리들이 간교하게 혀를 놀려서 같이 나쁜 길로 빠져들어 버린다.

친구 잘못 만나면 안 된다는 논리가 그대로 적용되어 삐뚤어진 킹 히드라지만, 애초에 한 몸에 붙어 있는 머리들이니 어쩔 수도 없었다.

위드는 따로 여러 말 할 것도 없이 킹 히드라의 툭 튀어나온 배를 보았다.

'많이 먹었군.'

킹 히드라는 성격이 매우 악랄하고 의심이 많은 편이라서 칭찬을 하더라도 말을 안 들었다.

위드가 인상을 썼다.

"누가 그렇게 많이 먹으래?"

"……."

"내가 그렇게 하지 말라는 사냥을 매일 했구나."

"4번 머리, 너한테 야단치는 거야. 똑바로 들어."

"7번 머리 너잖아."

"앞으로도 내가 자리를 비우는 동안 몬스터 적당히 먹어. 걔들도 소중한 생명이니까."

"알겠다."

"앞으로는 덜 먹겠다."

킹 히드라는 금방 순순히 대답했다. 하지만 위드는 알고 있었다.

'이제 내가 자리를 비우면 사냥을 더 부지런히 하겠군.'

먹지 말라고 하면 더 먹고 싶은 법!

"다음에 볼 때까지 날씬하게 살 빼 놔."

"노력해 보겠다. 하지만 숨만 쉬어도 살이 찐다."

"머리가 9개나 되니 다들 조금씩만 먹어도 살이 찌는데… 너무 억울하다."

"무조건 살 빼. 특히, 위험하니까 보라색 나무들 있는 곳 근처는 가지 마. 거긴 네 능력으로 사냥 못할 거야. 걔네들 참 맛있다고 소문나긴 했지만……."

"정말?"

"그렇게 맛이 있나?"

"무지무지 맛있다더라. 머리 9개가 먹다가 8개가 사라져도 모를 만큼. 몬스터 1마리에 여섯 가지의 맛이 복합적으로 나는데, 달고 짜고 매콤하고 얼큰하고… 또 두 가지는 뭐더라? 하여튼 너무 맛있어서, 말로만 들을 게 아니라 직접 먹어 봐야 될 거라고 했지 아마?"

꿀꺽, 꼴깍, 캬하!

킹 히드라의 머리 9개가 저마다 침을 삼키기 바빴다.

이렇게 킹 히드라에게 최적의 사냥 장소를 알려 주고 나서, 위드는 떠나는 척하며 지켜봤다.

9개의 머리들이 쑥덕쑥덕 대화를 나누더니 급히 보라색 나무가 많은 숲의 지역으로 달려갔다.

블랙 이무기는 산 정상에 있는 호수에서 목욕을 즐기던 중에 적발됐다.

"그동안 잘 지냈지?"

"물론입니다. 주인님이 생명을 부여해 주셔서 이렇게 편안하게 자유를 누리고 있습니다."

"새로 레어도 만들었다던데……."

"그냥 작은 구덩이죠."

"오늘 빙룡이랑 와이번, 불사조 다들 불러서 집들이나 한번 할까?"

"주인님!"

레어를 끔찍하게 아끼는 블랙 이무기였기에 그것을 빌미 삼아서 보석을 조금 얻어 냈다.

생명을 부여한 조각 생명체의 쌈짓돈까지 뜯어내는 위드!

간단한 방문을 마치고, 구름 위로 날아서 모라타로 향했다.

딱히 모라타로 들어가면서 숨을 필요는 없으니 와이번을 타고 그대로 날아 들어갈 작정이었다.

"이번에 모라타에 가면 루의 교단에 들러야겠군."

루의 검!

검을 반환해야 하는 일이 남았다.

바르고 성채에서 그라페스로 떠날 때에도 길을 조금 우회하면 충분히 들를 수 있었지만, 괜히 아까워서 미루어 둔 일이었다.

루의 교단.

모라타에 신전이 만들어진 지는 그리 오래되지 않았지만, 성기사와 사제 들을 꽤 많이 보유하고 있었다. 프레야의 교단의 성세에는 미치지 못해도 차차 발전하고 있다.

루의 교단은 베르사 대륙 5대 교단 중의 하나로서, 빛과 관련된 신성 마법 사용이 가능해서 인기가 높았다.

프레야의 교단은 작물에 대한 축복이나 출생률 증가, 매력 향상 등의, 전투와는 직접 관련이 없는 신성 마법들이 조금 더 많은 편이다. 대신 성기사나 사제나, 신앙심이 오를수록 점점 잘생겨지고 예뻐지기 때문에 선택하는 사람들은 많았다.

위드는 모라타에서 높은 건물들을 많이 볼 수 있었다.

"광장들 주변으로 우뚝우뚝 솟아 있는 건물들이 참으로 장관이로군."

임대료, 세금이 듬뿍듬뿍 나올 것만 같은 느낌을 자아내는 건물들.

와이번을 타고 지상으로 내려가면서 보이는 모라타의 전경은, 그야말로 엄청난 대도시였다.

언덕 전체를 뒤덮고 있는 판자촌, 장엄함을 풍기며 높이 솟아 있는 프레야 여신상, 우아한 건축 형식으로 지어져 방대한 정원을 가지고 있는 예술 회관.

영주의 성인 흑색 거성과, 멀리 바위산에 있는 〈빛의 탑〉.

그리고 거리에는 유저들이 있었다.

운송 수단으로 소와 말 등이 끌고 다니는 우마차가 흔히 보였다.

"와이번의 습격이다!"

누군가가 외치자, 사람들이 하늘을 올려다봤다. 그리고 위드가 와이번을 타고 내려오는 모습을 봤다.

"영주 위드가 왔다."

뎅뎅뎅뎅!

소식이 알려지면서 흑색 거성에서는 큰 종소리가 울렸다.

위드가 만족스러운 웃음을 지었다.

"역시 평소에 덕을 쌓고 볼 일이군. 이렇게 반가워해 주니."

유저들이 하는 말은 그가 있는 장소까지는 들리지 않았다.

"정말 모라타처럼 좋은 도시를 본 적이 없어. 하지만 설마 세금을 올리려고 온 건 아니겠지?"

"난 바르고 성채에서 불사의 군단과 싸우는 모험도 했잖아. 한동안 소식이 뚝 끊어졌기에 루의 검을 갖고 도망친 줄 알았는데… 이제 왔네."

"바보. 영주 위드가 검을 들고 도망칠 사람이 아니잖아."

위드가 들었다면 아마도 가슴 한구석이 찔끔할 만한 이야기임에 틀림없다. 최악의 경우에는 정말 검을 들고튀거나 팔아버릴 생각도 했으니까!

단, 루의 검을 쓸 수 있는 자격을 갖춘 유저가 없기 때문에 몰래 팔 수는 없었다.

거리에 있는 유저들은 대부분 두 손을 번쩍 들고 위드를 환호했다.

“영주가 왔다!”

“모라타 영주 위드 만세!”

적극적인 환영의 뜻을 보이는 유저들!

위드가 판자촌 주변을 날아다니니 유저들이 고래고래 고함도 질렀다.

“풀죽! 풀죽!”

주민들은 정중하게 허리를 굽혀서 인사도 올렸다.

“와삼아, 바로 루의 교단으로 가자.”

꽤애애액!

장거리 비행에 지친 와이번이 억지로 날갯짓을 하며 루의 교단으로 방향을 틀었다.

“대신관님을 만나기 위해 왔습니다.”

루의 교단의 지붕에서 위드는 성기사들에게 말했다. 와삼이가 루의 교단의 넓은 지붕에 바로 내려앉았던 것이다.

“모라타의 존경하는 영주님이시군요. 대신관님에게 바로 안내해 드리겠습니다."

성기사들은 위드를 정중하게 대하였다.

명성에 따른 효과가 상당히 강하게 작용했다. 모라타는 위드의 영역이고 이곳을 기반으로 여러 모험을 했기 때문에, 대륙의 멀리 떨어져 있는 다른 장소보다는 효과가 훨씬 월등했다.

위드는 성기사들의 호위를 받으면서 신전의 대신관의 방으로 안내되었다.

"영주님의 높은 지도력 덕분에 모라타가 날로 발전하고 있습니다."

대신관과의 첫 만남이었다.

"아닙니다. 근면한 주민들이 있고 정의로운 병사들이 애써 준 덕분이지요. 저는 작은 도움을 드린 것에 그저 만족합니다."

입에 발린 겸손의 말이었다.

위드는 입가에 침을 가득 묻힌 후에 말을 이었다.

"대륙의 미지를 파헤치는 모험가로서 여러 장소를 다녔습니다. 이에 대해 루의 교단에 보고할까 합니다."

"발견물에 대해 말씀하러 오셨습니까? 그렇다면 환영이지요. 모라타의 영주께서는 어떤 곳을 다녀오셨습니까?"

모라타의 영주성에서도 발견물을 보고할 수 있었다. 하지만 그렇게 되면 위드의 돈을 기반으로 보상을 해 줘야 했다.

자기 호주머니에서 돈을 꺼내는 격이라서, 루의 교단에서 발견물 보고를 하려는 것이다.

"지골라스라는 땅, 인간의 발길이 미친 지 오래된 그곳을 다녀왔습니다."

대지의 여신 미네의 교단에 보고한다면 공적치와 명성을 조금 더 많이 얻을 수 있겠지만, 모라타에 있는 루의 교단이 발전할수록 도시의 이득이 더 크다.

"지골라스? 전설 속에만 남아 있는 그 땅을 다녀오셨다니 믿기 어려운 일이군요."

"여기, 지골라스에서 가져온 돌입니다."

위드는 용암이 굳어서 만들어진 돌 조각을 대신관에게 건네주었다.

대신관은 신성 마법을 펼쳐서 돌 조각을 보더니 고개를 끄덕였다.

"루의 빛은 인간들이 닿지 못하는 대륙의 수많은 장소들에까지 미치고 있지요. 이 돌 조각은 지골라스에서 온 것이 맞습니다. 미지의 여행을 성공적으로 마치신 것을 축하드립니다."

띠링!

섬, 지골라스의 발견을 루의 교단에 보고하였습니다.

루의 교단은 대륙의 정의를 실현하는 신성한 임무에 대해 관심이 많다. 지골라스는 그들에게도 그다지 큰 흥밋거리가 아니지만, 모험에 대한 열성을 높이 사 적극적인 보상을 해 줄 것이다.

명성 850을 얻었습니다.

루의 교단의 공적치가 192 상승했습니다. 교단의 공적치는 종교 상태 창을 통해 확인할 수 있습니다.

루의 교단의 공적치: 315

루의 교단이 모라타에 있기 때문에 영주인 위드는 가만히 있는 것만으로도 공적치가 조금씩 올랐다. 인구가 늘어나고, 훈련된 병사들이 많아지고, 주변의 몬스터들을 토벌하고, 의뢰가 완수될수록 조금씩 공적치가 쌓였다.

영주로서의 특권이라고 할 수 있지만, 루의 교단은 땅값도 내지 않고 다른 세금도 일절 납부하지 않았다. 그럼에도 치안과 성기사들의 지원, 전직, 퀘스트 때문에 장점이 있기에 각 영주들은 교단의 존재를 긍정적으로 생각했다.

"몇 가지 발견물이 더 있습니다."

위드는 지골라스까지 가는 항로와 조각사의 탑, 던전에서 본 발견물도 모두 보고했다.

인어, 몬스터, 특이한 지형에 대해서도 보고하면서 명성을 올리고 공적치를 받아 냈다.

신앙 스탯이 9, 용기가 6, 힘과 민첩이 2씩 늘어나기도 했다.

그라페스와 뱀파이어 왕국 토둠, 통곡의 강 등 그가 다녀온 장소는 많지만 발견물 보고는 지골라스에 대한 것만 했다.

발견물을 보고하면 루의 교단에서 성기사단을 파견하고 다른 유저들에게도 의뢰를 주어 그 땅이 개척되기 때문이다.

"모라타 주변에 새로 생긴 던전에 몬스터들이 모여들고 있어서 루의 교단에서는 이를 제법 위험하다고 보고 있습니다. 이번에 성기사단을 파견하여 몬스터들을 대규모로 토벌하려고 합니다. 모라타의 병사들도 협조를 해 주셨으면 합니다."

영주의 권한으로 병사들에게 루의 교단과 함께 던전을 토벌할 것을 명령하면 기사들과 병사들이 던전에 투입되며, 퀘스트가 발생하게 됩니다.

"그야 물론이지요."

위드는 민원도 받아들여 주었다.

모라타의 병사들은 아직 실력이 제대로 쓸 만한 수준은 아니었다. 이제야 군사력에도 지출이 이루어지면서, 병장기도 새로 맞추고 인근 몬스터들도 토벌하고 있었다.

"사실 제가 루의 교단에 온 이유는 특별한 일 때문입니다."

그리고 이제, 위드가 루의 교단에 오게 된 가장 중요한 목적을 꺼낼 시간이 왔다.

위드는 긴장으로 입술이 떨렸다.

일단 루의 검을 돌려주고 나면, 아마 이보다 더 좋은 검을 구하기란 지극히 어려울 것을 알기에.

"여기, 루의 교단에서 행한 정의의 흔적을 가져왔습니다."

위드는 배낭에서 루의 검을 꺼내 대신관에게 주었다.

"검을 돌려드립니다. 그리고 바르칸을 없애기 위해서 피를 흘리며 같이 싸운 사람들에 대해서도 말씀드리고 싶습니다."

"오오, 신검이 교단의 품에 돌아오게 될 줄이야!"

대신관은 루의 검을 받았다.

"바르칸이 사라졌다는 이야기는 들었습니다. 전사여, 대륙의 평화를 위해 정말 대단한 업적을 이루셨습니다."

루의 검을 반환하였습니다.

언데드의 왕 바르칸 데모프를 막기 위해 루의 교단에서는 많은 희생을 치렀다.
결국 바르칸의 몸에 신검을 찌름으로써, 리치의 무한에 가까운 마력을 봉인하는 데 성공했다.
바르칸은 전사들에 의해 소멸되었고, 이제는 검이 교단으로 돌아왔다.

명성이 1,700 올랐습니다.

루의 교단과의 우호도가 32가 되었습니다.

루의 교단의 공적치가 1,950 상승했습니다. 교단의 공적치는 종교 상태 창을 통해 확인할 수 있습니다.

루의 교단의 공적치: 2,573

신성을 받드는 행동으로 인해 신앙심이 13 증가합니다.

이 순간, 불사의 군단과 같이 싸웠던 사제들과 성기사들에게도 변화가 생겼다. 신앙심이 크게 오르고, 루의 교단의 공적치가 증가했다.

모라타에는 프레야 교단의 신도들이 월등히 많았지만, 불사의 군단과 싸우러 갔던 사제들은 여러 교단에 걸쳐 분포하여 있었다.

루의 교단의 사제와 성기사 들은 특히 높은 신앙심을 받았고, 다른 교단이라고 해도 신앙심이 적지 않게 올랐다.

고위 사제들 중에는 신앙심이 30 이상 오른 이도 있었고, 성기사들은 힘과 신앙을 바탕으로 펼치는 공격 스킬의 위력까지 조금씩 강화되었다.

그리고 불사의 군단과의 전투에서 빼놓을 수 없는 역할을 해낸 검치 들도 공적치와 신앙심이 올랐다.

"어라, 공적치가 오르네."

"공적치가 뭐야?"

"사형, 이거 나쁜 거 아닐까요?"

바르고 성채에 모여서 고기를 먹고 있던 검치 들은 갑자기 뜬 메시지에 당황했다.

그들에게, 나름 컴퓨터 자격증도 있다면서 유식한 척하던 검백이십칠치가 설명을 늘어놓았다.

"공적치를 많이 쌓으면 거기서 공짜 밥도 먹을 수 있답니다."

"오, 그래?"

"예. 예전에 어디서 봤는데, 공적치가 높으면 그걸 써서 아이템도 받고 밥도 공짜로 얻어먹고 그런다더군요."

"근데 교단에서 고기도 사 주나?"

"술도 없을 거 같은데요?"

"그럼 아무 쓸모 없잖아?"

공적치가 올라도 쓸모를 찾지 못하는 검치 들이었다.

사실 그들 또한 퀘스트를 하면서 어려운 부탁을 들어줘서 NPC와의 관계를 친밀하게 만들고, 많지 않지만 공헌도나 공적치를 올려놓은 경우도 이미 있었다.

"검삼치 사형, 신앙심은 어떻게 하죠?"

"팔치야, 그게 전투에 도움 되냐?"

"아니요."

"그럼 그것도 별 볼일 없는 거야."

전사 계열인 검치 들에게 실제로 신앙심은 크게 도움이 되지 않기는 했다.

워리어들은 신전의 호위병으로 등록할 수 있다. 신전의 토벌대에 소속되어 몬스터와 싸우거나, 의뢰를 받을 수 있었다.

신앙심이 있다면 그런 임무를 수행하는 도중에 아주 드물게 특별한 축복이나 작은 기적이 내리기도 했지만, 중요한 수준은 아니었다. 저주 마법에 저항하는 능력도 향상시켜 주지만 마찬가지로 대단한 정도는 아니었다.

위드조차도 신앙심은 일부 장비들을 착용하거나 교단의 퀘스트를 받는 데 약간 도움이 되는 정도였다.

결국 성기사와 사제가 아닌 한 신앙심은 적극적으로 활용하기는 어려운 상황이었다.

"괜히 놀랐네. 야, 고기나 먹자."

"예, 사형."

모라타의 주민들부터 시작해서, 북부의 주민들이 일제히 떠들었다.

"바르칸을 해치운 영웅이 오늘 루의 검을 교단에 가져다주었다는군."

"모라타의 영주만큼 신비로운 모험을 많이 하는 사람은 대륙 전체를 뒤져 봐도 없는 것 같아."

"그에게 맡긴 임무는 거의 다 해결된다고 하지."

대신관이 계속 말을 이었다.

"영주님은 루의 교단의 은인으로, 이 훌륭한 업적은 영원히 간직될 것입니다."

"저는 제 양심이 시키는 일을 수행했을 뿐입니다. 그게 사람들이 이야기하는 정의로움인지는 잘 모르겠지만, 그저 스스로의 강함만을 믿고 날뛰는 바르칸을 용서할 수 없었습니다. 결코 어떤 보상을 바라고 한 일이 아닙니다."

실로 뻔뻔하고 가식적인 말들이었지만, 대신관에게는 잘 먹혀들었다.

"정말 큰일을 해 주셨습니다."

어떤 또 다른 보상이라도 나올 것을 기대했는데 그런 것은 없었다.

위드가 많은 역할을 하기는 했지만 다른 사람들과 공적이 분배되어서, 혼자만 무엇을 받을 수는 없었다.

'공적치로 만족해야겠군.'

하지만 루의 교단과의 우호도가 높아진 것만으로도 나름 긍정적인 일이다. 위드가 모라타의 영주이기 때문에, 그들은 이곳에 더 많은 성기사와 사제 들을 배치하고 투자를 하게 될 것이다.

대신관은 군데군데 새까맣게 변색된 검을 어루만졌다.

"그러나 불행히도 루의 검이 바르칸의 마력에 많이 오염되고 말았군요."

"진심으로 안타깝게 생각합니다."

"희망을 버리기에는 아직 이릅니다. 이 검의 신성력을 되찾기 위해 석양의 빛이 머무르는 땅, 아골디아로 가면 됩니다."

아골디아는 대륙 10대 금역의 또 다른 장소였다.

돌과 모래로 이뤄진 땅으로, 풀 한 포기 자라지 않는다.

루의 교단의 성소가 있는 장소였지만 다크 우드의 마법사들이 키메라와 몬스터 들을 풀어 놓아서 사람들이 살 수 없게 만들었다.

"용감한 모험자여, 루의 교단에서는 최고의 성기사와 사제들로 하여금 성소에 다녀오도록 할 작정입니다. 그들과 합류하여 올바른 길로 이끌어 주시겠습니까?"

띠링!

성단의 인솔자

루의 교단의 대신관은 검의 권능을 되살리기 위하여 아골디아로 원정대를 보내는 일을 계획했다. 신의 힘을 따르는 성기사와 사제 들을 지휘할 수 있기 때문에 실패에는 막중한 책임이 따르리라. 험한 자갈 산을 걸어 성소까지 향하는 길의 인도자가 되겠는가?

난이도: S

제한: 살인자, 악인의 성향을 가진 자는 받을 수 없다. 신앙심이 필요하다. 퀘스트 실패 시, 신앙심이 감소하고 루의 교단의 우호도가 저하된다.

'하필 아골디아라니…….'

지골라스, 그라페스에 이어서 대륙 10대 금역과는 무슨 인연이라도 있는 것 같았다.

거기다가 지나치게 높은 난이도!

'고생문이 자동으로 활짝 열렸군.'

위드는 고개를 저었다.

"아쉽지만 저에게 주어진 사명을 해결해야 하기 때문에 시간을 낼 수가 없습니다."

"모험가여, 신의 검을 복원해야 하는 큰 문제입니다."

"루의 교단의 성기사들이 나선다면 몬스터들을 굴복시키는 일이 어렵진 않을 것입니다."

아골디아는 그라페스와도 조금 많이 달랐다.

중앙 대륙의 깊은 산악 지대 안쪽에 위치해 있으며, 주변에 겁나는 비행 몬스터들의 대규모 집단이 많았다.

그라페스는 간간이 사냥도 이루어질 정도였지만 아골디아에 대해서는 알려진 게 거의 없었다.

그렇다고 해도 교단에서 보유한 최고의 성기사와 사제 들이 나선다면 아골디아 원정이라고 해도 충분히 해 볼 직했다. 단지 위드는 조각술 마스터 퀘스트나 조각술 최후의 비기를 찾아내는 쪽이 더 중요했다.

"하지만 모험가여, 그대의 평판에 대해서 많이 들었습니다. 그대만큼 믿음을 주는 사람은 없다고 알고 있습니다. 인솔자의 역할을 정말 거부하실 생각입니까?"

"루의 교단을 위하는 일만이 아니라, 베르사 대륙의 평화를 위해서도 성공해야 하는 일임을 압니다. 하지만 저에게는 반드시 해야 할 일이 있습니다."

"정 그렇다면… 어쩔 수가 없군요. 강요할 수는 없는 일이니 마음이 바뀌면 다시 얘기해 주셨으면 합니다."

퀘스트를 포기하였습니다.

루의 교단과의 우호도가 7 떨어졌습니다.

루의 교단의 공적치가 149 줄어듭니다.

신앙심이 2 감소합니다.

위드가 대신관의 제안을 거절하고 나서, 루의 교단의 이름으로 퀘스트가 발생했다.

아골디아 원정단

바르칸이 소멸되고 난 이후, 그의 가슴에 박혀 있던 루의 검은 교단으로 돌아왔다. 하지만 검의 힘은 리치의 흑마법으로 더럽혀졌다.
루의 교단은 엘리트 성기사 80인, 엘리트 사제 45인과 대신관이 직접 이끄는 아골디아로 떠날 원정대에 참여할 사람을 찾고 있다. 믿을 만한 자라면 막중한 임무를 부여할 것이다.
난이도: A
제한: 살인자, 악인의 성향을 가진 자는 받을 수 없다.

난이도가 한 단계 낮아지면서 모라타의 유저들에게 아골디아 원정대에 합류하라는 의뢰가 발생했다.

"우와… 이거 대박인데!"

"성공만 하면 끝내주겠다."

"진짜 모험을 하는 거잖아. 그것도 10대 금역의 아골디아에서 말이야."

"방송국에서도 취재하겠어."

모라타에서 시작한 유저들은 하나같이 부러워했지만 원정대에 참여할 수 없었다. 초보자들이 압도적으로 많았기 때문이다.

아직은 중앙 대륙에서 건너온 유저들만 참여할 수 있었다.

"이번 퀘스트는 누가 받아들인대?"

"몰라. 하지만 사냥터나 던전에 나가 있던 고레벨들이 대거 귀환하고 있다더라."

"난 스펜슨 님이 원정대에 참여한다고 루의 교단으로 들어가는 걸 봤어."

〈로열 로드〉에서 상당히 뛰어난 모험가들 중 한 사람으로 꼽히는 스펜슨!

그는 일찍부터 북부로 와서 모라타를 거점으로 삼으며 발굴품을 진열하기도 했다.

그가 이번 퀘스트를 받아들였다는 소문이 유저들 사이에서 넓게 퍼졌다. 그러자 전사와 기사 들의 참여가 폭발적으로 늘어났다.

사제들의 지원을 받을 수 있었고, 설혹 퀘스트가 실패하더라도 루의 교단과의 관계가 깊어지는 일이니 긍정적으로 생각하는 사람들이 상당수였다.

위드는 루의 교단을 나와서 모라타에 있는 조각사 길드로 들어갔다.

황소 광장 거리에는 다수의 길드들이 필요에 의해서 만들어져 있었다.

"오늘 위드 님이 돌아왔다던데 구경이나 하러 갈까요?"

"안 돼요. 이번 축제에 출품할 진흙 작품의 일정이 늦어지고 있잖아요."

모라타에는 도시 전체가 흥청망청 즐기는 정식 축제 외에도 유저들끼리 만든 축제가 많았다.

중앙 광장과 와이번 광장, 빙룡 광장, 빛의 광장, 황소 광장에서 장사하는 상인 연합회에서 각자 정해진 날짜에 축제를 개최했다. 그럴 때면 바드들은 원형극장에서 공연하고, 예술 계열의 직업들은 작품을 전시했다.

요리사들은 거리에 나와서 음식을 싸게 판매하는데, 가장 인기 있는 품목은 소고기를 넣고 끓인 풀죽이었다.

기쁜 일이 셀 수도 없이 많은 도시!

과중한 세금에 시달리지 않고, 적절한 발전 계획에 따라 빠르게 성장하는 모라타에 있다 보니 도시 안에만 머물러도 재미있었다. 게다가 최근에는 페어리들이 가끔 놀러 와서 주목받기도 했다.

막 〈로열 로드〉를 시작해서 아직 도시 밖으로 나가지 못하는 완전 초보자들은 그런 재미를 많이 경험했다.

그렇기 때문에 나중에 직업을 정할 때 밖으로 나도는 일이 많은 전투나 모험 계열보다는 상인이나 예술 계열을 택하기도 했다.

"에휴, 오늘은 밤늦게까지 해야겠네."

"일 많이 해 놓고 맥주라도 한잔해요."

"그러죠. 안주는 사슴 통구이로 하고요."

조각사들은 여신상 건립을 기념하는 축제에 보여 줄, 진흙으로 만든 위드의 조각품을 제작하고 있었다.

위드의 종류도 여러 가지였다.

오크 카리취, 언데드, 이번에 로자임 왕국에서 대형 사고를 친 트롤상!

빙룡이나 와이번들도 굉장히 인기 있는 조각품이라서 제작에 들어가 있었다.

조각사들끼리 나누는 대화가 들렸다.

"근데 위드 님은 참 신기해요."

"조각사이면서도 모험을 잘하는 게?"

"아뇨. 여럿이서 해도 일이 많은데 어떻게 대부분의 작품을 혼자서 만들 수가 있었을까요?"

"예술이잖아. 예술혼에 불타오르니까 만들 수 있는 거겠지."

위드는 그저 효율적인 노가다의 달인이었을 뿐!

현실에서 노가다와 단추 꿰기로 단련이 되지 않았다면 〈로열 로드〉에서 그가 만든 상당수의 조각품은 탄생하지 못했을 수도 있다.

위드의 인간형 조각품도 있는데, 주로 착용하는 장비들까지 실제와 흡사했다.

세세한 얼굴이야 잘 모르더라도 위드의 차림새는 이미 유저들 사이에서 최고의 열풍을 일으킬 정도였다.

"잘못 만들었군. 나보다 키가 좀 작은 거 같아."

위드는 구시렁대면서 조각품 사이를 지나갔다. 하지만 조각품들이 더 높아서 머리 윗부분은 전혀 보이지 않았다.

"어?"

"설마……."

위드가 자신과 꼭 빼닮은 조각품 사이를 걸어서 교관에게 다가갔다.

"위드 님 아닌가?"

"위드 님이다! 용무가 있어서 조각사 길드에 왔나 봐."

줄을 서서 차례를 기다리고 있던 조각사 유저들이 위드에게 알아서 길을 열어 주었다.

마치 기적의 바닷길처럼 앞이 확 트였다.

'소문에 의하면 상당히 괴팍하다던데…….'

'〈마법의 대륙〉 때의 성질이 언제 나올지 몰라.'

영주로서의 권력!

위드가 정말 순수하고 착한 사람이었다면 차례를 지켰을 테지만, 그냥 편한 게 좋은 거라는 주의였기 때문에 교관에게 걸어갔다.

"조각사들의 길을 앞장서서 개척해 가는 위드 님께 인사드립니다."

교관이 정중하게 허리를 숙였다.

이것도 모라타이기 때문에 발생하는 모습이었다.

위드는 약속된 문구를 말하기 위해 입을 열었다.

조각사들을 위한 입문서에 적혀 있는 내용. 최고의 경지를 개척하려는 조각사만이 할 수 있는 대사를 했다.

"빛나는 조각품을 만들고 이제 전설에 도전하려고 합니다."

〈로열 로드〉에 대한 정보가 올라오는 게시판들이 금세 들끓었다.

제목: 위드가 지금 조각술 마스터 퀘스트에 도전합니다.

모라타 조각사 길드에서 시작되었습니다.

그러자 댓글들이 주르륵 달렸다.

불과 몇 분 사이에 조회 수가 몇만 건씩 올라가는 기현상이 벌어졌다.

ㄴ 말도 안 돼! 누가 벌써 직업 마스터를 해요. 그것도 조각술을.
ㄴ 위드라면 가능할 수도 있습니다.
ㄴ 올리기 쉬운 말타기 스킬도 마스터하기가 얼마나 힘든데, 스킬 레벨이 극악으로 안 오른다는 조각술을 마스터해요? 〈로열 로드〉 처음 해 보시나?
ㄴ 말타기 스킬이 올리기 쉽다고요? 고급 이상 올려 보고 하는 말씀이신가. 그때부턴 강도 건너뛰고, 말 타고 날아다닙니다.
ㄴ 위드가 또다시 기적을 만들어 내는군요.
ㄴ 정말이에요? 거짓말 아닌가. 농담이죠?
ㄴ 이제 겨우 조각술 초급 5레벨까지 올렸는데… 난 뭐야!

〈로열 로드〉 전문 채널 〈베르사 대륙 이야기〉에서 직업의 마스터에 대해서 이야기한 적이 있다.

대륙을 위해서 무언가를 할 수 있고 각 종족의 퀘스트와도 관련이 있지만, 어떤 방향으로 진행이 될지는 아무도 모른다고 했다.

〈로열 로드〉에 대한 정보 공개를 극도로 꺼리는 유니콘 사는 딱 한 가지만을 더 밝혔다.

> 어떤 직업이든 최초의 마스터 퀘스트는 조금 더 특별할 것입니다.
> 많은 보상을 얻을 수 있고, 조금 더 어려울 수 있습니다.

직업을 가진 유저들은 마스터 퀘스트를 하기 위하여 스킬 레벨 경쟁에 뛰어들기도 했다.

하지만 레벨이 오를수록 순수하게 성장만 하는 사람은 드물었다. 어느 정도 능력을 갖추고 나면 길드를 만들거나 가입하고 세력 다툼을 벌였다.

전장을 헤매고 싸움이 벌어져서 죽기도 하였으며, 갈수록 스킬 숙련도가 오르지 않아 힘들고 괴로워서 포기하기도 했다.

어느 한 직업을 대표하여 마스터 퀘스트를 한다는 것은 대단한 영광이고, 알려지지 않은 미지의 세계로 발을 내딛는 것이었다.

붉은 갈대의 숲!

현상금 사냥꾼과 헤르메스 길드의 유저들이 매복을 하고 있던 장소에서는 일대 파란이 일어났다.

위드가 언제 오나 하며 기다리고만 있던 그들이다.

'여기와는 완전히 먼 로자임 왕국에 가다니…….'

'그래도 올 곳은 이곳밖에 없어. 다시 돌아올 거야.'

'모라타로 갔다고? 다음에는 여기로 오겠지.'

애인도 이렇게 애타게 기다리진 않았으리라.

붉은 갈대의 숲은 사냥하기에도 위험하고 안 좋은 장소였다. 그런 곳에서 긴 시간 동안 위드만 기다리고 있었는데, 이제는 조각술 마스터 퀘스트라니!

이거야말로 언제 이곳으로 올지 기약도 할 수 없다는 게 아닌가.

"나 안 해!"

"야, 그냥 중앙 대륙으로 돌아가자."

"고향 떠나서 괜히 고생하고 시간 낭비만 했네."

현상금 사냥꾼들은 좌절하여 대부분이 떠나기로 했다.

헤르메스 길드의 유저들은 난처한 상황에 빠졌다. 임무를 받고 여기까지 왔는데 아무 소득 없이 돌아갈 수도 없는 처지였다.

"빨리 좀 와라."

"오는 거야, 마는 거야? 안 오면 안 온다고 말이라도 좀 해주지!"

위드가 반드시 붉은 갈대의 숲으로 오기로 약속한 것도 아니니 그렇다고 따질 수도 없었다.

위드는 조각술 마스터 퀘스트에 약간은 자신 있었다.

'어떤 종류의 퀘스트든 문제 될 건 없겠지.'

한 우물만 묵묵히 파 오지는 않은 잡캐였으므로, 전투나 모험이나 뭐든 자신이 있다는 장점!

조각술의 비기도 5개나 모은 처지였으므로, 마스터 퀘스트 자체만을 놓고 본다면 심각하게 힘들진 않을 것 같았다.

다민 아직 조각술이 고급 8레벨에 머무르고 있어서 퀘스트를 받을 수 있는 최소한의 요건을 갖췄을 뿐이다. 퀘스트를 진행하면서 숙련도를 집중해서 올려야 할 필요가 있었다.

"그러면 조각사들 사이에 내려오는 오래된 옛 전설을 들려드리겠습니다."

교관이 말을 시작했다.

위드는 자신의 의뢰가 될 것이니 당연히 집중해서 들었고, 길드에 있는 다른 조각사들도 호기심에 귀를 기울였다.

"조각술이 지금처럼 예술로서, 문화로서 발전되기 전, 몬스터들이 대륙을 뒤덮고 있을 때였습니다. 그때에는 인간도, 엘프도, 오크도, 드워프와 바바리안이라고 할지라도 몬스터들에게 힘없이 잡아먹혔을 뿐이라고 합니다."

위드의 눈앞에 그만 볼 수 있는 영상이 펼쳐졌다.

게이하르 폰 아르펜이 대륙을 하나로 통일하기보다도 훨씬 더 예전이었다.

신에 의해 베르사 대륙이 창조되고 나서 여러 종족들이 나타났다. 아직 미개하던 시절, 인간과 엘프, 드워프, 오크 들은 힘을 합쳐야 했다.

인간들은 몬스터들로부터 경비를 서고, 엘프들은 작물을 가꾸어서 식량을 만들었다. 드워프들은 동굴을 파고 돌을 다듬어서 오크들이 사용할 무기를 완성했다.

오크의 번식력, 인간의 지도력, 엘프의 식물을 돌보는 능력, 드워프의 물건을 만드는 재능으로 네 종족은 함께 살아갈 수 있었다.

동굴 안에서 인간과 엘프, 드워프, 오크 들은 사이좋게 지내면서 그들끼리의 법과 문화를 만들었다.

영상이 끝나고 교관의 말이 이어졌다.

"이때 조각술이 최초로 탄생했다고 합니다. 믿기 어려운 이야기지만, 수명이 길고 기억력이 좋은 엘프들 사이에서 내내 전설로 내려왔습니다. 그때 만들어졌다는 가장 오래된 조각품에 대해서는 아마 엘프 장로 란델리아가 알고 있지 않을까요?"

띠링!

태초의 조각술

흙과 돌을 다루기 시작했을 때부터 만들어진 조각술. 네 종족의 역사를 거슬러서, 태초의 조각술이 사실인지 정보를 모아라.

난이도: 조각술 마스터 퀘스트.

제한: 고급 8레벨 이상의 조각술. 엘프들과의 관계가 친밀한 상태여야 한다.

다른 조각사가 먼저 마스터 퀘스트를 해 봤더라면 참고가 되었으리라.

위드는 전혀 아무 정보 없이 도전해야 했지만, 남들이 알려주는 걸 따라 하기보다는 고생을 하는 편이 나았다.

"제가 그녀를 만나서 알아보겠습니다."

퀘스트를 수락하였습니다.

헤르메스 길드에서는 위드가 엘프 장로 란델리아를 만나러 간다는 정보를 입수했다.

"마스터 퀘스트를 한다고?"

벌써 칼라모르 왕국의 영토를 삼분의 이나 점령하였다. 다른 명문 길드들이 견제할 틈도 없이 전격적으로 이루어진 진격이었다.

명실상부한 대륙 최고의 왕국.

모든 면에서 제국이 되려고 하는 헤르메스 길드였지만 위드의 마스터 퀘스트를 방치하기에는 많이 거슬렸다.

"막아야 됩니다. 바로 병력을 보냅시다."

"엘프 마을을 쑥대밭으로 만들더라도 방해를 해 버리죠."

라페이는 측근들과의 회의를 통해서 공격대를 보내기로 결정했다.

엘프 장로 란델리아는 생명의 숲에 있는 작은 마을에 산다. 그곳을 공격해서라도 위드의 퀘스트를 방해하기로 했다.

"엘프들을 모두 죽여도 된다."

과거였다면 조금 참았을지 모르지만, 지금은 위드를 막기 위해 수단과 방법을 가리지 않았다.

조각술 마스터 퀘스트에 대한 대중의 관심이 대단할 것임을 알지만, 헤르메스 길드에서는 그런 것쯤에는 눈 하나 깜짝하지 않을 정도였다.

위드는 조각사 길드에서 나오자마자 바로 유린과 만났다.

그림 이동술로 엘프 마을이나 가까운 장소까지 이동할 작정이었다.

〈로열 로드〉에서는 오랜만에 만난 유린은 레벨은 아직 80대에 머물렀지만, 유명한 휴양지나 관광 명소 들은 모두 돌아다녔다.

"나 그 마을 가 본 적 있어. 과일이 맛있다고 해서 가 봤어. 마을 입구로 가면 되지?"

"그래."

유린은 기억을 더듬으면서 그림을 그렸다.

긴 머리를 늘어뜨리고 스케치용 목탄을 손에 쥐고 그림을 그리는 그녀의 옆모습은 남 주기 아까울 정도로 참 예뻤다.

물론 객관적으로 볼 때 서윤에 비교할 정도는 아니었다.

보통 예쁘다는 연예인들도 얼굴에 아쉬운 부위들은 있었다. 키나 작다거나, 가슴이 납작하다거나, 손가락이 두껍거나, 다리가 굵다거나 하는 정도의 결점은 1~2개 이상 갖고 있다.

하지만 서윤은 어느 각도에서, 어딜 보더라도 부족한 점을 찾아낼 수 없을 정도의 미모!

그녀를 1시간 정도 가만히 관찰하고 있다 보면 예전에는 알지 못했던 새로운 아름다움이 계속 발견된다.

위드가 서윤의 조각품을 그렇게 많이 만들었지만 항상 새롭게 도전할 수 있었던 게 그런 점 때문이었다.

오죽하면 서윤의 목소리와 분위기마저도 아름다움 그 자체였으니!

위드가 보기에는 유린 역시, 어디에 내놔도 부족한 점이 없었다.

'내 여동생이지만 참 아깝다.'

열악하던 가정 형편을 제외하면 여동생도 남자들에게 인기가 많을 수밖에 없다.

위드가 진지하게 말했다.

"너 요즘 늦게 들어오더라."

"도서관에서 공부하잖아."

"지난달에 전화 요금도 좀 나왔던데."

"친구 잠깐 빌려줬더니 그래."

샤샥.

유린은 스케치를 하면서 대꾸했다.

"엊그제는 나가면서 화장도 했더라."

"화장하면 어떨까 궁금해서 해 봤지."

"어제는 치마도 입었던데……."

"있는 거 안 입으면 아깝잖아."

샤샤샤샤샤샤샥.

유린이 스케치하는 속도가 매우 빨라졌다.

그동안 그림을 꽤 많이 그리기는 했지만 이렇게 빨리 그린 것은 처음이었다.

어쩔 수 없었다.

일단 시작되면 1~2시간은 기본으로 잡아먹는다는 위드의 잔소리!

그걸 피할 방법이라곤 오직 빨리 그려서 빨리 도망치는 것뿐이었으니…….

엘프 마을 그림은 말 그대로 눈 깜빡할 사이에 완성되었다.

"그럼 갈게. 그림 이동술!"

유린이 스킬을 시전하자 그림이 물결치듯이 일렁였다. 거리가 멀수록 그림이 더 많이 흔들린다.

유린은 엘프 마을에 위드와 자신의 모습을 그려 넣었다.

네 종족의 역사

파브로아 마을은 생명의 숲 외곽에 있었다. 특산품으로 맛 좋은 과일들이 있기에 여행자들이 많이 찾아왔다.

"산림욕하러 온 기분이네."

"신혼여행지보다도 더 좋은 거 같아요."

손을 꼭 붙잡고 있는 커플들!

높이가 수십 미터씩 되는 나무들 사이로 내려오는 햇빛이며 숲에서 뛰어다니는 작은 동물들로 인해 인기 있는 휴양지였다.

토끼와 사슴, 여우도 마을 근처의 계곡에 내려와서 물을 마시고, 사람들이 가까이 접근해도 피하지 않았다.

사자나 곰 같은 맹수들도 인간들에게 친근한 척을 하며 먹을 것을 얻어먹었다.

엘프들이 있는 마을로, 여기서는 동물들을 사냥하면 안 된다. 그렇게 시간이 지나다 보니 동물들도 인간들을 편하게 대하는 것이다.

그 파브로아 마을의 입구에 위드와 유린이 갑자기 일렁이며 나타났다.

"흠, 여긴 먹을 것들이 아주 많군."

위드가 동물들을 보며 간단히 내린 평가였다.

유린도 옆에도 거들었다.

"오빠, 배고플 땐 뭐든 먹어도 되겠어."

"아까 밥을 먹었는데 다시 배가 고프네."

동물들은 그저 음식으로 보일 뿐이었다.

위드와 유린은 허기를 참으며 마을로 들어갔다.

숲 안의 나무들 아래에 있는 마을로, 엘프 경비병들이 상당히 많이 보였다.

엘프들의 무기와 방어구를 판매하는 상점, 과일을 바탕으로 요리를 하는 식당, 나무 위에 지어진 여관도 있었다.

초보 시절이었더라면 무기와 방어구 상점에 관심을 가졌을 테지만 위드는 바로 란델리아부터 만나러 갔다.

대장장이 스킬 때문에 엘프들의 무기도 사용할 수 있었지만, 사실 상점에서 좋은 무기를 구하기란 지극히 어려운 일이다. 물론 상점용 무기에도 소위 명품은 있다. 하지만 지금 위드의 수준에 쓸 만한 정도는 아니었다.

더군다나 이런 휴양지의 마을이라면 더더욱 바가지가 극심할 터!

"가장 오래된 조각품에 대해 알아보러 왔습니다."

엘프 장로 란델리아는 마을 중앙에 있는 연못 근처에 앉아 있었다.

그녀는 엘프답게 나이를 짐작하기 어려운 외모에 긴 머리카락을 가졌다.

"인간 조각사의 방문이로군요. 그대 모라타의 영주에 대해서는 익히 들어 왔습니다. 엘프들에게도 공평하게 대하며 예술을 사랑하고, 모험을 통해 대륙의 평화를 지킨다지요."

위드가 했던 여러 가지 일 때문에 엘프 장로 란델리아는 그를 정중하게 대했다.

"예. 예술의 길이 엘프들의 지식을 구하라며 이곳으로 저를 안내하였습니다."

"가장 오래된 조각품, 최초의 조각품에 대한 이야기는 엘프들 사이에서 내려오는 것이죠. 기록에 익숙한 인간들이 남기지 못한 과거, 삶의 주기가 짧은 오크들이 전하지 못한 이야기, 열정을 불태우며 사는 드워프들이 잊어버린 기억. 하지만 그만큼 신빙성도 없답니다. 그래도 듣고 싶나요?"

"예."

"네 종족이 동굴에서 살아갈 때예요. 그때는 많은 조각품이 만들어졌답니다."

위드의 눈앞에 다시 영상이 펼쳐졌다.

대륙의 초창기, 몬스터들이 활개를 치며 돌아다닐 때였다.

인간과 엘프, 드워프, 오크 들은 곡물을 길러도 금세 빼앗기기 일쑤였다. 마을을 세우지도 못하고 깊은 동굴 안으로 숨어들어 가서 지냈다.

드워프들은 땅을 파는 재주가 무척 뛰어나서, 여러 개의 동굴을 연결시켜 놓아 몬스터의 위협으로부터 대처했다. 세상에 대화가 통하지 않는 난폭한 몬스터들이 가득할 때, 오크들이 유능한 전사로서 버텨 주는 덕분에 살 수 있었다.

"캬하아아."

인간들이 완전한 언어를 이루기도 훨씬 전이었다. 하지만 네 종족은 힘을 합쳐서 숫자를 조금씩 늘려 갔고, 몬스터들과 투쟁하는 법을 익혔다.

오크들은 훌륭한 싸움꾼이었고, 어떤 몬스터라고 하더라도 물러서지 않았다. 엘프와 드워프, 인간을 살리기 위해서 대신 희생하는 의리까지 있었다.

결국 그들은 동굴 밖으로 나와서 강가 근처에 정착하였다.

베르사 대륙 최초의 도시, '라체부르그'였다.

> 고대 베르사 대륙 문명의 기원에 대한 정보를 획득하였습니다.
> 지식이 15 높아집니다.

'라체부르그라…….'

베르사 대륙의 역사서에도 기록되지 않은 이야기였다. 왕국들이 세워진 이후의 역사부터 남겨져 있었기 때문이다.

위드의 눈앞에 라체부르그의 모습이 비춰졌다.

드워프들이 나무를 세워서 만든 단단한 방책이 있었다. 도시에는 흙과 돌을 쌓아서 만든 집들이 늘어서 있었으며, 엘프들은 나무에서 잠을 청하기도 하였다.

오크들과 드워프들의 집은 입구의 크기부터 차이가 컸다.

곡물과 과일나무를 키우는 넓은 평원 그리고 도시 근처로 유유히 흐르는 반짝이는 강물.

새들이 무리를 지어서 날아다녔다.

띠링!

태초의 조각술 퀘스트 완료

엘프들은 대대로 네 종족의 협력과 오래된 조각품에 대한 이야기를 해 왔다. 아마도 태초의 조각술은 실제로 있었던 사건이리라고 짐작된다.

보상은 엘프 장로 란델리아에게 받을 수 있습니다.

의뢰를 마쳤지만, 위드는 조금도 기쁘지 않았다.

조각술 마스터 퀘스트도 이대로 끝나지 않고 당연하게 연계 퀘스트로 이어졌던 것이다.

엘프 란델리아가 이어서 말했다.

"오랜 시간을 살아가는 엘프들이라고 하더라도 말로만 전해주는 데에는 한계가 있었답니다. 지금은 그때 만들었다던 조각품에 대한 이야기도, 네 종족이 모여 살았다던 도시 라체부르그의 위치에 대해서도 알 수가 없습니다."

"그렇겠군요."

대륙에는 인간의 왕국이 세워지고 멸망하기를 반복했다. 몬스터 무리의 이동에 따라서 각 종족의 거주지도 바뀌었고, 무성한 숲이 있던 장소가 평야로 변하기도 했다.

〈로열 로드〉에서 베르사 대륙이 창조된 건 무려 10억 년 전!

각 종족과 몬스터가 탄생한 것은 자연이 제자리를 잡은 그때보다는 훨씬 이후였지만, 그럼에도 까마득한 과거의 일이었다.

몬스터에 의하여 멸망한 마을이 수만 곳을 넘어섰고, 인간과 엘프, 드워프, 오크 들이 각자의 안정적인 영역을 가진 현재의 구도가 완성된 것은 불과 수천 년 전이라고 한다.

"라체부르그에 대해서 알아볼 수 있는 건 불가능한 상상력을 현실로 만들어 내는 조각사뿐이리라고 생각됩니다. 인간 조각사여, 찬란한 예술의 길을 걷는 사람이여. 라체부르그에 대해서 우리 엘프들이 잘못된 말을 전해 온 게 아닌지 사실을 알아볼 수 있겠습니까?"

띠링!

도시 라체부르그

네 종족이 살았다는 신화의 도시. 현재는 어디에서도 그 도시를 찾을 수가 없다.
라체부르그를 발견하라!
난이도: 조각술 마스터 퀘스트.
제한: 고급 8레벨 이상의 조각술. 조각술의 추억 스킬 필요.

조각술 마스터 연계 퀘스트!

위드는 자신 있게 대답했다.

"저도 라체부르그가 사실이라고 믿습니다. 네 종족이 화목하게 살았다는 그 도시에 대해 알아보겠습니다."

퀘스트를 수락하였습니다.

그러면서 은근히 눈치를 보았다. 어떤 보상을 줄지 기대하고 있는 것이다.

'엘프의 활이면 대박인데. 꼭 활이 아니더라도, 정령술을 높여 주는 엘프의 아이템이라도 괜찮아. 자연과의 친화력과 연관이 있는 장비도 나쁘지 않고.'

엘프의 아이템은 뭐든 귀한 편이었다.

인간이 아닌 엘프 종족을 택한 유저들은 그런 면에서 불이익을 상당히 받았다.

마을마다 엘프 대장장이가 몇 명 없고, 사냥에서도 엘프 전용 장비는 많이 안 나온다. 가끔 나오더라도 주로 초보 엘프들이나 착용하는 물건들이었다.

그렇기 때문에 장비를 구하는 데에 상당히 애를 먹었다.

다만 엘프들은 기초적인 육체 능력이 좋은 편이고 마법과 정령술, 궁술의 달인들이라 가벼운 가죽옷으로도 활동을 잘했다.

마침내 엘프 란델리아가 다시 입을 열어 말한 첫 번째 퀘스트에 대한 보상은…….

"제가 사는 집의 뒤쪽에 가 보면 과일나무들이 많이 있습니다. 저 혼자서는 다 먹지 못할 테니 마음껏 따 가세요."

> 란델리아의 집 뒤쪽에 있는 과일나무에서 과일을 수확할 수 있습니다.

"커헉!"

위드의 얼굴이 처참할 정도로 구겨졌다.

기대하고 부자 친구 집에 놀러 갔는데 계란도 넣지 않은 라면을 대접(?)받는 기분!

"알겠습니다. 마침 과일을 먹고 싶었는데 잘되었군요."

"그럼 훌륭한 조각사가 되시기를. 그리고 라체부르그에 대해서는 엘프들도 더 이상 아는 것이 없으니 이 무리한 부탁은 언제든 거절하여도 됩니다."

퀘스트를 포기할 수 있습니다.
퀘스트를 포기하면 엘프 란델리아와의 친밀도가 감소하며 나중에 조각술 마스터 퀘스트를 처음부터 다시 진행해야 합니다.

의뢰를 받고 나서도 해결하지 못하고 시간만 보내게 될 바에야 아예 여기서 끝낼 수도 있었다.

위드는 유린과 함께 란델리아의 집 뒤로 들어갔다.
사과나무, 배나무, 귤나무, 무화과나무, 석류나무, 밤나무, 살구나무, 대추나무 그리고 엘프목들.
많은 종류의 나무들의 가지에 열매가 가득 열려 있었다.
"맛있겠군."
"오빠, 과일값 비싸잖아."
"그러니까 남김없이 따 가자."
보통 나무에서 열매의 맛이나 조금 보면서 다음 퀘스트를 하러 가는 사람들과는 달랐다.
"힘껏 흔들어!"
나무를 흔들어서 떨어진 열매들을 주워 담았다.
재봉용 천을 바닥에 깔아 놓았기 때문에 안심하고 떨어지는 과일들을 배낭에 쓸어 넣기!

여분으로 가지고 다니는 배낭들까지 가득 채우고 나니 란델리아가 키우던 나무들은 열매를 남김없이 잃어버리고 말았다.

위드는 잘 익은 사과를 베어 물면서 말했다.

"그럼 이제 라체부르그로 가야겠군."

아무 단서도 주어지지 않았으니 상당히 막막할 수밖에 없으리라. 엘프들이나 드워프들에게 물어보더라도 뭔가를 얻어듣기는 어려울 가능성이 크다.

하지만 위드는 라체부르그의 영상을 보았다. 그것을 단서로 해서 추적하면 된다.

"그래도 마지막까지 변하지 않는 게 강의 위치와 돌의 종류라고 할 수 있지."

영상에서 집을 쌓는 재료인 돌을 세밀히 봐 두었다.

위드는 조각술로 대륙에 있는 웬만한 종류의 돌은 다 깎아 본 경험을 가졌다.

"대충 범위를 정할 수는 있겠어."

돌과 강, 새와 넓은 평원까지도 고려한다면 범위가 더 좁혀질 것이다.

"좀 더 뚜렷한 장소는 조금 계산해 봐야겠는데……."

정보들을 모아서 가공할 필요가 있었다.

위드가 아직 다음 행선지를 정하지 못하고 머뭇거리자 유린이 말했다.

"그럼 모라타로 돌아갈까?"

"아니. 모라타에서 왔으니까… 이번에는 바르고 성채로 가자. 페일 님과 스승님과 사형들이 거기 모여서 밥을 먹는다고 했으니까 들러 봐야지."

"응. 그럼 그릴게."

샤샥.

예쁘고 정밀하게 그려지는 바르고 성채.

모습이 빨리 바뀌기 때문에 지금에 맞게 정확하게 그려야 할 필요가 있었다. 유린은 다수의 그림을 그린 실력을 뽐내기라도 하듯이 멋진 그림을 그려 내고 있었다.

"근데 며칠 전에 도서관에서 공부한다고 하지 않았어? 저녁에 도시락이라도 전해 주려고 갔는데 안 보이더라."

샤샤샤샤샤샥.

유린의 스케치 속도가 다시 빨라졌다.

바르고 성채에 있는 페트는 주변에서는 모르는 사람이 없는 유명 인사가 되었다.

실제에 버금가는 그림을 그려서 몬스터를 현혹시키는 화가!

아직 많이 알려지진 않았어도, 대륙 최고의 화가로 이름을 날릴 시간이 머지않았다.

방송사들도 그의 그림을 취재해 갈 정도였으며, 여기저기의 벽과 건물에 여러 명화를 그렸기 때문이다.

"이곳에 세울 건물에 그림을 그려 넣으려는데, 시간이 좀 되는가?"

"흠, 이런 구조라면 제 그림이 돋보이지 않겠는데요."

"그렇다면 의견을 말해 보게. 적극 반영하겠네."

바르고 성채의 복구공사를 진행하던 건축가들도 페트의 그림을 적극적으로 받아들였다.

떠오르는 샛별과도 같은 화가 페트였다.

바르고 성채의 영향력
영주 위드: 43,198
물빛의 화가 페트: 3,239

목표로 했던 바르고 성채의 영향력에서 위드를 능가하기는 한참이나 멀기는 했다.

위드는 격렬한 전쟁을 치른 끝에 불사의 군단에게서 이 지역을 되찾았고, 충성심 강한 주민들과 병사들을 거느리고 있다. 그림만으로 영주를 능가하여 지위를 빼앗기란, 단기간에 이룰 수 있는 쉬운 목표는 아니었다.

예술가와 문화를 즐기는 주민들이 아직 적어서 영향력이 더욱 느리게 올라갔기 때문이다.

"너무 쉬워도 재미없지. 하지만 결국에는 내 뜻대로 이루어질 거야."

페트의 그림이 바르고 성채의 중요한 요소들을 뒤덮고 있으니 그날도 언젠가는 찾아오게 되리라.

바르고 성채의 유저들이 예술을 말할 때 조각사 위드가 아닌 화가 페트를 먼저 떠올리는 것이야말로 통쾌한 일 아니겠는가.

"많이 먹어라."

멍멍!

조각 생명체들에게 밥을 주고, 옷과 집도 사 주었다.

페트의 앞에만 서면 지옥의 파수꾼이라는 켈베로스도 온순한 강아지처럼 꼬리를 흔들었다.

바르고 성채에서 뛰어노는 페어리들도 그에게 와서 칭찬을 했다.

"그림 정말 잘 그려요."

"내 모습이 보여요? 꺄르륵."

"나도 좀 그려 봐요. 어서어서!"

페어리들은 그의 어깨에 앉거나 모자를 잡아당기면서 장난을 쳤다.

"역시 내 실력은 어디서든 통하는군. 당연한 일이니 특별히 기쁠 것도 없긴 하지."

페트는 바르고 성채에서 거칠 것이 없었다.

페어리들을 그려 주었더니 당연히 반응이 좋았다. 공간을 넘나드는 능력이 있는 페어리들은 놀랍게도 그가 그린 그림에 들어가서 술래잡기를 하며 놀기도 했다.

고레벨 유저들도 그에게서 그림 한 점 얻기 위하여 줄을 설 정도였다.

그가 그림을 그리겠다고 밝히면 수천 명이 몰려들어 구경했다. 군중을 몰고 다니는 화가로 군림하고 있었다.

페트의 콧대가 한없이 높아지고 있을 무렵, 그림을 그려 달라는 사람들이 왔다.

아주 건장한 체격의 남자 셋이었다.

"그림을 잘 그린다던데, 20골드 줄 테니 우리를 좀 그려 주겠나?"

페트는 코웃음을 치려고 했다.

'어디서 나에게 초상화 따위나 그려 달라고 온 거야.'

금액도 고작 20골드였으니 소문을 잘못 들은 게 틀림없다. 다른 초보 화가들에게는 많은 액수라고 할 수 있지만, 페트에게는 수백 골드도 모자랐다.

페트가 터무니없는 소리 하지 말고 썩 꺼지라는 말을 하기 직전이었다.

"검삼치 형님, 이번에 우리 애가 사람 하나 잡은 거 들으셨습니까?"

"들었지. 새로 들어온 애가 싸우다가 갈비뼈 세 대, 이 2개를 날려 버렸다면서?"

페트는 하려던 말을 멈추고 잠깐 눈치를 살폈다. 이건 무슨 조직폭력배들의 이야기가 아닌가 하는 생각이 들었다.

"그 녀석이 화를 잘 못 참아서요."

"나도 대충은 들어서 알고 있다. 그래도 남자가 한번 손을 쓰기 시작한 이상 겨우 그걸로 끝내면 어쩌자는 거냐? 확실하게 보내 버렸어야지."

"그러게 말입니다. 애들 교육 잘못 시켜서 죄송합니다. 아예 엉금엉금 기어 다니게 두 다리부터 작살내 버렸어야 하는데."

검치 들이 하는 이야기는 새로 들어온 도장의 수련생에 대한 것이었다.

아주 질이 안 좋은 강간범이 사고를 치려는 장면을 목격하고, 흉기를 든 상대와 싸워서 저지한 사건이었다.

"팔다리 정도는 부러뜨렸어야지, 왜 그걸 멀쩡하게 남겨 놔!"
"죽도 못 삼키게 턱을 부숴 버렸어야 됐는데요."
"애들 교육 제대로 해라. 손을 대충 쓰면 안 쓰느니만 못해."
"명심하겠습니다."
"그렇게 손을 쓸 때는 상대가 사람이라고 생각하면 안 된다. 그냥 말하는 짐승이라고 생각해. 무슨 말을 지껄이든 상관하지 말고, 죽여 달라고 싹싹 빌면서 엎드려서 못 움직일 때까지 패 줘야지."
"다음부터는 그런 실수 없게 하겠습니다."
별로 좋은 내용의 이야기는 아니라서, 검삼치와 검사치, 검오치는 그들끼리 소곤거리면서 대화를 했다. 하지만 무슨 대화를 나누나 귀를 기울이고 있던 페트는 처음부터 끝까지 똑똑하게 들었다.
"아, 화가분! 혹시 지금 바쁘십니까?"
"아니요, 바쁘지 않은데요."
"20골드가 부족하다면 더 드릴 수도 있습니다."
"아니요, 충분합니다! 지금 바로 그려 드리겠습니다."
페트는 칠하던 벽화도 잠시 중단하고, 검치 들의 그림을 그려 주었다.

위드는 유린과 같이 중앙 탑 정상에 나타났다. 바르고 성채가 훤히 내려다보이는 장소였다.

전투 이후 부서졌던 건물들은 복구공사가 한창이었고, 성벽까지 더 높고 두껍게 세우는 중이었다. 성채 전체가 거대한 공사장이라고 해도 과언이 아니었다.

"아까운 내 돈……."

바르고 성채가 수변 산자락과 어울리는 장대한 모습을 갖추어 가는 걸 보자니 불현듯 세금이 아까웠다.

영화나 소설, 시, 드라마에도 비극은 참 많지만, 생돈이 나갈 때 느끼는 감정이야말로 슬픔의 절정이었다. 지금까지 투입된 바르고 성채의 복구공사 비용만 생각하면 눈물은 물론 콧물까지 흘러내릴 지경!

그래도 모라타처럼 발전하는 모습이 썩 나쁘지는 않았다.

현재는 낭만적인 성채 도시의 모습까지도 갖춰 가고 있었으며, 일찍 완공된 지역을 바탕으로 유저들이 활동하고 있다.

성문에는 동료들을 모아서 모험을 떠나는 유저들이 미지의 개척지를 향하여 두근거리는 발걸음을 떼고 있었다.

"영주가 왔다, 꺄르르르."

"뭐 하다 왔어요?"

"트롤, 트롤! 난 로자임 왕국에 따라갔다 왔어."

위드의 옷깃에 들어 있던 페어리들이 밖으로 나오기도 했다.

페어리들은 그를 둘러싸고 끊임없이 말을 걸고 장난을 쳤다. 유린이 손가락을 올리면 페어리가 서너 명씩 앉거나 매달리면서 놀았다.

"우선 사형들부터 봐야겠군."

위드는 유린과 같이 검치 들이 식사하는 곳부터 방문했다.

검치 들은 아직 복구 작업이 이루어지지 않은 건물 아래의 그늘에서 음식을 준비하고 있었다.

"인간들 덕분에 제대로 먹어 보겠군."

"고맙게 잘 먹겠네. 그런데 입가심할 맥주도 좀 있을까?"

드워프와 바바리안 들도 검치 들 사이에 끼어 있었다.

바르고 성채에서 검치 들은 드워프와 바바리안과 완전히 의기투합했다.

바바리안들과는 덩치와 힘을 겨루다가 사냥을 같이 나가면서 동료가 됐다.

"정말 죽이기 힘든 몬스터가 있는데……."

"당장 토막 내러 가지."

"던전을 돌파한 용사는 우리 마을의 전사로 인정받을 수 있다! 인간에게는 놀라운 명예가 될 거야."

"던전 따위, 어서 가자!"

검치 들과 바바리안은 죽이 아주 잘 맞았다.

드워프들과는 맥주를 마시면서 친해지고 무기와 방어구도 구입하면서 친밀도를 높여, 이제는 같이 밥도 먹는 사이가 되었다.

바르고 성채로 진출한 드워프와 바바리안은 이전보다도 훨씬 많아진 상태였다.

수르카와 이리엔, 로뮤나, 메이런, 화령을 빼면 남자들만 800명 가까운 무리가 우중충한 식사 준비를 했다.

그때에 위드가 유린과 같이 찾아왔다.

"아니, 사형들! 어떻게 이렇게 빈곤하게 음식을 먹을 수 있습니까?"

"위드야!"

"제가 성대한 만찬을 차려 드리겠습니다."

스승인 검치도 있었고, 불사의 군단과의 전투에서 고생한 보답도 하기 위해서 위드가 식사 준비를 총책임지기로 했다.

"사형들이 먹을 음식인데 아까워하면 안 되지."

바르고 성채의 식량 사정은, 곡물류는 모라타에서 일체 수입하는 상황이어서 그다지 넉넉하지 않았다.

그래도 지금 일행의 앞에는 바바리안들이 사냥한 다양한 고기들이 4,000킬로 정도 준비되어 있었다.

"이 정도면 1인당 고작 5킬로씩밖에 먹을 수가 없겠군. 한창 먹다가 고기가 끊기는 건 안 될 일이지."

보통 사람들은 푸짐하게 먹어도 1킬로면 되겠지만 검치 들은 포식으로 죽기 직전까지는 먹는다.

먹을 때 무식하고, 싸울 때에도 무식한 게 사형들이었다.

게다가 지금처럼 야외에서 시원한 바람까지 맞으면서 고기를 먹으면 평소보다도 더 잘 들어갔다.

"영주의 권한을 사용해야겠군."

바르고 성채에는 복구공사에 투입된 주민들이 상당히 많았다. 그들에게야 어차피 식사를 제공하고 있었기 때문에 흔쾌히, 통 크게 한번 쓰기로 했다.

"지역 정보 창!"

바르고 성채

니플하임 제국에 소속되어 있던 지역. 최근까지 언데드들의 왕 바르칸 데모프와 불사의 군단이 주둔하였다. 몬스터들의 끊임없는 공격으로 인하여 파괴될 가능성이 큰 요새다.
영주 위드의 기적 같은 통치에 의해, 절망적이던 상황에서 복구 작업이 이루어지고 있다. 모라타와 북부의 다른 지방에서 많은 주민들이 영주를 믿고 이주해 왔다. 성실하고 뛰어난 건축가들에 의해서 성과 주택, 도로, 성벽 등이 복구되고 있다. 대대적인 보수가 이루어지면서 성채의 허물어진 부분들이 대부분 복원되었다.
아직 많은 위험을 간직하고 있는 지역. 거듭된 몬스터의 침공으로 병사들의 실전 경험이 빠르게 늘고 있다. 특히 활쏘기에 뛰어나다.
성채 밖의 치안 상태가 굉장히 위험하기 때문에 주민들은 생산 활동을 시작하지 못했다. 농업과 광산 개발, 가축 사육을 하고 싶어 한다. 성채의 시설들이 복구되면서 생활이 급속하게 개선되는 부분에는 만족하고 있다. 몬스터들이 설치는 외부에 불안감을 가지고 있지만, 튼튼한 성채 안에서는 안전에 대한 믿음이 조금 있다.
페어리들이 있으며, 엘프, 드워프, 바바리안 들과의 교역이 활발하게 이루어지고 있다. 바르고 성채의 세금 수입은 대부분 교역에 의존한다.
건축물과 문화 예술품이 척박한 땅에 위안이 되고 있음.
지역 신앙으로는 프레야를 믿는다. 주민들의 믿음은 확고하며, 종교 활동을 위하여 신전의 건립을 원한다.

군사력: 432	경제력: 268	문화: 192
기술력: 71	종교 영향력: 67	지역 정치: 7
도시 발전도: 33	위생: 24	치안: 41%

인근 지역에 대한 영향력: 11%
舊니플하임 제국의 영향력: 2.9%(영향력은 군사, 경제, 문화, 기술, 종교, 인구, 의뢰 등의 분야와 관련이 깊다)

특산품: 없음.
영토 전체 인구: 6,892
매달 세금 수입: 24,978골드
마을 운영비 지출 내역: 군사력 47%, 복구 작업 34%, 의뢰 및 몬스터 토벌 19%.

현재의 모라타와는 감히 비교가 안 되는 수준이었다.

모라타의 지금의 성장 속도라면, 단 며칠이면 바르고 성채 규모 정도의 경제력이 더 커진다.

그러나 다른 종족들과 교역이 활발하고 높은 난이도의 사냥터들이 주변에 산재해 있다는 점을 생각해 보면 바르고 성채의 잠재력은 매우 높았다.

치안만 바로잡힌다면 모라타의 넘쳐 나는 주민들이 옮겨 와서 급속하게 발전시킬 수 있으리라.

위드는 다스리는 지역이 1개보다는 2개인 쪽이 더 낫다고 생각했다.

'그래야 세금도 더 많아지지.'

바르고 성채가 아직 준비 기간이라는 점을 감안하면, 지금의 복구 속도는 믿기지 않는 수준이었다.

불사의 군단과의 전투가 끝났을 때만 해도 멀쩡한 건물이 드물 정도였다. 무엇보다 성벽은 굶주린 늑대 떼도 막지 못할 지경이었는데, 지금은 철옹성에 가까워졌다.

"영주의 명령!"

> 영주의 권한으로 주민들에게 명령을 내립니다.
> 강제성이 있는 명령은 주민들의 충성도를 저하시키거나 치안을 불안정하게 만들 수 있습니다.

"영주성의 창고에 있는 고기를 풀어서 마음껏 나눠 먹어라."

바르고 성채에는 모라타의 곡물 창고처럼 관련 건물들이 일찍부터 만들어져 있었다.

창고에 비축된 고기를 주민들에게 나누어 주겠습니까?

"어서 먹기나 하자."

영주의 명령에 따라 고기를 분배합니다.

식량 저장소의 문이 열리고, 주민들이 마음껏 고기를 가져갔다. 이 주변에는 사냥감이 많아서 비축된 고기도 많았다.

위드는 고기를 쌓아서 20미터짜리 탑을 만들었다.

평범한 사람들에게는 질려 버릴 양이었지만, 검치 들에게는 입맛을 돋우는 효과를 불러왔다.

"몽땅 구워 먹읍시다."

"우오오오!"

"과연 위드다."

"바르고 성채의 인간 영주는 통이 크군."

베풀 때에는 티를 내며 베풀어야 얻어먹는 사람들이 고마워한다.

이리엔이 와서 물었다.

"저기, 근데… 식량 저장소에 있는 고기를 다 먹으면 내일부터는 어쩌시려고요?"

"그야, 뭐… 오늘 일을 내일로 미루면 안 된다는 말도 있잖습니까."

"네?"

"내일 일은 내일 생각하자는 교훈이 담긴 명언이죠."

"……."

위드의 제멋대로 해석이었다.

어쨌든, 덕분에 바르고 성채 전역에서는 고기 파티가 벌어졌다. 장사하던 상인들도 고기를 굽고, 모험을 떠나려던 유저들도 삼삼오오 모여서 불을 피웠다.

성채에서 만 명이 넘는 유저들이 한꺼번에 고기를 구워 먹는 이 광경이야말로 바르고 성채가 아니면 볼 수 없는 일.

위드는 고기와 궁합이 좋은 찌개와 요리들도 재빠르게 만들어 냈다.

10명씩 앉을 수 있는 넓은 상에 차려지는 요리들!

상을 뒤덮는 요리들의 가짓수가 많아지면서, 유저들은 저마다 생각했다.

'요리 스킬이 높으니 향기만으로도 죽여주는구나.'

'요리 잘하는 남자한테 시집을 가야 돼. 아침밥은 꼭 챙겨 주는 위드 님이면 되는데.'

'순식간에 요리들을 만들어 버리네.'

메인 요리인 고기가 아직 익는 중이었기에 다들 음식에 손을 대지 않았다.

사범들과 수련생들은 조바심을 냈지만, 검치가 아직 음식을 먹지 않고 지긋하게 앉아 있었으므로 얌전히 기다렸다.

위드는 한꺼번에 엄청난 양의 음식을 만들어서 각 상에 나누어 주는 방식으로 일을 진행해서, 차려지는 속도가 무척이나 빨랐다.

과일이나 잡채, 제피가 강가에서 낚은 생선도 구워서 상에 올렸다.

푸짐하게 차려진 상을 보면 배가 터지도록 먹을 수 있을 것 같았다. 위드를 보기 위해 구경 온 유저들도 군침을 꼴깍꼴깍 삼켰다.

그리고 상에 음식들이 그득하니 차게 되었을 때, 위드는 고기 구운 것들을 추가로 올렸다.

콰자자작!

무게를 이기지 못하고 상다리의 네 개가 큰 소리를 내면서 부러지고 말았다.

사실은 위드가 사전에 칼질을 해 놓았기 때문이다.

식사 전에 상다리가 부러지는 이 효과야말로 요리의 맛을 돋우는 최고의 잔머리!

검치가 포크를 들었다.

"이제 먹자!"

"먹읍시다!"

바르고 성채의 고기 파티가 시작됐다.

라체부르그의 위치

페트는 그림을 그리던 중에 위드가 돌아왔다는 사실을 알게 되었다.

"드디어 나의 숙명적인 적이 왔군."

바르고 성채에서 그림을 그리면서 이곳이 상당히 마음에 들었다.

다른 지역보다는 레벨이 높은 유저들이 많았고, 성문만 넘어도 거침없는 대자연의 장관이 펼쳐진다. 유저들도 주민들도 빨리 늘어나고 있었으며, 갈수록 점점 고풍스러운 맛을 더해 가는 바르고 성채. 이곳에서 화가로서 영주가 되어 사는 것도 나쁘지 않을 것 같았다.

"영주님이 고기 파티를 열어 준대."

"진짜?"

"창고를 열어서 모두 공짜야. 마음껏 먹어도 돼. 그리고 영주님이 있는 장소에서는 고기를 직접 구워도 준대."

"빨리 가자!"

위드가 왔을 뿐인데, 바르고 성채는 몬스터 대군이 밀려왔을 때보다도 더욱 소란스러웠다.

유저들이 야단법석을 떨면서 창고에서 고기를 받아 왔다.

고기를 사 먹더라도 부담이 될 정도의 금액은 아닐 테지만, 영주 위드가 무료로 나누어 준다니 받아야 할 일이었다.

"캬하! 기름진 멧돼지 고기는 언제 먹어도 일품이야."

"응. 여기에는 건강하게 산에서 뛰어다니는 사냥감이 많아서 고기의 질이 더 훌륭한 것 같아."

꿀꺽.

천장화를 그리던 페트조차 무의식적으로 침이 꼴깍꼴깍 넘어갔다.

'안 되겠다. 나도 그냥 먹고 할까?'

위드에게 신세를 지고 싶지는 않았다. 하지만 언젠가 승부를 벌이려면 상대방에 대해서 자세히 알아 두어야 하지 않겠는가!

'일단 가서 먹어 보자.'

페트는 위드가 고기를 구워 준다는 장소로 이동했다.

그곳에는 벌써 고기 한 점 얻어먹어 보겠다고 유저들과 주민들이 길게 줄을 서 있었다.

"오늘 내로는 먹을까?"

"줄이 빨리 줄어드니까, 1시간 내로는 먹을 수 있을 거야."

페트는 한숨을 쉬면서 맨 뒤쪽에 섰다.

오랫동안 기다려야 될 테지만, 사람들이 이렇게 많이 기다리고 있으니 그 고기 맛이 어떨지 궁금하여 빠질 수가 없었다.

그런데 그곳에는 어느새 조각 생명체들도 도착하여 있었다.

덩치가 너무 큰 녀석들은 성채 바깥에서 따로 수레에 실어서 내온 먹이를 먹었고, 이곳에서는 켈베로스를 비롯하여 기사 세빌 프렉스턴이 벌써 위드에게 고기를 받아먹고 있었다.

왈왈!

고기 맛이 어찌나 좋았는지, 켈베로스가 꼬리를 흔들다가 땅바닥에 발라당 누워서 애교를 부렸다.

페트에게는 보여 준 적이 없는 친근한 모습이었다.

"고기 맛이 정말 뛰어납니다. 위드 님의 요리 솜씨는 제 검술보다 나은 것 같습니다."

기사 세빌 프렉스턴까지도 위드에게 존경심을 보였다.

불 조절이 워낙 탁월해서, 위드가 구운 고기는 육즙을 많이 간직하고 있었다. 그리고 적당하게 뿌려지는 마늘 소금.

페트가 그동안 조각 생명체들의 마음을 얻기 위해 노력했던 일들이 물거품처럼 사그라지는 순간이었다.

'아니야. 그래도 나와도 친해졌어. 나중에 더 많은 시간을 들이고 투자한다면 기회는 올 거야.'

그렇게 기다리고 있는데, 주변에서 떠드는 소리가 들렸다.

"영주 위드는 여자들에게 인기도 참 많아."

"그러게. 정말 예쁘네."

그사이 줄이 많이 줄어들어서, 페트가 있는 장소에서도 이제 위드의 모습을 볼 수 있었다.

위드는 불의 정령인 화돌이를 소환하여 단체로 고기를 굽게 했다. 고기에 후추와 소금을 뿌리고 칼질을 하는 일련의 과정이 너무나 빠르고 자연스러웠다.

"크흠! 정말 예, 예쁜데!"

페트의 눈에 화령이 들어왔다.

어디서도 보기 힘든 환상적인 미모의 아가씨가 위드의 옆에 딱 달라붙어서 음식을 하는 걸 돕고 있었다. 뜨거운 불 때문에 발그스름하게 물든 그녀의 얼굴이 보였다.

'어떻게 저렇게 예쁜 아가씨가 곁에 있을 수 있지?'

페트는 괜히 위드가 더 미워졌다.

그리고 바로 그때!

위드가 고기 한 점을 집어서 어떤 여자에게 먹여 주는 모습이 보였다. 페트가 잊지 못하던 사람, 조르디보오스 성에서 만났던 그녀가 위드에게 고기를 받아먹고 있었다.

둘이서 보낸 시간은 잠깐이었지만 그의 가슴에 불꽃처럼 남았던 소녀.

'유린이다.'

페트는 유린이 위드를 향해 다정하게 웃어 보이는 걸 보며 깊은 슬픔에 잠겼다. 그녀를 꼭 다시 만나고 싶었다. 하지만 이렇게 고기나 얻어먹으려고 줄을 서서는 아니었다.

'차라리 남자답게 이대로 뒤돌아서서 바르고 성채를 떠나자.'

모든 걸 묻어 버리고 떠나려고 했는데 발길이 떨어지지 않는 건, 유린이 위드와 계속 붙어 있는 광경이 앞으로도 쭉 상상에 남을 것을 알기 때문이었다.

심란함에 빠져 있는 페트의 귀로 쏙쏙 들어오는 이야기.

"저 여자애는 누구야?"

"화가라던데……."

"몰랐어? 위드의 동생이잖아. 예전에 뱀파이어 왕국에서 모험도 같이했는데."

"정말 귀엽다. 내 여자 친구가 되었으면 좋겠는데……."

"위드가 처남이 되면 앞으로 인생도 활짝 피는 거지."

페트는 반쯤 뒤돌아섰던 몸을 돌려 다시 똑바로 줄을 섰다.

'여동생이었구나.'

조르디보오스 성에 유린이 남겨 놓은 글귀가 비로소 이해가 되었다.

검치 들이 먹고 마시는 비용은 전부 위드의 호주머니에서 나왔다.

"으으윽."

"배, 배가 터져서 죽을 것 같다."

폭식으로 인해서 벌써 생명력이 많이 깎여 있었다. 그런데도 새로 고기가 오면 환호했다.

"고기다!"

"갈비찜이네."

"허브로 풍미를 돋운 갈비찜입니다."

위드는 계속 음식을 제공했고, 이건 먹지 않을 수가 없었다.

504명이 먹다가 전부 죽을 수도 있는 상황!

'요리사란 무서운 직업이구나.'

'본 드래곤과도 지칠 줄 모르고 싸우던 분들이 저렇게 나가떨어지다니…….'

정상인 페일과 제피는 이제 고기를 보는 것만으로도 질리는데 그걸 계속 꾸역꾸역 먹어 치우다니, 정말 대단했다.

탑을 세울 정도로 엄청나게 많던 고기가 드디어 다 사라졌구나 할 무렵, 바바리안들이 사냥을 나갔다 오더니 다시 신선한 고기를 더 높이 쌓았다.

"고기다."

"와!"

어느새 일반 유저들도 검치 들 부근에 자리를 차지하고 앉아서 먹고 있었다.

"먹자, 먹어."

"아우… 김 부장 진짜!"

"적당히 좀 하고 살자. 칼퇴근 좀 시켜 줘!"

"주말에는 쉬어야지. 우리가 기계냐? 기계도 고장 나겠다!"

"시험, 취업, 자격증. 시험, 취업, 자격증. 으아아아악!"

유저들은 쌓여 있던 스트레스를 폭식으로 해소하는 듯했다.

"많이 먹자."

"위드 님이 구운 고기는 정말 맛이 최고야."

심지어 페어리들도 공중에서 날아다니며 고기를 뜯어 먹었다. 체중이 무거워져서 날갯짓을 해도 날지 못하는 페어리까지 나올 정도였다.

그리고 그날 밤이 되었을 무렵에는, 곳곳에 모닥불이 피워지고 검치 들이 두런두런 앉았다.

마지막 후식으로 곱창을 구워 먹는 사람들!

검치가 말했다.

"요즘 위드에게 적이 많은가 보더구나."

검삼치가 말을 받았다.

"방송을 보니 헬멧인가 뭔가가 자꾸 죽이려고 한답니다."

검사치, 검오치도 들은 바가 있었다.

"그놈들, 평이 아주 나쁩니다. 악랄하고 욕심이 많다고요."

"이 베르사 대륙에서 가장 강대한 놈들이라는데. 놈들을 상대할 수 있는 단체는 거의 없답니다."

수련생들은 조용히 경청하기만 했다.

검치가 분위기를 잡고 말하고 있었고, 사범들도 진지하게 대화를 한다. 수련생들이 끼어들 수 있는 자리가 아니었다.

검치가 고개를 끄덕였다.

"막내의 싸움에 우리가 꼭 나설 필요는 없다. 막내도 다 생각이 있을 것이다."

위드는 물론 헤르메스 길드에 대한 나름의 대응책을 가졌다.

아직 그들이 대륙을 제패한 것도 아니니 버틸 수 있는 데까지는 버틴다. 당장은 조각 변신술로 피해 다닐 수 있으니 일단 조각술 최후의 비기나 퀘스트로 끝까지 가 본다.

그러고 나서도 헤르메스 길드의 손아귀를 벗어나지 못한다면, 그때 가서는 친한 척하기…를 할 계획이었다.

검삼치가 맞장구를 쳤다.

"맞습니다. 막내도 생각이 있을 테니 알아서 하도록 그냥 놔두는 게……."

"하지만 나는 스승 된 입장에서 막내 혼자 외롭게 싸우는 걸 지켜보기는 다소 언짢구나."

검삼치는 서둘러 말을 이었다.

"알아서 하도록 그냥 놔두어도 물론 잘하겠지만, 사형인 저희가 도와주어야죠. 좋은 말씀이십니다, 스승님."

검치는 고개를 들어 밤하늘에 가득한 별들을 봤다.

"여기 이 베르사 대륙은 참으로 신비하다. 그리고 자유롭다. 평생 검을 익혔지만, 나조차도 이렇게 마음껏 다닐 수 있는 세상이 오리라고는 기대하지 못하였다."

검치의 말은 사범들이나 수련생들이나 모두 공감한 바였다.

육체와 정신을 극한까지 단련하여도 현실에서는 쓸 수 있는 환경이 없다.

스탯이나 레벨이나 스킬 숙련도 같은 여러 가지 변수가 복잡하게 적용되긴 하지만, 그래도 베르사 대륙은 자유롭게 검을 들고 살아갈 수 있는 세상이었다.

강한 적과 싸우고, 모험을 하고, 동료들을 맞이한다.

남자들이 꿈꿀 수 있는 바로 그런 세상이었다.

"나는 강한 사람이라면 이 대륙을 차지하는 것도 옳다고 생각한다. 하지만 야비한 자들이 힘을 모아서 횡포나 부리고 다니는 건 참지 못하겠다."

"저희 생각도 그렇습니다."

검치가 빙그레 웃었다.

"우리는 이곳에서 그동안 많이 놀지 않았느냐?"

"예."

"재밌게 놀았습니다."

검치 들이 몬스터를 때려잡고 검술을 수련했던 행위들은 누가 시킨 것도 아니고, 원해서 즉흥적으로 했던 것이다. 때로는 미친 짓도 해 보면서, 자유를 만끽할 수 있었다.

"이제는 좀 강해지자꾸나. 어떤 바람이 불어도 쓰러지지 않도록. 집단이 아닌 개인의 순수한 힘이 무엇을 바꾸어 놓을 수 있는지 시험해 보는 것도 좋을 것이다."

태풍이 오더라도 쓰러지지 않는 굳건함은 강함에서 나온다.

검치는 수련생들과 같이 〈로열 로드〉의 체계에 맞춰서 레벨을 올리고 강해지기로 마음을 먹었다.

라체부르그.

이현은 컴퓨터로 정보 검색을 해 봤지만, 〈로열 로드〉와 관련된 어떤 게시판에도 나온 적이 없는 이름이었다.

게시판은 헤르메스 길드에 가입하려는 유저들과, 엠비뉴 교단에 대항하자는 글들이 봇물 터지듯 하고 있었다.

"내가 발견하면 최초일 가능성이 크군."

막무가내로 돌아다녀 본다면 넓은 대륙에서 언제 찾을 수 있을지 모를 일. 추리를 바탕으로 영역을 좁혀야 했다.

"다행스럽게도 극지방은 아니야."

자연환경을 바탕으로 본다면 열대우림이나 사막, 빙하 지대는 아니었다.

"네 종족이 살다가 대륙 전체로 퍼져 나갔다. 섬일 가능성도 별로 없지."

웬만큼 큰 섬이라면 뒤져 봐야 할지 모르지만, 그건 대륙에서 찾을 수 없게 된 이후로 우선순위를 미루어 두었다.

"넓은 강과 평원이 있는 장소로."

이현은 베르사 대륙의 지도들을 구해서 살펴봤다. 탐험이 제대로 이루어지지 않은 장소는 완전히 밝혀지지 않았기 때문에 맹신할 수는 없었다.

"그리고 네 종족이 같이 살 정도로 큰 도시가 세워질 만큼 평탄한 지형이어야 해."

그것만으로도 찾아봐야 할 장소가 많이 줄어들었다.

숲은 나무가 자라면 이루어질 수 있어도, 높은 산이 쌓일 수는 없으니까.

"돌로 집을 지었다. 모래를 쌓거나 나무로 집을 지을 수도 있을 텐데……. 아니, 엘프들이 반대했을까? 어쨌든 집을 지을 만큼 주변에 돌이 많이 있었다는 뜻이겠지. 집을 짓는 데 사용한 마룬석을 근처에서 많이 캘 수 있어야 한다."

이현이 분석해 보니 자유도시들이 있는 부근이나 브리튼 연합, 리튼 왕국 쪽에 그런 지형이 많은 편이었다.

"새들의 이동이나 꽃과 나무가 자라는 모습까지 감안한다면… 이 주변 왕국들 중에 있을 확률이 높겠지."

대륙의 정중앙에서 약간 남쪽에 가까웠지만, 크게 치우친 위치는 아니다. 땅도 비교적 비옥하고, 떠돌아다니는 몬스터도 그다지 많지 않은 편이었다.

왕국과 자유도시들을 끼고 있는 광범위한 그 지역에 흐르는 큰 강은 24개!

이현은 돌의 재질과 지형을 바탕으로, 강 유역에서 가능성이 큰 장소를 대략 130여 군데로 추렸다.

"베르사 대륙에서 수천 년 전에 존재했을 도시를 찾는 일이 다 보니 과연 쉽지가 않군."

지도를 보면서 세부적으로 분석하는 데에만 사흘이 걸렸다. 그러고도 계속 수작업을 해야 되었다.

"여행객들의 사진을 찾아봐야지."

유저들은 아무도 가 본 적이 없는 곳이나 유명한 장소에 방문하면 그 장면을 갈무리해서 인터넷에 올려놓는다. 이현이 원하는 장소들은 검색만으로 대부분 찾아낼 수 있었다.

"여기는 비슷하지 않아. 풀과 나무가 그동안 많이 자랐다고 해도… 강이 흐르는 방향도 해가 저무는 쪽이 아니고, 곡물을 길렀다고 보기에는 평원에도 암석이 너무 많아. 바람이 불면 곡식으로 황금빛 물결을 이룰 수 있는 장소여야 해."

농사를 지은 흔적이 없는 땅이었다.

이현은 사진들을 보기 위해 〈로열 로드〉의 동호회 모임에도 가입했다.

- 〈로열 로드〉에서 귀농의 꿈을. 로열귀농
- 씨앗 재배에서 수확까지. 농부 길드
- 잘 자란 꽃을 보면 마음까지 행복해져요. 꿀과 나비
- 땅 투기 실전 투자. 이렇게 하면 앉아서 부자 된다. 부동산 상인 길드

땅을 보는 데에는 일가견이 있는 단체들.

그곳에 올라온 사진들도 이용하면서, 확실히 라체부르그가 아닐 것 같은 장소들은 가차 없이 뺐다.

"크흠, 역시 추리란 어렵군. 쉬운 작업이 아니야."

일일이 확인하기가 어렵긴 했지만, 그렇더라도 직접 가 보고 아니라서 돌아서는 쪽보다는 나았다.

그렇게 이틀을 추리고 나니 남는 장소는 예순여덟 곳이었다.

"이 중 어딘가에 있을 텐데. 수수께끼와의 싸움이 되겠군. 그것도 상당한 두뇌 싸움이 되겠어."

지금 인간들의 마을이나 도시가 있는 장소들이 그중에서 마흔두 곳이나 되었다.

이현은 생각의 방향을 바꾸어 봤다.

라체부르그와 비교적 지형이 비슷한 장소는 어떤 종족이든 살기가 좋은 위치다. 강물이 뱀처럼 굽이치는 장소로, 몬스터들로부터의 방어도 용이한 지형이다.

"내가 만약에 살 집을 짓는다면……."

실거주 측면에서의 분석!

당시의 땅값을 생각할 필요는 없었기 때문에, 마음 놓고 좋은 입지를 골라잡을 수 있었다.

"최대한 좋은 장소로 골라 봐야지."

이현은 자유도시들이 있는 알바스 지역이 마음에 들었다.

비옥하고 넓은 평원이 있을 뿐만 아니라, 큰 강이 마을을 지을 수 있는 장소를 둘러싸 몬스터들을 삼면에서 막아 주었다. 그리고 평원을 넘어서는 적당히 험한 산들이 솟아 있다.

"여기에 오크 부대들을 주둔시킨다면 상당히 효과적으로 싸울 수 있겠지. 곡창지대는 무슨 일이 있더라도 빼앗겨서는 안 되니까."

몬스터들이 식량을 빼앗으러 왔을 때의 방비도 상당히 수월했고, 주변에 마른석도 풍부한 편이었다.

다른 다섯 지점의 위치도 그럭저럭 나쁜 편은 아니라서, 어디든 살 만했다.

"이곳들 중에 있을 가능성이 상당한데……."

이현은 깊은 고민에 빠졌다.

여섯 지점들이 서로 멀리 떨어져 있었기 때문에 모두 직접 가 보려면 시간이 많이 걸릴 것이다. 리튼 왕국과 브리튼 연합의 가능성이 큰 장소들에는 현재 도시가 지어져 있었다.

"알바스 지역부터 가 보는 거야. 돌아올 때 조금 많이 헤매야겠지만, 첫 번째로 발견할 수도 있을 테니까."

장고 끝에 겨우 결정을 내렸다.

그러는 사이에도 학교는 다니고 있었고, 〈로열 로드〉에서는 바르고 성채에서 묵묵히 조각품을 깎으며 스킬 숙련도를 높이려고 애썼다.

"오빠, 안 자고 있었네?"

한밤중에 여동생의 방문이 열리더니 잠옷 차림의 이혜연이 거실로 나왔다.

"응. 좀 생각할 게 있어서."

이혜연은 냉장고에서 우유를 꺼내서 마시며 물었다.

"무슨 일인데?"

"베르사 대륙 최초의 도시를 찾는 퀘스트를 받아서 그래."

이현은 그녀에게 자초지종을 자세히 설명해 주었다.

컴퓨터로 출력한 각종 자료들이 두꺼운 책 세 권 분량이었고, 어디선가 가져온 유리 칠판에는 가득 낙서가 되어 있고 군데군데 쪽지를 붙여 놓기도 했다.

드라마에서 나오던 그런 명장면을 재현하며 라체부르그를 찾으려 했던 이현이다.

"그러니까 이건 내가 봤던 그 도시의 영상. 이 영상을 바탕으로 해서 이 자료들을 가지고 추적한 거지."

이현의 목소리는 나직하게 깔려 있었다. 내가 이렇게 똑똑하다는 사실을 여동생이 새삼스럽게 깨달아 주기를 바라는 오빠의 마음으로 분위기를 잔뜩 잡은 것이다.

"아, 이 그림이 찾으려는 그 도시의 모습이야?"

"그렇지."

이현의 그림 실력은 개구리를 공룡으로 만들고, 지렁이를 강으로, 개미를 삼단 변신 로봇으로 표현할 정도였다. 하지만 그때 봤던 영상을 바탕으로 〈로열 로드〉의 사진들을 이용하여 최대한 비슷한 지형도를 만들어 놓았다.

"아이데른 왕국의 보르니스네?"

"응? 여긴 자유도시들이 있는 알바스 지역인데."

"아냐. 나 여기, 나비 축제 한다고 해서 구경 가 봤어."

유린은 컴퓨터의 마우스를 조작하더니 보르니스의 영상을 화면에 띄웠다.

"이거 봐. 여기 맞잖아."

이현이 봤던 뱀처럼 꿈틀거리는 강, 넓은 평원과 새들, 꽃과 나무 들이 화면에 고스란히 있었다.

강줄기의 흐름이 조금 바뀌었다고는 해도, 저 멀리 보이는 산줄기들이 영락없이 똑같았다.

"올고르 고원도 있잖아. 일스 대평원도 있는데, 오빠?"

"……."

모니터를 째려보면서 아무리 흠을 잡으려 해도 라체부르그의 지형과 너무나도 흡사했다.

"크흠! 그러면 뭐, 알바스 지역에 가기 전에 한번 들러 보도록 하면 되겠군."

최초의 도시 발견

네 종족이 정착하여 평화롭게 살았다는 태초의 도시, 라체부르그를 찾기 위하여 위드는 보르니스에 왔다.

유린이 축제 때문에 와 본 적이 있는 장소였기에 간단히 그림 이동술로 도착할 수 있었다.

"이곳에는 사람이 상당히 많군."

위드는 올고르 고원에 올라서 주변을 훑어보았다.

새들이 무리를 지어서 날아다니고 있었고, 그 아래에는 여행자들과 관광객들이 쉽게 보였다.

광대한 티너스 강에서는, 낚싯대만 던지면 바로 물고기들이 덥석 물었다.

"월척이다!"

"오빠, 지금 몇 마리째야?"

"20마리가 조금 넘은 거 같은데."

낚시꾼들이 정신없이 몰려오는, 물 반 고기 반의 풍요로운 강이었다!

비옥한 일스 대평원에서는 아이데른 왕국을 먹여 살리는 각종 곡물들이 재배되었다.

일찍이 경제와 산업이 발달하게 된 아이데른 왕국에서는 이곳에 보르니스 성을 세웠다.

하지만 그 후로 200년 정도가 지나자 올고르 고원의 뒤쪽으로 더 크고 화려한 새로운 성을 지어서 이주했다.

지금의 보르니스 성은 여행자들이 머무르는 고성으로 변해 있었다.

"라체부르그가 있던 장소가 여기 어디쯤일 텐데."

위드는 강가를 따라서 걸었다.

몬스터의 습격을 염두에 두고 지었던 건지, 도시는 강에 상당히 밀착되어 있었다.

"기억에 의하면 이 근처 어디여야 하는데."

얼마나 많은 시간이 지났는지, 지금은 모래가 듬뿍 쌓여 있는 장소!

위드는 낮에는 강가에서 낚싯대를 드리웠다.

"이번 기회에 낚시 스킬이나 올려야겠다."

조각품을 만들면 사람들의 이목을 끌고, 자칫 헤르메스 길드의 추격자들이 쫓아올지도 모른다. 그 때문에 낮에는 평범하게 낚시를 했다.

"아저씨, 거긴 고기가 잘 안 잡히는 장소예요."

친절하게 조언해 준 여성 유저들이 무안해지게도, 위드는 강물에서 연방 낚싯대를 끌어 올렸다.

"이 녀석은 너무 커서 냄비에 안 들어가겠군."

두 팔 가득 안아야 할 정도로 큰 물고기들이 마구 잡혔다.

"회를 떠서 먹어야겠어. 살점들을 튀겨 먹으면 그럭저럭 먹을 만은 하겠군."

티너스 강에 물고기가 많다고는 해도, 위드가 잡는 놈들처럼 크기가 다 큰 것은 아니었다.

중급 낚시 5레벨이 되다 보니 미끼가 물속에서 특별한 움직임을 보인다.

물살의 흐름에 따라서 꼬리를 살랑살랑 흔들면서, 마치 잡아먹어 보라는 듯이 유인!

큰 물고기들마저 그에 속아 덥석 미끼를 물기 때문에 남들보다 훨씬 잘 잡았다.

티너스 강에는 낚시 스킬을 부지런히 올린 사람들이 많았다. 중급의 낚시술을 가진 사람도 3명이나 되었지만, 위드처럼 한 번 물린 고기를 남김없이 낚아채는 사람은 드물었다.

고급 8레벨의 손재주로 인해서 물고기와 힘을 겨룰 때 줄을 끊어 버릴 정도로 지나치지 않으면서도 체력을 금세 빼 놓았기 때문이다.

바다에서도 숙련도를 올렸었기 때문에 며칠 지나지 않아서 낚시 스킬의 레벨이 올랐다.

> 낚시 스킬의 레벨이 중급 6으로 상승했습니다.
> 희귀한 물고기들을 발견하는 행운이 크게 증가합니다. 생명력의 최대치가 1,800만큼 늘어납니다. 생선 요리에 깊은 맛이 더해집니다.

명성이 35 올랐습니다.

인내력이 4 상승하였습니다.

지구력이 3 상승하였습니다.

'끈질긴 낚시꾼'의 호칭을 얻었습니다.
한자리에 오래 머무르고 있을 때 낚시 스킬의 효과가 4% 늘어납니다. 체력 소모를 감소시켜 줍니다.

티너스 강은 밤에도 낚시꾼들로 북적였다. 그래서 위드는 몰래 숨어서 땅을 파야 되었다.

"아무 유적이나 좀 나와 봐라. 기왕이면 아주 비싼 것들로 나와 주면 좋겠고."

라체부르그 시절의 유물이라면 골동품 중에서도 특상품!

꼭 퀘스트 때문만이 아니고, 돈에도 혈안이 되어 있는 위드였다.

위드가 밤에 몰래 숨어서 파는 구덩이는 정말 깊었다. 지골라스에서 땅만 팠던 시간이 상당했기 때문에 도움이 되었다.

"낚시나 채광을 배우지 않았더라면 더 많이 심심했을 거야."

고생문을 자주 열다 보니 이제 이 정도쯤이야 가뿐한 수준!

지골라스에서 했던 일이 벽돌 나르기였다면 지금은 형광등 교환 정도밖에는 안 되었다.

수풀 사이에서 삽으로 모래를 파헤쳐서 강물로 흘려 보냈다.

그나마 라체부르그가 있던 장소는 낚시하기에 좋은 위치가 아니었고, 티너스 강이 워낙에 광대하기에 사람들이 흩어져 있는 게 도움이 됐다.

이렇게 해서 나날이 늘어 가는 것은 낚시 스킬과 채광 스킬이었다.

"역시 조각사는 다재다능해야 하는 게 정말이었군."

그러던 중, 우연히 대낮에 위드의 낚싯대에 무언가가 걸려들었다.

"물고기인가?"

딱딱하게 당겨지는 것이, 살아 있는 느낌은 아니었다.

보통 숙련된 낚시꾼이라면 낚싯줄을 잘라 버리겠지만, 위드는 10여 분의 고생 끝에 끌어 올렸다.

재봉 스킬을 이용하여 직접 만든, 시중에 파는 다른 물건보다 내구성이 훨씬 좋은 낚싯줄을 썼기 때문에 가능한 일이기도 했다.

띠링!

오래된 유물, 돌망치를 티너스 강에서 건져 올렸습니다.

행운이 1 증가합니다.

낚시 스킬의 숙련도가 향상되었습니다.

"겨우 돌망치인데 숙련도가 늘어나다니 흔치 않은 일이군. 감정!"

깨진 돌망치

돌을 깨뜨려서 만든 망치이다. 사냥에 이용할 수 있을 것 같다.

내구력: 7/19

공격력: 2~9

제한: 없음.

옵션: 오크가 사용하면 공격력 20% 증가.

"이거로구나!"

기다렸던 유물이라고 하기에는 변변치 않지만, 위드는 이곳에 라체부르그가 있었을 거라는 확신을 얻었다. 그래서 보통 때라면 잡템으로도 팔 수 없어서 버렸을 돌망치를 소중하게 간직했다.

"유물로 팔아먹을 수 있을지도 몰라."

이제는 낮에 낚시하면서도 유물을 건져 올릴 수 있을지 몰라 잔뜩 기대하게 되었다.

티너스 강의 다른 위치도 아니고, 과거 존재했을 라체부르그 한복판에서 하는 낚시!

구리 방패, 뭉개진 화살촉, 도자기 그릇 등을 발견해 냈다. 대부분 현재는 쓸모없는 물건이었지만, 가끔 드워프가 만든 물건이라는 표현도 있었다.

"이곳만 확실히 파헤치면 돼!"

위드는 낮에 낚시를 하면서 눈까지 가늘게 뜨고 웃었다. 그리고 밤에는 콧노래를 부르며 땅을 파헤쳤다.

"이 땅을… 파면… 돈이 나오지. 쌀이 나오지. 어서어서… 부자가 되어 보자꾸나!"

음치답게 박자가 길게 늘어졌다. 흡사 무덤가에서나 들릴 법한, 띄엄띄엄 이어지는 곳노래였다.

'최초의 도시였으니까 값이 제법 나가는 물건들이 잔뜩 묻혀 있지 않을까. 어쩌면 그 당시에 만들어졌던 엄청난 무덤이라도 하나 발견하고 안에는 금은보화들이 아주…….'

희망찬 도굴꾼의 꿈!

그러나 현실은 역시 만만한 게 아니었다.

며칠을 땅을 파도 흙과 돌만 나올 뿐, 바라는 금은보화는 없었다.

"룰루루!"

그럼에도 도굴로 한밑천 잡아 보려는 위드에게는 계속 힘이 솟아났다. 그리고 발견한, 돌을 깎아서 만든 조각품!

팔과 다리가 한쪽씩 떨어져 나갔지만 분명히 오크를 표현한 작품이었다.

"감정!"

위드는 조각품의 추억 스킬을 사용했다.

"이번에도 몬스터들을 잘 물리쳤더군. 자네 덕분에 안전할 수 있었어."

"취익! 해야 할 일을 했다. 전사 울취, 칭찬 안 받아도 된다. 취췻."

"참, 자식을 낳았다면서?"

"날 닮아서 머리가 아주 크다. 기쁘다. 취취췻!"

"울취, 자네의 일곱 번째 아이의 조각품을 만들어 봤네. 집에 가지고 가게나."

몸에 상처와 문신이 많은 오크 울취는 조각품을 가만히 내려다보았다.

큰 오크와 어린 오크의 조각품이 있었다.

금방 성년이 되어 버리고 전장으로 나가서 쉽게 사라지기도 하는 게 오크의 운명.

가족들이 기억할 수 있게 해 주는 조각품은 그들에게 매우 소중했다.

"자, 잘 가져간다. 취이익!"

울취는 털이 많은 손으로 조각품을 들고 허리를 숙이며 드워프의 작업실을 나왔다.

라체부르그의 거리에서는 오크에 비해 성장이 느린 인간의 아이들이 뛰어놀고 있었다.

"안녕하세요, 울취 아저씨!"

"이번에도 몬스터를 많이 잡으셨다면서요? 아버지가 꼭 고맙다고 전해 드리라고 했어요."

"울취, 자네가 있어서 정말 자랑스럽군."

인간들이 친근하게 오크를 대했다.

울취는 그때마다 잠시 멈춰서 대화를 나누다가 자신의 집으로 향했다.

오크들은 전투에 동원되어야 하는 경우가 많기에 도시의 외곽 쪽에 살고 있었다.

"어, 어서 오세요, 취취췻!"

암컷 오크 제이취가 나와서 그를 반겼다.

울취는 힘껏 그녀를 안아 준 다음 집으로 들어갔다.

울취네는 자식만 벌써 열셋이나 되는 대가족이었다. 집에는 변변한 가구조차 없이 그저 문가에 줄로 묶어 매달아 놓은 조각품 정도가 보일 뿐이었다.

인간들과 엘프들은 곡물을 심어서 가꾸고, 도시에 건물을 짓는다.

드워프들은 오크들이 사용할 무기와 방어구를 만든다.

오크들은 어떤 몬스터가 침입하든 목숨을 바쳐서 그들을 막는다.

오크들이 뚫리면 인간, 엘프, 드워프 들이 함께 희생당하였기 때문에 그들은 아무리 큰 피해가 있더라도 전투 중에 도망치지 않았다.

조각품이 달려 있는 문이 급하게 열릴 때마다 울취의 자식들이 성장하고 밖으로 나갔다. 그리고 하나둘 돌아오지 않았다.

조각품이 있는 자리에는, 더욱 많은 조각품들이 쌓였다.

오크들은 어려움을 이겨 내면서 대를 이어 계속 번식하였고 그동안에 인간과 엘프, 드워프 들도 발전이 있었다.

인간들은 농사를 지을 뿐만 아니라 무기를 다루는 데에도 많이 익숙해졌다. 어릴 때부터 큰 힘을 가지는 오크들보다야 전투 능력이 떨어졌지만, 마나를 다루는 힘을 터득하여 극복해 냈다.

엘프들은 활이 만들어지고 정령을 다루기 시작하면서 오크의 보호를 필요로 하지 않았다.

드워프들은 자신들의 무기와 방어구를 발전시켰다. 무기의 예리함과 방어구의 단단함으로 몬스터들을 두려워하지 않게 되었다.

이제 네 종족은 서로를 불편하게 여기기 시작했다.

조각품은 밖에서 돌아다니는 여러 이야기를 들었다.

"이, 인간들이 우리를 존경하지 않는다. 취취췻!"

"오크들은 너무 많이 먹어. 곡물들을 길러 봐야 모두 오크들의 입으로 들어가기만 해. 우리가 나누어 먹을 곡물이 부족할 지경이야."

"자연의 위대한 힘에 대해서 모르는 다른 종족들을 우리 엘프들은 언제까지 인내하며 지켜봐야 되는 것일까?"

"우리가 만든 장비들을 제대로 쓸 줄도 모르는군. 드워프에게 금속을 다루는 능력이 없었다면 전투도 농사도 제대로 이루어지지 않았을 거야. 젠장. 애써 만든 장비들을 함부로 다루는 모습을 보면 정말 화가 나는군!"

네 종족은 반목하고 있었다.

오크들이 먼저 도시를 떠났다. 그들의 왕성한 번식력 때문에, 한 장소에 정착하여 계속 살기란 무리였던 것이다.

라체부르그에서 멀리 떨어져 있는 장소에는 몬스터들이 가득하였지만, 용감한 오크 로드들은 부족을 이끌고 새로운 정착지를 찾아서 이동했다.

오크들이 떠나고 얼마 뒤에는 엘프들이 자신들이 살기 원하는 숲으로 향했다.

인간과 드워프는 그 후에도 한동안 서로의 필요성에 의해서 어느 정도 붙어 있었다. 하지만 드워프들의 대장장이 기술이 더 발전하면서, 그들은 기술을 갈고닦기 위하여 광물이 많은 산으로 향했다.

인간들은 엘프들이 떠나고 난 이후에 곡물의 수확량이 절반 이하로 줄어서 한동안 고생을 했다. 하지만 이미 엘프들로부터 곡물을 키우는 법을 배워 익혔기 때문에 다시금 수확량을 늘릴 수 있었다.

몬스터의 침입에 대비하기 위하여 드워프의 기술을 참고하여 요새를 짓고 성벽을 만들었다.

그렇게 가장 마지막까지 라체부르그에서 살던 종족은 인간이었다. 하지만 드워프와 엘프, 오크가 공존한 라체부르그는 인간과는 맞지 않는 주택이나 시설이 많아 그들이 계속 거주하기에는 여러모로 불편했다.

그리하여 결국 인간도 라체부르그를 떠나서 왕국을 만들게 되었다.

네 종족의 외면 속에 버려진 최초의 도시!

티너스 강은 수십 년을 주기로 범람하여 라체부르그를 휩쓸었다. 일스 대평원이 비옥한 이유이기도 했다.

그러나 이번 범람의 피해는 그 어느 때보다도 컸다.

더 이상 누구도 지키지 않는 도시의 건물들이 무참히 무너져 내렸다.

물길에 돌과 나무가 쓸려 가고, 흙은 그대로 가라앉았다.

비와 강물 그리고 시간의 힘에 건물의 형체까지도 사라지고,

마침내 라체부르그는 모래 속에 묻혔다.

울취의 일곱 번째 아이를 표현한 조각품도 큰 돌 아래에 묻히게 되었다.

도시 라체부르그 퀘스트 완료

라체부르그의 위대한 역사적인 발견! 인간과 드워프, 엘프, 오크 들의 역사를 새로 쓰게 되는 발견이 이루어졌다. 발견물을 모아서 각 왕국이나 종족의 대표들에게 보고한다면 모험에 대해 인정받고 업적으로 등록될 수 있을 것이다.

보상: 각 왕국의 국왕, 종족의 대표에게 알리면 모험의 공적에 대해 포상할 것이다. 엘프 란델리아에게 돌아가면 다음 단계의 퀘스트와 함께 약간의 보상을 받을 수 있다.

명성이 4,300 올랐습니다.

레벨이 올랐습니다.

레벨이 올랐습니다.

모든 스탯들이 4씩 증가합니다.

역사적인 지식을 얻었습니다. 특별한 경험으로 인하여 지혜와 지식이 5씩 추가로 늘어납니다.

발굴로 인하여 채광 스킬이 1 증가합니다.

"역시 조각술 마스터 퀘스트라 그런지 보상이 상당하군."

위드의 레벨이 이제 400이 넘음에도 불구하고 막대한 경험치를 얻어서 두 단계나 올랐다. 지금보다 레벨이 낮았더라면 리치 샤이어의 불사의 군단을 물리쳤을 때처럼 10개 이상이 한꺼번에 올랐을 것이다.

"이것으로 조각술 마스터 퀘스트가 완전히 끝난 건 아닌 걸 텐데… 중간 단계에서 벌써 이런 보상이라면, 끝날 때는 도대체 얼마나 좋을까?"

위드의 입가에 흐뭇한 미소가 맺혔다.

라체부르그를 발견하게 될, 모든 조각술 마스터 퀘스트에 도전할 사람이 자신처럼 큰 보상을 얻지는 못할 것이다. 최초이기 때문에 이렇게 많은 보상이 따르는 것이리라.

"역시 남들보다 한 발자국 앞서가야 돼. 눈이 많이 내렸을 때 앞사람의 발자국이 뒤에 오는 사람들을 인도해 주는 역할을 하기도 하니까."

말은 상당히 긍정적이었지만 위드의 속마음은 완전히 새까맣기 짝이 없었다.

'앞에서 먼저 가면서 좋은 게 있으면 홀랑 다 챙겨야지. 뒤따라가면서 언제 크게 해 먹을 수 있겠어.'

일찍 앞서가는 모험가가 퀘스트와 보물을 독차지할 수 있는 것이다!

라체부르그를 발견하고 나서 위드는 일단 유린을 통해 엘프 마을로 돌아갔다.

생명의 숲에 있는 파브로아 마을에서는, 헤르메스 길드의 공격대를 맞이하여 싸움이 벌어졌다.

헤르메스 길드에서는 상당한 전력을 투입하여 작은 마을을 대번에 쓸어버리려고 하였다.

하지만 엘프 마을을 지키는 마법 결계가 발동하면서 시간을 끌었고, 숲의 정령들과 나무들이 공격대에 저항하며 싸웠다. 몬스터들과 동물들까지 달려 나와서 공격대를 곤란하게 만들었다.

그사이에 생명의 숲에 있는 엘프 전사들이 침입자들을 물리치기 위하여 도착했다.

나무에서 엘프 궁수들이 화살을 쏘고 정령술과 마법으로 공격을 하니, 헤르메스 길드의 공격대라고 하더라도 고전을 면치 못하였다.

막상 파브로아 마을에는 들어가지도 못하고 엘프들과만 싸움이 벌어지고 있었다.

유저들의 불만은 이만저만이 아니었다.

"아, 이놈의 헤르메스 길드는 안 끼는 곳이 없네."

"칼라모르 왕국에서 전쟁을 일으키는 걸로 모자라서 엘프들까지 건드리나?"

"내가 진짜 헤르메스 놈들만 봐도 며칠씩 재수가 없다니까.

당분간은 마을 밖으로 나가지도 말아야겠네."

위드는 엘프들이 지키고 있는 마을의 입구를 통과했다.

엘프 전사들이 삼엄하게 지키고 있었으며, 헤르메스 길드의 공격대는 일단 마을에서 멀리 퇴각하였다고 한다.

"라체부르그를 발견하고 돌아왔습니다. 이 조각품 그리고 이 발견물들이 증거입니다."

위드는 란델리아에게 퀘스트의 달성을 보고하였다.

"정말로 신기하군요. 이렇게나 오랜 역사를 가진 물건들이라니……."

란델리아가 들고 있는 물품들은 돌망치, 이빨 장신구, 항아리 조각이었다. 어디 내놔도 아무도 안 가져갈 물건이었지만 아주 긴 역사를 가지고 있었다.

"정말 라체부르그를 발견하고 돌아올 줄은 몰랐습니다. 보상으로 드릴 것은 많지 않지만……."

위드는 나직하게 한숨을 내쉬었다.

나무에 열린 열매들도 다 먹어 버렸으니 란델리아로부터 크게 받을 만한 건 없었다.

하지만 대륙의 각 왕국이나 종족의 대표들로부터 보상을 받을 수 있었기에 오히려 더 낫다고 생각하고 있었다.

"이 지도를 드리겠습니다."

생명의 숲의 지도를 획득하였습니다.
엘프의 마을, 몬스터들의 서식지, 나무들의 군락지, 약초들이 많이 자라는 장소 등이 표시되어 있다.

"고맙습니다. 소중하게 잘 쓰겠습니다."

위드는 괜찮은 보상이라고 생각했다.

생명의 숲은 아주 넓고, 엘프 유저라고 하더라도 길을 찾기가 어려웠다.

잘 정리된 지도가 있다면, 언젠가 모험을 하게 된다면 도움이 될 것이다.

"그런데 이 조각품이 깨져 있는 걸 보니 너무 안타깝군요."

란델리아는 길고 긴 시간이 지나 깨진 채로 발견된 조각품을 보면서 아쉬워했다.

"라체부르그에 대해서는 우리 모두가 알아야 한다고 생각합니다. 이 조각품을 다시 예전처럼 돌릴 수 있다면 오크들에게 좋은 선물이 될 텐데요."

띠링!

울취의 일곱 번째 아이의 조각품

라체부르그에서 오크들은 많은 피를 흘렸다. 그들의 숭고한 희생정신이 없었더라면 지금의 인간과 드워프, 엘프는 없었을지도 모른다. 오크들에게 라체부르그에 대해 알려라! 조각품을 새것처럼 복원한다면 오크들에게는 고마운 선물이 될 것이다.

난이도: 조각술 마스터 퀘스트.

제한: 고급 8레벨 이상의 조각술. 조각 복원술 스킬 필요. 오크들과의 관계가 친밀한 상태여야 한다.

"오크들에게 라체부르그에 대해서 알리겠습니다."

위드는 엘프 마을을 나왔다.

"믿기지 않아. 말도 안 되는 일이 벌어졌어!"

베르사 대륙의 주민들이 입을 모아 떠들기 시작했다.

"들은 적이 있나? 인간과 엘프와 드워프 그리고 미개한 오크가 과거에는 함께 살았다는 거야."

"역사서를 완전히 다시 써야 될 만한 그런 대발견이 최근에 이루어졌다는데, 햇병아리인 자네도 들어서 알고 있겠지? 조각사이면서 모험가인 위드가 찾아냈단 말이네!"

"이런 대발견을 할 수 있는 건 위드밖에 없지! 그에게라면 어떤 어려운 문제라도 맡길 수가 있겠어. 아마 보수도 많이 주어야 하겠지만, 아깝진 않을 거 같아."

또다시 위드가 초대형 퀘스트를 성공시키자 유저들은 부럽기 짝이 없었다.

"아, 나는 언제나 한번 이런 거 해 보나?"

"이번 퀘스트는 진짜 큰 사건 같아. 인간들 외에도 오크, 엘프, 드워프 들도 떠들고 있다는데."

"그러면 네 종족 전부에 위드의 명성이 대단하게 퍼지게 되겠군."

네 종족에 대한 발견이 이루어짐으로써 그들끼리의 관계가 개선되었다.

"드워프들에게 맡길 물건이 있어. 그들이 거절할지도 모르겠지만, 드워프들이 만든 검 일곱 자루를 구해다 주겠나?"

"최근 숲에 몬스터들이 많이 보이고 있어. 인간들이 해결해 준다면 도움이 될 텐데……. 인간들을 만나서 요청해 주면 보답은 섭섭하지 않게 해 주지."

종족끼리의 우호도가 높아지면서 퀘스트가 발생하였다.

엘프들은 어려운 일이 생겨도 그들끼리 해결하려 했었고, 오크나 자존심 강한 드워프들은 말할 것도 없었다.

하지만 이제는 다른 종족들에게도 퀘스트의 문이 더 넓게 열렸다.

위드의 경우에는 누구도 따라오지 못하는 명성과 성공을 자랑했기 때문에 원래부터 어느 종족에서든 퀘스트를 받을 수 있었다.

그에게는 상관없는 사건이었지만 유저들에게는 상당한 변화였다.

주민들은 계속 이야기했다.

"위드는 놀랍게도 네 종족이 모여서 살던 도시를 발견하고 아이데른 왕국의 국왕 폐하께 보고했다더군. 포상으로 아이데른 왕국에서도 모라타의 백작 지위를 인정해 주고 왕의 보검을 하사했다고 해. 경비병에게 들은 사실이니 틀림없을 것이네."

"위드는 왕성에서 국왕의 배웅까지 받으며 와이번을 타고 멋지게 날아갔다더군. 그 멋진 장면이란… 가슴이 들끓는군! 빵 굽는 일만 아니었으면 나도 당장 따라나설 수 있었을 텐데."

"바쿠바 왕국, 하르판 왕국, 브리튼 연합에도 방문을 해서 국왕에게 새로운 발견을 알리고 적지 않은 포상을 받아 간 모양이야."

"위드가 리튼 왕국에도 방문했다는데, 들었나? 예전에 조각품을 만들면서 국왕 폐하와 친분이 있었다고 해. 국왕께서 직접 그의 방문을 반기시더니 왕비와 왕자, 일가족의 조각품을 모두 만들어 달라고 요청했다던데."

"모험으로 대륙을 놀라게 만드는 대조각사 위드의 조각품이라면 리튼 왕국의 국왕뿐 아니라 그 어떤 나라의 왕이라도 꼭 소장하고 싶겠지."

음머어어어!

누렁이는 오랜만의 자유를 만끽하며 모라타를 어슬렁거리고 있었다.

위엄 있게 우뚝 솟은 뿔과, 감각적으로 만들어진 근육들.

힘과 외모, 양쪽 모두에서 어떤 수소도 따라오지 못할 늠름한 자태였다.

음머어!

누렁이를 보면서 혀를 날름거리며 눈을 끔벅이는 암소들이 많았다.

누렁이가 위드에게 생명을 부여받아 탄생한 이후로, 모라타에서는 소의 번식률이 급증했다. 송아지티도 벗지 못한 어린 암소들까지도 누렁이를 보며 좋아했다.

'가끔 주인이 세상은 아름다운 곳이라고 말하던 이유를 이제 알겠군.'

누렁이는 자신 있게 네발로 모라타의 거리를 활보하였다. 소들의 제왕과도 같은 근엄함이었다.

가끔 누렁이에게 덤벼 오는 수컷 황소들도 있었다.

그럴 때면 누렁이는 장소를 가리지 않고 도전을 받아 주었다.

소들끼리 머리를 맞대고 하는 소싸움!

머리를 붙이고 뿔을 교차하며 상대 소를 밀어낸다.

왕성한 체력과 힘이 있어야 이기는 소싸움에서 누렁이는 한 번의 패배도 경험한 적이 없었다.

'이건 주인 덕분이야.'

주인이 왜 소는 힘이 좋아야 한다면서 등에 무거운 짐을 잔뜩 올렸는지 비로소 이해가 되었다.

'다 나 잘되라고 하던 일이었구나.'

차거나 뜨거운 곳에서 재우고, 이슬을 맞아 가면서까지 사냥을 시켰던 게 다 이유가 있었던 것이다.

모라타에 소들이 많아지고 난 이후에 위드가 도시에 돌아올 때마다 뒷골목으로 끌고 갔던 과거도 새삼 기억이 났다. 건장한 수소와 소싸움을 시킨 뒤에 위드는 뒤로 물러나서 구경만 했다.

'싸움에서 이겨야 암소들에게 인기가 많아진다는 깊은 뜻이 있었던 거야!'

소싸움이 벌어지면 고개를 다른 방향으로 마음대로 돌리지는 못했지만, 항상 위드의 응원 소리를 들을 수 있었다.

"누렁아, 이겨야 돼. 밀어내 버려! 난 너를 강하게 키웠다. 넌 할 수 있어. 네게 필요한 게 있다면, 밀어낼 수 있다는 믿음뿐이야!"

진심이 가득 담겨 있는 응원을 들으면서 누렁이는 매번 승리를 거두었다.

무슨 까닭에서인지, 간혹 관계자나 다른 사람들과 돈을 주고받는 모습을 보기도 했던 것 같지만…….

'주인이 그립구나.'

누렁이는 위드를 만나고 싶었다.

오크 종족의 영광

위드는 리튼 왕국에 머무르면서 국왕이 원하는 대로 조각품을 만들어 주었다.

현재 고급 8레벨의 조각술 숙련도는 32.7%!

자하브와 있을 때 조각품을 만들었고, 그 이후로도 틈틈이 제작하여서 숙련도를 올린 덕분이었다.

"어쩌면 조각품에서 이렇게 광채가 날 수 있죠?"

"공주님의 아름다움을 표현하니 저절로 빛이 나는 것 같습니다. 아, 음, 그런데… 조각품을 만드는 데 황금이 조금 부족한데요."

"당장 보내 드리도록 하겠습니다."

위드는 왕의 일가족의 조각품을 통째로 황금으로 만들었다.

어차피 그의 돈이 들어가는 작품도 아닐 뿐만 아니라, 조각하다 보면 이래저래 부수입이 생기는 법.

대장장이 스킬도 높아서 장애가 되지도 않았다.

마음의 창이라는 눈에는 보석을 박아서, 작업도 훨씬 간편하고 쉬웠다.

왕비가 위드의 재주를 보더니 칭찬했다.

"보석 세공의 재주도 뛰어나시군요."

위드는 얼굴을 붉히며 부끄러운 듯한 미소를 지었다.

"조각품과 관계된 일에는 진지해지고 싶었고, 타협이나 양보를 하기 싫었을 뿐입니다. 원하신다면 왕비님의 다른 보석들도 좀 봐 드리겠습니다."

가히 리튼 왕국을 말아먹을 기세!

하지만 드워프들로 이루어진 전문 보석 세공사들이 있어서 위드의 바람은 실제로 이루어지지는 못하였다.

그렇게 의뢰를 받아서 만드는 조각품은 국왕과 왕비, 왕자, 공주 들이 손을 붙잡고 있는 모습을 표현한 것이었다. 귀족들이 머리를 조아리면서 왕의 치세를 칭찬하는 장면은 은으로 해치웠다.

작업의 분량이 늘어나기는 하였지만 그만큼 위드의 배낭도 묵직해질 일이었으니 먼저 원했다.

조각품을 만들고 나니 말 그대로 번쩍번쩍 빛이 났다.

금의 순수한 광채에 빛의 조각술이 결합되어서 그 밝음의 효과를 더욱 키웠다.

최대한 호화롭고 사치스럽게 만든 작품이었지만, 섬세한 부분까지도 놓치지 않는 위드의 꼼꼼함으로 인하여 흠잡을 곳이 없었다.

위드가 조각품을 완성하는 순간에는 국왕과 왕비, 왕자, 공주 들이 다 함께 와서 보았다.

띠링!

만든 조각품의 이름을 정해 주십시오.

위드는 일부러 들으라는 듯이 크게 말했다.

"존경하는 리튼 왕국 국왕 폐하의 영광됨이 천년을 이어 가기를 바라면서 만들었으니, 이 조각품의 이름은 '불멸의 국왕 폐하와 그분의 가족들'로 하겠습니다."

〈불멸의 국왕 폐하와 그분의 가족들〉이 맞습니까?

"맞아."

걸작! 〈불멸의 국왕 폐하와 그분의 가족들〉을 완성하였습니다.

리튼 왕국의 국왕. 만인이 우러러보는 자리에 있는 사람에게는 막중한 책임이 뒤따른다. 보물들로 즐비한 왕궁에, 황금과 보석으로 이루어진 조각품을 만들기 위해 왕국민들에게 특별 세금을 거둔 사실은 역사적인 비난을 면치 못하게 될 것이다. 그럼에도 불구하고 이 황금과 보석의 조각상은 작품의 가치만으로 값비싼 조각품의 훌륭한 사례로 남을 가능성이 크다.

예술적 가치: 923

옵션: 〈불멸의 국왕 폐하와 그분의 가족들〉을 본 귀족들의 왕실에 대한 충성심 증가. 리튼 왕국의 명성 증가. 왕국민들의 불만이 늘어난다. 왕국의 산과 들에서 도적 떼의 출현을 증가시킨다.

지금까지 완성한 걸작의 숫자: 106

조각술 스킬의 숙련도가 향상되었습니다.

손재주 스킬의 숙련도가 향상되었습니다.

대장장이 스킬의 숙련도가 향상되었습니다.

왕가의 조각품을 만들어서 명성이 514 올랐습니다.

예술 스탯이 9 상승하였습니다.

행운이 3 상승하였습니다.

매력이 5 상승하였습니다.

리튼 왕국의 국왕은 크게 만족했다.

"과연 좋은 작품이군."

"그렇습니다. 국왕 폐하를 표현할 수 있어서 조각사로서 다시없는 영광이었습니다."

"그대를 위하여 만찬을 준비하였소."

"아닙니다. 폐하의 은덕을 입었으니 먹지 않아도 배가 부릅니다."

보기 드문 일이었지만, 위드는 공짜 밥을 거절했다.

조각품을 만드는 내내 맛있는 음식이 제공되어서 배낭에 듬뿍 챙겨 놓았다. 게다가 작업을 하면서 이래저래 빼돌린 황금과 보석들을 감안한다면 서둘러 빠져나가는 것이 상책!

"와삼아!"

하늘에서 와이번이 왕성으로 내려왔다.

리튼 왕국까지 장거리 출장을 나온 와삼이였다.

"그럼 이만 가 보겠습니다."

"기회가 되면 또 보세."

"폐하를 위해서라면 언제든 달려올 것입니다."

위드는 와이번을 타고 리튼 왕국의 왕성 위로 날아올랐다.

지상에서는 병사들과 귀족들 그리고 왕성 부근을 지나던 유저들이 하늘을 올려다보고는 위드가 있다면서 놀라는 모습이 보였다.

위드는 절로 뿌듯하여 썩은 미소를 지으며 손을 흔들어 주었다. 제대로 한밑천 잡고서 떠나는 길이니 기분이 나쁠 수가 없었다.

꾸에에엑!

와삼이가 무겁다고 소리를 질렀다.

"이게 다 돈이야. 나중에 말고기 실컷 먹여 줄게."

그동안 속은 게 너무 많아서, 와삼이는 이런 말에도 무덤덤했다. 하지만…….

"다른 애들은 안 주고 너만 줄게."

꾸에에에에에에엑!

기쁨으로 날뛰는 와삼이였다.

"가자! 이제 오크 랜드로!"

오크 랜드.

특별한 의미가 있는 정식 지명은 아니었다. 그저 유로키나 산맥에서부터 더욱 동쪽의 부르시리아 지역까지 광범위하게 퍼져 있는 땅을 통칭하는 이름.

그곳에는 오크들이 아주 많았다.

"취췻!"

"취이이이익!"

산속 깊은 곳에서 맑은 새소리 대신에 콧소리가 흘러나올 정도였다.

위드가 유로키나 산맥에서 불사의 군단을 물리쳐서 오크들의 긍지를 세움으로써 그 후로 유저들이 오크를 선택할 수 있게 되었다. 그 후로 오크 유저들은 유로키나 산맥에서 대활약을 했다.

초보 오크들은 당연히 고생이 많았다.

중앙 대륙이나 다른 왕국들은 성과 성벽을 지어 놓고, 몬스터들에 대하여 어느 정도의 대비가 되어 있다.

하지만 오크들은 강한 몬스터가 많은 유로키나 산맥에서 알아서 생존해야 했다.

무기와 방어구도 부실하고, 식량도 넉넉하지 못했다.

다른 종족보다 시작이 훨씬 어려웠다.

"우, 우리 마을 사라졌다. 취취취익."

몬스터들이 많은 산맥이니만큼 오크 마을들이 휩쓸려서 없어지기도 했다.

그러면 몇천, 혹은 몇만의 오크가 모였다.

"취익, 복수다!"

"취에에에엣!"

오크들은 용맹하게 유로키나 산맥의 패권을 장악해 나갔다.

"이번에는 식량을 듬뿍 약탈했다, 취취췻!"

그리고 순식간에 몇 배씩이나 번식을 했다.

오크들의 번식력과 어린 오크들의 전투 능력이야말로 그들에게 주어진 최고의 특권이라고 해도 과언이 아니었다.

오크 유저들 또한 죽음에 대한 낮은 페널티 덕분에 몸을 사리지 않으면서 싸웠다.

복수, 식량, 영역 확보, 던전 탐험, 광산 개발 등의 퀘스트가 계속 발생하였으며, 현재 오크 종족은 유로키나 산맥을 타고 동부와 남부로 무한정 뻗어 나가고 있었다.

대규모 전투를 즐기는 사람이라면, 그리고 오크들의 규모를 바탕으로 무언가를 도모해 보고 싶은 사람이라면 택할 만한 종족이었다.

다만 복잡한 전략이나 전술을 이야기하면 오크들은 잘 받아들이지 않았다.

"뭐라고? 취이이잇, 처음부터 다시 말해 봐라."

"그러니까 산맥의 이동 통로인 계곡을 장악해 놓으면 상인들의 무역로를… 취췻."

단순한 말이 효과적이었다.

"저놈들이 우리 부족 욕했다, 취익!"

"죽여, 취취취!"

스트레스 따위는 쌓일 수가 없는 종족.

먹고, 놀고, 다 같이 몰려가서 신나게 싸움을 즐기는 종족이 바로 오크였다.

위드는 유로키나 산맥에서 동쪽 부르시리아에 지어진 투사의 불꽃이라는 이름의 오크 성채에 방문했다.

오크들이 평원에 만든 대도시였다.

인간이나 드워프 같은 건축 문화는 기대할 수 없었지만 오크들의 미래인 새끼 오크들은 매우 많았다.

위드는 오크들과는 남다른 친분이 있다고 해도 과언이 아니었다.

오크 카리취!

유로키나 산맥에 있던 그 어떤 오크보다도 흉악하고 단순 무식했던 전력이 있는 그다.

울취의 일곱 번째 아이에 대한 조각품도 완벽하게 복원해서 가져왔다. 오크들의 외모에 대해서는 익숙했고, 멀쩡했던 조각품을 본 적이 있기 때문에 그대로 다시 복원해 냈다.

"아무래도 이곳에서는 카리취의 모습이 더 편하겠군."

카리취로 변신하고 나서, 라체부르그에 대한 보고를 하기 위해 오크 로드 불취를 만났다.

"너의 멋진 외모는 여전하구나, 취췻. 못 본 사이에 피부도 더 거칠어진 것 같다."

오크 로드 불취는 부럽다는 듯이 쳐다보았다.

카리취가 오크들 사이에서 유난히 두각을 드러냈던 건 외모의 효과도 없진 않았다.

뻐드렁니가 심하게 튀어나온 데다가, 이기적이고 더럽게 생긴 얼굴!

성격으로도 어떤 오크보다도 더 오크다웠으며, 불사의 군단과의 전쟁을 승리로 이끌어서 카리취의 인기는 오크들 사이에서는 최고였다.

"그사이 턱에 살도 많아졌구나, 취취췻. 정말 오크다운 외모다, 취치치치칫. 암컷 오크들이 네가 돌아오기만을 기다렸다."

"불취, 취익. 인기를 끌고 싶으면, 취익! 밤에 자기 전에는 꼭 기름기 많은 걸 잔뜩 먹어라."

"말해 줘서 고맙다, 취잇!"

"그럼 라체부르그에 대해서 알려 주겠다, 취치치. 귓구멍을 파고 잘 들어라."

라체부르그에 대한 이야기!

위드는 장황하게 늘어놓거나 하지는 않았다.

인간들의 왕국에서 국왕들을 만났을 때처럼 어떤 사명감을 가지고 찾아다녔는지, 또 얼마나 고생했는지, 그 발견의 의미가 무엇인지에 대해서 없던 이야기까지 지어낼 필요가 전혀 없었다.

"오크들이 다른 종족 지켜 줬다, 취익!"

"과연 우리 오크 선조들이다, 취잇."

"울취도 대단했다, 취치취."

"그런 오크 로드가 있었다니, 나도 그렇게 되고 싶다, 취치이이잇."

"라체부르그에서는 다 같이 사이좋게 지냈다, 취취췻."

"취이익, 음식도 나눠 먹었나?"

오크들 사이에서 밥을 나눠 먹는다는 건 동료로 인정한다는 의미다.

"먹었다, 취치치치치이잇! 고기는 오크들이 훨씬 더 많이 먹었다."

라체부르그의 발견을 오크 로드 불취에게 보고하였습니다.

고대 도시의 발견 업적을 보고함으로 인해 명성이 690 증가합니다.

오크들은 용기를 발휘하는 법과 부족을 지키기 위해 함께 싸우는 법을 알고 있습니다. 보상으로 친밀한 이에게 가르쳐 주려고 합니다.

용기가 13 증가합니다. 통솔력이 9 증가합니다. 카리스마가 7 증가합니다. 투지가 6 증가합니다.

오크들의 인간과 엘프에 대한 우호도가 친근한 상태로 변합니다.

오크들의 드워프에 대한 우호도가 지금보다는 다소 개선됩니다.

오크 로드에게 보고를 하니 엄청난 보상을 받았다.

왕들에게 보고할 때도 명성과 기품, 매력, 카리스마 등이 대폭 늘어났다. 모험가들이 발견물 보고에 열을 올리는 이유가 다 있는 것이다.

위드는 퀘스트도 마치기 위하여 조각품을 꺼내서 주었다.

"이건 그때의, 췻. 조각품이다."

"취이이익. 용맹한 오크의 자질이 보인다."

울취의 일곱 번째 아이의 조각품 퀘스트 완료

오크의 조각품이 오랜 시간을 지나 다시 오크들의 품으로 돌아갔다. 오크들은 조각품을 보며 다른 종족들과의 우정에 대해서 생각할 수 있을 것이다.

"취이이이익."

위드는 눈치를 보면서 기다렸다.

과연 보상으로는 무엇이 기다리고 있을까!

이 정도면 조각술 마스터 퀘스트로서 할 만큼은 했다. 연계 퀘스트가 계속될지에 대해서도 매우 궁금했다.

"이 조각품, 취췻, 공짜로 받을 수 없다."

"취익. 올바른 오크의 자세다."

오크는 솔직함이 미덕이니 위드도 뭔가를 달라고 요구할 수 있었다.

"취이취익. 나를 따라와라."

위드로서는 바라 마지않던 일이다.

오크 로드 불취를 따라서 그의 막사로 들어갔다. 그곳에서는 살집이 토실토실한 암컷 오크가 새끼 오크들과 점심을 준비하고 있었다.

"취췻, 같이 밥 먹자. 수고 많았다."

"……."

이것이 보상인 모양!

오크 로드 불취와 밥 한 끼를 하는 건 수천만 오크들에게는 대단한 영광이었다.

'그럼 그렇지, 내 팔자에 오크들에게 무슨 보상을 받겠어.'

위드는 입가를 실룩거렸지만 자리에 앉았다.

어쨌든 주는 밥은 먹고 볼 일이다.

오크 불취는 대단한 대식가였고, 다른 새끼 오크들과 암컷 오크도 마찬가지였다. 위드도 카리취의 모습을 하고 있었으니 사슴 통구이를 여러 마리 먹어 치웠다.

식사를 마쳐 갈 때쯤에 불취가 진지하게 말했다.

"오크 10만을 떼어 주겠다. 취치치칫."

"취익?"

위드는 갑자기 영문을 몰라서 고개를 갸우뚱했다.

"카리취를 따라간다면 그들도 좋아할 거다. 취취취이잇!"

"취익!"

위드는 그제야 이해했다.

퀘스트에 대한 보상의 일부로 오크 무리를 안겨 주겠다는 것이었다!

"아니다. 괜찮다. 취이익!"

절대 사절!

모라타가 굶주린 오크 무리로 뒤덮이는 건 상상만 해도 끔찍했다.

10만도 많은 숫자였지만 오크들의 번식력은 그야말로 대단하다. 오크 일가족이 정착해서 잘 먹고 밤에 오붓한 시간을 보내면, 몇 달만 지나도 그곳에 마을이 생긴다고 할 정도였다.

"그리고 카리취에게 꼭 보여 줘야 할 물건이 있다. 취취칫!"

"뭔데 그러나, 취익!"

불취는 막사 뒤에 있는 공간으로 가서 바닥의 지푸라기를 들췄다. 그러자 아래로 내려가는 지하실이 나왔다.

"절대 비밀로 해야 된다, 취취취췻. 오크 로드들만이 아는 장소다."

"알았다. 내 입은 무겁다, 취치익!"

불취는 지하실로 내려가서 머리에 쓰는 투구를 꺼내서 보여주었다.

"이 투구는 가장 오래 전의 오크 로드가 썼다고 한다. 취이익. 취익. 혹시 이 물건이 어떤 건지 알아보겠는가?"

위드는 투구에 내려앉은 먼지를 손가락으로 조심스럽게 털어 냈다.

완성품이라고 하기에는 무리일 정도로, 철을 제대로 제련하여 만든 투구가 아니었다. 반쯤 녹다 만 철. 울퉁불퉁 제멋대로 만든 것 같은 투구로, 흉하고 짧은 뿔이 3개나 달려 있었다.

"알아보겠다, 취췻!"

위드는 감정 스킬을 사용했다.

오크 로드의 강철 투구

전설의 오크 로드 파라취가 드워프로부터 선물받아 착용하던 투구. 네 종족이 모여 살던 최초의 도시 라체부르그에서 제작되었다. 드워프 장인들은 무겁더라도 가장 단단한 투구를 만들었다. 오랜 시간이 흘렀지만, 오크들은 이 강철 투구를 생명처럼 보존해 왔다.

내구력: 24/60

방어력: 129

제한: 오크 로드 전용. 레벨 570 이상. 힘 2,300 이상.
옵션: 모든 오크들의 복종. 오크의 출생률을 50% 높인다. 자연적인 힘과 마법에 대한 절대적인 저항력. 자신보다 강한 몬스터를 상대할 때 원래 힘의 40%를 더 낼 수 있다. 정신계 마법에 완전한 면역. 전투와 관련된 모든 스탯 +25. 전투와 관련된 모든 스킬의 공격력을 35% 강화한다. 수리 불가능.

역사적인 물품의 감정으로 인하여 대장장이 스킬 숙련도가 증가합니다.

"취이이이익!"

위드는 거친 콧김을 내뿜었다.

이렇게 훌륭한 아이템이 있다니! 이거야말로 정말 장비 중의 명품이라고 할 수 있는 물건이었다.

"파라취의 물건이다, 취취취취익!"

"취, 취익. 파라취라니! 들어 본 적이 있다, 취이취잇. 가장 훌륭한 오크 로드였다고, 췻췻췻! 항상 본받으라고 했다."

오크들은 커서 파라취처럼 되라는 말을 항상 듣고 자랐다. 부모의 부모, 그보다도 훨씬 오래전으로 거슬러 갔을 때부터 파라취처럼 좋은 오크가 되라고 하였다.

위드에게는 정말 오래된 이 투구가 보물이나 다름이 없었다.

수리 불가능이라는 제한이 안타깝기는 했지만 그래도 착용하고 전투를 한다면 깨질 때까지 엄청난 레벨을 올릴 수가 있으리라.

오크 로드 전용에 힘의 제한이 터무니없을 정도로 높았지만, 여차하면 조각 파괴술을 써서 힘에 몰아줄 수도 있었다.

그때 대충 만든 것 같은 뿔이 위드의 눈에 띄었다. 그 부분은 철을 녹이고 울퉁불퉁하게 두들겨서 만든 게 아니라 동물의 뼈를 깎아서 만든 것 같았다.

"혹시 이 부분은… 취익. 감정!"

강철 투구의 뿔

맨티코어의 뼈로 만든 뿔. 오크 로드의 위엄을 상징한다. 오크들이 사냥에 성공한 몬스터로 드워프 장인들이 뿔을 만들어 주었다.

내구도: 14/25

예술적 가치: 59

옵션: 투구의 공격력을 7% 증가시킨다.

그리고 조각품에 담긴 추억을 읽으며 위드의 눈앞에 파라취와 관련된 영상이 펼쳐졌다.

오크 로드 파라취!

키도 아주 크고, 눈빛이 맑은 오크가 언덕에서 아래를 내려다보고 있었다.

네 종족이 사는 라체부르그에 건물들이 지어지고 있는 것이 보였다.

"가자, 취이익!"

파라취는 부하 오크들과 함께 도시 부근의 몬스터들과 전쟁을 벌였다.

라체부르그가 도시의 규모로 성장하고 곡식을 가꾸게 되면서, 몬스터들이 끊임없이 침략해 왔다.

파라취는 오크들을 데리고 그들을 막아 내고, 오히려 역습을 가하여 몬스터들의 근거지를 없앴다.

라체부르그의 영역이 매일 넓어지고, 더 안전해졌다.

"취이잇. 곡식을 더 심어라, 취치익! 모두가 나누어 먹을 수 있도록 하자."

오크뿐만이 아니라 인간도, 엘프도, 드워프도 파라취를 존경했다.

파라취가 거느리는 오크의 규모는 갈수록 커졌고, 이윽고 강 유역을 완전히 평정할 수 있었다.

라체부르그를 지킨 오크 로드, 네 종족의 현재가 있게 만든 파라취였다.

"취이익!"

위드는 길게 콧김을 뿜어냈다.

영상에서는 그 뒤로 오크 로드 파라취가 이끌었던 전투들이 보였다.

번식력이 뛰어나지만 단순한 오크들을 데리고, 그 당시 강하기 짝이 없던 맨티코어를 사냥한 사건.

그때의 오크들은 지금과는 달리 믿을 수 없을 정도로 용맹했다. 이기적인 오크들이 동족을 위하여 기꺼이 먼저 죽을 정도로 헌신적이었다.

파라취의 지휘를 받으면서 몬스터와 대규모 전쟁을 벌이기도 하고, 여러 전투 방법을 익히기도 하였다.

파라취는 진정한 오크 로드!

그의 아래에서 성장한 오크들이 기반을 잡으면서, 나중에 그가 죽을 때에는 오크의 숫자가 40배가 넘게 늘어났다.

6만에 달하는 오크의 최전성기를 이끌던 파라취였다.

'정말 재미있었겠군.'

모든 것이 자리를 잡지 못했을 때 오크 무리를 이끌고 사냥 다녔다면, 그것도 매우 신나는 일이 아니었을까.

위드는 자신이 오크였다면 지금의 대륙 구도는 많이 답답할 것 같다고 생각했다.

대륙에서 인간들이 다스리는 지역에는 성과 성벽이 지어지면서 오크들이 시원하게 마음껏 돌아다니지 못한다.

오크들은 동부에서, 그리고 멀리 남쪽으로 돌아서 번식을 하고 있었다.

하지만 과거 아무것도 없던 시절, 그때에는 거친 자유가 있었으리라.

불취가 투구를 다시 가져갔다.

"파라취의 모습을 다시 기억할 수 있으면 좋겠다. 취익. 쓸모는 없지만 화가나 조각사라면 그런 일을 할 수도 있지 않을까. 취취치칫!"

"내가 파라취를 조각할 수 있다. 췻."

"그럼 해 다오, 취치치칙!"

띠링!

오크 로드 파라취의 조각

오크들은 알려 준 사실도 금방 잊어버리곤 한다. 아마 몇 년만 지나면 라체부르그는 물론이고 오크 로드 파라취에 대해서도 기억하지 못하게 될 것이다. 파라취의 조각품을 만들어 오크들에게 그 용맹함을 보여 주어라. 조각품을 통하여 오크들은 잊고 지냈던 본능과 강인한 힘을 배울 수 있으리라. 조각품이 성공적으로 완성된다면 오크의 출생률이 오르고 힘이 강해질 것이다.

난이도: 조각술 마스터 퀘스트.

제한: 고급 8레벨 이상의 조각술. 대작의 완성도. 오크들과의 관계가 친밀한 상태여야 한다.

베르사 대륙의 역사를 보면 오크는 유저들이 늦게 선택한 종족이지만, 조각술 퀘스트를 통해서 종족의 과거의 영광을 찾을 수 있었다.

"만들어 보겠다, 취치칙!"

퀘스트를 수락하였습니다.

유병준은 하루가 다르게 몸이 늙어 감을 느끼고 있었다. 하지만 아침에 일어날 때마다 가슴이 설레었다.

"과연 오늘은 무슨 모험을 하고 있을지 모르겠군."

그는 〈로열 로드〉가 열리고 나서 많은 사람들을 지켜봤다.

초기에 잠깐 두각을 드러내다가 도태된 사람들, 세력 다툼의 희생양, 야심은 크지만 그에 부응할 만한 재능은 갖지 못한 이들 등등.

유병준이 보는 사람들은 〈로열 로드〉에서도 주로 상위권의 랭커에 한정되었기에 어쩔 수 없었다. 초보자들이나, 가볍게 즐기는 사람들은 사실 제대로 모험하기도 어렵다.

그러던 차에 위드에게 관심을 두고, 그의 모험을 처음부터 보게 됐다.

위드는 베르사 대륙이 좁다고 느껴질 정도로 많은 지역을 돌아다니며 퀘스트를 하고 던전을 탐험했다.

이제는 유병준도 어느새 위드의 모험을 매일 지켜보게 될 정도였다.

물론 순수한 마음으로 응원하는 건 아니었다.

"오늘도 생고생을 하려나?"

고생하는 모습을 보면 그저 즐거울 뿐!

헤르메스 길드의 공격대는 어이가 없었다.

"뭐 하자는 거야, 진짜."

엘프 마을까지 와서 공격했지만, 위드는 퀘스트를 성공시키고 싹 빠져나간 것이 확실했다.

엘프들과의 적대도가 엄청나게 늘어났을 뿐만 아니라 유저들과 병사들이 목숨을 잃었지만, 그에 반해 소득은 하나도 없었다.

게다가 위드는 신출귀몰하게 여러 왕국들을 돌아다녔다.

베르사 대륙의 주민들이 위드를 찬양하면서, 공격대는 그들을 통해서 소식을 얻었지만 쫓아가면 항상 허탕만 치기를 반복했다.

리튼 왕국에서는 위드가 소문이 퍼지고 난 이후에도 조금 오래 머물러서 비슷한 시기에 도착하기는 했다.

하지만 왕성에 있는 위드를 어떻게 하란 말인가!

그를 공격하다가는 자칫 리튼 왕국의 기사나 마법사 들에 의해서 전멸당하게 생겼다.

멍하니 왕성 주변을 맴돌고 있는 사이, 위드는 일을 마치고 나서 와이번을 타고 하늘을 날아서 떠나 버렸다.

떠나면서 사람들이 있는 쪽으로 손까지 흔들어 줄 때는 다리의 힘이 쭉 빠질 정도였다.

"와아! 위드 만세!"

"헤르메스 길드를 무찔러 주세요."

"엠비뉴 교단도 몰아내 주실 거라고 믿습니다!"

유저들과 주민들이 두 손을 들어 올리며 환호했다.

위드에게는 지긋지긋한 이놈의 인기!

헤르메스 길드의 유저들은 정체를 숨긴 채로 지켜보는 수밖에 없었다.

"이제 또 어디로 가서 찾아야 되는 거야?"

"그래도 길드에서는 계속 추격하라고 하잖아. 쫓아가다 보면 기회가 있겠지."

와이번의 이동속도가 빨랐지만, 노력한다면 기회는 올 것이라고 믿었다.

사실 보통 웬만한 유저들은 자기가 시작한 왕국을 떠나지도 않고, 사냥터도 꾸준하게 유지하는 경우가 대다수다. 왕국마다 일정한 레벨대에 추천할 만한 사냥터가 있고, 대부분 그곳을 따라갔다.

처리하고 싶은 사람이 있을 때에는 그런 장소들에서 기다리면 효과가 높았다.

하지만 위드의 영역은 어느 한 왕국도 아니고, 대륙 전체를 바쁘게 돌아다녔으니…….

"동쪽에서 들려온 소식을 들었나? 오크들이 아주 기뻐하고 있다는군. 어떤 오크가 대단한 발견을 알려 준 모양이야. 아마 그는 조각사 위드가 아닐까?"

"오크들은 자신들의 과거에 대해 높은 자긍심을 갖게 되었지. 여태까지는 나도 오크들을 멍청하다고 무시했지만 조금은 인정해야 될 거 같기도 해. 이게 다 조각사 위드의 발견 덕분이 아니겠는가?"

헤르메스 길드의 공격대는 망연자실했다.

"망했다. 이번에는 오크 랜드야."

"언제 그곳까지 가냐."

오크들의 역사

사각사각.

위드는 자신 있게 조각칼을 움직였다.

'오크야 익숙하니까.'

생소한 조각품일수록 표현하기가 까다롭다. 종족 특유의 균형미나 감성을 드러내기가 어렵기 때문이다.

하지만 위드는 카리취로 모험을 하면서 오크들과 몸으로 부대끼며 살았으니 누구보다 잘 안다고 할 수 있다.

'파라취는 카리스마가 있는 오크였어.'

조금 심술궂고 이기심 넘치게 생긴 눈매는 외모의 일부일 뿐이었다.

베르사 대륙에서 문화가 꽃피기 전, 네 종족의 운명을 등에 지고 살아가던 오크.

거칠 것도 없고, 발길을 내딛는 곳은 모두 미개척지다.

절벽을 지나고 산에 올라 고개를 들면 대자연과 몬스터들이 있었다.

가슴이 뻥 뚫린 듯한 자유로움을 안고 살던 오크.

파라취가 양손에 글레이브를 하나씩 들고 포효하는 장면을 조각했다.

위드가 조각품을 만드는 장소는 오크 성채 부르시리아의 높은 관문 위였다.

"취익!"

"카리취가 무언가를 만든다, 취췻!"

"재주가 좋은 것 같다, 카리취. 취취취!"

"취치이익. 우리 사냥 갈 건데 같이 가자, 카리취."

오크들이 지나갈 때마다 보면서 한마디씩 던지기에, 인간 조각사라면 부담감이 상당할 수밖에 없었다. 미개하고 흉악한 오크라는 인식을 어느 정도 갖고 있다면 두려움이 생기지 않을 수가 없기 때문이다.

반면에 위드의 경우에는 전혀 달랐다.

"취이잇. 귀찮게 하지 마라. 몽땅 솥에 넣어서 삶아 버리기 전에, 취취익!"

"취, 취이익. 카리취는 한다면 하는 오크다."

"무섭다, 취췻!"

"사냥 나갔다가 돌아올 때 나 먹을 거 가져와, 취익!"

"아, 알았다, 취취취익!"

오크들을 등쳐 먹는 위드였다.

카리취의 얼굴은 오히려 다른 오크들이 무서워할 정도였고, 암컷 오크들은 몰래 구경하면서 얼굴을 붉힐 정도였다. 암컷 오크들이 돌멩이에 말린 말고기를 달아서 던지고 수줍음에 후다닥 도망가기도 했다.

오크 세계에서는 아이돌을 능가하는 인기!

파라취의 조각품은 4미터 정도의 중대형으로 만들어졌다.

위엄이나 강인함을 표현하기 위해서이기도 했지만, 오크들이 멀리서도 알아볼 수 있게 하기 위해서였다.

부르시리아에 서 있는 오크의 영웅!

위드의 조각품은 멀리서 보더라도 사납고 거친 힘이 느껴졌지만, 가까이서 보면 굉장히 세밀한 부분까지 잘 표현되어 있었다.

오크들이 운반해 온 갈색 돌로 만든 조각품에 눈매와 턱, 목의 주름까지도 재현했다. 당시에 착용했던 구멍 뚫린 가죽 갑옷, 드워프 대장장이들이 만들어 준 투박한 철 부츠까지도 똑같이 만들었다.

글레이브의 원형이라고 할 수 있는 길고 두꺼운 칼도 예리함이 느껴질 수 있도록 잘 갈아 놓았다. 오크 파라취가 사용하기에 조금의 모자람도 없을 정도로 잘 어울리는 칼이었다.

"이 정도라면… 취익!"

더 이상 추가할 부분이 없기에 위드는 조각품을 마무리하기로 했다. 오크에 대해 이해하고 있는 만큼, 그리고 파라취를 통해 엿본 묵직한 책임감과 자유를 조각하였다.

만든 조각품의 이름을 정해 주십시오.

"이름은, 취익, 이미 정해져 있는 셈이지. 오크 로드 파라취."

〈오크 로드 파라취〉가 맞습니까?

퀘스트 때문에 조각한 것이기는 했지만, 파라취에 대해 알게 되자 꼭 조각해 보고 싶다고 생각한 대상이다. 부족한 실력에 대한 아쉬움은 남아도, 마음은 후련했다.

"카리취의 작품이다, 취췻!"

"크아! 나중에 훌륭한 오크 전사가 되고 싶어진다, 취취익!"

"잘생긴 오크다, 취익. 믿음직스럽다."

오크들이 관문 아래에 모여서 파라취의 조각품을 보면서 환호하고 있으니 위드의 마음도 한결 가벼웠다. 조각품이 적어도 오크들의 마음을 사로잡은 건 틀림없기 때문이었다.

"〈오크 로드 파라취〉가 맞는다. 취칙!"

띠링!

대작! 〈오크 로드 파라취〉를 완성하였습니다!

베르사 대륙의 오랜 역사에서 중요한 역할을 했던 숨겨진 영웅, 오크 로드 파라취의 조각품이 세상에 모습을 드러내게 되었다. 이 조각품은 충만한 재능을 갖추고 대륙의 역사를 거슬러 찾아가는 조각사에 의하여 만들어졌다. 오크 로드 파라취의 모습을 정확히 재현해 낸 작품으로, 오크들에게는 무한한 긍지의 대상이 될 것이다.

예술적 가치: 오크의 역사를 바로 세우는 작품. 21,328

옵션: 오크 종족 전체에 생명력과 힘을 4% 늘려 준다. 오크 로드의 카리스마와 통솔력의 효과가 14% 증가하게 된다. 번식 능력 향상. 오크들이 낮은 투

지 스탯에도 강한 몬스터들에게 위축되는 현상을 감소시킨다. 새끼 오크들이 파라취의 조각품을 보면 전사로서 성장하는 속도를 20% 올려 준다. 오크 로드나 오크 대전사의 탄생률이 높아진다. 조각상이 있는 지역 주변에서 오크들의 회복 능력을 65% 증가시킨다.

지금까지 완성한 대작의 숫자: 11

조각술 스킬의 숙련도가 향상되었습니다.

손재주 스킬의 숙련도가 향상되었습니다.

조각품에 대한 이해의 스킬 레벨이 1 상승하였습니다.

명성이 2,178 올랐습니다.

예술 스탯이 49 상승하였습니다.

카리스마가 22 상승하였습니다.

통솔력이 22 상승하였습니다.

체력이 25 상승하였습니다.

대작 조각품을 만든 대가로 전 스탯이 3씩 추가로 상승합니다.

"취이익!"

위드는 기분 좋은 코웃음을 흘렸다.

오크 로드 파라취라는 의미 깊은 작품을 대작으로 성공시켰다. 조각술 숙련도도 이번에는 6.2%나 늘어 있었다.

'파라취를 조각한 이유가 크긴 크겠군. 그래도 내가 잘 조각한 덕분이지.'

잘되면 모두 내 덕!

불취가 위드에게 다가왔다.

"수고 많았다, 취칙. 위대한 오크가 가죽이나 벗기는 작은 칼을 들고, 취치이익. 뭘 하나 궁금했는데 아주 훌륭했다, 취익! 이 오크가 파라취의 모습인가? 취취췻."

"그렇다. 취익!"

"배도 한입에 먹을 수 있겠다. 취이이익!"

"췻. 그 정도야 쉬운 일이다."

"이 돌덩어리가 마음에 든다, 취이췻. 정말 잘했다. 과연 카리취다. 취치이이익!"

오크 로드 파라취의 조각 퀘스트 완료

오크 로드 파라취의 모습을 통해서, 오크들은 자신들의 역사적인 정통성과 힘, 용기를 깨달았다. 오크들은 조각품을 보면서 예술에 대한 눈을 뜨고, 문화의 불가사의한 힘에 대해서 이해하게 될 것이다.

조각술 마스터 퀘스트 중 오크 로드 파라취의 조각품을 완성했습니다.
작품이 오크의 보물로 등록됩니다. 오크의 도시와 마을에 문화가 생성됩니다. 오크도 문화에 따른 혜택을 누릴 수 있게 되고, 예술 작품을 보는 안목이 생성됩니다.

오크들과의 우호도가 '형제' 상태가 됩니다.
오크들은 형제에게 위기가 닥쳤을 때, 절대 가만히 있지 않을 것입니다.

오크들이 조각품의 완성을 기념하며 종족 전체의 축제를 개최합니다.
축제는 25일간 계속되며, 축제 기간 동안 출생률이 300%가 됩니다.

오크 유저들에게는 축복과도 같은 소식!

안 그래도 오크들의 번식 속도는 무시무시할 정도였는데, 축제가 지나면 새끼 오크들이 바글바글할 것임에 틀림없었다.

오크 유저들은 전사의 직업을 택하든 로드의 직업을 택하든, 다른 오크들과 파티 사냥을 많이 한다. 유저들끼리의 사냥도 있었지만, 마을의 청년 오크들이나 부하들을 끌고 다니면서 사냥하는 일이 흔하게 일어났다.

새끼 오크들이 대거 늘어나고, 조각품으로 인해 그들이 빨리 강해진다면 오크 유저들은 정말 기쁠 수밖에 없으리라.

베르사 대륙에는 아직 미개척지가 너무나도 많다.

모라타가 있는 북부에도 몇몇 곳을 제외하면 대부분의 사냥터들에는 몬스터가 많다. 그리고 동부와 남부, 오크들의 영역을 넘어선 장소는 험준한 산맥과 독물, 몬스터로 인하여 인간의 마을이 거의 없었다.

강해진 오크들이 동부와 남부로 뻗어 나가고 문화까지 이룩한다면, 언젠가는 오크의 왕국이 세워지지 말란 법도 없다!

'오크들의 번식력을 본다면 그리 오래 걸리지 않을지도…….'

지금까지만 본다면 조각술 마스터 퀘스트로 얻는 이득이 쏠쏠했다.

위드는 불취의 말을 기다렸다.

"카리취, 넌 보통의 오크, 취치칫. 아닌 것 같다. 취치익."

"내가 좀 뛰어난 편이다, 취취. 그래도 주눅 들지는 마라."

"고맙다. 너에게 오크 무리 25만을 주겠다. 취칙!"

위드에게 이런 보상은 전혀 바라지 않는 것이었다.

"취치이익. 필요 없다. 안 받는다."

"꼭 데려가라, 취취취익! 그리고 파라취의 조각품을 보니 새끼 오크 때 부르던 노래가 진짜일지도 모르겠다. 취취칫."

"무슨 노래인가, 취익."

"얼마 전까지 나도 잘 몰랐다, 취익."

불취는 글레이브를 양손에 하나씩 들더니 서로 부딪쳐서 불꽃을 일으키며 노래를 불렀다.

아늑한 동굴을 나와서, 깡!
높고 침입하기 어려운 우리의 안식처, 깡!
바위 틈새를 막아 두고, 깡!
바람을 등지고 걸었지. 깡!
긴 겨울이 지나고, 깡!
꽃들을 밟으며 이동했네. 깡!

우리가 살아갈 곳, 깡!

귀중한 물을 구하고, 깡!
씨앗을 뿌릴 수 있고, 깡!
가축을 기를 수 있는 장소로, 깡!

몬스터들이 무섭지만, 깡!
우리는 끝까지 싸울 것이다, 깡!
오크들을 위하여, 깡!
오크들은 적을 향해 걷는 법을 모른다, 깡!
무조건 달려간다, 깡!

불취의 발음은 부정확했을 뿐만 아니라, 노래의 중간이나 중요한 단어를 발음할 때에도 깡 소리를 냈다.

글레이브끼리 부딪치게 하다가 흥이 넘쳐서 주변의 돌들까지도 마구 내려치는, 드러머를 방불케 하는 모습!

그 때문에 알아듣기가 정말 어려운 노래였는데도 불구하고 위드에게는 통하는 면이 있었다. 오크 수준의 음치, 박치였기 때문에 다 듣고 나서 박수를 쳤다.

"훌륭한 노래다, 취익!"

"오크들은 누구나 할 줄 안다, 취취칙. 그래도 내가 노래는 잘 부른다. 취이익. 물론 카리취 너만큼은 못 부른다."

네 종족이 모여 살던 동굴에 대한 정보를 입수하였습니다.

불취가 계속 이어서 말했다.

"카리취, 네가 무엇을 하든, 취익! 오크들은 너를 응원할 것이다. 새끼 때 부르는 이 노래도, 취익. 알아봐 줄 수 있는가?"

오크라면 누구든 알고 있는 노래!

오크 종족을 선택할 수 있게 된 이후로, 유저들은 오크들이 부르는 몇 가지 노래에 대해서 퀘스트나 보물을 가리키는 건 아닌지 의문을 품기도 했다. 하지만 라체부르그의 정확한 위치를 모른다면 전혀 쓸모가 없는 노래였다.

오크들은 글로 써서 후대에 남기지도 않고, 잦은 전투를 하다가 숱하게 죽는다.

그들이 종족 전체를 좌우하는 중요한 정보를 전달하는 수단은 오직 노래뿐이었던 것이다.

띠링!

네 종족의 은신처

인간, 드워프, 엘프, 오크가 모여 살던 동굴! 네 종족은 서로 힘을 합쳤기에 살아남을 수 있었다. 그들이 함께 살아가던 동굴을 찾아서 보고하라.

난이도: 조각술 마스터 퀘스트.

제한: 고급 8레벨 이상의 조각술.

"취익. 당연히 알아보겠다."

퀘스트를 수락하였습니다.

"아이고……."

이현은 머리도 어지럽고 몸이 심하게 쑤셨다.

강철처럼 튼튼하던 그지만 최근에 학교를 다니고 〈로열 로드〉를 하면서 피로가 누적되었던 탓이다.

"아무래도 하루 정도는 쉬어 줘야겠군."

로자임 왕국에서 최근에 큰 사건도 겪었고, 그 이후로도 쭉 퀘스트를 해 왔다.

머리가 특히 아픈 것이, 라체부르그에 대한 정보 조사를 며칠간 이어서 하며 심력을 너무 쏟아부은 것 같았다.

몸이란 보배처럼 아껴야 된다. 어릴 때는 몸의 귀중함을 전혀 모르지만, 나이가 들면서부터 한 부위씩 아프고 탈이 나면서 갈수록 힘들어진다.

"젊어서 건강하게 지내야 나중에 병원비가 적게 들지."

드래곤보다도 무섭다는 병원비!

토요일, 이현은 아침을 먹고 이불을 깔고 누웠다.

"드르렁!"

그리고 곧바로 잠!

완전한 숙면을 이루는 데 30초도 걸리지 않았다.

방에는 빨래도 널어놓아서 습도도 적당히 맞춰졌으며, 허브를 심은 화분도 가져다 놓아서 휴식의 느낌을 주었다.

"으하함! 잘 잤다. 벌써 점심시간이군."

점심때 일어난 이현은 밥을 먹고 나서 다시 이불로 기어들어갔다.

"드르렁. 푸휴휴."

저녁까지 잠을 자고, 다시 밥을 먹고 누웠다.

"밤에는 푹 자야 되는데. 낮잠을 많이 자서 잠이 올까 걱정… 드르르르르렁!"

그리고 불을 끄고 눕자마자 깊은 잠에 빠져들었다.

종일 잠을 자고 나서, 그다음 날 이른 새벽에 새들이 우는 소리에 깨어났다.

이현은 벌떡 몸을 일으켰다.

찌뿌듯하던 몸은 새것처럼 가벼웠고, 머릿속도 찬물에 목욕한 것처럼 맑았다.

"역시 잠이 보약이야."

따로 돈도 들지 않는 최고의 약이었다.

집에서 마음 편히 먹고 자고 했으니 기분 좋은 하루를 시작하려고 했다.

컴퓨터를 켜고 가계부부터 작성하려고 했는데 날짜를 보니 약속이 있다는 사실이 갑자기 떠올랐다.

"아, 오늘이 등산 가기로 한 날이었나?"

정효린과의 등산 계획이 오늘로 잡혀 있었다.

이현은 까맣게 잊고 있다가 가계부의 날짜를 보고 그제야 떠올렸다.

그녀를 알아보는 사람들 때문에 새벽 일찍감치 산에 오르기로 했다.

"에휴. 준비해야겠군."

이현은 씻고 여동생이 먹을 밥을 차려 놓고 나서 티셔츠와 청바지를 입었다.

음악을 위해 태어난 요정, 정효린에게는 굴욕적인 일이었지만 이현은 정말 등산이 싫었다.

맑은 공기를 마시면서 운동도 한다.

그럴 거면 산동네로 신문 배달, 우유 배달을 하면 되지 않는가. 규칙적으로 일어나야 하니 가끔 하는 등산보다 건강에도 참 좋을 것이다.

한겨울에 눈이 내리는 날 가파른 산동네를 뛰어다니며 신문을 500부, 우유도 같이 돌렸던 기억이 있는 이현이기에 정말 내키지 않았다.

"어지간한 산동네는 죄다 알고 있는데. 어디로 가야 할지 모르겠군."

이현은 컴퓨터를 하면서 기다렸다.

그가 가지고 있으면서 팔지 않은 장비들의 시세도 확인했다.

"역시 검의 거래 가격은 정말 꾸준하고 마법 스태프들은 가격 하락이 일어나고 있군. 하기야 마법사들의 장비값이 워낙 비쌌으니까 떨어질 때도 되기야 했지."

최근 명예의 전당에는 개인 모험가보다는 특정 길드 소속 유저들의 전투 동영상이 주를 이뤘다.

자유 게시판에도 가 봤는데, 여전히 이야기는 많지만 크게 네 가지 정도로 간추릴 수 있었다.

헤르메스 길드 욕, 엠비뉴 교단 욕, 다른 길드 욕, 자기 자랑!

위드의 모험에 대한 이야기는, 모험과 의뢰 게시판을 장악하다시피 하고 있었다.

오크 종족의 게시판에는 위드에 대한 칭찬이 자자했다. 암컷 오크 유저들의 이상형은 카리취처럼 듬직해야 한다면서, 오크들의 외모가 날이 갈수록 흉악해졌다.

"오크 유저도 정말 많아지고 있군."

과거에는 유로키나 산맥을 기반으로 했기 때문에 아무래도 불편함이 많았다. 도시가 아니라서 발전도 역시 떨어져서, 오크는 쉽게 택할 수 있는 종족은 아니었다.

하지만 종족 자체에 매력이 있기에 새끼 오크들을 키우는 재미 등으로 오크들에 대한 인식이 좋아지고 있었다. 부족의 혈통으로 자신을 닮은 새끼 오크들이 무럭무럭 수백, 수천 마리씩 자라나는 것이다.

종족의 특성상 영역도 빠르게 넓어지고, 몇몇 유저들 중에서 오크들을 데리고 제법 큰 세력을 이룬 사람들이 나타나서 인기를 끌었다.

꼬끼오! 꼬꼬댁!

인터넷을 하는 사이 백숙과 양념이가 시원하게 울었다.

등산을 약속했던 6시가 거의 다가오고 있었다.

이현은 파전을 부치고, 간단하게 김밥과 막걸리를 준비했다.

"이 정도만 먹으면 되겠지."

도시락을 싸고 점퍼를 걸친 채로 밖에 나가 보니 정효린의 차가 집 앞에 주차되어 있었다.

그녀는 새벽까지 공연하고 곧바로 달려와 모자와 선글라스를 쓴 채로 운전석에서 잠들어 버린 것이었다.

이현이 창문을 가볍게 두들기자, 정효린이 깨어나며 상큼한 목소리로 인사했다.

"좋은 아침이에요."

"입가에 침 자국이……."
"앗!"
아침 해가 뜨기 전에 산으로 바로 출발했다.

산의 입구에 있는 주차장에 차를 대고, 이현은 도시락을 손에 들었다.
"갈까요?"
"네. 오랜만의 산행이라서 정말 즐거울 거 같아요."
도시에서 멀리 떨어지지 않은 산이었다. 하지만 이른 시간이라서 주차장에 차도 별로 없고 한적했다.
정효린은 등산화는 물론이고 등산복과 배낭까지, 준비가 완벽했다.
"학교생활은 어때요?"
"뭐, 자퇴를 못 해서 다니는 거죠."
"이건 그냥 궁금해서 물어보는 건데요, 오해하시면 안 돼요. 나중에 아이는 몇 명 정도 낳고 싶으세요?"
"요즘 애들은 키워 봐야 돈만 드는데. 그래도 생기는 대로 낳아야죠."
"대가족이면 정말 화목하고 좋을 거 같지 않아요? 전 돈이 많은 것보다 서로 아껴 주면서, 밥이랑 국도 먹여 줄 정도로 사랑하는 남자랑 살고 싶은 거 있죠?"
"그래도 인생에는 돈이 있어야……."

그렇게 20분 정도 대화하면서 등산로를 올라갔다.

정효린은 이현과 오랫동안 같이 있고 싶은 욕심에 등산하는데 최소 4~5시간은 걸리는 코스를 잡았다.

'생각보다 험하네.'

무대에서 춤을 추면서 단련된 체력이었는데, 그래도 새벽 일찍 갑자기 산을 오르려니 벌써 힘이 들었다.

'이러면 화장 다 지워지는데…….'

정효린은 점점 숨을 가쁘게 쉬었다.

등산하면서 심장이 빨리 뛰고 몸에서 열이 난다는 것은 무리하고 있다는 증거!

휴식을 취했다가 올라가야 하지만, 벌써부터 그랬다가는 중간에 다시 내려가자는 말을 들을까 봐서 억지로 올라갔다.

"자, 잠깐만 쉬어요."

30분 정도가 되니 정효린은 산을 올라가기가 힘들었다.

근처에 있는 돌에 앉아 쉬면서 체력이 보충되기를 기다리는데 이현이 말했다.

"힘들면 내려갈래요?"

"아니에요! 꼭 정상까지 가고 말겠어요. 해가 떠 있을 때 정상에서 안개 걷히는 것도 보고, 답답하던 기분도 날려 버리고 싶어요."

이현은 옆에 앉은 채로 정효린이 다시 일어나서 출발하자고 하기를 기다려 주었다.

어느 순간, 그의 어깨에 슬그머니 정효린의 머리가 닿았다. 가뜩이나 공연 준비로 잠이 부족했는데 새벽부터 무리한 탓에 다시 잠들어 버린 것이다.

이현은 산들바람을 맞으면서 새소리를 들었다. 그의 어깨에 기댄 정효린은 계속 잠든 채로 깨어나지를 못했다.

"흠, 이런 곳에서 자면 추울 텐데… 감기 걸리면 약도 먹어야 될 텐데……."

이현은 조심스럽게 점퍼를 벗어서 정효린의 등에 감싸 주었다. 그러는데도 깨지 않는 게, 아주 깊이 잠든 모양이었다.

"이럴 바에야 차라리 내가 업고 가는 게 낫겠군."

이현은 정효린의 팔을 끌어당겨서 그녀를 등에 업었다.

"자, 가 볼까?"

다시 산을 오르기 시작했다.

"이러고 있으니 산동네에 쌀 배달하던 기억이 떠오르는군."

20킬로짜리 세 포대였는데, 정효린은 그보다 가벼웠다.

여자를 업은 산행이 쉬울 리는 없었지만, 이래저래 육체 단련을 많이 해 왔다. 무거우면 쉬다가 갈 수도 있으니 마음은 편했다.

이마에 땀이 송골송골 맺히고, 티셔츠도 안개와 땀으로 묵직해졌다. 몸이 힘들수록 운동이 되고 있다는 충족감이 들었다.

"오늘은 도장에 나가지 않아도 되겠어. 종일 〈로열 로드〉만 해야지."

정효린을 업고서도 하체 단련을 위한 쌀 포대 정도로 생각하는 이현이었다.

정효린은 꿈을 꾸었다.

그녀가 아주 힘들 때, 든든하게 지켜 주는 남자가 있었다.

표현은 서툴지만 자상하고 따뜻한, 가정적인 남자!

가끔 기괴한 행동을 벌이기는 해도, 웃음을 주는, 믿을 수 있는 남자.

그 남자와 결혼하는 꿈이었다.

'빨래도 해 주고, 요리도 해 주고, 청소도 하고, 돈도 벌어 오고, 애를 낳으면 애도 키워 주고…….'

정효린의 배우자는 모든 면에서 완벽했다.

텔레비전의 아파트 광고, 냉장고 광고, 세탁기 광고 등을 합쳐 놓은 것 같은 분위기의 달콤한 꿈이었다.

정효린이 꿈에서 깨어나서 살짝 눈을 떴다.

현실로 돌아오니 이현이 그녀를 업고 산을 올라가고 있었다.

'아… 나를 업고 올라가는구나.'

정효린은 이현이 힘들어할 것 같아서 깜짝 놀라 내려 달라고 하려고 했다.

하지만 은근히 이현으로부터 느껴지는 포근함!

땀에 흠뻑 젖어 있는 남자의 체취가 역겹거나 더럽게 느껴지지도 않았다.

'내가 정상에 올라가고 싶다고 하니까 그 부탁을 들어주려고 하는구나.'

정효린은 이렇게 가슴까지 따뜻한 남자가 있을 거라고는 상상도 못 하였다. 이루 말할 수 없는 온기였다.

자기를 업고 가느라 호흡도 거칠어지고 온몸에서 땀을 흘리면서도 묵묵히 산을 오르는 그 믿음직함이란!

'뭣 하러 볼 것도 없는 정상에 가 보고 싶다는지 모르겠군. 빨리 가서 김밥이나 먹고 내려가야지.'

그의 생각은 짐작도 하지 못했다.

정효린은 이현의 등에 얼굴을 묻었다.

'산에 오길 잘했다. 오늘은 정말 행복한 기억이 될 것 같아.'

그리고 이현은…….

'무겁다, 무거워!'

위드는 다시 접속해서 라체부르그가 있던 장소로 돌아갔다.

오크의 노래를 바탕으로 네 종족의 은신처가 되어 주었던 동굴을 찾아야 된다.

"높고 침입하기 어려운 장소라고 했지. 일단은 주변의 산이나 산맥부터 봐야겠군."

일스 대평원을 넘어가면 지형이 가파른 산이 많았다.

"바람을 등지고 이동했다니 바람이 부는 쪽으로. 꽃들이 피어 있는 시기에 걸었다고 했는데, 봄이었지. 이 지역에 많이 피는 꽃은……."

위드는 라체부르그의 모습을 유추하여 가야 할 방향을 동쪽으로 정했다.

와이번을 타고 단숨에 날아서 어차피 도착해야 되는 산이 있는 장소로 갈 수도 있었다. 하지만 무언가 지나치고 넘어갈 수도 있었기에 직접 걷는 쪽을 택했다.

걷다 보면 더 많은 것들을 보고, 생각하고, 경험할 수 있다.

바네사의 꽃길.

나비 축제가 벌어질 때 사람들이 많이 몰리는 꽃길이었다.

그곳에 흐드러지게 피어 있는 꽃과 풀 들을 위드는 밟지 않게 조심했다.

"자연을 훼손하지 않아야 하니까."

흙을 밟으며 걸어가면서 바람에 꽃들이 흔들리는 걸 보았다.

"좋구나."

사람들이 많이 다니는 길가에 위태롭게 피어 있는 꽃, 냇물이 넘쳐서 죽어 가는 꽃 들은 수고를 무릅쓰고 옮겨 심어 주기도 했다.

더 좋은 토양 환경을 조성해 줘서 꽃꽂이 스킬의 숙련도가 증가합니다.

자연과의 친화력이 1 올랐습니다.

위드의 입가에 미소가 떠올랐다.

"뭐, 꼭 바라던 건 아니었는데… 이런 것도 나쁘지 않지!"

자연과의 친화력이 아니었으면 몽땅 뽑아서 꽃집에 팔아 치웠을지도 모를 노릇.

꽃길을 계속 걸어가다 보니 돌무더기가 쌓여 있는 장소가 나왔다. 예전 같으면 이상하게 여기지 않고 지나쳤을 정도에 불과했다.

위드는 혹시나 싶어서 돌무더기가 쌓여 있는 장소로 가까이 다가갔다.

그 순간!

띠링!

역사적인 장소, 페드라 성벽을 발견하였습니다.

명성이 230 증가합니다. 지식이 3 높아집니다.

다스리는 도시에 페드라 성벽을 건설할 수 있습니다. 페드라 성벽은 낮은 건축 비용으로 몬스터들의 사기를 줄이는 역할을 합니다.

위드의 눈앞에 영상이 흘렀다.

드워프들이 큰 바위들을 쪼갰다. 적당한 크기로 잘린 바위를 쌓는 건 오크들의 몫이었다.

그 바위들은 일스 대평원에 침략하는 몬스터들을 막는 방벽이 되었다.

"이곳에 온 게 내가 처음은 아닐 텐데."

위드가 돌무더기 근처에 서 있는 동안에도 다른 유저들이 지나다녔다. 사냥터로 빨리 가기 위해서 돌무더기를 밟고 지나가기도 했다.

그런데 위드처럼 무언가를 발견하면서 특별한 경험을 얻진 못하는 모습이었다.

보르니스에서 축제가 벌어질 때는 여기에 사람들이 정말 많이 몰리기도 할 테지만, 라체부르그에 대한 역사적인 지식을 가지고 있는 건 위드뿐이었다.

'사전에 알고 있는 지식이 지형이나 아이템에 영향을 주는가 보군.'

위드는 일스 대평원 근처를 돌면서 옛 유적들을 더 많이 발견할 수 있었다.

크게 의미가 있는 건 아니었지만, 오크들의 무기를 보관해 놓던 창고와 엘프들이 씨앗을 넣어 두던 돌로 만든 바가지도 찾아냈다.

라체부르그가 존재했을 때 이후로 시간이 너무 오래 지나다 보니 이제는 산산이 부서져 버린 토기 조각, 금속의 파편 등도 찾아냈다.

티너스 강에는 그 당시의 낚시터도 있었다.

라체부르그의 낚시터

인간들이 물고기를 잡던 장소다. 드워프들도 안줏거리가 필요할 때 자주 찾아왔다.

낚시 스킬의 숙련도가 증가합니다. 이 장소에서 낚시를 하면 물고기를 낚을 확률이 37% 높아집니다.

자잘한 발견들을 이루고 난 후에, 위드는 다시 동쪽으로 걸었다.

한참을 지나고 나니 토론 산 지역으로 들어왔다.

위드의 레벨로는 신경 쓸 필요도 없는 짐승들이 사는 장소였다. 보르니스에서 시작한 초보자들이 가끔 오기는 했지만, 멀고 지형이 험해서 거의 텅 비어 있는 거나 마찬가지였다.
"이 부근에 있을 것 같군."
라체부르그에서 꽃들이 피어 있는 길을 걸어와서 도착한 산이었다.
"높고 침입하기 어렵다고 했지. 그렇다면 산의 아랫부분은 수색할 필요가 없겠어."
토론 산에는 봉우리가 여러 개 있었지만, 그것만으로도 수색해야 하는 지역이 훨씬 줄었다.
"와삼아!"
위드는 와이번을 타고 봉우리들을 차례로 올라가 봤다.
"이곳은 너무 심하게 노출되어 있군. 가장 높은 봉우리라서 몬스터들이 금세 발견하고 말 거야. 위험을 피해야 하는 네 종족의 입장에서는 달갑지 않은 일이지."
다음 봉우리도 살펴봤다.
"지형이 심하게 험해. 이런 절벽에서는 굴러떨어지면 그대로 사망이지."
나무가 적당히 많고 계곡도 가까운 장소가 좋을 것 같았다.
이번 퀘스트를 하면서 위드는 전원주택의 입지에 대해서 많은 지식을 쌓았다.
"여긴 너무 좁아. 안에 동굴이 있더라도 커다랗기는 힘들겠어. 통과!"
아늑하면서도 은밀한 안식처!
"이곳이 가능성이 클 것 같은데……."
울창하게 자란 나무가 많고, 아래에는 크고 작은 바위들이 수북했다.

짐승들이 많이 오지 않는 장소이기는 하지만 그렇기 때문에 몬스터들도 근처에서 어슬렁거리지 않았으리라.

위드는 바위들을 확인하며 걸어 다녔다.

큰 바위들은 밀어보기도 하고, 안쪽에 다른 공간이 숨겨져 있지는 않은지 살폈다.

이 봉우리에는 유별나게 바위가 많은 편이었다.

그래도 조각사에게 바위란 반가운 재료일 뿐이었다. 조각사의 힘이 부족하더라도 요령 좋게 바위의 결을 따라서 깨뜨리거나 깎아 낼 수 있다.

많이 다루어 본 재료이고 가져다가 쓴 적도 많기에, 눈으로 대충 보기만 하더라도 이상한 정도를 알아냈다.

"여기 무언가 부딪친 것 같은 흔적이 있는데……."

생채기가 그득한 바위 발견!

"감정!"

> 오크의 무기가 부딪친 자국을 살펴보았습니다.

"이 근처로구나."

위드는 날카로운 눈으로 주변을 살폈다.

큰 나무들이 자라 있는 장소가 수상쩍었다. 나무들이 매우 컸는데, 그 아래에 돌과 바위가 많았다.

"처음부터 있었던 것 같진 않은데……."

위드는 돌을 위에 있는 것부터 하나씩 치웠다.

투다다닥!

숨어 있던 다람쥐가 튀어나와서 다른 장소로 뛰어갔다.

위드가 돌을 빼낼수록, 안쪽으로는 일부러 쌓아 놓은 것처럼 인위적인 형태에 적당한 크기의 돌들이 나왔다.

"이건 가공한 게 틀림없어."

돌을 다 치우고 나니 사람 2~3명쯤은 충분히 들어갈 수 있는 커다란 구덩이의 입구가 나왔다.

흙으로 빚어내는 조각품

"이런 곳에 정말 뭔가가 있을까? 아직 아무도 들어가 본 적이 없는 장소인 거 같기는 한데."

위드는 컴컴한 동굴 안에서 빛을 발하는 마법석을 들었다. 횃불을 밝힐 수도 있지만 만약 이곳이 제대로 찾아온 장소가 맞다면 불의 기운이 유적을 훼손시킬 수도 있기 때문이다.

위드는 동굴 안으로 더 깊이 들어갔다.

띠링!

인간, 엘프, 드워프, 오크 들의 은신처, 몽벨트룰리아를 발견하였습니다!

네 종족이 베르사 대륙에 흩어져서 살기 전, 함께 어려움을 헤쳐 나가면서 모여 살던 동굴에 도착했습니다. 종족의 기원이 되는 장소로, 신들의 축복이 머무르던 장소입니다.

혜택: 명성 12,000 증가. 대륙의 역사를 탐험하는 모험가 호칭 획득. 발견물에 대하여 보고할 수 있다. 귀족, 기사 들은 이 위대한 발견에 대하여 감당할 수 없으니 국왕에게 직접 보고해야 한다.

모험의 성공으로 인해 전 스탯이 7 증가합니다.

용기 스탯이 12 늘어납니다.

역사적인 발견으로 지식을 9 획득합니다.

드디어 네 종족이 살던 최초의 동굴을 발견했다.

조각술 마스터 퀘스트를 하다가 라체부르그에 이어 몽벨트룰리아까지 찾아내는 대발견의 성공!

"크흐흐흣, 제대로 찾아왔구나!"

어둠을 뚫고 마법석으로 주변을 밝혀 보니 내부는 꽤 넓었고, 여섯 갈래의 길로 갈라져 있었다.

"여기를 몽땅 들어가 보지 않는다는 건 말도 안 되지."

조각술 마스터 퀘스트가 지금까지 진행되어 온 바로는 종족의 역사에서 무언가를 찾아내는 흥미진진함도 있었고, 기대 이상이었다.

위드는 복권을 한 장 사놓고 당첨되면 바뀔 인생에 대해 걱정하는 사람처럼 상상의 나래를 펼쳤다.

'첫 번째 동굴에서는 금괴가, 두 번째 동굴에서는 이제 고대의 다이아몬드나 루비. 요즘 루비값이 많이 올랐어. 세 번째 동굴에서는 무기류나 광물이 나와 주는 것도 괜찮고. 네 번째 동굴 정도에서는 은괴. 뭐, 부피만 크다면 은괴도 썩 나쁘지 않지. 그리고 다섯 번째 동굴에서는…….'

밥그릇이라도 하나 발견되면 그 자체로 엄청난 가치를 지닌 골동품.

"골동품을 팔아서 떼돈을 벌게 될 줄은 몰랐는데. 역시 인생이란 눈먼 돈이 한 번쯤은 들어오는군. 크흐흐흣."

위드는 가슴이 두근두근 떨렸다.

"조각술 마스터 퀘스트, 역시 처음에 하는 게 좋은 거야. 일찍 일어나는 도굴꾼이 한밑천 단단히 챙길 수 있는 거지."

대륙에서 가장 오래된 장소였으니 당연히 동굴 안은 샅샅이 뒤져 봐야 했다. 뭐든 찾아내기만 한다면 그야말로 최고의 보물이지 않겠는가.

위드는 갈림길에서 가장 큰 동굴부터 택했다.

무엇이 있을 거라는 직감이라기보다는 욕심에서 비롯된 당연한 선택이었다.

"일단 계획대로라면 이곳에서는 금괴가 나와 주어야 하는데. 다른 거라도 괜찮지."

보석, 금, 은, 골동품, 장신구! 그게 아니라면 귀하고 팔기 좋은 물품이라면 무엇이든.

텅텅!

그러나 동굴에는 남아 있는 물건이 거의 없었다.

부러진 강철 무기의 끝부분이 땅에 1개 떨어져 있을 뿐이다.

욕심 많은 오크들은 라체부르그로 이주할 때 깨끗하게 싹 들고 갔다. 마치 이삿짐센터를 불러서 포장 이사를 해 간 것 같은 황량함!

"철저하게 챙겨 갔군. 오크는 원래 기대를 안 했어. 시, 실망할 것도 없지."

위드는 그러면서도 땅바닥은 물론이고 동굴 벽에 비밀 통로가 있는지 뒤져 보았다. 그러나 정말 거짓말처럼 남아 있는 물품이 없었다.

"아직 안 들어가 본 동굴도 많아. 다른 곳에는 밥그릇이나 젓가락이라도 있겠지."

희망이 조금 줄어들었다.

바르고 성채에서 고기를 먹으며 강해지기로 결심한 검치 들!

유로키나 산맥에서 세에취와 데이트를 즐기던 검둘치도 유린의 그림 이동술로 급히 도착했다. 검치 그리고 검둘치에서부터 검오백오치까지 총집합했다.

검치가 말했다.

"이 지역의 몬스터를 토벌하자."

"스승님, 그러면 준비해 보겠습니다."

검둘치는 유로키나 산맥에서 오크들과 다니면서 적절한 전술 구사와 전투준비가 얼마나 중요한지 깨달았다. 도장 사범의 경험을 바탕으로 연약한 오크들을 자상하게 챙겨 주기도 했다.

검치가 고개를 흔들었다.

"고작 몬스터와 싸우는데 이것저것 따져 볼 필요 있겠느냐. 그냥 가자꾸나."

"스승님의 말씀이 맞습니다. 제가 잘못 생각했습니다."

검치와 사범들, 수련생들은 바르고 성채의 성문을 나가서 던전으로 향했다. 대책은 없이, 험한 지형만 골라 발길 닿는 쪽으로 향했다.

항상 이런 식의 전투를 했기에, 위험이 크지만 승리했을 때 얻는 것도 많았다.

무예인이란 직업은 한계를 극복해야 한다. 절벽에서 아래로 뛰어내릴 용기가 있어야만 더 강해지는 직업이었다.

"요 근처가 위험한 곳입니다. 바바리안들이 하는 얘기를 들으니 들어가면 몬스터가 엄청 많이 나온다는데요."

"그럼 들어가자!"

하이렌의 둥지는 바바리안들이라고 해도 위험해서 사냥하지 못했다.

검치는 제자들을 이끌고 그곳으로 거침없이 들어갔다.

"몽땅 죽여!"

몬스터가 나오면 어느 누가 강한지를 겨루어 보면 되는 일.

초보자 시절, 보리빵이 없어서 죽어 갈 때에 검치와 사범들이 말했다.

"좋은 몸 놔두고 왜 머리를 고생시켜야 하느냐."

"스승님의 말씀대로입니다!"

보통은 머리가 나쁘면 몸이 고생한다지만, 반대로 몸이 약하면 머리가 고생한다고 생각했다.

무식할수록 용감할 수 있기 때문에 몬스터 군단을 보며 기꺼이 기쁘게 웃었다.

"흐흐흣, 이놈들 빠르고 힘이 엄청납니다."

"스킬을 쓰자. 분검술!"

"집중 연타!"

검치와 수련생들은 각자의 위치에서 힘겹게 싸웠다. 그간 익혀 놨던 검술에, 몸에 붕대를 감으면서 버텼다.

그런데 하이렌의 둥지에서는 몬스터들이 계속 뛰쳐나왔다.

이 주변에서는 사냥이 많이 이루어지지 않았고 몬스터들이 오랜 기간 번식해 왔기에 조금만 소란이 벌어져도 벌 떼처럼 몰려든다.

식량을 구하기 위하여 바르고 성채를 공격하는 몬스터들은 그들 중에서 규모가 작고 약한 무리에 속할 정도였다. 직접 사냥터로 들어가면 몬스터의 레벨은 둘째였고 그 규모가 가히 엄청났다.

검치와 수련생들에게도 흔히 찾아오지 않는 대위기였다.

결국 수련생들 중에서 사망자가 속출!

위험에 빠지면 사형제 간에 서로 구해 주느라 온통 정신없는 싸움이었다.

검술의 비기인 분검술을 가지고 있었는데도 몬스터가 감당하기 어려울 정도로 많았고, 그나마도 마나가 적어서 스킬을 여러 번 효과적으로 사용할 수는 없었다.

"음, 마나를 늘리기 위해서 지식과 지혜에도 스탯을 조금은 투자해야겠군."

레벨이 오른 수련생들은 스탯을 지혜에도 하나 정도씩은 찍어 주었다.

스킬에 대해서 과소평가했지만 어느 정도 규모 이상의 싸움이 이어질 때에는 확실히 도움이 되는 걸 몸으로 느꼈다.

앞에 나가서 정찰하던 검오백일치가 외쳤다.

"스승님, 몬스터들이 오고 있습니다!"

"그래? 그렇다면 방어하기 편한 장소로 이동하자."

검치와 수련생들은 바르고 성채로 도망치지 않고 협곡이나 능선으로 자리를 옮겼다.

근처에서 다시 굶주린 몬스터의 무리가 몰려들었다.

"인간들을 먹자!"

"성 밖으로 나온 인간들을 해치우자. 그리고 저들의 무기는 내 것이다!"

몬스터들이 침을 줄줄 흘리면서 주변의 땅을 새까맣게 뒤덮으며 올라왔다.

검치와 수련생들은 긴장과 함께 희열이 솟구쳤다.

"실컷 싸울 수 있겠군. 몬스터가 이 정도는 되어야 싸울 맛이 나지."

부상이 심한 사람들도 싸우기 위해 검을 들었다.

"키엣! 인간, 죽어!"

"허물을 벗고 잡아먹힌 뱀의 저주를 받아라!"

몬스터들은 독화살을 쏘기도 하고 주술을 사용하기도 했다. 땅속으로 파고들어서 갑자기 튀어나오며 기습도 했다.

검치와 수련생들이 있는 능선을 에워싸고, 전쟁을 연상시킬 만한 규모의 전투가 벌어졌다.

"사형, 먼저 가서 죄송합니다."

"나도 곧 가마!"

수련생들 중에서 다시 사망자가 속출했다.

이번에 죽은 사람은 총 143명.

현재 검치 들의 전력을 감안한다면 엄청난 피해였다.

전투가 끝나고 나니 몬스터들의 사체와 전리품이 산 주변에 가득 쌓여 있을 정도였다. 병장기는 거의 없어도 보석과 가죽, 나무 열매, 광물, 주술용 도구, 그 외에 잡템들!

"스승님, 땅에 아이템이 떨어져 있는데 주울까요?"

"귀찮지만 가져다가 팔자꾸나."

"옛!"

상인이 듣는다면 눈이 휘둥그레질 수밖에 없는 대화였다.

보통 때 검치 들은 쓸 만한 검이나 무기류가 떨어져서 눈에 띄면 가져가고 나머지는 귀찮아서 내버려 두고 가 버렸기 때문이다.

"반지나 목걸이도 있는데요. 확인해 보니 마나의 최대치나 지식을 좀 올려 줍니다."

"스킬을 한 번쯤은 더 쓸 수 있겠군. 강해지기로 했으니 주워서 착용하자꾸나."

검치 들은 지금까지 남자가 무슨 반지와 목걸이냐면서 무시하던 액세서리도 착용했다.

잡템 사이에는 관심을 받지 못하고 버려졌던 희귀한 아이템이나 보석도 많았다. 그걸 다 모은다면 모라타의 고급 별장도 구입할 수 있을 정도였다.

"스승님, 야만족들이 이 주변에서 던전 입구를 봤다고 했습니다."

"그러면 가 봐야지. 찾아봐라."

"옛!"

수련생들이 흩어져서 야만족이 했던 설명을 바탕으로 던전의 입구를 발견했다.

"여깁니다."

"들어가자!"

던전, 푸에플로 산의 마굴의 발견자가 되었습니다.

야만의 카나 부족이 경계하던 장소. 몬스터들은 이 마굴을 아주 중요하게 생각한다. 몬스터들이 보물을 숨겨 놓았다는 이야기가 있지만 들어가서 발견한 사람은 아직 없다. 산에서 전투를 벌인다면, 몬스터의 지원군이 마굴 내로 들어오게 될 것이다. 이곳을 정복하면 야만의 카나 부족의 존경을 받게 된다.

혜택: 명성 1,980 증가. 일주일간 경험치, 아이템 드랍률 2배. 첫 번째 사냥에서 해당 몬스터에게 나올 수 있는 것 중에서 가장 좋은 물건 아이템이 떨어진다.

인근에 사는 몬스터들의 레벨이 높았던 만큼, 마굴의 난이도도 보통 수준은 아닐 것이다.

"어디 싸우러 가 보자. 안에 있는 몬스터들을 다 해치우기 전까지는 고기 금지다."

"옛, 스승님!"

검치와 검둘치, 검삼치가 절반의 수련생들을 이끌고 마굴 내를 탐험하며 전투에 나섰다. 검사치와 검오치는 나머지 수련생들과 함께 마굴의 입구로 들어오는 몬스터와 싸웠다.

어릴 때부터 그날 학교는 안 가더라도 밥은 꼬박꼬박 세 끼 이상씩을 먹었다.

시험 성적이 나쁘더라도 밥 잘 먹는다고 부모님에게 칭찬을 받았던 따스한 기억을 가지고 있는 수련생들!

던전 사냥을 하다 보면 고기도 못 먹고, 밥도 푸짐하게 먹지 못했다.

하지만 이런 곤란함까지도 전투로 극복했다.

"내가 앞장서겠다."

"스승님, 제가 바로 뒤를 따르겠습니다."

검치와 검둘치를 따라서, 수련생들은 출현하는 모든 몬스터와 바로 싸움을 했다.

수련생들의 레벨이 전부 비슷하지는 않았다. 특히 더 낮은 사람도 있었다. 하지만 사범들과 사형제들이 서로를 지켜 주면서 47명의 사망자를 내고 던전을 완벽하게 정리했다.

"음, 많이 죽었구나."

"죄송합니다, 스승님!"

던전의 난이도만을 놓고 볼 때에는 대단히 경미한 피해였다.

검치 들의 직업은 전부 무예인으로, 치료를 해 줄 수 있는 사제도 없이 오직 붕대를 감고 싸우면서 해낸 것으로는 믿기지 않는 성과였다.

띠링!

> 푸에플로 산의 마굴을 정화하였습니다.
> 성직자도 참여하지 않은 채로 훌륭한 전투 공적을 세웠습니다. 야만의 카나 부족으로부터 진정한 무사로서 존경을 받을 것입니다.

> 명예가 2 증가합니다.

카리스마가 1 증가합니다.

수련생들은 사냥하면서 검만을 고집하지는 않았다.

기본적으로 검이 가장 좋고 뛰어나다고는 생각하지만, 무예인의 무기술 스킬은 모든 무기들을 가리지 않고 쓸 수 있게 해 준다. 몬스터와 거리가 있다면 일차적으로 화살 공격을 퍼붓고, 맷집과 방어력이 높다면 도끼를 무기로 쓰기도 했다. 필요에 따라 무기를 활용할 수 있다는 건 엄청난 장점이었다.

검치와 수련생들이 여러 종류의 전투부대로 모습을 바꿀 수 있었기에 보스급 몬스터도 치밀하게 사냥했다.

"여기는 다 끝난 것이냐?"

"예! 보물도 얻었습니다. 몬스터들이 니플하임 제국의 요새에 쌓여 있던 무기와 금화 들을 제법 많이 가지고 있더군요."

"장비 중에서 쓸 만한 건?"

"오래되어서 그다지… 지금 입기에는 무리입니다. 고쳐 봐야 알 것 같습니다."

"나중에 위드에게 보여 주기로 하고, 밥 먹고 다음 던전으로 가자. 싸우기로 한 이상 이제 강해져야 한다."

"옛, 스승님."

검치와 사범들은 물론 수련생들도 보리빵으로 간단히 식사를 때웠다.

바르고 성채로 돌아가서 정비도 하지 않고 근처의 던전에 또 들어갔다. 이번에도 39명의 희생자를 만들어 놓고 던전을 정리했다.

"이 주변에는 몬스터나 던전이 많아서 참 좋군."

"마치 우리를 위해서 있는 것 같습니다, 스승님."

"부근에 가까운 던전이 또 있느냐?"

"야만족들의 말에 따르면 바로 옆에 있습니다."

"가깝다면 거기 다녀와서 밥 먹으면 되겠구나."

검치 들은 근처의 던전으로 또 들어갔다.

세 번째로 들어간 던전은 가장 강한 몬스터가 나오는 곳이라서 53명이나 죽고, 130명이 신성 마법으로 치료하지 않는다면 이틀 이상 전투가 어려울 정도의 중상을 입었다.

"다친 애들은 바르고 성채로 보내고, 우리는 다음 던전으로 가자."

"예, 스승님."

검치는 성장하기로 한 이상 확실하게 방향을 정했다.

그들의 레벨도 300을 넘었기 때문에 죽으면 크나큰 손해였다. 레벨과 무기술 스킬의 높은 숙련도가 떨어진다는 점을 생각하면 아득하기만 한 일.

하지만 희생자들이 많이 나오면서 수련생들은 더 많이 협력해야 했다.

몬스터가 평균적으로 지금까지 상대했던 녀석들보다 강하고 규모가 엄청났기에 긴장하며 진지하게 전투에 임했다. 자신에게 화살이 날아오더라도 아직 생명력이 많이 남아 있다면 사형제들을 위해서 맞았다.

"삼백오십일치야, 옆으로 빠져라!"

누군가 1명의 부상이 심해지면 사방에서 달려와 도와주는 사형제들!

사범과 수련생 들은 전투에서 자신의 능력을 총동원했다.

신중해지고 몬스터를 경계하였으며, 그러면서도 사냥은 더 과감해지고 빨라졌다. 몬스터들의 무리에 허점이 보이면 누가 말을 하지 않았음에도 사형제들이 뭉쳐서 집중해서 돌파했다.

검둘치, 검삼치, 검사치, 검오치의 사범들과 검백치 아래의 오래된 수련생들의 협력 공격은 송곳처럼 날카로웠다. 십몇 년 이상 검치에게 시달려 오며 교환한 눈빛으로 전투를 하기에 모자람이 없었던 것이다.

"둘치야, 힘드냐?"

"아닙니다, 스승님. 재미있습니다. 다음 던전으로 가시죠."

"가자!"

검치를 따라가는 사범들과 수련생들의 분위기가 달라졌다.

몸을 안달 나게 만드는 전투에 대한 흥분, 위험한 던전들만 돌면서 싸움을 기다리게 되었다.

이게 검치의 방식이었다.

'〈로열 로드〉에서는 몬스터에게도 죽을 수가 있지. 현실에서도 그렇지만, 사람은 죽을 줄 알아야 한 발자국 더 앞으로 나아갈 수 있다.'

시시하게 차근차근 사냥하고 경험치를 모으고 스킬 숙련도를 쌓는 건 지루하다.

검은 훈련도 해야 하지만, 쓰다 보면 강해지게 되어 있다.

무리한 전투에도 불구하고 그에 적응이 되어 가고 있었다.

소름 끼칠 정도의 미친 듯한 사냥 속도!

부상을 입고 다리를 절뚝거리면서도 몬스터들과의 싸움을 멈추지 않았다.

검치와 수련생들은 전력을 다한 돌파로 레벨을 올렸다.

위드가 갈림길에서 들어가 보지 않은 동굴의 입구는 다섯 곳이었다.

어느 한 곳에서만 금은보화가 나오더라도 찾아온 보람이 있어서 입가가 기뻐서 찢어질 수 있었다.

네 종족들이 북적대며 살았기 때문에 동굴마다 면적이 좁은 편은 아니다.

위드는 서둘러 다른 동굴로 뛰어 들어갔다.

다른 동굴에 비해 입구가 조금 작아서 이번엔 드워프들이 살았을 동굴로 짐작이 됐다.

"드워프라면 역시 비싼 걸 갖고 있을 거야. 제일 기대해도 되는 종족이지."

입구가 좁을 뿐 동굴에서 연결된 광장은 상당히 넓었다.

바닥에는 땅을 파헤치고 돌을 세워 놓는 등, 무엇을 만들기 위해서인지 건축물의 기초적인 구조를 잡아 놓은 것이 보였다.

드워프들이 만든 대륙 최초의 도시, 라체부르그의 기초 형상을 감상하였습니다.
조각사로서 도시의 형태를 관찰하게 됨으로써 충분한 예술성과 고고학적인 지식이 있다면 소유하고 있는 마을과 성, 지역 등에 고대의 건물들을 지을 수 있습니다.
고대의 건물들은 비용이 매우 저렴하고 건축 기간이 짧습니다. 높은 역사적, 문화적인 특징을 가지고 있으며, 도시 발전도가 낮다면 이를 올리는 데 큰 도움이 됩니다. 건물을 새로 건축하기보다는 과거에 존재했던 건물들의 형태를 그대로 복원해야 특성이 부여됩니다.
고대의 특수 건물들을 건설할 수 있습니다.

예술과 지식, 행운이 13씩 오릅니다.

드워프들은 지상으로 나가서 세우게 될 도시 라체부르그의 기초 형상을 이곳에 미리 만들어 놓았다. 인간, 드워프, 엘프, 오크가 어우러져서 살 수 있는 도시라서 다양한 건물과 구조물의 축소 모형들이 있었다.

마룬석으로 만든 거리

도시 내에 돌을 깔아서 이동하기 편하게 만들었다. 말과 사람이 빠르게 이동할 수 있다.
특수 효과: 역사적 가치 3,580. 예술적 가치 498. 길가 주변으로 상업 발달을 촉진시킨다.

오크들의 목욕탕

전투를 마치고 가끔 집에 일찍 들어가기 싫은 오크들이 옷을 입은 채로 사용하는 목욕탕이다. 강물을 끌어와서 쓰며 수영을 해도 될 정도로 아주 넓다. 목욕을 막 마친 오크들은 스스로의 외모에 대하여 대단한 자부심을 갖기도 하였다. 생명력이 거의 없을 시에는 빠져 죽을 수도 있다.
특수 효과: 역사적 가치 1,935. 예술적 가치 179. 목욕 후에는 체력 회복 속도를 45% 올려 준다. 오크들의 매력 3 증가.

고대의 원형극장

네 종족이 모여서 주변의 위협에 대해 토론하기 위하여 만든 곳. 하지만 곧 오크와 드워프가 힘자랑을 하는 장소로 변했다. 인간들이 초기의 뮤지컬을 만들어 내고, 엘프들은 정령술을 자랑하였다.

특수 효과: 역사적 가치 7,410. 예술적 가치 2,930. 문화와 지역 정치에 큰 영향을 끼친다. 주민들의 충성도 증가.

큰 나무가 있는 광장

네 종족의 화합과 번영을 상징하는 장소이다. 열매가 열리는 코타 나무를 광장의 중앙에 심었다. 주변에서는 말 많은 오크들과 인간, 드워프, 엘프 여성들이 아이들을 돌보며 시간을 보냈다. 여자들은 아이들을 키우고 식사를 만들며, 필요 없는 물건을 판매하고 때때로 건축과 사냥을 돕는 등 매우 많은 일을 해야 했다. 여자들이 가장 즐거워한 시간은 코타 나무 아래에서 남편 흉보기에 몰두할 때였다.

특수 효과: 역사적 가치 9,340. 예술적 가치 689. 건축을 위해서는 코타 나무가 필요하다. 도시의 초창기 상업 형성에 매우 큰 영향을 준다. 치안 안정을 돕고 분쟁을 줄여 준다.

위드가 바라던 누런 금은 없었다. 대신 라체부르그에 있었던 많은 건축물과 구조물들에 대한 지식을 습득했다.

고대 도시의 건축물은 비용이 저렴하고, 기술력이나 문화적인 제한이 적거나 아예 없었다. 하지만 건축물의 형태를 새로 만들기보다는 기존에 있었던 건축물을 복원할수록 역사적인 가치를 가지게 된다.

위드는 예전에 정보 게시판에서 봤던 내용을 떠올렸다.

"도시의 역사적인 가치라… 유적들이 많던 안티카라는 도시가 있었지."

라체부르그와는 비교할 수도 없을 정도로 먼 훗날에 세워진 인간의 도시 안티카.

도시에 역사적인 가치가 있으면 대륙에서 관광객들이 찾아온다. 상업도 따라서 발달하며, 문화적인 성장이 대단히 빨라진다.

"그래도 어디 숨겨 놓은 황금은 없을까?"

위드는 드워프의 동굴을 뒤져 보며 다른 챙길 것이 없는지를 살폈다.

라체부르그의 기초 형상을 만들어 놓은 것 외에는 화로를 설치했던 흔적들만이 어렴풋하게 남아 있었다.

"설마 여기도 보물이 없는 걸까. 아니야! 단정 짓기에는 너무 일러. 뭔가 하나를 빠뜨리고 떠났을지도 모르니까."

위드는 손으로 벽과 천장을 건드려 보고, 굴러다니는 돌멩이의 재질을 파악해 보기도 하였다.

혹시나 눈먼 보석이 떨어져 있을지도 모른다는 기대를 끝까지 버리지 않았다.

뭐라도 챙기고야 말겠다는 의지!

"있을 거야. 분명히 있다. 설마 이런 곳에 하나라도, 남아 있는 물건이 없을 리가 없어."

위드는 라체부르그의 기초 형태를 피해서 땅바닥도 성자의 지팡이로 쿡쿡 찍으면서 다녔다.

언젠가 다른 모험가나 조각사도 이 동굴을 발견하고 들어오게 될지 모른다. 혹시 그가 위드가 놓친 무언가를 발견해 냈다는 소문이 들린다면 얼마나 억울하겠는가.

상한 통닭에 유통기한 지난 피자, 덜 익은 삼겹살을 섞어 먹고 탈이 날 때보다 더 배가 아픈 일이었다.

퉁퉁.

그때 땅에서 무언가 울리는 소리가 났다.

"뭔가 있다."

위드는 손으로 조심스럽게 땅을 파 보았다. 그리고 밀봉된 12개의 나무통을 찾아냈다.

"가, 감정!"

드워프의 향기로운 술통

여러 과일과 곡물을 빚어서 만든 술이다. 다른 종족들에 의해 술을 만드는 게 금지되었다. 하지만 드워프들은 몰래 술을 빚어서 마시곤 했다. 엘프목으로 만들어서, 시간이 지날수록 깊은 향이 배어든다. 하지만 너무 엄청난 세월이 지나서 과연 맛이 있기나 할지 의문인 술.

내구력: 4/25

"술이구나. 그런데 과연 먹어도 되는 건지 모르겠군."

위드는 공짜라면 어지간한 건 다 좋아했지만 이것만큼은 썩 자신이 없었다.

남들에게 팔더라도 그들이 먹고 죽는다면 원한을 사고 욕을 먹을 게 아니던가. 사람들에게 바가지를 듬뿍 씌우는 일을 다시는 하지 못하게 될지도 모른다.

"이건 사형들한테 마시게 해 봐야겠군."

검치 들이라면 술을 마시고 죽더라도 후회하지 않을 사람들이니…….

드워프들이 머무르던 여러 동굴들에서는 술통 외에 깨진 그릇 조각 약간을 찾아냈다. 그 외에 다른 값비싼 발견물은 나오지 않았다.

"술보다도 이 술통… 엄청난 골동품의 가치가 있을 거 같아."

뭐라도 챙긴 위드의 표정은 조금 밝아졌다. 엘프목으로 만든 술통이었으니 고고학적인 가치까지 있으리라.

술통의 재료가 좋으니, 술 역시 어떤 재료로 담갔을지 기대가 되었다.

위드는 오래된 귀한 술을 마시는 것으로도 요리 스킬 숙련도가 오르고 관련 분야에 경험이 많다면 제조법을 습득할 수도 있었다. 드워프가 만든 고대의 명주라면 제조법으로 엄청난 이윤을 거둘 수 있고, 명성과 요리 스킬의 숙련도를 올리기도 좋으리라.

"술이라면 내가 많이 담가 보긴 했지."

위드는 어느 지역에서 사냥하든 열매를 모조리 채취하여 술을 담가서 검치 들에게 선물을 하거나 팔아 왔기 때문에 술 제조에 많은 경험을 갖고 있었다.

특히 술의 양을 늘려야 할 필요가 있을 때 적절한 비율로 물을 타는 재주는, 베르사 대륙에서 누구도 따라오지 못할 정도로 최고였다.

도자기의 장인

위드가 다음으로 들어가 본 엘프들의 동굴은 지하라고는 느낄 수 없을 정도로 따스했다.

맑은 물이 흐르고 있었으며 꽃과 나무 들이 울창하게 자라 있었다.

몽벨트룰리아에 조성된 엘프의 화원을 감상하였습니다.
엘프들이 씨앗을 뿌리고 가꾼 화원! 식량이 부족할 때는 네 종족들에게 중요한 영양 공급원이 되었다. 그들이 떠나고 긴 역사를 지나오는 동안에도, 대지가 품은 영양분과 정령들의 축복에 힘입어 스스로 자라고 견뎌 왔다.

모험으로 인해 모든 스탯이 6 증가합니다.

행운이 7 증가합니다.

정령과의 친화도가 3% 높아집니다.

위드는 나무들 사이로 걸쳐진 넝쿨을 들어 올리고 중앙의 연못을 보았다. 수초들이 자라는 물은 에메랄드빛이었다.

무성하게 자란 나무와 꽃 들이었는데 돌보는 이가 없으니 쓸쓸한 느낌이 들었다.

천장까지 닿을 정도로 높게 자란 나무, 보는 이가 없지만 활짝 피어 있는 꽃들. 탐스러운 열매들은 아무도 먹지 않아서 그대로 다시 떨어졌다.

"이렇게 아깝게 버려지다니."

혹시나 아이템을 얻을 수도 있다는 기대감으로 가져온 가죽 포대가 70개도 넘었기 때문에 공간은 넉넉하게 남아 있었다. 열매들을 줍고, 꽃과 나무의 씨앗들은 별도로 분류해서 가죽 포대에 집어넣었다.

일단 뭐라도 있으면 무조건 챙겨 보자는 계산.

"엘프의 화원이라. 모라타에 심어 보면… 나쁠 건 없겠군."

씨앗들을 신나게 주워 담는데 갑자기 꽃과 나무 들이 스르륵 떨렸다. 그리고 신비한 진한 향기를 내뿜었다.

띠링!

> 꽃과 나무 들이 방문객을 환영합니다.
> 오래도록 한자리에서 살아온 식물들은 신선한 공기와 물, 햇빛을 원하고 있습니다. 지상에 옮겨 심어서 꽃과 나무 들이 무사히 자라나게 되면 보상을 받을 수 있을 것입니다.

안 그래도 챙겨 가려고 했는데 환영까지 해 주다니!

위드는 배낭에서 도끼를 꺼냈다.

"책상이나 의자, 식탁으로 재탄생시켜 줘도 될지 모르겠군!"

여차하면 나무 밑동까지 잘라서 가져갈 셈이었다.

일단 땅을 파헤쳐서 꽃과 나무뿌리를 흙과 같이 포대에 담았다. 오래된 엘프목은 건축이나 조각 재료로서의 가치가 매우 높다. 햇볕에 잘 말리면 더할 나위 없는 최고의 재료가 된다.

죽지 않은 나무라면, 지상의 비옥한 땅에 심어 준다면 큰 나무로 자라게 되리라.

엘프의 화원에는 상당히 다양한 종류의 꽃과 나무 들이 있었지만, 대부분이 지금은 흔한 씨앗들이었고 일곱 가지만이 특이한 종류였다.

"감정!"

브론드 나무의 씨앗

엘프들이 좋아하는 향기가 나는 나무. 2미터 이상 자라면 달콤한 열매가 달리며, 잎은 약초로도 쓸 수 있다. 아주 맑은 기운을 가지고 있기에 오염되지 않은 땅에서 잘 자란다.

내구력: 1/1

눈송이 꽃의 씨앗

손에 잘 잡히지 않을 정도로 작은 씨앗! 흙에서 쉽게 자라며 깊지 않은 땅에 심어 주는 것이 좋다. 눈송이처럼 흰 꽃이 피며, 꽃씨가 빨리 퍼지는 편이다.

내구력 1/1

재칼 나무의 가지

강철처럼 단단한 나무. 성장 능력이 매우 뛰어나다. 봄에는 꽃이 피지만 열매가 열리진 않는다.

내구력: 22/22

파이어드 나무

속이 비어 있는 나무. 작은 동물들의 서식지가 된다. 울창한 숲이 만들어지면 야생동물들의 번식력이 높아진다.

내구력: 10/10

모라타와 바르고 성채 주변에 꽃밭과 숲을 만들어 놓으면 나쁘지 않으리라.

"관광 명소를 많이 만들어 놔야 해. 조각품만 있어서는 조금 허전하니까. 커플들이 데이트할 수 있는 장소를 만들어 놔야 돈을 많이 쓰게 되지."

모라타와 바르고 성채의 미래 설계는 커플들에게 바가지를 듬뿍 씌울 수 있는 도시!

나이가 있는 분들은 특히 숲이나 산, 계곡을 좋아한다. 험준한 산들이 즐비한 바르고 성채는 그런 면에 있어서는 최고의 관광지가 될 가능성도 있었다. 봄, 여름, 가을, 겨울의 풍경이 다를 테니 마음껏 즐길 수 있는 환경이었다.

특히 지금도 계속 보수가 이루어지고 있는 바르고 성채는 하루가 다르게 건축물도 멋있어지고 숙박 시설도 좋아졌다.

다만 위드가 생각하는 아주 사소한 문제점이라면, 성문 밖이 지나치게 위험하다는 점이었다.

초보자들은 등산로로 산책 나갔다가 상상도 하지 못하던 몬스터를 만나서 도망칠 겨를도 없이 사망할 수도 있는 위험한 관광지였다.

"이 정도만 챙기면 되겠군."

위드는 포대에 씨앗과 나무, 열매 들을 담았다. 부피가 있어서 가죽 포대 45개를 채울 막대한 양이었다.

"아직 안 가 본 동굴들이 있으니까. 그리고 인간들이 지내던 장소에 가서 나머지를 채우면 되겠어."

위드는 다음 동굴로 들어갔다.

인간들이 살던 동굴에서는 다수의 그림과 조각상이 발견되었다. 과거의 인간들이 미숙한 솜씨로나마 최초로 만들었던 예술의 흔적을 찾아낸 것이다.

손재주는 드워프들이 비할 바 없이 뛰어났다. 그러나 그들은 그 뛰어난 재주를 필요한 장비들을 만드는 데 썼다. 강하고 실용적이고 튼튼한 것들을 좋아하는 본성을 가졌기 때문이다.

그래서 예술성은 인간들에게 먼저 꽃피었다.

흙을 구워서 만든 그릇들과 흙 인형들, 그리고 신을 표현한 조각상이 보였다. 천장과 벽에도 그림이 그려져 있었다.

당시 각 종족들이 얼마나 화목하게 어우러져 지냈는지를 말해 주는 것처럼 엘프, 드워프, 오크가 많이 나왔다.

대지의 여신 미네의 조각상을 보았습니다.
그녀가 조각상에 부여한 축복을 받습니다. 땅에 대한 친화력이 높아집니다.

군신 아트록의 조각상을 보았습니다.
전투 스킬의 숙련도가 3.7%씩 증가합니다. 힘이 3 늘어납니다.

주방의 신 헤스티아의 조각상을 보았습니다.
30일간 요리를 만들 때 불이 저절로 조절됩니다.

풍요의 여신 프레야의 조각상을 보았습니다.
예술과 카리스마, 행운이 9씩 증가합니다.

베르사 대륙에 남아 있는 가장 오래된 그리고 태초의 조각품들이 탄생했을 귀중한 공간이었다.

"조각품만 100개도 넘겠군. 벽에는 그림도 그려져 있고… 그림은 시간이 너무 지나서 색이 변하고 균열이 생기거나 떨어진 부분도 있어서 아쉽군."

위드는 역사서에도 기록되지 않은 시대의 조각품들을 차분히 감상했다.

32개의 신, 그중에서 11개가 여신들이었는데 외형의 매끄러움이나 미적인 부분은 위드가 만든 것보다 훨씬 못했다.

프레야 여신상은 가슴이 과하게 크고, 옆구리와 허벅지 살이 보통이 아니었다. 미의 기준이 지금과는 달랐고, 살찐 걸 좋아하는 오크들도 있었기 때문에 만들어진 모습이리라.

신들의 원형이나 다름이 없기에 조각상은 대단한 종교적, 역사적 가치를 가졌다. 특정한 조건을 갖춘 성직자가 발견하면 종교를 부활시킬 수도 있는 중요한 것들이었다.

"하필 신상이라니, 챙겨 가서 팔아먹을 수 없겠군."

아무리 위드라고 해도 그런 짓을 했다가는 끔찍한 저주에 걸릴 수 있었으니 구경하는 정도에 그쳐야 했다.

조각품은 다양한 주제 대신에 자신들의 모습을 본떠서 만든 것들이 대부분이었다. 사냥하는 모습이나 모닥불을 피워 놓고 요리하는 장면 등을 표현했다.

대부분은 흙을 구워서 만든 조각품들이었다. 과거에는 돌을 깎는 재료가 지금처럼 발달하지 않았기 때문인지도 모른다.

"이런 방식의 조각품도 나름대로 괜찮겠군."

위드는 흙을 구워 조각상을 만드는 방식은 잘 쓰지 않았다. 대형 조각상을 만들 때에 흙은 특히 기피할 수밖에 없는 재료였다.

단단한 돌을 깎아서 만들면 조각칼로 섬세한 표현도 할 수 있고, 크기도 마음대로 조절하기가 편하다. 완성된 이후에 손상이 잘 발생하지 않는다는 점에서도 돌을 많이 이용했다.

흙은 크게 만들수록 균열이 생기게 되고 하중을 이기지 못해서 무너지기 쉽다.

그렇지만 조각사의 손을 이용한다는 점에서는 흙이 정말 좋은 재료였다. 조각품에, 흔히 말하는 손맛이 있는 셈이었다.

베르사 대륙에 역사적인 날이 찾아왔다.

헤르메스 길드의 하벤 왕국이 칼라모르 왕국을 완전히 집어삼켰다.

칼라모르 왕국이 멸망하였습니다.

국왕이 서거했습니다.
왕국의 모든 귀족들은 명예와 지위를 잃어버리게 됩니다.
왕국 기사들은 소속이 사라져서 자유 기사의 신분이 됩니다. 단, 5개월간 다른 귀족에게 충성을 맹세할 수 없습니다.
왕국민들은 칼라모르 왕실에 충성을 바쳐 왔습니다. 그들은 간악한 하벤 왕국의 침략자들에 의해 지배를 받아야 하는 현실에 대해 심한 괴로움을 느낍니다.
치안이 -96이 됩니다. 생산력이 -87%가 됩니다. 문화가 -79%로 감소합니다. 상업 활동이 심하게 위축됩니다. 몬스터들이 도처에서 날뛰고 있습니다.

칼라모르 왕국의 멸망!

〈로열 로드〉의 방송국과 유저들의 관심이 모두 헤르메스 길드로 쏠렸다. 강대한 세력을 가지고 있는 헤르메스 길드가 더 큰 영토와 인구를 거느리고 우뚝 서게 되리라는 전망이 줄을 이었다.

헤르메스 길드원이라는 자체가 다른 유저들이 따라오지 못하는 힘을 상징했다. 게다가 길드 전용 사냥터, 무기와 방어구 제공, 마법 책 지원 등으로 인하여 길드 내에서의 혜택도 상당했다.

하벤 왕국에 이어 칼라모르 왕국까지 먹어치웠으니 징수되는 세금을 바탕으로 더욱 굉장한 군대를 키울 수도 있으리라.

하지만 아직 칼라모르 왕국이 있던 지역이 안정화된 것은 아니었다. 도처에서 저항군들이 날뛰었고, 주민들이 마을을 불태우고 떠나기도 했다.

페트는 칼라모르의 점령 지역에 나타났다.

"여긴 전쟁의 흔적이 그대로 남아 있군."

군대가 맞붙어 싸우면서 도시를 휩쓸고 간 참화가 도처에 보였다. 거리에 부러진 무기 파편, 화살촉 등이 떨어져 있다.

활동하는 유저들은 많지 않았지만 주민들은 살고 있었다.

"나쁜 하벤 왕국. 그들에게 복수할 거야."

"바드레이. 그의 무력을 당해 낼 수 있는 기사는 없어. 우리 칼라모르 왕국은 이제 역사에서 잊히게 되겠지."

"하벤 왕국은 점령지에 대한 세금을 2배로 부과한다더군. 어휴. 이번 전쟁으로 밀이 다 타 버렸는데 그 세금을 어떻게 장만하지?"

주민들의 괴로워하는 목소리를 들었다.

칼라모르 왕국 지역에 있던 주민들은 방화와 약탈로 재산을 잃어버렸다. 기사와 병사 들은 전쟁으로 목숨을 잃어서, 센바인 산맥에서 내려온 몬스터들이 마을 근처에서까지 날뛰었다. 이를 막아 줄 수 있는 유저들마저 대부분 다른 왕국으로 떠나 버렸다.

"다른 왕국으로 가자. 여긴 있어 봐야 별로 도움 될 것도 없겠어."

"그러게. 차라리 남부로 내려갈까."

"어디든 빨리 떠나자. 이곳을 벗어나고 싶어."

초보자들의 입장에서는 사냥하기에 조금이라도 안전한 장소를 택해서 이동해야 할 필요가 있었다.

레벨이 어느 정도 되는 유저들은 의뢰를 많이 받을 수 있었지만, 주민들이 가난해지면서 마땅한 보상을 얻지 못했다. 차후 헤르메스 길드의 심한 핍박을 피하기 위해서라도 다른 왕국으로 터전을 옮겼다.

페트가 보기에도 칼라모르 왕국의 도시들은 처참하기 짝이 없었다.

"헤르메스 길드는 치안에 관심을 쏟지 않는군."

전쟁에 나섰던 강력한 군대!

그들은 점령한 수도에 머무르면서 휴식을 즐기고 있었다.

왕국에 몬스터들이 많아졌다고 하더라도 주민들의 괴로움일 뿐, 그들에게는 그저 남의 이야기였다.

"일부러 방치하는 것 같기도 하고……."

몬스터들이 대대적으로 번식할수록 오히려 군대에 있는 병사들의 레벨을 올리기에는 더욱 좋다. 의도적으로 혼란 상황을 만들어 두고, 편하게 병사들을 징집하고 군대를 더 강성하게 만드는 건 아닌지 페트는 상당히 의심이 갔다.

하벤 왕국의 유저들에게는 나중에 구원자로 나서면서 손쉽게 명성 등을 올릴 수도 있으리라.

하지만 지금은 몬스터들에 의해서 주민들이 죽어 나가고 있었다.

"이런 모습들을 그림으로 그려야겠다."

페트는 눈으로 보고 기억해 놓은 뒤에 폐허가 된 건물에서 그림을 그렸다.

전쟁의 참상을 표현하는 그림!

아직 유명하지 않은 덕분(?)에 페트를 알아보는 사람이 없어서 방해받지 않을 수 있었다.

〈파괴된 마을의 저녁〉, 〈염치없는 점령군〉, 〈떠나는 주민들〉 등 걸작들을 그려 내고, 때때로 명화들이 나오기도 하였다.

주민들이 그에게 다가왔다.

"저기, 화가세요?"

"변변치 않습니다만, 맞습니다."

"부탁이 있는데… 옛날 평온하던 날의 그림을 집에 놔두고 싶어요. 염치없게도 설명드리는 것밖에는 제가 할 수 있는 게 없지만요."

"그거라도 됩니다. 그림은 그대로를 담을 수 있어요."

페트는 사람들의 의뢰도 받아서 해결해 주었다.

게시판에 있는 예전 마을의 사진들을 보고 나서 그림을 그려 주면 된다. 칼라모르 왕국의 깃발이나, 마을 출신의 죽은 기사들 그림도 몰래 그려 줬다.

주민들의 애환을 그림에 담으면서 명성도 높아지고, 친밀도도 얻었다.

페트는 아직 아무것도 그려지지 않은 화폭을 보면 잊을 수 없는 한 사람의 얼굴을 떠올렸다.

"유린……."

그녀가 있을지도 모를 모라타로 돌아가고 싶었다. 하지만 그녀의 오빠가 위드다.

잠깐의 만남이었지만 위드는 생각보다 대단했다.

그와 아주 잠깐 나누었던 대화가 다시 떠올랐다.

"고기는 많이 있으니 필요하면 마음껏 가져가서 드세요."

"고맙습니다."

모르는 사람에게도 베풀 수 있는 위드의 넓은 마음이란!

사실은 어차피 축제로 내놓은 고기이고, 놔두면 검치 들만 다 먹어 버릴 것이기 때문에 다른 유저들에게도 선심을 썼던 것뿐이지만…….

페트의 기억에 의하면 위드가 구운 고기는 육즙이 그대로 남아 있어서 쫄깃한 맛이 있었다.

"요리도 잘하다니."

유린의 오빠라고 생각하니 모든 면에서 다시 바라보게 된다.

위드는 조각 생명체에 모라타와 바르고 성채를 거느리고 있는 영주다. 그의 모험이 벌어지는 날에는 방송국의 시청률이 일제히 치솟았다.

"재봉이나 대장일도 하고, 전투는 아예 나와는 비교할 수준도 아니고 말이지."

페트는 마음에 상처를 입었다.

그는 그림으로 유린에게 자기의 능력을 뽐내고 싶었다.

상당히 큰 자신감이 있었지만, 냉정히 놓고 봤을 때 화가와 조각술은 예술로서 서로 우열을 가리기가 어렵다. 거기에 사람들의 주관도 상당히 많이 개입하게 된다.

위드가 만들어 내서 모라타의 명물로 자리 잡은 〈빛의 탑〉, 프레야 여신상 등!

페트가 실력을 겨룰 수는 있겠지만 그렇다고 해서 위드처럼 사람들의 존중과 애정을 얻진 못할 것 같았다.

위드가 이루어 낸 건 누구도 따라 하지 못할 것들이었다.

예술 작품을 끊임없이 만들어 내서 설혹 바르고 성채를 빼앗는다고 해도, 화가가 조각사보다 위라고 증명한다는 건 오만이라는 사실을 깨달았다.

"위드의 조각품이 왜 대단한지 알겠어. 역경을 뚫고 만들어 낸 것이기 때문에 인정을 받는 거지. 마을의 초창기에 아무것도, 별것도 없던 장소에 〈빛의 탑〉을 만들어 내어 주민들에게 용기를 주고 프레야 여신상으로 사람들을 모았지. 지금 융성한 모라타의 문화와 발전도는 그때부터 비롯된 거야."

조각품마다 이야기가 있고, 저마다 다른 시련을 버텨 냈다.

페트도 대륙을 돌며 작품을 만들고 모험을 하기로 했다. 사람들에게 인정을 받은 후에야 유린 앞에 당당히 나설 수 있을 것 같았다.

풀죽신교 300만 명 돌파!

북부뿐만 아니라 단일 세력으로서는 대륙 최대 규모였다.

대부분이 초보자였지만 시간이 흐르면서 무시무시한 일들을 저질렀다.

혼자 가기 심심해서 그런데 무질서한 바위 지역으로 사냥 가실 분 모여요. 저는 여사제입니다.

판자촌의 입구에 누군가가 글을 남겨 놓았다. 그러자 사냥 갈 무리 2만 명 결성!

그냥 해산했더라면 게시판이 시끄러워지는 일도 없었을 것이다.

"사람이 좀 많기는 한데요. 그래도 가 볼까요?"

"달립시다. 신난다."

"단체로 소풍 온 기분이네."

무질서한 바위 지역의 그 많던 몬스터가 몰살당하고 말았다.

요즘 신선한 풀죽 구경해 본 지도 오래된 거 같지 않습니까?
제가 여행을 하던 와중에 헤르드 평야에 가 보게 되었는데요, 거기에 맛있게 자란 풀들이 가득하더라고요. 모라타에서 조금 멀기는 하지만 풀죽을 마시기 위해서 우리가 그 정도 수고는 해야 되지 않을까요?

그다음 날, 모라타의 풀죽신도들이 대대적으로 이동했다.

사람들이 밤낮을 가리지 않고 헤르드 평야로 갔기 때문에 정확한 인원은 추산 불가능!

확실한 건, 사흘이 지난 후에 헤르드 평야는 헤르드 황무지로 이름이 바뀌었다.

안녕하세요. 중앙 대륙에서 온 상인 레베카입니다.
모라타에는 처음인데요, 인사도 드릴 겸 동쪽 성문 밖의 큰 공터로 오시는 분들에게는 20실버씩 드리겠습니다. 선착순 아니니까 천천히 오세요!

잘나가던 상인 레베카는 그날 텅 빈 주머니를 쥐고 서럽게 울었다고 한다.

풀죽신교의 시작은 가난한 초보자들의 모임이었다.

처음에는 토끼와 사슴, 늑대의 사냥법을 교류하는 정도였다. 1실버라도 더 주는 퀘스트를 서로 소개해 주면서 모라타에서 성장했다. 그들이 처음 시작했을 때의 모라타는 아직 필요한 것들이 완전히 갖추어지지 않은 도시였고, 그나마 성문을 나가면 위험이 산적해 있었기 때문이다.

그러나 모라타가 하루가 다르게 발전한 것처럼, 풀죽신교의 회원들도 성장했다.

무리 지어 사냥도 가고, 적극적으로 퀘스트에 참여했다.

그들이 맡아서 할 수 있는 의뢰는 단조롭고 쉬운 것들이었지만 의욕이 대단했다.

"모라타에는 니플하임 제국과 관련된 의뢰들이 많습니다."

"우리가 그런 의뢰들을 성공할 수 있을까요?"

"못하죠. 하지만 가죽 조달 의뢰라도 가리지 않고 하다 보면 언젠가 위드처럼 될 수도 있을 겁니다."

"풀죽, 풀죽!"

예술과 모험이 있는 모라타에서 〈로열 로드〉의 재미를 만끽하면서 차곡차곡 성장한 풀죽신교 회원들에게는 어느새 큰 변화가 생겼다.

판잣집에서 벽돌집으로.

싸구려 옷에서 번듯한 장비들로.

풀죽만 먹다가 레스토랑에서 번듯한 식사를 하기도 했다.

대규모 초보자들의 평균 레벨이 1씩 오를 때마다 모라타의 생산량과 경제력이 높아졌다.

위드는 흙으로 몽벨트룰리아에 맞는 조각품을 만들어 봤다.

흙을 쓰면 어떤 주제라도 표현할 수 있다. 네 종족들의 특징만 고려하더라도 만들 수 있는 작품은 정말 많다.

손재주의 효과가 잘 적용된다는 부분도 큰 장점.

흙의 색상이나 질감으로도 조각품마다 중요한 부분들을 살려 내는 게 가능했다.

〈진흙으로 빚어낸 드워프〉, 〈서로 음식을 많이 먹으려고 하는 오크 가족〉, 〈근심에 잠긴 인간〉, 〈과일나무를 심는 엘프〉 등등.

완성품을 보며 아쉬운 점도 있었다.

"얼굴의 주름이나 옷자락처럼 세밀한 부분은 섬세하게 표현하기가 까다롭군."

흙을 뭉쳐 조각품을 만드는 건 위드에게도 새로웠다.

"어릴 때 흙장난을 쳤던 일이 떠오르는군."

비 오는 날 흙으로 장난을 치면 시간 가는 줄을 몰랐다. 흙으로 빗물을 막는 댐을 만들고 나서 친구들에게 300원에 팔아먹던 어린 시절!

장난감이 따로 필요 없게 만드는 재료가 물과 흙이었다.

"이렇게 만들어 보는 것도 괜찮네. 재료가 달라지니까 표현하고 싶어지는 것도 많고. 특히 이 근처 흙이 좋은 거 같아."

티너스 강의 흙은 입자가 곱고 옅은 백색토였다.

진흙을 모아 잔돌들과 이물질을 걸러 내면 조각품을 만들 수 있는 훌륭한 재료가 된다.

조각술은 생활과 밀접하게 관련이 있는 예술이었다. 주변 환경에서 재료를 쉽게 구할 수 있고 흙을 주물럭거리는 것만으로도 편하게 작품을 만들 수 있다.

무언가 아름답거나, 간직하고 싶은 물건을 만들고자 하는 자연스러운 욕망.

돌이나 보석을 깎는 것처럼 거추장스럽지 않아도 된다.

그러다가 위드의 눈에 띈 것은 흙을 이용한 다른 종류의 작품들이었다. 과거의 인간들이 식사와 보관 등의 필요에 따라 흙으로 투박하게 그릇을 만들어 놓은 게 보였던 것이다.

이제 예술적 가치는 남지 않은 정도였지만, 역사적 가치는 굉장한 골동품들이 되었다.

"나도 흙으로 그릇들을 만들어 보면 어떨까?"

흙으로 빚은 단순한 그릇이 아닌 도자기!

청자, 백자는 지금 보아도 정말 감탄밖에는 나오지 않는 훌륭한 조각품이다. 그런 것들을 만들어 낸다면 조각술 스킬의 숙련도를 올리는 데 좋은 방법이 될 것 같았다.

"운반하기도 편하고 큰돈을 받고 팔 수도 있을 거야. 땅 파서 만들면 재료비는 얼마 들지도 않을 텐데. 크헤헤헤헤헤헷."

위드는 돈 벌 생각만으로도 웃음이 나왔다.

대장장이 스킬이 중급 7레벨이니 도자기를 만드는 데 필요한 불을 다루는 능력은 매우 뛰어난 편이었다. 조각술을 접고 강철과 불만 다루더라도 먹고사는 데 지장이 없을 정도였다.

"어디 시작해 볼까. 아직 익숙하진 않으니 밥그릇부터 만들어 내면 되겠지."

조각술은 깎는 것들이 많았는데, 손으로 흙을 빚어내고 불로 구워 내야 하기 때문에 많이 다른 분야였다. 대장장이 스킬 쪽에 가깝다고 할 수 있겠지만, 기본적인 형태가 예술품이다 보니 조각술과 손재주, 내상상이 스킬이 셋 다 필요하다.

위드는 흙더미를 손으로 주물럭거리면서 형태를 잡으려고 했지만 혼자서 손가락으로 둥그렇게 그릇을 만들기는 편하지 않았다.

"누가 도와줘야겠군. 흙꾼아!"

"무슨 일로 불렀는가."

흙꾼이가 피곤해서 축 늘어진 표정으로 소환되었다.

소환될 때마다 세상 구경을 하면서 기뻐하던 건 옛날 일.

모라타의 유저들을 중심으로 하여 너무 자주 소환되고 있었다. 일 잘하고 착실하며 느릿느릿 걸어 다니는 게 매력 있다며 인기를 끌었다.

일을 시키면 주로 하는 말도 있었다.

"차라리 태어나지 말걸. 왜 태어나서 이 고생을……."

"아이고, 허리야. 허리가 아프니 계속 일이나 해야겠어."

"이번 일은 간단하군. 일찍 끝내면 휴식 시간을 줄까?"

"모라타의 영주 위드 님은 대륙에서 가장 잘생기셨지. 그런데 믿어도 되는지는 모르겠어."

흙꾼이는 성실하게 일하고 나서 더 많은 일감을 받는 정령이었다.

다른 개성 강하고 자유분방한 정령들에 비하여 위드에게 착실하게 정신교육을 받은 결과!

악덕 조각사에 의하여 창조된 정령이니 어쩔 수 없이 감수해야 할 부분이었다.

"네가 할 일이 있다."

"좀 피곤하기는 해도 주인의 부탁이라면 열심히 하겠다."

"쉬운 거야. 이걸 좀 돌려야겠다."

위드가 흙꾼이에게 내민 것은 넓고 평평한 돌판이었다.

도자기를 만들기 위해서는 진흙을 쌓아 놓고 바닥 판을 회전시키면 편하겠다는 사실을 깨달았던 것.

위드는 주의를 주었다.

"돌리는 속도 일정하게 유지하고, 흔들리거나 멈추면 안 돼."

"이 정도라면… 뭐, 쉽다."

돌판이 아니라 좀 더 가벼운 나무로 할 수도 있었지만 위드는 개의치 않았다.

자신이 아니라 흙꾼이가 할 일이었으니까!

"그리고 진흙에 이물질이나 잔돌이 끼어 있으면 빼내고."

"잘 골라내겠다."

"화돌이 소환!"

"위드 만세!"

"넌 불이나 피워라."

"크힛, 알겠다."

"뜨겁고 강하면서도 온도를 일정하게 유지해야 돼."

흙꾼이와 화돌이 들이 돌아다니면서 맡은 바 일을 개시했다.

위드는 다른 정령도 소환했다.

"물방울 소환!"

이슬로 만든 예쁘장한 물의 정령이 신비롭게 출현했다.

"저는 무슨 일을 할까요, 주인님."

"넌 저기 흙더미에 물 좀 뿌리고 있어."

보통은 마나 부족 때문에 정령 소환은 최소한으로 했다. 정령은 불러내더라도 따로 정령술의 스킬 숙련도가 오르는 게 아니기 때문이다.

지금은 슬로어의 결혼반지, 바하란의 팔찌, 헬리움으로 만든 횃불이 있으니 이 정도의 마나 소모는 여유롭게 감당할 만한 수준이었다.

정령들을 소환하여 일을 분담하니 도자기를 만드는 작업장의 구조가 대충 갖춰졌다.

"간단한 그릇의 형태는 그리 어렵지 않겠지."

위드는 손바닥으로 젖은 흙을 두들겨서 뭉쳤다.

회전하는 돌 판에서 손으로 진흙 더미의 형태를 만들어 내야 했다. 손가락의 예민한 감각이 필요했고, 흙이 뭉개지지 않게 하면서 조금씩 세워 나가야 된다.

츠르르르륵.

흙이 손에서 매만져지면서 두꺼운 그릇의 형태가 갖춰졌다.

"이런 방식도 상당히 재미있군. 재료가 공짜이고 쉽게 구할 수 있으니까 실패해도 부담 없지."

위드는 밥그릇에서부터 평평한 쟁반까지 만들었다. 처음에는 영락없이 마구 주물러서 만든 개 밥그릇이었지만 나중에는 무난히 쓸 만한 둥근 그릇이 나왔다.

"이제 구워 볼까?"

위드는 불에 그릇을 올렸다.

불에 달구어지면서 도자기의 형태가 될 거라고 생각했는데, 물기가 갑자기 마르면서 깨지고 말았다.

"흙이 완전히 마른 후에 구워야겠군."

개 밥그릇들은 벌써 다 말라 버린 후라서 시험용으로 넣을 수 있었다.

위드는 가마를 만들어서 흙더미들을 넣고 뜨겁게 달구었다.

잔불에는 배고픔을 해결할 수 있는 고구마까지 구울 수 있었으니 일석이조!

나무가 타고 난 이후의 재에 구운 고구마와 감자, 그리고 고기구이는 일품이지 않던가. 검치 들에게 나중에 요리해 주겠다는 말만 하더라도 흐르는 침으로 라면을 끓일 수 있을 정도이리라.

"그러면 어디 완성된 작품은 어떨지 봐야겠군."

가마의 불이 꺼지고 나서 위드는 개 밥그릇들을 꺼내 봤다.

불의 온도를 적당하게 맞추지 못했기 때문인지 흙을 잘못 썼기 때문인지는 모르지만, 삼분의 일 정도는 금이 가거나 깨져 있었다. 몇 개는 목이 뚝 부러져 있기도 했지만, 나머지는 처음에 원했던 대로 잘 구워진 모습이었다.

그릇 29개를 만들어 조각술 스킬의 숙련도가 증가합니다.

대장장이 스킬의 숙련도가 증가합니다.

"별로 예쁘지는 않지만 어쨌든 첫 작품이니까. 감정!"

대충 만든 그릇

음식을 담을 만한 크기의 토기다. 예술을 아는 조각사 위드의 작품! 그릇이 두껍고 너무 강한 불로 구워서 크게 볼품은 없다. 다만 깨끗한 흙을 재료로 사용하였고 실용성이 아주 뛰어나다! 대륙에서 떠오르는 조각사인 위드의 작품인 만큼 원하는 사람이 어딘가에는 많을 것 같다.

내구도: 11/11

예술적 가치: 27

옵션: 음식물을 보관할 경우 맛과 향을 좋게 한다.

첫 작품치고는 괜찮았다. 그릇의 두께도 두툼하게 했고 용기의 크기도 넉넉하게 했으니 실패하더라도 직접 쓰면 되었다.

"그릇만이 아니라 도자기도 만들어 봐야지."

방금 만든 건 진흙과 불로만 만들어 낸 기본적인 토기라고 볼 수 있었다. 단순하고 울퉁불퉁하고 제멋대로인 그릇들.

여기서 예술품을 만들기 위해서는 흙을 정제해서 더 입자가 고운 것들을 쓰고, 형태도 다듬어야 했다.

"그다음 작품으로……."

흙꾼이와 화돌이, 물방울을 부리면서 작업을 계속했다. 조금 더 매끈한 형태의 토기를 만들어서 불에 굽는 실험이었다.

진흙으로 도자기의 형태를 잡은 후에는 그늘에서 완전히 말려서 가마에 넣어 초벌구이한다. 이때 불 조절을 잘해야 했다.

그다음에는 유약을 바른다.

유약은 여러 종류의 돌을 깨서 분쇄하고 식물을 태운 재를 섞어서 만들었다. 그 과정에서 여러 가지 색을 만들 수도 있었는데, 위드는 주로 청색이나 투명한 백색을 선호했다.

유약을 바르고 나서 다시 강한 불에 구워 내면 유약의 유리질이 녹아내리며 예쁘게 덮어지며 도자기가 완성됐다.

위드는 채광 스킬이나 약초학을 이용하면서 여러 종류의 유약을 실험하고 도자기를 굽는 연습을 했다.

"상당히 손이 많이 가는 작업이군."

도자기는 꼼꼼하게 하더라도 성공적인 작품이 쉽게 나오지 않았다. 전 과정에 있어서 조금이라도 실수가 있으면 제 빛깔을 내지 않았다.

위드는 수많은 불에 탄 그릇이나 색이 변하다 만 그릇의 실패작들을 탄생시켰다. 예술가의, 대륙 최고의 조각사로서의 자존심이 무너지는 순간.

"괜찮아. 재룟값은 거의 안 들었으니까!"

위드는 긍정적이었다. 도자기가 조각품과 관련이 깊다지만 만드는 방식은 크게 달랐으니 실패하면서 배우면 된다.

진흙으로 형태를 만들고 여러 단계를 거치는 것이 재미도 있었다.

"좀 더 다양하게 만들어 볼까. 아직은 이른 것 같긴 하지만 이것도 경험이니 시도를 해 보는 것도 괜찮겠지."

위드의 상상 속에 만들 수 있는 것들은 무궁무진했다.

동물의 형상을 닮은 물병!

그냥 도자기가 아니라 입에서 쪼르륵 물을 토해 내는 거북이를 만든다면 조각사로서 실력을 발휘하기에 좋으리라.

위드는 훨씬 더 복잡한 조각품을 많이 만들어 봤던 것이다.

"장식품으로도 잘 팔리고, 예술품으로도 가치가 높을 거야."

단단하게 흙을 뭉쳐서 조각칼로 떼어내는 방법을 택했다.

익숙하지 않기 때문에 젖은 흙으로 복잡한 형태를 만드느라 상당히 고생해야 했다. 진흙은 조각칼이 스쳐 지나가기만 하더라도 뭉개지는 부분이 생겼다.

"흔들리지 않도록 진흙을 확실히 잡고 고정시켰으면 좋겠는데… 마인드 핸드!"

위드는 고급 손재주를 익히면 사용할 수 있는 기술로 전설에 나오는 장인의 손을 사용했다. 마음의 힘으로 잡는 것이기 때문에 물리적인 영향이 없어서 도자기에 손상을 입히지 않았다. 그사이에 조각칼로 형태를 다듬을 수 있었다.

"작업량이 많군. 콜 데스 나이트 반 호크, 콜 뱀파이어 로드 토리도!"

"무슨 일인가!"

"어디에 싸움이 났는가, 주인!"

반 호크와 토리도까지 소환!

"너희도 놀면 뭐 하겠냐. 이거나 쪼개도록 해!"

위드는 그들에게 돌을 쪼개고, 숯을 섞어 유약을 만드는 임무를 주었다.

반 호크와 토리도는 이런 일이 전투가 아니라고 강하게 저항하지 않았다. 위드와 여행을 다니면서 마늘 찧기, 감자 껍질 벗기기, 양파 까기가 익숙해져 버렸던 것이다.

"오늘 일은 그나마 좀 편하군."

"일찍 끝내고 쉬었으면 좋겠다."

도자기를 만드는 일은 정령 세 종류에 토리도, 반 호크까지 투입해야 할 정도로 거쳐야 하는 과정이 많았다.

병 42개와 특수 형태의 물병을 만들어 조각술 스킬의 숙련도가 증가합니다.

불의 섬세한 조절에 성공하여 대장장이 스킬의 숙련도가 증가합니다.

예술 스탯이 1 증가합니다.

자연과의 친화력이 2 늘어납니다.

이번에는 왠지 그럭저럭 괜찮은 작품이 나온 것 같았다.

"감정!"

〈오리의 물병〉

어미 오리를 표현한 물병. 여러 분야에 뛰어난 조각술의 명인 위드의 작품이다. 물가로 뛰어가는 오리가 놀라울 정도로 선명하게 표현되었다. 하지만 유약이 골고루 녹지 못했고 복잡한 구조 탓인지 내부에 미세한 균열이 있다. 희귀한 사치품으로, 지위가 높은 귀족이나 왕족 들이 좋아할 것 같다.

내구도: 14/16

예술적 가치: 361

옵션: 기품 +26. 왕, 귀족 들의 위엄을 높여 준다.

위드가 도자기로 완벽한 작품을 만들어 내는 데 아직 미숙하다는 점을 감안하면 성공한 편이었다.

"유약에 대해 익숙해져야겠고, 도자기를 만드는 것도 연습을 더 해야겠군."

도자기를 빚어내고 말려서 불에 굽는 것까지 하루에 끝내려면 시간이 모자랄 정도였다. 토리도, 반 호크, 정령들까지 몽땅 움직여서 작업해야 했다. 하지만 아직 이곳 몽벨트룰리아에는 안 들어가 본 동굴들이 있었다.

"아무래도 청동 문으로 막혀 있는 입구를 보니 던전의 느낌이 물씬 났는데."

위드는 여동생에게 귓속말을 보냈다.

—유린아.
—응, 오빠.
—뭐 하고 있어?
—지금 누렁이 풀 먹이고 있어.

유린은 조각 생명체 중에서는 편애라고 해도 무방할 정도로 누렁이를 예뻐했는데, 특히 꽃등심이 있는 부위를 자주 쓰다듬어 주곤 했다.

—지금 퀘스트 중인데, 발견한 장소가 있거든. 설명해 줄 테니 여기로 놀러 올래? 조각품이나 그림이 많아서 너에게 도움이 될 거야.
—누렁이 풀 다 먹이고 갈게.
—참, 그리고 다른 사람들도 데려와. 이 밑에는 던전이 있는 것 같으니까.

유린의 그림 이동술로 페일과 메이런, 수르카가 1명씩 도착했다.

"이런 곳이 있었다니! 들어 본 적도 없어요. 둘러봐도 돼요?"

"얼마든지 괜찮습니다."

위드는 너그럽게 말했다.

어차피 이미 챙길 것은 확실히 다 챙겨 버린 후였으니까.

"네 종족의 역사에 대한 장소라니 신기한데요."

"예술 스탯도 꽤 많이 늘어나요. 위드 님 덕분에 예술 스탯이 300을 넘었어요."

위드의 조각품을 감상하고 모험을 같이하면서 일행의 예술 스탯은 꾸준히 늘어났다. 예술 계열 직업이 아닌 사람들 중에서는 발군이라고 할 수 있을 정도였다.

모라타의 유저들도 다른 도시 사람들보다는 예술 스탯이 훨씬 높은 편에 속했다.

조각과 그림, 노래와 춤, 공연이 발달하다 보니 모라타의 주민들은 예술과 관련이 있는 의뢰도 많이 냈다.

"이건 흙으로 만드신 건가요?"

화령은 위드가 만든 그릇과 물병에 관심을 보였다.

여러 유약들을 실험해 본다고 그릇들의 색상이 제각각이었다. 그중에서도 깨끗하고 투명한 흰색 그릇들이 그녀의 시선을 잡아끌었다.

"정말 예뻐요."

"유약이 잘 안 굳기는 했지만 지금까지 만든 것 중에서는 제일 좋은 편이죠."

미세한 흠이나, 밑에는 유약이 발리지 않은 부분도 있었지만 내구성과 형태는 갈수록 나아지고 있었다.

"이런 그릇 정말 갖고 싶었는데 저 하나만 주시면 안 돼요?"

"원하시는 만큼 가져가셔도 됩니다."

그릇이야 수십 개씩 찍어 내고 있으니 막 만들어 놓은 걸 몇 개쯤 주는 건 그나마 덜 아까웠다.

마판은 늦게 도착해서 그릇을 보며 눈을 빛냈다.

"위드 님, 이거 저 몇 개만……."

"당연히 팔 겁니다."

위드는 냉정하게 잘랐다.

화령이야 소장하는 용도이지만, 마판은 당장 교역소에 내다 팔 게 뻔했기 때문이다.

"오오, 정말 큰 인기를 끌 수 있을 것 같은데요."

마판은 도자기를 보며 존경심을 숨기지 않았다.

베르사 대륙에서 도자기는 귀한 편이었다. 부유한 귀족이나 왕족 들만이 사용할 정도였기 때문에 품질만 갖춰진다면 예술품이면서도 사치품으로 팔 수 있었다.

던전, 드워프의 창고 최초 발견자가 되었습니다.

혜택: 명성 680 증가. 일주일간 경험치, 아이템 드랍률 2배. 첫 번째 사냥에서 해당 몬스터에게 나올 수 있는 것 중에서 가장 좋은 물건 아이템이 떨어진다.

예상했던 대로 던전의 발견!

드워프의 물건을 보관해 놓은 던전이었다.

“과연 기대했던 대로군.”

서윤도 모라타에 머무르던 도중에 유린을 통해 합류했다. 그 덕에 일행의 전투력은 무시무시한 수준이었다.

“반 호크, 앞장서라.”

“알았다, 주인.”

위드는 데스 나이트로 하여금 선두에서 정찰하게 했다. 그리고 콜드림의 데몬 소드를 뽑아 들고 던전으로 들어갔다. 그의 바로 곁에는 서윤이 든든하게 지켜 주고 있었다.

페일과 메이런은 활을 든 채로 경계하면서 뒤를 따라가고, 제피, 화령, 수르카, 벨로트, 이리엔, 로뮤나, 유린까지 있는 정예부대였다.

마판은 잡템이나 전리품을 담을 수레를 끌면서 따라왔다.

“키에엣, 도둑이다! 도둑이 들었다!”

“보물은 절대 줄 수 없다. 우리의 것이다!”

던전에서는 로암의 도굴꾼들이 출몰했다. 독이나 마법 장비, 검과 화살을 사용하는 까다롭기 그지없는 도굴꾼들이었다.

드워프의 함정도 설치되어 있어서 던전의 내부는 매우 복잡했다.

“로암의 도굴꾼이라면 레벨이 300대 중반이로군.”

위드는 약간 실망했다.

서윤과 동료들이 모두 있는 지금의 전력이라면 레벨 400대 정도의 던전도 무리가 없을 정도였다.

역사적으로 의미가 깊은 장소이기 때문에 고난이도의 던전이 있을까 기대를 했는데 이 정도라니, 그렇다면 보물도 상대적으로 가치가 적은 것일 수 있다.

어쨌거나 도굴꾼들은 다른 몬스터에 비해서는 경험치가 높고 생명력이 낮아서 빠르게 사냥을 할 수 있는 편이었다.

"광휘의 검술!"

화려한 검술의 비기를 마음껏 쓰면서 제압했다.

이럴 때 스킬의 숙련도를 듬뿍 올려놓아야 나중에 제대로 써먹을 수가 있는 법!

도굴꾼의 톱을 획득하였습니다.

도굴꾼의 열쇠를 획득하였습니다.

물건이 조금 들어 있는 배낭을 획득하였습니다.

도굴꾼들은 상당히 다양한 종류의 전리품을 떨어뜨렸다. 값이 제법 나가는 물건도 많아서 사냥할 맛이 났다.

위드가 토리도, 반 호크, 제피와 같이 선두에서 방어하고, 그 사이에 다른 사람들은 측면과 후방에서 지원했다. 손발을 쭉 맞춰 왔기 때문에 달리 위험에 빠질 일은 없었다.

게다가 중간에 발견되는 드워프의 상자를 열어 보는 재미가 일품이었다.

오래된 서적, 《드워프의 일기 #2》를 획득하였습니다.

청동검을 발견하였습니다.
명성이 310 증가합니다.

돌칼을 발견하였습니다.
명성이 195 증가합니다.

드워프의 맥주잔을 획득하였습니다.

드워프들의 무기나 방어구는 지금 쓰기에는 너무 낡았고, 성능도 썩 좋지가 않았다. 청동이나 황동으로 만들어 놓은 검들은 날도 제대로 서지 않아 골동품으로 놔두기에 적합한 정도!

"예술 회관에 전시하면 수입이 괜찮겠군."

골동품도 예술 회관에 놔두면 입장료 수입에 일조할 수 있으리라.

철광석이나 은광석, 미스릴 덩어리가 담겨 있는 상자를 발견했을 때 예상되는 수입은 굉장했다.

위드의 입꼬리가 슬며시 올라가는 것으로 기분을 알 수 있을 정도였다.

위드는 동료들이 다 모여서 사냥할 때 외에는 도자기를 말리고 굽고, 시간에 맞춰 유약을 발랐다.

경험이 쌓이면서 도자기들도 매끈해지고 광택이 좋아졌다.

명작이나 대작까지는 아니더라도 걸작의 작품들이 등장했다.

"꺄아! 너무 멋진 거 같아."

위드가 도자기를 만들 때에는 화령이 매번 지켜봤다.

사실 그녀가 위드를 좋아하는 이유는, 조각품을 만드는 모습이 매력적이라는 점도 있었다.

조각품에 푹 빠져 있을 때의 진지해지는 위드의 표정이란.

주변에 무슨 일이 터지더라도 모를 것처럼 집중하는 모습에 반했던 것이다.

위드가 나무로 조각품을 만들 때의 속마음은 이랬다.

'이거 성공하면 얼마나 받고 팔 수 있을까. 재룟값이 많이 들면 안 되는데. 아, 요즘 나뭇값이 너무 올랐어. 물론 내가 나무를 사다가 쓰는 건 아니지만. 적당히 커다란 돌이 있으면 대형 조각품이나 만들 텐데. 조각품은 만드는 것도 중요하지만 포장이 필요해. 비싼 돈을 내고 사 줄 사람을 찾아야…….'

진흙을 가지고 뭉치면서 도자기를 만드느라 위드의 상의와 손에는 온통 흙이 묻어 있었다. 흙이 묻은 채로 식당에 앉아 있다면 볼품없을 수 있겠지만, 도자기를 만들면서 묻게 되니 열정적인 분위기가 있었다.

여자들을 빠져들게 만드는 그 미묘한 분위기.

이리엔, 로뮤나, 화령이 같이 멍하니 봤다.

"나도 도자기 배우고 싶다."

"나중에 남자 친구랑 같이 도자기를 만들면……."

여자들은 몸을 밀착해서 손을 대고 남자와 같이 도자기를 만들 때를 상상했다.

그 미묘하면서 야릇한 분위기!

그때 위드의 허리에서 하나의 손이 쑥 뻗어 나와서 도자기를 어루만졌다.

"꺄악!"

"어머!"

여자들은 얼굴을 붉히면서 더욱 눈을 크게 떴다.

'도대체 누가…….'

'어떤 사람이지?'

위드의 뒤쪽을 확인해 봤는데 아무도 없었다.

조각술 스킬 중의 하나인 마인드 핸드!

장인의 손으로 같이 조각품을 빚어내고 있었던 것이다.

묘하게 김빠지게 만드는 광경이었다.

오크들의 퀘스트

헤르메스 길드에서 지배하는 하벤 왕국은 당분간 내정에 힘을 쏟을 수밖에 없는 처지였다.

구舊칼라모르 지역 각지에서 저항군들이 날뛰었고, 전쟁으로 소모된 물자들도 보충해야 했다. 무거운 세금 때문에 몇몇 마을에서는 반란이 일어나기도 했는데, 이럴 경우 빨리 진압하지 않으면 주변 지역으로 불씨가 옮겨붙게 된다.

헤르메스 길드에서는 이 모든 사건들에 대하여 대비책을 준비해 두고 있었다. 적극적으로 군대를 보내서 점령지를 안정화하고 반란군을 제압했다.

바드레이는 길드에 대한 완벽한 지배권을 움켜쥐고 수뇌부와 집행부에서 하는 일을 뒤에서 지켜보기만 해도 됐다.

"이제 미루어 두었던 일을 슬슬 시작해 봐야겠군."

하벤 왕국의 수도에 있는 흑기사 길드를 방문했다.

흑기사 길드는 헤르메스 길드원을 포함하여 많은 유저들이 북적거리고 있는 장소였다. 그곳에 바드레이가 친위대를 데리고 나타나자 모두 쥐 죽은 듯이 조용해졌다.

하벤 왕국의 국왕, 대륙의 최강자.

권위와 힘을 소유하고 있는 바드레이였기에 모두 서둘러 비켜났다.

바드레이는 교관에게 다가가서 말했다.

"모든 적들을 무릎 꿇게 만들고 정의를 실현하기 위한 검의 길을 걸어가려고 한다."

유저들은 소리 없이 경악하였다.

'이거 직업 마스터 퀘스트다.'

'바드레이가 흑기사의 마스터에 최초로 도전한다!'

교관이 바드레이를 보며 정중하게 입을 열었다.

"기사로서, 국왕으로서 영광된 검을 익히고 계신 분이여, 이보크 마을로 몬스터들의 대대적인 진군이 이루어지고 있다고 합니다. 그들을 막아 내고 노기사 쿠흘라에게 가시면 원하는 흑기사의 길에 대해서 알려 줄 것입니다."

이보크는 어느 왕국에도 속하지 않은 조그마한 산골 마을이었다.

그곳을 침략하는 몬스터에게 맞서서 싸우는 일이 첫 번째 주어진 과제!

'그다지 어려운 일은 아니군.'

흑기사의 직업 스킬은 창과 검, 둘 중 하나를 주력으로 선택할 수 있었다. 바드레이는 검술을 택했고, 스킬 레벨은 아직 고급 7레벨에 머물렀다.

레벨이 480에 달하는 그였지만 검술의 비기나 집단 살상 스킬들을 위주로 사냥을 하면서 기본이라고 할 수 있는 검술 스킬을 많이 늘리진 못했다.

하지만 이것도 다른 사람에 비하여 결코 느린 게 아니었다. 기본 스킬 위주로만 싸움을 한 검치 들의 경우가 비정상적으로 빠른 편이었다.

"이보크 마을로 간다."

바드레이가 퀘스트를 위해서 이보크 마을로 이동하자, 친위대와 헤르메스 길드의 무력 부대들이 함께 따라갔다.

"마을을 습격하자. 케에엑."

"우히힛. 몽땅 죽여 버려야 해!"

"인간들에게 복수를 하자!"

3,000이 넘는 몬스터들이 이보크 마을을 향하여 몰려오고 있었다.

"어, 어떻게 하지?"

"우린 모두 죽은 목숨이야. 몬스터들이 우리를 다 죽이고 말 거야."

주민들은 공황 상태에 휩싸였다.

베르사 대륙의 넓이를 감안하면 지금 이 순간에도 쉴 새 없이 새로운 마을이 생겨나고 또 몬스터의 습격을 받아서 사라지기도 했다. 왕국에서 군대를 보내지 않는 경우도 있기 때문에 모두 죽어야 할 운명이었다.

"저희가 처리하겠습니다."

"아니야. 내 퀘스트이니 내가 하겠다. 너희는 마을에 남아서 지켜라."

"옛!"

바드레이는 친위대와 무력 부대를 마을에 남겨 두었다.

이로써 이보크 마을은 이미 철옹성이나 다름없게 되었다.

바드레이를 존경하면서 따라다니는 유저들과 방송국의 관계자들, 구경꾼들이 셀 수 없이 몰려들었다.

바드레이는 흑마에 탄 채로 몬스터 무리 앞에서 검을 뽑았다. 그에게 귓속말이 들어왔다.

ㅡ쿠흘라의 소재에 대해 지금 파악되었습니다.

헤르메스 길드 소속의 정보대는 보이지 않는 곳에서 뛰어다녔다. 혼자서도 첫 번째 퀘스트의 몬스터들을 상대할 수 있지만 필요하면 언제든 친위대를 동원할 수도 있다.

바드레이가 직업 마스터 퀘스트를 시작한다는 사실이 인터넷을 타고 사방으로 퍼졌다.

위드가 한동안 잠잠히 몽벨트룰리아에서 조각품과 던전 탐험을 하고 있는 동안 대륙에서는 또 다른 사건이 일어났다.

오크 성채 부르시리아!

오크 로드 파라취의 조각품이 완성되고 나서 그들에게는 변화가 벌어지고 있었다.

"취치칫, 오늘도 어두워졌다."

"어서 자자, 취이익!"

오크 수컷과 암컷은 밤이 되면 짝을 이뤄 막사 안으로 사라졌다. 그리고 얼마 후에 태어나는 앙증맞은 새끼 오크들!

오크 성채 부르시리아에 새끼 오크들이 어마어마하게 늘어났다.

"취익. 파라취처럼 훌륭한 오크가 되어야겠다, 취치익!"

"인간들이 밉지 않다, 췻. 그들에게도 배울 점이 있다. 취이취익."

"조각품은 좋다, 취치칫. 많이 많이 가져야 된다."

어린 오크들의 대탄생!

번식력이 뛰어난 오크의 특성상 규모가 무지막지하게 커지고 있었다.

오크들은 금방 성장하여 몬스터들과 싸우며 부르시리아에서 동쪽과 남쪽으로 영역을 계속 넓혀 갔다. 오크들이 많이 죽어 나갔지만, 또 그보다 많이 태어났다.

금붙이와 식량을 밝히던 오크들이 문화에도 관심을 쏟으면서 예술품, 특히 조각품들을 많이 모으려고 했다.

예술의 효과로 지력도 미세하게 늘어나서, 장사하는 오크들이 많아졌다.

"30골드짜리 글레이브 7개, 취익! 그리고 25골드짜리 허리띠 2개를 산다고? 취칫! 그러면 450골드 내놔."

"싸게 팔아 줘서 고맙다, 취익!"

오크들끼리의 거래도 활발하게 이루어졌다.

욕심 많은 오크들은 가격 계산이 복잡해지면 몇 배씩 비싸게 불러 버리는 경향이 있다. 그렇기 때문에 최대한 정확한 가격을 지불하려면 물건은 1개씩만 사야 했다.

오크 로드 불취가 있는 그곳에서는 대규모의 오크들이 각자의 등에 보따리를 짊어지고 있었다.

"잘 있어라, 취칫."

"취익, 나중에 보자."

광장에서 오크들이 작별의 인사를 나누었다.

건장한 오크 15만!

그들은 새로운 정착지를 찾아서 떠나기로 했다.

"카리취에게 가자, 취치치익!"

"거기 가면 맛있는 걸 먹여 주고 따뜻한 잠자리도 주는 건가, 취익!"

"물론이다, 취치이익. 그러니까 우리는 카리취에게로 가야 한다, 취익!"

위드가 퀘스트를 성공시키면서 얻은 공헌도로 원래는 최대 25만의 오크를 거느릴 수 있었다. 오크들과의 친밀도는 형제라고 불릴 수준이었다.

위드가 굶주린 오크 떼를 보상으로 받는 걸 거절하였지만, 오크들이 그를 선택했다.

"카리취도 우릴 보면 반가워할 것이다, 취칙!"

"취익, 빨리 만나 보고 싶다."

오크들이 부르시리아의 광장에서 출발했다.

식량을 많이 들고 가지 않기 때문에 불행히도 모라타에 도착할 때쯤이면 딱 배가 고파질 시점이었다.

위드는 일행과 사냥을 하는 한편으로 대량의 도자기를 만들어 놓았다.

현재의 조각술 숙련도는 고급 8레벨 43.8%.

크고 작고 두께를 달리하면서 다양한 도자기를 제작했고, 경험이 쌓이며 나중에 만든 것일수록 품질이 상당히 뛰어났다. 왕과 귀족 들이 탐낼 만한 수준의 물품들도 나오고, 누구나 1~2개쯤 갖고 싶어 할 정도로 여러 형태의 도자기가 탄생했다.

게다가 달빛 조각술을 살짝 사용해서 도자기에서 빛도 나게 만들었다.

"이번에 만드는 유약은 내가 발라 볼게."

유린이 유약을 바르는 일과 도자기에 그림을 그리는 일을 맡아서 하기도 했다.

조각술의 거장 위드의 도자기에 그림을 그렸습니다.
화가로서의 명성이 높아집니다.

유린의 그림 그리기 스킬 숙련도가 빨리 늘었을 뿐만 아니라, 무엇보다 명성이 대대적으로 증가했다. 위드의 작업에 동참하는 것만으로도 아직 초보 예술가에게는 대단한 업적이었기 때문이다.

도자기는 여러 가지 색채까지 입혀지면서 사치품으로서의 가치가 훨씬 더해졌다.

위드는 스스로 만든 도자기들이 만족스러웠다.

"이 정도라면 정말 바가지를 엄청 씌울 수 있겠어!"

특별한 형태로 만들어 낸 도자기에는 우아하고 아기자기한 멋이 있었다. 순수하게 빚어낸 도자기들에도 부드러움과 자연스러움이 배어들었다.

"재미있겠는데. 저도 가르쳐 주세요."

"저도 배워 보면 안 돼요?"

다른 일행도 도자기를 따라서 만들어 보면서 조각술에 입문할 정도였다.

피라미드를 만들 때부터 위드가 생고생을 하는 모습을 지켜보기만 할 뿐 관심을 두지 않았지만, 도자기에는 멋과 소박한 정취가 있었다.

"여기 뒤에서 좀 도와주세요."

기회를 봐서 스킨십을 유도하는 화령이었다.

'이런 걸 틈틈이 배워 두면 여자들에게 인기를 끌기가 좋겠군. 유린이와도 도자기를 만드는 날이 올까.'

제피는 바람둥이의 습성을 버리지 않고 도자기 빚는 법을 익혔다.

'도자기로도 돈을 버는 거지.'

마판은 돈 욕심이 앞섰다.

'메이런에게 선물해야지.'

'페일 님한테 만들어 주고 싶어.'

커플들은 상대방을 향한 사랑을 듬뿍 담아서 도자기를 만들었다.

사냥도 하고 도자기도 만들며, 즐겁고 유쾌한 시간이었다.

"팔에 힘을 주지 말고 어루만진다는 느낌으로 해 보세요."

"이렇게요? 잘 안 돼요. 위드 님이 제 손을 눌러서 도와주면 금방 감각을 익힐 것도 같은데."

위드와 화령이 도자기를 만드는 것을 서윤은 멀찌감치 서서 구경했다.

서윤도 도자기 만드는 법을 배웠는데, 그녀는 눈썰미가 있기 때문인지 병목이 좁은 화병도 쉽게 만들어 냈다. 화령도 정말 못해서 위드에게 자꾸 가르쳐 달라고 하는지는 알 수 없는 일.

"……."

서윤은 자리에서 일어나서 던전의 깊은 곳으로 들어갔다. 다른 동료들은 도자기를 만드느라, 혹은 그녀가 잠깐 구경하러 가는 줄 알고 따라나서지 않았다.

서윤은 계속 던전으로 들어갔다.

"키히힛, 돈이 많을 것 같다."

"가진 걸 몽땅 털어 버리자."

도굴꾼들이 등장하며 약을 올렸다.

스르릉.

쐐액!

"꾸엑!"

"사, 살려 줘."

"으아악!"

도굴꾼들의 대량 사망!

서윤은 평소에는 다른 사람들이 경험치와 숙련도를 얻을 수 있도록 실력을 발휘하지 않았다. 하지만 지금은 광전사 본연의 힘을 드러내며 던전으로 계속 들어갔다.

"캬하하핫. 보물도 발견하지 못했는데 마침 사냥감이 들어와 주는군. 우끼약!"

"어디 오늘 술값이나 벌어 볼… 꽤애액!"

던전, 불칸의 봉인의 최초 발견자가 되었습니다.

혜택: 명성 1,298 증가. 일주일간 경험치, 아이템 드랍률 2배. 첫 번째 사냥에서 해당 몬스터에게 나올 수 있는 것 중에서 가장 좋은 물건 아이템이 떨어진다.

마지막 하나 남은 동굴 역시 던전!

불칸의 봉인은 대악마를 가두어 놓은 장소였다. 일반 몬스터들도 레벨 500대 수준으로, 다른 곳에서는 보스급이 되고도 남을 정도였다.

"음, 여기를 과연 사냥해야 될까요?"

"1마리만 유인해서 잡아 보죠. 토리도, 다녀와."

위드와 서윤이 있었고 반 호크와 토리도까지 불러들였지만, 그럼에도 사냥이 상당히 버거운 정도였다. 이리엔의 신성력이 낮은 편이 아니었음에도 불칸의 수호병의 공격력이 너무 높아서 조금 많이 위험했던 것이다.

던전 깊숙한 곳으로 들어갈수록 불칸의 봉인이 풀려난다는 글귀까지 보고 나서 결국 무리할 수는 없다는 판단을 내렸다.

"여기는 그만 가는 것이 좋겠습니다."

위드가 입맛을 다시면서 한 말에 일행은 대찬성이었다.

위드와 있으면서 위험한 몬스터를 다 사냥해 보니 그들끼리 사냥을 할 때와는 달리 웬만하면 어려움이 없고 편했다. 하지만 불칸처럼 대악마가 있는 던전에서 사냥을 하고 싶은 마음은 조금도 없었다.

"그러면 우린 다시 드워프의 창고로 돌아가요."

경험치와 아이템을 2배씩 얻는 기간은 지났지만, 원래 사냥하던 던전에서 계속하는 것도 나쁘지 않았다. 드워프의 상자를 모두 발견했지만 도굴꾼들은 계속 나타났던 것이다.

모험가, 발굴가, 도둑의 직업 아이템도 많이 떨어졌고, 가끔은 마법 물품도 얻을 수 있어서 레벨대에 비해 상당히 괜찮은 사냥터였다.

"그럼 저는 잠시 퀘스트를 보고하러 가 보겠습니다."

"네. 나중에 봐요."

위드는 조각술 마스터 퀘스트를 보고하기 위하여 유린의 도움을 받아 부르시리아로 향했다.

"취익. 오크들에게 내려오는 노래는 바로 네 종족이 모여 살던 동굴을 말하는 것이었다.”

“그런가. 취치이이익. 카리취, 너의 말이 정말임을 나는 민는다.”

오크 로드 불취에게 퀘스트 결과를 보고했다.

띠링!

네 종족의 은신처 퀘스트 완료

오크들의 노래를 통해 네 종족이 모여 살던 동굴을 발견하였다. 지금은 따로 떨어져서, 때로는 사이가 좋지 않아서 다투기도 한다. 하지만 대륙에 큰 위기가 닥쳐온다면 과거의 역사적인 친분은 네 종족을 언젠가 다시 돈독한 사이로 만들 수 있으리라.

보상: 네 종족들의 유대 관계가 깊어진다. 각 종족들이 중대한 선택을 할 때 약간 영향을 준다.

역사적인 지식을 얻었습니다.

특별한 경험으로 인하여 지혜와 지식이 2씩 추가로 늘어납니다.

‘조각술 마스터 퀘스트는 네 종족의 사이를 좋게 만드는군.’

드디어 또 한 단계의 퀘스트를 완료했다.

오크 카리취로 변신한 후에 부르시리아로 돌아왔을 때에는 거리가 상당히 많이 바뀌어 있었다. 길거리를 오가는 오크들이 부쩍 늘어나 있었으며, 파라취의 조각품은 오크들에게 귀중한 보물이 되었다.

‘오크들의 번식력은 정말 무서울 정도군.’

모라타 쪽으로 떠난 15만의 오크에 대해서는 아직 모르는 상태였다!

불취가 콧김을 씩씩거렸다.

"카리취, 어린 오크들이 조각술에 관심이 많아졌다, 취이이익. 별로 쓸모는 없겠지만, 그들에게 조각술을 가르쳐 줄 수 있겠나? 췻."

띠링!

오크들의 조각술 스승

오크들은 예술에 목말라하고 있다. 건망증 심하고 욕심 많은 오크들에게 조각술을 가르쳐라.

난이도: 조각술 마스터 퀘스트.

제한: 고급 8레벨 이상의 조각술. 오크들이 그들만의 힘으로 예술적 가치 70 이상의 작품을 50개 이상 만들어야 한다. 오크들과의 관계가 친밀한 상태여야 한다.

"가르쳐 주겠다, 취치치치치칫!"

퀘스트를 수락하였습니다.

"언제부터 시작할 건가, 취이익."

"지금 바로 할 거다, 췻."

위드가 조각술을 가르친다고 하니 오크들이 구름처럼 많이 몰려들었다.

어린 오크들이 광장 하나를 가득 채우고도 뒤에 서서 구경을 할 정도!

위드의 친밀도나 오크들 사이에 퍼져 있는 명성이 굉장하기 때문이었다.

'고작 예술적 가치 70이라니, 이번 퀘스트는 상당히 쉽게 끝낼 수 있겠군.'

오크들이 조각술을 접하게 만드는 의뢰였다.

위드는 복잡하게 조각술에 대해서 가르칠 마음은 없었다.

'조각술의 미학이나 예술의 가치에 대해서는 알려 줄 필요가 없겠지.'

오크들의 지능에 대해서는 기대하는 사람만 손해였다. 게다가 그런 것들은 위드도 잘 몰랐다.

마음이 흐르는 대로 만들고 싶은 작품을 만들면 된다. 나중에 더 실력이 쌓이면 바라는 것도 많아지고 더 높은 곳을 향하게 되리라.

시작하는 입장에 처음부터 너무 잘하려고 하다 보면 아무것도 하지 못하는 경우가 있다.

위드의 강연은 오크 유저들도 와서 배우려고 했다.

"취익, 모두 칼을 들어라."

새끼 오크들은 제멋대로 단검이나 장검, 글레이브 등을 들었다. 인간들의 성에서도 조각칼을 가지고 다니는 유저는 드물었으니 오크들에게 기대할 수는 없는 노릇.

"조각술은 그 칼로, 취취취취. 하면 된다, 취이잇. 아무거나 만들고 싶은 걸 만들어 봐라. 취칙!"

도덕 수업 시간에 착하게 살라고 하는 것처럼 간단한 설명이었다.

사실 오크들에게는 말로 설명하기보다는 몸으로 다루는 게 훨씬 편했다.

"내가 조각품을 만들 테니 잘 보고 따라 해라. 취췻!"

오크들이 흥미를 가질 수 있도록 조각하기 쉬운 편인 사슴을 조각했다.

위드의 사슴을 조각하는 실력은, 크기와 비례까지 실제와 구분할 수 없을 정도로 뛰어났다. 사슴을 수없이 많이 조각해 봤기 때문이다.

오크들에게 그 정도의 수준을 바라는 게 아니라, 반의반이라도 해 주면 충분했다.

"췻. 조각술 어렵다."

"못 배우겠다, 취이취익."

"배고프다, 취릭."

"사냥이나 가자, 취치치칙."

광장에 있던 어린 오크들이 절반이 넘게 일어나서 흩어지려고 했다. 조각술을 배우고 싶은 아주 희미하기 짝이 없는 마음이 사라져 버린 것이다.

진득하지 못하고 성격 급한 오크들에게 조각술을 가르친다는 건 나름대로 만만한 퀘스트가 아니었다.

하지만 위드는 오크들을 충분히 겪어 봤으니 그 습성에 대해서도 잘 알았다.

"조각품 잘 만들면, 취익. 돈 준다. 췻. 고기 준다. 취치칫. 술도 주겠다. 취이취이익!"

아깝기는 해도 목적을 달성하기 위한 포상금을 걸었다.

그러자 느슨하던 분위기가 확 바뀌었다.

탐욕에 눈이 먼 새끼 오크들은 나무와 돌을 대상으로 깎고 부수면서 조각품을 만들기 시작했다.

"사슴을 만들었다, 취이칙!"

새끼 오크가 가져온 건 도저히 사슴이라고 볼 수가 없었다. 다리 길이도 제각각이었으며, 무엇보다 다리통이 너무 굵었다.

차라리 곰이 네발로 엎드려 있다고 보는 게 더 나을 정도!

"카리취, 네가 만든 것과 똑같다. 취칙."

"취치이익. 전혀 닮지 않았다. 감정!"

잘린 나무통

새끼 오크가 베어 낸 나무. 무언가를 조각하려고 한 것 같지만 짐작할 수 없다.

예술적 가치: 2

나무로 만든 건 그나마 형편이 나은 정도였다.

돌을 부수면서 만든 조각품은 완성하지도 못하고 박살을 내 버렸다. 도끼나 글레이브로 돌을 자르다가 힘을 주체하지 못한 새끼 오크들이 깨뜨려 버렸기 때문이다.

"심각하군. 취익!"

하루에 예술적 가치가 70이 넘는 작품을 단 1개도 건지지 못했다.

웬만한 건 감정을 해 볼 필요도 없었다. 재료가 아까운 수준을 넘어서, 나무가 온통 찍힌 자국투성이에다가 형태도 잡히지 않았던 것이다.

"내일은 낫겠지. 취이익!"

첫날은 배우는 과정이니 그럴 수도 있다고 넓은 마음으로 이해를 했다.

위드도 조각술을 잘 몰랐을 때에는 좋은 작품을 만들 가능성이 별로 없었다.

오크들도 배우다 보면 더 나은 작품을 만들 수 있을 테니까, 인내심이 필요했다.

위드의 목소리가 조금 커졌다.

둘째 날의 밤.

"배운 대로만 해라, 취칫!"

셋째 날의 밤.

"왜 이걸 똑바로 못하냐, 취익."

넷째 날의 밤.

"이런 못난 놈들, 취이이이익!"

오크들은 힘 조절이 안 되어 재료를 망가뜨리기 일쑤이고, 미적인 감각도 형편없었다.

위드는 마음 같아서는 몽땅 두들겨 패서라도 가르치고 싶었다. 하지만 어린 오크들이 진지하게 조각술에 빠져 있는 걸 보면 그러지도 못했다.

"췻. 배고프다. 밥이나 먹으러 가자."

"조각술은 지루하다, 취릭."

"돈이나 벌고 싶다, 취취취익."

오크 카리취의 모습을 하고 있는 위드의 턱살이 푸들푸들 떨렸다.

어린 오크들은 하루가 다르게 금방 성장했다. 조각술에 싫증을 내고 사냥을 하러 가 버리는 오크들이 대다수였다. 몇몇 오크들만이 남아서 꾸준하게 조각술을 익혔다.

"조각술을 익히면, 취이취익. 밥이 나오고 돈도 나온다. 암컷 오크들에게 인기도 무지무지 끌 수 있다. 취익!"

"존경하는 카리취의 말이니까, 취이취익. 카리취는 우리에게 진짜만 말할 거다. 췻."

"취췻. 조각술이 그렇게 좋다면, 취이이익. 계속 배워 보겠다."

"그렇다, 취이이잇. 처음이 힘든 거다, 취칫. 어렵게 먹은 고기가 쫄깃한 것이다."

위드의 설득력 있는 사탕발림에 그대로 넘어간 것이다.

조각술에 대해 무지하던 새끼 오크들이었지만 가르침을 받으면서 느리게라도 차츰 익숙해졌다.

세련되고 깔끔하진 않더라도, 오크들이 하나둘 만들어 내는 조각품들!

멧돼지 목각 인형

오크가 가지고 놀고 싶은 목조품을 직접 만들었다. 놀랍게도 눈, 코, 입이 달려 있다. 새끼 오크들 사이에 경쟁이 붙을 정도의 작품.

예술적 가치: 23

잘 깎은 돌

큰 바위를 만질만질하게 깎아 놨다.

예술적 가치: 5

새끼 오크용 돌도끼

실제의 돌도끼를 작게 축소한 것 같은 장난감이다. 맞으면 상당히 아플 것 같고, 사냥도 가능할 것 같다. 새끼 오크들이 소꿉장난으로 패싸움할 때 유용한 작품.

공격력: 7

예술적 가치: 28

"에휴. 취익!"

그저 콧김만 나올 뿐이었다.

위드는 새끼 오크들을 어르고 달래며 조각술을 전수했다. 재능이 보이는 오크들은, 다른 길로 빠지지 않게 하기 위해 먹여 주고 입혀 주면서 가르쳤다.

"조각술을 익히면 다 할 수 있게 된다, 췻. 다재다능한 오크가 되어 암컷들에게 사랑을 받을 수 있을 거다. 취익."

마침내 오크들 중에서도 두각을 드러내는 예술가들이 등장하였다.

조각품의 주제가 다양하지는 못하고, 오크들의 관심사에 따라 사냥을 하는 모습들을 조각품으로 만들었다. 혹은 오크 로드가 된 자신의 모습을 조각하거나!

글레이브를 든 오크

성인 오크의 모습을 조각해 놓았다. 미숙한 손재주에 실수도 많이 보이지만 단기간에 장족의 발전을 한 작품. 수풀에 엎드려 정찰하는 오크의 자세를 잘 표현했다.

예술적 가치: 72

간신히 예술적 가치가 70이 넘어가는 조각품을 하나씩 만들었다.

위드가 옆에 계속 붙어서 가르치지 않았더라면 다혈질인 오크들은 만들다가 때려 부수고 그만두었을지도 모른다. 미개하고 성질 급한 오크에게 조각술을 가르쳐 주는 건 절대 쉬운 일이 아니었다.

오크들이 예술적 가치가 70이 넘는 조각품 50개를 다 만들었습니다.
퀘스트의 조건을 달성하였습니다.

조각술 스킬의 숙련도가 증가합니다.

통솔력이 4 증가합니다.

지혜가 2 증가합니다.

위드는 큰 산을 넘은 듯한 기분이었다.

'웬만한 A급 퀘스트보다도 훨씬 어려웠어.'

가르쳐 놓고 돌아서면 알려 준 내용을 잊어버리고, 독창적이고 개성도 강해서 옆에서 조언해 줘도 자신들이 원하는 것만 만든다.

위드는 과연 오크들이 계속 조각술을 계승하여 발전시킬 수 있을지도 의문이 들었다. 오크들의 성격상 조각술은 사장되어 버릴 수 있다는 염려를 하지 않을 수 없었다.

하지만 일단 만들어진 조각품과 조각술을 아는 오크들이 있으니 어떻게든 될 것이다.

위드가 해 놓은 건 작은 씨앗을 뿌린 정도였다. 나머지는 오크들이 알아서 극복하고 헤쳐 나가야 할 몫이다.

"조각품을, 취잇. 만들었다. 오크들이 똑똑해서 쉽게 해냈다. 취취취췻."

"수고했다, 췻."

오크들의 조각술 스승 퀘스트 완료

오크들은 조각술을 배웠다. 그들이 무엇을 만들고 있는지는 전혀 짐작할 수 없으며, 심지어는 만들고 있는 오크들 자신조차도 모르고 있을 것이다.

보상: 오크들에게 조각사로서의 명성이 증가한다. 공헌도가 34 오른다. 조각품과 관련된 스킬을 습득한다.

조각 소환술을 습득하였습니다.

조각 소환술

소환 계열 스킬. 마나를 소모하여 자신이 만든 조각품을 소환할 수 있다. 예술적 가치와 조각품의 크기에 따라서 마나의 소모량이 커진다. 조각 생명체를 소환하려고 할 경우에는 10배의 마나가 소모된다.

위드에게 상당히 유용한 스킬.

'어디서든 부려 먹을 수 있겠군. 하지만 꼭 필요하진 않을 것 같은데.'

와이번만 하더라도 몸집이 상당히 크다. 1~2마리 소환을 하려다 보면 마나가 금방 다 소모되어 버리게 된다.

그냥 먼저 가서 기다리라고 하면 되는데 마나를 쓸 필요는 없는 노릇.

'빙룡 정도부터는 부르기 힘들지도 모르겠군. 그래도 와이번들은 예술적 가치가 낮으니까 이 스킬이 가끔은 도움이 될 수도 있겠어.'

불취는 가죽으로 만든 지도를 넘겨줬다.

"이건 예전에 주운 건데 우리에게는 쓸모가 없다. 취치칫. 그래서 내주는 거다. 취치이익. 카리취 네가 가져라."

베르사 대륙의 숨겨진 보석 광산 지도를 획득하였습니다.

조각사로서 보석을 많이 얻는다면, 명품 가방을 든 여대생만큼이나 행복한 상황이었다.

"뭘 이런 걸 다… 취칫. 아무튼 성의니까 받아는 두겠다, 취취익!"

위드가 지도를 잘 살펴보니 아쉽게도 하르판 왕국에 속해 있었다.

아직 발굴이 시작되지 않은 보석 광산임에는 틀림이 없다. 몬스터들을 제압하고 광산을 개발한다면 큰 수익을 얻을 수 있겠지만, 주변에 있는 명문 길드들의 간섭이나 착취도 받아야 하리라!

'광부 길드나 관심이 있는 사람에게 팔아야겠군.'

상인에게 팔거나, 아니면 하르판 왕국에 바치고 공헌도를 올리려고 하는 사람들이 있을 테니 처분은 어렵지 않았다.

"더 할 말이 있으면 어서 해라, 취치익!"

"카리취, 네게 조금 위험한 부탁이 있다. 취익취익!"

"무엇인가, 췻."
"취취취취익!"
위드의 눈앞에 영상이 펼쳐졌다.

그오오오오.
거대한 날개를 펼친 크로노돈이 하늘을 날고 있었다. 구름을 뚫고 산과 들과 강을 빠르게 지났다.
키야오오!
광포한 크로노돈은 지상으로 화염을 내뿜었다.
대지를 불태우고, 강을 만들었다.
지상을 불바다로 만들며 날아다니는 크로노돈!
오크들은 산맥에 성채를 지어 놓았다. 짐승과 몬스터 사냥을 주로 하였지만 과일나무도 키우면서 살아가고 있었다. 어린 오크들과 암컷 오크들이 과일을 따서 성채로 들어가는 모습이 보였다. 오크 전사들이 글레이브와 창을 들고 성채를 경비하고 있었다.
하늘에서 이 광경을 본 크로노돈이 화염의 브레스를 성채와 산맥으로 뿌렸다.
쿠와아아아아.
엄청난 불줄기가 하늘에서부터 내려오며 오크들이 있는 성채에 불이 붙었다.
"취, 취이이잇!"

오크들이 불을 끄기 위하여 뛰어다녔지만 속수무책이었다.

오크 전사들은 조악하게 만들어진 화살을 크로노돈을 향해 쏘았는데, 형편없는 명중률 탓에 맞는 건 거의 없었고 피해도 거의 주지 못했다.

산맥의 말라붙은 나무들에도 불이 옮겨붙으며 거대한 불길이 형성되었다.

결국 활활 타오른 불이 저절로 꺼지고 난 이후에는 시커멓게 변한 성채만이 남아 있었다.

살아남은 오크는 1마리도 없었다.

참사를 저지른 크로노돈이 날개를 펼치더니 다른 장소로 날아가는데, 근처에서 동족들이 1마리씩 모여들었다. 곧 수백 마리의 크로노돈이 하늘을 뒤덮었다.

"우리는 크로노돈을 없애기 위해, 취이췻. 많이 노력했다. 그러다가 오크 정말 많이 어머니의 품으로 돌아갔다, 취이익."

불취의 말을 들으며 위드는 머릿속으로 여러 생각을 하고 있었다.

오크들의 불상사에 대해 슬퍼하기에는 너무나도 메말라 버린 감수성!

'크로노돈이라면 일반적으로 레벨이 315 정도로군.'

비행 생명체인 데다 브레스를 쏘기 때문에 레벨로만 판단해서는 안 된다. 사냥이 매우 어려운 몬스터에 속했다.

"거기에 가장 큰 크로노돈 있다, 취치이익. 그놈은 정말 세다. 췻!"

껄끄러운 점은 보스 크로노돈.

무리를 이끄는 대장의 레벨은 480이 넘는 것으로 알려졌다.

"카리취, 너와 친하던 오크 셀취도 죽었다. 취취칫!"

"겔취가… 취익!"

위드가 유로키나 산맥에서 사냥할 때 도움을 주었던 전사 오크 겔취.

나중에 암컷 오크들에게 인기를 받자 질투하던, 팔이 두꺼운 오크였다.

"오크들 그냥 안 죽었다, 취이취이. 놈들이 좋아하는 거 알아냈다. 큰 새들의 알이다. 카리취, 우리를 도와줄 거라고 믿는다. 취이익!"

크로노돈과의 싸움!

오크들은 서식지를 넓혀 가던 도중에 크로노돈 무리를 만났다. 크로노돈은 대화가 통하지 않고 파괴만을 일삼는 매우 사나운 종족이다. 오크들의 정착촌은 매번 그들에 의하여 불태워졌다. 크로노돈이 살고 있는 한, 오크들만이 아니라 어떤 생명체도 엘나스 산맥과 잿빛 호수 부근에서 살아가지 못하리라. 오크들은 크로노돈을 물리치기 위하여 끝없이 원정군을 일으켰지만 그때마다 전멸하고 말았다.

난이도: 조각술 마스터 퀘스트.

제한: 고급 8레벨 이상의 조각술. 오크들이 크로노돈과의 싸움을 승리로 마쳐야 한다. 크로노돈 35마리 이상을 죽여야 한다.

크로노돈과의 전투 퀘스트가 발생하였습니다.

배경 설명
오크들은 크로노돈이 큰 새의 알을 광적으로 좋아한다는 사실을 알아냈다. 하지만 큰 새들은 크로노돈을 피하여 다른 곳으로 모두 떠나 버리고 말았다.
크로노돈이 좋아하는 새들의 알을 조각하여, 오크들이 그들을 습격할 수 있도록 지상으로 유인해야 한다.

조각술만이 아니라 전술과, 오크들과의 치밀한 협조가 필요한 퀘스트!

'이 퀘스트가 성공한다면 오크들의 세력도 조금 더 커질 수 있겠군.'

오크들이 더 뻗어 나갈 수 있도록 중대한 장애물을 치워 주는 의뢰였다.

"나 카리취, 오크들을 위하여 이 일을 해 보겠다. 취이익."

퀘스트를 수락하였습니다.

새알 조각품

크로노돈은 베르사 대륙에서 흔히 만날 수 있는 몬스터는 아니라서 정보 게시판이나 여러 게시판을 둘러보아도 참고할 만한 자료가 많지 않았다.

제목: 크로노돈을 만나다

최악이네요, 최악! 오늘 이렇게 재수가 없을 줄이야. 크로노돈 떼가 하비스 평원에 떴습니다. 그곳을 지나던 상인들과 유저들, 운 좋은 몇 명 빼고 다 죽었고요. 마을도 불탔다고 하네요.

제목: 저도 죽었습니다

불구경하다가 죽었네요. 크로노돈과 눈 마주치지 마세요. 무조건 공격합니다.

제목: 크로노돈들을 만나고도 사는 법!

없어요. 진짜 지독한 놈들이에요.

위드도 직접 싸워 본 적은 없어도, 동영상이나 게시판을 보면서 크로노돈에 대해서 기초적인 지식을 갖추고 있었다.

"1마리씩은 사냥이 어렵지 않지만 집단생활을 하고, 보복할 때는 한꺼번에 몰려와서 습격한다……."

크로노돈은 사냥 도중에 1마리라도 놓치면 동족들을 다 데려와서 복수한다.

비행 생명체에 불까지 내뿜어서 다들 사냥을 기피했다.

인간들이 사는 동네나 산에서 가끔 크로노돈을 마주치더라도 눈에 띄지 않게 피해 가는 게 최선이라고 여겼다. 괜히 사냥하려다가는 만만치 않은 피해를 입거나 귀찮은 일에 휘말리게 되기 때문이다.

"비행 생명체인 만큼 함정을 잘 파 놓고 확실히 잡아야겠군."

위드는 엘나스 산맥으로 정찰을 나갔다.

엘나스 산맥으로 직접 들어가 보는 이유는 지형이 전투에 중요한 요소가 될 것 같았기 때문이다. 조각술로 만든 가짜 알을 어디에 만들어 놓고 크로노돈을 끌어들이느냐에 따라서 전투의 양상이 달라질 것이다.

"산맥의 능선에서 싸운다면 오크들은 다 죽은 목숨이지. 협곡이나, 나무들로 막혀서 날아오르기 어려운 장소여야 돼."

위드는 엘나스 산맥을 날렵하게 뛰어다녔다.

네발 뛰기 스킬 덕분에 산을 오르는 데 체력 소모가 훨씬 적었다.

물론 볼품이야 없었지만 겉모습에 치중할 필요는 없는 법!

엘나스 산맥은 상당히 험하고 경사가 가팔라 고저 차도 상당했다.

“지형은 마음에 드는 장소가 꽤 많이 있을 것 같군.”

크로노돈으로 인해 나무가 잿빛으로 타 버린 장소들을 가끔씩 발견할 수 있었다.

몬스터와 산짐승은 드문 편이있는데, 아마도 이 지역이 크로노돈의 영역이라서 그럴 것이라고 짐작됐다.

크로노돈은 가끔 1마리씩 하늘을 날아다니는 게 보였는데 와이번보다 훨씬 컸다.

시력이 좋을 테니 크로노돈이 나타날 때마다 위드는 울창한 나무들 밑으로 숨었다.

“함정만 잘 파 놓으면 오크들로도 잡을 수 있겠어.”

이번 퀘스트는 오크들의 승리가 그 목표다. 힘들긴 하겠지만, 오크들은 번식력이 뛰어나기 때문에 실패하더라도 계속 끌고 와서 계속 도전할 수 있다는 굉장한 장점이 있었다. 이름하여 오크해전술!

물론 첫 시도에 실패한다면 그만큼 오크들과의 공헌도나 친밀도, 신뢰가 하락하게 될 것이다.

최상준은 쉬는 시간에 책상에 엎드렸다.

“아, 힘들다. 어제 밤새우고 전투를 했더니 아직도 포르모스 성에 있는 것 같네.”

최상준은 흑사자 길드원으로 이미 학과 내에서 상당한 인기였다.

흑사자 길드는 톨렌 왕국의 포르모스 성에서 간밤에 공방전을 치렀다.

톨렌 왕국은 풍부한 물자와 잘 깔린 도로로 인해 상업이 발달했다. 상인들의 마차가 도로를 통해서 빨리 이동할 수 있으므로 교역이 활발하게 이루어졌으며, 그로 인해 인구가 아주 많았다.

톨렌 왕국에서 영향력이 큰 곳은 흑사자 길드와, 라스보아 성을 중심으로 모인 베덴 길드!

베르사 대륙의 세력으로 20위 안에 드는 양대 길드의 전쟁이라서 관심을 갖는 사람이 아주 많았다.

여학생들이 최상준의 근처로 왔다.

"선배님, 어떻게 된 건지 이야기해 주세요."

"텔레비전으로 안 봤어?"

"봤는데, 직접 경험한 사람한테 이야기 듣고 싶어서요. 정말 엄청 대단한 전투였어요!"

"나도 많이 뛰어다녔는데… 방송에 잘 나왔는지 모르겠네."

"흑사자 길드의 최정예부대와 같이 성벽을 넘지 않았어요?"

"아, 그거 나 맞아!"

〈로열 로드〉의 이야기는 어느 과를 막론하고 최고의 인기였다. 〈로열 로드〉에 빠져든 사람이 많다는 의미이고, 흑사자 길드 정도 되는 명문에 속해 있다면 유명인이 되기란 쉬웠다.

학과별로 뛰어난 유저들이 알려질 정도였고, 거기에는 이현의 이름도 있었다. 최상준, 민소라, 이유정, 박순조, 주은희, 홍선예와 함께 던전 탐험을 했던 이야기가 퍼졌기 때문이다.

모험 과제를 제출하고 나서 이현은 신경 쓰지 않았지만, 드워프 조각사가 너무나도 비현실적으로 뛰어난 활약을 했다는 이야기가 학생들 사이에 슬그머니 퍼졌다.

캐릭터의 이름도 하필이면 위드!

의심받지 않을 수가 없었지만, 최상준이 학생들에게 말했다.

"정말 전쟁의 신 위드가 우리 주변에 있다는 게 말이 돼? 저 형이 위드일 리가 없지 않겠어? 거기다가 드워프였잖아."

"하긴… 내가 봐도 그럴 리는 없을 것 같아. 위드라면 카리스마가 장난이 아닌데 저 오빠는 만날 학교에서 졸거나 휴강 안 하냐고 묻고나 다니잖아."

"어떤 교수님이 출석 체크 안 하는지 묻는 거 대답해 준 적도 있어."

"거봐. 다 착각이라니까."

최상준 덕분(?)에 이현은 크게 구설수에 오르지 않을 수 있었다. 다만 모험 과제에 참여했던 당사자들은 이현에 대해서 계속 의구심을 품고 있었다.

〈로열 로드〉를 중계하는 방송국들은 광고가 몰려들어 대규모 흑자를 기록하는 중이었다. 시청률에 대한 경쟁도 갈수록 치열해져서 이제 전쟁이나 다름없었다.

"이번에 새로 쓸 만한 퀘스트 완수한 사람 없어?"

"부러진 검의 주인을 찾아 주는 퀘스트가 그럭저럭 게시판에서 화제가 되고 있는데요, 아직 깬 사람은 없습니다."

"자세히 알아보고 누가 완료하는 대로 방송에 넣을 수 있는지 알아봐."

"예. 사람을 보내겠습니다."

방송국들은 광범위한 조사망을 구축하여, 베르사 대륙의 일들을 시청자들에게 알려 주기 위한 노력을 아끼지 않았다.

"포르모스 성의 전투는 시청률이 얼마나 나왔지?"

"우리가 3.4%. 다른 방송국을 다 합쳐서는 25.9%입니다."

"KMC미디어는 얼마나 나왔는데?"

"그쪽이 7.5%가 나왔습니다."

KMC미디어는 음향효과나 카메라 조절에 있어서 매우 뛰어났다.

게다가 그들이 장점으로 꼽는 속보 체제!

한 발자국씩 늦는 다른 방송국들은 부러워할 수밖에 없는 부분이었다.

다만 KMC미디어의 직원들은 그 사실이 그다지 달갑지만은 않았다.

"오늘도 야근이야?"

"에버딘에 엠비뉴 교단의 침공이다. 지금 방송국에서 동원할 수 있는 연출자들 모여!"

〈로열 로드〉에서 갑자기 벌어지는 사건들을 생방송으로 즉시 중계해야 하였으니 방송국들의 대응도 따라서 빨라져야 했다. 방송국들은 경쟁적으로 직원을 뽑고 있었지만 인원이 모자랄 때가 많아 정시에 퇴근하는 일이 드물었다.

"이번 달부터 던전 사냥 전문 프로그램을 새로 월, 화요일에 방송하지. 그쪽에 해박한 사람이 누가 있지?"

"신 PD가 그런 쪽 연출에는 타고났죠."

"그럼 맡기도록 하고, 초보자들을 위한 기초 퀘스트 안내는 어떻게 됐어?"

"다음 주 수요일 오후부터 본방 시작됩니다."

"광고는?"

"절반 조금 넘게 나갔는데요, 본방 시작되기 전에 80%까지는 채울 수 있을 거 같습니다."

방송국의 일과는 그야말로 분과 초를 다툴 정도로 빨리 돌아갔다.

24시간 방송 체제가 갖춰지면서 방송국의 규모도 따라서 커졌다. 〈로열 로드〉의 특성상 밤이라고 해도 시청률이 높은 경우가 많아서, 정규 프로그램 팀 외에도 언제나 비상대기를 해야 했다.

KMC미디어, CTS미디어, LK게임, 온 방송국, 디지털 미디어, CHN 방송 등 〈로열 로드〉의 시청 점유율이 높은 방송국들은 최고의 기술진을 갖추기 위한 투자를 아끼지 않았다.

"위드! 위드의 모험이 시작되면 무조건 바로 시작해."

"다른 방송 뭐라도 상관없어. 중간에 끊고 영상부터 내보내고, 사정 설명은 나중에 해."

이른바 위드 전담 특집 방송 프로그램 팀도 만들어졌다.

위드의 모험이 일어날 때마다 시청률이 한꺼번에 엄청 뛰었다. 광고 판매 금액은 부가적인 부분이었고, 일단 시청자들이 급격하게 쏠리게 된다.

자신의 방송국에서 아직 위드의 모험을 생방송하기 전이라면, 다른 방송국에 시청자를 빼앗길 것은 당연한 일.

방송국 주변의 토스트 상점도 위드의 모험이 시작되기만을 기다릴 정도였다. 그런 날이면 방송국 직원들이 토스트를 수십 개씩 사 가기 때문이었다.

"취익! 내일모레 해가 저물고, 취취췻. 달이 뜨면 잿빛 호수로 갈 거다. 카리취, 너도 그때까지 준비해라."

오크 전사들이 크로노돈과 싸우기 위해 엘나스 산맥으로 떠날 준비를 했다.

부르시리아의 최정예 오크 전사들이 120마리 동원되었다. 번쩍번쩍 빛나는 글레이브와 가죽 갑옷을 걸친 오크 전사들로서, 수많은 전투를 거치고 살아남은 관록을 자랑했다.

퀘스트가 실패로 돌아가면 오크들에게도 적지 않은 타격이 되리라.

특유의 왕성한 번식 능력이 있기 때문에 피해를 복구한다고 하더라도, 경험 많은 오크 전사들은 전투를 거듭하며 키워지는 병력이기 때문이다.

위드가 진행하는 퀘스트는 오크 주민들 중 소수의 전사들에게만 전해져서 유저들은 전혀 알 수 없었다.

'조금 시간이 있군.'

위드는 퀘스트를 준비할 시간 동안 몽벨트룰리아로 돌아가서 동료들과 더불어 도자기를 마저 만들었다.

도자기에 대한 경험이 늘어나면서 무난하면서도 괜찮은 작품들이 대거 제작됐다.

"이번엔 오크 성채에서 퀘스트를 하시는구나. 재밌겠어요!"

"크로노돈을 잡는다니 위험하겠는데요? 비행 몬스터라서 꽤나 잡기 어렵잖아요."

도자기를 만들다 보면 자연스럽게 수다를 떨게 되는데 위드가 말한 이번 퀘스트에 수르카와 이리엔이 관심을 보였다. 그녀들도 여기저기 다녀 본 장소가 많아서 모험을 좋아했다.

"저희도 가도 돼요?"

화령이 슬쩍 따라오겠다는 의사를 비쳤다.

잘 나서지 않던 벨로트도 눈치를 보는 게, 구경하고 싶어 하는 모습이 역력했다.

그녀는 지골라스로 가던 모험이 요즘도 가끔 꿈에 나올 정도였다.

인생에서 그렇게 짜릿한 순간을 경험해 볼 기회는 그렇게 많지 않다. 〈로열 로드〉가 사람들 사이에 인기가 높은 이유가 모험을 즐길 수 있다는 점 때문이었다.

위드의 경우에는 생고생의 문이 여기저기 활짝 열려 있다고 생각했을 뿐이지만.

"뭐, 퀘스트에 방해될 것은 없으니 오셔도 됩니다. 다만 오크들의 싸움을 구경만 하셔야겠지만요."

"꺄아, 정말요!"

유린의 그림 이동술이 있기 때문에 부르시리아에서부터 오크 전사들을 따라가지 않고 엘나스 산맥에서 먼저 기다릴 수도 있다.

"아, 어쩌면 좋아. 꼭 가 보고 싶었는데."

메이런은 기쁜 소식임에도 불구하고 두 손을 마주 잡고 안절부절못했다.

그날은 방송국에서 고정 프로그램을 진행해야 한다.

스튜디오에서 진행하면 보너스가 붙지만, 엘나스 산맥에 가서 바람도 맞으면서 구경하고 싶은 마음이 컸다.

진행자로서 생방송 영상을 곁눈질로 보며 다른 패널들과 지정된 멘트를 하는 것과 모험에 참여하는 건 분위기가 다르기 때문이었다.

페일이 그녀를 다독여 주었다.

"고민하지 말고 마음이 이끄는 대로 해요."

메이런은 울상을 지었다.

"으흑, 벌써 올해 휴가도 다 써 버렸단 말이에요."

그녀는 직장인으로서의 비애를 느끼며 방송을 하기로 결정했다. 진행자로서, 시청자들을 위해서라도 방송 쪽이 낫다고 생각했기 때문이다.

"크로노돈 사냥이라……."

위드는 몽벨트룰리아에서 사냥하며 미리 생각해 놨던 계획을 약간 수정하기로 했다.

원래 퀘스트는 새알로 착각할 정도로 감쪽같은 조각품을 만들어서 오크들이 덮치기 좋도록 유인하는 정도였다.

35마리의 크로노돈만 잡아야 하는데, 전투 능력이 없는 조각사라면 목숨을 여러 번 걸어도 장담하지 못하는 어려운 의뢰였다. 오크들로부터 신망도 떨어지고, 죽음으로 인해서 레벨도 많이 떨어질 수 있다.

하지만 위드는 그런 일반적인 조각사가 아니라, 전투적으로도 많이 발달한 잡캐!

"크로노돈의 가죽이 비싸게 팔리는 편이었지, 아마도. 그리고 크로노돈은 보통 90마리 정도가 한 무리를 이루고 있으니까, 놈들이 사라지게 되면 오크들도 더 넓은 영역을 가지고 번식할 수 있겠지."

위드는 이틀 뒤에 부르시리아로 돌아와서 오크 로드 불취를 만났다.

"부탁이 있다, 췩!"

"무슨 일이냐, 취칙!"

"오크 전사들이 필요하다. 취이이익!"

"취이취이이익. 네가 하는 부탁이라면 오크들은 얼마든 따라나설 것이다. 취이췩!"

현재의 공헌도와 친밀도로 오크 군대를 동원할 수 있습니다.
오크 전사 24만.
오크 투사 8만.
오크 샤먼 5,000.

공헌도가 결정적이었고, 오크들과는 형제라고 칭할 정도로 친밀도까지 높았으니 군대도 부를 수 있다.

카리취로 오크들 사이에서 활동하고, 불사의 군단과 싸울 때부터 쌓아 온 공헌도와 친밀도였다.

'그래도 생각보다는 조금 적군.'

위드는 지금까지 했던 오크들에 대한 헌신을 생각하면 약간 인색하다고 생각했다.

벌써 모라타로 떠난 오크들에 대해서는 모르고 있었기 때문이다.

"오크 투사 1만 정도면 될 것 같다. 취치칫!"

"알았다, 취익! 준비시키겠다."

오크들에 대한 공헌도가 감소합니다. 전투에서 오크들의 희생이 크다면 더 많은 공헌도가 줄어들게 될 것입니다.

물론 전투를 승리로 이끌고 오크들의 전투 경험을 쌓아 준다면 공헌도는 오히려 더 늘어날 수 있었다.

오크들의 번영에 장애물이 되는 크로노돈도 치워 버리고 공헌도도 올릴 수 있다면 남는 장사였다.

"단숨에 해치워 버려야겠군. 취이이익!"

바르고 성채의 근처에서는 조각 생명체들이 몬스터와 매일 치열하게 싸웠다.

"크오오오오!"

일찍 태어난 와이번들 그리고 몸이 큰 빙룡은 전투에서 적지 않은 공을 세웠다. 민첩하고 영활하게 정찰을 하며, 몬스터들이 집단으로 돌아다니면 쫓아가서 사냥했다.

제일 강한 불사조와 화살을 주로 쏘는 금인이, 성난 누렁이의 활약도 빼놓을 수 없었다.

지골라스에서 생명을 부여했던 조각 생명체들까지 바르고 성채 주변에서 지내면서 몬스터를 줄였다.

조각 생명체들의 밤낮 없는 활약 덕분에 바르고 성채가 몬스터들에 의해 휩쓸려 버릴 위험은 점점 낮아졌다.

"끼에에엑! 내가 돌아왔다."

멀리 떠났던 와삼이가 나타나자, 와이번들이 반겨 주었다.

"수고 많았다, 와삼아."

"끄룩끄룩. 이번에도 멀리까지 다녀왔냐."

와이번들은 절대 시기와 질투를 하지 않았다. 와삼이가 성질 더러운 주인과 자주 다니니 자유 시간이 늘었다고 좋아했다.

와삼이가 땅에 내려앉아 배를 깔고 누우며 말했다.

"인사보다 지금 해야 할 말이 있다. 주인이 우리에게 부르시리아로 모이라고 했다."

와이번들에게는 청천벽력과도 같은 말!

"끄까끄캬, 언제까지 가야 되는데?"
"내일 저녁까지 오라고 했다."
부르시리아까지의 거리를 고려한다면 밤새도록 날아야 도착할 수 있었다.
"안됐군."
"골골골. 수고가 많다."
음머어어어.
빙룡과 금인이, 누렁이는 남의 이야기라면서 옆에서 구경해줄 수 있었다.
"빙룡 너도 오라고 했다."
쾌애애액!
"그리고 올 때 세빌이랑 금인이도 데려오라고 했다."
"골골골!"
누렁이는 꼬리를 탁탁 치고 눈은 가늘게 뜨며 흡족한 웃음을 지으려고 했다. 그에게만은 오라는 말이 없었기 때문이다.
"그리고 누렁이, 넌 빛날이랑 같이 오래."
음머어어어어.
누렁이 울음소리가 구슬프게 울렸다.

엘나스 산맥.
위드는 120명의 오크 전사들과 같이 밤에 도착해서 퀘스트를 위한 작업을 개시했다.

깡! 깡! 깡!

"어디 제대로 만들어 볼까."

돌을 깎아서 새의 알을 조각한다. 위드에게 그 정도야 식은 죽 먹기라고 할 수 있었다.

"진정한 예술을 보여 줘야겠군."

각종 모조품이야말로 위드의 전문 분야라고 할 수 있었다. 조각술 숙련도가 낮을 때부터 온갖 것들을 다 만들어 봤기 때문이다.

그러나 아침까지는 서둘러 작업을 끝내 놓아야 해서 시간이 넉넉한 편은 아니었다. 크로노돈들은 밤눈이 밝지 않은 편이라 저녁이나 새벽에는 돌아다니지 않고 해가 뜨면 먹이를 구하러 다니기 때문이었다.

빠듯한 시간에 과다한 업무량이야말로 대한민국 직장인이라면 누구나 질리도록 경험하게 되는 일. 초등학생들까지 벼락치기 공부에 익숙한 문화이니 불가능한 일은 아니었다.

"밝은 장소보다는 적당히 그늘진 곳에 만들어 놔야겠군. 혹시라도 공중에서 일찍 가짜란 걸 알아차릴 수가 있으니까. 그리고 전투 중에 다른 녀석들이 몰려오는 것도 곤란하지. 잘 가려진 곳으로 정해야겠어."

크로노돈들이 몇 마리씩 나타날지 모르기에 주의해야 할 변수가 굉장히 많았다.

위드의 돌조각은 일품이라고 해도 과언이 아니었다. 흰 돌을 둥그렇게 조각하고, 새의 둥지처럼 만들기 위하여 나뭇가지도 꺾어서 자연스럽게 깔아 놓았다.

오크들이 준비해 온 커다란 돌은 8개!

만들어야 하는 게 큰 새들의 알이라서, 오크들은 두 팔로 안기도 버거울 정도의 크기의 돌을 가져왔다. 전투준비를 하고 중무장한 오크들이라서 무거운 돌을 많이 가져오진 못했다.

"새알을 조금 더 만들어 놓는 편이 좋을 거 같군. 완전히 정신이 팔려 있어야 위장하기도 쉬울 테고 말이야."

위드는 부족한 돌 대신에 흙을 굽고 간단한 유약도 발라서 새알을 만들었다. 도자기처럼 정교하고 예술적으로 만드는 게 아니라 형태만 비슷하면 됐다.

위드는 아침이 되기 전에 큰 새들이 알을 낳는 둥지를 완벽하게 만들었다.

"이 정도의 함정이라면 크로노돈에게 사기 쳐 먹기에 나쁘지 않겠어!"

조각술의 새로운 이용 방법!

로뮤나는 돌을 쓰다듬어 보며 감탄했다.

"와, 훌륭해요. 진짜 새알처럼 크고 동그랗게 생겼어요."

벨로트도 조각품이 놓인 주변을 서성이면서 미흡한 부분을 찾으려고 했다.

하지만 그녀가 보기에도 탐스러운 새알들이었다.

"조각품이 이런 식으로 쓰일 줄은 몰랐어요. 조각술에 대해 잘 몰랐는데, 정말 한계가 없는 것 같네요."

날이 밝으면 크로노돈들이 몰려올 것이다.

동료들은 무슨 일이 벌어지게 될지 벌써부터 흥미진진했다.

얼굴에 흉터가 있는 크로노돈이 엘나스 산맥의 상공을 날고 있었다.

위드와 다른 동료들 그리고 오크들은 구덩이와 수풀로 커다란 몸들을 완전히 위장하고 숨었다.

위드는 오크들을 지휘하기 편하기 위해 카리취로 다시 몸을 바꾼 상태!

나뭇잎 사이로 보이는 하늘에 크로노돈의 몸뚱이가 슬며시 나타나기도 했다.

'어서 내려와라.'

초조하게 기다리고 있으니 하늘에서 끼약대고 우는 소리가 가까워지면서 크로노돈이 땅에 내려앉았다.

크로노돈은 아침 식사를 위하여 몬스터나 산짐승을 찾고 있던 도중에 계곡 아래에 큼지막한 새알들이 놓여 있는 것을 보았다. 먹이를 놓고 다툴 수 있는 다른 크로노돈이나 적대적인 몬스터가 있는지를 확인하고 난 이후 식사를 하려고 지상으로 내려온 것이다.

"돌격!"

"해치워라."

크로노돈이 완전히 땅에 내려섰을 때, 숨어 있던 오크들이 덮쳤다. 강철 그물을 던지고 강철 올가미를 씌워서 포획에 성공하자 창과 글레이브를 휘둘렀다.

크로노돈이 불을 내뿜으면서 저항했지만 경험 많은 오크 전사들은 잘 피하면서 갇혀 있는 적을 공격했다.

오크들이 크로노돈 1마리를 사냥에 성공하였습니다.

퀘스트를 위해 남은 숫자: 34

크로노돈의 가죽을 획득하였습니다.

"시작이 괜찮군!"

잠시 후, 다시 크로노돈이 날아와서 오크들에게 사냥당했다.

함정의 위치가 탁월하고 오크들의 전투 능력이 뛰어났기 때문에 생각했던 것보다는 수월하게 사냥이 진행되었다.

오전에 잡은 크로노돈은 총 7마리!

위드도 오크들과 같이 공격을 하면서 사냥 속도는 아주 빨랐다. 크로노돈이 알을 먹어 삼키기 위해서 입을 찢어져라 벌릴 때가 오크들이 덮치는 최적의 공격 순간이었다.

해가 중천에 떠올랐을 때에 위드와 오크들은 식사로 말린 육포를 먹었다. 아직 오크들의 피해도 없었으며 퀘스트도 무난하게 진행되었다.

오후부터는 크로노돈이 2마리나 3마리씩 같이 다녔다.

'오크들의 피해가 아예 없게 하려면 조금 긴장해야겠군.'

지상으로 내려오기만 하면 크로노돈이 2마리거나 3마리거나 상관없이 오크들은 손발이 척척 맞았다. 위드의 카리스마에 의해서 재빨리 그물을 던지고, 창으로 찌르면서 근접전을 펼치는 것이다.

오크 부족 최고의 사냥꾼과 전사 들이 모인 덕분에 원활한 사냥이 이루어졌다.

위드의 레벨도 높아서, 지상으로 내려와서 그물에 갇힌 크로노돈은 그렇게 위협적이지 않았다.

퀘스트를 마치기 위해서 21마리가 남았을 때 드디어 사건이 터졌다.

총 5마리의 크로노돈이 한꺼번에 나타난 것이다. 놈들은 주위를 빙빙 돌면서 정찰을 하더니 3마리가 먼저 지상으로 내려왔다.

꿀꺽!

멀찌감치 뒤에서 구경하던 페일이 마른침을 삼켰다.

'이번에는 들키겠구나.'

동료들 사이에서도 긴장감이 흘렀다.

3마리의 크로노돈이 새알이 가짜라는 사실을 알아차리면 문제가 생긴다. 오크들이 공격하고, 하늘에 있는 크로노돈까지 전투에 가세한다면 큰 위기였다.

위드가 있으니 어떤 식으로든 퀘스트 자체는 문제가 없을 테지만, 오크들이 많이 통구이가 되어서 죽어 나갈 수가 있기 때문이다.

'그래도 지금이라도 덮쳐야 되지 않을까? 가짜인 건 금방 알아차릴 텐데.'

'3마리를 신속하게 사냥하고, 일단 물러나서 다음 기회를 노린다면…….'

오크들의 목숨이 걸려 있다 보니 수르카와 로뮤나가 더 조마조마했다.

위드의 신호가 떨어지지 않아서 오크들은 뛰쳐나가지 않고 숨어서 나오지 않았다.

크로노돈이 새알을 먹기 위해서 가까이 다가왔다.

차라리 다음의 기회를 노리는 편이 훨씬 현명한 방법일지도 모른다.

크로노돈들은 부리로 콕콕 새알을 쪼았다. 그랬더니 정말 새알처럼 바깥 면이 부서지면서 향긋한 알맹이가 새어 나오는 것이 아닌가!

크로노돈들은 널려 있는 작은 새알부터 통째로 집어삼켰다.

"으케케켓(맛있다)."

"우꺄꺄, 우꺄루(죽여주는 맛이다. 최고의 맛이야. 이렇게 맛있는 알을 먹어 본 건 날갯짓하고 처음이다)."

"키야루루루루(이래서 새알을 끊을 수가 없어)."

하늘에서 빙빙 돌고 있던 2마리의 크로노돈들도 새알을 먹기 위해 땅으로 내려왔다.

위드는 요리를 해 놓았던 것이다.

크로노돈들이 새알을 밟지 않고 땅에 내려앉을 수 있는 장소에 가까운 것들만, 겉면은 얇은 흙으로 만들고 안에는 타조 알과 달걀을 섞어서 음식을 만들어 넣었다.

> 크로노돈들이 맛있게 먹으면서 음식에 대해 칭찬하고 있습니다.
> 요리 스킬의 숙련도가 증가합니다.

몬스터를 통해서도 얻는 요리 스킬의 숙련도였다.

위드에게는 썩 반가운 일도 아닌 것이, 몬스터들은 돈을 내지 않고 먹기 때문!

공짜 손님이야말로 용서할 수가 없었다.

'절대 놓쳐서는 안 돼.'

위드가 손짓하자 오크들이 조금씩 살금살금 다가갔다. 잡아야 하는 크로노돈이 5마리나 되다 보니 그물을 한꺼번에 뿌리기 위해서였다.

크로노돈들은 먹는 데 정신이 팔려 주변에서 무슨 일이 벌어지는지도 몰랐다.

"공격!"

위드가 오크들 전부와 같이 한꺼번에 덮쳤다.

날개와 다리에 올가미를 던지고, 그물을 씌웠다.

먹고 있는 도중에 완벽한 기습!

그리고 위드는 스킬을 사용했다.

"헤라임 검술!"

단순하지만 파괴력만큼은 효과적인 스킬!

광휘의 검술을 쓸 수도 있지만, 오크 상태에서는 마나가 부족했다.

크로노돈들은 그물과 올가미에 갇힌 채로 불을 뿜어냈다. 하지만 새알을 조각한 돌과 미리 세워 놓은 바위들이 엄폐물이 되어 주었다.

위드는 만약의 사태에 대비하여 이곳을 크로노돈을 잡을 완전한 함정으로 만들어 놨던 것이다.

흙으로 만든 커다란 새알들 몇 개에서는 오크들이 껍질을 부수고 뛰쳐나와 크로노돈을 기습했다.

뛰어난 지휘 능력으로 통솔력이 1 증가합니다.

5마리를 한꺼번에 사냥하면서 이제 퀘스트 완료까지 16마리의 크로노돈밖에는 남지 않았다. 만들어 놓은 새알이 조금 줄어들었지만 벌써 목표로 했던 몬스터의 절반 이상을 해치운 것이다.

"카리취, 과연 오크 로드의 자질이 있다. 취이취익!"

"잔꾀가 많고 간악한 오크다, 췻."

위드는 오크들의 칭찬을 한 몸에 받았다.

"오늘 별이 뜨기 전에, 취취이칫. 다 해치울 수 있겠다, 취취치익."

"이놈들이 도망가면, 취이취익. 동족 데려온다. 그 전에 다 해치워야 된다. 췻췻!"

"카리취는 자랑스러운 오크다, 취이익. 카리취와 같이 살려고 떠난 우리 형제들은 안심해도 될 거 같다. 취이이이익!"

오크들이 그들끼리 이야기를 나누었다.

위드는 하늘을 쳐다보며 여유롭게 크로노돈이 나타나기만을 기다리고 있었다. 그러던 중에 오크들의 이야기를 듣고 등에 소름이 돋았다.

크로노돈 5마리가 나타났을 때보다도 더 놀랐다.

"나와 살려고 떠났다니… 무슨 말인가, 취익."

"몰랐나, 취익."

"카리취는 몰랐나 보다. 둔하다, 취이취치칙."

"말해 주면, 취이취이. 기뻐할 거다."

"카리취와 살려고 부르시리아의 형제들, 취취췻. 대륙 북쪽, 카리취의 집이 있는 곳 찾아 이동했다. 취치취익."

위드의 얼굴이 누렇게 떴나.

"며, 몇 마리나 갔나? 취췻!"

"15만이다, 취익. 너무 좋아하지 마라. 취익!"

"카리취는 기쁘면, 취치췻. 얼굴에 너무 티가 난다."

"축하한다, 카리취. 취치치췻."

모라타를 애지중지 키워 왔는데 결국 오크들이 몰려들다니!

위드도 오크의 삶에 대해서 경험했기 때문에 심한 편견은 없었다. 모라타의 문화와 건축물에 대한 자부심으로, 오크에 대한 차별도 갖지 않았다.

오크는 충분히 매력 있는 종족이었다.

다만 종족 특성상 도시나 왕국에 세금을 내지 않는다.

'오크들에게 강제로 세금을 물리기라도 한다면 폭동을 일으킨다던데…….'

위드의 영토에 세금을 안 내는 오크들이 대대적으로 번식을 한다는 것은 상상하기도 너무나 괴로운 최악의 상황!

'아니야. 그래도 먼 북부까지 무사히 가지는 못할 거야. 오크들은 길눈도 어두우니까. 가다가 어떤 험한 몬스터라도 만나서 다 죽어 버렸겠지. 그리고 내가 소식을 못 들은 걸 보니 북부까지 육로로 가는 건 아니야.'

바다라면 항해 기술이 없는 오크들에게는 훨씬 위험했다.

오크 15만이 거주한다면 엄청난 전력이 되겠지만, 장거리 이주가 원활하게 되기란 만만치 않다.

'고작해야 통나무 뗏목이나 만들어서 타고 가려고 하겠지. 해류에 휘말려서 엉뚱한 곳에 도착할 수도 있어. 도중에 소용돌이나 폭풍이라도 하나 불어 준다면, 부실하게 만든 뗏목의 밧줄들이 풀려서 헤엄도 못 치는 바다에 빠져 버린다면…….'

위드는 오크들의 몰살을 간절히 바랐다.

베키닌의 3마리 미친 상어.

위드와 같이 지골라스 근처까지 다녀온 헤인트, 프렉탈, 보드미르는 해적질을 즐기고 있었다.

유령선을 인수하고 항해사와 선원 들을 구한 이후로 국적을 가리지 않고 교역선을 털었다.

"돛을 올려라. 약탈하러 간다!"

바다의 자유로움을 만끽하는 그들!

드린펠트와 해적왕 그리피스의 선단이 피해가 커서 주춤하는 사이에 대대적으로 성장했다.

기존에는 눈치 보면서 찔끔찔끔 나쁜 짓을 저질렀지만, 이제 그리피스의 세력 내에 있는 해적선까지 털 정도로 배포가 커졌다. 우연히 찾아낸 보물 지도를 통해서 묻혀 있는 해적들의 보물도 발굴했다.

게다가 해적 깃발을 올리면 크라켄을 부하로 거느릴 수 있게 되었다.

대부분의 왕국에서 현상금이 붙을 정도로, 이제 해적계의 신성이 된 베키닌의 3마리 미친 상어들이었다.

해적 선단의 배들만 해도 30여 척이나 되었다.

"저것들은 뭐야?"

"오크 같습니다, 선장님!"

그들은 해안가에서 나무를 베고 있는 오크 떼를 발견했다. 남녀노소, 대단히 많은 오크들이 타고 건널 뗏목을 만드는 중이었다.

오크 로드 세에취!

그녀도 검둘치가 있는 북부로 떠나기 위해 이 오크 무리에 합류했다.

세에취가 오크들을 이끌고 있었기에 나름대로 엄청난 양의 나무를 꼼꼼하게 준비하였다.

육로로 북부까지 가려면 오크들이 가져온 식량은 턱없이 부족했다. 사냥하면서 이동하려면 시간이 너무 많이 걸리고, 다른 왕국들이 오크들에게 국경을 열어 주지도 않는다.

오크들은 어쩔 수 없이 바다를 택했다.

일부 오크라도 무사히 모라타로 갈 수 있으면 다행이었다.

"오크들을 공격해서 경험치나 모으자. 전리품이 있을지는 모르겠지만."

베키닌의 3마리 미친 상어들은 오크들이 바다로 나오기만 하면 몽땅 수장시켜서 레벨을 올리려고 하였다. 뗏목을 탄 오크들이라면 쉽게 경험치를 올릴 수 있기 때문이다.

하지만 그들을 발견한 세에취가 간곡하게 부탁했다.

"모라타로 가야 돼요, 취취칫. 방해하지 말아 주세요, 취잇!"

안타깝게도 오크 암컷에게 동정심이 생길 3마리 미친 상어가 아니었다. 하지만 오크들이 모라타로 가야 한다니 상당한 호기심이 생겼다.

"무슨 일인데요?"

"오크 카리취, 췻! 아니, 위드 님이 있는 모라타로 이주하는 거랍니다. 취이취지익!"

헤인트, 프렉탈, 보드미르는 언제나 술을 마시면 위드와 같이했던 항해를 떠올렸다.

"우리의 스승은 전쟁의 신 위드나 다름없다. 우리의 나쁜 짓은 모두 그분에게 배운 것이다. 아직 우린 발끝도 따라가지 못한다."

지금 돌이켜 봐도 나쁜 짓을 하려다가 위드를 만난 건 천운이었다. 유명해질 수 있었을 뿐만 아니라, 정말 이제 나쁜 짓을 잘할 수 있도록 제대로 배웠으니까.

위드는 그들이 쭉 나쁜 짓을 하며 살더라도 전혀 상관이 없었지만, 불행히도(?) 베키닌의 3마리 미친 상어는 본성까지 악한 이들은 아니었다. 해적들 사이에서 유명해진 것이나, 바다를 주름잡던 드린펠트와 그리피스가 약해진 점에 있어서 위드에게 큰 빚을 지고 있다고 생각해 왔다.

"저것들 우리 배에 태워 주자."

"오크들이 너무 많은데?"

"항해사나 선원 들 중에 배 만드는 법을 아는 사람들이 있지 않나?"

"대부분 조금씩은 알지."

조선 스킬은 배에서 오래 생활하면 초급 3레벨까시는 저절로 익히기도 했다.

"몽땅 보내서 오크들이 배 만드는 것도 도와주면 되지. 간단한 뗏목이라도, 조선 스킬도 올릴 수 있고 말이야."

"그거 괜찮은 계획인데!"

헤인트, 프렉탈, 보드미르가 자신들의 일처럼 오크들의 이주를 도와주었다. 뗏목을 만드는 시간도 대폭 단축되었을 뿐만 아니라, 바다에서도 선두에서 항로를 안내해 줬다.

도예가의 탄생

오크들의 크로노돈 사냥은 이후로 별 사고가 벌어지지 않고 무난히 진행됐다.

잘 만들어진 새알은 크로노돈을 끌어들이기에 충분했고, 오크들은 능숙한 전사이며 사냥꾼이었다.

퀘스트의 마지막까지 딱 4마리가 남았을 때, 한꺼번에 6마리가 나타났다.

두 번째로 조금 위험한 순간이었다.

'저놈들로 끝낼 수 있겠다.'

6마리가 모두 지상에 내려앉자 위드와 오크들은 용맹하게 습격했다.

"취이익, 놈들을 잡아라."

"오크는 복수를 잊지 않는다, 췻!"

"이놈들을 물리치고 부르시리아로 돌아가자, 취이취이익!"

마지막이었음에도 오크들은 방심하거나 흐트러지지 않았

다. 몇몇이 가벼운 행동을 하기도 하였지만, 위드의 통솔력과 잔소리가 그들을 한눈팔지 못하게 만들었다.

"깨랙깨랙(함정이다. 도망쳐라)."

"끼엣(새알은 먹고 가자)!"

크로노돈과의 혈투!

4마리에게 올가미와 그물을 뒤집어씌우고, 나머지 2마리를 재빨리 사냥했다.

그물 안에서 크로노돈이 화염을 내뿜었다. 하지만 천천히 처리하면 된다.

퀘스트 완료까지는 다 된 밥상에 숟가락, 젓가락까지 올라온 상황!

그때 하늘에서 소리가 들렸다.

"꾸께에에에에(오크들이 우리 동족을 공격하고 있다)!"

지나가던 크로노돈 1마리가 이 광경을 목격하고 만 것이다.

"으캬라루루루!"

"꾸께캬아아아록!"

"크키끄키!"

그물에 갇혀 있던 크로노돈들과 하늘에 있는 크로노돈이 대화를 나누었다. 상황으로 볼 때, 구해 달라는 말 같았다.

하지만 하늘을 날아다니던 크로노돈은 지상으로 내려오지 않고 방향을 바꿔 왔던 곳으로 돌아갔다. 아마도 동족들을 잔뜩 이끌고 돌아올 모양이었다.

"위드 님! 어떻게 하죠?"

구경한다면서 숨어 있던 페일과 다른 일행이 놀라서 튀어나왔다.

동족들이 사냥당하고 있는 걸 보았으니 크로노돈들이 보복하러 올 것이다. 엄청난 위기가 닥쳐올 수 있었다.

"일단 이놈들부터 처리하죠, 취이익!"

위드는 차분히 그물에 걸려 있는 크로노돈부터 없앴다.

오크들과 같이 크로노돈 35마리를 모두 해치웠습니다.
퀘스트의 조건을 달성하였습니다.

조각술 스킬의 숙련도가 증가합니다.

오크들에게 조각술에 대한 평판이 좋아집니다.

통솔력이 4 증가합니다.

퀘스트의 완료!

위드는 오크들에게 명령했다.

"오크들은 먼저 돌아가라, 취익!"

"카리취, 설마… 췻!"

"취치췻, 너 혹시……."

오크들의 눈빛이 매섭게 변했다.

"맛있는 거 놔두고 혼자 먹으려는 거 아니냐, 취이취이이익!"

"만약 그렇다면 정말 나쁜 오크다, 취치취익. 동료들끼리는 다 나눠 먹어야 한다, 취칙!"

오크들이 생각하는 게 딱 이 수준이었다.

벨로트는 크게 한숨을 쉬었다.

'바보 오크들, 자기들을 살려 주려고 먼저 보내려고 하는 거잖아. 크로노돈에게 들켰으니 끝까지 지켜 주기 위해서……!'

그런데 위드는 무언가 찔리는 게 있는 듯 갑자기 얼굴을 딱딱하게 굳혔다.

"머, 먼저 가라, 취이익. 내가 형제들의 뒤를 지키겠다, 췩!"

오크들은 끝까지 같이 싸우겠다고 했지만 위드는 두 번 세 번 권유해서 어렵게 보냈다. 그리고 오크들이 모두 사라지자 조각 변신술을 해제하며, 오크들이 의외로 날카로운 면이 있었다며 혀를 내둘렀다.

"휴, 들킬 뻔했네!"

"위드 님, 무슨 계획이라도 있으세요?"

페일이 무언가를 느낀 듯이 물었다.

이런 상황에서 위드가 오크들을 먼저 보냈을 때에는 무언가 꿍꿍이가 있을 테니까.

"일단 새알이나 같이 먹죠."

아직 부서지지 않고 남아 있는 새알들!

전투 중에 화염이 뿜어져서 딱 맛있게 잘 익었다.

지골라스에 항해를 나갔을 때 직접 만든 소금을 뿌리며 일행과 느긋하게 나눠 먹었다.

1마리의 크로노돈은 서식지로 날아갔다.

'오크들은 다 죽은 목숨이다. 1마리도 살려 두지 않을 거야.'

크로노돈을 이끄는 대장이라면 이 원통함을 갚아 줄 수 있으리라.

최대한 빠르게 둥지에 도착했더니 동족들은 보이지 않고 인근에 전투가 벌어졌던 흔적만 가득했다.

꾸우?

크로노돈이 둥지를 살펴보니 와이번들과 금인이, 빙룡이 있었다.

조각 생명체인 기사 세빌 프렉스턴이 지휘하는 오크 투사 1만 마리가 크로노돈의 서식지를 덮쳤던 것.

오크들도 상당한 피해를 입었지만, 빙룡과 와이번들의 활약으로 크로노돈을 말끔히 정리하는 데 성공했다.

"취익. 카리취, 너는 정말 너무 훌륭하다. 취치칙. 못하는 게 없는 뛰어난 오크다."

위드가 부르시리아로 돌아가니 오크 로드 불취로부터 칭찬이 듬뿍 쏟아졌다.

암컷 오크들의 카리취에 대한 호감도가 더욱 높아지고, 수컷들은 그만큼 질투할 것도 분명한 사실이었다.

"먼저 온 오크들에게 말 들었다, 취치칙. 오크들은 직접 봐야 믿는다. 조각술, 오크들에게도 상당히 중요하다. 나 불취도 인정한다, 취익."

크로노돈과의 싸움 퀘스트 완료

오크들은 타고난 전사이며 완력을 가지고 있다. 날아다니는 크로노돈에게는 약점을 보였지만, 조각술을 바탕으로 승리를 거뒀다.
오크들이 엘나스 산맥과 잿빛 호수로 영역을 넓혀 나가게 될 것이다. 알려지지 않은 몬스터들이 많이 있겠지만, 오크들은 위기를 잘 극복할 수 있으리라.
오크 로드 불취가 조각술을 존중하게 되어, 종족 내에서 오크 조각사들이 더 우대받을 수 있을 것이다.

명성이 2,690 올랐습니다.

모든 스탯이 3씩 증가합니다.

오크들과의 우호도가 높아집니다.
오크들이 조각술을 보다 존중하게 됩니다.

오크들이 조각술로 문화와 지식을 발전시키게 됩니다. 오크들의 실력은 일천하기 짝이 없지만, 그들이 만들어 낼 무수히 많은 조각품 중에는 인간과 드워프 들이 시도하지 못한 색다른 작품이 탄생할 가능성도 큽니다.

오크들이 문화를 만들어 내면 그들의 결속이 더욱 굳건해질 것입니다. 오크 샤먼, 주술사 들의 탄생을 늘리게 됩니다. 조각술을 통해 어린 오크들에게 사냥 기술을 전수할 수 있게 됩니다.

오크 종족을 결속시키는 오크 영웅이 탄생할 수 있게 되었습니다.

위드는 퀘스트를 해결하고 나서 기뻐하기보다는 눈치를 보았다.

조각술 마스터 퀘스트가 이걸로 끝이라기에는 어딘가 허전한 것도 사실!

"조각술이, 췻. 좋아질 것 같다. 라체부르그, 많은 걸 생각하게 했다. 오크들은 드워프들이 그동안 장난감을 갖고 논다고 비웃었다, 취이익!"

오크와 드워프가 사이가 안 좋았던 건 어제오늘의 이야기도 아니다. 오크는 대부분의 유사 인종과 관계가 나빴지만, 드워프들을 특별히 싫어했다.

"사실이긴 하지만, 취치취익. 그들에게 사과하고 싶다. 카리취, 선물로 조각품을 주려는데, 취익! 네가 이 일을 맡아 주었으면 한다, 취이이익."

오크와 드워프의 관계 개선

오크 로드 불취는 라체부르그의 진실을 알고 그곳의 조각품을 보면서 생각을 바꾸게 되었다. 옹졸하고 편협하며 말도 나누기 싫은 드워프에게 먼저 화해의 사과를 하려는 것이다. 너그러운 오크이기 때문에 드워프들에게 손을 내밀 수도 있으리라.

난이도: 조각술 마스터 퀘스트.

제한: 고급 8레벨 이상의 조각술. 드워프와의 관계가 친밀한 상태여야 한다.

위드는 고개를 끄덕였다.

"시끄럽게 떽떽거리며 수염에 맥주나 묻히는 드워프들, 취치치칙! 정말 귀찮지만 만나서 이야기해 보겠다, 취익!"

퀘스트를 수락하였습니다.

"케헤헤헷, 드디어 왔군!"

마판은 마차를 타고 힐쉐이드 성에 도착했다.

아이데른 왕국의 수도로 큰 상점들이 많으며 사치품이 많이 유통되는 도시!

"그런데 제값을 받을 수 있을지 모르겠군."

마판은 몽벨트룰리아에서 만든 위드의 도자기와 다른 일행의 도자기를 매입했다.

상인의 번뜩이는 감각이, 도자기로 벌이가 짭짤할 것 같았기 때문이었다.

위드의 도자기는 1개당 30골드씩!

예술품으로 보면 헐값이라고 해도 무방한 정도였지만, 사실 그중에는 초반에 잘못 만들어진 게 상당히 있었다. 위드가 제대로 도자기를 빚어내기 전에 경험 삼아 만들어 본 작품이라서 30골드씩을 받고 팔았다.

물론 다른 사람들이 만든 도자기는 5실버씩밖에는 쳐주지 않았다.

"이게 잘 팔릴 수 있을지 의문이군. 시세를 모르니까 큰 모험이 되겠어."

마판은 도자기가 가득 들어 있는 마차를 조심해서 몰며 상점가로 향했다.

교역소 주변에서 주민들이 떠드는 소리가 들렸다.

"세상이 참 살기 어려워."

“상인 필두가 어디선가 유리 세공품을 가져와서 엄청난 돈을 벌었어. 그 돈으로 무엇을 샀을까? 떠나갈 때는 마차를 열두 대나 끌고 갔다는군.”

“바닥에 까는 융단이 요즘에 진짜 보기 드물어졌어. 지금 판매한다면 좀 비싼 값을 치르더라도 구입할 사람들이 많을 텐데…….”

“다음 주쯤에 햇포도로 담근 포도주가 나온다는군. 이 근처에서는 인기가 없지만 멀리 떨어진 곳에 가져다 팔면 좋지 않을까? 참, 북부의 모라타에서도 포도주가 나온다는데 그곳의 포도주 맛은 어떨지 궁금하군. 아이데른 왕국에서는 향이 풍부하고 약간 텁텁한 포도주가 잘 팔리는데.”

주민들이 하는 말들은 상인들에게는 매우 귀중한 정보가 된다. 작은 부분들을 모으다 보면 베르사 대륙 전체의 물자와 유행의 흐름을 좇을 수가 있는 것이다.

마판은 명성과 매력을 늘려 주는 비싼 영업용 옷으로 갈아입고 나서 마차에서 내렸다.

“도자기가 잘 팔려야 될 텐데…….”

두근거리는 마음으로 그릇 상점의 문을 열고 들어갔다.

힐쉐이드 성에 있는 만큼 상당히 넓은 곳이었고, 20명이 넘는 유저들이 그릇을 고르고 있었다. 상인, 요리사, 집에 그릇을 장만하려는 사람 등 각양각색이었다.

“뭘 사러 오셨소?”

“물건을 좀 팔러 왔습니다.”

“어디 보여 주시구려.”

마판은 배낭에서 위드가 만든 물병과 그릇을 3개 꺼냈다.
그릇집 주인은 찬찬히 살펴보더니 고개를 저었다.
"어디서 산 건지 몰라도 우리 상점에서는 이런 제품은 구매할 수가 없소."
"아, 그렇습니까?"
마판은 그릇을 받으며 민망해서 얼굴을 붉혔다.
"킥킥!"
"저 사람 좀 봐. 완전 싸구려 그릇 가져와서 창피당하네."
"그러게. 얼마나 몹쓸 정도였으면 상점에서 구매를 안 한다고 하냐. 웬만하면 다 사 주는데."
"사람이 쓸 물건이 못 되면 고블린들한테라도 팔아야 되는 거 아냐?"
베르사 대륙에서 가장 만만한 게 초보 상인이라서 함부로 비웃는 것!
마판이 현재 입고 있는 상인 복장은 검치 들을 따라다니면서 획득한 희귀한 것이라서 알아보는 유저가 없었다.
그릇 상점 주인의 말이 이어졌다.
"예술을 너무 모르는군. 이런 귀중한 작품을 술이나 음식을 올려놓는 데에 쓴단 말이오?"
"네?"
"사치품 상점이나 예술품 거래소, 조각품 상점으로 가 보시구려."

높은 가치를 가진 교역품을 가지고 와서 명성이 2 증가합니다.

마판의 심장박동이 빨라졌다.

'대박이구나!'

위드에게 속는 셈 치고 구입한 감도 있었는데, 최소한 30골드의 값어치는 할 것 같았다.

마판은 그릇 상점 주인의 말대로 사치품 상점으로 갔다. 비싼 물품이라면 무엇이든 거래할 수 있는 곳이었다.

시세를 알아보기 위해 주인에게 도자기를 보여 주었다.

"음. 이런 그릇이라면… 색감이 예쁘고 마감이 상당히 뛰어나군. 귀족들이 많이 찾겠어. 마판이라는 상인에 대해서 몇 번 들어 보았지. 좋은 상품을 자주 거래한다던데… 평판이 좋은 걸 보니 특별히 인심을 써서 1개에 220골드씩에 사 주지."

벌써 7배의 이득이었으니 특산품을 거래할 때 못지않은 엄청난 금액!

게다가 위드가 흙과 물, 불을 이용하여 직접 만든 것이니 가격이 따로 정해져 있지도 않았다. 지금 팔아서 교역 이득을 거둔다면 순전히 다 흑자로 분류되기 때문에 상인에게는 엄청난 경험치와 명성을 안겨 줄 수 있었다.

그러나 마판은 덥석 받고 팔기보다는 일단 튕겨 보기로 했다. 판매하는 물건이 좋다면 돈을 더 달라고 할 수 있었으니까.

물론 최악의 경우에는 친밀도가 하락하여 거래를 안 하겠다고 할 수도 있지만, 그러면 다른 왕국에 가서 팔면 된다.

"이 작품을 누가 만들었는데 고작 그 가격에 팔 수 있겠습니까? 가격을 잘 쳐주시리라 믿고 가져왔는데 섭섭합니다."

마판은 살짝 눈치를 보다가 위드의 이름을 팔면서 강하게 나갔다.

"어디 보자, 어이쿠… 이런 실수를 하다니! 대륙에서 가장 유명한 조각사이며 모험가인 위드의 작품이로군! 내 평생 위드의 조각품을 보는 게 소원이었는데 이런 실수를 하다니."

1차 흥정이 성공하였습니다.
지금 물건을 판매할 경우 회계 스킬의 숙련도가 0.9% 오릅니다.

위드의 명성은 확실히 조각품의 가격을 높여 받는 데 영향을 주었다.

위드의 여러 모험들로 인하여 어느 주민이든 일정 수준 이상의 친밀도를 가지고 있는 게 보통이었다. 상인으로서는 작정하고 꿈만 같은 바가지를 씌울 수 있는 교역품이었다.

마판은 흥분으로 연방 침을 삼켰다.

전사들이 본 드래곤을 사냥할 때처럼 짜릿한 순간이었다.

"만든 사람을 고려하면 정말 곧 없어서 못 팔 물건이 되겠어! 희귀한 이런 그릇이라면 다른 곳에서 구하기가 어려우니 280골드씩은 쳐줄 수 있겠어. 어떤가, 팔겠는가?"

50골드만 넘더라도 처음 기대했던 이상이다.

그렇지만 여기서 한 번 더 웃돈을 받고 싶은 것이 상인의 욕심이었다.

"기대했던 것보다는 못하군요. 다른 곳을 좀 알아보고 오겠습니다."

"315골드! 자세히 보니 국왕 폐하께서도 사 가실지 모르겠군. 어떤가, 내가 보기에는 괜찮을 것 같은데 이 가격이면 팔겠는가?"

> 2차 흥정이 성공을 거두었습니다.
> 지금 물건을 판매할 경우 회계 스킬의 숙련도가 1.2% 오릅니다.

마판도 지금 사치품 상점에서 퇴짜를 맞으면 다시 힐쉐이드 성에 와서 이 상점에서 거래하기는 어렵게 된다. 하지만 여기서도 다시 한 번 마지막으로 욕심을 부렸다.

"글쎄요, 생각보다는 조금 낮은 가격인데… 아시다시피 이 물품들은 아주 귀하지 않습니까?"

"크흐흠! 정 그렇다면 326골드까지도 쳐줘야겠지."

> 3차 흥정이 성공을 거두었습니다.
> 지금 물건을 판매할 경우 회계 스킬의 숙련도가 1.7% 오릅니다. 호칭 '귀한 물품을 파는 똑똑한 상인'을 얻게 됩니다. 향후 상점 주인들에게 유명한 상인이 되어 가격을 높이 올려 받을 수 있습니다.

3차 흥정은 성공하기가 아주 까다로웠다.

상인 게시판에 성공담이 일주일에 하나 올라올 수준.

조건으로는 교역품이 좋아야 되고, 긍정적인 평판이 퍼져 있어야 한다.

친밀도가 높고 단골일 경우에 가능성이 커지지만 반대로 실패했을 때의 위험부담도 커서 시도조차 하기 어려웠다.

마판의 상인으로서의 입지가 그리 나쁜 편은 아니었지만, 위드의 도자기를 밑천으로 3차 흥정까지 성공했다.

'여기서 4차까지 해 버려?'

4차 흥정까지 성공하면 회계 스킬은 물론이고 엄청난 명성과 교역 이득을 얻을 수 있을 것.

어쩌면 다른 상인이 받지 못한 특별한 호칭도 얻을 수 있을지 모른다.

"팔겠습니다."

"정말 고맙군!"

마판은 여기서 멈추기로 했다.

상인으로서 무리한 욕심은 화를 부른다는 걸 잘 알았기 때문이다.

지금은 위드의 도자기가 귀해서 보물 이상의 가치를 가지고 있다. 나중에 물량이 많이 풀리면 가격도 떨어지고 품질에도 엄격해질 테지만, 현재로써는 고급 사치품의 수준이었다.

> 예술품을 판매하여 대규모의 무역 이익을 거두었습니다.
> 명성 3,697 상승. 예술 스탯이 2 증가합니다.

그때 상인들에게 보이는 메시지 창이 떴다.

> 새로운 교역품 '도자기'가 시세표에 등록되었습니다.

그 시간 이후로 아이데른 왕국에서부터 주민들이 너도나도 말했다.

"도자기란 걸 보았나? 못 봤다고? 그 청아한 색상과 우아한 자태란… 고작 물병이란 걸 믿을 수가 없어!"

"조각사 위드가 또 대단한 예술품을 만들어 냈다는군. 도자기라니! 예술품을 좋아하는 귀족들과 부유한 상인들이 서로 가지려고 쟁탈전이 일어났다고 해."

"위드의 작품을 가질 수 있는 기회가 힐쉐이드 성에 가면 있다는군."

"상인 마판이라는 사람은 앞으로 엄청난 부자가 될 것 같아. 그와 정기적으로 거래를 한다면 상점의 입장으로서도 좋지 않을까."

도자기가 유행을 만들어 내고 있습니다.
베르사 대륙의 국왕과 귀족 들이 도자기를 소유하고 싶어 합니다. 어느 상점에 팔더라도 특산품의 대우를 받을 수 있습니다. 대량으로 판매한다면 도시에 대한 공헌도를 획득할 수 있습니다.

그리고 더 새로운 일이 벌어졌다.

직업, 도예가가 탄생합니다.
도자기를 만드는 전문적인 예술 직업으로, 현재는 조각사 길드에서 전직할 수 있습니다. 흙과 불을 다룰 줄 알며, 손재주의 성장이 가장 빠른 편에 속하는 직업입니다.

새로운 예술품이 신규 직업까지 만들어 냈다.

"에휴……."

이현은 걸어서 학교에 갔다.

기계적으로 학교에서 강의를 듣고 점심을 먹고 귀가하는 생활이었다!

"대학교에는 낭만이 없군!"

정작 MT나 동아리 모임, 체육대회, 학회라고 하면 무조건 외면하고 절대로 참석하지 않는 이현의 입에서 나올 만한 말은 아니었다.

하지만 사실 대학교도 이미 취업 전쟁에 휘말린 시 오래이기는 했다.

2학년인 학생들도 장래를 준비하기 위해 벌써부터 자격증과 어학 공부, 관련 기업에서 인턴 경험까지 쌓는 것도 예사였다. 공무원 시험을 준비하는 대학생들은 어디서나 쉽게 발견할 정도다.

"정부나 회사의 노예가 되기 위한 노력을 일찍부터 해야 하는 시대에 사는 거지."

이현은 그런 측면에서는 일찍부터 깨어 있었다.

"세상은 역시 땅이야."

땅 투기!

한국 대학교의 축제가 다음 주였는데, 그것 때문에 학과별로 동아리별로 준비가 한창이었다.

그래도 이번에는 신입생이 아니라서 모든 일에서 빠지기로 했다.

"그날은 학교에도 안 오고 〈로열 로드〉를 해야겠군."

이현은 다부지게 결심했다.

대학생 때 축제를 즐기면 추억이 남지만, 그 시간에 일하면 돈이 남는다.

지금까지 〈로열 로드〉를 하면서 아이템 경매로 상당히 많은 액수의 돈을 꾸준히 벌어들였다. 방송국에서 모험 영상을 중계하면서 받은 출연료까지 차곡차곡 저축해서, 요즘에는 부잣집 아들이 조금만 부러울 정도였다.

코미디 프로그램이 웃기지 않을 때에도, 서랍 깊숙한 곳에 숨겨 놓은 통장만 보면 흐뭇한 웃음이 나왔다.

"형, 어서 와요!"

박순조가 반갑게 인사를 했다.

"일찍 왔네."

"예. 얼마 전까지 진행하던 퀘스트를 끝냈거든요."

요즘 고생하던 퀘스트를 마쳐서인지 박순조의 표정이 밝아져 있었다.

그가 해 본 최고의 모험이라고 불러도 될 정도로 여러 단계의 퀘스트를 성공적으로 완수했다.

"형, 제 퀘스트 얘기해 드릴까요?"

"뭐, 강의 시작하려면 아직 시간도 남아 있으니 말해 봐."

"그게 처음에는 도둑 길드에서 간단한 의뢰로 시작했는데요, 회색 망토를 하나 구해 오라는 부탁이었죠."

무려 여덟 차례의 연계 퀘스트로 이어지면서 난이도와 규모가 대폭 커졌다.

보통의 연계 퀘스트가 그렇듯이 퀘스트를 마친 이후에는 반센 지역에서 주민들이 도둑 나이드에 대해 아느냐고 떠들 정도로 반향이 상당히 컸다.

"도둑 나이드를 본 적이 있는가? 영주님이 그를 보면 잡아 죽이겠다더군."

"영주님이 아끼는 마법 물품을 털어 간 모양이야. 그걸로 어떤 던전으로 갔다고 해!"

"나이드라는 도적이 큰일을 해냈어. 던전에서 엄청난 무언가를 발견했다는 모양이더군."

도둑 길드에서 얻은 퀘스트였기 때문에 의뢰를 완수하고 나서 악명도 얻었지만, 대신 도둑 전용 아이템 펠로의 도둑 장갑을 획득했다.

"휴우, 부럽다. 역시 아이템 얻는 게 최고라니까."

"형도 레벨 높잖아요."

"나야 뭐… 여기저기서 뜯어 가는 놈들이 많으니까. 벌어서 먹여 살려야 되는 식구들도 있고."

이현의 옆자리에 서윤이 책가방을 내려놓으며 앉았다. 어느새 그 자리는 서윤만 앉는 고정석이었다.

"안녕하세요."

박순조가 인사하니, 서윤은 고개만 까딱하면서 받아 주었다.

이 도도하고 자연스러운 아름다움!

'우아, 오늘은 어제보다 더 예쁜 거 같아.'

박순조로서는 인사를 받아 주는 것만으로도 영광이었다.

서윤이 그에 대해서 알고 있다는 사실만으로도 한없는 기쁨이 되었다. 이현과 친하게 지내서 서윤과도 가까이 앉아 있음에 감사했다.

그녀가 만들어 준 도시락을 먹으며 점심때 오붓하고 정겹게 시간을 보낼 수만 있다면 평생 살면서 가장 행복한 추억이 될 텐데.

"어제 베이컨에 오므라이스 맛없더라."

"늦잠을 자서 만들 시간이 부족했어요. 오늘은 해물영양밥에 감자조림 했는데 괜찮아요?"

"그건 맛있던데."

이현과 서윤이 소곤거리는 이야기를 듣다 보면, 굉장히 좋아하는 형이긴 하지만 한없이 미워질 때가 있었다.

강의 시간이 되었을 때 조교가 들어와서 말했다.

"오늘 교수님이 조금 늦으신답니다."

"그럼 휴강인가요?"

"아뇨. 학사 일정 때문에 휴강할 수는 없고, 40분 정도만 기다려 주세요!"

이현은 공부에 애정을 갖진 않았다. 하지만 이럴 때일수록 아까워지는 대학 등록금!

기차도 늦게 도착하면 요금을 환불해 주는 시대인데, 휴강이나 수업을 일찍 끝낸다고 해도 등록금을 돌려주진 않았다.

"비합리적이고 전근대적인 시스템이야. 역시 학교 재단의 비리는 파고들수록 지하수처럼 샘솟기 마련이지!"

어째서 학교 재단의 비리와 연결되는지는 이현만이 알 수 있는 내용이었다.

학생들 중 누군가가 말했다.

"지금 이 시간이면 〈베르사 대륙 이야기〉 할 텐데… 그거나 볼까?"

"찬성!"

학생들은 강의실 벽면에 설치된 대형 텔레비전을 켰다. 막 프로그램이 시작해서, 신혜민과 오주완이 방송할 내용에 대해 설명하고 있었다.

—오늘 말씀드릴 내용이 참 많은데요. 오주완 씨, 어떤 소식들이 준비되어 있나요?

—예, 일단은 여러분이 가장 궁금해하시는 바드레이의 퀘스트 전투 영상이 1부에 생중계로 진행됩니다.

학생들은 기대로 눈을 빛냈다.

"우와, 바드레이의 싸움을 볼 수 있는 거야?"

"칼라모르 왕국의 군대와 싸울 때도 정말 대박이었지."

"명실상부한 베르사 대륙 최강의 유저잖아. 그 정도는 기본으로 해 줘야지."

하벤 왕국의 국왕이며 헤르메스 길드에 속해 있는 바드레이의 무력은 최고라고 해도 과언이 아니었고, 대다수의 사람들이 두려워하거나 질시했다.

—흑기사의 퀘스트에는 전투가 아주 많은 것 같아요. 그것도 침략자들과 싸우는 내용이 대다수를 이루는 것 같은데요.

—네. 바드레이가 직업 마스터 퀘스트를 진행하고 있다는 건 많은 시청자분들이 알고 계실 겁니다. 흑기사의 직업 퀘스트는, 배경 때문인지 대부분 어려운 전투를 극복하는 내용으로 이어졌지요. 특히 전쟁에서 활약하는

기사의 줄거리를 담고 있는데, 이 부분 잠시 후에 영상을 보며 자세히 안내해 드리겠습니다.

바드레이의 전투라면 누구나 보고 싶어 할 테니 오늘은 시간까지 맞아떨어져서 생중계로 편성했다.

이현에게도 평소에 바드레이의 전투가 많이 참고가 됐다.

흑기사의 막대한 힘과 스킬이 잘 어우러져서, 구경하는 사람의 눈을 시원하게 만드는 전투!

언제나 압도적인 무력을 발휘하였기에 무신이라는 별명이 괜히 붙여진 게 아니라는 걸 증명할 정도였다.

—그다음으로는 엠비뉴 교단의 최근 동향과, 지난 사흘간 벌어진 전쟁의 결과와 영상, 상인들을 위한 소식들도 준비되어 있죠?

—네. 그리고 놀라운 사건 소식이 이어집니다. 도자기가 귀족들 사이에 대단한 인기를 끌면서, 도예가라는 예술 계열 직업이 새로 탄생했다는 거예요.

—위드가 만든 도자기가 엄청난 파급효과를 일으키고 있다는 소문이 많은데요, 이 부분이 사실인지 아닌지 잠시 후에 여우진 기자가 알려 드리겠습니다. 도예가라는 직업을 택한 초보 유저들을 따라다니며 취재한 내용도 담겨 있으니 꼭 놓치지 마세요.

—숨겨진 던전과 사냥터에 대한 소개, 아직 해결되지 않은 난이도 높은 퀘스트, 팔레모 성에서 매일 벌어지는 기괴한 사건, 몬카 성과 모라타에 대한 최근 소식도 2부에서 이어집니다. 그럼, 광고 보신 후에 다시 계속하겠습니다.

학생들은 강의가 늦게 시작되기만을 바라며 정신없이 텔레비전에 빠져들었다.

"소라야, 우리 이번에 모라타로 가려고 했잖아. 잘됐다. 오늘 방송 보면 참고가 많이 될 것 같아."

"모라타로 오는 거야? 와서 프루딘에게 귓속말 보내 봐. 나 지금 모라타에 있으니까."

"거긴 언제부터 가 있었어?"

"꽤 오래전부터! 전쟁의 신 위드가 다스리는 곳이기도 하고, 내가 원래 북부에 관심이 많았잖아."

모라타에서 모험을 즐기는 학생도 있었다.

헤스티아의 대장간

"여기서 버티면 되는 건가."

바드레이는 퀘스트 중에 텔레포트를 통해 전장의 한복판으로 떨어졌다.

베르사 대륙의 역사에 있는, 켈튼 왕국과 마폰 왕국의 전투!

바드레이는 켈튼 왕국의 기사복을 입고 있었다.

마폰 왕국은 전쟁에서 패배한 후에 항복했다. 하지만 비겁하게도 돌아가는 켈튼 왕국군을 습격했다. 바드레이의 주변에는, 아군들은 모두 전사하고 적의 군사들밖에 보이지 않았다.

국왕이 군대를 끌고 돌아올 때까지 버티면서 적들을 베어야 한다.

흑기사로서의 능력을 보여야 하는 자리!

"나쁘지 않군. 이런 싸움도……."

바드레이는 검을 뽑았다.

마폰 왕국의 병사들이 말을 타고 땅을 울리며 달려왔다.

그들이 일으키는 먼지구름이나 길게 울리는 뿔피리 소리가 전장의 흥분과 두려움을 불러일으킨다.

"저놈을 베어라."

"켈튼 왕국에 역습을 가하고 잃어버린 땅을 복원하자."

바드레이는 검을 땅에 꽂았다.

"검의 각성."

> 검의 잠재된 힘을 끌어냅니다.
> 내구도가 빠르게 하락하지만 스킬의 효과로 공격력이 68% 늘어납니다.

바드레이의 검은 절대 깨지지 않는 옵션이 걸려 있기 때문에 내구도의 하락에는 신경을 쓰지 않아도 된다.

"강인한 의지."

> 전투 시에 입는 피해로 인한 신체 능력 저하를 막아 줍니다.
> 혼란, 마비, 스킬 실패를 억제합니다.

"흑기사의 일격."

> 최초의 공격 그리고 그 후 10회의 연속 공격이 성공할 때마다 치명적인 광역 스킬이 발동됩니다.

"다른 하나의 검 소환."

바드레이의 몸 주변으로, 마나로 구성된 반투명한 검이 소환되었다.

> 스킬의 레벨에 따라 마나가 초당 70씩 감소합니다.

'다른 하나의 검'은 스스로 움직이며 공격과 방어를 합니다. 화살과 마법의 원거리 공격을 잘라 낼 수 있습니다.

바드레이는 검술의 비기를 사용했다. 그것만으로도 충격적인 사실이고, 유저들을 전율시키게 만들기에 충분했다.

세상에 몇몇 검술의 비기가 나오기는 했지만 마스터들은 매우 까다롭게 스킬을 전수한다.

어느 정도 알려졌던 사실이지만, 바드레이가 검술의 비기를 사용한다면 그의 레벨이나 장비로 인하여 스킬의 위력이 제대로 발휘될 것이기 때문이다.

"놈들을 상대하기 위해서는 이 정도만 해도 되겠지."

〈로열 로드〉의 무신으로 불리는 바드레이는 싸움 준비를 마쳤다.

마폰 왕국의 병사들이 덤벼들고 있었지만 그에게는 하루살이들로밖에는 보이지 않았다.

—엄청납니다!

—바드레이가 지금 병사들을 쓸어버리고 있습니다.

—바로 이 모습입니다, 이 막강한 힘! 시청자 여러분이 원하시는 바로 그 모습을 바드레이가 보여 주고 있습니다.

각 방송국의 진행자들이 설명에 열을 올렸다.

바드레이의 공격 기술이 작렬할 때마다 터지는 파괴력은 놀라움의 연속이었다. 병사들이 떼죽음을 당하고, 기사들조차도 몇 번 검이 스치고 지나가면 회색빛으로 변했다.

마폰 왕국의 군대가 바드레이 단 한 사람에 의해 무너지고 있었다.

"이제 시청자 여러분에게 굉장한 소식을 전해 드려야 될 것 같습니다."

오주완에게 쪽지가 전해졌다.

KMC미디어만이 아니라 모든 방송국으로 동시에 어떤 정보가 전해진 것이었다.

"유니콘 사에서 약 3분 전에 공개한 소식입니다. 현재 직업 마스터 퀘스트를 하고 있는 유저는 총 27명이라고 합니다."

"상당히 많네요?"

"네. 숨은 고수들이 많았던 거죠."

베르사 대륙의 랭커 중에는 일부러 정보를 공개하지 않고 순위 다툼에서 빠지는 경우도 있다. 직업 마스터 퀘스트를 진행하는 유저들도, 방해를 받지 않기 위해서나 번잡한 것을 싫어해서 비밀에 부치고 있었다. 다크 게이머나 은둔자형 고레벨이라면 말할 필요도 없다.

"유니콘 사에서는 각 직업 마스터 퀘스트들의 특성상 서로 겹치거나 방해가 되지 않기 때문에 인원을 공개했습니다. 물론 누가 진행하고 있는지는 비밀입니다. 하지만 스스로 직업 마스터 퀘스트를 하고 있다면서 밝힌 사람도 5명이나 되는데요."

"위드와 바드레이 말고 또 누구 유명한 사람이 있는지도 알려졌나요?"

"직업 마스터 퀘스트를 진행할 정도이니 이래저래 몇 번씩은 들어 본 분들일 겁니다. 유명 길드에서 활약하는 사람도 있고요. 그들 중에서 시청자분들이 가장 많이 아실 만한 사람은 모험가 체이스입니다."

"와! 체이스 님이 요즘 직업 마스터 퀘스트를 하고 있었군요! 어쩐지 최근에 주점에서 이름이 자주 들리지 않는다 했어요."

"모험가는 특별한 발견이나 의뢰를 완수해야 사람들의 입에 자주 오르니까요. 한동안 모험가 체이스가 대륙의 유명 도시에도 잘 나타나지 않았는데, 그게 직업 퀘스트를 진행하고 있기 때문이었던 모양입니다."

체이스는 과거 명예의 전당에서 활발하게 활동했다. 개인으로 활약하는 유저 중에서는 손꼽을 만한 정도로 멋진 모험을 했지만, 거대 길드의 영입 경쟁 이후에 표적이 되어 많은 곤란을 겪기도 했다.

신혜민은 모니터에 나오는 시청자 게시판의 반응을 잠시 확인하다가 말을 이어 갔다.

"그러면 다시 유니콘 사에서 밝힌 내용으로 돌아가야겠군요. 오주완 씨, 유니콘 사에서 더 공개한 이야기가 있나요?"

"예. 직업 마스터 퀘스트를 진행하는 유저들에게 도움이 될 것 같은 정보가 있습니다."

"아무래도 처음 시도하는 유저들에게는 어려움이 많잖아요. 그들에게 조금이라도 도움이 된다면 다행이겠네요. 어떤 소식이죠?"

"유니콘 사에서는 지금까지의 운영 방침이 그랬던 대로 자세한 자료는 알려 주지 않았습니다. 유저 스스로 찾아내야 한다는 것이죠. 다만, 각 직업의 마스터 퀘스트는 최소 열두 단계에서 스무 단계까지로 이루어져 있다고 합니다."

신혜민이 애교 섞인 울상을 지었다.

"어떻게 해요. 연계 퀘스트가 그렇게 많다니, 현기증 날 것 같아요."

"중간중간 간단히 진행할 수 있는 퀘스트들이 끼어 있어서 단계들이 많다고 해도 생각보다는 빨리 진행될 수도 있고, 의뢰 내용이나 직업에 따라서 그보다 더 길어질 수도 있다고 합니다."

"그러면 불리한 쪽도 있겠네요?"

"직업의 특성에 따른 퀘스트의 차이이니 어쩔 수 없겠죠. 그보다, 유니콘 사에서 밝힌 마스터 퀘스트에 대한 중요한 정보가 있는데……."

"뭔데요, 뭔데요?"

"광고 후에 알려 드리겠다고 하면 제 목을 조를 것 같은 표정이시네요. 신혜민 씨를 위해서라도 빨리 밝혀야겠어요. 직업 마스터 퀘스트를 진행하는 도중에는 각 직업 스킬의 비기를 1개씩 획득할 수 있고, 또 후반부는 그 비기와 관련이 있는 퀘스트로 이어진다고 합니다."

"와아! 그러면 저도 빨리 레인저의 마스터 퀘스트를 진행하고 싶어요."

"저 역시 마찬가지입니다. 직업 스킬이 아직 못 미치는 것이 안타까울 뿐인데요. 참고로 일단 각 직업의 마스터 퀘스트를 시작하려면 전투 계열은 최소한 고급 6레벨, 모험 계열은 고급 7레벨, 생산이나 예술 계열은 고급 8레벨이 되어야 한다고 합니다."

"전투 계열이 조금 유리하네요?"

"먼저 시작하더라도 퀘스트를 마치는 시점에서는 직업 스킬을 마스터해야 되니 그리 큰 이득이라고 볼 순 없겠죠. 오히려 실력이 모자라는데 너무 일찍 퀘스트를 시작하는 바람에 의뢰 도중 사망해서 스킬 숙련도를 크게 떨어뜨릴 수도 있고요."

"직업 스킬 마스터를 하려는 와중에 죽거나 한다면 정말 가슴이 아프겠어요."

신혜민과 오주완은 주거니 받거니 하면서 말을 이어 나갔다.

유니콘 사에서 밝힌 내용의 파장을 분석하기 위해 조금 시간을 끌 필요가 있었다.

시청자 게시판에는 벌써 난리가 났다.

—직업의 마스터. 그 27명은 과연 누구일까. 아, 나도 그들 중의 1명이면 좋을 텐데. 〈로열 로드〉에 접속하면 놀고먹기 바빠서 내 캐릭터는 뱃살만 늘었구나.
—물밑에서 경쟁이 치열하게 벌어지고 있었군요.
—얼마 전까지는 직업 마스터 퀘스트에 대한 이야기가 전혀 없었잖아요. 위드가 한다는 소식이 퍼지고 나서 자격을 갖춘 사람들이 우르르 시작한 모양이네요.
—그래도 아마 위드와 바드레이가 가장 앞서갈 것 같습니다. 최초의 마스터는 그들 중에서 나오겠죠.
—체이스 님 무시하세요? 체이스 님의 모험에 대단한 게 얼마나 많았는데.
—발굴가로서는 체이스 님이 가장 뛰어나죠.

—지금 그게 문제가 아닙니다. 직업 마스터 퀘스트를 하면 스킬의 비기를 하나씩 획득한다고 하잖아요.
—바드레이가 지금 갖지 못한 검술의 비기라도 하나 더 얻는다면 엄청나겠군요.
—제 말이 바로 그겁니다. 지금보다도 강해진다는 거죠.
—직업 마스터 퀘스트를 하는 중에 얻는다고 했으니, 의뢰가 완전히 다 끝나고 받을 보상도 그냥 지나쳐서는 안 되죠.
—어떤 보상이 있을까요?
—직업 스킬 마스터는 보통 어려운 게 아닙니다. 중급 이상만 되더라도 스킬 한 단계 올리기가 정말 까마득하잖습니까. 그걸 감안하면 아마 무언가… 저도 모르죠.

〈로열 로드〉의 최상위 랭커들을 동요하게 만든 소식이었다.

"제법 멋있군."

"저도 그렇게 생각합니다, 스승님."

"왜 우린 저렇게 멋이 안 날까요?"

검치 들은 바르고 성채에서 잡템을 처분하고 선술집에서 잠시 식사와 휴식을 하고 있었다. 그러다가 수정 구슬을 통해 바드레이의 전투 영상을 보게 되었다.

"저놈은 화려한 기술도 많네. 공격 거리가 기니까 상당히 편하게 싸우는데."

"저런 때는 그냥 어깨로 밀친 다음에 베어 버리면 되는데. 뒤로 물러서면서 시간을 줄 필요가 없었어."

"다리가 굳어 있는데. 조금 더 움직이면서 싸우면 스킬의 효과나 수비적인 측면에서도 유리하지 않나?"

"오른쪽으로 25미터 정도만 가면 부서진 공성차가 있는데 그걸 끼고 싸우면 낫긴 하겠군."

화살이 몸에 꽂힌 채로 엄청난 무력을 발휘하며 활약하는 바드레이를 보며 사범들은 혀를 차기에 바빴다.

바드레이가 몬스터와 일대일로 싸우는 전투라면 흠잡을 일이 이 정도까지 많진 않겠지만, 복잡한 전장에 있다 보니 상황 판단에 있어서 그들의 눈에 띄는 잘못들이 상당했기 때문이다.

—바드레이의 전투 능력은 과연 굉장합니다. 공격해야 하는 마폰 왕국의 병사들이 겁에 질린 것 같습니다.

—마폰 왕국의 지휘관들이 병사들에게 채찍을 휘두르고 있습니다. 물러서지 말고 바드레이를 공격하라는 뜻 같습니다.

—바드레이에게 죽은 병사들이 벌써 300명을 넘어섰다는 소식입니다!

검치와 사범들, 수련생들은 통닭과 맥주를 마시면서 수정 구슬을 계속 지켜봤다.

"우린 몬스터들과만 지겹게 싸우고 있는데 저런 전투면 꽤 재밌겠는데."

"텔레비전에도 나오고… 유명한 인간인가? 강한 것 같기는 한데."

"크흠, 내가 저곳에 있으면 정말 짜릿하고 재미있겠다."

수련생들은 심하게 아쉬워했다.

—바드레이의 검술 스킬이 과연 얼마일까요? 위력으로 보아서 마스터의 경지에 정말 거의 다 다다른 것 같습니다!

—검술 마스터! 정말 꿈만 같은 경지네요.

—베르사 대륙에서 단연 최강의 유저라고 할 만하겠죠.

검치는 닭 다리를 식탁에 내려놓았다. 물론 살점은 하나도 남지 않았다.

"삼치야."

"예, 스승님."

"우리도 직업 마스터 퀘스트라는 거, 받을 수 있지 않냐?"

"받을 수 있을 것 같습니다. 검칠십칠치가 무사 수행 도중에 떠돌이 무예인을 만났는데 어떤 무기든 잘 다룰 수 있게 되면 찾아오라고 했다더군요."

검치 들의 무기술 스킬은 최소 고급 4레벨에서 7레벨에 걸쳐 있었다. 원래 따로 공격 스킬을 잘 쓰지 않고 순수하게 검을 극한까지 다루며, 보다 강한 몬스터들과만 싸웠던 결과였다.

"스승님, 그럼 직업 마스터 퀘스트를 하러 갈까요?"

"아니다. 한창 이 부근에서 사냥하고 있는데. 그리고 우리만 갈 수는 없지 않으냐. 제자들도 따라오게 만들어야지."

검치와 사범들은 직업 퀘스트를 시작할 수 있는 수준이었지만, 수련생 중에는 아직 무기술이 낮은 이들도 꽤 있다.

"좀 더 강해져서 애들까지 챙겨 다 같이 하러 가자꾸나. 무기술 스킬을 먼저 마스터한 다음에 하면 되지 않겠느냐."

"좋은 생각이십니다, 스승님."

"앞으로 더 본격적으로 사냥을 해야겠군요. 몬스터의 씨를 말려 버리도록요."

"어서 말린 육포랑 보리빵을 배낭에 가득 챙겨서 사냥터로 가자."

〈베르사 대륙 이야기〉 1부가 끝나자마자 강의실은 시끄러워졌다.

"아, 정말 대단하네."

"진짜 어마어마한 싸움이다. 딱 판타지 영화에서 보던 그런 싸움이네."

"바드레이가 전투를 승리로 이끌 줄 알았다니까."

켈튼 왕국군의 주력이 돌아올 때까지 버텨야 하는 상황에 놓였던 바드레이.

그는 오히려 마폰 왕국의 기사들을 학살하며 엄청난 전투 공적을 세웠다. 켈튼 왕국군이 국왕과 함께 돌아와서는 바드레이를 크게 치하할 정도였다. 그뿐 아니라 기사 중에서 왕실의 정통을 수호하며 적들에게 가장 무자비한 흑기사답다며, 왕실 기사의 검을 하사했다.

바드레이를 싫어하던 사람들의 머릿속에도 깊이 각인될 만한 명장면이었다.

"켈튼 왕국의 검까지 받고, 바드레이는 좋겠다."

누구라도 그런 순간에 자신이 주인공이기를 바랄 것이다.

주변에서 시끄럽게 떠드는데도 불구하고 이현은 묵묵히 텔레비전만 보았다. 갑자기 아랫배가 살살 아픈 것이, 기분이 유쾌하지는 않았다. 남이 잘되는 모습을 봤더니 정직한 반응을 보이는 배였다.

“마스터 퀘스트를 하는 사람이 27명이나 된다니, 강한 유저들이 정말 상상 이상으로 많구나.”

“마음은 바드레이인데 몸이 안 따라 주네.”

“난 위드나 한번 가까이에서 보고 싶다. 전쟁의 신 위드라니, 멋있잖아.”

“모라타에 가면 되지.”

“모라타에서도 위드를 만나기는 어려워.”

“하긴 모험을 한다고 여기저기 돌아다니니까.”

학생들은 수다를 떨면서도 생각했다.

‘어서 집에 가서 〈로열 로드〉를 해야지.’

‘기다려라. 오늘 사냥만 제대로 마치면 레벨이 277이 된다.’

‘크흐흐흣! 어제 먹은 아이템이면 앞으로 사냥은 껌이지, 껌.’

방송을 보고 나자 〈로열 로드〉에 대한 의욕이 더욱 불타오르는 학생들이 많아졌다.

“우리 형이…….”

최상준은 형 자랑에 바빴다.

곧 교수가 들어오고, 남은 시간 동안 강의가 이루어졌다.

“오늘 수업이 짧게 끝나서, 과제를 좀 많이 내 줘야 될 것 같습니다.”

“우우우우!”

“교수님, 너무해요.”

이현이야 과제는 항상 빼먹었으니 먼 나라의 이야기였다.

대학교에서는 스스로 얻고자 하는 만큼 얻을 수 있다.

이현은 졸업장만 받으려는 불량 학생이었다.

다시 접속한 위드가 나타난 곳은 오크 성채 부르시리아였다.

암컷 오크들이 괜히 그를 향해 코를 킁킁대며 지나갔다. 오크 카리취의 넘치는 인기는 아직 어디 가지 않았다.

"취치취이익, 조각술 마스터 퀘스트도 방송하면 좋을 텐데."

위드는 아쉬움을 참아야 했다.

사실, 방송국들이 그에게 접촉하기 위해 안달을 하고 있었다. 바드레이와 위드의 직업 마스터 퀘스트를 경쟁하며 중계한다면 그 홍보 효과란 대단할 것이기 때문이다.

하지만 위드의 입장에서는, 라체부르그를 찾는 모험과 몽벨트룰리아 등에 대해 방송으로 내보낼 수 없었다.

조각술 마스터 퀘스트 특성상 전투보다는 역사와 예술을 복원하며 종족들을 이롭게 만드는 내용이 진행되었다. 흑기사의 경우에는 전투가 많아서 그 부분만 따로 방송하면 괜찮지만, 조각사 퀘스트는 역사적인 장소의 위치 자체가 비밀이었다.

위드가 있는 장소가 알려지면 헤르메스 길드의 공격대가 찾아와서 방해할 거라는 점도 굉장히 큰 부담이었다.

엘프 마을을 습격했던 헤르메스 길드는 벌써 위드에 대한 소문을 듣고 오크 성채 부르시리아까지도 추적해 왔다.

그러나 오크 성채에는 오크들이 너무나도 많았다. 그들만으로 침략하기에는 무리라서 기회를 엿보고 있을 뿐이었다.

위드는 오크 성채를 떠나기로 했다.

"취치췻, 저놈들이 우리 오크 나쁘다고 만날 욕한다, 취익! 특히 새끼 오크들을 보며 입맛을 다시는 나쁜 놈들이다!"

오크 로드 불취에게 헤르메스 길드의 공격대에 대해 거짓말로 일러바치고 나서 위드는 부르시리아를 떠났다. 이간질 후에 어떤 일이 벌어질지에 대해서는 좁쌀만큼의 관심도 없었다.

위드가 유린에게 부탁해서 도착한 장소는 모라타에 있는 흑색 거성!

바르고 성채를 얻은 이후로, 방송과 게시판에서 자주 화제가 될 정도로 모라타가 최근 엄청나게 발전하고 있다는 말을 자주 들었다.

거두어들인 세금을 마을 보수에 재투자하면서 모라타에는 아르펜 제국 양식의 독창적인 건축물들이 많이 지어졌다.

돌로 만든 4층짜리 연립주택, 고급 별장 들도 강과 호숫가에 완공됐다.

돈 많은 상인이나 고레벨 유저들은 자신들의 부와 능력을 과시하고 편의를 위해서도 좋은 주택에서 살고 싶어 했다. 그런 그들의 욕망을 확실하게 충족시켜 주는 모라타의 주택정책!

초보자들을 위한 저렴한 판잣집도 많이 만들어졌지만, 숙련된 건축가들이 짓는 별장들이 경치 좋은 곳들 위주로 많이 들어섰다. 위드와 다른 예술가들이 만든 조각상, 그림 들. 아르펜 제국의 건축물들과 건축가들이 심혈을 기울여서 만든 다리와 구조물.

프레야 여신의 축복으로 인해 꽃이 활짝 피어나고, 나무들이 울창하게 자랐다. 새와 나비, 꿀벌 들이 날아다니는, 너무나도 아름다운 문화와 상업, 모험의 도시!

주민들이나 유저들은 모라타의 변화에 대해서 살면서 느낄 뿐이었다.

그러나 위드는, 영주의 권한을 이용하면 일목요연하게 정확히 살필 수 있다.

"지역 정보 창!"

모라타 지역

니플하임 제국에 소속되어 있던 지방. 현재 북부 최고의 통치자 백작 위드가 다스리고 있다. 북부를 대표하는 도시이며 상업과 예술, 모험의 중심지.
북부의 주민들은 모라타를 고귀한 땅, 존엄한 도시로 부른다. 위대한 건축물, 프레야 교단의 북부 대성당과 대도서관의 완성은 모라타의 문화가 널리 퍼지게 만드는 계기가 됐다. 무역과 상업의 중심지로서 북부 전역에 정치, 경제적인 영향력이 커지는 중이다.
인구 증가와 교역으로 늘어난 천문학적인 부가 도시 발전에 투입되고 있다. 여러 직업들을 위한 길드들이 생겨서 주민들에게 기회를 주며, 모라타가 북부 대륙의 발전을 이끌어 가고 있다.
문화의 확장으로 인해 영역이 바닷가 근처까지 확대되었다. 어부와 해상운송을 하는 상인들의 숫자가 일정한 수준에 도달하면 항구를 건설할 수 있다.
도시 주변으로 광활한 곡창지대를 보유하고 있다. 다양한 농산물들이 재배된다. 농부들이 연이은 풍년에 자신감을 얻어 차나무를 재배 중이다. 차나무를 성공적으로 재배하여 수확하기 시작하면 모라타의 문화 수준을 끌어올릴 수 있을 뿐 아니라 주요 수출품이 늘어나게 된다.
재봉 산업의 기술이 과거로부터 면면히 이어져 내려오고 있다. 꼼꼼하고 도전 정신을 가진 재봉사들이 과거의 영광스러운 시기를 재현하기 위해서 노력, 현재 좋은 품질의 가죽과 천으로 옷과 갑옷과 귀족들이 입을 수 있는 고급 의류를 만들고 있다. 재정 투입과 기술 발전으로 재봉사들이 '비단'에 대해 연구 중이다.
대장장이들이 철을 녹여서 강철 검을 제작하였다. 가격이 저렴하고 품질이 믿을 만한 편이라 상점에서 많이 팔리고 있다.
모라타의 지역 명성이 늘어나서 일곱 가지의 특산품이 추가되었다. 금세공품, 강철 검, 소가죽 장갑, 고급 의류, 양, 맥주, 올리브 등 모라타에서 생산되는 물품이 많아지고 있다. 무역도 활발하게 진행되어 주변 도시들까지 조금씩 발전하고 있다.
주민들은 도시 내의 넓은 도로와 특별한 건축물에 자부심을 느끼고 있다. 상인들이 다른 지역으로 향하는 도로를 요청 중이다! 모험과 개척이 이루어지면서 니플하임 제국의 유물들이 상점에서 거래되고 있다.
영주 위드에 대해서는 어린아이들도 좋아할 정도이다. 뒷골목에 가도 영주를 비난하는 낙서를 찾을 수 없다.
가끔 길을 잃고 덤벼드는 몬스터를 물리칠 수 있을 정도의 믿음직한 군대를 보유하고 있다. 하지만 대대적인 전쟁이 벌어지게 되면 사기가 그리 높진 않을 것 같다. 모라타의 재정에서 군사비는 큰 비중을 차지하지 않았지만, 세금 수입이 증대되면서 제법 많은 자금이 투입되고 있다.
산악 지방에 사는 개척 마을의 주민들은 불안해하고 있지만, 영주가 그들을 버리지는 않을 것이라는 기대도 품고 있다. 충성스러운 기사들이 많음. 군대가 주기적으로 몬스터를 퇴치하고 있으며, 경제 발전으로 인하여 범죄 발생률은 낮아졌다.
예술가들에 대한 끝없는 신뢰와 풍부한 지원은 문화를 발전시키는 원동력이 되었다. 모라타 예술 회관에는 미술품, 조각품을 비롯하여 골동품과 유물 들이 전시되어 있다. 주민들은 위대한 건축물을 더 많이 바란다.
지속적인 경제 발전으로 인해 중산층이 자리를 잡는 중이다. 판잣집에서 벗어나 새로운 집을 얻으려는 수요로 인해 주택 건설이 활발하게 이루어지고 있다.
지역 신앙으로는 대부분 프레야를 믿는다.

군사력: 316	경제력: 4,329	문화: 5,241
기술력: 997	종교 영향력: 91	지역 정치: 74
도시 발전도: 322	위생: 44	치안: 91%

인근 지역에 대한 영향력: 82%
舊니플하임 제국의 영향력: 22.4%(영향력은 군사, 경제, 문화, 기술, 종

교, 인구, 의뢰 등의 분야와 관련이 깊다)

특산품: 예술품, 가죽과 천, 토마토, 포도, 쌀, 소, 우유, 치즈, 와인, 은세공품, 야자 술, 고급 직물, 금세공품, 강철 검, 소가죽 장갑, 고급 의류, 양, 맥주, 올리브.

영토 전체 인구: 2,423,932

매달 세금 수입: 2,311,627골드

마을 운영비 지출 내역: 군사력 6%, 경제 발전 36%, 문화 투자 비용 14%, 의뢰 및 몬스터 토벌 19%, 마을 보수 22%, 프레야 교단에 헌금 3%.

모라타의 엄청난 부!

북부가 발전하고 초보자들이 모여들면서 중앙 대륙의 유명 도시 못지않게 부유해지고 있었다.

더 긍정적인 것은, 이미 인구로는 어지간한 대도시의 규모를 훨씬 넘어섰다. 주민들이나 초보자들이 조금씩만 성장하더라도 세금이 부쩍부쩍 늘어나게 될 것이다.

"이제 겨우 입에 풀죽이나 넣을 만하군!"

모라타에 저축된 금액만 현재 370만 골드가 넘었다.

중앙 대륙의 영주라면 보통 이 자금을 바탕으로 당연히 군대를 키운다. 자신의 것을 빼앗기지 않기 위해서 군대를 양성한다기보다는, 주변의 마을을 침략하기 위한 면이 훨씬 컸다. 상업적으로 발달한 노른자위 도시들이 많이 있기 때문이다.

모라타는 폐허에서부터 성장한 도시이기 때문에 내정에 주로 힘을 쏟았다.

"위대한 건축물을 더 지어야겠어. 무역이 활발하게 이루어질 수 있도록 도움을 주는 것도 좋겠고."

영주가 건축할 수 있는 위대한 건축물의 종류도 더 많아졌다. 문화와 기술, 인구, 모험의 결과물들이 쌓이기 때문이었다.

대도서관, 대성당을 지을 때는 모라타의 자금과 인력을 총동원하다시피 해서 허덕여야 했지만, 이제는 그 정도는 충분히 감당할 만큼 여유가 있었다.

모라타에 2개를 더 짓는다면, 대륙에서 위대한 건축물이 가장 많은 도시가 된다.

"세금도 더 많이 들어오겠지!"

끝도 없는 욕심!

황금 알을 낳는 거위의 배를 가르는 게 아니다. 황금 알을 팔지 않고 부화시켜서 거위 가족을 모조리 착취하기 위한 꿈!

"탐구자의 탑 건설!"

모라타의 외곽에 있는 공터에 탐구자의 탑을 짓도록 했다.

띠링!

탐구자의 탑!

세상의 진리에 대해서 연구하는 마법사들이 머무르는 탑. 네 가지 계열의 마법을 연구할 수 있다. 개발된 마법은 자격을 갖춘 마법사들에게 가르쳐 줄 수 있으며, 마법사들이 보석이나 연구물을 대가로 바칠 것이다. 수련 마법사들의 성장을 빠르게 만들며, 특별한 경험을 전수할 수 있게 된다.
탐구자의 탑에 머무르는 아크 메이지들의 숫자와 능력에 따라 연구 능력이 달라진다. 마법사들에게 지원하는 연구비와 보수로 많은 금액이 지출된다.
건축 비용: 최소 180만 골드
최소 건설 기간: 7개월
참여하는 인원과 공사 중의 사고 여하에 따라 건설 기간이 늘어날 수 있다.
숙련된 건축가들이 필요하다. 작업에 참여한 건축가들은 특별한 경험을 얻을 수 있을 것이다. 다수의 조각사와 미술가, 마법사 들이 동원되어야 한다. 작업에 참여한 예술가들은 이름을 드높일 기회를 얻을 수 있을 것이다.

위대한 건축물 '탐구자의 탑'의 작업을 개시하겠습니까?

돈을 잡아먹는 탑!

건축 비용은 중간에 더 많이 늘어날 수 있다는 것을 위드는 경험으로 알고 있었다. 하지만 모라타 전체를 놓고 봤을 때 건설 후의 운영비 정도는 아주 큰 금액까지는 아니었다.

마법사들이 늘어나면 유저들의 사냥 속도도 빨라지게 되고, 마법 물품 시장도 같이 형성된다. 마법 물품은 매우 비싸고, 귀한 재료들이 함께 거래될 것이다.

영주의 입장에서는 투자할 가치가 조금은 있었다.

"비싸기는 한데… 대성당을 지을 때만 해도 모라타의 상황이 훨씬 안 좋았지. 이게 완공될 때쯤이면 대단할 거야. 건설을 시작해!"

영주의 명령으로 '탐구자의 탑' 공사가 진행됩니다.

모라타의 주민들이 많이 늘어났고, 건축가들의 솜씨도 많이 향상되었다. 일부는 바르고 성채에 가 있다고는 해도 전체적으로 유저들이 늘어났으니 1개 정도의 위대한 건축물로는 성이 안 찼다.

자잘한 돈이야 아끼지만, 미래에 큰돈을 벌기 위해서는 투자를 해야 하는 법!

"검사나 레인저 계열의 위대한 건축물도 괜찮은데. 모험가들을 위한 건축물도 나쁘지 않을 것 같고."

위드가 갈등하는 사이에 해당 직업을 택한 10만 명 이상의 유저들의 운명이 엇갈리고 있었다.

"2개를 더 지어 버릴까? 돈이 조금 모자라더라도 세금이 들어오는 대로 계속 투자하면 될 것 같은데. 아니야, 개수만 늘리기보다는 확실한 걸 지어야지."

위드는 하나만 짓기로 결정했다.

위대한 건축물 중에서도 고대의 건축물!

라체부르그에서 드워프들이 만들어 낸 독창적인 유산을 지을 수 있다.

"헤스티아의 대장간 건설!"

모라타의 성문 밖에 건물을 짓도록 지정했다.

띠링!

헤스티아의 대장간!

드워프들은 불과 화로의 여신인 헤스티아의 따뜻한 품을 좋아했다. 그들은 철광석에서 철을 추출할 수 있는 아주 큰 대장간을 건축하고 나서, 헤스티아의 대장간이라는 이름을 붙였다. 대장장이들이 철을 두드리다 보면, 가끔 헤스티아의 축복이 어린 불꽃이 피어났다. 이때 만들어지는 물품에는 특별한 힘이 깃들였다고 전해진다.
건축 비용: 최소 95만 골드
최소 건설 기간: 5개월
참여하는 인원과 공사 중의 사고 여하에 따라 건설 기간이 늘어날 수 있다.
숙련된 건축가들이 필요하다. 작업에 참여한 건축가들은 특별한 경험을 얻을 수 있을 것이다. 다수의 대장장이들이 동원되어야 한다. 작업에 참여한 대장장이들은 불에 대해 배울 기회를 얻을 수 있다. 대장간이 완공되면 대장장이들로부터 선물을 한 가지 받게 된다.

위대한 건축물 '헤스티아의 대장간' 건축을 개시하겠습니까?

"시작해!"

영주의 명령으로 '헤스티아의 대장간' 공사가 진행됩니다.

아직 모라타는 유저들의 능력이 많이 부족했다.

초보 대장장이들은 검과 갑옷을 만들며 양질의 철을 제공받을 수 있게 되리라.

"영주로서 내가 해 줄 수 있는 게 이런 것밖에 없다니 너무나 안타깝군!"

무역이 이루어지면서, 모라타의 대장간에서 나오는 상품들이 더 많이 팔려 나가게 되리라. 전사들도 좋은 장비를 착용하면 몸이 간지러워서라도 사냥을 하게 될 테고, 그러면 모라타는 훨씬 안전해질 것이다.

그것은 곧 세금 납부액의 증가!

위드는 먼 미래를 내다보는 투자를 했다.

"이제 도자기를 조금 만들어 봐야겠군."

모라타의 강과 호수, 비옥한 땅에서는 여러 종류의 흙이 나오고, 도시에서는 대장장이들을 위한 대형 화로의 불꽃이 매일 꺼지지 않고 타오른다. 바르고 성채가 있는 부근에서 나무꾼들이 질 좋은 목재들도 보내 주었다.

도자기를 만들기에 최적의 조건이었다.

현재는 각 직업의 마스터 퀘스트에 대한 경쟁이 대단히 치열하게 벌어지고 있다. 퀘스트에 나선 사람의 숫자가 아주 많은 건 아니지만, 각 직업에서 최고의 유저들이었다.

조각술 마스터 퀘스트를 완료하기 위해서는 스킬 레벨을 최대로 올려놓아야 했기에 틈틈이 작품을 만들고 있는 것이다.

"남들은 퀘스트로 전투만 해도 아이템도 얻고 누가 상도 주고 스킬 레벨도 오르는데 이놈의 불공평한 세상은……."

조각사에 대한 푸념도 잠깐.

위드도 흔히 얻기 어려운 각 종족의 공헌도를 쌓았고, 남들이 하지 못하는 발견도 했다. 라체부르그는 그 배경으로 볼 때 아마도 조각사만이 발견할 수 있는 장소일 가능성이 컸다.

조각술 최후의 비기를 습득하기 위해서도 어서 스킬을 늘려야 했다.

"인기가 높을 때 한몫 단단히 잡아야지!"

베르사 대륙에 도자기가 원래 아예 없던 건 아니었지만, 예술성이 있는 사치품으로 분류되기에는 무리가 있는 수준이었다. 위드가 만들어서 마판을 통해 판매하고 나니 선풍적인 유행을 만들어 냈다.

"역시 아깝지만 교역품이 인기를 끌려면 상인을 통해서 팔아야 돼."

도자기는 다른 예술품과 비교했을 때보다도 3배에서 7배까지의 금액을 더 받을 수 있었다.

좋은 기회이다 보니 초보 조각사들, 어느 정도 실력이 있는 조각사들 할 것 없이 다들 도자기를 빚어내려고 하고 있었다.

도예가들도 발 빠르게 생겨나서 도시에서 작품을 만들어서 팔고 있었다. 꽃병이나 간단한 물그릇을 손으로 빚어내서 만드는 정도였지만, 여성 유저들 사이에서 큰 인기를 끌었다.

이럴 때 잘 챙기지 못하면 소화기관에 탈이 날 것은 분명한 이치!

"실패를 겪으며 만드는 법은 대충 알아냈으니 진정한 도자기를 만들어 봐야겠어. 예술가의 혼을 듬뿍 담아서 엄청난 사치품, 바가지를 무한대로 씌울 수 있는 작품을 만들어야지!"

〈로열 로드〉의 게시판에 조회 수가 하루 만에 1,700만 건이 넘는 글이 등록되었다.

제목: 진짜 짜증 나서 모라타에서 못 살겠네

아, 저 모라타에서 시작한 초보자예요! 레벨이 지금 19인데, 말이 좀 거칠어도 이해해 주세요. 지금 기분이 너무 안 좋거든요.
원래 초보자들은 엄청 힘들고 돈도 없고 어려운 거잖아요. 솔직히 처음에 보리빵 10개에 물통 하나 들고 시작해서 뭘 해야 될지 막막했거든요.
근데 바로 거리에서 맛있는 풀죽을 막 나눠 주는 거예요! 밖에서 하루 동안 사냥을 할 거라고 하니, 배고프면 먹으라고 풀떡도 주데요. 여행 다닐 때 간단히 때울 수 있는 식삿거리로는 풀떡이 최고라면서요.
그리고 퀘스트는… 도시 내에서만 하는 퀘스트가 너무 다양한 거 있죠.
무기점 상점 주인의 심부름? 이런 거 모라타에서 누가 해요? 니플하임 제국의 유민들이 전설이나, 어떤 물건에 대해서 알아봐 달라는 부탁이나, 여러 사람들과 이야기들을 연결시켜서 완성하는 의뢰가 많아요.
원래 명성, 친밀도 같은 거 없으면 퀘스트도 받기 어렵다잖아요. 근데 모라타의 주민들은 영주에 대한 충성심이나 현재 삶에 대한 만족도가 너무 높아서, 사람들에게 친절하고 잘 믿어 준다고 하네요.
몇몇 사람들과 대화하면서 파편들을 모아 이야기를 완성하다 보면 그게 가끔 중요한 연계 퀘스트로 이어져요. 난이도 C급이나 D급의 의뢰요. 당연히 초보자인 저는 못하죠. 한데 대도서관에 퀘스트의 정보들을 등록해 놓으니까 다른 모험가가 깨고 나서 저한테 보상을 주네요.
니플하임 제국의 넘쳐 나는 유민들이 모라타로 몰려들고, 그래서 그들이 만드는 퀘스트들이나 갖고 있던 유물들이 마구 나오고 있어요. 저는 식비가 안 드니까 돈을 번 족족 장비에 투자해 버려요.
이번에도 일단 게시판에서 장비 세트의 가격을 알아보고 상점이나 광장에서 판매하는 상인들에게 구입하려고 했거든요. 근데 기분 나쁘게, 알아본 가격보다 훨씬 싼 거예요! 성질나서 물건을 왜 싸게 파냐고 따져 봤죠! 그랬더니 상인들이 하는 말이, 모라타는 세금이 낮아서 이렇게 팔아도 이득이 남고 유저들이 너무너무 많으니까 앉아서 떼돈을 벌고 있다잖아요.
저는 나중에 상인은 안 하려고요. 손님도 너무 많고 돈 버는 재미 때문에 어디 돌아다니지도 못할 거 같으니까요. 거래하면서 비싸다고 투정도 부리고 해야 되는데, 웃으면서 고맙다고 인사까지 하는 손님들을 상대하면 지겹잖아요.
모라타에 널려 있는 예술품 감상해 주고, 초보한테는 저렴한 예술 회관도 목돈 모아서 가 봤어요. 볼 거 정말 많더라고요. 예술품의 혜택에 바드의 공연까지 보고 사냥터에 갔더니 몬스터들과 싸우기가 왜 이렇게 편한지.
사냥터는 사람이 많아서 활기차고, 숲이 넓어서 그런지 잡을 만한 짐승이 참 다양해요. 치안도 좋아져서 초보자들에게 곤란한 몬스터는 도시 근처에 잘 없고요. 프레야의 성기사, 사제 들이 만날 때마다 축복이나 치료 마법도 걸어 주죠.
말이 돼요? 초보자 때는 쩔쩔매야 되는데 이렇게 행복하고 편하다니!
마침 전망 좋은 판잣집이 나온 게 있어서 가진 돈 다 모아서 사 버렸죠. 모라타에서 노느라 레벨이 올라도 다른 곳에 못 갈까 봐 걱정이에요. 안 그래도 예술 회관이나 대성당, 대도서관에 다양한 길드 건물들이 채워져 있어서 구경할 게 너무 많거든요.
근데 뭐, 영주가 위대한 건축물을 또 2개나 짓고 있어요. 진짜 모라타 영주

미친 거 아닐까요?
중앙 대륙에서는 아직도 부자 길드 밑에서 심하게 착취당하고 핍박받고 살고 계시죠? 진짜 부러워요. 그래야 좀 세상 사는 느낌이 날 텐데…….
저도 뭔가 팍팍하고, 어렵고 고통스럽게 살고 싶은 기분이 가끔 들거든요.

댓글들이 마구 달렸다.

ㄴ 모라타가 이런 곳이었나? 사람들이 다 거기로 가는 이유가 있었구나!
ㄴ 천국이네. 난 라이프스 성에서 시작했는데. 에휴, 이 나쁜 놈들. 진짜 마음 같아서는 다 때려죽이고 싶다!
ㄴ 정말 너무너무 슬프고 기분 나쁜 글. 저도 모라타입니다. 어서 여길 탈출해야 하는데, 그냥 다른 데 가기 귀찮으니까 눌러살게 될 거 같아요. 절대 모라타가 좋아서 사는 거 아닙니다!
ㄴ 풀죽! 풀죽! 버섯풀죽에 빠지면 헤어 나올 수가 없는 맛.
ㄴ 위대한 건축물, 그걸 진짜 짓는 영주가 있었군.
ㄴ 부. 럽. 다. 나도 모라타로 가야겠다.
ㄴ 아직 〈로열 로드〉 시작 안 한 고등학생인데요, 이번에 하려고 하거든요. 진짜 모라타에서 시작한 걸 후회하세요? 그렇게 별로예요?
ㄴ 이런 순진한 분이…….
ㄴ 조심하세요. 남자랑 여자랑 뽀뽀하면 아기 생깁니다.

일국의 왕

위대한 건축물을 2개나 건설하기 때문인지 모라타는 계속 사람들로 북적거렸다. 도로 확장과 광장 개설 등으로 도시의 경계가 넓어지고 외곽에 주택 지구가 생겨나서 그나마 조금 분산되었다.

"우왓, 여기가 모라타구나!"

"건물도 생각보다 엄청 크다."

"방송에서 보던 대로 예술품들 진짜 많다. 음악 소리가 들리는데, 저기 공연도 하나 봐."

"빨리 가 보자!"

거리는 뛰어다니는 초보자들로 인해 정신이 없을 정도였다.

> 모라타의 인구와 경제가 급격하게 성장하고 있습니다.
> 생산과 소비, 무역의 활발한 활동으로 인하여 경제가 호황에 접어듭니다. 호황기에는 생산량이 25% 늘어나고, 주민들로부터 10%의 세금을 더 거둘 수 있습니다.

위드가 그토록 간절하게 바라던 세금 인상!

호황으로 인한 일시적인 효과로 벌어지는 것이었지만 어쨌든 세금이 늘어났다는 사실이 중요했다.

위드는 도자기를 만들기 위해 강가와 호수 인근으로 가서 흙을 캐 왔다.

그동안 영주성의 보수 작업도 꾸준히 이루어졌다. 깨진 창문과 거미줄과 먼지투성이의 방이 깨끗하게 치워졌다. 무기 창고, 식량 창고, 마구간, 포도주 저장소, 서재, 안락한 영주 전용 침실도 사용할 수 있게 되고, 정원도 화초들로 가꿔지고 있었다.

"어디 가볍게 시작해 볼까."

영주성의 그의 방에는 처분하지 않은 퀘스트와의 연관 가능성이 있는 잡템과 돌 조각에 나무토막들이 널려 있었다. 여기에 종류별로 흙더미까지 잔뜩 쌓였다.

"같이 만들어요!"

도자기 만들기에 재미를 붙인 화령과 벨로트, 이리엔도 영주성으로 왔다.

다른 사람들은 유린의 그림 이동술을 통해 모라타에 도착해서 장비 점검이나 광장 구경에 여념이 없었다.

"저기… 내가 식당 자리를 예약해 놨는데, 같이 갈래?"

제피는 맛있는 걸 사 주겠다고 유린에게 데이트를 신청했다.

"배고프던 참인데. 좋아요."

그리고 둘은 상점이 밀집한 거리로 사라졌다.

물론 위드가 그들 둘만 오붓한 시간을 보내라고 놔두었을 리는 없다. 서윤을 따로 불러서 부탁했다.

"몰래 따라가다가 으슥한 골목길로 들어간다거나 손을 잡으면서 수작이라도 부릴 것 같으면 그냥 죽여."

그녀라면 충분히 고통을 안겨 주면서 죽일 수 있으리라.

이렇게 위드는 이런저런 걱정을 덜고 도자기 만드는 데에만 전념했다.

단아하게 어우러지는 곡선. 흙과 불, 유약의 어우러짐으로 변화하며 나타나는 도자기의 우아한 색상은 예술품이라 부르기에 부족함이 없는 것!

"손으로 천천히. 누르는 힘이 아니라 어루만지듯이……."

위드는 흙꾼이가 돌리는 돌판 위에서 도자기를 빚었다.

"마인드 핸드!"

3개의 손으로 하니 이상한 광경이기는 했지만 흔들리지 않고 도자기에 집중했다.

손가락의 움직임에 따라서 흙무더기의 형태가 크게 바뀌었다. 과하게 힘을 주면 뭉개지는 사고가 벌어지기도 하는데, 위드는 그동안 도자기를 꽤 많이 만들어 봤기에 그런 실수는 거의 하지 않았다.

손잡이가 없는 병처럼 기본적인 구조에 비례의 아름다움을 가진 도자기가 완성되었다.

필요하면 무언가를 담을 수 있도록 내부 공간이 넉넉한 도자기도 만들었다.

"상상에는 한계가 없을 테니까 특이한 형상들도 만들어 봐야겠군."

조각술만큼이나 마스터를 얼마 안 남긴 손재주 스킬 덕분에 흙더미에도 내구성이 제법 높게 부여되었다. 얇거나 가늘게 만들더라도 허물어지지 않아서, 다양한 형상을 창조해 내는 데 제약이 없다.

와이번을 표현하며 부리에서 물이 나오게도 하고, 우직한 누렁이가 끌고 가는 물병의 형태도 만들었다. 사람들이 물통을 지고 나르거나, 여자 엘프가 예쁜 가방을 들고 있는 모습도 만들었다. 예술적 가치가 높진 않더라도 대중이 좋아하는 작품들이었다.

특히 한정판 도자기류!

비슷한 형태로는 12개씩만 제작을 해서 희소성을 더 높였다.

위드의 주특기 중의 하나인 정밀한 묘사가 도자기에도 나타났다.

"정말 예쁜 물병이에요. 그런데… 잡는 부분이 너무 넓지 않아요?"

화령이 옆에서 조언도 해 주었다.

그녀의 말에 따르면 물병이란 예쁘면 되는 거지 꼭 용도에 적합할 필요는 없다고 한다.

"휴, 정말 어렵네."

벨로트는 은근히 재주가 있어서 흙으로 무난한 그릇을 만들어 냈다. 하지만 손재주 스킬이 없는 그녀에게는 그것도 쉽지 않은 일이었다.

이리엔은 간단히 판잣집에서 꽃을 키울 화분 정도를 만드는 데 그쳤다.

"이 정도면 기초 형태들은 잡아 놨고… 다음 과정을 시작해야겠군."

위드는 만들고자 하는 도자기와 흙의 종류에 따라서 불의 온도를 다르게 했다.

흙더미를 그늘에서 완전히 말린 후에 초벌구이한다.

불과 도자기의 흙이 접하면서 색이 신비롭게 변했다.

위드는 자연의 재료로 얻어 낸 유약을 발라서 백색 도자기도 만들고, 청색 도자기도 만들었다.

이런 식으로 불에 굽는 것으로 도자기 만드는 게 다 끝난 게 아니었다. 이 정도라면 전에 만들었던 도자기에 비해서 크게 바뀐 게 없다.

"무늬를 새기거나 추가로 그림을 그려 보는 것도 괜찮을 것 같아."

흙무더기를 병의 형태로 만들고 나서 조각칼로 무늬를 새겼다. 파내는 간단한 방식도 사용했지만, 방법을 바꾸어서 초벌구이 후에 작품의 외부에 성질이 다른 흙을 붙였다.

다시 가마에 구워지고 나면, 도자기에 붙었던 흙의 색이 바뀌어 그림을 남겼다.

위드는 흰 종이에 그림 그리기는 잘 못했지만, 도자기에 새기듯이 형상을 만드는 건 상당히 뛰어난 편이었다. 조각술과 그림이 다르다고 생각했던 기존의 관념이 많이 부서지는 순간이었다.

무엇이든 보이는 것이라면 그게 조각술일 수도 있고 그림이 될 수도 있다는 걸 위드는 깨달았다.

그림 그리기 스킬의 숙련도가 향상되었습니다.

"과연 노가다의 끝이란 항상 겸손한 자세로 임해야 하는군."

위드의 목표에 그림이 추가되는 순간이었다.

가마에서 최종 완성 단계의 도자기들이 나왔다.

"진짜 예뻐요. 어쩌면 이런 색이 나오지?"

화령과 벨로트는 눈을 빛내면서 도자기를 봤다.

눈처럼 새하얀 백토에 우윳빛 광택이 흘렀다.

꽃과 동물 들을 그린 청색 도자기들이 가마에서 막 나오는 걸 보면 감동이 있었던 것!

여러 시험을 거친 유약을 물의 정령과 흙의 정령의 도움을 받아서 깨끗하게 정화하여 사용했기에 도자기는 시선을 둘 수밖에 없는 아름다움을 간직하고 있었다.

조각사, 도예가, 화가 들이 할 수 있는, 손끝에서 벌어지는 마법이라고 해도 과언이 아니었다.

"아직도 조금 모자라. 그림을 그리는 방식에… 조금 더 나은 방법이 있을 텐데."

위드의 조각술이야 이제는 마스터를 바라보는 경지에 올랐다. 흙무더기에 조각칼로 무늬나 그림을 새기는 데에는 최고의 수준이었다.

하지만 그럼에도 불구하고 도자기는 순수하게 조각품으로만 접근해서는 안 되었다.

"흙과 불의 조화… 조각 생명체에 생명을 부여하듯이 탄생시킨다는 느낌으로……."

위드는 도자기의 유연한 곡선을 가진 흙무더기들을 만들면서 고민에 빠졌다.

도자기를 파서 새기는 방식으로는 색감이 너무나 단조로웠다. 유약에 묻혀 무늬나 그림이 돋보이지 못하고 죽어 버리는 느낌이었다.

"여러 가지 색의 그림을 도자기에 부여해 보는 거야. 유약이나 색으로 억지로 칠하는 게 아니라 흙의 색이 변하는 성질 자체만 놓고 도자기를 만들어 보자."

조각칼로 무늬를 파고 흰 흙을 발라서 파인 부분에 채워 넣었다. 불에 구우면 검게 변하는 붉은 흙도 넣고 가마에서 굽고 나면, 맑은 푸른 도자기에 희고 검은 색으로 단장한 그림이 나타났다.

"꺄아아아!"

"이건 정말 너무 예뻐요!"

위드의 그림 실력이 미숙했어도, 색감을 보는 눈이 없더라도 도자기는 아름다웠다.

유려한 선의 정점에 있는 도자기에 새겨진 보물 같은 그림.

꽃나무를 담은 청자

흙의 아름다움을 일깨우는 조각사 위드의 작품이다. 다방면에 걸친 그의 천재성은 대륙에서 새로운 예술을 만들어 낼 정도이다. 도자기의 그림은 너무 깊지도, 얕지도 않게 새겨져 있다. 흙을 다루는 능력과 불의 온도를 다스리는 재주도, 작품을 만드는 데 약간의 아쉬움도 없다. 모든 과정을 조각사 위드가 직접 해냈다. 이 작품은 베르사 대륙의 도자기 중에서 최고로 꼽을 만하다.
내구도 33/33
예술적 가치: 3,986
옵션: 높은 예술성을 가진 작품. 매일 특별한 행운을 한 가지씩 만들어 낸다. 집에 소유하고 있으면 기품, 매력, 행운을 5%씩 늘려 준다. 도자기는 최대 10개까지 효과가 중복해서 적용될 수 있다.

조각술 스킬의 숙련도가 향상되었습니다.

손재주 스킬의 숙련도가 향상되었습니다.

초급 그림 그리기 스킬의 레벨이 5로 상승했습니다.
그림의 선이 정확해지고, 활용하는 도구들의 특징을 더욱 잘 끌어낼 수 있습니다.

대장장이 스킬의 숙련도가 향상되었습니다.

도자기는 다양한 작업을 거쳐야 했기 때문에 완성되면 여러 개의 스킬을 한꺼번에 올려 주었다.

화령도 이번에는 달라고 하지 않았다.

무척 갖고 싶었지만 이런 작품을 친분 때문에 거저 얻는 건 고생에 대한 예의가 아니라고 생각했다. 꽃나무를 담은 청자는, 돈을 주고 팔라고 말하는 것만으로도 무례한 짓이라고까지 느꼈다.

'이건 얼마나 받을 수 있을지 모르겠군. 나중에 좋은 주인을 찾아서 비싼 가격에 팔아먹어야 될 텐데.'

'아, 정말 이런 작품은 돈 주고도 못 살 거 같아.'

그녀는 위드가 가마에서 구워 내는 다른 작품들에 눈독을 들였다.

'상점에 들어오면 바로 사야지.'

벨로트도 도자기 몇 개를 점찍었다.

'이거 예쁘다. 저것도 예쁘네. 어떻게 이렇게 예쁜 무늬들을 만들지? 형태의 조화로움도 좋고 생동감도 있어. 어쩌면 좋아! 꼭 갖고 싶어.'

굳이 예술적 가치나 유행이 아니더라도, 상점에 나간다면 폭풍 같은 인기를 누리게 될 것임을 짐작할 수 있었다.

위드는 선의 아름다움을 살린 도자기만 만들어 낸 것은 아니었다. 넓은 그릇, 천사상처럼 특별한 형태를 가진 도자기도 만들어 냈다.

조각술이 그렇듯이 도자기도 기술을 발전시키다 보면 만들어 낼 수 있는 소재가 무궁무진하다. 작품이 떠오르는 대로 흙을 빚어서 만들어 낼 뿐이었다.

"감정!"

꽃처럼 생긴 병

거장 조각사 위드가 만들었다. 그것만으로도 충분한 이 도자기는, 베르사 대륙에서 흙과 불이 만나서 탄생시킨 기적 같은 예술 작품이다. 가녀린 얇은 줄기를 타고 활짝 꽃들이 피었다. 대체 어느 정도의 손재주를 가지고 있으면 이런 표현력을 발휘할 수 있는 것인지 신기한 작품. 예술성보다는 신비로움으로 작품이 더 인기를 끌 것 같다.
내구도 17/17
예술적 가치: 598
옵션: 식물이 근처에 있을 경우, 물이 없더라도 마르지 않는다. 술과 차의 맛을 더욱 좋게 만든다. 기품 +16. 매력 +22.

위드는 시간 가는 줄 모르고 작품에 푹 빠져들었다.

도자기는 과정이 복잡하고 아주 세밀한 부분까지 신경을 써야 했다. 하지만 그 어떤 고생이라 할지라도 가마에서 나오는 도자기를 보면 감탄밖에는 안 나왔다.

"이걸로 끝이 아니지."

중간 이상 크기의 대접이나 작은 접시도 만들었다. 시간이 걸리지 않는 간단한 조각을 해서 무늬와 그림도 그렸다.

"모라타에는 돈이 없는 초보들도 많아. 그들도 살 수 있도록, 작고 금방 만들 수 있는 것들도……."

예술가의 정신 속에서도 초보자의 토끼 잡은 돈까지 뜯어 가려는 알뜰함!

다른 일행도 와서 도자기를 빚으며 한동안 다들 떠나지 않았다. 도자기는 만들수록 은근하게 빠져드는 매력이 있어서 쉬지 않고 계속 만들게 되었다.

"재룟값이 얼마 안 들고 특산품으로 판매가 된다지만… 물론 그게 정말 중요한 이유지만 그걸 떠나서도 도자기는 예술품이라고 부르기에 정말 모자람이 없군."

밤낮을 가리지 않고 작품을 만들어 내며 명작과 대작도 하나씩 완성!

영주성의 빈방에는 도자기가 줄줄이 쌓였다.

도자기에만 집중해서 파고든 결과 완성된 도자기가 400개가 넘었을 때 조각술 스킬의 숙련도를 9.5% 올릴 수 있었다.

고급 8레벨의 조각술 스킬이었기 때문에 여간해서는 숙련도가 빨리 늘어나지 않았다. 도자기의 기본적인 형태에서는 조각술이 개입할 여지도 적었다.

대신 섬세한 불의 조절이 성공하면 대장장이 스킬의 숙련도가 특히 많이 증가했다.

굽거나 형태를 만드는 과정에서 가끔은 실패작도 나왔지만 그런 경우는 이제 거의 찾아보기 어려울 정도였다.

위드는 700개의 도자기를 마저 채웠다.

그때, 조각술 스킬의 숙련도가 고급 8레벨에 52.6%가 되었다. 대장장이 스킬도 중급 8레벨이 되었을 뿐만 아니라 숙련도도 75% 이상이었다.

그림 그리기 스킬도 초급 9레벨이 됐다.

도자기는 어렵게 생각하면 한없이 난해했다. 하지만 즐기면서 만들다 보니 좋은 작품이 많이 나왔다.

박진석은 매일 서윤을 그리워했다.

"아, 그녀가 얼마나 마음이 아팠을까."

서윤이 세라보그 성의 뒷산에서 친구들까지 몽땅 묻어 버리는 만행을 저질렀지만, 이해할 수 있었다.

어차피 그녀의 마음이 쉽게 열리지 않을 것이라는 점은 알고 있었다. 솔직히 기분은 안 좋았지만, 예쁜 여자의 행동은 무엇이든 용서해 줄 수 있는 것이 세상의 이치였다.

"위드와 함께 돌아다니면서 모험하는 여자 광전사가 그녀였구나."

서윤은 아름다움으로도 적수가 없을 정도다. 그런데 〈로열 로드〉에서도 매우 강했다.

박진석은 그 점이 더 기뻤다.

"베르사 대륙의 여러 곳을 탐험하는 거야. 위드보다도 더 오랫동안 먼 곳을 돌아다니면 좋겠지."

단둘이 누구의 발길도 닿지 않은 곳에서 모험하면서 사랑을 싹틔운다면 정말 기쁠 것 같았다.

"그때를 위해서라도 레벨이나 많이 올려 두어야겠군."

"약초 좀 사 주세요."

"부러진 검 많이 있습니다. 고쳐서 쓰시거나 아니면 초보자용으로 사용하실 분 찾아요."

사냥꾼 로빈은 다시 그가 주로 활동하는 팔레스 왕국에서 접속했다.

장사하던 상인이나 용건이 있어서 무기점 등을 들어가려는 사람이나, 다들 로빈에게 잠깐씩 시선을 주었다.

"우와, 레벨 진짜 높나 보다. 착용하고 있는 옷 좀 봐."

"저건 베르탕이 만든 거 아니야?"

"밑에 금색 실로 서명된 걸 보니 맞는 것 같아."

"엄청 비싸다던데… 베르탕이 웬만한 돈으로는 옷을 안 지어 주잖아."

로빈은 가볍게 어깨를 으쓱했다.

'정말 이 기분은 질리지를 않는다니까.'

그의 장비는 레벨 355가 입을 수 있는 최고급이었다.

무두질로 광이 나는 베르탕의 가죽 갑옷 세트에, 직업 스킬을 올려 주는 보석 목걸이와 팔찌, 반지까지 착용했다.

물론 사냥이나 퀘스트로 모은 장비들은 아니었다.

위드의 경우만 해도 제아무리 최고의 퀘스트를 깨더라도 조각사의 직업 장비들이 줄지어 나오지는 않는다. 물론 어려운 퀘스트를 깼을 때 조각사용 물품이 나온다면 더 크게 실망했겠지만!

로빈은 막대한 현금을 들여서 액세서리와 장비를 최고급으로 구입했다. 초보 시절부터 최상의 장비를 착용했고, 레벨이 10씩 오를 때마다 돈을 아끼지 않았다.

좋은 장비를 착용하고 도시에 와서 사람들이 놀라는 모습을 보면 만족감이 크게 들었기 때문이다.

"사냥이나 가 볼까."

로빈은 음식을 구입하기 위해 식당으로 향했다.

그때 길드 채팅 창에 메시지가 떴다.

> 쿠벨라: 로빈 왔네. 마침 우리도 금방 접속했는데.

리츠: 우리 지금 수도에 있는데. 어디야?

로빈이 가입한 길드의 이름은 '멋진녀석들'이었다.

재벌가의 자제들로만 구성되어 있었고, 돈은 열대우림에 비 오듯이 사용했다.

로빈: 수도 어딘데? 나도 수도야.
쿠벨라: 잘됐네. 무슨 의뢰라도 받은 거 있어?
로빈: 아니. 난 사냥 갈 거야. 귀찮게 의뢰나 할 시간 없어.
리츠: 그럼 같이 가자. 중앙 광장으로 갈게.

쿠벨라와 리츠는 같이 광장에 도착했다.

둘 다 기사로, 백금 갑옷 풀 세트에 투구에는 공작새의 깃털까지 꽂고 있었다.

"여어."

"바쁘니까 음식이나 사서 바로 사냥 가자."

"그럴까? 용병은 누가 구할래?"

"파벨라가 용병 길드로 구하러 갔어."

"걔도 데려가? 너무 약하잖아. 레벨 올리기 힘든데……."

"요즘에 자기도 껴워 달라고 난리잖냐."

로빈, 쿠벨라, 리츠는 다들 300대 중반의 레벨을 가졌다.

초보 시절에는 장비가 워낙 훌륭해서 사냥이 금방이었다. 장비의 도움만으로도 한 단계 높은 등급의 몬스터를 별 어려움 없이도 잡을 수 있었기 때문이다.

하지만 레벨이 오를수록 사냥이 힘들어졌다. 더는 전투에서의 순간적인 판단 오류나 서로 손발이 맞지 않는 문제를 장비로 커버할 수가 없게 된 것이다. 기초적인 스킬과 스탯에서 오히려 몬스터가 압도하는 상황마저 벌어졌다.

300대 중반의 레벨이었지만 전투력 자체는 다들 약한 편이라서, 용병이나 다크 게이머를 고용하여 극복해야 되었다.

모라타의 보석 거래소에서 대단한 일이 벌어졌다. 상점의 주인이 정중하게 맞이한 사람이 물건을 판 것이다.

"이런 작품을 정말로 팔아 주시는 겁니까?"

"그렇습니다. 가격은 얼마나 될까요?"

"이 예술품의 가격을 제가 결정하기는 어렵습니다. 어디서라도 누구나 탐낼 만한 물건이로군요. 아마 대륙 전역의 왕족들에게 팔려 나갈 겁니다. 받기를 원하시는 금액을 말씀해 보시지요."

상점 주인이 물건을 팔러 온 사람에게 오히려 가격을 결정하라고 했다.

판매하고자 하는 물품은 푸른빛이 나거나 백색 빛깔이 도는 도자기였다.

여러 식물의 그림, 취향에 따라 황금 드래곤처럼 화려한 무늬도 있었고, 흰 구름이 떠다니는데 날개를 펼친 와삼이, 빙룡이 그려진 것도 있었다.

위드는 도자기 중에서 겨우 만들어 낸 명작이나 대작은 팔지 않고 예술 회관에 전시할 생각이었다. 모라타의 주민들이 정말 많았기 때문에, 입장료 수입을 충분히 노려 볼 만했다.

일반 도자기들은 가격만 잘 쳐준다면 특산품의 대우를 받으며 처분할 것이고.

"이 도자기들은… 값으로 따지기는 어려운 제 피땀으로 만든 것이지요. 더 넓은 세상으로 가서 많은 사람들이 간직해 달라는 의미로 1개에 798골드 정도를 받았으면 합니다."

800골드라고 하면 너무 비싼 느낌이 들고, 2골드 정도는 낮춰 주는 상술!

도자기가 위드의 전문 분야는 아니지만, 관여한 대부분의 스킬이 매우 높은 수준이었다. 예술적 가치도 감안하면 그 정도는 받을 수 있을 것 같았다.

"798골드라니… 정말 받을 수 있을까?"

"위드잖아. 우리와는 까마득한 격차가 있는데 물론 받겠지."

"그래도 그 돈이면 갑옷도 살 수 있는데."

"우리 같은 초보자용 갑옷이나 사겠지. 위드 정도의 수준에서는 큰돈이 아닐 거야."

만약 무리한 가격을 제시한다면 거래 자체가 취소된다.

예술가로서 특별한 페널티가 부여되기도 하는데, 적정한 금액 이상을 달라고 했을 때는 돈만 밝힌다면서 평판이 낮아지기도 한다.

위드에게는 그야말로 민감한 사실이었기 때문에 가장 꺼려지는 부분이었다.

상점 주인은 잠시 고민하고 나서 말했다.

"보통 때라면 그 값이 적당합니다. 하지만 지금은 이런 도자기를 찾는 사람이 아주 많습니다. 따로 시간을 들여서 판매할 필요도 없이 바로 보내야 할 정도죠. 특산품으로 쳐서 5할의 가격을 더 얹어 드리겠습니다. 도자기를 팔아 주셔서 고맙습니다, 영주님!"

1차 흥정이 성공하였습니다.
지금 물건을 판매할 경우 명예 스탯을 3 얻을 수 있습니다.

도자기의 가치가 위드는 생각했던 금액 이상이었다. 하지만 상점 주인이 계속 말했다.

"그런데 이렇게 대량의 작품을 한꺼번에 매입하기에는 제가 가진 자금이 부족하군요. 우선은 220개만 사더라도 괜찮겠습니까?"

"팔겠습니다."

상점 주인은 도자기를 하나씩 감별했다.

실금이 가 있거나, 색이 전체적으로 고르지 못하고 무늬가 어긋나 있는 경우에는 가격이 좀 더 많이 깎였다. 하지만 그런 물품들은 거의 찾아보기가 어려울 정도였다.

그리고 형태가 있는 작품들은 다른 것들보다 더 높은 매입가를 쳐줬다.

대량의 예술품을 판매하여 대규모의 이익을 거두었습니다.
명성 3,589 상승. 조각사로서 명예가 9 증가합니다. 매력이 7 늘어납니다.

모라타의 지역 명성이 1 증가합니다.

수입금 268,000골드!

모라타나 다른 지역의 주민들이 위드에 대해서 떠들기에 충분한 이득이었다.

이제 팔린 도자기들은 대륙의 각 지역으로 흩어져서 새 주인들을 만나게 되리라.

위드가 도자기를 판 것을 보고 어쩌면 큰 꿈을 가진 도예가가 모라타에 많이 탄생할지도 모른다. 좋은 흙이 널려 있고 헤스티아의 대장간까지 만들어지는 중이며 문화에 투자도 많이 하는 도시는 대륙의 어느 곳을 살펴도 찾을 수가 없기 때문이었다.

양질의 도자기가 모라타에서 많이 팔리다 보면 지역의 특산품으로 등록되게 된다. 지금은 어디서나 귀하기에 특산품 대접을 받지만, 유행을 타는 일시적인 현상이었다.

"존경하는 영주님, 거래해 주셔서 감사합니다."

"열심히 장사하시기를."

위드는 교역소를 나왔다.

그가 나타났다는 소식을 듣고 유저들이 벌 떼처럼 모여서 그를 구경했다.

"거래 한 번으로 떼돈을 벌었대."

"완전 좋겠다."

"위드 님이니까 뭐, 특별한 일도 아니지 않겠어? 저 정도 거래에 기뻐할 리가 없잖아."

위드는 도자기를 팔고 거액을 손에 넣어 입이 찢어져라 웃음이 나오려던 참.

비싼 약초 한 뿌리만 캐더라도 기뻐하는 가벼운 남자였다.

"커허험!"

괜히 체통을 지킨다며 엄숙하고 근엄하게 표정을 관리했다.

〈로열 로드〉에서 위드의 인기는 최고에 달했다. 모라타에는 그를 싫어하는 사람이 드물 정도였다.

모라타의 마을 장로가 지팡이를 짚고 걸어왔다.

"영주님, 이곳에 계셨군요."

위드는 안색을 딱딱하게 굳혔다.

모라타의 백작이 된 직후에 마을 장로에게 많은 돈을 뜯겼던 아픈 기억!

"위대하신 백작님의 지배로 인하여 마을이 도시가 되고 진정으로 살기 좋은 곳이 되었습니다. 주민들을 대표해서 감사드립니다."

"당연히 해야 할 일을 하였습니다."

"이제 이 땅은……."

마을 장로가 잠시 말을 멈추고 회한에 잠긴 듯한 표정을 지었다.

'설마 이번에도…….'

모라타의 경제는 더 이상 위드가 사비까지 털어서 투자할 정도로 열악하지 않았다.

어마어마한 흑자를 보고 있을 정도지만, 돈이란 벌기는 어려워도 쓰려고 마음먹으면 한순간에 사라지는 것.

이제는 단 한 푼도 빼앗기고 싶지 않았다.

"이 땅은 불굴의 지도력을 가진 영주를 맞이하여 훌륭하게 발전하였습니다. 이곳 사람들은 근면하고 성실합니다. 니플하임 제국의 멸망 후, 몬스터와 한파로 신음하던 사람들이 모여서 안전하고 풍족한 생활을 누리게 된 건 모두 영주님의 덕입니다."

"크흠."

칭찬을 받을수록 위드는 더 불안했다.

과연 무슨 요구를 하려고 이렇게 배경 설명이 긴 것일까.

어릴 때부터 칭찬보다는 욕이 차라리 더 친숙하게 다가왔다.

"주민들은 긍지와 자부심을 느끼고 있습니다. 영주님과 함께라면 몬스터의 소굴이라도 망설임 없이 따라갈 수 있을 것입니다. 주민들을 대표해서 말씀드립니다. 모라타의 영광과 발전이 계속될 수 있도록, 북부 전체에 백작님의 말씀과 군대가 닿을 수 있게 더 높은 자리에 올라 주시기를 간청드립니다."

띠링!

북부의 땅에서 시작되는 작은 왕국

모라타의 인구와 경제력이 도시의 규모를 넘어섰다. 주민들은 치안에 쉽게 의심하지 않을 믿음을 가졌으며 융성한 문화, 종교적인 자유를 누리고 있다. 니플하임 제국의 몰락 이후로 북부에서 가장 발전한 도시로서, 모든 모험과 교역은 모라타를 통하여 이루어진다고 할 수 있을 정도이다. 패망한 제국의 유민들은 다시 안정된 지난 과거를 그리워한다.
왕국의 시작은 좁은 영토, 출몰하는 몬스터 무리, 알려지지 않은 위험들로 인하여 기대만큼 평탄하지 않을 수 있다. 그러나 주민들은 영주에 대한 믿음을 바탕으로 더 나은 미래를 위한 지배를 기꺼이 요청한다.
모라타를 지금까지 이끌어 온 그대, 그 어깨에 더 큰 짐을 올려놓을 수 있겠는가?

장로의 제안을 받아들이면 즉위식을 거친 이후 도시국가의 국왕 자리에 오를 수 있습니다.
모라타와 바르고 성채가 왕국의 영역으로 선포됩니다. 다른 마을의 영역이 아닌 곳으로의 영토 확장이 가속화됩니다. 인근의 지역에 정치력이 확대됩니다. 군대의 규모가 커지더라도 주민들은 불안감을 느끼지 않습니다. 하지만 군대의 규모가 너무 작다면 느끼는 불안감은 훨씬 심해질 것입니다. 다른 왕국과 외교 활동을 벌일 수 있습니다. 내정과 건설 부분에서 더욱 막강한 권한을 행사할 수 있으며, 새로 지을 수 있는 건물들이 추가됩니다.
국왕의 자리에 오르게 되면 명성과 카리스마, 통솔력, 명예의 효과가 커집니다. 국왕의 명성에 따라서 외교적인 교섭의 결과가 달라질 수도 있으며, 내정에서 행운에 관련된 사건이 발생합니다.

일국의 왕!

하벤 왕국을 비롯해서 소국이라면 몇몇 유저들이 올라 있는 자리였다.

그들과 차이점이 있다면 이미 갖춰진 왕국에서 그 자리에 오른 게 아니라 스스로 모라타를 일구어서 만들어 낸 직책이라는 것이었다.

위드는 머릿속으로 계산을 끝냈다. 그는 굴러 들어온 복을 차는 사람이 아니었다.

접대, 뇌물, 눈먼 돈, 높은 지위, 이런 것들이야말로 세상을 살맛나게 만드는 요소라고 믿었다.

"모라타의 주민들과 함께 어려운 일을 헤쳐 나가며 평생을 헌신하면서 살겠습니다."

종신 독재의 꿈!

국왕의 자리를 승낙하였습니다.

모든 권한은 즉위식 이후부터 생겨납니다. 왕국의 형태는 작은 도시국가부터이며, 영토가 커짐에 따라 정식 왕국이 될 수 있습니다. 왕국의 이름을 결정할 수 있습니다.

"왕국의 이름이라……."

위드에게 딱히 갑자기 떠오르는 이름은 없었다.

그렇다고 평소에 이름을 짓던 대로 빛날이나 누렁이, 와일이, 와둘이, 와삼이, 이런 식으로 지을 수도 없는 노릇.

자칫하면 북부에 유저가 최초로 만든 왕국이 놀림감이 될 수도 있는 판.

하지만 위드는 금방 왕국의 이름을 결정했다.

"마음에 드는 건 위드만세나 북쪽 왕국인데. 그냥 원래 있던 국가인 아르펜으로 하겠다."

조각사가 만들어서 대륙을 통일했던 아르펜 제국!

그 영광이 수많은 세월이 흐르고 난 지금에도 남아 있을지 모르지만, 바닥에 깔려 있는 뭐라도 있다면 얻어먹고 싶은 마음이었다.

왕국의 이름이 '아르펜'으로 결정되었습니다.
즉위식을 마치면 정식으로 왕국으로서의 활동이 시작됩니다. 호화스럽고 성대한 즉위식을 할수록 왕국의 명성이 높아지며, 군대의 충성을 이끌어 낼 수 있습니다. 즉위식에 책정될 자금을 결정해 주십시오.

위드는 허례허식을 좋아하지 않았다.

내실이 중요하지, 즉위식에 따라 오르내리는 정도라면 차라리 그대로 모라타로 남는 편이 더 나으리라.

"즉위식의 비용은… 그래도 어쨌든 행사니까 30골드 정도는 해 줘야겠지."

마음 같아서는 물 한 잔 떠 놓고 해 주고 싶었지만 그래도 국가적인 행사이니만큼 규모를 크게 키운 것이었다.

"너무 약소한 것이 아닐까요. 영주님께서 지엄하신 국왕 폐하가 되는 것이니 주민들도 기대하는 바가 있을 것입니다만. 외국에서 오는 외교사절들도 비웃을 것이고, 북부 전체에 아르펜 왕국에 대하여 알리기에도 부족합니다."

"주민들을 아끼는 데에는 영주의 자리에 있거나 국왕이 되거나 달라지지 않을 것입니다. 즉위식은 최소한 간소하게 치르고, 10골드라도 남는 돈이 있으면 그 돈도 모라타의 가난한 주민들에게 일을 시키고 보수로 지불하세요."

"알겠습니다. 영주님의 뜻대로 집행하겠습니다."

즉위식의 비용이 30골드로 결정되었습니다.

위드는 모라타의 일을 마치고 나서, 유린의 도움을 받아 바르고 성채로 이동했다.

"이제 도자기를 판 돈으로 건물을 지어 주어야겠군."

바르고 성채에는 아직 손길이 필요했다.

큰 나무가 있는 광장, 오크들의 목욕탕, 마룬석으로 만든 거리 등.

네 종족이 모여서 살던 라체부르그의 도시 건물들을 짓도록 명령을 내렸다.

건축 비용이 저렴하다는 장점 외에도 여러 종족들이 좋아했다. 바바리안과 드워프, 엘프 들이 근처에 살았으니 건물들의 효과를 충분히 살릴 수 있다.

"싼값에 괜찮군!"

15만 골드로 라체부르그의 건물들을 지어 두고 나서 남는 돈으로는 시장과 상품 거래소 등을 지었다.

무역 세금 수입이 늘어나도록 종족 간의 거래가 많이 이루어지게 했으며, 드워프들이 머무를 수 있도록 대장간을 건축하기도 했다.

엘프들의 특성을 이용하기 위한 궁술 훈련소도 건축하여, 레인저와 궁수 들의 전직과 정확도 향상도 가능하게 만들었다.

"여기서 궁수로 자란다면 정말 최고겠지."

성벽으로 몰려드는 몬스터를 마음껏 쏠 수 있으니 성장을 위해서는 최고의 조건이었다.

궁수들은 관통 화살이나 추적 화살도 얼마든지 쓰면서 스킬 숙련도를 늘릴 수 있게 된다.

바바리안들을 써먹기 위해서는 워리어 투기장도 만들었다. 여러 가지 스킬을 배우고 몸을 쓰는 법 등을 가르칠 수 있는 장소였다.

"대충 이 정도면 된 것 같군."

위드는 이제 드워프의 왕국 토르로 이동했다.

노른 산맥에 있는 드워프 최대의 도시.

아이언해머!

토르 왕국의 수도이며 베르사 대륙 최대 강철 생산지이기도 했다.

분수대 주변을 뛰어다니는 키 작은 드워프들을 보며 유린이 말했다.

"드워프들이 모여 있으니까 진짜로 귀엽다. 달리기도 느리지 않아."

"드워프 마을에는 안 와 봤어?"

"가끔 관광지에서 보긴 했어도 이렇게 많은 드워프들을 보는 건 처음이야."

위드는 유린과 같이 토르 왕국의 관청으로 향했다.

토르 왕국에는 국왕이 없으며 드워프 장로들이 번갈아 가며 일을 보았다.

"인간 모험가로군. 우리에게도 이름이 알려진 걸 보니 중요한 용무를 가지고 왔겠지? 들어가도 좋다."

위드의 높은 명성 때문에 입구를 지키는 드워프 전사들은 두말없이 길을 비켜 주었다. 그 덕에 곧바로 드워프 장로를 만날 수가 있었다.

"무슨 일로 나를 만나러 왔는가?"

"오크들과의 관계 개선에 대해서 말하려고 왔습니다."

"오크들이라. 그 냄새나는 더러운 콧김을 내뿜는 놈들에 대해서 나누고 싶은 말은 없네. 그런 일로 왔다면 헛걸음을 한 셈이군."

띠링!

드워프 장로와의 친분

드워프 에인핸드는 오크들에 대해서 짜증 내고 있다. 드워프와 오크는 여행 중에도 마주치면 싸움밖에 하지 않을 정도의 앙숙이다. 하지만 에인핸드와 친해진다면 그는 당신의 말에 대해 귀를 기울여 들을 것이다.

난이도: D

제한: 오크와 드워프의 관계 개선을 위해 이 퀘스트를 먼저 해결해야 한다.

"제 이야기를 조금 더 들어 보시지요. 중요한 이야기입니다."

퀘스트가 부여되었습니다.

위드는 정보 게시판 등을 통해서 에인핸드의 성격에 대해서 알고 왔다.

'보석이나 직접 만든 갑옷 그리고 술을 아주 좋아하지.'

아부와 아첨이야말로 위드가 논문을 쓴다면 박사학위는 따 놓은 정도! 세계적인 학술지에서 권위를 인정받을지도 모른다.

일단 간단히 흙으로 만든 컵을 하나 꺼내서 보여 주었다.

"별거 아니지만 평소 존경하던 드워프 장로님께 드리는 선물입니다."

"이것은… 최근에 대단한 인기를 끌고 있는 도자기로군. 이런 걸 만들어 내다니 과연 놀라워. 인간의 능력에 대해서도 존중을 할 필요가 있겠지. 하지만 드워프들이 좋아하는 금속이 아니라서 조금 아쉽군."

위드에 대한 에인핸드의 평가가 약간은 높아졌다. 드워프인 이상 손재주가 뛰어난 작품을 보면 당연히 좋아하는 것이다.

"별 볼일 없는 재주입니다. 혼을 담아서 만드는 검이야말로 진정으로 뛰어난 명품이라고 생각합니다. 그리고 이건 우연한 발견품인데요, 맛이라도 한번 보시죠."

위드는 포도주병을 꺼냈다. 안에는 몽벨트룰리아에서 찾아낸 맥주가 담겨 있었다.

오크 통에 담겨 있던 여러 종류의 과일주는 와이번들을 통해서 모라타로 운반을 했다. 와삼이를 시켜서 검치 들에게도 한 통 보내 봤더니 꿀맛이었다고, 더 있으면 바로 보내라고 했다.

실제로 술을 개봉하니 그 냄새를 맡고 짐승들이 모여들 정도였다.

위드는 드워프를 만나러 오면서 보리로 담근 술을 일부러 한 병 챙겨 왔다.

에인핸드의 주름진 눈가가 찌푸려졌다.

"포도주 따위를 마시는 건 이해할 수 없는 습관이야. 그 떫은 걸 대체 무슨 맛으로 먹지?"

"저도 그렇게 생각합니다. 그냥 마땅한 병이 없어서 하찮은 포도주병에 담았습니다."

"난 술에 대해서는 아주 까다롭네. 괜히 어설픈 맛으로 내 혀를 모욕한다면 그나마 잠깐이라도 이야기한 시간이 아까워질 거야."

위드는 코르크 마개를 뽑았다.

'땅!' 하고 맑은 소리와 함께 퍼지는 맥주의 알싸한 향기.

"크으으으읏! 이, 이 냄새는……."

"몽벨트룰리아에서 발견한 맥주입니다. 앞으로 말씀드려야 할 이야기를 하려면 조금만 맛보시는 편이 좋겠습니다."

"이런 냄새라니 과연 맛은 어떨까. 생전 처음 맡아 보는 최고의 향이야. 이 술을 정말 마셔도 된단 말인가?"

"술이란 마시라고 있는 것 아니겠습니까?"

위드는 꺼냈던 잔에 맥주를 따랐다.

거품이 보글보글 위로 올라오는 걸 보는 에인핸드의 눈동자가 마구 떨렸다.

"고맙군! 크윽. 정말 죽여주는 맛이야."

에인핸드가 맥주를 마셔서 아주 기분 좋은 상태가 되었습니다.

드워프 장로와의 친분 퀘스트 완료

완고한 드워프 에인핸드는 순식간에 인간 모험가에 대한 호감을 갖게 되었다. 놀라운 일이지만 인간 모험가의 재주와 맥주에 반해 어떤 이야기든 들어 줄 것 같다.

드워프 정도야 칭찬하고, 선물하고, 술 먹이면 그걸로 끝!

대한민국에서도 뇌물과 술이면 안 되는 게 없지 않던가.

위드는 이제 오크들에 대한 이야기를 할 수 있었다.

"오래전 드워프와 인간, 엘프 그리고 보잘것없고 있으나 마나 한 오크는 서로 협력하면서 살아갔습니다."

말이란 듣는 대상에 따라서 표현을 달리해야 하는 법.

위드는 라체부르그에 대해서 설명을 했다. 물론 다분히 드워프 위주였다.

"그 과정에서 드워프가 나머지 세 종족을 먹여 살렸다고 해도 과언은 아니었죠."

"그런 일이 있었다니 까맣게 몰랐군. 우리에 대해 잘 아는 걸 보니 자네의 말에 믿음이 가."

"오크들이 그때의 일을 알게 되어 드워프들에게 정중히 사과를 하고 같이 잘 지내보자는 것이죠."

"그렇게 안 봤는데 오크들도 기본적인 양심은 있었군."

띠링!

오크와 드워프의 관계 개선 퀘스트 완료

드워프는 오크들의 화해 요청을 받아들였다. 앞으로 그들 사이의 싸움이 조금은 줄어들 수도 있으리라.

드워프와 오크 종족 사이의 우호도가 오릅니다.

명성이 157 올랐습니다.

에인핸드가 말했다.

"우리 관대한 드워프가 미개한 오크들에게 작은 선물이라도 보내야겠군. 대장장이들에게 말해서, 글레이브라도 만들어 오크들에게 보내라고 하겠네."

"오크들도 그 선물을 받으면 좋아할 겁니다. 드워프들의 무기 만드는 능력이야말로 오크들은 영원히 따라오지 못할 테니까요."

오크들에게 보내지는 글레이브의 제작이나 운송은 퀘스트가 발생하여 유저들이 맡을 수 있다. 그러다 보면 진정한 의미의 관계 개선이 성공할 수도 있으리라.

물론 이런 중요한 운송 퀘스트 등이 실패로 돌아간다면 두 종족 사이가 다시 친해지기는 어렵게 되겠지만.

에인핸드가 말했다.

"그런데 오크들의 사정을 알려 준 자네라면 우리 드워프만큼이나 조각사로서의 자질도 충분하다는 생각이 드는군."

"제 실력은 물론 괜찮습니다. 인간들 중에서는 상당히 좋은 편이죠. 그래도 어떻게 감히 드워프들의 실력을 따라갈 수 있겠습니까?"

"아니야. 자네의 이름은 우리 드워프들도 많이 들어 보았네. 상당한 작품들을 만들면서 베르사 대륙의 예술을 이끌어 간다고 하더군."

위드의 실력은 자존심 높은 드워프 에인핸드도 칭찬해 줄 정도였다.

"하지만 조각품을 볼 때면 항상 아쉬움이 들었어."

"네?"

"철에 대해서 얼마나 알고 있나? 철은 튼튼하고 가공하기가 편해서 쓰임새가 정말 많은 재료지. 우리 드워프와 인간의 문명의 발전은 철이 이끌어 냈다고 해도 과언이 아니야."

철은 세상에서 정말 중요한 재료였다. 대부분의 무기의 소재로 사용되었고, 건축 재료로도 사용이 된다.

현대에서도 철은 국가 발전의 필수적인 소재로 쓰였다.

"대부분의 조각사들은 안타깝게도 나무나 바위처럼 다루기 쉽고 보이기 좋은 재료들만 사용하더군. 철도 잘 다듬으면 정말 아름다운데. 철의 아름다움을 표현할 수 있는 능력을 갖추고 있는 조각사라면 드워프로서도 인정하지 않을 수가 없지."

띠링!

드워프가 좋아하는 철

드워프들에게 조각사로서 인정을 받고 싶다면 철을 다룰 수 있어야 한다. 조각사로서 철을 다루는 실력을 갖춰라. 드워프들의 눈에 들려면 상당한 수준이 되어야 할 것이다.

난이도: 조각술 마스터 퀘스트.

제한: 고급 8레벨 이상의 조각술. 초급 대장장이 스킬 8레벨 이상 습득해야 함.
퀘스트를 무사히 끝내면 에인핸드와의 친밀도 증가.

"아, 그런데 내가 지난밤에 맥주를 너무 많이 마셔서 그런가? 사람을 잘못 봤군. 자네는 이미 대장일 쪽으로도 아는 사람들이 꽤 많은데. 이런 일을 시킬 필요는 없겠지!"

퀘스트를 해결하였습니다.

명성이 350 증가합니다.

대장장이 스킬의 숙련도가 증가합니다.

드워프 에인핸드와의 친밀도가 높아졌습니다. 그와 밤새도록 맥주를 나눠 마실 수 있을 정도의 사이입니다.

위드의 대장장이 스킬이 높다 보니 퀘스트가 바로 해결되어 버렸다.

'역시 조각사는 잡캐의 운명을 타고난 거군.'

조각 재료를 다양하게 쓰려다 보면 잡캐가 되지 않을 수가 없다.

에인핸드가 다시 말을 이었다.

"크흠, 대장장이로서도 능력이 있다니 이번에도 말하기가 편하겠군. 이건 드워프의 치부와도 같은 이야기인데 말이지……."

"무슨 걱정이라도 있으십니까?"

위드는 아부와 아첨을 하던 간사한 표정에서 진심으로 걱정을 나누는 진지한 표정으로 얼굴을 바꾸었다.

영화배우를 능가하는 표정 연기였다. 돈이 조금이라도 걸려 있다면 눈물 연기 정도는 기본이었다.

"케이베른에 대해 알고 있는가?"

"다, 당연히 알고 있지요."

악룡 케이베른!

토르 왕국의 터줏대감이나 다름이 없는 존재였다.

드워프들은 주로 험준한 산맥에서 거주하는데, 이 지역이 케이베른의 영역에 속했다.

드워프의 상납품

"우리 드워프들은 주기적으로 케이베른에게 보석이나 황금을 바쳤지. 케헤헴. 드래곤의 영역에 있는 동굴에서 철을 캐내기 위해서는 어쩔 수가 없었네."

"이해합니다. 그래도 케이베른은 정말 나쁜 놈이지요."

"나도 그렇게 생각… 아니, 아무튼 우리는 3달에 한 번씩 공물을 바치기로 되어 있네."

토르 왕국은 드워프들의 왕성한 생산 능력과 무역에도 불구하고 대륙 최고의 부강국이 되지는 못했다.

드래곤들에게 정기적으로 공물을 바쳐야 하는 한계를 가졌기 때문이다.

그렇지만 드래곤의 비호 덕분에 광산 개발이 몬스터 걱정 없이 빠르게 이루어지고 외부의 침략에도 안전하다는 장점을 가지고 있었다.

"다음 달에도 공물을 바쳐야 되는데… 다른 드래곤들은 적당한 금액을 받으면 별로 문제가 없네. 그런데 케이베른에게는 항상 더 신경을 써야 하지."

토르 왕국에 있는 5마리 드래곤 중에서 가장 말썽 많은 드래곤이 케이베른이다.

인간이나 엘프, 오크 유저들은 웬만큼 무모하게 모험을 하지 않는 한 드래곤을 보는 일이 굉장히 드물었다.

위드는 알아서 잘 피해 다녔기 때문에 당연히 드래곤을 만난 적이 없다.

하지만 드워프들은 마을까지 와서 이것저것 요구하는 드래곤들로 인하여 크나큰 곤란을 여러 번 겪었다. 드래곤의 출몰은 드워프 종족을 택한 이상 어쩔 수 없는 재앙으로 여기는 분위기였다.

"케이베른의 요구가 갈수록 심해지는군. 광산에서 캐낸 보석이나 황금은 우리 드워프들이 크게 욕심이 없으니 내줄 수 있지만, 그냥 주기보다는 아름답게 꾸며서 달라고 하지 않겠나? 요구를 잘 들어주지 못해서 드워프들은 많은 곤란을 겪었지. 마침 조각사인 자네가 왔으니 무언가를 기대해 볼 수 있을 것 같아."

띠링!

케이베른에게 바치는 보물

악룡 케이베른에게 상납하는 보석과 황금 2,800개로 조각품을 만들어라. 에인 핸드와 그의 동료 드워프 4인이 도와줄 것이다. 조각품이 드래곤의 취향에 맞아야 함. 성공한다면 조각사로서 드워프들의 인정을 받을 수 있을 것이다.
난이도: 조각술 마스터 퀘스트.

제한: 고급 8레벨 이상의 조각술. 다음 달 25일까지 완료해야 한다. 실패하면 드워프들과의 우호도 감소, 신뢰 상실. 실패 후에 퀘스트를 다시 받기 위해서는 드워프들과의 친분을 올리고 다른 의뢰들로 믿음을 얻어야 한다.

지금부터 딱 52일 정도가 남아 있있다.

'하루에 60개씩을 만들어야겠군.'

상상을 초월하는 노가다!

"드워프들의 고난을 어떻게 구경만 하고 있겠습니까? 조각사로서 저의 모든 실력을 발휘하여 해내겠습니다."

퀘스트를 수락하였습니다.

"자네만 믿겠네."

보석들은 크기에 따라 여러 기본적인 모양의 형태로 세공하면 된다. 황금 조각품은 녹여서 형틀에 채워 넣고 깎아 내는 방식으로 만들 수 있었다.

"드래곤들은 번쩍거리는 걸 좋아하니까 멋지게 만들어 봐야겠군."

위드는 작업에 들어갔다.

아이언해머에 있는 에인핸드의 최고급 장비들을 빌려서 쓸 수 있었다.

내구력을 높여 주는 망치, 불순물을 정제하여 철의 강성을 높여 주는 화로!

에인핸드를 비롯하여 아이언해머의 실력이 대단한 대장장이들이 그를 도와주었다.

꿈에서도 바랄 만한 작업 환경이었다.

광산에서 막 캐낸 보석이 원석 상태로 수레에 가득 담긴 채 그에게 운반되어 왔다.

"1차분이네. 보통 다섯 수레 정도는 캐내서 오지."

위드는 욕심이 났다.

"꿀꺽! 이걸 다 챙겨서 달아나면……."

퀘스트를 하다가 드워프의 보물을 몽땅 챙겨서 도망가는 조각사라니!

그러면 케이베른의 추적을 받아서 모라타까지 몽땅 망하고 말리라.

그렇지만 들고튈지에 대한 고뇌에 찬 표정을 보며 드워프들은 고개를 끄덕이며 지나갔다.

"인간치고는 작품에 대한 열의가 있군."

"그러게 말이야."

잠시의 고민 끝에, 결국 위드는 자하브의 조각칼을 꺼냈다.

"일단 만들기나 하자."

땅! 땅! 땅!

위드는 지금까지 만들었던 종류의 조각품들을 전반적으로 돌이켜 봤다.

"예술적 가치를 특별히 높이기보다는 일단 수량을 채우는 게 중요하겠지."

적당한 질을 유지하면서 양을 맞춰야 되었다.

위드는 동물과 몬스터 들의 형틀을 만들었다.

흙으로 도자기를 많이 만들었더니 형틀을 제작하는 일이 훨씬 익숙해졌다.

만들어진 틀에 황금을 흘려보내는 방식으로 속을 채워 넣으면 되었는데, 이런 일은 다른 대장장이들이 조수가 되어 도와주었다.

금을 부어서 찬란한 황금의 조각품을 만들었다.

조각사로서 황홀한 경험이었다.

"황금은 봐도 봐도 질리지 않는단 말이야. 금은방 주인이라도 한다면 평생 행복할지도 모르겠군."

위드가 미래에 금은방을 차린다면 도둑 걱정으로 가게에서 뜬눈으로 밤을 밝힐지도 모를 일이었다.

보석은 조각칼로 정밀하게 깎아 냈다.

"보석에 여유분이 있으니 실패해도 다시 만들면 괜찮네."

에인핸드가 말은 그렇게 했지만, 조각사로서 실수는 명성과 신뢰도를 떨어뜨리는 일.

보석은 한번 깎고 나면 원상회복이 안 된다.

다이아몬드, 루비, 사파이어 등 대부분의 보석들은 표면에 각을 만들면서 일정하게 깎았다.

보석의 크기와 각도에 따라서 빛나는 게 달랐다.

위드는 달빛 조각술에 대한 연습을 많이 했기에 번쩍번쩍 빛을 내는 조각품에는 이미 숙달이 되었다.

"드래곤의 취향이야 뭐, 예술성 자체보다 삐까뻔쩍하면 좋아하겠지."

드래곤은 황금이나 보석을 밝히기 때문에 그 점의 만족도를 중점으로 부각시키면 된다.

조각사로서는 다소 단순한 노동에 가까웠다. 하지만 이렇게 많은 황금과 보석을 다룰 만한 기회는 드물었다.

조각술 숙련도가 조금 올랐지만 대신에 신앙 스탯이 하락했다. 황금과 보석을 가까이하다 보면 아무래도 믿음이 흐려지기 마련.

아이언해머에 있으면서는 음식이 무제한 제공되었고, 오로지 작업만 하면 되었다.

헤르메스 길드에서는 위드를 없애기 위한 공격대를 다시 불러들였다.

"이 방법은 효과가 너무 없을 것 같군."

베르사 대륙을 미꾸라지처럼 자유롭게 휘젓고 다니는 위드를 잡기란 너무 어려웠다.

공격대가 부르시리아 근처까지 도착했더니 오크들이 대규모로 덤벼들었다. 위드를 치려고 했다가 오히려 오크들의 역습을 심하게 받았다.

공격대의 전력이 상당했기에 오크들을 물리쳤지만, 불과 1시간도 지나지 않아서 17배가 넘는 적들이 몰려왔다.

"복수다, 취치치췻!"

혹시나 위드가 그들 중에 섞여 있을지도 모른다는 생각에 카리취를 찾으면서 싸웠다. 그러다 보니 어디가 끝인지도 모를 가공할 만한 오크 대군이 밀려와서 공격대를 쓸어버렸다.

레벨이 아무리 높더라도 머릿수로 밀어붙이는 오크들을 당해 낼 수는 없었다. 결국 공격대는 전멸해 버렸다.

처음부터 오크들을 피해서 퇴각했더라면 이런 결과까지 나오지는 않았을 것이다. 공격대의 입장에서는 위드가 또 무슨 계략을 사용할지 모른다면서 적극적으로 싸움을 했지만, 계속 뛰어오는 오크를 감당하지 못했다.

공격대를 전멸시킨 후에 대장 오크가 한 말.

"오크 많이 죽었다, 취치치이췻. 집에 가서 밥 먹고 자자, 취치칙!"

밥 먹고 자고 일어나면 또 그만큼의 새끼를 낳고 번성하는 종족, 오크!

헤르메스 길드로서는 다시금 입게 된 치욕이었다.

이번에는 위드와 싸우다가 패배한 것도 아니고, 근처에서 대기 중에 오크들을 굉장히 많이 죽이고 전멸한 것이라서 상황이 다르기는 했다.

하지만 이런 방식으로는 위드를 괴롭히기가 상당히 어렵다는 데 길드의 수뇌부 사이에 공감대가 이루어졌다.

"퀘스트 예정지에 암살대를 보내 놔도 안 나타나고 그렇다고 알려진 정보를 따라 뒤를 쫓다 보면 너무 신출귀몰하게 움직여 버리니……."

"공격대의 위치가 알려지다 보니 미리 알고 도망쳐 버리거나 오크들로 역습을 가해 버리니 곤란합니다. 어떤 좋은 방법이 없겠습니까?"

길드의 수뇌부는 곤혹스러웠다.

하벤 왕국과 칼라모르 왕국을 다스리는 엄청난 세력을 일구었다. 그들이 결정하는 정책에 따라 중앙 대륙의 정세가 달라질 수도 있었다.

그런데 위드에 의해서 사소하게 번번이 발목이 잡히다 보니 여간 성가신 것이 아니었다.

"바드레이 님은 어떻게 하고 계시지요?"

"지금 열 번째 퀘스트를 진행하고 있습니다."

"상당히 빠른 진전이군요. 위드보다 늦진 않겠지요?"

"정보대와 친위대가 뒤따르고 있습니다. 암중에 도움을 주고 있으니 앞으로도 시간을 아주 많이 단축할 수 있을 겁니다. 그리고 위드는, 모라타에 심어 놓은 염탐자의 말에 의하면 한동안 모라타에 머무르고 있다가 지금은 어디론가 떠났는데 아마 그동안 도자기를 만든 것으로 보입니다."

"시간이 많이 지연되었겠군요. 바드레이 님이 착용할 만한 새로운 갑옷을 구하는 일은요?"

"순조롭게 진행하고 있습니다. 던전 발굴에 딱히 장애물은 없습니다."

"필요하다면 칼라모르 왕국의 영역, 흑기사 테루의 무덤에 더 많은 전력을 투입하도록 하죠."

"신경 써 주셔서 감사합니다. 이번 주 내로 발굴하도록 하겠습니다."

헤르메스 길드에서는 칼라모르 왕국의 던전에 대한 정보를 모았다. 모험가와 도둑, 기사 등으로 발굴단을 조직하여 보물이 있는 위치를 파악하고 적극적으로 파내고 있었다.

헤르메스 길드의 지원을 받는 모험가들은 쉽게 스킬을 올리고 보물도 찾아냈다. 물론 대부분의 보물은 자신의 소유가 아니라 길드의 몫이 되었지만, 그 정도라도 지원하는 모험가들이 아주 많았다.

"그런데 모험가들이, 술집에서 들리는 내용으로 우리 왕국에 대한 소문이 좋지 않다고 합니다."

"이유는요?"

"전쟁이야 어쩔 수 없었지만 칼라모르 왕국의 도시들에 대한 약탈이 생각보다 평판을 더 많이 떨어뜨린 것 같습니다. 그리고 점령 후에 안정보다는 반란이 일어날 때마다 진압군을 보냈던 것이 불만도를 높게 하고 있습니다."

"어쩔 수 없습니다. 쏘아진 화살을 여기서 멈출 수는 없으니까요. 다른 길드들의 동향은 어떻습니까?"

"5개 길드 정도가 우리의 뒤를 따르고 있습니다. 클라우드 길드, 사자성, 로암 길드, 블랙소드 용병단, 흑사자 길드입니다. 그들이 곧 자신들이 속한 왕국을 접수할 것 같습니다."

"결국 예상대로 흘러가는군요."

패권 동맹에 속해 있던 수많은 명문 길드 중에서도 우열이 가려지는 중이었다. 헤르메스 길드까지 포함한다면 6개의 거대 길드들이 어마어마한 전력을 구축했다.

"우리가 다음에 목표로 할 왕국은 라살입니다."

"인접국 중에서는 비교적 세력이 약하군요."

"맞습니다. 전격적으로 침공하여 단숨에 점령한 후에 브리튼 연합 왕국을 칩니다."

수뇌부에서는 벌써 다음 전쟁을 준비하고 있었다. 라살 왕국과 브리튼 연합 왕국까지 흡수한다면, 중앙 대륙에서도 단연 절대적인 힘을 갖춘 제국이 된다.

"브리튼 연합 왕국은 저항이 만만치 않겠는데요."

"여러 자유도시와 공국으로 이루어져 있지만 역사적으로 볼 때 결속력이 있습니다. 아시다시피 클라우드 길드의 지부가 있는 지역이기도 하지요."

"클라우드 길드와 사전에 협의된 곳이 아니니 한바탕 대결은 불가피하겠군요."

"준비 중입니다. 우리가 질 거라고는 생각하지 않습니다."

"브리튼 연합 왕국 자체의 세력은 어떻지요?"

"정령사와 마법사의 수준이 대단하고, 군대는 약하더라도 유저들이 많습니다."

"유저들이 우리에게 저항한다면 긴 싸움이 되겠군요. 전쟁이 지나치게 길어지면, 지금은 안 좋습니다."

"우리 길드의 공격이 시작되면 상위 레벨에 있는 현명한 유저들은 투항할 것입니다."

"바드레이 님이 관심을 끌어 주는 동안 전쟁 준비에 소홀함이 없도록 해야 합니다."

"그야 물론이지요."

길드의 수뇌부는 밤늦게까지 회의를 이어 갔다. 거대한 왕국을 이끌고 있다 보니 중요한 결정을 내려야 할 일이 많았다.

"참, 위드 말인데……."

"무슨 수를 쓰기는 해야 합니다. 하지만 이대로 뒤만 쫓아다니는 건 효과가 너무 없습니다."

"미꾸라지처럼 잘 빠져나가니까 잡기가 불가능에 가깝죠."

위드는 재봉, 대장장이 스킬을 다 가지고 있으면서 대부분의 갑옷을 착용할 수 있었다. 조각 변신술까지 조금씩 이용하면서 인상을 바꾸다 보니 찾아내기가 불가능에 가까웠다.

정말 곤란한 점은, 그냥 평범한 얼굴이기 때문에 현상금을 걸어도 발견이 어렵다는 것이었다.

무엇보다도 눈치가 기가 막힐 정도로 빨라서, 공격대가 주변에 있거나 암살대가 뒤따르거나 한다고 해도 함정에 빠지지 않는다.

헤르메스 길드의 수뇌부 중에서 야비한 수단을 자주 쓰는 버틀러가 말했다.

"위드 본인을 없애면 좋겠지만… 그러기가 어렵다면 모라타를 흔들어 놓는 건 어떻습니까?"

"흔들어 놓다니요?"

"위드를 잡기 위해 보냈던 도둑과 어쌔신을 모라타로 보내서 약탈이나 파괴 공작을 한다면……."

"실질적인 피해를 줄 수 있겠군요."

"당사자들의 악명이 많이 높아지겠지만 그건 우리 헤르메스 길드에서 보상을 해 주면 됩니다. 그리고 몰래 저지른다면 우리 길드에서 한 일이라는 건 숨길 수도 있겠죠."

라페이는 결정을 내렸다.

헤르메스 길드의 대외적인 정책이나 운영은 대부분 그의 손에 의해 좌우되었다.

"당장 추진하도록 하죠. 공격대에 임무를 알려 주고 모라타로 보냅시다."

"취이익!"

오크들이 바다를 건너 모라타에 도착했다.

"고소한 냄새가 막 난다, 취치이익!"

위드는 오크들이 바다에서 안 좋은 일이라도 생겨서 숫자가 줄어들기를 바랐다.

하지만 그들은 베키닌의 3마리 미친 상어의 극진한 보살핌을 받았고, 모라타 근처 항구를 기반으로 상업 활동을 하는 유저와 낚시꾼 들도 적극 협력했다.

"오크들이 북부 대륙으로 온다니… 그리고 위드 님의 일이라면 도와 드려야죠."

"오크들이 먹을 생선을 낚아 보겠습니다. 매운탕을 좋아할지 모르겠군요."

낚시꾼들의 배와 교역선 들이 헤인트의 함대에 달라붙어서 움직였다. 동부와 북부를 오가는 배들이 오크를 태워 주기도 했다.

체중이 많이 나가는 오크들을 가득 태워서 항해 속도가 느려졌지만, 어쨌든 전원 무사히 도착했다.

"꺄아! 오크들이다. 귀엽게 생겼어."

"북부에서도 오크들을 구경할 수 있다니 좋네."

"혹시 배고프시면 풀죽 드실래요?"

모라타의 초보자들과 오크들이 만났다.

인간과 오크의 만남이었지만, 종족에 따른 편견은 없었다.

"나도 오크가 되고 싶었는데."

"맞아. 오크 종족을 선택할 수 있게 되고 얼마 후에 모라타에서 시작할 수 있게 되었잖아. 결국 모라타를 선택하기는 했지만 말이야."

오크들은 콧김을 내뿜으며 모라타의 성문으로 들어왔다. 잘 먹어서인지 개체 수는 어느덧 175,000마리로 불어나 있었다.

"돌 깎은 게 많다, 취췻!"

"여기 인간들, 노래를 너무 못 부른다. 취이이익!"

예술품과 공연 문화에 대해 오크들은 잘 적응하지 못했다.

"물건 싸다. 취칫!"

"사야 된다, 이런 건. 취이이이익."

오크들은 광장에서 그들에게 필요한 물건들을 저렴하게 구입했다.

모라타의 광장에서는 시세대로 판매를 했는데, 욕심 때문에 목검 하나에도 4,000골드씩 팔려고 하는 오크들에게는 정말 저렴한 가격이었다.

"싸게 샀으니 팔자, 취치칙!"

이어 오크들은 구입한 장비들을 7만 골드 이상에 되팔려고 했지만 물론 사는 사람은 없었다.

이제 오크들이 정착을 해야 하는 시간이 되었다.

오크들은 모라타의 거리와 광장, 성문 주변에 혼잡하게 눌러

앉았다.

아주 곤란할 수 있는 일이지만, 그 무렵 오크들에게 소식이 전해졌다.

바르고 성채에 오크 카리취의 대형 동상이 있다!

흙과 돌을 쌓아 만든 오크들의 부락이 완성되어 있다.

오크들을 위한 목욕탕, 식당, 오크 투사 훈련소 등도 있다.

위드는 바르고 성채 근처에 영주의 권한을 이용하여 오크들이 살 수 있는 부락촌을 만들어 놨다. 험악한 산악 지형에 몬스터들이 심심치 않게 나타나서 위험한 장소였다.

"가자, 취이익. 카리취만 있으면 된다."

오크 지휘관들의 통솔 아래 대무리가 바르고 성채로 이동하였다.

바르고 성채는 대도시인 모라타와 비교해서 있는 것보다 없는 것이 훨씬 더 많았다. 라체부르그의 건물들이 완공되었다고 해도 문화적인 부분에서부터 상업의 발달, 건물들이 비교조차 할 수 없을 정도였다.

"마음대로 뛰어놀기 좋다, 취잇. 우리가 살 수 있는 공간이 필요했다, 췻!"

오크들은 도시를 떠나서 거친 땅을 오히려 좋아했다.

작물을 심어도 자라나기 힘든 곳에서 몬스터들과 싸우면서 살기를 바랐다. 생존이 위험하더라도 누릴 수 있는 자유가 있는 곳!

오크들은 종족 스스로의 힘으로 환경을 극복하면서 살기를 원하며 바르고 성채에 정착을 결정했다.

드워프, 바바리안, 엘프, 오크 그리고 인간 들이 바르고 성채에서 서로 얼굴을 마주 보게 됐다.

위드는 드래곤에게 보물을 바치기 위하여 모인 드워프 대장장이들과 함께 작업을 계속했다.

케이베른이 주문한 검

드워프들은 실력을 모두 발휘하여 드래곤이 주문한 검을 만들어 내야 한다. 상납일까지 기한을 맞추지 못한다면 드래곤의 분노를 사게 될 것이다.

난이도: A

제한: 대장장이 스킬이 고급 4레벨 이상인 드워프 한정. 현재 존재하는 검 중에서 최상의 수준을 만들어 주어야 한다.

최고의 드워프 대장장이들이 참여하고 있었다.

드워프들의 제작 퀘스트 중에서 실패했을 때 가장 위험한 건 역시 드래곤과 관련된 것들이었다. 하지만 보상으로는 토르 왕국에서 나오는 재료를 마음껏 쓸 수가 있었다.

드래곤에게 소유권이 완전히 넘어가 버린다는 점만 제외하면, 대장장이로서는 두 팔을 걷고 나설 만한 의뢰였다.

위드는 참가 자격이 되지 않아서 조각품을 만들면서 대장장이들에게 기술을 배웠다.

자신도 할 일이 많았지만, 드래곤은 보통 예술적 가치를 중요하게 여기지는 않는다. 숫자만 채우면 되었기에 다른 대장장이들의 일을 도와주면서 어떤 기술이든 건지려고 했다.

"자네는 아주 성실하군. 뭐, 가르쳐 주지 않을 이유도 없지."

드워프 대장장이들은 웬만해서는 높은 수준의 비법을 알려 주지 않았다. 하지만 아부의 달인이라고 할 수 있고 아첨으로 한생 살아온 위드와 같은 공간에서 작업을 하다 보니 간단한 것들은 하나씩 가르쳐 주게 되었다.

> 드워프 론핸드의 강철 제련법을 습득하였습니다.
> 대장장이 스킬의 숙련도가 증가합니다. 특별히 방어력이 높은 흉갑을 제작할 수 있습니다.

드워프들로부터 배우는 기술이 나쁘지 않았다.

화로를 만드는 법에서부터 망치 두들기는 법, 농기구 제작에 이르기까지 배울 것들이 굉장히 많았다. 대장장이 스킬이야말로 널리 쓰이기 때문에 다양한 전문 기술들을 배워서 제작할 수 있었다.

"자네는 드워프가 아니군. 음, 이렇게 맛이 좋은 맥주가……! 내 기술은 가르쳐 줄 수가 없어. 안주가 기가 막히군. 이런 요리 기술은 어디서 배웠나? 아무튼 난 제자는 함부로 두지 않지만, 자네의 열정을 봐서 기초적인 부분만 알려 주지."

토르 왕국의 수도 아이언해머에서는 몬스터의 공격도 없고,

드워프들끼리 전쟁이 벌어지지도 않았다. 드워프 유저들끼리의 경쟁은 대장간에서 주로 이루어졌다.

최고의 대장장이를 꿈꾸며 드워프를 택한 유저들은 검을 만들었다.

노른 산맥, 울타 산맥, 사이고른 산맥.

3개의 산맥에서 채취되는 순도 높은 철광석들은 드워프 대장장이들의 실력을 키워 줬다.

"이놈의 철이나 두들기다 보니 벌써 하루가 다 저물어 가는군. 포르핸드, 자네는 검을 몇 개나 만들었는가?"

"난 17개쯤. 자네는?"

"21개. 오늘은 내가 맥주를 사야겠군."

"목이 칼칼하던 참이니 어서 마무리하고 일어나세."

아이언해머에는 드워프 대장장이 유저들이 굉장한 숫자로 모여 있었다.

매일 똑같이 화로를 쳐다보며 철을 두들긴다는 건 보통 인내를 필요로 하는 일이 아니다. 그러나 대장장이는 그의 이름이 새겨진 무기를 세상에 내보내서 유명해진다는 보람이 있었다.

정말 뛰어난 무기나 방어구를 만들었을 때의 성취감!

하지만 지루하고 반복적인 일이 계속되다 보니 맥주를 많이 찾았다.

종족적인 특성으로 포만감이 떨어졌을 때에는 맥주의 맛을 예민하게 느낀다. 드워프는 맥주로 허기를 때울 수도 있어서, 아이언해머의 광장에는 교역소와 대장간, 선술집 들이 자리를 차지했다.

"크으… 좋다."

위드는 맥주를 마셨다.

아이언해머에서는 중급 이상의 대장장이에게 특별히 맥주 두 잔이 무료로 제공되었다.

"드디어 오늘이군."

드래곤들에게 보물을 바치는 날!

다행히 약속된 일정 안에 보석과 황금의 조각이 끝났다. 위드는 번쩍번쩍 빛나도록 황금 조각을 만들어 주었고, 에인핸드도 칭찬을 해 줬다.

"이 정도 작품이라면 까다로운 케이베른도 좋아하겠군."

"괜찮을까요?"

"드워프의 눈에도 들 정도니까 충분해."

에인핸드와 드워프들은 운송단을 꾸려서 드래곤들에게 바치러 떠났다. 지금쯤이면 목적지인 드래곤 레어에 도착하게 될 시간이었다.

이번 의뢰를 마치면 직업 마스터 퀘스트의 열 번째를 완료하는 것이 된다.

"언제쯤 되려나."

위드는 무료로 나누어 주는 맥주 두 잔에 땅콩을 조금씩 나눠서 먹었다. 지난 52일간 다른 건 아무것도 하지 않고 조각품만 만들었기에 스스로에게 포상을 주는 것이다.

"오늘 저녁이 될 때까지만 쉬어야지. 대장장이 스킬도 좀 더 늘어났고, 얻은 소득이 적지 않군!"

한동안 사냥을 못 해서 경험치와 전리품은 얻지 못했다. 하지만 비싼 재료들을 이용해 조각품을 원 없이 만들며 조각술 스킬 숙련도를 올렸다.

현재 조각술은 고급 8레벨 61.1%나 되었다.

손재주 스킬도 많이 늘었고, 대장장이 스킬도 한 단계가 더 올랐다.

"역시 노가다만큼 정직한 게 없지. 앞으로도 이런 퀘스트만 계속 있다면 좋을 텐데."

이렇게 선술집에서 시간을 보내고 있다 보니 기다리던 메시지 창이 떴다.

케이베른에게 바치는 보물 완료

케이베른은 드워프들에게 수고했다고 칭찬하지 않았다. 하지만 보물을 운송해 온 드워프들을 죽이지 않은 것만으로도 상당히 만족한 것이라고 봐도 되리라.
오만한 드래곤은 예술품을 만든 조각사의 공로는 무시했다.
보상: 에인핸드에게 받을 수 있습니다. 드워프들에게 조각사로서의 명성이 증가합니다. 공헌도가 61 오릅니다.

호칭! 드워프들이 인정하는 거장 조각사를 획득하였습니다.
드워프들은 작품에 관해서는 가장 까다로운 종족입니다. 그들조차도 당신이 만든 조각품에 대해서는 인정하지 않을 수 없을 것입니다.
드워프들이 당신의 작품을 거래할 때 6% 더 높은 가치를 둡니다. 드워프들 사이에서 명성이 퍼지는 속도를 늘립니다.

퀘스트는 성공이었다.

어쨌든 알고 보면 상당히 불쌍한 드워프 종족!

"드워프를 택하지 않은 건 정말 최고의 판단이었어."

신이 내린 손재주와 철을 다루는 능력을 가졌지만 드래곤의 핍박을 받으면서 살아가야 하는 드워프였다. 〈로열 로드〉의 유저들이 계속 레벨이 오르고 있다고는 해도, 드래곤 사냥은 언제 가능할지 기약조차 할 수 없었다.

토르 왕국의 드워프들이 모두 힘을 합쳐야 시도라도 할 수 있겠지만, 실패했을 때에는 드래곤의 징벌을 피하지 못한다. 최악의 경우 왕국이 사라질 수도 있으니 엄두도 내기 힘든 일이었다.

"뭐, 시간이 많이 걸리기는 했지만 이번 퀘스트는 끝났군."

위드는 선술집에서 일하는 여자 드워프에게 예쁘다는 칭찬을 계속했다.

"아름다움을 볼 줄 아는 거장 조각사의 말이니 칭찬으로 듣겠어요."

여자 드워프는 키가 앉아 있는 위드보다도 작았다.

"땅콩 더 드릴까요?"

"아가씨가 주는 것이라면 먹겠습니다."

위드는 기분 좋게 맥주도 한 잔 더 얻어 마셨다.

운송단의 드워프들이 무사히 돌아왔다.

위드는 에인핸드를 만나서 퀘스트의 결과에 대해 확실히 들었다.

"케이베른은… 아후, 정말 무섭군."

"그렇게 무섭게 생겼습니까?"

"별로 말해 줄 건 없네. 제대로 얼굴도 못 봤으니까. 하지만 그 살벌한 목소리나 주변의 공기는, 심장을 떨리게 만들 정도였지!"

운송단에 포함된 드워프들은 엎드려서 땅을 보느라 정신이 없었을 것이다.

드워프들은 종족의 특성상 천적인 드래곤이 근처에만 있어도 공포에 질려서 어쩔 줄을 모르기 때문이다.

보통 용맹하다는 인식이 있는 드워프들이었지만 드래곤에게만은 예외였다.

베르사 대륙의 역사서를 보면 드래곤들이 드워프들을 상대로 저지른 폭거는 셀 수도 없을 지경이었다. 탄광에서 죽을 때까지 일을 시키거나 레어를 꾸미게 만들고, 보석을 캐다 바치게 했다.

말을 듣지 않는 드워프들은 모두 드래곤의 간식이 되고 말았으니, 종족의 본능 자체에 거부할 수 없는 공포가 새겨져 버린 것이다.

"제 조각품은 잘 받았는지 모르겠군요."

"뭐, 나를 살려 준 걸 보면 괜찮았던 거겠지. 아무튼 고생이 많았네."

"아닙니다. 드워프들을 위해서 한 일인데요."

"이건 우리 왕국에서 주는 대가이네."

에인핸드는 위드에게 흰 포대기 3개를 넘겨주었다.

> 미스릴 열다섯 덩이를 획득하였습니다.

최상급 아다만티움 여섯 덩이를 획득하였습니다.

1등급 철광석 35개를 획득하였습니다.

"이렇게나 많이……."

위드조차도 깜짝 놀랄 만한 보상이었다.

"우리 드워프들은 은혜를 잊지 않는다네."

드래곤의 박해를 받는다고 하더라도 토르 왕국은 기본적으로 부유한 편이었다. 광산도 많기 때문에 드워프들이 채굴해서 정제한 것을 넘겨준 것이었다.

'이거면 방어구들을 많이 바꿀 수 있겠군.'

위드가 입고 있는 갑옷을 더 좋은 것으로 만들 수 있었다. 그러면 더 위험한 싸움터에서 사냥을 하기가 편해진다.

방어력이 높아지면서도 무게가 가볍다면 민첩의 효과를 늘릴 수 있다.

또한, 생명력이 잘 줄어들지 않는다면 적의 공격을 덜 신경 쓰면서 공격에만 전념할 수 있으니 사냥 속도도 더 빨라질 수 있었다.

'역시 처음부터 종족 선택을 드워프로 할 걸 그랬나.'

갈대보다 가벼운 위드의 마음이었다.

이 재료들은 일단 아껴 놓았다가 헤스티아의 대장간이 완공되고 난 이후에 쓰기로 했다.

"나는 드워프로서 창조적인 활동에 관심이 많지. 그래서 여러 가지 이야기를 들어 보았다네."

"어떤 이야기입니까?"

"철을 황금으로 만들었다는 전설."

"에, 에인핸드 님!"

"아, 이건 우리 대장장이들에게만 필요한 이야기이니 자네에게 해 줄 필요는 없겠지. 조각술에 대해서도 신기한 이야기를 몇 가지 알고 있어. 우리 드워프들이 습득한 비밀이라서… 하나만 말해 주도록 하지."

에인핸드는 다음에 이어질 퀘스트에 대해서 이야기하는 듯했다.

"오래전 조각품들이 생명을 가지고 살아났다는 전설, 지고의 검술이 조각품과 관련이 있을지도 모른다는 단서 그리고 정령들의 탄생에 대한 이야기라네. 자네는 어떤 이야기를 듣고 싶은가?"

조각술의 세 가지 비기에 대한 이야기였다.

위드는 물론 그 세 가지를 잘 알고 있었고, 이미 비기를 획득하고 있기도 했다.

"오래전 조각품들이 생명을 가지고 살아났다는 전설에 대해서 가장 궁금하군요."

광휘의 검술이야 자하브 본인을 만나 보았고, 또 나중에 다시 만나러 찾아갈 수도 있다. 이베인 왕비의 물건이라도 가지고 간다면 아마 많이 반겨 줄 것이다.

정령 창조 조각술도 이미 습득한 상태였기 때문에 별로 궁금할 것은 없었다.

"먼 과거이지. 예술의 힘으로 세워진 아르펜 제국이 있었어.

전쟁이 거듭되던 시기에 대륙을 하나로 통일한 영광의 제국. 지금의 각 왕국 중에 아르펜 제국을 뿌리로 하고 있는 곳들도 많고……."

그리고 아르펜 제국의 역사에 대한 에인헨드의 긴 설명이 이어졌다.

위드는 꾸벅꾸벅 졸았다.

중학교 때 익혔던, 수업 시간에 이야기 들으면서 조는 법!

대학교에 와서도 여전히 잘 써먹고 있는 기술을 에인헨드 앞에서도 사용했다.

"척박한 땅을 일구고, 몬스터들의 침공을 막아 내고… 그 많은 일들이 조각술을 바탕으로 이루어졌다더군. 상상조차 할 수 없는 일이 아닌가. 아르펜 제국의 황제가 조각사였다는 사실 말일세!"

에인헨드는 흥분으로 강렬하게 소리쳤다.

위드가 깜짝 놀라 주기를 바라기라도 하는 것 같았다.

조각사라는 직업에 대한 자긍심을 일깨우는 그 화려했던 전설이라니!

"아! 그랬는데요?"

위드는 심드렁하게 대꾸했다.

먼저 다 알고 있는 내용들이고 조각 생명체도 많이 거느리고 있었기 때문에 전혀 새롭지가 않았다.

매년 명절 때마다 반복되는 텔레비전 특선 영화만큼이나 식상한 기분이었다.

"위대한 아르펜 제국은 드워프들도 무척 좋아하고 있다네.

예술가와 기술자 들을 우대했기에 우리도 인간이 세운 제국에서 같이 번영을 누릴 수가 있었지."

에인핸드가 어울리지 않게 슬며시 낮게 목소리를 깔았다.

"아르펜 제국의 황제! 그는 대륙의 역사상 가장 대단한 사람이었을지도 모르지. 그의 조각술은 아주 특별한 것이었다고 하네. 조각품의 탄생에 대해 알아보고 싶다면 평생을 아르펜 제국에 대해 연구한 라이핸드, 그를 찾아보도록 하게. 그가 있는 곳은 어디인지 모르겠어. 아마 울타 산맥과 노른 산맥의 어딘가에 있을 것이네."

띠링!

아르펜 황제의 조각술

조각술이 대륙의 역사를 쓰고 있던 시절, 아르펜 제국이 탄생했다.
게이하르 폰 아르펜.
대륙의 황제였던 그의 조각술에 대해서 더 자세히 알고 싶다면 라이핸드를 찾아가자. 조금 더 상세한 이야기를 들을 수 있을 것이다.
난이도: 조각술 마스터 퀘스트.
제한: 고급 8레벨 이상의 조각술. 조각 복원술 스킬 필요. 조각품에 대한 추억 스킬 필요.

열한 번째 퀘스트가 발생했다.

그런데 다시 메시지 창이 울렸다.

띠링!

조각술의 비기, 게이하르 폰 아르펜 황제의 기술인 조각품에 생명 부여를 이미 익히고 있습니다. 아르펜 황제의 조각술을 이미 알고 있기 때문에 퀘스트를 진행할 필요 없이 지금 해결할 수 있습니다.

아르펜 황제의 조각술 완료

전설의 달빛 조각사인 당신은 이미 모든 것을 알고 있다. 게이하르 폰 아르펜 황제의 조각술은 당신을 통해 이어지고 있다.

명성이 1,980 올랐습니다.

역사적인 지식을 알고 있음으로 인해 기품이 12 증가합니다. 게이하르 황제와의 관계로 인하여 아르펜 제국을 존중하는 이들로부터 존경을 받을 수 있게 됩니다.

모든 스탯이 2씩 증가합니다.

조각 생명체 종족과의 만남

위드는 에인핸드를 향해 말했다.

"아르펜 제국 황제의 조각술은 사라진 게 아닙니다. 제가 이미 익히고 있습니다."

"아아, 대단하군!"

에인핸드는 맛있는 맥주를 마실 때처럼 탄성을 터트렸다.

"자네라면 과연 조각술의 거장이라고 불릴 만하군. 그렇다면 한 가지 부탁이 더 있는데, 우고트에 대해서 알고 있는가?"

위드가 들어 본 적이 있는 지명이었다.

토르 왕국에서 사이고른 산맥의 남쪽에 있는 지역의 이름이다. 드워프 전사들이 몬스터를 막고 있는 경계 지역으로, 던전이 많이 발견되어 고레벨 모험가들이 많이 방문하는 장소였다.

위드의 눈앞에 메시지 창이 떠올랐다.

조각술 마스터 퀘스트에서 조각품에 생명 부여를 선택하였습니다. 나머지 직업 마스터 퀘스트가 조각 생명체와 관련된 의뢰들로 정해집니다.

"그런데 그곳의 드워프들이 고블린들에게 들은 이야기가 있다는군."

"어떤 이야기인가요?"

"노래를 부르면서 걸어가다 보면 수풀 사이에서 작은 생명체들이 가끔 보인다는 이야기야."

"크기는요?"

"다람쥐의 절반 정도나 될까? 몬스터 같진 않다는데 우리 드워프들은 정작 만난 적이 없어. 거기에 무엇이 있는지도 알아보면 좋을 것 같아. 중요한 일도 아닌 것 같은데, 바쁘다면 안 찾아봐도 되겠지. 시간이나 난다면 한번 알아보게."

"뭐, 바쁜 일이 없다면 가 보겠습니다."

대답은 이렇게 했지만 위드는 꼭 찾아볼 생각이었다.

이런 종류의 힌트들은 때때로 엄청난 사건이나 보상과 연결되기도 했다. 물론 정말 이도 저도 아닌 경우도 많이 있었지만, 알아볼 만한 가치가 있다.

"그리고 우고트에 최근 몬스터들이 들끓고 있어서 드워프들이 많은 위험에 빠져 있지. 과거 아르펜 제국을 강철처럼 강하게 만들었던 조각 생명체들이라면 우고트의 치안을 회복할 수도 있을 것 같아. 참 염치없는 부탁이지만, 우고트에 있는 드워프들을 조금만 도와주게."

"물론 최선을 다해 보겠습니다."

위드는 간단한 전투 퀘스트라고 생각했다.

조각사 퀘스트에서는 드문 편이었지만, 조각품에 생명 부여는 강한 부하들을 만들 수 있으니 이어지는 의뢰일 수 있다.

"참, 자네는 우리를 위하여 큰일을 해 주고 있으니 우고트에서 도와주면 드워프들이 귀중한 선물을 줄지도 몰라."

띠링!

우고트의 수호자

아르펜 제국의 숨겨진 힘! 조각품에 생명을 부여할 줄 아는 조각사라면 사이고르 산맥의 드워프들을 위하여 큰일을 할 수 있을 것 같다. 조각 생명체 10마리 이상을 데리고 가서 우고트의 치안을 회복시키는 데 도움을 주자. 드워프들이 신세를 진 것에 대한 보답을 할 것이다. 그리고 우고트에서 무언가를 발견할 수 있을지도 모른다. 물론 고블린의 거짓말일 수도 있겠지만…….

이상한 생명체들을 발견하면 다음의 연계 퀘스트로 이어지게 된다.

난이도: 조각술 마스터 퀘스트.

제한: 고급 8레벨 이상의 조각술. 조각품에 생명 부여 스킬 필요. 중급 연주술 스킬, 중급 노래 부르기 이상의 스킬을 가진 바드의 협력이 필요. 몬스터 500마리 사냥 시에 퀘스트 완료.

위드는 우고트에 있는 몬스터의 레벨들이 자세히 기억나진 않았다.

제법 난이도가 높은 장소라고 해도 조각 생명체들이라면 시간이 오래 걸릴 의뢰는 아니었다. 하지만 장기적으로 봤을 때, 직업 마스터 퀘스트에서 조각품에 생명 부여를 택해서 더 어려운 전투 연계 퀘스트들이 발생하는 건 아닌지 약간 걱정됐다.

사실 조각 생명체들과 계속 퀘스트를 한다는 건 그다지 믿음이 안 갔다.

"그 무능한 놈들을 데리고 여기까지 온 것도 모두 내 공인데… 앞으로 놈들과 퀘스트를 해야 한다면 곤란하겠군."

"쾌괘액!"

"정말 나는 왜 태어난 건지 모르겠다. 음머어어."

"날개가 쑤신다. 이게 다 주인 탓이다."

이때 조각 생명체들은 한데 모여서 위드 욕을 하고 있었다.

바르고 성채 주변에 사는 야만족들이 내내 불안해하던 장소가 있었다.

"그곳으로 들어가서 살아 나온 전사가 없소."

"악마가 살고 있다는 전설이 있지."

"지독한 시체 썩는 냄새와 불길한 기운이 흐르는 장소. 목숨을 건지고 싶다면 거기만큼은 가지 않는 것이 좋을 것이오."

검치를 따라서 사범들과 수련생들은 야만족들의 퀘스트를 받았다.

"음, 우리가 이걸 할 수 있을까요?"

"못하면 죽으면 되지 않느냐."

"하기야 죽어 보면 되는데 고민할 필요 없겠죠."

"머리는 이마로 못을 박을 때 쓰라고 있는 것이다."

"스승님의 말씀을 따르겠습니다."

야만족들이 어려워하는 몬스터들이 있으면 떼로 몰려가서 격파했다. 505명이 항상 다 같이 다닐 필요는 없었기 때문에 수를 나누어 여러 개의 던전으로 흩어지기도 했다.

"거긴 절대 들어가지 마시오. 걱정해서 하는 말이오."

"입구의 위치가 어디라고?"

"어떤 인간 전사라고 해도 이 통나무 위에서는 나 부르챠를 꺾진 못할 것이오."

"재미있겠군. 내가 먼저 싸울 거다!"

"그 녀석은 끔찍하게 강한 발톱을 가지고 있지. 그나마 놈이 약해질 때는 비가 내리고 있을 무렵인데 시력이 별로 좋지 않은 점을 이용한다면……."

"어쨌든 죽이기만 하면 되는 거지? 그럼 비가 안 올 때 싸워야겠군."

전투, 전투, 전투.

"더 빨리 달려라!"

"몬스터를 반갑게 맞이하자."

검치 들은 부상 부위를 움켜쥐면서 날뛰었다.

달리고 부수고 싸우고, 각 던전이나 사냥터의 몬스터를 해치우는 최단시간을 압도적으로 줄였다.

"우린 복잡하게 생각하지 않는다. 적이 있으면 그냥 다 죽이면 되는 거다."

"스승님의 생각이 옳습니다!"

전투의 호쾌함이 지나쳐서 여전히 죽는 이들이 속출했다.

검사백팔십구치는 사회에서 엘리트라고 일컫는 부류였다.

천재들이 일찍부터 싹수를 보여 주기 위해 저지른다는 중학교, 고등학교 조기 졸업.

대한민국에서 최고로 꼽는 대학을 나와서, 국비로 해외 유학까지 다녀왔다. 수학 대회 우승, 과학계에 널리 알려진 잡지에 논문까지 실었을 정도다.

대기업에서 팀장 자리로 취업이 보장되어 있었으며 그 후로도 그의 길은 과속 감시카메라도 없이 뻥 뚫린 고속도로처럼 탄탄대로!

검사백팔십구치는 자기 자신의 인생에 대해 수많은 고민을 했다.

'이대로 승진을 해서 부장도 되고, 남들보다 일찍 전무도 달고… 이사도 되겠지. 연봉도 몇억씩은 벌게 될 거고 상여금에 스톡옵션까지 받게 될 거야. 회사에서 전용차도 나올 테고, 나중에는 사장이나 부회장 정도는 오르게 되지 않을까.'

성공적인 삶을 살아가는 것 같았지만 인생에 즐거움을 느끼지 못했다. 텔레비전에 출연하는 걸 그룹을 봐도 흥미가 없을 정도였다.

운동을 위해 찾아온 도장에서 우연히 잡아 보게 된 검.

몸 전체가 검을 뜨겁게 맞이하는 느낌을 받았다.

그 이후로 검이 취미가 되어 도장에 다니게 되었다. 피나는 노력으로 땀방울을 흘리면서 육체의 단련을 즐겼다.

다만 소소한 부작용이 있었다.

다른 수련생들과 섞이거나, 도복을 입기만 하면 머리보다는 몸부터 쓰는 버릇이 생겼다.

"다 죽여!"

사회에서 쌓은 지식이 얼마가 되건 관계없다. 수련생들과 같이 검을 잡으면 그다음은 자연스럽게 무식해졌다.

옳고 그름을 판단하고, 어느 쪽이 조금이라도 더 이득인지 고민하기에 앞서서 가져야 할 것.

자기 스스로를 내던질 용기가 있다면 생각보다 몸이 앞서는 무식함 속에서 인생이란 즐거울 수 있었다.

"봐라. 하면 되지 않느냐!"

"과연 스승님이십니다."

"스승님의 지휘력은 정말… 이 베르사 대륙의 축복입니다!"

살아남은 사범들과 수련생들은 검치에게 아부를 하기에 바빴다.

사형제들끼리 협력하면서 레벨을 고속으로 올리는 와중에, 잠시 바르고 성채에서 새로운 사냥터에 대한 정보도 얻고 보급을 할 때였다.

검삼치는 제피와 그 동료들이 상점 근처에서 돌아다니는 걸 봤다.

"제피야."

"예, 형님."

"너희 할 일 없지?"

"그야……."

검삼치가 물을 때는 정말 다급하고, 내일까지 마쳐야 되는 과제가 있더라도 말해선 안 된다.

"없습니다."

"그러면 같이 사냥하자."

"그게… 그렇게 하겠습니다, 형님. 근데 페일 님이나 다른 분들도 있는데요."

제피는 검치 들이 무식함의 끝을 보여 주는 사냥을 하고 있다는 걸 알았다.

아니, 바르고 성채에서는 그 사실을 모르는 사람이 없다.

야만족들이 아무 말이나 한마디 하면 거기에 가서 몬스터를 싹 쓸어버리는 검치와 수련생들이었으니까!

야만족들이 경이로워할 정도의 사냥 속도와 전투 능력을 발휘했다.

이런 사냥에 끌려들어 간다면 마찬가지로 죽을 고생을 하리라는 건 불을 보듯 당연한 사실.

페일이나 수르카, 이리엔, 로뮤나도 없이 수련생들 사이에 혼자 끼게 되면 괴로움을 공유할 상대도 없이 지쳐서 쓰러질지도 모른다.

"그래. 그럼 다 같이 가면 되지."

이런 식으로 몽땅 사냥에 포함되기로 확정!

검둘치는 오크들에 둘러싸여 세에취와 재회를 했다.

"오랜만이에요, 취이익!"

"먼 길 오느라 수고 많았지."

둘은 뜨겁게 서로를 끌어안으며 온기를 나누었다.

옆에서 볼 때에는 오크와 인간의 애정 표현이라서 어색했지만 둘 사이는 아주 다정했다.

"나 이제 사냥 가야 되는데……."

"같이 가요, 취치취익!"

오크 로드 세에취가 이끄는 오크들도 사냥에 합류하게 되었다. 최정예 오크 투사들이 던전으로 들어가서 사냥을 했다. 오크 전사들은 거친 산악 지형을 뛰어다니며 몬스터들과 다투면서 성장했다.

그리고 서윤이 수련생들과 같이 사냥하게 된 것은, 어떤 측면에서는 재앙이었다.

어차피 위드가 한동안 도자기나 조각품만 만들고 있는 때여서, 사냥을 해서 레벨을 올릴 것이라는 검치 들의 말에 그녀도 같이하게 되었다.

서윤의 직업은 싸울수록 힘이 나는 광전사!

스킬의 위력도 대단했을뿐더러, 던전 한 곳을 완전히 끝내자마자 바로 다른 던전으로 들어갔다. 몬스터들을 대거 끌고 다니면서 도륙하는 그녀의 능력을 검치와 사범들, 수련생들은 바로 옆에서 지켜봐야 했다.

“여자가 우리보다 강하다니…….”

“사냥 실력은 절대 우리보다 뒤지지 않는 것 같다.”

“안 돼! 이렇게 질 순 없어! 고기 많이 먹는 건 지더라도, 싸움에서는 어디서도 질 수 없다. 가자!”

검치와 사범들, 수련생들은 더 무식해졌다.

위드는 우고트의 퀘스트를 해결하기 위하여 바드 1명을 불러야 했다.

"혼자서 다 하는 게 아니라 다른 직업의 유저와 협력도 해야 되는군. 중급 이상의 스킬을 가지고 있는 바드라면 레벨이 상당히 높아야 하는데."

모라타를 지배하고 있는 이상 도시에서 활약하는 바드들에게 도움을 요청하면 된다. 위드가 부른다면 맨발로 뛰어나올 사람이 엄청나게 많았지만, 아쉽게도 아직까진 스킬 레벨이 그렇게 높지가 않았다.

"벨로트 님이라면 그래도 중급은 충분하겠지."

위드는 벨로트에게 귓속말을 보냈다.

—저기, 지금 시간 되세요?
—헤엑헤엑.
—벨로트 님?
—우우웃. 숨차. 방금 저 부르셨어요?

평소의 참하고 차분하던 벨로트답지 않게 무언가 허둥대고 있는 느낌이었다.

—지금 혹시 시간이 되시면…….
—위드 님! 돼요, 무조건 돼요!
—잠깐 도와주시기만 하면 되는데요.
—여기를 탈출할 수만 있다면요. 그리고 저… 시간 많아요.

벨로트의 입에서 남자에게 시간 많다는 이야기가 나오기는 이번이 처음이었다.

현재, 그녀도 화령과 같이 검치 들의 싸움에 끼어 있었다.

레벨이 잘 오른다면서 기뻐하던 것도 잠시였다. 사냥이 끝나지 않고 이어지면서, 그녀는 녹초가 되어서 흐느적흐느적 노래를 부르며 연주를 했다.

—그러면 유린이에게 부탁해서 데려와 달라고 연락을 취해 보겠습니다.
—꼭 좀 빨리 와 달라고 해 주세요.

위드는 벨로트와 와이번 6마리와 금인이, 누렁이, 은새, 빛날이와 같이 우고트 지역에 도착했다. 황금새는 은새가 오니 자연스럽게 따라오게 되었다.

우고트는 드워프 마을 6개가 있는 지역으로, 와이번을 타고 하늘에서 내려다보니 건물들은 드워프들이 사는 만큼 당연히 작았다. 하지만 무기점, 방어구점 등이 많이 지어져 있었다.

거리에는 종족을 떠나서 방문한 모험가들이 바쁘게 돌아다녔다.

"일단 몬스터부터 잡을까요?"

벨로트는 깊은 한숨을 쉬었다.

"휴우. 여기서도 사냥이에요?"

호랑이를 피해서 왔더니 사자!

"몬스터 500마리만 잡으면 되니까 간단히 끝날 겁니다."

"500마리씩이나요?"

벨로트는 악기를 꺼내서 연주를 준비했다.

바드의 전투 능력은 그럭저럭 괜찮은 편이다. 하지만 조각 생명체들까지 있는 장소에서는 그녀가 몸을 움직이지 않아도 되었다. 연주를 해 주는 것만으로도 조각 생명체들의 잠재 능력을 끌어 올릴 수 있었으니 훨씬 더 나았다.

"캐액. 그럭저럭 들을 만은 한 소음이다."

"……."

와이번들은 포악하고 급한 성격답게 음악을 그다지 좋아하지 않았다. 하지만 은새는 짹짹대면서 춤까지 출 정도로 좋아했다.

벨로트의 악기의 현을 발로 튕기면서 앙증맞은 춤을 추는 은새였다.

하지만 위드의 메마른 감수성에 은새의 재롱이 귀엽게 보일 리가 만무한 노릇.

"너 낮술 했지?"

"짹짹!"

은새가 고개를 돌리며 토라진 표정을 지었다.

와이번들은 혹시나 자기들을 빼돌리고 혼자만 술을 먹은 건 아닌지 질투했다.

"어쨌든 전투 시작이다!"

퀘스트는 조각 생명체들을 동원하여 치르게 되어 있었다.

하늘의 제왕이라고 할 수 있는 와이번들이 사이고른 산맥을 낮게 날아다녔다.

위드와 금인이는 활로 무장을 하고 숲속에 돌아다니는 몬스터가 있으면 쐈다. 화살을 스쳐 맞거나 살아남는 경우에는 와이번의 습격이 바로 이어졌다.

"빠른 리듬의 연주를 할게요."

벨로트가 연주 속도를 높이자, 와이번들은 민첩성이 강화되어서 더 가볍게 빨리 움직였다.

우고트의 몬스터들은 조각 생명체들의 적당한 사냥감이었다. 가끔 몬스터가 여러 마리 모여 있는 장소가 발견되면 위드가 지상으로 뛰어내렸다.

"광휘의 검술!"

위드는 누렁이를 타고 전투를 벌여서 승리를 거뒀다.

남아 있는 몬스터: 264

사냥은 빠르게 진행되었다.

우고트 지역에는 레벨이 높은 몬스터들이 있었지만, 와이번들의 합공에는 취약했다.

"까루루루루!"

은새가 신비한 안개를 불러내었다.

보통은 공성전에서 사용되지만, 지대가 높은 산에서도 사용이 가능했다. 몬스터들을 혼란에 빠뜨리고 병사들의 사기를 높여 주는 기술이었다.

바르고 성채에서는 은새의 기술이 매우 자주 사용되면서 군대와 조각 생명체들이 유리하게 싸우게 만들기도 했었다.

벨로트는 와일이를 타고 연주를 하면서 맑은 미소를 지었다.

"정말 예쁘다."

신비한 안개가 사이고른 산맥으로 자욱하게 펼쳐지자 몬스터들은 방향감각을 잃고 헤매었다.

벨로트도 전투를 꽤나 많이 경험했지만, 안개에 고립되어 있는 몬스터들을 와이번들이 강습하는 모습은 정말 멋지다고 생각했다.

그런데 위드가 무심하게 말했다.

"야, 잡템 안 보이니까 스킬 취소해."

"까룩!"

"아무튼 생각이 없다니까."

괜히 스킬을 시전해서 잔소리만 얻어먹은 은새였다.

태어날 때부터 위드를 아버지라고 부르며 존중하던 은새의 부리가 슬쩍 비틀어졌다. 이제 삐뚤어지고 있다는 표시였다.

그렇게 저녁까지 500마리의 몬스터 사냥을 마쳤다.

띠링!

> 우고트의 수호자 퀘스트에서 몬스터 사냥의 목표를 달성하였습니다.
> 마을로 가서 드워프들에게 보고한다면 의뢰의 보상을 받을 수 있습니다.

사실 더 빨리 사냥을 할 수도 있었지만, 몬스터를 가리느라 시간이 걸렸다.

퀘스트와 관련이 있기 때문에 기왕이면 낮은 레벨보다는 높은 레벨의 몬스터를 잡는 편이 드워프들의 보상을 받기에 좋을 것 같았기 때문이다.

"이제 벨로트 님이 해 주셔야 될 일이 있습니다."

"무슨 일인데요?"

위드의 퀘스트는 어쩌면 이제부터가 진짜였다. 고블린들이 말했다는 작은 생명체들을 발견하지 못하면 다음 퀘스트로 이어질 수 없기 때문이다.

위드는 우고트 지역에서 사냥하면서 지형을 잘 봐 두었다.

수풀이 무성하게 있는 장소, 그러면서도 고블린들이 사는 동굴과 가까운 곳으로 갔다.

"그럼 여기서부터 시작할게요."

벨로트는 악기를 연주하면서 노래를 불렀다.

깊고 어두운 산길을 걸어가고 있네
바스락거리는 낙엽을 밟고 있어요
길을 잃어버린 것처럼 걷다 보면
어딘가로 여행을 하게 되겠죠

무엇이 나올지 몰라
떨리는 마음으로 노래를 불러요
들린다면 이리 와 봐요

밤이라서 그녀의 목소리가 사방으로 퍼졌다.

벨로트는 바드로서 악기를 다루는 실력도 상당하였지만, 목소리가 특히 맑고 깨끗했다. 하지만 가끔 나와서 힐끔 쳐다보고 도망치는 고블린들 외에는, 수풀 사이에 작은 생명체가 돌아다니지는 않았다.

'정말 쑥스러워.'

물론 조각 생명체들이 있었지만, 남자와 단둘이 걸으면서 노래를 하려니 조금 분위기가 이상하다는 생각이 들었다.

괜히 수줍어서 민망하면서도 설레는 느낌!

"아직은 아무것도 안 나오네요. 계속 노래를 불러 볼게요."

벨로트는 노래를 계속 부르면서 그 음악을 듣고 누구든 나타나 주기를 바랐다.

고블린의 동굴 근처라서 다른 몬스터도 나오지 않으며 적막한 분위기였다. 누렁이와 와이번들은 엎드려서 꾸벅꾸벅 졸기까지 했다.

마침내 위드가 나섰다.

"노래가 잘못된 거 같습니다."

"네?"

현실에서 그녀의 직업이 가수는 아니었지만, 벨로트는 〈로열 로드〉에서 바드로서의 자부심을 갖고 있었다.

"음정도 정확하고 연주에서도 틀린 부분은 없는데요?"

위드는 고개를 저었다.

"그런 뜻이 아닙니다. 다만 제가 노래를 지어 줄 테니까 그걸 한번 불러 보세요."

"…일단 해 볼게요."

위드의 노래 실력이야 최악 중의 최악이었다. 벨로트도 잘 알고 있었지만 여러 곡을 불러도 아무런 반응이 없었으니 속는 셈치고 따라 보기로 했다.

위드는 그녀가 부르던 곡의 악보를 가사만 바꾸어서 돌려주었다.

"이대로 부르면 될 겁니다."

"이 가사는 조금… 제가 부를 수 있을까요?"

차마 못 하겠다는 말이 저절로 튀어나오려고 할 정도로 민망한 가사!

하지만 와이번들과 누렁이를 보고 나서는 이런 가사가 더 확률이 높을 것 같다는 생각도 들었다.

"그럼 불러 볼게요."

깊고 어두운 산길에 보석을 파묻었지
바스락거리는 낙엽 아래에 있어
맛있는 음식도 잔뜩 만들어 놓았는데
아무도 여기 오면 안 되는데

이 노래는 아무도 안 듣겠지
들으면 안 돼요
들리더라도 여기 오지 마요

위드는 벨로트의 아름다운 노랫소리를 들으면서 곰곰이 생각했다.

'고블린이 불러도 나온다는데…….'

그녀의 노래 솜씨는 상당히 괜찮은 편이었다. 마구 고음으로 질러 대거나 하진 않아도 청량한 느낌의 노래를 한다. 연주도 깔끔한 게 듣기 좋았는데, 그녀 정도의 실력이라면 위드가 찾는 작은 생명체들이 나올 법도 했다.

'노래 가사가 문제가 아닐까?'

위드는 바로 행동에 옮겨 보았다.

벨로트가 가사를 바꾸어서 노래를 부르니까 벌써 조각 생명체들의 반응들이 달라졌다.

음머어어어어.

졸린 눈을 하고 엎드려 있던 누렁이가 뒷발로 땅을 파헤치기 시작했다.

파바바바박!

누렁이는 정말 보석이 있는 건 아닌가 찾아다니고 있었다.

당연히 와이번들도 마찬가지였고, 은새와 황금새마저도 짹짹거리면서 배고프다고 아우성을 쳤다.

샤랴랴랴.

그리고 수풀 사이로 가볍게 흔들리는 소리가 났다.

위드가 곁눈질로 살펴보니 풀잎들 사이에 솔방울보다 작은 생명체를 찾을 수 있었다.

띠링!

게이하르 폰 아르펜 황제가 탄생시켰던 조각 생명체 종족,
에르리얀을 발견하였습니다.

에르리얀은 요정에 속하는 종족입니다. 매우 긴 수명을 가지고 있어서 늙어 죽는 경우를 찾아보기 어려울 정도입니다. 몸집은 매우 작으며 음악과 조각품을 사랑합니다. 주로 먹는 음식은 새벽에 맺힌 이슬과 곡물입니다. 전투에 대해서는 관심이 없을 정도로 평화적이며, 따로 영역에 대해 경계를 가지고 있지도 않습니다. 자연이 심하게 훼손되지 않은 장소를 좋아합니다.

대발견으로 인해 생명력의 최대치가 1,000 증가하였습니다. 마나가 500 증가했습니다. 모든 스탯이 2 늘어납니다.

새로운 종족 발견에 대해 왕이나 영주 들에게 보고할 수 있습니다. 에르리얀에 대하여 알게 된 도시와 국가는 지식과 자연의 힘이 늘어나게 됩니다.

우고트의 수호자 퀘스트 완료

고블린들이 정직하다는 사실은 도저히 믿을 수 없는 일이다. 하지만 그들이 했던 말은 사실이었다.

조각술 스킬의 숙련도가 증가합니다.

고블린들로부터 평판이 좋아집니다. 그들과 대화를 나눈다면 자신들만 알고 있는 지식에 대하여 이야기를 해 줄 것입니다.

행운이 7 증가합니다.

우고트의 수호자 퀘스트를 마쳤습니다. 다음 단계의 조각술 마스터 퀘스트를 진행할 수 있습니다.

바드레이는 크레이튼 성에서 400명의 수비 병력을 데리고 방어전을 치러야 했다.

성의 방어 시설들을 활용할 수 있다고 해도, 무려 10배가 넘는 병력과 싸워야 되었다.

병사들의 훈련도는 갓 농기구를 내던지고 창과 검을 처음 잡아 본 수준!

적군이 진격해 올 때까지 20일이라는 시간이 있었다. 그 시간 동안 병사들을 훈련시키고, 주민들을 강제로 징집하거나 보수공사에 투입시키라는 명령을 내릴 수 있었다.

물론 전투 물자도 부족했기 때문에 그에 대한 생산량을 늘리는 것도 가능했다.

"죄, 죄송합니다."

바드레이가 훈련을 지시했는데도 병사들은 잘 따라오지 못했다.

"말을 듣지 않으면……."

바드레이는 검을 뽑아서 휘둘렀다. 그러자 실수를 한 병사가 회색빛으로 변해서 사라졌다.

"죽는다. 정신을 똑바로 차려라."

크레이트 성의 병사가 399명으로 감소합니다.

병사들 사이에서 영주에 대한 공포가 퍼집니다. 악명이 증가합니다. 통솔력의 효과가 일시적으로 강화됩니다.

"옛!"

바드레이의 흑기사의 퀘스트는 벌써 열한 번째였다.

갈수록 난이도가 올라가고 있었고, 그에 따라서 헤르메스 길드의 지원도 많아졌다.

다음의 퀘스트를 예측하여 병사들이 간단히 착용할 수 있을 정도로 레벨 제한이 적은 마법 반지, 마법 단검, 가죽 갑옷을 소유하고 있다가 지급했다.

흑기사의 퀘스트는 무작정 싸우고 살아남는 것도 있지만 병력을 운용해야 하는 경우가 많았다.

하벤 왕국의 국왕 지위까지도 가지고 있었기에 카리스마와 통솔력은 남부럽지 않은 수준이다.

그러나 병사들을 갑자기 정예병으로 바꾸어 놓을 정도는 아니었다.

중요한 판단이나 전투를 위한 준비에 따라서 상황이 많이 달라졌다.

“주민들은 활과 화살의 생산을 위주로. 그리고 밤새도록 성벽 수리에 투입해라.”

“주민들의 원성이 커질 것입니다.”

“그들을 위한 일이다.”

주민들의 불만도와 피로도가 나날이 높아졌지만, 바드레이는 반란이 일어나지 않는 선에서만 관리했다.

칼라모르 왕국의 영토를 다스리면서 쌓인 정보들이 요긴하게 쓰였다.

주민들이 전혀 휴식을 취하지 못한 채 혹사당하고 죽어 나갔다. 병사들도, 제대로 훈련을 따라오지 못한 이들은 위험한 성벽 보수 작업에 투입했다.

20일이 지났을 때에는 적과 싸우기 위한 준비가 끝났다.

크레이트튼 성의 병사 620명

훈련도: 영주에 대한 두려움을 품고 전쟁에 나설 수 있다.

사기: 저조.

적들이 성으로 진격을 해 오고, 병사들도 거센 항전을 했다. 돌을 떨어뜨리고 화살을 쏘면서 성벽으로 올라오는 적들과 싸웠다.

바드레이의 이번 퀘스트 역시 모든 게임 방송국을 통해 생중계되었다.

—이번에도 몬스터들을 그야말로 학살하고 있습니다!

—최강의 힘. 과연 그의 레벨은 얼마일까요? 이전에 보여 주었던 전투 능력보다도 더욱 압도적인 실력을 발휘하며 전장을 장악했습니다.

—전투에 전혀 적합하지 않던 병사들이 상당히 잘 싸워 주고 있네요.

바드레이에게 질려 있던 병사들은 큰 희생을 당하면서도 자리에서 버티면서 싸웠다. 조금만 머뭇거리거나 부상을 당해서 물러서더라도 영주에 의하여 죽음을 당했으니 끝까지 싸우다가 죽거나 운 좋게 살아남는 길뿐이었다.

결국 바드레이는 무사히 크레이트튼 성을 지켜 내서 전설에 나오는 창 라이트닝 스피어와 라이트닝 갑옷 세트를 얻어 냈다.

흑기사의 연계 퀘스트는 다음 단계로 이어졌다.

물론 바드레이가 퀘스트를 받아 내는 부분은 방송에는 공개하지 않았다.

"기사여, 그대의 잔혹함은 이루 말할 수 없을 정도이나 평화를 위해서는 어쩔 수 없는 것이리라. 그대를 위한 흑기사의 검은 요새 트레이피크에 가까운 광산 멜버른의 몬스터가 가지고 있다. 그 검을 가진다면 파멸을 부르는 검술을 익힐 수 있으리라. 그 몬스터를 깨우기 위해서는 먼저 땅을 흔드는 구슬부터 찾아야 하리라."

바드레이는 차갑게 웃었다.

"멜버른이라… 흑사자 길드의 영역이군."

"아아."

벨로트가 두 손을 꽉 움켜쥐었다.

초록색의 옷과 모자를 착용하고 있는 요정 에르리얀은 너무나 깜찍하고 앙증맞았던 것이다.

"어쩌면 좋아."

그녀의 눈이 반짝반짝하면서, 귀여워서 어쩔 줄 몰랐다.

그녀도 에르리얀을 함께 발견하게 되어서 위드와 비슷한 혜택을 입었다. 바드로서 에르리얀에 대하여 누구보다 먼저 노래를 할 수 있게 되었기 때문에, 그 곡을 통하여 더 큰 명성을 얻고 관객들을 끌어오는 것도 가능했다.

그녀에게는 지골라스에 다녀왔던 일에 이어서 오늘이 최대의 모험이 되는 날이었다.

위드는 에르리얀 종족에게 다가가서 몸을 낮췄다.

처음에는 1마리만 있는 줄 알았는데 수풀 안쪽으로 30마리도 넘게 보였다.

"안녕."

위드는 가벼운 인사로 말을 걸었다.

게이하르 폰 아르펜 황제가 살고 있던 시절, 조각술의 황금기에는 수많은 조각 생명체들이 있었다고 한다. 그 조각 생명체 종족 중에서 하나를 발견한 것이기 때문에 흥분이 되지 않을 수가 없었다.

—인간이다.

—우리를 발견했나 봐.

—숨을까?

—인상이 안 좋아. 나쁜 인간인 것 같아.

고블린을 보고도 도망치지 않던 에르리얀들이 위드를 보며 도주하려고 했다.

하지만 그들 중에서 1명이 말했다.

—저길 봐. 우리와 같다.

—예술이 만든 아이들이야.

에르리얀들이 반가움에 폴짝폴짝 뛰어와서 누렁이와 와이번의 몸에 얼굴을 비볐다.

"음머어어어. 풀 냄새가 난다."

누렁이와 와이번들은 간지러워서 몸을 털어 냈다. 은새는 덤벼 오는 작은 요정들을 보더니 새침한 표정을 지으며 날아서 나뭇가지 위로 올라가 버렸다.

위드는 에르리얀 1마리를 손가락으로 잡아서 들어 올렸다.

"에르리얀 정보 창!"

조각 생명체를 관찰합니다.

자세한 정보의 확인은 불가능합니다.

이름: 로니 에르리얀
성향: 자연 종족: 요정 직업: 이슬을 마시는 자
칭호: 은밀하게 돌아다니는 장난꾸러기

레벨: 51 명성: 2

게이하르 황제에 의해 탄생한 생명체. 농사를 잘 지으며, 광물을 캐내는 재주도 가지고 있다. 음악과 예술을 사랑한다. 전투 능력은 거의 없지만 악인들의 눈에는 발견되지 않는다.
* 확인되지 않음.
* 확인되지 않음.

위드는 에르리얀을 눈에 가까이 대고 봤다.

자세히 보니 외모는 영락없는 꼬마처럼 생겼다. 여자 요정들은 어린 여자아이처럼 차려입고 있었다.

—나를 놓아줘.

위드는 에르리얀을 땅에 놔주었다.

어느새 에르리얀들이 모여들어서, 위드 주위를 100마리도 넘는 작은 생명체들이 둥그렇게 둘러싸고 있었다.

도망치려고도 하지 않고 위드와 벨로트, 조각 생명체들을 신기해했다.

—우리에 대해서 알려 줄게.

에르리얀의 목소리가 들렸다.

그러자 위드의 눈앞에 영상이 펼쳐졌다.

게이하르 황제의 서거 이후, 베르사 대륙을 통일했던 아르펜 제국의 문명은 빠른 속도로 무너져 갔다. 자식들과 기사들의 다툼으로 인하여 위대한 제국이 사분오열되자 조각 생명체들은 각자 떠나기로 했다.

"우리가 살 새로운 터전을 찾아서……."

"대륙에 다시 예술과 문화가 꽃피는 날이 올 수 있기를."

"언제나 평화가 함께하기를."

붕괴하는 제국을 떠난 조각 생명체들은 위험을 겪으면서 대륙에 숨어들었다.

드워프들이 사는 지저의 도시보다도 더 깊은 땅속의 세계에서 살아가기도 하고, 하늘로 올라가기도 하였다. 바다 속과 큰 섬, 인간들이 탐험하지 못한 산과 숲, 늪으로도 들어갔다.

아르펜 황제가 탄생시킨 조각 생명체들은 강인했지만 완전히 뿔뿔이 흩어지게 되었다.

에르리얀은 제국의 농사와 광물 채취, 호수와 연못의 관리자였다. 싸움은 못해도 사물에 동화되는 능력을 가졌다.

그들은 사이고른 산맥에서 돌과 흙에 동화되면서 몬스터들을 피해서 지금까지 살아왔다.

—우리는 언젠가 아르펜 황제의 뒤를 잇는 조각사가 찾아오

기만을 기다리고 있었어.

위드는 반말을 들으면서도 기분이 나쁘지 않았다.

말버릇이야 언제 날 잡아서 먼지 좀 나게 패 주면 될 일.

'조각술 마스터 퀘스트. 라체부르그를 발견하면서 조각사에 대한 각 종족의 평판을 긍정적으로 만들고 조각술도 퍼트렸지. 그 뒤로는 조각품에 생명 부여를 선택했더니 조각 생명체 종족을 만나게 되는구나.'

—우리는 엘프보다도 긴 시간을 살 수 있어. 하지만 우리의 힘은 많이 약화되었어. 다시 원래대로 돌아가기 위해서는 멜버른의 사파이어가 가진 힘이 필요해.

위드는 흠칫 몸을 떨었다.

"설마 그 말은……."

—우리를 위해 그 사파이어를 구해서 조각품을 만들어 주지 않겠어?

띠링!

에르리얀이 원하는 사파이어

톨렌 왕국의 하이네프 산악 지역에는 인간들이 만든 요새 트레이피크가 있다. 몬스터와 다른 왕국으로부터 멜버른 광산을 보호하기 위한 요새이다. 성난 정령들이 출몰하는 광산으로 들어가서 최상급의 사파이어를 발굴해 조각품을 만들어라.

난이도: 조각술 마스터 퀘스트.

보상: 에르리얀의 충성.

제한: 고급 8레벨 이상의 조각술. 채광 스킬 필요. 대작의 사파이어 조각품.

멜버른 광산은 대륙 최대의 철과 사파이어 채광량을 자랑한다. 광산의 소유권을 가지고 있으면 천문학적인 부와 권력을 가질 수 있다.

길드 간에 전쟁이 끊이지 않는 장소로, 오데인 요새만큼이나 유명한 장소였다. 현재는 흑사자 길드의 영역권에 속해 있다.

—우린 오랫동안 살면서 아르펜 제국의 예술과 문화를 그리워했어. 우리를 위하여 조각품을 만들어 준다면 너의 말은 뭐든 믿어 줄 수 있어. 정령들은 신선한 과일을 준다면 싸움을 걸진 않을 거야.

위드는 고개를 끄덕였다.

"그러면 조각품을 만들어 올 테니 걱정 말고 기다리고 있어."

> 퀘스트를 수락하였습니다.

—고마워.

"아니야. 이 정도쯤이야 무슨……."

조각술 마스터 퀘스트, 그리고 에르리얀을 알차게 부려 먹기 위해서는 이 정도의 고생이야 얼마든지 해 줄 수 있었다.

멜버른 광산

위드는 텔레포트 게이트를 이용하여 하이네프 산악 지역에 있는 요새 트레이피크에 도착했다.

"이놈의 팔자는 안 다니는 곳이 없군."

베르사 대륙이 좁게 느껴질 정도로 돌아다니고 있었다. 여행의 즐거움은 뒷전이고, 금역이나 위험한 장소에 가서 죽을 고생이나 하며 다녔다.

"철광석이 필요하신 분 구경이나 해 보고 가세요."

"할인 판매! 철광석 마지막 떨이 있어요!"

트레이피크에는 장사를 하는 유저들이 많이 보였다.

상인이 아니더라도 멜버른 광산에서 사냥을 해서 얻은 광물들을 유저들에게 판매했다.

멜버른 광산 출입료

지하 1층: 300골드

2층: 850골드

3층: 1,800골드

4층: 길드원 외 출입 금지

흑사자 길드에서 내건 사냥터의 출입료를 납부하기 위하여 유저들은 전리품을 얻는 족족 판매해야 했다.

가끔 귀한 아이템을 얻더라도 흑사자 길드의 지분을 따로 떼어 주어야 했기에 사냥에서 수익이 거의 없다고 봐도 된다. 하지만 돈보다는 레벨을 올리는 걸 우선으로 여기는 유저들로 인하여 멜버른 광산의 인기는 항상 높았다.

철광석을 캘 수 있는 광부들은 시간에 따른 이용 요금까지 따로 납부해야 될 정도로 착취가 일상화된 장소였다.

위드는 고개를 끄덕였다.

"정말 배울 점이 많은 훌륭한 통치로군. 여기서 독재까지 이루어진다면 완벽할 텐데."

얼마 후면 자신도 아르펜 왕국의 국왕이 된다.

영토로는 모라타와 바르고 성채의 작은 왕국에 불과하였지만 선진 통치 기법들을 배워 두면 나중에 악덕 국왕이 되는 데 도움이 될 것 같았다.

"2층으로 사냥 가실 분요. 밤늦게까지 사냥만 하실 분요!"

"흑사자 길드원이 파티 구합니다. 아이템은 저 혼자 다 가질 거고, 대신에 입장료는 무료로 해 줍니다. 직업 제한, 레벨 제한 있습니다."

위드는 사람들 사이에 끼지 않고 트레이피크 요새의 성벽에서서 구름이 떠다니는 걸 지켜보며 잠시 시간을 보냈다. 입장료를 내기 아까워 흑사자 길드에 속해 있는 헤겔에게 귓속말을 보냈더니 기꺼이 와 주겠다는 말을 들었기 때문이다.

트레이피크에서 장사하는 유저들은 산 능선을 따라 길게 지어진 성벽에 모여 있었다. 필요한 물건이 있으면, 쭉 걸어가면서 모두 구경할 수 있는 편한 구조였다.

"요즘에 직업 마스터 퀘스트는 누가 제일 앞서 나가지?"

"바드레이 아니겠어? 헤르메스 길드에서 적극적으로 지원을 해 주잖아."

"어휴, 길드의 지원은 진짜 전쟁의 신 위드라도 당해 낼 수가 없나."

"흑기사 마스터 퀘스트는 무슨 보상을 주는지 알아?"

유저들 사이에는 직업 마스터 퀘스트가 화제였다.

최초로 스킬의 마스터를 한다는 의미를 갖기도 했고, 퀘스트의 규모가 워낙 대단했다.

유니콘 사에서 밝힌 정보에 따르면 보상으로 직업 스킬의 비기와 마스터로서의 영향력 그리고 특별한 무언가를 더 얻을 수도 있다고 했기 때문에, 갈수록 화제가 되었다. 스킬 레벨에 대해 무관심했던 랭커들이 현재 도처에서 숙련도를 위한 노가다를 하고 있을 정도였다.

"게시판에서 봤는데 흑기사 직업 퀘스트를 완료하면 기사단을 얻게 된다는 이야기도 있더라."

"CTS미디어에서는 전설의 창과 갑옷을 얻을 수도 있다고 했는데."

"그건 바드레이가 열한 번째 퀘스트를 하면서 얻었잖아."
"언제 열한 번째 퀘스트를 했어?"
"몰랐구나. 어제 성공시켰어. 방송으로 밤새도록 중계해 줬는데."
"우와. 그거 꼭 재방송으로 봐야겠다."
"CTS미디어가 방송 잘했다더라. 거기에서 봐. 헤르메스 길드에서 CTS미디어와 협력하고 있어서인지 화면 편성 정말 괜찮더라."
위드의 눈가가 질투로 실룩였다.
조각술 마스터 퀘스트에서는 각 종족의 우호도 증가나 고대 유적 발견의 이벤트를 제외하면 아직까지 특별한 보상은 받지 못했다.
그에 비하면 퀘스트의 경쟁자라고 할 수 있는 바드레이는 장비를 구했고, 체이스는 중앙 대륙 최고 모험가의 증표까지 받았다고 한다.
소화제로도 해결이 안 되는, 남이 잘되었을 때의 배 아픔!
위드가 속이 쓰려하고 있을 때 텔레포트 게이트를 통해 헤겔이 도착했다.
위드는 손을 흔들었다.
"아, 여기야!"
"위드 형?"
"그래. 나야."
헤겔은 고개를 갸웃했다.
"어라, 형 드워프 아니었어요?"

지난번에 봤을 때에는 위드가 드워프의 몸을 하고 있었던 기억이 났다.

위드는 대충 둘러댔다.

"그때는 사정이 있어서 드워프 왕국에 다녀오느라 퀘스트 때문에 몸이 잠깐 바뀌어 있었던 거야. 근데 왜 늦었어?"

"길드 사무소에 들렀다 오느라 늦었어요. 참, 여기는 제 동료들요. 학교에서 봐서 알고 있죠?"

헤겔을 따라온 2명의 여자애들이 고개를 숙이며 인사했다.

"안녕하세요, 선배님!"

디네와 알리스. 그녀들은 최상준을 따라다니던 학교 여후배들이었다. 〈로열 로드〉에서도 헤겔과 같이 다니고 있는 모양이었다.

"여기서 또 뵙네요."

위드는 대충 인사를 받아 줬다.

"응, 그래. 반갑다."

"형, 형이 멜버른 광산에 들어가 보고 싶다고 해서… 어차피 형 데리고 가야 되니까 애들도 같이 불렀어요. 괜찮죠?"

"나야 뭐, 상관없지."

위드야 멜버른 광산에 공짜로 들어가는 입장에 가릴 만한 처지는 아니었다.

"멜버른 광산은 그냥 갈 만한 던전은 아닌데. 간단하게 준비 좀 할게요. 저만 따라오세요."

헤겔은 갑옷에 흑사자 길드의 정식 회원 인장이 찍혀 있기 때문에 트레이피크에서도 혜택이 막대했다.

방문하는 상점마다 세금이 포함되지 않은 낮은 가격으로 물건을 구입했다. 시샘이 일어날 정도로 싼 가격이었고, 몇 가지를 구입하면 한 등급 높은 물품들도 서비스로 챙겨 주었다.

"방문하신 것을 환영합니다, 기사 헤겔 님."

병사들이 창을 들어 올리면서 정중하게 인사도 했다.

"흑사자 정식 길드원이다."

"장비 멋있는 것 좀 봐."

눈에 띄는 주위의 반응에, 헤겔의 거만함까지도 자연스럽게 보일 정도였다.

"헤겔 기사님, 건투를 빕니다. 광산 안에 몬스터들이 많이 있습니다."

"이런 곳까지 와 주셔서 감사합니다, 헤겔 기사님. 어서 안으로 들어가시죠."

멜버른 광산에 들어갈 때에도 입구를 경비하는 기사들이 먼저 말을 걸며 인사까지 건넬 정도였다.

위드는 그런 면에 있어서는 현실적이었다.

어릴 때부터 부잣집 아이를 질투하고 시샘하지 않았다. 그런 편협한 마음으로는 이 험한 세상에서 성공하기가 어렵다.

적극적으로 옆에서 아부를 하며 빌붙는 성향!

"헤겔아, 너 참 대단하구나."

"헤헤. 뭐, 그냥 기본이죠."

"못 본 사이에 레벨 많이 올린 것 같은데. 장비도 좋아지고."

"이번에 길드에서 장비를 좀 받았죠. 동급의 몬스터 정도는 위험하지 않게 잡을 수 있어요."

"흑사자 길드가 정말 대단하긴 하구나!"

"형은 길드 없어요?"

"나도 가입되어 있긴 하지."

황야의여행자 길드는 소속 인원들의 수준이 상당히 높았다. 길드 채팅을 열어 놓으면 주로 들리는 말들은 보물 탐색이나 보스 몬스터 사냥에 대한 이야기들이다.

일반 중소 길드라면 보스 몬스터 사냥에 수십 명, 100명 이상이 달려들기도 하였다.

많은 피해를 입더라도 널리 알려진 보스 몬스터를 사냥하게 되면 길드의 명성이 그만큼 높아지고 길드에 가입하려는 사람도 늘어나기 때문에, 전략적으로라도 보스 몬스터를 사냥하는 것이었다.

황야의여행자에서는 지금까지 그러한 이유로 길드원 소집을 한 적도 없고, 앞으로도 그럴 것 같진 않았다.

전형적인 은둔자들의 길드였지만 필요에 따라서 보스 몬스터 사냥 등을 하더라도 정말 필요한 몇 명이 모여서 가볍게 슥삭 해치우는 식이었다.

"어려운 일 있으면 언제든 말해요, 형. 흑사자 길드라면 어디서든 이 정도 대우는 받으니까요."

"그래. 고맙다."

트레이피크의 텔레포트 게이트로 사람들이 속속 도착했다.

"공기 참 시원하네."

"이곳이 톨렌 왕국이구나. 비싼 텔레포트 이용료를 내고 왔으니 사냥이나 열심히 해야지."

도착한 유저들은 준비된 말을 하면서도 연방 눈동자를 굴리며 주변을 정찰했다.

트록: 흑사자 길드가 그렇게 많이 보이지는 않습니다.
아크힘: 텔레포트 게이트 주변은 안전한가?
트록: 그렇습니다. 친위대가 오셔도 될 것 같습니다.

10여 명의 유저들이 흩어져서 요새의 이곳저곳을 살피고 보고했다.

그들은 헤르메스 길드 소속의 비밀 정찰대였다.

텔레포트 게이트에서 연속으로 환한 빛이 일어났다.

파파팟!

바드레이와 친위대와 암살단이 텔레포트 게이트를 타고 이동해 왔다.

유저들 사이에서는 무신이라고 불리며, 헤르메스 길드의 암중 지배자, 하벤 왕국의 국왕인 바드레이가 트레이피크에 도착했다.

그와 친위대는 평소에 사용하던 장비를 훨씬 수준이 뒤떨어지는 것으로 바꾸고 간단한 분장도 했다.

바드레이는 물론이고 친위대의 병력 중에서도 얼굴이 알려진 이들은 투구로 가리거나 샤먼들이 하는 칠을 해서 알아볼 수 없도록 했다.

뒤를 이어 따라온 암살단은 마을에서는 항상 평범한 복장을 착용했고, 외모에서도 댄서처럼 간단한 화장으로 특이한 점을 감출 수 있었다.

카심: 멜버른 광산으로는 시간을 두고 흩어져서 가겠습니다. 아직까진 흑사자 길드 측에 발각되면 곤란하니 다들 주의하시기를.

바드레이와 친위대, 암살단은 상점에도 들르고 상인들로부터 쓸모없는 물건도 사면서 시간을 보냈다.

트레이피크로 이동해 오면서 평소보다 텔레포트 게이트를 이용하는 사람이 500명이나 많아졌다. 의심을 피하기 위하여 친위대도 2시간에 걸쳐 나눠서 도착했다.

정찰대는 주요 길목에 배치되어 흑사자 길드의 인원이나 트레이피크 요새의 군대를 관찰했다.

그레이든: 이곳은 확인된 바로 보병 6만, 궁수 2만, 기사 3,000이 머무르는 군사 요새입니다. 흑사자 길드에서도 중요하게 생각하는 요새지만 베덴 길드와의 싸움이 먼 곳에서 벌어지면서 군대를 지휘할 유저는 거의 전방으로 배치되었습니다.
트록: 그렇다고 해도 전투가 벌어지면 지원군은 금방 올 수 있습니다.
카심: 놈들이 전력을 정비해서 오더라도 멜버른 광산까지는 바로 오지 못하도록 시간을 끌 수 있을 겁니다.

바드레이의 이번 퀘스트는 흑사자 길드의 영역에 있는 멜버른 광산에서 이루어진다.

직업 마스터 퀘스트로서 어마어마한 관심을 받고 있었으며, 광산에 숨어 있는 진짜 보스 몬스터를 퇴치하고 검술의 비기까지 얻을 수 있는 중요한 퀘스트였다.

헤르메스 길드에서 멜버른 광산으로 병력을 파견하는 것을 흑사자 길드에서 허용해 줄 리가 만무했다.

협력을 요청하는 대신에 힘을 바탕으로 모조리 쓸어버리고 진행하기로 한 것이다.

레이키나: 광산에 정찰대가 도착했습니다. 입구를 살펴봤지만 아직 특별한 동향은 보이지 않습니다. 통행료를 내고 안으로 먼저 들어가겠습니다.

위드는 헤겔을 따라 멜버른 광산의 지하 1층으로 들어갔다.

깡깡깡!

유저들이 곡괭이를 들고 채광을 하고 있는 모습이 흔하게 보였다.

멜버른 광산에서는 질 좋은 철광석이 나오지는 않지만 곡괭이질을 조금만 하더라도 많은 양을 얻을 수 있었다. 철광석은 쉽게 돈과 바꿀 수 있었으며 운이 좋으면 은, 금도 획득할 수 있기 때문에 캐내려는 사람이 몰리는 장소였다.

'여긴 사람이 많군.'

위드는 보통 혼자이거나 소수의 동료들과 사냥하기를 선호했다.

인기 있는 사냥터인 멜버른 광산에는 유저들이 집단으로 몰려 있다고 해도 과언이 아니었다. 매몰된 광부, 길을 잃어버린 병사들이 몬스터로 출몰하기도 해서 파티 사냥도 원활하게 많이 이루어졌다.

알리스가 애교 섞인 귀여운 목소리로 물었다.

"선배님, 여긴 어떤 곳이에요?"

"레벨이 낮은 150대부터 사냥을 하기에 좋지. 난 다른 곳에서 주로 성장을 했는데 여긴 전리품도 잘 나오는 편이라서 레벨 250까지 쭉 머무르는 사람도 있어. 여기서 사냥하다 보면 대장장이들과도 친해질 수 있다더라."

헤겔은 여자 후배들에게 상냥하게 설명을 해 주었다.

괜찮은 길목마다 먼저 온 파티들이 자리를 잡고 있었지만 흑사자 길드원이 오면 비켜 주어야 했기에 시선을 상당히 많이 받았다.

"참, 너희 레벨이 몇이지?"

"둘 다 220 조금 넘어요."

"그러면 여기는 넘어가고 바로 지하 2층으로 가도 되겠다."

"정말요? 고마워요, 선배님."

헤겔은 후배들을 데리고 한 층 더 내려가기로 했다.

"형, 형도 괜찮죠?"

"뭐, 나야 상관없지. 여기 멜버른 광산은 네가 더 잘 알 테니까 하고 싶은 대로 해."

지하 3층에서부터 사파이어를 캘 수 있기 때문에 위드도 불만 없이 따라갔다.

사실 지하 3층부터는 입장료도 문제였지만 신분 확인이 명확하게 되지 않으면 내려가지 못한다. 그 때문에라도 헤겔에게 얌전히 빌붙을 작정이었다.

지하 2층으로 내려가서부터는 흑사자 길드의 예비 회원 인장이 찍혀 있는 유저들이 보였다.

사냥을 하는 사람이 많아서 붐볐지만, 텅텅 비어 있는 구역도 있었다.

헤겔은 비어 있는 곳으로 사람들을 데려갔다.

"여기는 흑사자의 정식 길드원만 사냥할 수 있는 자리야. 내가 있으니까 너희도 사냥해도 돼."

디네가 이상하다는 듯이 물었다.

"고마워요, 선배님. 그런데 안 돌아다니고 여기에서만 사냥을 해요?"

"응. 통로에서 지키고 있다 보면 몬스터들이 뛰쳐나오잖아. 이동하지 않아도 되고 뛰어나오는 몬스터들만 해치우면 되니까 사냥이 편해."

"아하, 그렇구나."

흑사자 길드에서는 던전에서도 좋은 자리는 모조리 장악하고 있었다. 사냥터의 혜택을 많이 보는 거대 길드 소속일수록 쉽게 성장할 수 있는 것이다.

하지만 그래서 레벨이 높더라도 임기응변에는 약하고 장거리 모험도 선뜻 떠나지 못하고 주저하는 편이라는 문제가 발생하기도 했다.

"이제 시작해 보자. 몬스터가 좀 많이 나올지도 모르지만, 침착하게만 대응하면 될 거야."

"우리가 여기서 사냥해도 되겠어요?"

"걱정 마. 위험하면 내가 지켜 줄 테니까."

헤겔은 통로의 앞쪽을 막아섰다.

갑옷을 모두 착용한 기사의 높은 방어력은 전투에서 막강한 능력을 발휘한다.

어지간한 공격은 몸에 맞더라도 갑옷이 대부분 파괴력을 흡수해 버린다. 몸 전체를 감쌀 수 있는 카이트 쉴드까지 들고 있었기 때문에 실수로 몬스터의 공격에 많이 맞더라도 안전한 편이었다.

기사들의 높은 방어 능력은 몬스터와 최전선에서 싸울 수 있는 용기와 연결된다.

헤겔은 이렇게 전투 의지를 다지면서 방패를 들고 서 있을 때가 참 좋았다.

'이 맛에 기사를 하지.'

심장이 두근거리는 느낌.

주변의 시선을 받으면서 사냥을 개시하는 이 흥분이야말로 기사를 택하고 나서 조금의 후회도 남지 않게 만들었다.

"선배님, 멋있어요!"

"사냥하는 모습 좀 보여 주세요. 먼저 싸우시는 거 보면 정말 도움 많이 될 것 같아요."

여자들의 응원은 헤겔의 기분을 붕 뜨게 만들었다.

'그리 어렵지 않겠군.'

위드는 주변의 파티들이 몬스터들과 싸우는 모습들을 관찰했다.

지하 2층에는 멘추라라는 광산 몬스터가 주로 출몰했다. 레벨이 210 정도로, 지금의 위드에게라면 대충 휘두른 주먹에도 꼼짝 못하고 죽어 버릴 수준!

수백 마리가 갑자기 튀어나오는 난전이 벌어진다고 해도, 따로 급소도 조준하지 않고 정면으로 뛰쳐나가면서 무기를 마구 휘두르는 것만으로도 전멸시킬 수 있을 정도였다.

가끔 등장하는 파이어 멘추라는 준보스급으로, 불을 지르면서 돌아다닌다.

광산의 길에 불이 붙으면 주변 광물들이 반짝거려서 아름답게 보인다고 한다.

"이제 온다!"

긴 더듬이를 가지고 바퀴벌레처럼 생긴 몬스터 멘추라가 3마리 나타났다.

헤겔을 향하여 한꺼번에 덤벼들었지만, 기사의 높은 방어력에 의하여 크게 피해를 주지 못했다.

헤겔은 몇 대를 맞아 주면서도 차분히 검으로 베어서 3마리를 해치웠다.

"선배님, 어쩌면 그렇게 강하세요!"

"이 정도야 기본이라고 할 수 있지. 내가 막아 줄 테니까 걱정 말고 공격해."

"넵!"

다음에 나타나는 멘추라는 헤겔과 디네, 알리스가 협력해서 잡았다.

위드는 적당히 어정쩡한 입장이었다.

멘추라를 사냥해서는 경험치가 거의 먼지만큼도 쌓이지를 않았다. 아무리 노가다의 달인이라고 하더라도, 구슬 꿰기도 되지 못할 상황!

“3등급 철광석이네. 이거 내가 필요하던 건데 잘됐다. 너희도 필요한 아이템 있으면 말해.”

전리품은 헤겔이 가지거나, 다른 두 여자애에게 선심 쓰듯이 나눠 줬다.

“선배님, 방금 마법 맞으셨는데도 멀쩡하시네요. 저항력이 얼마예요?”

“대체로 39% 정도 되지. 불에는 피해를 안 본다고 해도 과언이 아니야.”

헤겔의 장비는 훌륭한 편이라 디네와 알리스에게 몬스터를 몰아주기가 편했다. 흑사자 길드에서 몬스터 몰이를 많이 해주어서 성장한 덕분에 그런 쪽에 대해서는 잘 알았다.

이렇게 셋은 화기애애한 사냥을 하고 있었지만, 위드는 심심했다.

레벨 400이 넘는 상태에서 안전하고 편안한 던전에 왔으니 어쩔 수가 없었다.

멜버른 광산은 인기 있는 사냥터였고 그나마 나타나는 몬스터들을 여러 파티들이 나눠 먹다 보니 위드의 눈에는 차지도 않았다.

‘더 위험해져야 하는데. 마구 움직이면서 몬스터의 집단을 찾아다녀야 되는데. 이런 방식은 고기 뷔페에 가서 공기 밥에 물 말아 먹는 것처럼 비효율적이군.’

그렇다고 다른 사람의 입장을 전혀 고려하지 않고 지하 3층으로 내려가자고 하기도 어렵다.

위드는 사냥에 끼어서 한몫 얻어 내려고 몸부림치느니 그냥 자리에 앉아서 조각품을 만들기로 했다. 그쪽이 차라리 시간 낭비도 하지 않고 이익이었다.

헤르메스 길드의 유저들이 멜버른 광산에 배치되었다.

트록: 정찰대 광산 주변에 배치 완료.
레이키나: 지하 1층과, 광산의 입구 주변에 특이한 동향은 없습니다.
카심: 흑사자 길드의 병력은?
트록: 던전의 수준이 높지 않다 보니 많지는 않은 것 같습니다. 미리 파견되어 사흘간 잠복하고 있던 정보원의 보고에 따르면 어제부터 레벨 300 이상의 유저는 광산으로 총 160명 정도가 들어갔다고 합니다. 그중에 흑사자 길드 소속은 75명이었습니다.

지하 3층에서부터는 몬스터의 레벨이 300대를 넘었다. 그 때문에 고레벨 유저들도 상당히 많이 방문하는 편이었다.

물론 그래 봐야 침입한 헤르메스 길드의 세력에는 비교도 되지 않을 수준에 불과했다.

카심: 고작 그 정도라면 금방 쓸어버릴 수 있겠습니다.
아크힘: 시간을 오래 끌면 그리 좋진 않습니다. 어디서든 저들이 눈치를 챌 수 있으니 바드레이 님과 친위대가 광산에 도착하고 나면 바로 시작하지요.
카심: 마지막 확인을 위해 묻겠습니다. 흑사자 길드만을 상대로 싸웁니까?

현재의 길드 채팅 채널은, 헤르메스 길드에서도 특수한 임무가 부여된 이들에게만 따로 입장이 허락되었다. 다른 길드의 영역에서의 전투 임무인 만큼 보안을 유지하기 위해 많은 신경을 쓴 것이다.

아크힘: 우리의 목표는 바드레이 님의 퀘스트 성공이며, 그를 위하여 이곳 멜버른 광산에 있는 모든 사람들은 죽어야 합니다.

흑사자 길드도 대단한 명문 길드 중의 하나였다.

패도를 걷는 헤르메스 길드이기 때문에 가능한 과감한 결단을 내린 셈이다.

아크힘: 계획에 대해서 간단히 알려 드리겠습니다. 이곳 멜버른 광산 외에도 흑사자 길드의 영역에 속해 있는 열한 곳에서 동시에 전투가 벌어지게 됩니다. 흑사자 길드와 적대하고 있는 베덴 길드도 움직이게 될 테니 구원 병력이 이곳으로 도착하려면 상당한 시간을 필요로 할 거라고 봅니다.

헤르메스 길드에서는 여러 곳에 공격대를 보내서 동시에 교란작전을 펼치기로 했다. 베덴 길드와도 협약을 맺어서 시기를 맞춰서 공성전을 벌이도록 했다.

흑사자 길드를 완전히 뒤흔들어 놓겠다는 계산을 끝마친 상태였다.

헤겔은 지하 2층에서 후배들과 멘추라 사냥을 하며 실컷 힘자랑을 하고 있었다.

"대부분의 몬스터는 연속 공격에 약해. 강하게 때려서 혼란 상태를 일으키거나 놈들이 물러서면, 그 틈을 타서 따라가며 계속 때리면 되거든."

"어려워요, 선배님."

"내가 시범을 보여 줄게."

헤겔의 의도대로 후배들과의 오붓한 시간이 흘렀다.

위드는 그사이에 하품을 하며 간단한 조각품들을 만들었다.

대충 만드는 것 같지만 순식간에 완성되는 조각품의 가치는 상당했다.

조각품을 만들어서 바가지를 듬뿍 씌워서 판매하면 그게 전부 돈!

"형도 사냥하세요."

"아냐. 난 괜찮아. 나중에 할게."

위드는 조각품을 만들며 가끔 고개를 들어서 사냥을 구경 정도만 했다.

지하 3층으로 가려면 어차피 헤겔과 동행해야 된다.

야비하고 치사한 것이 던전 인심이라고, 무단으로 아래층으로 가서 채광을 하다가는 흑사자 길드에 의하여 공격을 받게 될 테니까.

빌붙으려면 그만한 대가를 치러야 되는데 헤겔은 양호한 성격을 갖고 있었다.

"헤겔, 너 전투 참 시원하게 잘한다."

"아니, 뭘요."

"이야! 싸우는 모습을 보니 레벨 많이 올렸나 보네."

"아! 형, 저 이번에 레벨 330 찍었어요."

가끔씩 칭찬의 말만 한마디씩 던져 주면 될 뿐!

멜버른 광산의 지하 4층!

이곳에는 흑사자 길드에서도 정예라고 할 수 있는 레벨 360 이상의 유저들이 파티를 구성하여 사냥을 하고 있었다.

지하 4층은 일곱 갈래로 이어지는 갱도의 형태를 가졌다. 흑사자 길드에서는 모든 영역을 밝혀내고 나서 지도까지 제작한 후였다.

몬스터들이 많이 나와서, 유저들은 사냥을 즐겼다.

"오늘도 그럭저럭 사냥 많이 했네."

"으하아아암. 피곤한데 요새로 돌아가서 바람이나 좀 쐬고 올까?"

"그것도 괜찮지."

사냥을 하던 흑사자 길드의 파티 하나가 요새로 돌아가려고 했다.

그러던 그때, 광산이 크게 흔들렸다.

쿠르르르릉!

"땅이 흔들린다!"

"이거 무너지는 거 아냐?"

"설마 이렇게 큰 광산이 무너지기야 하려고."

"하지만 이렇게 땅이 들썩이는데… 천장에서 돌 떨어진다. 조심해!"

그들만이 아니라, 멜버른 광산에서 사냥을 하는 흑사자 길드의 채팅 창을 통해서도 아우성들이 일어났다.

멜버른 광산 전체가 지진이라도 난 것처럼 꿈틀거렸다.

땅을 흔드는 구슬로 인하여 숨겨진 던전, 벨카인의 은신처가 드러납니다. 멜버른 광산과 연결되어 있는 던전으로, 현재 광산에 들어와 있는 모든 유저들에게 일주일간 경험치, 아이템 드랍률 2배의 혜택이 부여됩니다. 첫 번째 사냥에서 해당 몬스터에게 나올 수 있는 것 중에서 가장 좋은 물건 아이템이 떨어집니다.

"이게 뭐지? 갑자기 던전의 입구가 나타나다니 신기하네."

"우리 여기로 들어가 봐야 하는 거 아니야?"

"멜버른 지하 4층에서 연결된 던전이면 난이도가 보통이 아닐 텐데. 길드로 연락을 취해 보는 게 우선 아닐까?"

분명 조금 전까지만 해도 벽이었던 부분에 큰 동굴이 뚫리게 되었다.

흑사자 길드의 유저들은 모여서 같이 탐험을 할지 길드에 보고할지 상의를 했다.

그리고 그때 길드의 전체 채팅으로 급보가 날아들었다.

카마라스: 오이홀 던전입니다. 정체불명의 세력이 들어와서 유저들을 마구 학살 중! 우리 흑사자 길드원 1명이 나서서 말리려고 했지만 공격을 받아 죽었습니다. 다른 사람들도 나서 봤지만 모두 사망했습니다. 우리로는 무리이니 지원이 필요합니다.

1분도 지나지 않아서 다른 유저도 보고했다.

제크트: 포크리드 던전. 이곳에도 정체불명의 자들이 대거 진입, 모든 유저를 죽이고 있습니다. 우리 길드원에 대해서도 가차 없는 공격을 퍼부으면서 전투가 발생했습니다. 적들의 전력이 상상 이상이라서 밀리고 있습니다.
폼: 푸인 산악 지대에서도 전투가 시작되었습니다. 공격받은 초소가 함락당했으며 성채에도 불이 붙었습니다. 지원군을 급히 요청!

흑사자 길드의 세력권에 있는 사냥터, 던전이 갑자기 공격을 받았다.

사태는 이 정도로 끝나지 않았다.

미르나케: 쿠른 성으로 베덴 길드의 대규모 전투 병력이 접근하고 있습니다. 마법사 부대와 공성차들로 볼 때 공성전이 벌어질 것 같습니다!

던전과 사냥터의 평화는, 회복이 크게 어려운 문제는 아니었다. 그곳의 몬스터들이 뛰쳐나가 주민들을 살육하지 않는 한 경제력과 치안에 실질적인 피해까지 주지는 않았다.

하지만 공성전이 벌어져 패배하게 되면 소유하고 있는 성과 주변 지역의 지배권이 모조리 베덴 길드로 넘어가게 된다. 흑사자 길드에서 투자해서 쌓아 올린 발전도가 날아가고, 되찾는다고 해도 치안이 극도로 불안정해진다.

주민들이 줄어들게 되면, 그것도 복구하기 위해서는 시간이 상당히 많이 걸린다.

베르사 대륙의 대부분의 부는 중앙으로 집중되고 있었는데, 전쟁으로 많이 피폐해진 이유도 농업 지역의 파괴와 기술을 가진 주민들의 감소에 있었다.

적 병사들에 의해 죽지 않더라도 성이 함락되거나 치안이 떨어지면 도주를 해 버렸기에 많은 손실을 입는다.

네차크: 저도 지금 쿠른 성에 있습니다. 관찰된 바로는 베덴 길드의 병력이 만만치가 않습니다. 흑사자 길드의 병력에 긴급 소집령을 내려야 합니다.

꼬까: 길드의 전투부장으로서 알림. 각 지역에서 사냥이나 퀘스트, 장사를 하고 있는 유저들은 전투준비를 하고 명령을 대기하라.

흑사자 길드가 비상 체제로 들어갔다.

길드의 수뇌부에서는 갑자기 여러 곳에서 터진 사태의 파악을 위하여 힘을 쏟으며, 쿠른 성으로는 급히 지원군을 보냈다. 다른 일에 우선해서 성을 빼앗기는 것만큼은 막아야 됐다.

흑사자 길드의 유저들이 정신이 번쩍 든 사이에, 멜버른 광산에서도 헤르메스 길드에 의하여 학살이 시작됐다.

바드레이와 친위대

사카인: 지하 1층을 최대한 빨리 정리하라. 바드레이 님이 갈 수 있도록 지하 2층으로 내려가는 길부터 뚫는다.

멜버른 광산에는 친위대와 전투단 그리고 헤르메스 길드 소속의 암살단 밤의칼날 2개 조가 동원됐다.

밤의칼날에는 길드에서 성장시킨 어쌔신들이 300명이나 되었다.

2개 조라고 해도 80명의 최정예 어쌔신으로, 굉장한 전력이었다. 군소 길드는 밤의칼날 2개 조만 파견하더라도 처참히 짓밟을 수가 있을 정도였다.

어쌔신들은 무기를 꺼내 들고 쇄도했다.

“꺄아아아악!”

“그냥 던전 나갈 테니 살려 주세요.”

“무차별로 다 죽인다. 도망쳐!”

멜버른 광산에서 사냥하던 유저들은 떼죽음을 당했다.

욕도 하고, 봐 달라고 빌어도 봤지만 헤르메스 길드의 어쌔신들은 자비가 없었다. 그들에게는 괜찮은 수입원이기도 했으니 철저히 살육을 벌였다.

바드레이는 죽은 자들이 널린 길을 걸으며 친위대와 함께 지하 2층으로 향했다.

"형, 이거 어쩌죠? 갑자기 공격을 받아서 우리 다 죽게 생겼어요."

"무슨 일인데? 차근차근히 말해 봐."

"그게요………."

헤겔은 길드 채팅을 통해서 들은 내용을 설명해 줬다.

"아, 진짜 나쁜 놈들이네."

"완전 재수 없어."

알리스와 디네에게는 짜증이 나는 정도였지만, 위드에게는 한 방울도 안 남기고 다 마셔 버린 우유가 유통기한이 2달이나 지난 것이었음을 뒤늦게 알게 된 것만큼 심각한 문제였다.

"흑사자 길드의 병력으로는 못 막아?"

"여러 곳에서 동시에 사건이 벌어졌어요. 하필 전쟁도 일어나서요, 이곳부터 와서 도와줄지 장담할 수 없겠는데요."

흑사자 길드도 많은 전쟁을 경험하였다. 헤겔도 형을 따라 공성전에 가담한 적이 많았지만, 이런 식으로 갑자기 뒤통수를 맞는 것처럼 공격을 당하는 것은 드문 상황!

보통 사냥터와 던전은 그 지역의 성, 마을을 뺏으면 자연스럽게 들어온다. 이런 식으로 공격조를 파견하여 방해하는 공작은 그들이 무사히 살아서 돌아간다는 보장이 전혀 없는 위험한 전술이었다.

물론 이번처럼 정신없이 한꺼번에 일이 벌어지는 경우에는 오히려 흑사자 길드에서 수습하기가 더 바쁠 수 있었지만.

사정을 알게 된 위드는 한숨을 쉬었다.

"그렇군. 이번에도 뒤로 넘어져서 병원비가 나오게 생겼어."

"예?"

"그런 게 있어."

이번에는 어째 헤겔의 덕을 보며 쉽게 가나 했더니 하필이면 이런 사고가 또 벌어졌다.

"침입자들이 어디의 누구인지도 모르고?"

"전혀 추측도 하지 못했어요. 다른 던전에서 사건을 벌이는 쪽과 같은 편이라면 이런 일을 벌일 수 있는 세력이 많진 않을 텐데. 베덴 길드가 공격을 해 온 시기도 미묘하고요."

이런 종류의 일은 막 닥쳤을 때에는 어떻게 해야 할지도, 적들의 정체에 대해서도 모른다. 다 끝나고 난 후에야 알게 되겠지만 그때는 너무 늦은 일.

위드는 조각품 만들기를 중단하고 일어섰다.

"이 광산에 있는 흑사자 길드원들은 어떻게 하기로 했는데?"

"싸워 보려고도 했는데, 보고를 듣자니 지하 1층의 적들이 장난이 아니라고 해서요. 일단은 지하 4층에 모여서 대응하기로 했어요."

"그래? 그럼 우리도 그쪽으로 갈 수 있을까?"

"저랑 같은 편이니까 데리고 가더라도 상관은 없겠죠."

"고맙다. 가자."

위드는 배낭을 뒤적이며 살펴보았다.

이곳에서 쓸 일이 없을 것 같은 장비들은 미리미리 영주성에 보관을 해 두었다.

하지만 콜드림의 데몬 소드와 탈로크의 믿음 갑옷, 고대의 방패, 성자의 지팡이, 바르칸의 풀 세트, 바하란의 팔찌, 슬로어의 결혼반지는 현재도 갖고 있었다.

하나라도 잃어버리면 정신적인 충격이 엄청날 것 같은 아이템들이었다.

'흑사자 길드에서도 큰 소동이 벌어질 정도라면 쳐들어온 놈들의 세력이 정말 보통은 아니라는 이야기인데.'

위드도 설마 헤르메스 길드와 바드레이 본인이 멜버른 광산에 왔으리라고는 상상도 하지 못했다.

그래도 웬만한 고레벨 유저 정도라면 흑사자 길드에서 가뿐히 밟아 주고 끝냈을 것이다.

헤겔의 사색이 된 얼굴로 봐서는 침입자들의 세력이 대단하고, 정말 큰 위기라는 뜻.

멜버른 광산 전체가 전투 지역으로 설정되어서 로그아웃도 불가능했다.

"아래층으로 내려가는 계단으로 가야겠군."

위드도 광산의 지도는 봐 두었기에 대략의 길을 알았다.

"형, 일단 제가 길을 열게요."

헤겔이 검과 방패를 들고 나서려고 했다.

"지금은 그럴 시간이 없어."

위드는 데몬 소드를 뽑아 들었다. 그러자 느껴지는 으스스한 한기!

막 뛰어다니면서 공격할 틈을 노리던 멘추라들이 위드의 투지와 카리스마에 의하여 위축되었다.

위드를 향하여 공격도 하지 못하고 불쌍하게 벌벌 떨기만 하였다.

서걱!

멘추라가 사망에 이를 정도로 파괴적인 공격을 가했습니다.

급소를 노리지도 않았고 그저 데몬 소드가 스쳐 지나가기만 했을 뿐인데도 급사망!

위드가 툭툭 건드리는 것만으로도 길을 막고 있던 멘추라가 죽어 나갔다.

"어어?"

헤겔은 어이가 없었다.

길드 사냥을 부지런히 쫓아다닌 덕분에 그의 레벨도 330이 되었다. 이 레벨만 되어도 어디 가더라도 대우받을 수 있는 수준이었고, 멘추라가 무섭지도 않았다.

하지만 이렇게 장난처럼 가볍게 검을 휘두르는 것만으로도 멘추라가 죽어 나가다니, 이건 절대 불가능한 일이었다.

'흑사자 길드의 창립 멤버 중 1명인 우리 형도 이 정도는 아

니었어.'

헤겔은 자기 자신의 부족한 판단력과 감각 때문에 육체가 가진 전투 능력을 온전히 다 발휘하지 못했다.

하지만 헤겔을 포함하여 대부분의 유저들이 레벨에 비해서는 원래 약했다.

위드가 레벨이 330이었을 무렵에는 본 드래곤과도 싸웠고, 토둠에서 실컷 활약을 하면서 돌아다녔다. 남들보다 스탯을 늘리고, 여러 스킬들을 악착같이 조합한 결과였다.

그에 비해 다른 유저들은 좋은 장비에 동료들 그리고 적당히 나오는 몬스터에 길들여졌다.

위드가 보리빵을 먹으면서 성장했다면, 다른 유저들은 미디엄 웰던으로 잘 익힌 소고기 스테이크를 먹으면서 살아온 것과 마찬가지였다.

위드가 멘추라들을 처치하며 물었다.

"흑사자 길드의 지원군은 언제 와?"

"그게요, 아직 잘 몰라요. 지금 구성을 하고 있는데 다른 급한 곳이 많아서요. 시간을 알 수가 없을 것 같아요."

위드는 싸우면서도 주변을 살폈다.

소식이 아직 전해지지 않은 때문인지 여전히 사냥에 열중하고 있는 파티가 있는가 하면, 갑자기 놀라서 큰 목소리를 내는 유저들도 보인다.

"쳐들어온 적들에 대한 정보는?"

"몰라요."

"그래도 몇 명인지는 알 거 아니야?"

"지금 멜버른 광산에 대해서는 좀 더 정보가 왔어요. 자그마치 300명이 넘어요."

"추정 레벨은?"

"그게 어이가 없어요. 지하 4층으로 사냥을 오려던 우리 길드의 유저가 1층에서 싸웠는데 적들 중 1명에게 죽었어요. 레벨이 367이 넘는데도 불구하고요."

이 정도라면 그냥 병원비가 나가는 게 아니라 보험 처리도 안 된다고 봐야 한다.

'정말 위험하겠군.'

위드는 걸음을 더욱 빨리했다.

어릴 때에는 바른생활을 통해 세상을 올바르게 사는 법을 배운다.

나이를 먹으면서 사회에서 배우는 것들은 그와는 달랐다.

불의에 대해서 참는 법.

내 일이 아니라면 나서지 않는 법.

자기 자신을 위해서 상대방을 깔아뭉개고, 공을 빼앗는 법.

"정직하게 먹고살기가 왜 이리도 힘든지……. 나처럼 착한 사람은 언제나 고생할 수밖에 없는 세상이 원망스럽군."

"예?"

"아무 말도 아니야."

지하 3층으로 내려가는 입구에는 멘추라가 잔뜩 모여 있었다. 멜버른 광산에서는 특별히 몬스터의 번식이 아주 빠르기에 벌어지는 일이었다.

평소에는 좋은 사냥터의 조건이기도 했지만, 지금처럼 급한 마당에는 장애물밖에 안 됐다.

"길을 뚫어야겠군."

위드가 가지고 있는 검술 스킬도 제법 여러 개였다.

온갖 스킬들을 잡식성으로 다 배우는 검사들도 있지만, 몇 가지 뛰어난 스킬들만 중점적으로 사용해 왔다.

황제무상검법!

사냥을 위해서 적절하게 활용했지만 상대가 가진 무기를 부숴 버리는 파워 브레이크는 쓰지 않았다.

전투에서 이기고 나서 획득할지도 모를 전리품을 부수는 것만큼 무모한 건 없는 일.

조각 검술, 헤라임 검술 그리고 광휘의 검술까지, 위드의 스킬도 전투의 특성에 맞춰서 골라 가며 사용할 수 있을 정도로 다양해졌다.

원거리 공격 스킬인 광휘의 검술은 그야말로 아름다운 빛의 정화였다.

"야식으로 통닭을 먹으면 되는데 꽃등심을 구워 먹을 수야 없지."

닭 잡는 일에 소 잡는 칼을 쓸 수는 없는 노릇.

위드의 레벨이나 공격력을 감안한다면 멘추라에게 광휘의 검술을 쓰는 건 몬스터 학대였다.

"네?"

헤겔, 알리스, 디네는 자꾸 중얼거리는 위드의 말이 어떤 의미인지는 잘 알지 못했다.

"형, 여기서는 같이 싸워요."

"아니야. 혼자 먹을 것도 없어."

위드는 지하 3층으로 내려가는 길에 몰려 있는 멘추라에게 그대로 뚜벅뚜벅 걸어갔다.

캬하오오!

크야앙!

멘추라들이 덤벼들지 않고 위협을 했다. 하지만 눈동자 깊은 곳에는 오히려 두려움만 가득했다.

전투를 시작하면서 위드의 투지가 더욱 크게 발산되었다.

전쟁의 신.

베르사 대륙에서 강한 몬스터들과 숱한 전투를 거치면서 멘추라 정도는 덤비기도 어려울 정도의 투지를 갖게 되었다.

멘추라들이 스스로의 의지로 꽁무니를 빼면서 물러나려고 했다.

단 1명이 다가가는 것으로, 레벨이 낮지도 않은 17마리의 멘추라들이 저마다 도망치려고 하는 것이다.

그렇다고 해서 위드가 뻔히 보이는 경험치와 전리품을 남겨놓고 지하 3층으로 내려갈 리는 없었다.

"조각 검술!"

위드가 검을 휘두르며 멘추라의 사이로 뛰어들었다.

검의 반경에 접해 있는 몬스터의 대량 사망!

일제히 회색빛으로 변해서 사라지는 멘추라는 구경하는 사람에게 정신적인 충격을 안겨 줄 정도였다.

일부 멘추라는 이판사판이라는 생각에 투지의 압박에도 불구하고 결사적으로 반격을 가해 왔다. 위드는 관대하게 그러한 공격을 몸으로 맞아 줬다. 갑옷도 제대로 챙겨 입지 않은 상태였다.

> 멘추라의 공격이 스쳤습니다.
> 생명력이 46 떨어집니다.

> 멘추라의 공격이 급소에 정통으로 맞았습니다.
> 극한에 달한 인내력으로 고통을 이겨 냅니다. 강철 같은 맷집으로 피해를 견뎌 냅니다. 생명력이 159 감소합니다.

위드에게는 간지러울 뿐!

"대충 정리가 되었군."

지하 3층으로 향하는 입구 주변의 몬스터가 금방 깨끗하게 사라졌다.

위드는 멜버른 광산에서뿐만 아니라 직업 마스터 퀘스트를 하면서 전투를 원하는 만큼 많이 하지 못했다. 그 한을 풀기라도 하듯이 1마리도 남기지 않고 쓸어버렸다.

"와! 선배님, 최고예요."

"어쩌면 그렇게 강하세요! 방금 쓰신 공격 스킬은 이름이 뭐예요?"

디네와 알리스의 말투에는 호감이 듬뿍 묻어 나왔다.

헤겔에게는 그동안 공을 들인 시간이 무색할 정도로 악몽의 반복이 되는 셈이었다.

'아… 예전에도 그랬지.'

드워프 조각사 위드!

크라마도 던전에서 위드가 놀라울 정도의 활약을 펼치던 과거의 기억이 새록새록 떠올랐다.

지하 3층으로 내려가고 나서 보니 그곳에 있던 유저들은 습격을 당했다는 사실을 알고 대비하고 있었다.

"어디의 놈들이야?"

"몰라. 보이는 대로 마구 죽인다니까 싸울 준비부터 해야지."

안내하는 흑사자 길드원들을 따라서 유저들은 지하 4층으로 내려갈 채비를 갖췄다.

멜버른 광산의 지하 4층은 갱도의 형태로 이루어져 있고, 입구는 좁고 장애물들이 있어서 수비를 하며 싸움을 하기에 용이한 지형이었다.

시간이 걸리더라도 흑사자 길드에서 지원군을 보내 줄 거라는 믿음을 가졌기에 지하 3층의 유저들은 아래층으로 내려가려 했다.

"형, 우리도 빨리 가죠."

헤겔은 같은 길드원들 사이에 있으면 안심이 될 것 같아서 재촉했다.

하지만 위드는 지하 3층에서 해야 할 일이 있었다.

"사람들도 많이 빠지고 있고… 좋은 기회로군."

"무슨 기회요?"

"나는 상관하지 말고 먼저 내려가도록 해."

위드는 배낭에서 곡괭이를 꺼내 들고 탄광 지역으로 향했다.

광산의 깊은 곳일수록 좋은 철이 나온다. 물론 캐내려고 하는 사파이어도 있는 것.

깡! 깡! 깡!

사파이어가 많이 나온다는 구역으로 가서 숙련된 곡괭이질을 했다.

곡괭이의 무게에 맞춰서 내려칠 때 힘을 주고 정확한 타점을 노리는 기술.

전투에서 가끔 큰 적과 싸울 때 사용하는 일점 공격술과 비슷한 면도 있다.

—쿠헤헤헤헷.

—우리의 원한을 해소해야 해. 우리를 이곳에 그냥 가둬 놓고 굶어 죽게 한 나쁜 놈들.

—너도 톨렌 국왕이 보낸 하수인이 틀림없을 것이다아.

멜버른 광산의 지하 3층에서는 곡괭이질을 할 때마다 성난 정령들이 나타난다.

죽은 기사들이 정령이 된 것으로, 침입자에 대한 증오심을 가진 것이 특징.

그들이 나타나면 전투가 벌어지기 때문에 광부들이 일을 하려면 전사들이 지켜 줘야 했다.

물론 광부들을 앞세워서 파티 사냥도 많이 벌어졌다. 사제가 있다면 정화 마법을 통하여 사냥하기가 좋은 장소인 것이다.

"조금 기다려 봐."

—무슨 소리냐. 우리의 원한으을…….

"이거나 받아먹어."

위드는 에르리얀이 알려 줬던 대로 정령들에게 사과를 던져 줬다.

—사과다.

—맛있게 잘 익었다.

정령들은 사과에 달라붙었다.

탐스러운 사과는 순식간에 물기가 사라진 채로 말라붙었다.

—더 다오.

—몇 개만 더 내놓아라.

—그러면 죽이지 않을 것이다.

"에휴."

위드는 한숨을 쉬면서 곡괭이질을 하며 과일을 집히는 대로 하나씩 던져 줬다.

정령들과의 우호도가 증가합니다. 멜버른 정령들과 신뢰 관계가 생성됩니다.

시간만 있더라도 멜버른의 정령들 정도는 어렵지 않게 다 잡았을 것이다. 조각 검술이나 광휘의 검술은 정령들도 가리지 않고 잡을 수 있는 기술이다.

하지만 지금은 위험한 세력이 광산에 들어와서 쫓기는 입장이었으니 바라는 대로 줄 수밖에 없는 노릇.

"살다 살다 정령들에게 과일까지 바치게 되다니, 이놈의 팔자는……."

위드는 곡괭이질에 집중했다.

—우걱우걱. 그쪽을 더 파 봐라.

—반짝이는 파란색 보석을 찾나? 오른쪽에도 뭉쳐 있다.

중급 채광 스킬에 정령들이 알려 주는 위치를 파 보니 사파이어들이 우수수 쏟아져 나왔다.

정령들이 과일을 좋아하고 채광에도 도움을 줄 수 있다는 건 사실 대단한 가치를 가진 정보였다.

> 중형 사파이어 원석을 발굴하였습니다.
> 행운이 1만큼 증가합니다.

> 대형 사파이어 원석을 발굴하였습니다.
> 행운이 2만큼 증가합니다. 채광 스킬의 숙련도가 높아집니다.

"조각술 마스터 퀘스트에 채광 스킬까지 쓰게 되다니……."

캐릭터만 잡캐가 아니라 직업 퀘스트까지 마찬가지라고 할 수 있었다.

에르리얀과 관련된 퀘스트를 해결하기 위해서는 사파이어가 많을수록 좋았다. 어떤 조각품을 만드느냐에 따라서 필요한 사파이어의 수량도 다르다.

지금은 원석들로 어느 정도 수량을 채웠음에도 불구하고 위드는 계속 파 내려갔다.

"언제 또 이런 퀘스트를 받을지 몰라."

채광 스킬도 올려놓고 사파이어도 듬뿍 캐기 위하여 계속 곡괭이질을 했다.

사파이어는 보석으로 가공하더라도 예쁜 아이템이지만, 고위 마법사나 인챈터에게 주면 검과 갑옷에 빙계 계열의 속성을 걸어 줄 수 있다. 공격 대미지도 올려 주다 보니 비싸게 팔리는 보석류였다.

"형, 이제 그만 가요."

차마 위드를 그냥 놔두지 못하고 뒤따라온 헤겔과 두 후배는 안절부절못했다.

위드가 정령들에 둘러싸여 계속 곡괭이질만 하고 있었던 것이다.

—거기예요, 바로 거기.

—그쪽으로 파 내려가면 엄청 큰 원석이……. 조금 새콤하면서 신 것을 먹고 싶은데 혹시 석류는 안 가지고 있나?

헤르메스 길드가 멜버른 광산의 지하 1층을 완전히 쓸어버리는 데에는 어려움이 없었다. 밤의칼날 소속 어쌔신들만으로도, 사냥을 하던 파티들은 암습을 당하여 차례차례 전멸했다.

어쌔신들의 이름이 붉게 떠올랐다.

하지만 그들은 전투 중이거나 마을에 들어갈 때에 악명이 드러나지 않게 숨길 수 있는 스킬도 가졌다. 물론 상대방의 관찰이나 감시 스킬이 뛰어나다면 적발되어 곤란을 겪기도 한다.

그러나 헤르메스 길드에서 지배하는 영토에서는 그들에 대해 사면령을 내려 놓았기에 악명에도 크게 개의치 않았다.

"가자."

바드레이와 친위대는 거칠 것 없이 지하 2층으로 내려갔다.

그곳의 유저들은 친위대의 일부만이 나서서 압도적인 무력으로 학살했다. 일부 유저들은 갱도로 도망을 치기도 하였지만 밤의칼날 소속의 어쌔신들이 따라붙어서 확실히 목숨을 끊어 놓았다.

유병준 박사는 아침마다 스스로 나이가 든 것을 많이 느끼고 있었다.

"돌이켜 보면 젊음이란 정말 빨리도 지나가는구나."

어릴 때는 시간의 귀중함을 알지 못했다.

〈로열 로드〉를 발명하느라 보내 온 많은 시간들.

이제 육체는 늙어서 예전 같지 않았다.

인류사에 한 획을 그은 가상현실.

차후로도 발전의 가능성이 무궁무진했지만, 유병준 박사는 아마 그 이후까지는 볼 수 없을 거라고 생각했다.

"언젠가 모든 것을 물려주고 난 이후에는 사람들이 모르는 곳에서 조용히 살아가고 싶어."

야망을 불태웠다고 생각했는데 돌아보면 무거운 짐을 더하면서 열심히 살아온 것 같다.

유병준은 후계자를 찾기 위해서라도 자신이 만든 결과물인 〈로열 로드〉에서 벌어지는 일을 매일 지켜봤다.

"쯧쯧, 욕심이 끝도 없군. 그만하면 되었으련만……."

거대 길드들의 탐욕.

욕심 많은 인간들이 더 많이 가지려고 무리를 이루었으니 분쟁이 끊이지 않고 일어났다.

이것도 인간의 본성일 수 있기에, 유병준은 어디까지나 그저 지켜보는 입장이었다.

"모라타라… 이제 아르펜 왕국으로 커지게 되겠군. 상당히 놀라울 정도로 빠른 성장이야."

아무것도 남아 있지 않은 북부 대륙은 제일 보잘것없는 지역이었다.

위드의 모험은 정말 기대 이상이었다.

전설의 달빛 조각사가 된 이후로, 여러 모험을 통해 직업이 가진 역사적인 숙원을 풀어 나가며 왕국까지 일으켰다. 몬스터와 검, 마법이 지배하는 세계에서 이렇게 많은 사람들이 좋아할 수 있게 만들었다는 점이 경이로웠다.

"나도 〈로열 로드〉를 한다면 아마 모라타에서 시작했을 것 같군."

사람들이 모여서 만드는 힘이 얼마나 거대할지는 시간이 자연히 알려 주게 되리라.

유병준은 모라타에서 매일 벌어지는 다양한 사건을 봤다.

모험가들이 새로운 발견물을 들고 의기양양하여 돌아온다.

전사들은 점점 멀리까지 나가서 사냥물을 잔뜩 가져오고, 던전을 격파했다는 소식을 들고 왔다.

바드들은 말도 안 되는 멋진 공연을 성공시켰다.

재봉사들은 꼼꼼히 짜인 옷감을 개발하며 기술을 발달시키고 있고, 대장장이도 마찬가지다.

조각사와 화가 들이 만들어 내는 각종 예술품들은 거리를 아름답게 만든다.

정원사들은 위드가 라체부르그에서 구해 온 꽃과 나무 들을 소중히 관리하면서 키워 갔다.

모라타의 변화란 갑자기 일어나는 것이 아니었다.

모든 분야에 걸쳐서 매일 점점 더 좋은 곳으로 바뀌어 가고 있었다.

평범한 기적이 결국은 왕국까지 이어지게 만들었다.

유병준은 그 때문에라도 위드를 자주 지켜봤다.

대륙의 다른 성과 도시 들이 전쟁으로 피폐해지는 동안에 초보자의 작은 힘들을 모아 살기 좋은 지역을 만들어 가는 게 놀라웠다.

게다가 위드를 비롯하여 각 분야에서 앞서 가던 이들이 직업 마스터 퀘스트를 경쟁적으로 진행하는 시기이기도 했다.

"멜버른 광산에서 위드와 바드레이가 만나다니."

둘이 같은 던전에 있다는 사실을 아는 사람은 아직 없다.

평소라면 바드레이와 위드의 모험을 수천만 명 이상이 지켜보고 있었겠지만, 사건의 특성상 생방송으로 중계되고 있지도 않았다. 벌써 전후 사정을 알고 보고 있는 사람은 유병준 한 사람뿐이었다.

"과연 이게 어떻게 될지……."

유병준은 흥미롭게 모니터를 지켜봤다.

사파이어를 파낸답시고 태평하게 곡괭이질을 하는 위드를 보고 있자니 오히려 그가 더 초조해지는 느낌이었다.

"이 정도면 되려나?"

위드는 반짝반짝 빛나는 사파이어를 바구니에 담았다.

부수입으로 얻은 2등급, 3등급 철광석도 상당수였다. 광물이라서 무게가 상당히 나갔지만 무거운 줄도 모를 정도였다.

"땅만 파도 돈을 벌다니… 역시 채광 스킬이란 쓸 만하군."

〈로열 로드〉에서 돈이 되는 스킬은 몽땅 탐이 났다.

"조금 더 파고 가야지."

"형, 이제는 진짜 빨리 가요. 더 이상 여기서 낭비할 시간이 없어요."

헤겔이 옆에서 잡아끌었다.

그는 멜버른 광산이 습격당했을 때부터 당황해서 정신이 없었다.

지하 4층에는 흑사자 길드와, 사냥을 위해 온 유저들이 계속 모이고 있다고 한다. 헤겔은 불안해서 빨리 그곳에 합류하고 싶었지만, 그가 보기에 위드는 엉뚱한 일을 하면서 시간만 끌었다.

'아무래도 이 형의 레벨은 상당해. 지난번의 던전에서도 그렇고 조금 전의 전투 능력만 보더라도, 보통이 아니야. 오늘의 싸움에도 도움이 되겠지. 그런데도 정말 사파이어가 탐이 나서 캐고 있는 건 아닐 테고…….'

위드는 사파이어에 완전히 빠져들었다.

정령들의 이야기를 들으면서 파내다 보면 보석과 광물을 듬뿍 채취할 수 있었다. 향후 이것들을 가공하게 되면 얻을 조각술 숙련도며 대장장이 스킬, 아울러 돈까지 저절로 연상되어 너무너무 만족스러웠다.

"선배님, 빨리 가셔야 돼요."

"여기서 이렇게 계시면 안 된다니까요!"

디네와 알리스도 참다못해서 버럭 소리를 질렀다.

위드가 멘추라를 상대로 보이던 멋진 모습과 철혈의 카리스마를 뿜어내던 분위기는 기억 저편으로 사라졌다. 바쁠 때 딴짓하는 위드가 정말 짜증이 났다.

"케케케켓. 사파이어다. 흠집도 없이 맑은 것이, 정말 최상품이로구나."

채광도 그냥 하는 것이 아니었다.

사파이어 원석이 발견이 되면 그 주변을 조심스럽게 파내야 했다. 원석에 아무 손상도 입히지 않고 파내면 채광 스킬도 잘 오르고 가치도 높게 책정된다.

유린은 자유롭게 대륙을 돌아다니면서 사람들을 만났다.

"이렇게 아름다운 아가씨가 화가라니, 그림을 한 점 부탁드려도 되겠습니까?"

로브를 입고 있는 남자 마법사의 접근.

"색감이 좋군요. 저도 그림을 좋아하는데……. 술을 살 테니 이야기라도 하시죠."

기사도 다가왔다.

"제가 발굴한 그림이 있는데 혹시 감정이 되신다면 유린 님에게 맡겨도 되겠습니까?"

모험가는 오래전 그려진 그림까지 가져왔다.

도시나 경치 좋은 곳에서 그림을 그리며 사람들과 대화를 나누는 일을 그녀는 좋아했다. 유저나 주민 들과 이야기를 나누다 보면 그들은 사람들이 잘 가지 않는 숨겨진 골짜기나 꽃이 활짝 피어 있는 오솔길을 알려 줬다.

"이런 장소가 또 숨겨져 있었구나. 빨리 그려 봐야지."

보리빵에 우유를 마시면서 붓으로 작품을 그리다 보면, 그 그림은 캔버스만이 아니라 마음에도 남았다.

멋진 풍경의 그림을 그리며 사색에 잠기고, 완성해 나가는 성취감을 느끼고, 자유로운 창조의 시간을 누린다.

초상화를 그리면서 사람들과 이야기하며 친해지는 것도 좋았다. 그녀의 친구 등록이나 인맥도 무시 못 할 정도가 되었다.

하지만 유린은 모라타와 바르고 성채에 있을 때 가장 즐거웠다. 초보자들과 같이 사냥도 나가고, 또 적은 금액을 받고 그림도 그려 줬다.

그녀의 그림 그리기 실력도 일취월장했다.

"같이 밥 먹을래? 괜찮은 요리사를 알아 놨거든. 마음에 쏙 들 거야."

화령은 검치를 따라서 사냥하다가 어렵게 시간을 내서 유린을 만났다.

"좋아요, 언니."

둘은 식사를 하고 공연도 봤다.

모라타는 예술과 공연이 많이 벌어지는 도시이다 보니 다른 지역에 비해서 여성 유저들의 비율이 높은 편.

둘은 고소한 풀차도 마시면서 대화의 꽃을 피웠다.

"위드 님은 어릴 때도 참 멋있었지?"

"그야… 집에서는 두꺼운 내복을 2개 겹쳐 입고 다녔어도 괜찮았어요."

두 여자의 화젯거리로는 위드가 자주 올라왔다.

화령은 위드와 유린이 정말 사이좋은 오누이라는 사실을 알면서도 궁금했다.

"근데 이건 정말 혹시나 해서 물어보는 건데, 둘이 싸운 적은 없어?"

"어릴 때는 오빠에 대해서 오해한 적도 있지만, 지금은 정말 세상에서 가장 좋아해요."

"그렇구나. 싸울 일도 없겠네. 내가 괜한 걸 물어봤구나."

화령은 역시 위드와 잘 지내기 위해서는 유린을 확실히 잡아야겠다고 생각했다.

"아니에요, 언니. 오빠에 대해서 짜증 날 때도… 얼마 전에도 있긴 있었죠."

"그랬어?"

"지난겨울이었어요."

유린의 눈가가 벌써부터 촉촉하게 젖어들었다.

"어그 부츠가 정말 꼭 사고 싶었는데……."

여자들이 겨울철에 좋아하는 어그 부츠. 멋이나 귀여움 때문만이 아니라 정말 따뜻하고 편해서 신고 다니는 이유도 컸다.

유린도 도서관을 오가면서 공부를 하기 위해 어그 부츠를 신고 싶었다.

"오빠한테 어그 부츠를 사 달라고 했거든요."

"그래서?"

신발 이야기가 나오니 눈이 번쩍 뜨이는 화령이었다.

"예쁜 어그 부츠로 사 줬어?"

보통 남자들은 여자들이 신발이나 가방 이야기를 하면 반응이 썩 좋진 않다. 특히 어그 부츠를 싫어하는 남자들도 많기 때문에 민감할 수도 있는 부분이었다.

"아니요. 발이 춥다고 하니까 버선 신고 다니라고……."

"케엑!"

"하지만 버선을 신으면 발이 신발에 잘 안 들어가잖아요. 사정을 설명했더니 장화까지 신으면 어그 부츠랑 똑같다면서… 으흐흑."

화령은 유린의 어깨를 토닥여 주었다.

그녀가 최근에 들은 것 중에 가장 슬픈 이야기였다.

움바 벨카인

바드레이는 친위대와 전투단을 이끌고 멜버른 광산의 지하 3층에 도착했다.

"우리가 온 것이 알려진 모양이군."

"그런 것 같습니다."

지하 3층의 유저들은 모두 떠난 듯, 비워져 있다.

정찰을 위하여 따라온 도둑 몇 명이 주변을 수색해 봤지만 근처에는 인기척이 느껴지지 않았다.

"지체할 시간이 없으니 내려가시지요. 여기에 숨어 있는 놈들은 암살단에 맡기시면 될 겁니다."

"가자."

헤르메스 길드의 병력은 지하 1층과 2층의 유저를 처리한 이후에 두 갈래로 나뉘었다.

암살단은 마법사, 도둑 들을 데리고 멜버른 광산에 함정을 설치하여 흑사자 길드의 구원군이 도착하면 막기로 했다. 지하

1, 2, 3층을 완전한 함정 밭으로 만들어 요새화하여 시간을 끌 계획이다.

친위대와 전투단은 바드레이를 따라서 아래로 내려가기로 했다.

"조금 흥미진진하군."

"과연 얼마나 강할지… 짜릿한 싸움이 되겠어."

전투단이 무기를 꺼냈다.

광산에 있는 남아 있을 유저들을 해치우고 퀘스트를 완료해야 했다.

바드레이의 퀘스트라면 헤르메스 길드의 정보 역량이 총동원되는 것은 당연했다. 그들의 숨은 활약으로 멜버른 광산에는 벨카인이 숨어 있다는 사실을 알아냈다.

벨카인은 중대형 몬스터로 분류된다.

원래의 레벨은 620 이상으로 추정!

대륙의 역사서에 따르면 지옥의 밑바닥에서 스스로 기어 나온 마수라고 한다.

100여 년 전에 토렌 왕국에 끔찍한 피해를 입히다가 결국 하이엘프들이 나서서 물리친 것으로 기록되었다. 죽지는 않고 상처를 입고 도주했다는데, 하이네프 산악 지대로 숨어든 이후로 나타나지 않았다고 한다.

"정보대의 보고에 의하면 이 광산에서 누가 벨카인의 꼬리털을 조금 발견한 적이 있다고 하니… 우리가 이제 싸워야 할 적일 가능성이 크겠지."

"울음소리도 한두 번 들린 적이 있었다고 하던데 위치가 알려지지 않았지. 간단히 해치우고 떠나도록 하지."

역사서에 나온 표현대로라면 벨카인은 매우 파괴적인 마수로 땅의 힘을 이용할 줄 알아 위험했다.

"전투준비. 차례대로 내려간다."

그들은 지하 4층에 도달하면 입구 주변에서 흑사자 길드와 유저들의 거센 저항이 있으리라고 예상했다. 그래서 방어력이 높은 전투단의 기사들부터 몸을 방패로 가린 채로 계단을 내려갔다.

하지만 뜻밖에도 광산에서 사냥하는 유저나 흑사자 길드 유저들의 공격은 없었다.

켄트리오: 적들이 보이지 않습니다. 내려와 보셔야 될 것 같습니다.

원래대로라면 흑사자 길드에서는 입구에서부터 방어선을 칠 계획을 갖고 있었다. 하지만 그들은 무모하게 맞서느니 지진이 일어난 이후 드러난 던전으로 들어가기로 했다.

벨카인의 은신처!

그곳에서 돌아다니면서 시간도 끌 수 있고, 운이 좋다면 반대쪽 출구도 발견할 수 있다는 기대를 가졌다.

암살자들이 입구 주변의 흔적을 조사했다.

"주변에도 없습니다. 그리고 발자국들이 던전으로 이어졌습니다."

"이거 어이가 없군. 알아서 죽을 자리로 들어간 건가?"

그로비듄이 말했다.

친위대에 속해 있는 그의 직업은 네크로맨서.

원래는 레벨이 446에 달하는 고위 마법사였다.

바르칸과 불사의 군단이 건재할 때까지만 해도 네크로맨서로 전직하지 않았다. 위드에 의하여 불사의 군단이 사라지고 난 이후로, 방송을 보며 네크로맨서의 잠재력에 대해 생각해 보고 전직했다.

초보 마법사가 아닌 만큼 기본 실력이 갖춰져 있었으며 길드의 전폭적인 지원을 받으면서 네크로맨서로 능력을 키웠다. 큰 규모의 전투에서 활약할 수 있는 네크로맨서로서, 이번에 따라온 것이다.

"여기에도 병력을 일부 남겨 놓고 벨카인의 은신처로 간다."

바드레이가 앞장서기 시작했다.

그가 나서야 하는 전투를 앞두고 검과 갑옷을 원래의 무장으로 바꾸었다. 직업 퀘스트를 하면서 켈튼 왕국 왕실 기사의 검도 입수했지만, 그가 쓰기에는 수준이 떨어진다고 판단하여 보관만 했다.

흑기사 페도르텐의 풀 세트!

베르사 대륙에서 현재까지 나온 것 중에 최상품을 입었다고 해도 과언은 아니었다.

친위대와 전투단도 보스급 몬스터를 사냥하기 위한 장비를 장착했다. 중대형의 마수를 퇴치하기 위하여 긴 창과 철퇴, 도끼로 파괴력을 키웠다.

"어떤 놈이든 박살을 내 줘야지."

"도끼 전투대 전진."

바드레이는 평소보다 빨리 걸었다.

흑사자 길드의 구원군이 올 수 있다는 부담감보다는 전투에서 강인한 모습을 보이며 싸우는 것이 좋았다.

베르사 대륙의 최강자로서 무력을 세상에 과시한다.

어느 누구도 범접하지 못할 막강함을 가진 바드레이.

"크크, 어서들 따라오너라."

그로비듄은 언데드 소환으로 시체를 일으켰다.

네크로맨서의 언데드 군단을 만들어서 전투 병력으로 썼다.

멜버른 광산에서 사냥하던 유저들의 시체를 일으켰기에 최소가 듀라한, 데스 나이트급이었다. 둠 나이트도 몇 끼어 있는 전력.

흑사자 길드의 유저들을 비롯하여, 4층에서도 전투가 벌어지게 되면 언데드는 더 많이 늘어날 것이다.

—어떻게 하죠? 이쪽으로 오는 것 같아요.
—쉿! 조용히.
—형, 그대로 지나가길 기다릴까?
—우리를 모르고 지나갈 리는 없겠지. 너희는 지켜보기만 해.

위드는 다른 3명을 데리고 지하 3층의 광산에 그대로 숨어 있었다.

헤겔은 지하 4층으로 계속 내려가고 싶어 했지만, 냉정히 볼 때 그건 별로 의미가 없다.

침입자들이 바보가 아닌 이상, 흑사자 길드의 전력을 충분히 감안하고 쳐들어왔으리라. 헤겔이 알려 준 1층과 2층의 상황을 들어도, 4층에 모이고 있는 유저들이 막을 수 있는 수준이 아니었다.

급할수록 냉정함을 잃은 판단을 내릴 수 있지만, 위드의 생존 본능은 그럴 때일수록 빛을 발했다.

오히려 대부분의 유저들이 빠져나간 지하 3층에 남기로 한 것이다.

'여기에는 남은 사람이 얼마 없을 테니, 침입자들 전체가 돌아다니면서 찾으려고 하지는 않을 거야.'

악덕 사장들 밑에서 일하던 눈치와 돈 계산을 할 때처럼 빨라진 머리 회전이 내린 결론이었다.

하지만 그런 훌륭한 판단을 한 위드를 보는 다른 세 사람의 표정은 썩 좋진 않았다.

'사파이어 캐느라 늦었으면서…….'

보석 욕심도 있었음을 부인할 수는 없었다.

"크아아아악!"

"왜 아무 죄도 없는 우리를……."

"배니쉬!"

다른 곳에 숨어 있던 유저들이 발각되며 고함 소리와 전투를 벌이는 소음이 들렸다. 상대가 어쌔신들이기에, 직업이 도둑이거나 같은 어쌔신이 아니고서야 완전히 숨지 못했다.

위드는 길게 이어진 갱도의 끝에서 움푹 들어간 부분, 사파이어를 파내던 장소에 셋을 데리고 숨었다.

어쌔신이 가까이 오지 않기만을 바랐는데 그곳으로도 걸어

오고 있었다.

직업적으로 어쌔신은 어둠을 꿰뚫어 보며, 숨을 쉬는 작은 소리도 크게 듣고, 미세한 온도 차이도 느낀다.

던전의 함정을 해체하는 특기는 도둑보다 많이 떨어졌다. 하지만 함정을 설치하거나 남을 습격할 때는 월등한 능력을 보이는 직업이 어쌔신이다.

매우 뛰어난 살상 능력을 가졌음에도 낮은 체력으로 인해 전쟁터에서 오래 싸우지는 못했다.

'더 가까이 오면 우릴 발견할 거야.'

위드는 그 순간을 노리면서 기다렸다.

어쌔신은 은신술을 펼치면 살금살금 걸어서밖에 이동하지 못한다.

조금만 이동속도가 빨라지더라도 은신술이 풀려 버린다.

수색에 나선 어쌔신들은 약한 적들을 상대로 구태여 숨을 필요가 없다고 생각하고 둘씩 짝을 이루어 돌아다녔다.

위드가 숨어 있는 곳으로도 두 어쌔신이 정찰을 위해 오는 중이었다.

'하나가 아닌 둘. 짧게 끝내야 할 필요가 있어.'

위드는 어쌔신들이 다가올 때 헤겔을 앞으로 밀었다.

"어, 엇! 형!"

먹이를 발견한 어쌔신 둘이 땅을 박차고 뛰어왔다. 둘의 이마에는 살인자의 표식이 선명했다.

그들이 보기에 헤겔 정도의 장비라면 딱 해치우기 적당한 수준이었다.

소탕 작전이 도처에서 벌어졌기 때문에 다른 어쌔신들에게 알리지도 않고 뛰어왔다.

"수호의 벽!"

헤겔은 방패를 앞세우며 완전한 수비 자세를 취했다. 몸이 얼어서, 반격을 가하거나 할 엄두도 내지 못했다.

어쌔신들이 뛰어오던 속도 그대로 공격 기술을 발휘하려는 순간이었다.

황홀한 빛의 새가 그들을 덮쳤다.

정확하게 머리 부분을 가격!

"크으으윽!"

"이, 이건……."

어쌔신들의 눈앞이 갑자기 확 밝아지면서 생명력이 쭉 감소했다.

그런 급한 와중에도 단검을 교차하며 연속 공격에 대한 수비를 하려고 하였다. 하지만 빛의 새들은 이리저리 궤적을 바꾸며 날아들어서 어쌔신들의 급소만을 가격했다.

연속 일곱 번의 치명타!

어쌔신 둘이 회색빛으로 변해서 사라졌다.

어쌔신은 은밀함과 공격 능력의 장점을 가졌지만 레벨에 비해서는 체력과 생명력이 현저히 낮았다. 갑옷도 무거운 것은 입지 못해 방어력도 많이 취약하다. 그런 면 때문에 정면 승부에서는 약하다는 평가를 받았다.

위드는 먹이로 헤겔을 던져 주고 완벽한 기회를 만들었다.

어쌔신들을 방심까지 하게 만들고, 전력을 다한 공격으로 단숨에 해치운 것이다.

누군가 더 숨어 있는 것까지는 예상할 수 있더라도, 그 사람이 위드이고 검술의 비기까지 활용하리라고는 생각할 수 없었으리라.

“형, 이건 무슨 스킬이에요?”

헤겔은 원망스러워하는 대신에 광휘의 검술에 관심을 드러냈다.

검술의 비기답게 더없이 화려하고 위력적이었다.

“뭐, 별거 아니야. 그보다도 둘을 잡았으니 시간을 벌 수는 있겠군.”

“이제 우린 안전할까요?”

“아니. 정찰을 나온 어쌔신들이 돌아갈 시간이 지나도 오지 않으면 여기로 몰려오겠지.”

위드는 어쌔신들이 죽은 자리로 가서 전리품을 주우며 말했다. 살인자 둘을 해치웠기에 금화, 보석, 독을 바른 단검, 치명타 확률을 높여 주는 반지를 얻을 수 있었다.

“아쉽군. 이런 건 안 비싼데.”

어쌔신은 택하는 사람이 많지 않았다. 아이템을 팔더라도 별로 가치가 높지 않다는 점이 불만이었다.

‘그보다도 이놈들의 정체가 무엇일까. 확실히 베덴 길드는 아니야.’

베덴 길드에 이런 일을 한꺼번에 벌일 전력이 있다면 흑사자 길드에 연거푸 패배하지도 않았으리라.

멜버른 광산만이 아니라 동시다발적으로 일을 저지를 수 있다면 대단한 세력이었다.

'현재로써는 정체불명의 무리로 봐야겠지. 흑사자 길드에 피해를 입히고 싶었다면 차라리 베덴 길드와 힘을 합쳐서 공성전을 벌이는 편이 나았을 텐데?'

물론 적지 않은 손실을 입힐 수 있는 습격 작전이기는 했지만, 과연 수백 명의 고레벨 유저들이 투입되어야 하는지에 대해서는 의문이었다. 흑사자 길드의 구원군이 오면 갇혀서 역으로 피해를 입을 수도 있기 때문이다.

게다가 일반 유저들까지 무차별로 학살한다는 것은, 흑사자 길드만을 적대하는 세력이라고 보기도 이상했다.

이유에 대해서는 알 수 없지만 어쨌든 휘말리게 되었다.

"이제 싸우는 것 외에 다른 방법이 없겠군."

전쟁의 신.

위드의 전투 본능이 꿈틀거렸다.

"일단 사파이어 2개만 더 캐고……."

"형, 제발!"

어쌔신들은 바쁘게 움직였다.

함정들을 마구 깔아 놓고, 유저들을 수색해서 목숨을 끊어 놓았다.

지하 3층에서는 25명의 어쌔신이 임무를 수행하고 있었다.

"모일 시간이 지났는데 43호와 44호가 오지 않는다."

"늦어지는 것인가?"

광산의 길이 복잡하다 보니 다시 돌아오는 데 걸리는 시간이 조금씩 달랐다.

어느 정도의 오차를 감안하더라도, 다른 어쌔신들이 전부 모이고 나서도 유독 그 둘만 도착하지 않았다.

"아까부터 말도 없다."

"길드 채팅으로 불러 봐라."

어쌔신들은 나타나지 않는 동료들을 불렀다. 대답은 없었다.

"귓속말도 되지 않는다."

"설마……."

접속을 종료했거나 사망!

멜버른 광산은 전투가 벌어지고 있는 지역으로, 로그아웃이 되지 않았다.

"죽었군. 어딘가 제법 강한 적이 숨어 있는 모양이다."

"43호와 44호의 수색 방향은?"

"탄광 지역이다."

"그쪽으로 간다."

어쌔신 6명이 동료들이 수색하던 지역으로 이동했다.

살금살금.

걷는 동안 보이지 않는 은신 스킬!

어쌔신 전용의 위장복까지 입고 있었기에 주변의 풍경에 동화되었다. 부츠도 소리를 내지 않는 것을 착용하여 자갈이나 낙엽을 밟지 않는 이상 어지간해서 발각될 염려가 없었다.

투명한 잔상이 움직이고 있는 사실을 알려 줄 정도였다.

—이 부근이 아닐까.
—경계를 소홀히 하지 말고 맡은 방향을 확실히 살펴봐라.

어쌔신들이 느릿느릿 전진하는데 발치에서 소리가 났다.

덜커덩!

"함정이다."

"튀엇!"

어쌔신들은 땅에 설치된 함정을 건드렸다는 생각에 셋은 뒤쪽으로, 나머지 셋은 앞쪽으로 뛰쳐나갔다.

어쌔신은 본인들이 함정을 설치하는 만큼 발견도 잘하는 편이다. 보통의 함정들은 최소한의 크기와 작동되는 연결 고리가 있기 마련이었다.

'우리가 알아차리지도 못할 정도로 교묘한 함정을 설치해 뒀다니…….'

'설마 발굴가이거나 동종 업계의 유저인가? 그렇다면 어지간해서는 43호와 44호가 당하지는 않았을 텐데.'

어쌔신들은 짧은 순간 오만 가지 생각을 다 했다.

스킬이 높을수록 더 작고 더 위험한 위력의 함정을 설치할 수 있다.

'터진다.'

어쌔신들은 앞뒤로 흩어져서 몸을 날리며 웅크렸다.

폭발이나, 화살이 쏘아지고, 독이 뿌려지는 것에 대한 최대한의 수비 반응!

"반 호크, 쳐라!"

"알았다, 주인."

기다렸던 함정의 작동 대신에 암흑 투기에 휩싸인 데스 나이트가 그들을 습격했다.

반 호크의 레벨이나 공격력은 대응도 하지 못한 어쌔신이 감당할 수 있는 수준이 아니었다.

연속 공격에 의하여 어쌔신 둘이 사망!

그사이에 위드도 어쌔신 하나를 잡았다.

"가짜 함정이었구나!"

뒤쪽으로 도망친 어쌔신 셋은 비로소 실수를 깨달았다.

어쌔신들이라서 함정에 대해 다른 사람들에 비해 예민하게 반응했다.

앞서갔던 둘이 소리 없이 사라졌기 때문에 더욱 긴장한 탓도 있었다.

싸움도 제대로 하지 못하고 벌써 셋이 죽었다.

"복수보단, 일단 물러서자."

어쌔신 셋은 동료들이 죽었는데도 미련 없이 퇴각하려 했다.

길드 채팅으로는 습격당했다는 사실을 이미 알렸다. 어차피 독 안에 든 쥐였으므로 각자의 안전부터 챙기는 쪽이 어쌔신들의 합리적인 선택이었다.

"향긋한 냄새가 나는군. 목이 마르던 참이었어."

어쌔신들의 등 뒤에서 토리도가 나타났다.

뱀파이어, 밤의 귀족 특유의 이동 스킬을 시전하여 갑자기 나타난 그는 어쌔신의 목덜미를 물었다.

"냠냠냠!"

토리도의 흡혈에 1명의 몸이 마비 되었다.

주변에서 구해 주어야 풀려날 수가 있지만, 나머지 두 어쌔신은 눈을 마주치고 동시에 끄덕였다.

"미안하다."

"다음에 보자."

어쌔신들은 토리도가 나타났을 때부터 상대하기 어려운 몬스터라는 사실을 깨달았다. 뱀파이어 로드의 반지를 끼고 있었기 때문이다.

동료를 구하려다가 자신들까지 죽느니 미련 없이 살길을 찾았다.

하지만 진혈의 뱀파이어들이 새록새록 나타나서 퇴로를 완전히 막았다.

"데스 블레이드!"

반 호크의 시커먼 검의 기운이 날아왔다. 어쌔신들이 양쪽으로 갈라져서 피하는 순간.

"소드 카이저!"

위드의 데몬 소드가 엄청나게 커지더니 그대로 어쌔신을 갈라 버렸다.

일격에 모든 마나를 불태워서 공격하는 스킬.

어쌔신 1명에게 사용하기에는 지나치게 과분할 정도였으나, 도주 속도가 빠르다 보니 확실히 없애는 쪽을 택했다.

반 호크도 달려와서 마지막 남은 어쌔신을 처치했다.

"이번에는 괜찮은 아이템이 떨어졌군."

위드는 민첩과 이동속도를 높이는 신속의 부츠를 획득했다.

레벨 제한은 320.

베르사 대륙이 넓다 보니 부츠야말로 쓰임새가 많았다. 전투 중에도 도움이 되었으니, 누구나 원하는 아이템이었다.

"아… 형!"

헤겔은 은신처에서 나오면서 차마 말도 잇지 못했다.

위드의 전투 능력이야 그럴 수 있다고 치자. 고레벨 유저들 중에서는 대단한 능력을 가진 사람들도 있으니까.

그런데 데스 나이트를 소환하고, 뱀파이어 로드까지도 불러 들였다.

너무나도 유명한 반 호크와 토리도.

이러고도 위드에 대해서 알아채지 못한다면 〈로열 로드〉에 푹 빠져 있는 팬이라 할 수 없다.

헤겔은 평소 전쟁의 신 위드를 영웅처럼 생각하였다.

본인은 흑사자 길드의 소속이더라도, 개인적으로 존경하고 부러워했다.

"어머, 선배님!"

알리스와 디네의 눈빛도 바뀌어 있었다. 완전히 샛별처럼 초롱초롱 빛나면서 어쩔 줄 몰랐다.

선망하던 전쟁의 신이 가까이 있었으며, 그들과도 아는 사이였다니!

바드레이는 친위대와 전투단을 데리고 벨카인의 은신처에

도착했다.

"경계 강화."

220명의 헤르메스 길드 유저들이 긴장의 단계를 높였다.

친위대에서 도둑, 정찰병의 직업을 가진 유저들이 앞에서 상황을 보고 돌아왔다.

"전투 흔적이 있습니다. 유저 7명과 새끼 벨카인의 시체도 찾아냈습니다."

"벌써 들어와서 싸움도 한 모양이군."

멜버른 광산에서 사냥하는 유저들은 레벨이 380을 넘진 않는다. 그 정도 단계가 되면 여기에는 잡을 만한 몬스터가 없어서 다른 장소로 사냥터를 옮기는 편이 이득이기 때문이다.

벨카인의 은신처는 기본적으로 몬스터의 레벨이 440은 되어서, 유저들끼리 힘을 합쳤다고 하더라도 사상자가 생겼다. 따로 파티 사냥을 하던 유저들이 합쳤기에 직업 구성이 좋더라도 싸우기에 무리였다.

그로비듄이 시체들을 일으켜서 둠 나이트를 만들었다.

네크로맨서 스킬을 빨리 올리기 위하여, 그는 헤르메스 길드에서 보스급 몬스터를 사냥할 때에는 모두 참가했다. 네크로맨서 직업 전용 아이템을 화려하게 착용하고 적군과 아군의 최고의 생명체들을 바탕으로 언데드 소환을 했다.

벨카인의 은신처로 깊이 들어갈수록 몬스터와 유저 들의 시체는 더 많이 발견됐다.

그로비듄은 지금까지 만든 언데드의 숫자를 세어 보고는 고개를 저었다.

"이러다가는 우리가 해치우기 전에 알아서 먼저 전멸을 하고 말겠군."

유저들은 침입자에 의해 죽느니 차라리 던전의 끝까지 가 볼 작정인 것 같았다.

얼굴이 알려진 흑사자 길드원의 시체도 조금씩 발견됐다.

"뭐, 우리가 신경 쓸 바는 아니지요. 그들이 죽는 것은 이미 결정되어 있었던 거니."

아크힘이 여유롭게 웃으며 말했다.

베르사 대륙에서는 강한 무력과 세력이 모든 것을 지배했다. 약한 자들이 죽는 것은 너무나도 당연하다고 생각하는 친위대의 대표였다.

"계속 갑시다."

그로비듄은 둠 나이트를 위주로 언데드를 계속 소환했다. 정령사들이 스킬을 사용하여 자신들이 가진 마나를 전해 주었기에 언데드 군단을 계속 유지할 수 있었다.

바드레이와 친위대, 전투단은 계속 벨카인의 은신처로 깊이 들어갔다.

"이제는 슬슬 적들이 나올 때도 된 것 같은데……."

"죽을 줄 알면서도 무모하게 들어가다니, 이유를 알 수가 없군요."

벨카인의 은신처는 길게 이어진 던전은 아니었다.

걸어서 보스 몬스터가 있는 마지막 장소까지 도착했다.

쿠우와아아!

거대한 포효 소리!

"어리석구나. 조용히 살고 있는 내게 찾아오다니… 다시금 나를 세상에 나가게 만드는구나!"

움바 벨카인이 날뛰면서 흑사자 길드와, 사냥을 하던 일반 유저들이 죽어 나가는 모습이 보였다.

"이럴 수가……."

전투단의 카심은 그 광경을 목격하며 놀라움에 말을 잇지 못했다.

움바 벨카인은 건장한 팔과 다리가 있으며 머리에는 커다랗고 위협적인 뿔을 가졌다. 그의 주변에서는 돌덩어리들이 마구 회전하면서 유저들에게 부딪치고 있었다.

과연 톨렌 왕국의 역사서에 나올 정도의 위용을 발휘하며, 은신처로 들어온 유저들을 대량 학살!

"인간들아, 너희는 밟으면 밟혀야 하는 미개한 존재들에 불과하다. 주제도 모르고 이곳까지 찾아왔다면 죽여 줄 것이다."

잔혹한 움바 벨카인이 앞발과 꼬리를 휘두르면 유저들이 5~6명씩 맥없이 죽었다.

친위대와 전투단의 가슴을 서늘하게 만든 건 그것만은 아니었다.

멜버른 광산에서 사냥하던 유저들은 큰 소리를 내며 몬스터를 끌어들였다.

이곳 던전으로 들어올 때까지만 하더라도 어떻게든 살아 보려고 했다. 하지만 몬스터들의 레벨이 너무 높았고, 길이 보스급 몬스터인 움바 벨카인이 있는 곳으로 연결되어 있다는 사실을 알아차렸다.

“뒤에서는 싸워서 이길 수 없는 침입자들이 오고 앞은 몬스터인데 어찌해야 되겠습니까?”

“항복해도 안 살려 준다니 다 죽은 목숨이지요.”

“이렇게 된 이상 깨끗하게 죽읍시다.”

“그래도 그냥은 죽을 수 없죠.”

유저들은 이렇게 된 이상 싸우다가 죽는 쪽을 택했다.

침입자가 아니라 보스급 몬스터와의 전투!

헤르메스 길드에 의해 죽기보다는 움바 벨카인을 건드려 보는 쪽을 택한 것이다.

내친김에 주변의 새끼 벨카인과, 던전에 돌아다니는 몬스터인 지옥의 들개도 끌어들였다.

보스급 몬스터인 움바 벨카인이 있는 장소.

헤르메스 길드를 환영하기라도 하듯이 갖가지 몬스터와 부하들까지 다 모아 놔서 살 떨리는 위험지역, 아비규환으로 만들어 놓은 것이다.

TO BE CONTINUED